20世纪外国文学简史

吴元迈／主编
陶洁 王守仁／副主编
何宁／执行主编

译林出版社

图书在版编目(CIP)数据

20 世纪外国文学简史 / 吴元迈主编. 一南京:译林出版社, 2013.10
ISBN 978-7-5447-4042-5

Ⅰ.①2… Ⅱ.①吴… Ⅲ.①外国文学-文学史-20 世纪 Ⅳ.①I109.5

中国版本图书馆 CIP 数据核字（2013）第 132305 号

书　　名　20 世纪外国文学简史
主　　编　吴元迈
副 主 编　陶　洁　王守仁
执行主编　何　宁
责任编辑　胡晓平
出版发行　凤凰出版传媒股份有限公司
　　　　　译林出版社
出版社地址　南京市湖南路 1 号 A 楼, 邮编: 210009
电子邮箱　yilin@ yilin. com
出版社网址　http://www. yilin. com
经　　销　凤凰出版传媒股份有限公司
印　　刷　南京爱德印刷有限公司
开　　本　718 毫米×1000 毫米　1/16
印　　张　41.75
插　　页　2
字　　数　552 千
版　　次　2013 年 10 月第 1 版　2013 年 10 月第 1 次印刷
书　　号　ISBN　978-7-5447-4042-5
定　　价　78.00 元
　　　　　译林版图书若有印装错误可向出版社调换
　　　　　(电话: 025-83658316)

出版说明

20世纪是人类历史发生巨变的世纪,20世纪文学在历史进程中也经历了巨大变化,取得令人瞩目的成就。1990年代中期,我们适时启动了20世纪外国文学史研究课题,计划编写一部全景式的大型文学史著作,涉及俄苏、英、美、德、澳、新、加、意、西班牙、葡萄牙、中欧、东南欧、北欧以及东方文学,就20世纪外国文学的嬗变与发展、共性与个性、格局与规律、成就与不足进行回顾和总结。1997年9月全国哲学社会科学规划办公室正式下达通知书,《20世纪外国文学史》作为国家社科研究"九五"规划重大项目正式获准立项。我们得以在两个世纪的交接中对20世纪一百年间外国文学进行一次较为全面的审视,这是个难得的历史机遇。

经过近10年的艰苦工作,五卷本《20世纪外国文学史》正式出版,随即获得广泛好评,于2008年获第一届中国出版政府奖图书奖。为使广大读者能以更为简便的方式分享我们的研究成果,我们与译林出版社共同策划,决定充分利用优质学术资源,推出一部中型的20世纪外国文学史简编本,其对象定位于高校大学生、一般文艺工作者、政府工作人员、高校人文学科教师及外国文学爱好者。于是,《20世纪外国文学简史》应运而生。

《20世纪外国文学简史》作为五卷本《20世纪外国文学史》的衍生作品,以原书为基础,同时又不同于原书,而是重新设计框架。全书由绪论、各卷概述、正文和索引等部分组成。绪论勾勒20世纪外国文学历史进程、发展趋势、主要特征等;概述融合特定时期各国文学发展状况,反映这一时期社会和文学发展的总貌和特色,以及有关国家的主要思潮和流派;正文按国别或文学流派叙述,经典作家或有影响的作家单独设小节讨论;索引提供作家作品中文检索。《20世纪外国文学简史》由何宁执笔,按照新的编写指导思想和读者需求选择使用原书的材料。本书第一卷源自吴岳添、郅溥浩主编的五卷本第一卷，第二卷源自王守仁、童庆生主编的五卷本第二卷，第三卷源自陶洁、吴正仪主编的五卷本第三卷，第四卷源自韩耀成、陈众议主编的五卷本第四卷，第五卷源自钱善行、冯植生主编的五卷本第五卷。我们谨借此机会向《20世纪外国文学史》全体编委、所有的相关撰稿人对本书所做的贡献表示衷心的谢意。

吴元迈

2013年6月

目 录

第二章　英国文学

第三章　美国文学

第四章　法国文学

第五章　德语文学

第六章　澳大利亚、新西兰和加拿大文学

第七章　意大利文学

第四卷　1946 年至 1969 年的外国文学

绪 论

20世纪已经逝去。为了新世纪的前行,全面回顾、思考和总结它的时机已经到来。对于外国文学领域来说,同样如此。如何描绘20世纪世界文学地图;如何阐述20世纪文学的历史行程及其所表现的人类共性和民族个性,其演变的普遍规律和特殊规律;如何探讨代表性作家的思想探索和艺术探索及文艺思潮流派的嬗变;如何概括20世纪文学的成就和不足、意义和经验,已成为我们和同行的一项迫切课题。现在,摆在人们面前的这部《20世纪外国文学简史》,就是我们在这方面所作的探索和努力。

一

文学作为人类掌握世界的方式之一,与时代风云、历史进程、社会生活和人的命运休戚相关。20世纪文学也不例外。

20世纪是人类历史发生巨变的伟大世纪:一个展示科学技术迅猛发展和物质文明日新月异的世纪;一个给人类的生存环境及发展中国家带来严重挑战的世纪;一个充满复杂多变与巨大冲突、各种革命和民族解放运动风起云涌的世纪;一个经历前所未有的两次世界大战和战后两大阵营间长期"冷战"的动荡世纪;一个在人们心灵上、精神上弥漫着希望与失望、乐观与悲观情绪的世纪。所有这一切,都这样或那样地、间接或直接地成为20世纪文学的描写对象;所有这一切也使20世纪文学本身经历了巨大变化。可以说,20世纪文学和20世纪历史同呼吸、共命运。

20世纪世界文学地图与前几个世纪相比,已经发生根本变化。首先,出现了三大文学板块:随着文学领域里欧洲中心主义的终结,除了传统的资本主义国家文学继续存在外,还有新兴的社会主义国家文学和挣脱殖民主义枷锁的广大发展中国家文学即“第三世界”文学。其中,新兴社会主义文学由于给人类文学带来了新的人物、新的世界,因而独树一帜,具有独特的意义和风采。至于“第三世界文学”,它更是今非昔比。例如,中国文学从1919年“五四”新文学运动起,在欧美文学的影响下,完成了现代的伟大变革。其代表人物鲁迅、郭沫若、茅盾等既是作家又毫无例外地都是文学翻译家。他们在创作中十分重视汲取外国文学营养,同时又以自身的特色和民族的个性,在20世纪文学中占有重要一席。而拉美魔幻现实主义文学的崛起,则令世人刮目相看,并已成为20世纪文学的一朵奇葩,其代表作家加西亚·马尔克斯和阿斯图里亚斯等一批作家的作品不仅享誉世界文坛,而且被称为一次“拉美文学爆炸”。在古老的非洲大地,特别是在撒哈拉沙漠以南的非洲,60年代以前,不要说文学,就连具有现代意义的出版社也没有。60年代以后,其文学状况有了很大变化,不仅民族文学获得了长足进展,而且有好几位作家是诺贝尔文学奖的获得者,如尼日利亚的渥雷·索因卡、南非的戈迪默等。

其次,20世纪文学思潮流派的变迁,不再像过去几个世纪那样,一个代替另一个——感伤主义代替古典主义,浪漫主义代替感伤主义,现实主义代替浪漫主义——而是呈现出多元的发展态势,基本上是现实主义与现代主义和实验主义共存,以及自然主义二三十年代仍流行于法、德、美、日等国。同时,现实主义和现代主义又都处在变化发展之中,尤其是在现代主义那里,思潮流派纷呈,更替频繁,潮涨潮落,花开花谢,“各领风骚”十几年甚至几年,如达达主义、超现实主义、未来主义、象征主义、表现主义、意识流等。

与20世纪文学实践的“多声部”相对应的,是20世纪文学理论批评流派的蜂拥而起。它们由于受到哲学、语言学、美学、心理学等的不断撞击,像走马灯一样层出不穷,令人目不暇接:从形式主义到结构主义,从阐释学到新历史主义,从阅读批评到接受美学,从现象学到解构主义,从叙述学到文化研究……难怪西方有人声言:20世纪是“文学批评时代”。尽管20世纪文学理论批评如此丰富多彩,如此喧哗骚动,但它们存在着一个致命伤:从理论到理论,基本上不与文学实践相结合。

第三,20世纪文学格局也与以往世纪的那种单一形态不同。由于作家关于世界和人的观念之相异，对审美方式把握之相异，对文学与现实关系的认识之相异，在一个相当长的时期里，基本上形成了“三足鼎立”之势：一是传统现实主义文学或批判现实主义文学仍在继续发展；二是以新型现实主义或革命浪漫主义为方法的无产阶级文学（社会主义文学）在大步走向世界文坛；三是一种非传统的、多流派的现代主义文学和实验主义文学的迅速崛起和扩展。

二

现实主义或批判现实主义曾经是19世纪文学的主潮，也是它的主要成就，并为人类文学奉献出了像巴尔扎克、司汤达、普希金、列夫·托尔斯泰、萨克雷和狄更斯等一批作家，灿若群星。然而，从19世纪末起，文学形势发生急剧变化，现实主义已不再“一统天下”，于是一些非传统或反传统的先锋派文学人士便声称：“现实主义老了”，“现实主义死了”，“该是审判现实主义的时候了”。但是，这些断言并未经受住时间和实践的考验。现实主义作为20世纪文学的重要一极，在新的历史条件下仍在继续和发展，并在世界范围内出现了以罗曼·罗兰、法朗士、马丁·杜·加尔、亨利希·曼、托马斯·曼、伯尔、高尔斯华绥、萧伯纳、德莱塞、蒲宁、加西亚·马尔克斯等为代表的一批闻名遐迩的20世纪现实主义作家。

随着现实的变化和发展，现实主义也在变化发展。20世纪现实主义，特别是欧美现实主义在继承以往现实主义的民主主义和人道主义传统以及某些基本创作原则的同时，形成了一些新的特点和倾向。从内容方面看，如探索人的全球境遇及其生存意义，寻找人和人类的生存与发展的途径，揭示资本主义社会中人的异化和孤独以及为克服它们而所作的各种努力。在一些优秀现实主义作家的笔下，“人可以被杀死，但不可能被战胜”，“我是人，所以我在寻找”。从形式方面看，它发展了19世纪现实主义的叙述形式，对人物性格、活动地点、环境氛围进行多方面描写，并广泛采用过去一般不采用或很少采用的表现手段，如意识流、荒诞、直接或间接的内心独白、时空颠倒、传说、神话等，而且还吸纳了音乐、绘画和电影等方面的艺术经验，诸如蒙太奇等。尤其是在托马斯·曼的《约瑟和他的兄弟们》和安娜·西格斯的《途中邂逅》、艾特玛托夫的《一日长于百年》和布尔加科夫的《大师和玛格丽特》、加西亚·马尔克斯的《百年孤独》和阿斯图里亚斯的《玉米人》等作品里,不仅运用虚拟和荒诞,而且运用现实主义狭隘论者最无法容忍的神话和传说,这是20世纪现实主义诗学上一大突破。正因为它们将历史时间和神话时间、直接真实和间接真实、传说和现实熔铸一炉,把过去和现在、宏观世界和微观世界相互交织,从而给作品增添了新层次、新容量和新信息,并赋予作品以强烈的哲理性。这些作家在创作中力图综合人类经验来探索和回答人与历史存在的关系这一时代的迫切课题。在他们那里,哲理性不仅成了作品的内容,也决定了作品的形式。于是,20世纪文学中一批哲理小说、哲理戏剧和哲理诗歌等便应运而生。

20世纪现实主义文学在形式和手法方面日益多样丰富,包括它对非现实主义诸多流派艺术经验的借鉴,但这并不意味着现实主义在非现实主义化,在异化,在离经叛道;恰恰相反,这是现实主义自身发展的内在需要,也是现实主义的与时俱进。文学史表明,不论过去和现在,不同的文学流派总是在相互挑战和相互影响中前行。这是人类艺术得以发展的广阔道路,也是它的一条普遍规律。现实主义文学从它诞生之日起,就曾经吸收古典主义文学、浪漫主义文学的艺术经验,如古典主义创作中的那些关于日常生活的喜剧、讽刺、寓言,就深刻地影响过19世纪现实主义创作,而狄更斯和陀思妥耶夫斯基的现实主义小说,就运用过浪漫主义的创作题材和手法。至于梅里美和普希金的创作,更无法同浪漫主义一刀两断,因为他们就是由早期浪漫主义者转变为现实主义者的。

20世纪现实主义形式和手法的创新,归根结底,乃是生活使然,时代的呼唤。列宁曾深刻指出:“随着每个时代的发现,甚至在自然科学领域里(更不用说人类的历史),唯物主义必然要改变自己的形式。”布莱希特也有一句至理名言:“关于文学形式,必须去问现实,而不是去问美学,也不是去问现实主义美学。”可见,现实主义作为一种创作方法或诗学体系,从来就是动态的、发展的、开放的,而不是静止的、不变的、封闭的。然而,在一个很长的时期内,这种理解并不为某些现实主义文论家、批评家所认同,他们在对待20世纪现实主义文学时,仍照搬传统的现实主义标准。

例如,在苏联和我国的一些教科书和著述里曾认为现实主义只是“以生活本身的形式反映生活”,或“按照生活本来的样式精确细腻地加以描写”,或表现“典型环境中的典型性格”,或像卢卡契在30年代所认定的那样,把巴尔扎克和列夫·托尔斯泰的创作奉为现实主义的唯一范式。这些观点显然是以偏概全,并不能反映20世纪现实主义创作的全部丰富性,只会削足适履,限制现实主义艺术的审美发展,使之贫乏化。

针对这些片面观点,文学界一些有识之士朝着正确方向提出了自己的新见解。30年代,布莱希特在那场同卢卡契关于现实主义的著名论战中,便鲜明地提出“现实主义的广阔性和多样性”的命题,认为它既可以在细节上忠于现实,也可以采用比喻象征、讲故事的方式,既可以是滑稽诙谐,也可以夸张变形。60年代初,在布拉格举行的那次具有深远影响的卡夫卡国际讨论会上及会后不久,阿拉贡和加罗第便分别提出“开放现实主义”和“无边现实主义”的新观点。70年代初,苏联学者苏奇科夫和马尔科夫也分别提出社会主义现实主义的“开放范畴”和“开放体系”的新命题,主张生活的认识、题材的选择、形式的表现、作家个性的展示,是没有限制的,是开放的。

这就是20世纪现实主义理论探索中的几个重要里程碑。

其实,20世纪现实主义文学创作并非人们想象的那样整齐划一,它同样是一种多类型、多流派的文学。从拉美的现实主义文学来看,至少存在以加西亚·马尔克斯、阿斯图里亚斯、卡彭铁尔为代表的魔幻现实主义,以巴尔加斯·略萨为代表的结构现实主义,以埃内斯托·萨瓦多为代表的心理现实主义等。从全球的现实主义文学来看,大致可以分为:一、客观历史派(以生活本身形式反映生活),如二次大战后表现普通人日常生活的意大利新现实主义;对战争浩劫和人民命运沉思的中、南欧斯拉夫国家的现实主义(米纳奇、伊瓦什凯维奇、安德里奇等人的作品),以及英国的反战讽刺作品等。二、比喻虚拟派,如布莱希特的戏剧,艾吕雅的诗歌等。三、心理描写派,如赫尔曼·黑塞的长篇小说《荒原狼》、斯特凡·茨威格的中篇小说《一个陌生女人的来信》和《一个女人一生中的二十四小时》,安德列耶夫的中篇小说《红笑》和别尔戈利茨的中篇小说《白天的星星》等。四、寓言神话派,如艾特马托夫的中篇小说《白轮船》和《狗花崖》，托马斯·曼的小说《雅各布的故事》和《年轻的约瑟》等。

20世纪现实主义文学内部流派的这种划分是相对的，而不是绝对的。不仅如此，就整个20世纪文学的大流派划分而言，它同样是相对而不是绝对的。20世纪不少作家不可能无条件地纳入某种“主义”。这里面存在许多复杂情况，决不可简单对待：一是有些作家的创作道路曾经历过多种“主义”，例如易卜生先是浪漫主义者或象征主义者，后是现实主义者；高尔基先是浪漫主义者和批判现实主义者，后是新型现实主义者（或社会主义现实主义者）。二是某些作家诸如帕索斯、海明威和福克纳等的某些作品，目前还很难划入现实主义或现代主义范畴，也许可以称之为混合型或中间型作品，这值得进一步探讨。三是“主义”或流派的划分同划分者和接受者的观点密切相关，这里有一个仁者见仁、智者见智的问题。例如，安德列耶夫曾调侃地说：他对出身高贵的颓废派来说，是个可鄙的现实主义者；他对传统的现实主义派来说，是个甚可怀疑的象征主义者。又如，萨特在人们的眼里是个公认的存在主义作家，但他却称自己是个现实主义者。

三

现代主义同20世纪现实主义一样，几乎是20世纪文学的半壁江山。

但，什么是现代主义，它至今仍是一个有争议的复杂难题，甚至在涉及它的每个层次上都存在歧异，更不用说它之后的那个“后现代主义”了。

20世纪文学中任何一个现代主义者，都未曾对“现代主义”这个概念做过一般性的界定。它既不像文学史上古典主义、感伤主义、浪漫主义、现实主义、自然主义等那样，曾经有过这样或那样的宣言，也不像从属于它名义下的象征主义、达达主义、超现实主义、未来主义诸流派那样，曾经作为一个文学团体，发表过这样或那样的纲领来宣布自己的存在。这是其一。其二，“现代”这个术语本身十分笼统，除了表示新的和现代的以外，并无什么实质性内容。所以，有的英国评论写道：“某种以年代推移的速度、与年代一同前进的东西，就像船头浪一样，去年的现代就不会是今年的现代”，以至于“就有了诸如‘原始现代主义’、‘旧现代主义’、‘新现代主义'、'后现代主义'这类相反词语的流通"。其三，被包括在现代主义名义下各流派的艺术和思想倾向，不仅十分驳杂，十分不同，而且有的甚至相互对立。例如，俄国诗歌中作为现代主义组成之一的阿克梅主义，它的兴起和确立的目的，是为了取代俄国象征主义，克服俄国象征主义理论的抽象性和空想性，甚至对俄国象征主义诗歌的实践也采取一种置疑态度。至于说到未来主义，特别是以马雅可夫斯基为代表的那一派未来主义，还有法国和捷克的超现实主义，并不像其他现代主义那样悲观，那样失落，那样孤独，那样朝后看，而是充满革命激情，寄希望于未来，向前看。

现代主义在一个很长时期里，尤其是在苏联和中国等社会主义国家中，往往将它同颓废主义相提并论，视为同义词而加以拒斥。这可能同德国、法国、俄国的一些早期马克思主义文艺批评家的革命立场有关，也可能同某些现实主义作家的文学观点有关。例如，列夫·托尔斯泰在《什么是艺术》一文中，曾批评过象征主义者和颓废主义者的创作，认为它们将真善美的统一性引向了解体。直至1965年，苏联的一本《简明美学辞典》仍写道："'颓废主义'这一概念也可以把这种艺术的形形色色的流派——由抽象主义和立方主义直到现代的超现实主义和抽象主义统一起来。"事情的变化差不多与此同时开始，1964年苏联《简明文学百科全书》(九卷本)第二卷的"颓废主义"条目中，才将它和"现代主义"作了区分，认为后者的许多特征不同于前者，而且把前者的产生时间限定于19世纪与20世纪之交，将后者限定于第一次世界大战前后。此后，苏联文艺学基本上沿袭了这一观点。

"颓废主义"一词源于法文"decadence"，意为没落、堕落。它首先出现于19世纪80年代的法国。最早将它引入文艺领域的是作家和批评家戈蒂叶。在他看来，古希腊、罗马的后期文化(古希腊颓废文艺)具有一种特殊魅力：精细的唯美主义、抑郁的情绪、美妙凄凉的厌世态度。之后，法国人巴茹在巴黎主编出版一个名为《颓废者》(1886—1889)的诗刊。那时的象征主义者及观点与之相同的诗人，都自命为"颓废主义者"。诗人魏尔兰有一句诗说："我是颓废末期的帝国。"可见，颓废主义在当时并无贬意，甚至还是一种自豪与时髦。其著名代表诗人有魏尔兰、马拉美、兰波等。他们宣扬个人主义，为艺术而艺术，其诗歌则弥漫着哀叹、无望、厌世等情绪，即所谓的“世纪末情绪”。后来，颓废主义扩展到欧洲某些国家，而英国的王尔德、比利时的维尔哈伦、俄国的库兹明等，都是该派代表性诗人。

把现代主义等同于颓废主义，这显然不妥，因为两者的内容存在着明显差别，而且颓废主义的存在时间十分短暂。但也不应否认早期象征主义者和颓废主义者之间存在着千丝万缕的联系。俄国象征派女诗人吉皮乌斯说过，她不是颓废派，颓废派真正吸引她的是它的个人主义。但是，这两者之间的联系，在不同象征派诗人那里并不相同。俄国象征派著名代表者和理论家别雷曾写道：波德莱尔对于他是颓废派；勃留索夫对于他既是象征派也是颓废派；勃洛克对于他是象征派而不是颓废派。也许，把颓废主义看作象征主义之前身，更为符合实际。

在一些国家里，当否定颓废主义之声不绝于耳的时候，高尔基则发出了不同的声音。他早在《保罗・魏尔兰和颓废派》一文中便写道，颓废主义作为一个整体和一种思潮，是“有害的”，但又认为在魏尔兰等的诗歌中，“能听到抗议资本主义现实的声音，听到饱经磨难的心灵绝望的呼喊。这种艺术源于想摆脱唯利是图、道德沦丧的世界的强烈愿望，同时，也是危机的征兆”。这一个多世纪之前写的话，在今天也没有失去其意义。1934 年，高尔基又称魏尔兰、兰波等为文学中从事“首饰技艺”的能工巧匠。

现代主义作为 20 世纪文学中一个庞杂而重要的思潮流派，是从象征主义出发的，亦即萌发于 19 世纪末的法国。有人更具体地认定巴黎是它的发祥地：“这唯一的地点，在这里……才有可能摇匀诸如维也纳心理学、非洲雕塑、美国侦探小说、俄国音乐、新天主教教义、德国技巧、意大利绝望情绪等这类‘现代的’药剂。”

现代主义是 20 世纪欧美各种非传统文学的总称，它们为数众多而又相互独立，而且大都具有民族的差别，如英国的意识流和意象派，法国和捷克的超现实主义，意大利和俄国的未来主义，德国的表现主义等。其中有些流派诸如象征主义等已成为国际性文学现象；有些流派诸如达达主义等属地区性文学现象；而阿克梅派则仅仅是俄国的一个现代派。有些流派诸如立方主义、抽象主义等，在文学领域并不突出，但在绘画等艺术领域中却盛极一时。

正因为现代主义是如此千差万别，以至于人们对它究竟应该包括哪些流派，它的时间上限和下限在哪里等一系列问题，都无法达成共识。1974年，马尔科姆·布雷德伯里和詹姆斯·麦克法兰在《现代主义》一书中曾就此写道："这取决于人们是在哪个中心，或在哪个首府（或省份）来观察它的。正如在今天的英国，'现代'这个词语与一个世纪以前马修·阿诺德所理解的含义迥然不同那样，我们可以看到，从一个国家到另一个国家，从一种语言到另一种语言，它的含义也是极为不同的。"这两位英国学者说得很对。例如在中国，人们常说"近代文学史"、"现代文学史"和"当代文学史"，而在法语里，1670年后都称作现代。因此，中国人对现代的理解，和法国人很不同。仅拿英国来说，它的作家、学者对现代主义的起始时间，也是各执一词。例如埃蒙德·威尔逊将现代主义与象征主义联系在一起，这意味着现代主义开始于19世纪80年代，而弗吉尼亚·吴尔夫则认为它产生于1910年12月，正是这个时候"人性改变了……一切人类关系都变化了"；劳伦斯却把它的开始定格在1915年，而理查德·埃尔曼则提出："1900年比弗吉尼亚·吴尔夫的1910年更方便、更准确"，因为现代主义的主题已响彻于爱德华七世时代。

至于现代主义的下限，在世界各国更是众说纷纭，其中最为对立的是：一种观点认为，"现代主义早已成为遥远的过去，在30年代就已经终结"；另一种观点则针锋相对地提出，它"作为我们时代的基本艺术一直延续至今"。究竟哪些流派属于现代主义，人们的看法同样不一致。这同对后现代主义的理解密切相关。例如，有人把存在主义文学划入现代主义；而有人则把它划入后现代主义。英国的"愤怒青年"和美国的"垮掉的一代"的"主义"归属，也是如此——所有这些不同甚至相反的观点，不仅使我们认识到现代主义术语的复杂性，也使我们认识到探讨现代主义问题的复杂性。

尽管现代主义没有提出一份纲领或宣言式的文件，尽管现代主义文学如此五光十色，尽管现代主义每个流派的特点和探索、价值和意义及其存在时间都各不相同，但是它们都认为自己所处的时代是一个不可阻挡的历史转折时期，一个过去时代的信仰和精神价值解体的时期，因此主张重新审视19世纪文学的哲学基础和创作原则。于是，叔本华和尼采的非理性意志论，柏格森的直觉说和胡塞尔的现象学，弗洛伊德的精神分析学和荣格的无意识论，弗雷泽的意识进化说和海德格尔的存在主义等，便成了现代主义的共同哲学和思想基础。正是这些理论模式催生了现代主义者关于世界和人的独特观念。而现代主义创作所竭力表现的则是人与人、人与自然、人与社会、人与物的对立关系与异化关系，以及作家的自我探索和自我思考。因而在现代主义的众多作品中，卡夫卡的小说《变形记》和乔伊斯的小说《尤利西斯》等，就成了这方面最富代表性的作品，也是最有成就的作品。可以说，这些作品几乎成了资本主义世界危机状态的一种符号，一种象征，一种寓言。

也正是现代主义文学的这些理念，使其形式和手法具有强烈的反传统性和反规范性：时空颠倒、意识流、荒诞、象征、潜意识、抽象、复杂多变的情绪与印象，等等。不过，话又得说回来，现代主义的反传统，并不意味着不同任何传统对话，会同传统一刀两断。这从来都不是艺术的发展规律。实际情况同样表明，现代主义同传统现实主义并不是没有任何联系，例如：普鲁斯特就曾经从福楼拜那里吸取过艺术经验和创作思想；别雷非常熟悉果戈理的作品，其小说曾受到果戈理的强烈影响。再拿意识流来说，它并非现代主义的首创。1876年，陀思妥耶夫斯基在其小说《温顺的女性》的“作者告白”里便写道：“当然，叙述的过程持续了几个钟头，断断续续，东拉西扯，形式上不很连贯：他时而自言自语，时而好像在说给一个看不见的人、一个裁判员听。现实生活中也常有这样的情形。”当然，与现实主义相比，现代主义更注重的是浪漫主义传统，因为浪漫主义的表现说与现代主义有着相同之处，而且它们都不满自己所处的时代。

现代主义文学，特别是它的那些经典的优秀的作品，对19世纪末以降西方资本主义世界所经历的巨大动荡和精神危机，对资产阶级的群体意识和个体意识之间的矛盾，对社会的那些中下层人民的不满情绪与艰难境遇，都从一个方面作了有力的揭示和独特的反映，这不容置疑。同时，现代主义文学在艺术表现上所作的那些有价值的革新和有意义的探索，也促进并推动了20世纪文学的整体发展。另一方面，现代主义文学的那种独特的审美反映和表现并不全面和完整,往往把复杂而充满矛盾的社会进程抽象化,看不到大众的呐喊与抗争,而作品中所深深蕴含的悲观主义、虚无主义、个人主义等思想情绪,显然具有消极影响。这同样不容置疑。

现代主义同20世纪现实主义一样,都不是文学的天涯海角。在20世纪文学的历史进程中,它们的发展既不平衡,也非直线行进,时强时弱,时起时落,这是它们的基本路线图。一般地说,一次大战前后是现代主义的鼎盛时期,不少大家诸如乔伊斯、卡夫卡、普鲁斯特、艾略特、托勒尔、马雅可夫斯基等,都出现在这一期间。30年代即史家所称的"红色十年",在西方资本主义世界发生经济大危机、苏联和苏联文学的影响逐渐增强、各国进步人民奔赴马德里参加西班牙人民斗争,以及战争威胁日益逼近的大背景下,现代主义开始走向衰退,现实主义则在世界文坛占据主导地位。四五十年代即二次大战期间及战后的和平建设年代,一方面是现实主义的强劲发展势头不减,如苏联的反法西斯战争和战后重建时期的社会主义现实主义文学,中、南欧斯拉夫国家关于战争与民族命运的现实主义文学,一度风靡全球的意大利新现实主义文学和电影,英美的现实主义文学——"愤怒青年"与"垮掉的一代"等,另一方面是具有实验特征和创新精神的欧美存在主义文学、荒诞派戏剧、新小说派等迅速脱颖而出,同时还掀起了世界性的"卡夫卡热"。大约从60年代起,欧美的实验主义文学风行一时,但各国的现实主义文学创作并没有停滞,特别是拉美魔幻现实主义的异军突起,不仅给现实主义文学,也给世界文坛吹进了一股新风。

现实主义和现代主义在20世纪文学的版图上,既相互对峙、相互挑战,又一时并存、相互影响,尤其是西方国家的现实主义和现代主义,在反映资本主义社会的某些方面,例如人的困惑、孤独、失落等,具有异曲同工之妙。英国文学批评家、小说家戴维·洛奇,在1981年回顾20世纪英国文学百年历程时曾写道:它在现实主义与现代主义之间像钟摆一样来回摆动,分别成为英国不同文学阶段的主潮。洛奇的这一著名"钟摆论"不仅适用于英国20世纪文学,也基本适用于20世纪世界文学。

四

20世纪80年代初，一批西方文学批评家开始用“后现代主义”这个术语，来界定60年代以后西方文学创作的新变化。同时，也有一些批评家并不用它，而用“实验主义”一词。

什么是“后现代主义”，什么是文学创作中的“后现代主义”，这都是一个复杂纷纭、悬而未决的问题。也许可以说，在当今世界上没有一个术语比它更时髦，更富有争议性，更无确定性的了。80年代末，有些著述又开始声称：或“后现代主义”已经过去，或现在是“后现代主义”之后，一种“后后现代主义”业已诞生。

一般认为，“后现代主义”一词，最早来源于西班牙诗人费德利科·奥尼斯的《西班牙暨美洲诗选》(1934)一书。达德莱·麦茨在《当代拉美诗选》(1942)中也使用过它。在他们看来，现代主义文学中已隐含着一种对20世纪初文学潮流的反拨。此外，1939年英国学者汤因比在《历史研究》一书中，曾以“后现代”一词来标志1875年前后西方文明的转折，即西方文明从此转向非理性的混沌一团之过程。但这个术语的广泛使用，则在20世纪60年代，首先是在建筑学中，然后迅速波及绘画、音乐、文学、文艺学、美学、哲学、社会学以及自然科学等领域。用德国学者沃尔夫冈·威尔什的话说：“今天，几乎没有一个领域未被这一‘病毒’所感染。”

从文学创作领域看，关于后现代主义问题的主要分歧有以下一些：

第一，关于后现代主义的起始时间，说法很多。有人认为乔伊斯于1939年发表的小说《芬尼根守灵夜》，标志着后现代主义文学的开端；有人提出它产生于第二次世界大战以后；有人声称它从贝克特的《等待戈多》(1952)肇始；有人从1968年法国学生运动失败后称起；而有的甚至断言古希腊已经有后现代主义。其时间跨度之大，令人莫衷一是。

第二，关于后现代主义和现代主义的关系，前者是后者的继续还是后者的反拨？美国学者伊哈布·哈桑在其所著的《奥尔弗斯的解体》(1971)中，明确认为后现代主义是现代主义的继续。他的这一观点曾受到某些人的响应。可是十年之后，他在《后现代主义问题》(1982)中却修正了这个观点，提出现代主义和后现代主义是文学上两个不同的对立流派，并列出它们之间多达三十多项的不同点：现代主义——形式、目的、转喻、所指……后现代主义——反形式、游戏、隐喻、能指……1995年，荷兰人贝顿斯提出，后现代主义只是现代主义中的一个流派。约翰·巴思也认为它只是一种“后期现代主义”。

第三，关于后现代主义的实质，人们的看法也极不相同。按西方马克思主义文论家詹姆逊的观点，与资本主义上升期相对应的是现实主义，与资本主义垄断阶段相对应的是现代主义，与跨国资本主义阶段或后工业社会相对应的是后现代主义，亦即后现代主义是后工业社会的“文化逻辑”。与此相反，不少欧美批评家诸如乌克兰的扎东斯基等认为，后现代主义不是一个时间顺序或编年史的问题，即它仅仅发生在现代主义之后，而是在“每个历史时代都有自己的后现代主义”，莎士比亚、塞万提斯、拉伯雷都是后现代主义者。意大利作家、批评家贝尔托·埃柯也指出：每个时代都会走向类似尼采在《不合时宜的沉思》中所指出的那种危机的边缘；后现代主义可以追溯到荷马时代。

第四，关于后现代主义的代表作。一般地说，文学史上的每一种流派都有公认的代表作，这是不容争议的。可是，后现代主义的代表作是哪些，竟成为一个有争议的问题。在国内外提供的后现代主义代表作名单中，拉美的魔幻现实主义作品几乎都是首选。其始作俑者很可能是美国的约翰·巴思的那篇文章《后现代主义小说》(1980)。而作为它的代表人物，加西亚·马尔克斯曾一再声明他的《百年孤独》属于现实主义范畴，更确切地说，是一种社会现实主义。很有意思的是《百年孤独》在中国的接受命运。它曾三易其“帜”：最早被归为现实主义，稍后被归为现代主义，最后被定为后现代主义的经典之作。不仅如此，在国内外的一些著述中，以萨特和加缪为代表的法国存在主义作品，英国的“愤怒青年”文学和美国的“垮掉的一代”文学，也分别进入这种或那种的后现代主义作品名单。其实，前者应属现代主义，而后两者应属现实主义。一句话，在世界文学史上，人们对一种文学思潮流派的实质、代表作等基本问题的观点，竟如此之大相径庭，这是前所未有的。

然而，在文学的后现代主义问题上，世界也发出了另一种声音。即便在它的主要发源地美国，不少著述并不使用这个术语，例如，勃拉特索雷等主编的《美国文学传统》(1990)、《诺顿美国文学作品选》(1994)等，尤其是后者在介绍到品钦的作品时，并不言说它们是后现代主义。1988年，一部由美国文学主流派撰写、埃默里·埃利奥特主编的大型《哥伦比亚美国文学史》，不仅不用后现代主义一词，而且说，80年代中期“人们可以喘一口气，我们终于把它打发掉了”。并在论述20世纪60年代以来美国文学的新变化时，以“新先锋派和实验派”一章来概括。有一些美国文学批评著述也称品钦、冯内古特、巴思、梅勒等的作品为“战后实验小说”。至于美国以外的其他西方国家里，较多使用的也是“实验主义”一词。在“后现代主义”帽子满天飞的今天，这不失为一种选择。

大约五六十年代起，各国文学中的确出现了一种新现象，它打破了文学的内部界限，打破了文学与非文学的界限，打破了能指和所指的界限，也打破了美与丑的界限。按《哥伦比亚美国文学史》的说法：“所有的艺术门类本身发生了碰撞。文学、绘画、音乐和舞蹈彼此融合，互相渗透。艺术本身还对‘艺术性’差的媒介——评论、新闻、电视、时装和摇滚音乐实行吸收与反哺作用。所有这些媒介由新先锋派将其与当代文化的非艺术或超艺术现象，特别是历史、经济和政治问题，牢不可破地联结为一个整体。”于是，“作品”一词也被“文本”一词所替换。

这种文学由于“高雅”与“低俗”的文体风格界限被取消，其本身可能已成为通俗文学的一部分，成为“十字街头的一面镜子”。而当20世纪进入其末期的时候，一方面是各国文学日趋通俗化，这几乎成为一种世界性潮流，如科幻作品、侦探作品、言情作品等大行其道，它们不仅为人们提供消遣娱乐，也对社会、人生诸多问题进行思考和探索，因此，文学并非如某些著述所预言的那样，在所谓的“解构”时代里，它“已经死亡”；另一方面是，各国文学都日益呈现出多元化的态势，如女性文学、后殖民主义文学、地方文学、族裔文学等，蔚然成风。

五

20世纪文学格局中，一种新型的现实主义文学，即无产阶级文学或社会主义文学，以其新的人物和新的世界而占据着重要一极。

“无产阶级文学”一词产生于19世纪末，流行于20世纪20年代的苏联、德国、日本等国家。在法国、日本等国，它也被称为“第四阶级文学”。这种文学同社会主义思潮和无产阶级革命运动密切相连，主要以现实主义或革命浪漫主义方法来反映无产阶级的生活及其反对资本主义的斗争。它滥觞于19世纪西欧资本主义国家，英国的宪章派文学、德国的1848年革命时期文学和法国的巴黎公社文学，都曾是早期无产阶级革命运动中最富代表性和最有影响的无产阶级文学，也是20世纪无产阶级文学的先驱。

从19世纪末到20世纪30年代中期，无论在俄国和苏联，还是在世界其他各国，“无产阶级文学”一词都广为流行。这个术语的历史性改变，则同苏联的“拉普”直接相连。“拉普”是“俄国无产阶级作家联合会”的简称，是苏联最大的一个无产阶级文学团体，自1925年正式成立以来的十年里，坚持排斥打击苏联“同路人”作家的宗派立场，并先后在理论和创作上提出诸如“辩证唯物论创作方法”等一系列似是而非的口号，从而给苏联文学的发展造成了巨大损失。1932年，苏联作出取消“拉普”和筹建统一的苏联作家协会的“决议”，并于1934年将社会主义现实主义定为苏联文学的基本创作方法。从此，“无产阶级文学”一词在苏联，在各国，逐渐为“社会主义文学”所取代。

19世纪末20世纪初，随着世界无产阶级革命运动中心由西欧转移到俄国，俄国无产阶级文学异军突起，出现了以高尔基为代表的一批无产阶级作家，而他的新型现实主义小说《母亲》(1906)和剧本《敌人》(1906)，则成为俄国无产阶级文学的奠基之作；同时，还出现了以普列汉诺夫为代表的一批俄国马克思主义文论家，而他的著作《没有地址的信》(1899—1900)和《艺术与社会生活》(1912—1913)等，则为俄国马克思主义美学和文论奠定了基石。

无产阶级文学在世界范围内蓬勃兴起，并成为一种广泛的文学思潮和运动，乃是在1917年俄国十月革命胜利之后。随着世界上第一个社会主义国家苏联的诞生，无产阶级文学逐渐从欧洲走向亚洲和美洲各国，并成为一种有组织联系的全球的文学运动，而苏联作家和苏联文学团体则在这一发展过程中起了核心作用。1920年,"俄国无产阶级文化协会"在共产国际第二次代表大会期间成立了该协会的国际局;1930年11月又在哈尔科夫举行第二次代表会议,有来自苏联、中国、日本、德国、法国、美国、意大利、奥地利、捷克、匈牙利等22国的作家代表出席。会议通过《致世界各国革命作家书》,并决定以俄、德、英、法四种文字出版该会机关刊物《世界革命文学》(1931—1932)。这标志着世界无产阶级文学进入了其历史发展的新时期。

在20世纪无产阶级文学的版图上,除了苏联文学这支主力军外,各国都相应创建了无产阶级文学团体和刊物,如"德国无产阶级革命作家联盟"(1928)及《左翼》杂志,美国的"约翰·里德俱乐部"、"工人戏剧联盟"及《解放者》、《工人月刊》和《新群众》等杂志,法国的"革命作家艺术家联合会"(1932)及月刊《公社》,日本的"日本普罗文艺联盟"(1925)及《播种人》、《前卫》和《文艺战线》等刊物。中国的"创造社"和"太阳社"于1928年开始提倡无产阶级文学,而创造社的主将郭沫若于1925年便提出:中国革命文学就是"表同情于无产阶级的社会主义的写实主义的文学"。1927年,鲁迅肯定了无产阶级文学的存在,认为"世界上的民众很有些觉醒了","那自然也会有民众文学——说得彻底一点,则第四阶级文学"。

二三十年代是各国无产阶级文学蓬勃发展的黄金时期,涌现出了一大批无产阶级作家和代表作,如美国约翰·里德的报告文学《震撼世界的十日》和迈克尔·高尔德的《没有钱的犹太人》,日本小林多喜二的《蟹工船》和德永直的《没有太阳的街》,法国巴比塞的《火线》和保尔·瓦扬-古久里的《红色列车》,德国贝歇尔的《王位上的尸体》和布莱希特的《母亲》,英国罗伯特·特莱塞尔的《穿破裤子的慈善家》和詹姆斯·巴克的《大手术》,丹麦尼克索的《蒂特——人的孩子》和汉斯·基亚克的《渔夫》,以及苏联肖洛霍夫的《静静的顿河》、法捷耶夫的《毁灭》和奥斯特洛夫斯基的《钢铁是怎样炼成的》等。与此同时,还出现了一批著名马克思主义文论家批评家,如德国的梅林、蔡特金和罗莎·卢森堡,法国的拉法格,日本的青野季吉和藏原惟人,英国的福克斯和考德威尔,匈牙利的卢卡契,意大利的葛兰西,保加利亚的巴甫洛夫,美国的芬克斯坦等。

特别是30年代，它是20世纪无产阶级文学史上具有特殊意义的十年。这十年，苏联在经历国内战争和外国武装干涉后，从一个落后的农业国转变为一个工业国，社会主义经济建设的长足进展和人民生活水平的提高，同美国和欧洲一些国家于1929年至1933年发生的经济大危机形成巨大反差，因而在欧美有"红色十年"、"向左转的十年"或"马克思主义化的十年"之称。这十年，苏联书籍、苏联文学、马克思主义经典作家的主要著述在日本、中国和世界其他各国纷纷被译介，各国作家艺术家诸如罗曼·罗兰、吉德、威尔斯、泰戈尔、梅兰芳等，频繁造访苏联。这十年，世界进步、民主和革命的力量面对法西斯威胁，团结斗争，有来自54个国家的工人阶级代表和仁人志士组成国际纵队开赴马德里，支持西班牙人民阵线进行斗争，其中不少作家发表了关于西班牙内战的散文和政论。同时，各国作家和文化工作者先后在巴黎、阿姆斯特丹、华沙、布拉格等地举行捍卫文化与和平的国际会议。总之，这十年的文学明显地走向政治化和革命化。

尽管世界各国人民为捍卫和平进行不懈斗争，但人们终究未能制止战争的爆发。第二次世界大战伊始，各国革命的、进步的作家迅速行动起来，积极投入反法西斯斗争，世界反法西斯文学从此波澜壮阔地展开，如苏联的反法西斯卫国战争文学，中国的抗战文学，南斯拉夫的游击文学，以及欧洲各国的人民阵线文学和抵抗文学等。拿法国抵抗文学来说，其参加者不仅有共产党人作家艾吕雅和阿拉贡，也有超现实主义者苏波和达达主义者查拉，存在主义作家萨特和加缪等。正是他们为20世纪文学谱写了可歌可泣的光辉篇章，而且其中不少共产党人作家和进步作家在战争中献出了自己的宝贵生命，如苏联的盖达尔、法国的圣埃克苏佩里、西班牙的加西亚·洛尔卡、南斯拉夫的科瓦契奇、波兰的巴钦斯基、保加利亚的瓦普察洛夫和捷克的伏契克等。

1945年，第二次世界大战结束后，世界政治格局发生巨变，苏联已不再是被资本主义汪洋大海包围的社会主义"孤岛"，在欧洲、亚洲的广阔地平线上相继出现了中国、波兰等十几个新兴社会主义国家。1959年又有拉美的古巴加入社会主义阵营。这些新兴社会主义国家的文学，以苏联文学为师，并与资本主义国家的社会主义文学一起，汇成了世界社会主义文学的洪流。这是20世纪文学中前所未有的新景观。

50年代中期起，苏联文学随着生活的变化，在克服公式化、概念化等诸多弊病和失误后，在紧张的反思和不断的探索中，引来了一些显著变化：普通人形象取代正面人物、理想人物而逐渐占据文学中心地位，人性的魅力及其复杂性得到了全面展现；形式和手法、体裁和题材日趋多样化。肖洛霍夫的短篇《一个人的遭遇》、特瓦尔多夫斯基的长诗《山外青山天外天》、索洛乌欣的抒情散文《弗拉基米尔公路》等，就是反映这一历史性变化的代表作。

然而，就在这个时候，即50年代末60年代初，在社会主义国家中，苏联和中国这两个大国之间爆发了一场激烈的意识形态大论战，同时也引起了双方文学界的相互对立。尤其在中国进入"文化大革命"十年浩劫时期后，这种相互对立达到顶点。中苏的分歧和论战无疑给世界社会主义文学运动造成了巨大损失。80年代中期，国际风云再次变幻，中苏两国先后步入改革开放时期，这使两国关系逐渐走向正常化，两国文学交流也得以恢复。但是，就在这个时候，东欧社会主义国家和苏联加速面向西方的"改革"步伐，最终导致东欧社会主义国家多米诺骨牌式的倾覆和苏联的解体，使一个有着七十多年历史的第一个社会主义国家不复存在。这是震撼世界的1991年。苏联文学从此也同步地成为一种历史现象。这标志着20世纪世界社会主义文学进入低潮。但是这绝不是它的"历史终结"。苏联文学的不复存在，20世纪世界社会主义文学的艰难曲折历程，将留给人们无尽的思考和探索。

六

现在，呈现于大家面前的这部《20世纪外国文学简史》，大体上是按我们对20世纪外国文学的上述了解写成。

这是一本涵盖20世纪亚非国家和欧美国家文学即东方和西方文学的全景文学史，也是一本全面展现20世纪文学格局即传统现实主义文学和现代现实主义文学、无产阶级文学和社会主义文学、现代主义文学和实验主义文学的文学史。

本书虽然涉及世界五大洲六十多个国家的文学,但由于它坚持一条原则即国别文学撰写者必须掌握该国语言文学而又从事该国文学研究,因此仍有一些国家的文学未能收入。它们在本书的“缺席”并非它们不重要,而是目前在国内尚找不到符合如此条件的研究者,这不能不说是一种时代的遗憾。但应该说,我们在这方面已经做了很大努力,力图多收入一些重要的国别文学。

此外,本书80年代以后的国别文学撰写,由于中、东欧和亚非等一些国家尚处于战火或动荡之中,其文学资料难以收集,因此它们在书中所占的比例,明显地比欧美国家少,以致造成了前后章节之间的长短失衡。这也是一种无可奈何的情况。另一种情况是,80年代以后的欧美文学出现了不少新人新作,但他们及其作品均未经受较长的时间检验,加之人们的评论不一,其文学地位目前尚难定论。在这种情况下,为了使读者更多了解其情况,因此本书所涉及的此类作家作品在篇幅上比80年代以前的相对多一些。虽然这样显得似乎不够平衡,但实为了有利于读者的了解全貌,也为了有利于将来更深入的研究。

顾名思义,本书是一部关于外国的20世纪文学史,我们的祖国文学——中国文学并不包括在内,然而它作为一个对话者却始终参与其中。这就是说,更多地联系中国文学的实践,注意中国接受的特色和中国作家学者的评论,是它追求的目标之一。

事物总是在矛盾中进行,利弊往往相伴。在一个较长时期里,我国还很难由一个人或几个人来完成一部如此规模、如此要求的断代文学史著述。而集体编书,历来的经验证明,有利有弊。它可以集众人的力量与智慧,经过数年艰苦的努力去完成较大的项目,但它本身却又存在难以克服的弊端,本书自然也不例外,如理论审美观点和价值评判标准的某些差异,文体风格的不一致等,都显而易见,甚至关于大小作家、作品的评述,在字数上也很难按预先规定的要求做到。可以肯定地说,这部外国文学史的缺点与不足远不止这些。因此,诚恳希望同行和读者多提宝贵意见,以便以后改进。

第一卷

世纪之交的外国文学

概论

19世纪和20世纪之交，西方资本主义国家先后进入帝国主义阶段，美国、德国和意大利等国后来居上，欲与英国、法国、西班牙等老牌帝国重新瓜分世界。西方列强之间的矛盾愈演愈烈，使世纪之交硝烟弥漫、战火连绵，最终于1914年导致第一次世界大战的爆发。与此相应的是，东方国家除日本之外全都沦为西方资本主义国家的殖民地或半殖民地；以俄国十月革命为标志的无产阶级革命运动迅速发展，亚非拉地区的民族解放运动方兴未艾，这一切，都表明世界进入了一个全新的时代。社会动荡的空前激烈和科学技术的巨大进步，催生了形形色色的学说和思潮，深刻地影响了包括文学在内的意识形态领域的变革。世纪之交的诗歌、散文、小说和戏剧，乃至相关的音乐、绘画和舞蹈等艺术领域，都是流派林立，异彩纷呈，迎来了一个新纪元。

概括起来，世纪之交是现实主义文学和现代主义文学争奇斗艳、各放异彩的时代。这一时期的现实主义文学也包括了自然主义文学和无产阶级文学，乃至美国特有的黑人文学；现代主义文学则除了象征主义和唯美主义等许多流派之外，还包括意识流小说。

帝国主义最主要的特点之一是向外扩张，它们有时为了共同的利益而勾结起来，最典型的例子是八国联军镇压中国的义和团运动，但更多的是为了争夺殖民地的原料和市场而诉诸武力。帝国主义扩张不但引起了殖民地人民的反抗，而且加剧了它们国内的社会矛盾，导致工人罢工和诸如震动整个欧洲的“德雷福斯事件”那样的政治事件，从而极大地增强了作家们的政治意识和斗争精神。现实主义文学的特征是客观地观察、反映和揭露社会现实。因此这种历史条件和社会环境为现实主义文学的发展提供了肥沃的土壤。欧洲现实主义文学在19世纪达到了高峰，产生了以巴尔扎克、列夫·托尔斯泰、狄更斯等为代表的现实主义小说大师，到新旧世纪之交还依然保持着发展的势头，涌现了以英国的哈代和康拉德，法国的法朗士和罗曼·罗兰，德国的海因里希·曼和托马斯·曼，美国的马克·吐温和杰克·伦敦，俄国的契诃夫和蒲宁，波兰的莱蒙特，日本的夏目漱石等为代表的一大批优秀的现实主义作家。他们继承和发展了19世纪现实主义文学的传统，同时又具各国文学的民族特点，所以20世纪现实主义文学的形式、手法、体裁和风格，都越来越新颖、丰富。

与此同时，科学和技术的巨大进步使得交通发达、通讯方便、能源更新，有力地促进了资本主义经济的发展。爱因斯坦的相对论、达尔文的进化论和斯宾塞的物竞天择理论等新学说，极大地改变了传统的观念和社会的面貌。19世纪50年代以后，科技的发展已经使孔德的实证主义哲学在社会科学领域中占据了统治地位。在这种背景下，法国文艺批评家泰纳首先提出了文学的发展决定于种族、环境、时代的实证主义理论，主张把自然科学的理论和方法应用于文学领域，从而为自然主义文学的形成和发展奠定了理论基础。自然主义文学源自法国作家龚古尔兄弟从1860年开始创作的小说，作为文学流派则产生于以左拉为首的梅塘集团，其标志是该集团出版的中短篇小说集《梅塘之夜》(1880)，而莫泊桑的名篇《羊脂球》就是其中之一。1887年，左拉描写法国农村的小说《土地》受到猛烈抨击，几个自称是自然主义作家的年轻人发表《五人声明》，对左拉进行人身攻击，导致自然主义文学流派的解体。左拉于1902年逝世之后，自然主义逐渐遍及欧美乃至东方，成为一种世界性的文学思潮，尤其在20世纪的德国和日本得到了充分发展。实际上，作为一个伟大的作家，左拉从来没有，也不可能完全贯彻其自然主义的创作主张，他的作品虽然明显地受到生理学和遗传学的影响，但基本上仍然是对社会现实的反映和揭露，因此可以说，法国的自然主义是现实主义在科技取得巨大进步的历史条件下的新发展,左拉和莫泊桑都是杰出的现实主义作家。

随着欧洲古典哲学的衰落,除了在科技发展的推动下形成的实证主义哲学之外,还产生了其他种种新的哲学思潮。其中在人类思想史上堪称伟大变革的,是产生于19世纪40年代的马克思主义。马克思主义的传播和社会主义思潮的日益普及,无产阶级运动的兴起,这不仅使得许多资产阶级作家接近了工人群众和劳动人民,写出了不少批判社会现实的优秀作品,而且在俄国和美国、英国、丹麦、波兰、保加利亚等一些无产阶级运动兴起较早的国家里,还形成了无产阶级文学。无产阶级文学是在马克思主义和社会主义思想影响下产生的新型文学。它包括文学创作和文学批评两个部分,它们几乎是同时发展起来的。文学创作以高尔基的作品为代表,包括波兰无产阶级革命诗人博·捷尔文斯基和瓦·希文切斯基等人的诗作。文学批评以梅林和普列汉诺夫等马克思主义文学批评理论为代表,其中还有德国的罗莎·卢森堡、克拉拉·蔡特金、卡尔·李卜克内西和法国的拉法格等等。

在世纪之交形形色色的资产阶级哲学中,影响最大的是德国尼采的超人哲学和法国柏格森的生命哲学。尼采认为人类漫长的文明时代已经终结,人类历史已经到了决定命运的时刻,并且猛烈抨击基督教教义,他主张的"超人"就是与基督教传统相反、与"基督徒"对立的人。他还在《查拉图斯特拉如是说》(1883—1884)里宣称"上帝死了",以此来摧毁迄今为止的一切价值观念。尼采的信念在西方引起了许多人的共鸣,加上他的文笔优美,因而对现代主义文学产生了深远而持久的影响。柏格森与尼采一样文采出众,甚至在1927年获得了诺贝尔文学奖。他的主要贡献在于提出了与科学时间不同的"持续时间"观念,即人类是一种持续的存在,只有在人类自身的意识中展现的时间才是真正的时间,一种流动的、不受理性限制的时间,人只有在这种时间里才有进行选择的自由意志,才能领悟自我的本质。他的这一理论对于现代主义文学特别是意识流文学有着极大的影响。例如,普鲁斯特的巨著《追忆似水年华》就是力图用持续时间来表现生命的永恒。在这方面同样著名的,是奥地利医生弗洛伊德的精神分析说,它使人类认识到了一向被忽视的潜意识领域,以及人要靠理性来压抑欲望和感情的心理现实。他对心理结构的划分(本我、自我、超我）和对人的性本能的强调，为现代主义文学的形成和发展提供了理论基础。

世纪之交的现代主义是一种思想和艺术上十分驳杂的文学现象，包括唯美主义、象征主义、表现主义、未来主义、颓废主义等流派。唯美主义可以追溯到法国诗人戈蒂耶在1834年提出的“为艺术而艺术”的主张，它后来在法国帕尔纳斯派诗歌里和英国都得到了进一步发展。象征主义起源于19世纪中叶法国诗人波德莱尔、魏尔兰和兰波的作品，它作为一个流派的标志是莫雷亚斯在1886年发表的《象征主义宣言》。五年之后，又发表的《罗曼派宣言》宣告了象征主义的解体。不过与自然主义一样，它不仅没有消失，而且还蔓延到包括中国在内的其他国家，并扩展到了戏剧和小说的领域，其中著名的有比利时剧作家梅特林克，法国诗人和剧作家克洛代尔，德国和奥地利诗人格奥尔格、里尔克、霍夫曼斯塔尔，俄国诗人勃洛克及诗人和小说家别雷，波兰剧作家韦斯皮扬斯基等。象征主义在法国还引发了20世纪20年代的后期象征主义，并在世界上产生了广泛影响。表现主义这个词最初出现在1901年巴黎的玛蒂斯画展上，是茹利安·奥古斯特·埃尔维的一组油画的总名，后来被德国的《暴风》杂志用来称呼柏林的先锋派作家。表现主义在音乐上否定旋律，在绘画上以夸张和歪曲现实形象的方法来表现心理的真实，在小说创作上则是对现实的变形或扭曲，奥地利作家卡夫卡就是其突出的代表。未来主义于1909年兴起于意大利，它崇尚以机器和科技为主要特征的现代都市文明，讴歌机械的力量、速度和节奏，否定一切传统和文化遗产。颓废主义于1880年被用来称呼一群“放荡的”法国青年诗人，它一度与象征主义混同；巴茹在1886年就创办了《颓废者》杂志，它后来在英国唯美主义运动中得到了进一步发展，对20世纪初现代主义的各个流派都有不同程度的影响，因为它迎合了那动荡不宁的社会中人们焦虑和避世的情绪。

世界各国文学的进程从来都不平衡。世纪之交的各个文学流派都起源于欧洲，尤其是法国，绘画方面的印象主义、后印象主义也都产生于法国，这一现象的形成并非偶然。首先，从古典主义、启蒙主义、浪漫主义到现实主义，法国都是开风气之先；其次，世纪之交的法国又恰恰呈现出空前繁荣的局面。1889年落成的埃菲尔铁塔，1890年和1900年举行的巴黎博览会,以及地下铁道的建设等等,都标志着法国在世界各国中占有重要地位。

世纪之交在西方文学中有两类国家在文学上却不占优势:一类是已经衰落的老牌帝国西班牙和葡萄牙;另一类是刚刚立国或未形成本国文学的加拿大和澳大利亚。

西班牙和葡萄牙在历史上曾依靠航海大发现而成为世界强国,于15和16世纪征服了拉丁美洲,使这一地区长期沦为它们的殖民地。它们的文学直接影响了拉丁美洲的文学,但本身也由于受到美洲土著文化的影响而大为丰富,因而在文学史上有过光彩夺目的“黄金世纪”,产生过塞万提斯和卡蒙斯那样伟大的作家。但是到19世纪末叶,面对一大批发达的工业大国,它们却因为闭关自守而变得一蹶不振、今非昔比。西班牙诗人反而要向美洲诗人学习。与它们相反,加拿大虽然在1867年就已立国,但是直到世纪之交才逐步发展成为一个受人重视的国家。澳大利亚曾是英国的殖民地,1901年才成立联邦,移民占有很大的比例,直到19世纪末叶才开始形成自己的民族意识和具有本国特色的文学。

当西方帝国主义国家和日本积极备战、向外扩张的时候,沦为它们的殖民地或半殖民地的东方国家,把增强民族意识、争取民族解放作为首要任务,例如,朝鲜的义兵起义、越南的勤王运动、菲律宾的抗美独立战争、印度的宗教改革、伊朗的立宪运动,等等。世纪之交东方各国的文学总的来说还处于反封建的启蒙运动阶段,以反对旧封建礼教、提倡科学、普及教育、改革宗教等为主要内容,需要在反对殖民者压迫的同时学习西方的科学技术,借鉴西方文学的形式和体裁,所以东方国家在世纪之交往往大量翻译介绍西方的文学作品,在文学方面总的来说,是受到了西方文学的影响。

东方国家中日本是一个特殊的例子。一方面,在明治维新之后,日本资本主义迅速发展,在文化上受到了西方文明的强烈影响;另一方面,由于改革的不彻底,封建势力仍很强大,中日甲午战争和日俄战争的胜利造成了对本国文化的盲目迷信,这就使日本在社会结构和文学方面都处于一个转型阶段。写实主义、浪漫主义、自然主义、新浪漫主义、理想主义、新写实主义、反自然主义等文学流派,像走马灯一样匆匆而过,直到20世纪20年代以后它的文学才逐渐成熟起来。世纪之交,日本虽然比其他东方国家更多地受到西方文学的影响,但仍处于"混沌时代",未能形成充分体现本国特色的文学。

文化影响从来都不是原封不动地照搬,而是同民族的历史条件紧密相连。例如拉丁美洲文学在欧洲文化的影响下,逐步发展成为一个相对独立的完整体系。20世纪风行世界的现代主义,就是来自拉丁美洲的第一个具有独创性的文学流派的名称。拉美作家对古代和外来的影响兼收并蓄,因此不像欧洲文学那样流派分明,而是形成了一种既丰富又庞杂的特色,最终在20世纪以魔幻现实主义文学震动了整个世界。又如波兰的象征主义文学,虽然受到法国象征主义的影响,但它发掘和继承了波兰浪漫主义的许多特点,因此又被称为"新浪漫主义"或"抒情象征主义"文学。日本在形成自然主义文学的同时,还产生了反自然主义文学。

第一章

法国文学

概述

世纪之交的法国从资本主义转变为帝国主义。法国从19世纪下半叶开始先后占领了突尼斯、西非、刚果等非洲广大地区和整个印度支那,因而与英国、德国等列强发生利害冲突,直至最后积极参与了第一次世界大战。19世纪80年代以后,政治经济丑闻接连不断。国内阶级矛盾的激化和贫富悬殊的加剧,各派政治力量日益尖锐的冲突,在文学上为作家们批判社会现实提供了丰富的题材。法朗士和罗曼·罗兰等现实主义作家,以及左拉和莫泊桑等自然主义作家,都继承了巴尔扎克等批判现实主义作家的事业。

法国的无产阶级文学在巴黎公社之后虽然未能得到充分的发展,但是像拉法格那样坚持马克思主义的文艺批评家,对20世纪法国的进步文学产生了很大影响。与此同时,出版业的繁荣和报刊的大量增加,则有力地推动了文学的发展和作品的流通。法国的自然主义文学在龚古尔兄弟从1860年开始的小说创作中就已见端倪。自然主义文学流派的标志是左拉发表的《实验小说》(1880)等论文集,以及同年形成的梅塘集团和它的中短篇小说集《梅塘之夜》。法国的自然主义作为一个文学流派,在左拉逝世之后,逐渐发展成了一种世界性的文学思潮。

作为第一个现代主义文学流派,象征主义创立于 1886 年,解体于 1891 年。用法语创作的比利时诗人维尔哈伦,在此期间出版了三部象征主义的诗集《黄昏》(1887)、《瓦解》(1888)和《黑色的火炬》(1890),倾诉世纪末的颓废情绪。象征主义的杂志在世纪之交依然层出不穷,诗作仍在出版,而且越出了诗歌的范围,进入了戏剧、文论和小说的领域,涌现出评论家居斯塔夫・科恩和小说家雷米・德・古尔蒙、剧作家梅特林克等象征主义作家。

世纪之交的法国也出现了一些不完全属于某个流派的著名作家,保尔・布尔热就是其中之一。他最著名的小说《弟子》(1889)叙述一个青年哲学家为了实现观察人的心理的科研计划,在当家庭教师时诱惑了正准备出嫁的少女,结果使她在知道这一真相后自杀。布尔热通过这部自传式的小说来揭露科学的有害影响和无神论的不道德,并且在小说里运用了心理学的最新成果和无意识的概念,令人耳目一新。

总起来说,19 世纪的浪漫主义、现实主义、自然主义、象征主义等文学流派各领风骚,为人类的文化宝库留下了不朽的名著和精彩的篇章。到 19 世纪末,这些流派在整体上退出了历史舞台,但是它们都留下了不可磨灭的烙印,深刻地影响了国内外的作家,同时孕育着 20 世纪的新文学,所以世纪之交的法国文学就显得流派林立,异彩纷呈。

第一节　罗曼・罗兰

罗曼・罗兰(1866—1944)是法国现代著名的小说家、剧作家、传记作家、评论家和社会活动家。他于 1866 年 1 月 29 日出生在法国涅夫勒省的克拉姆西镇,从小就在母亲的熏陶下养成了对音乐的爱好,1880 年随父母迁居巴黎。在中学里他醉心于托尔斯泰和雨果的作品,形成了非暴力的人道主义思想。1886 年他考入巴黎高等师范学校,毕业后获历史教师资格,赴罗马研究历史。1892 年回国后教授音乐史,同时创作了《卡里古拉》、《芒图之围》等几个历史剧,但未能上演。他的三部"信仰悲剧"即《圣路易》(1897)、《阿埃尔》(1898)和《理性的胜利》(1899)也受到冷遇。

他在社会主义思潮的影响下参加"人民戏剧"运动,写出了包括《理性的胜利》在内的《群狼》(1898)、《丹东》(1900)和《七月十四日》(1902)等一系列以法国大革命为题材的"革命剧",表达了他厌恶暴力和实现全人类博爱的理想。他的剧作就是他的真实思想的反映:《群狼》表现了被保王党围困在梅因兹城的共和派军队的内讧,以此来影射"德雷福斯事件";《理性的胜利》写吉伦特派宁可死在雅各宾党人的手里也不接受保王党的援救,表明了作者对吉伦特派的同情和对雅各宾派的反感;《七月十四日》表达了"人民戏剧"的思想,描写了巴黎人民攻占巴士底狱,推翻封建制度的斗争,剧中的革命英雄拉扎尔·奥什与《理性的胜利》中的亚当·吕克斯一样都体现了人的价值,是罗曼·罗兰讴歌的强者;《丹东》写了这位革命领袖被逮捕和处死的过程,用他的话表达了罗曼·罗兰的博爱理想。这些剧本虽然具有史诗般的气息,但是由于在艺术上不大成功而很少上演。这一时期罗曼·罗兰在《戏剧评论》杂志上发表的许多关于戏剧的文章,1903 年结集为《人民戏剧》出版。

罗曼·罗兰认为世纪之交的欧洲由于腐败而令人窒息,需要呼吸一下伟人们的气息,于是开始为他所崇拜的作家和艺术家写传记,其中主要有《贝多芬传》(1903)、《米开朗琪罗传》(1906)、《托尔斯泰传》(1911)。这些传记描绘了伟人们的苦难和坎坷,赞美了他们的高尚品格和在厄运中顽强奋斗的精神。他写作的名人传记与众不同。在他的笔下,我们固然可以看到名人的业绩,但更多地感受到的却是他们的内心,他们和常人一样的痛苦、挣扎和矛盾。罗曼·罗兰景仰为了人类幸福而奋斗终生的伟人,他认为伟人并非完人,英雄出自患难,所以能够如实地写出伟人们的痛苦、磨难、犹豫和彷徨,乃至他们的弱点和缺陷。从这个意义上来说,这几部名人传记是他一生的信仰和写作的基础,《约翰·克利斯朵夫》等传世作品都是在这个基础之上的延伸和发扬。

从 1904 年起,罗曼·罗兰开始在他的好友夏尔·贝玑主编的《半月手册》上连载他的十卷本的长篇小说《约翰·克利斯朵夫》,每年汇成一卷出版,至 1912 年出齐。他在这部巨著里描绘了音乐家约翰·克利斯朵夫历经坎坷终于成名的一生。《约翰·克利斯朵夫》的前三卷《黎明》、《清晨》和《少年》,描写了克利斯朵夫的童年和少年时代及其性格的形成。他出生在德国莱茵河畔的一个小城里，祖父和父亲都是音乐家，可是父亲既酗酒又专横，给他的童年带来了很大的痛苦。特别是祖父死后家庭陷入困境，父亲酒醉后掉在沟里淹死，两个弟弟离家出走，只有克利斯朵夫与母亲相依为命。这时他虽然已经成为宫廷乐队的第一小提琴手，但是还不得不到有钱人家里去当钢琴教师以补贴家用。他在经历了几次爱情上的挫折之后心灰意冷，几乎走上了父亲当年酗酒的老路，幸亏听到当乡村货郎的舅舅高烈弗特的教诲才振作起来。

第四卷《反抗》和第五卷《节场》写克利斯朵夫终于摆脱了青春期情欲的束缚，冷静地审视自己从前的作品，感到它们是多么愚蠢和可笑。从此他敢于正视过去受人崇拜的一切，看到了德国艺术的虚伪，因而开始与小城里的人处于敌对的地位，最后由于顶撞大公爵而被赶出了宫廷乐队。有一位法国少女名叫安多纳德·耶南，是为了供兄弟上学才到德国来当家庭教师的，却由于偶然和他一起看戏而被解雇，回到法国去了。克利斯朵夫决心离开这座闭塞的小城。有一天他在乡下看到大兵们在舞会上捣乱，在混乱中他把为首的班长打成重伤，只得逃往巴黎。然而他发现法国的文艺现状同样虚伪和庸俗，文坛上弥漫着铜臭和精神卖淫的风气，艺术成了社交界和官场捞取资本的手段。总之整个巴黎文艺界就像乱糟糟的集市一样。克利斯朵夫感到无比失望，他批评了法国当代的一些著名作家，重新陷入了孤立的境地。只有跟他学琴的小女孩葛拉齐亚同情他，爱他，但是她最后不得不回到意大利。

接下去的三卷是《安多纳德》、《户内》和《女朋友们》，着重描写了克利斯朵夫的友谊和爱情。安多纳德的弟弟奥里维考取了巴黎高等师范学校，她的健康却日益恶化，最后把一封未写完的信夹在书里就去世了。奥里维从信中了解到她对克利斯朵夫的爱情，就设法到音乐会上同他结识，两个崇尚自由的年轻人结下了深厚的友谊。

出版商哀区脱买断了他的全部作品，而且将它们篡改出版。克利斯朵夫决心把作品赎回来，结果又引起了报刊的猛烈攻击。可是攻击忽然停止了，原来葛拉齐亚的丈夫是奥地利驻法国使馆的随员，继承了父亲的伯爵头衔，她就利用自己伯爵夫人的地位来使克利斯朵夫走红。克利斯朵夫在兴奋之余，又为自己得不到人们真正的理解而痛苦。

第九卷《燃烧的荆棘》写克利斯朵夫经受了最后的考验。在“五一”节的群众集会上，奥里维为了救护一个孩子而被警察和人群踩在脚下，愤怒的克利斯朵夫抓住敌人的刀扎进了对方的胸部，不得不逃往瑞士，寄居在当医生的同乡勃罗姆的家里。勃罗姆的妻子阿娜出身于教规极严的新教家庭，但是克利斯朵夫的琴声唤醒了她长期被宗教信仰所压抑的情欲，他们在音乐的魔力下发生了关系。克利斯朵夫为此感到无比痛苦与羞愧，在自杀未遂之后，他来到汝拉山上的一个小山村里埋头创作，在一个孤独的农家隐居了十年之久。

第十卷《复旦》写他在十年之后已经举世闻名，他的创作已经到达了恬静的境界。他把晚年的爱给了奥里维的儿子乔治和葛拉齐亚的女儿奥洛拉，像慈父一般促成了他们的婚姻。他最后在病榻上回顾了自己的一生，对一切都表示忏悔和宽恕，认识到只有人道主义的博爱精神才是人类欢乐和幸福的源泉。他的灵魂已被一生的痛苦所净化，他直到临终都在心里谱写着一曲生命的颂歌。他做了最后的祈祷：“主啊，我曾经奋斗、曾经痛苦、曾经流浪、曾经创造。让我在你为父的臂抱中歇一歇吧。有一天，我将为了新的战斗而再生。”

《约翰·克利斯朵夫》是20世纪初法国最重要的现实主义文学巨著，同时又极富浪漫主义的色彩。罗曼·罗兰把小说的主人公命名为克拉夫脱，这个词在德语里的意思就是力量。因为他要表现的是一位能够驾驭内心丰富感情的音乐家，一个能够以个人奋斗来控制生活的英雄。所以小说应该是一曲《欢乐颂》：英雄毫无自私之心，只有仁慈和智慧，在与他人的交往中安详而从容。然而当作家把这个人物置于社会现实之中的时候，不禁对20世纪欧洲的麻木状态感到震惊，因此先后揭示了德法两国和意大利的社会现状，鞭挞了文化界的庸俗和虚伪。他在向读者指出文明危机的同时，提出了一种超越国界的人道主义理想，呼吁用博爱的精神来团结各个民族，从而使这部作品在世界上产生了广泛而深远的影响。

罗曼·罗兰在1890年梦想过写一部抒情的音乐小说，即重在表达情感而不是分析情感。他要打动的不是读者的理智而是心灵，所以他像雨果一样在小说中随时评论和抒情，因而这部传记式的作品虽然不像浪漫主义小说那样以情节的生动见长，也不像自然主义小说那样以细节的真实感人，但是充满了诗情画意，它描绘的生活就像一条长河，有节奏地向大海流去。应该指出的是，这部小说从酝酿到完成，前后长达二十余年，可以说或多或少就是他的自传，只是他的个性体现在不同的人物身上，所以不易察觉罢了。

《约翰·克利斯朵夫》全书出版后荣获法兰西学士院文学大奖，罗曼·罗兰从此成为职业作家。第一次世界大战爆发前夕，他在 1913 年春夏回到故乡克拉姆西镇小住，重新体验了古老的高卢乡村气息，创作了中篇小说《哥拉·布勒尼翁》，由于战争的原因推迟到 1919 年才出版。小说采用日记的形式，记叙了从 1616 年 2 月 4 日圣蜡节到 1617 年主显节期间的社会现实和主人公的生活，塑造了木匠哥拉·布勒尼翁这个天性乐观的高卢人的形象。他在这个闭塞的外省地区，整天摆弄木头，刨光磨平，闲下来就在小园子里翻翻土地，自得其乐。他会雕花，喜欢酒和女人，生于宗教战争的动乱时代，却以乐天主义的态度享受人生。他经历了种种不幸的遭遇，心上人莫名其妙地被人夺走，婚后老婆吵闹难缠，儿子们长大后又勾心斗角，加上战争、瘟疫、火灾，却依然爽朗快活，俏皮幽默。他不会抽象的推理，但是有自己的哲学。例如在宗教战争期间，他认识到自己是夹在牧羊人和狼之间的羔羊。最后他组织平民起来反抗，因为“当你是个铁砧的时候要忍耐，而一旦成了铁锤，就狠狠地打吧”。

《哥拉·布勒尼翁》体现了法国民族文化的传统，体现了属于高卢精神的乐观的生活信念。从这个意义上来说，哥拉·布勒尼翁的性格与约翰·克利斯朵夫是一致的：他们都能清醒地面对痛苦和不幸，成为自己生活的主人。不过两部小说的风格截然不同，《哥拉·布勒尼翁》继承了拉伯雷的风格，充满了谚语格言、滑稽故事，以日常生活中的具体形象体现出崇高乐观的人道主义精神。这部小说不仅在罗曼·罗兰的作品中独具一格，而且由于完稿和出版于第一次世界大战前后而具有特殊的意义。正如高尔基所说：“这是文明当代的一本最令人惊叹的书。需要有一颗善于创造奇迹的心，方能在经历了种种悲剧之后的法国，创造出这样一本朝气蓬勃的书——对自己的亲人法国人充满着毫不动摇和勇敢的信心的书。”正是由于他杰出的文学成就和在大战爆发后显示的不同凡响的崇高精神，瑞典文学院才不顾法国政府的阻挠，授予他 1915 年度诺贝尔文学奖，表彰他“文学创作中高度的理想主义以及他在描写各种不同人物典型时所表现出来的同情心与真实性”。由于战争的原因，罗曼·罗兰直到 1916 年 11 月 13 日才受奖，他把奖金分赠给了日内瓦国际红十字会和几个救济战争难民的团体。

第二节　克洛代尔

保尔·克洛代尔（1868—1955）是法国后期象征主义的主将，以杰作《缎子鞋》（1929）著称，但是他前期的作品也十分丰富，充分表明他在象征主义文学运动中起到了承上启下的重要作用。

克洛代尔生于法国埃纳省的一个小村，1882 年到巴黎读中学，毕业后进政治学院。他虽然从小受到无神论的教育，但是在 1886 年 6 月读到兰波的《天启集》和《地狱的一季》之后，感到世俗的黑牢里有了一条裂缝，从而相信超自然现象的存在，并对象征主义产生了强烈兴趣。同年圣诞节，他到巴黎圣母院去听晚祷，在儿童唱诗班高唱圣母赞歌时受到震撼，被宗教的庄严和神圣所打动，感觉到了上帝的存在，不久皈依天主教，从此自称是一个天主教诗人。

1890 年，他经过考试被录取为外交官，在 1893 年离开法国赴任之前已发表了三个剧本：《金头》（1889）、《少女维奥兰》（1892）和《城市》（1893）。他的剧作都是诗剧，大多肯定宗教信仰，否定世俗情欲，是诗意与宗教精神的完美结合。《金头》写一个绰号为“金头”的农民弑君篡位，征服了村庄和帝国，最后在欧洲的边界上战败，身负重伤，奄奄一息，这才认识到一切权势都只是痛苦，因而追悔莫及；《城市》写一座腐败的城市在血腥的骚乱中被毁，后来被一座新的上帝之城所取代，显示了上帝的神秘力量。这些剧中的人物往往在听到上帝的召唤之后，或去罗马朝圣，或想漂洋过海去看看彼岸，这也或多或少反映了他们在出发前既渴望又不安的复杂心情。为了充分体现宗教精神，他首先在《金头》中尝试了一种由《圣经》体长短句组成的散文式诗体——克洛代尔体，他的诗不拘形式上的格律，也不用比喻或夸张等手法来表现主题，而是只服从大自然的节奏，使之与人的内心灵感相通，从而达到天人合一的完美境界。

克洛代尔从1895年起到中国任职，先后担任法国驻上海代理领事、驻福州领事、驻北京使馆一等秘书和驻天津领事，并为自己取了中文名字高禄德。他热爱中国文化，尤其是作为一个宗教信徒，对主张天人合一和清静无为的老庄哲学佩服得五体投地，并由此对中国讲究空灵与气韵的水墨画和寺院建筑等有了深刻理解。他还把庄子的一些寓言故事用于自己的剧本，并且亲自翻译了一些唐诗宋词。他以中国为背景写出的剧本《第七天的休息》(1896)，感慨中国人只知道干活挣钱，不注重精神信仰。剧中的中国皇帝到地狱里去弄清了国家不得安宁的原因，办法就是要求臣民干六天活，到第七天星期日休息做礼拜，也就是皈依天主教。散文诗集《认识东方》(1900—1907)的绝大多数篇幅是描写中国的，其中约有一半写于福州，诗人以一个基督信徒的目光，超然物外地描绘了中国景色。

克洛代尔在1899年结识维特夫妇后与维特夫人相恋，历时五年，并生有一子。他不但为了她而庇护维特先生企图贩卖苦力的可疑交易，而且拒绝去香港担任领事，因此在他任职的福州城里闹得沸沸扬扬，直到两人分手后才于1906年结婚，第二年有了女儿玛丽，精神才恢复平衡。这段经历在他以中国为背景的剧作《正午的分界》(1906)中有所反映。剧本写的是在印度洋上的一艘航船里，女主人公伊赛身边有三个男人：她的丈夫西兹，她从前认识的企业家阿马里克，还有一个孤独的青年梅萨。伊赛和梅萨一见钟情，后来在中国的一个城市里相恋，有了一个私生子。他们听任伊赛的丈夫去干冒险的走私勾当。最后伊赛和梅萨在被造反的中国义民包围的阿马里克家里避难，这所房子已经被埋上了炸药。他们在生死关头认识到了所犯的罪过，于是幡然悔悟，向上帝作了忏悔，使灵魂得到升华。克洛代尔好像是要把他们的爱情写成中世纪的特利斯当和伊瑟那样的生相共、死相随的动人故事，实际上这个剧本既非浪漫的夜曲，也不是关于通奸与责任、肉与灵之间的争论，而是描绘上帝给予这两个情人的新生。

他的主要诗作《五大颂歌》(1910)同样反映了这段经历，这是他先后在福州、北京和天津等地任职时写成的，前后费时达十年之久。这篇长诗规模宏大，类似于圣诗或内心独白，描绘他过去生活中的一些事件，带有忏悔的性质，同时歌颂了天主教的世界和生命的意义。第一大颂歌是《缪斯》(1900,1904),描写九位缪斯女神的风采,顺便也写了诗人的情妇;第二大颂歌是《作为圣灵和水》(1906),歌颂了流动的圣灵和水能够浸透万物;第三大颂歌《圣母赞歌》(1907),表达了对上帝的感恩和他这个基督徒家庭里第一个孩子出生时的喜悦;第四大颂歌是《圣宠的缪斯》,是充满灵感的诗人与缪斯的对话;第五大颂歌《关闭的房子》(1907—1908)既是歌颂由妻子、“诗人的守护者”保护的家,也是歌颂这个有上帝保护的完美世界。在这篇长诗的最后,是一段向新世纪致敬的圣歌集。

克洛代尔于1909年离开中国,由于得到他的朋友、当时的外交部长贝特洛的保护,他在福州的绯闻没有受到追究,反而获得了十字勋章,后来到汉堡当了总领事。但是他的内心确实有所变化,他不仅开始记日记,而且创作也向古典主义转变。除了在诗歌《三部合唱》(1913)里通过三个女人的对话,表达了她们分别忠于未婚夫、亡夫和出门在外的丈夫之外,还写了剧本《向玛利亚传报》(1911)以及三部曲《人质》(1910)、《硬面包》(1914)和《屈辱的父亲》(1916),强调人的义务和牺牲精神。在三部曲里,为了拯救被劫持的教皇,少女西涅不得不放弃对表兄的爱情,嫁给帝国丑陋的司令官,生下一个盲女儿,最后新教皇的养子使盲女的灵魂摆脱了黑暗,西涅的牺牲终于得到补偿。

《向玛利亚传报》是克洛代尔上演最多的名剧,也最受教徒们的欣赏。故事发生在中世纪教会经历危机的时期。少女维奥兰由于接受了麻风病人的吻,妹妹马拉乘机用谗言夺走了她的未婚夫,但她却因自己的牺牲精神而获得了超自然的力量,使妹妹的孩子死而复生。父亲为了让维奥兰出嫁而分家,马拉认为分得不公平,拼命捍卫她认为是自己的财产。特别是在她的孩子被维奥兰救活之后,她就更不想与维奥兰平分财产了。马拉不仅要赶走她,而且要杀死她。看起来是马拉迫使维奥兰成了圣女,其实马拉只是一个工具,而维奥兰则是上帝与马拉之间的一个中介人物。她通过自我牺牲获得了超自然的力量,剧本是在宣扬“人没有比牺牲再崇高的特权了,这是圆满地实现的自由”。

第三节　普鲁斯特

马塞尔·普鲁斯特(1871—1922)是现代主义小说的先驱。他于1871年7月10日出生在奥托伊城,小时候是个优秀学生,但是九岁就开始犯哮喘病,生性极为敏感。他喜欢交际,兴趣广泛,是上流社会的时髦少年。他在1889年当了一年志愿兵,1890年进政治学院,并且在巴黎大学修过柏格森的课程。他爱好文学,1895年获巴黎大学文学士学位。他20岁时忙于拜访、接待、邀请、旅行和度假,实际上这就是他的观察和学习,是在为他的巨著《追忆似水年华》积累资料。

普鲁斯特最初在一些报刊上发表散文和文章,并未摆脱世纪末的象征主义氛围。1896年他把这些文章结集出版,名为《欢乐与时日》。它描绘上流社会中优雅的游手好闲,百无聊赖的微笑,作品中充斥着死亡、忧郁、嫉妒和痛苦,弥漫着象征主义的气氛。这些短小的文章虽然形式精致却缺乏活力,但其中已经包含着《追忆似水年华》的一切要素,只是作者尚不具备把它们扩充成一部巨著的雄心和能力。

普鲁斯特从1896年开始写作自传体小说《让·桑德伊》,实际上是放弃了象征主义的形式,去寻求另一种方式来表现他真实的生活。然而这种真实依然是通过虚构来表达的:小说开头是一篇导言,叙述者介绍了作家C,说他在去世时留下了一卷未曾发表的手稿。于是我们就进入了另一部由C写的小说,主人公是让·桑德伊。小说虽然是以第三人称写的,却完全是一部自传,而且自然而然地令人想起他的《追忆似水年华》,因为它们有着同样的内容:让·桑德伊七岁时,母亲为了使他变得坚强,所以不到他的床上来向他道晚安;接着是他的童年、上学、假期和对大自然的印象;然后是上中学、哲学课,踏入社交界以后的友谊、爱情和嫉妒等等。小说还用许多篇幅描绘了德雷福斯事件,使人物与小说交织在一起,最后以父亲的死来结束,意味着人生有生有死,但时间并不停止。普鲁斯特用了四年时间来写这部小说,却并不成功,这是因为他既要自传的诚实,又要虚构的技巧,总之是在各种已有的表现手法之间犹豫不决,使小说缺乏统一的结构,所以他没有写完就放弃了,直到1952年才有人将它整理出版。这部小说中暴露的许多问题，要到写作《追忆似水年华》时才得以解决。

与此同时，普鲁斯特还在报刊上发表了一些评论，包括他对英国艺术评论家罗斯金的《亚眠的圣经》和《芝麻与百合花》的翻译和介绍。罗斯金认为艺术不是爱美者的一种消遣，而是一种“宗教”、一种哲学，它告诉我们世界的真相；美不是一种快乐的对象，而是一种比真实的生活重要得无可比拟的现实，等等。这些观点使普鲁斯特深受启发。他从 1908 年开始写作《驳圣伯夫》，至 1909 年末遭到出版商的拒绝而放弃，手稿到 1954 年才经人整理出版。在这些评论中，普鲁斯特指出圣伯夫并非文学评论的楷模，因为他采用“科学的”方法去观察作家，把作品与写作的人混为一谈，所以他才搜集一切有关作家的信件等资料，询问那些了解作家的人，等等。普鲁斯特反对这种方式，认为产生作品的是内心的自我，与作家显示给别人看的外在的自我不同。因此归根结底，圣伯夫是使文学成为一种消遣，只涉及它的表面，并未真正谈及作品。普鲁斯特认为问题不在于叙述作家的生平，而是必须读他们的作品，这样才能更好地理解他们，例如对奈瓦尔、波德莱尔或巴尔扎克都是如此。所以他要写一部作品来表现他的真实生活，这就是从 1909 年开始写作的《追忆似水年华》。

普鲁斯特从小患病，没有从事过任何社会职业。他忍受着病痛的折磨，长年在拉上厚窗帘的房间里写作，而且呕心沥血、反复修改，直至 1922 年 11 月 18 日去世，因此可以说，《追忆似水年华》是他尽毕生之力完成的一部巨著。

《追忆似水年华》完全是一部新颖的小说，既没有传统小说所强调的情节，也没有刻意塑造的人物，只是作者的回忆。但这种回忆又不像以往的一切回忆那样只写值得大书特书的事件或经历，而是回忆往昔的日常生活，通过回忆来再现昔日的时光，也就是追寻并且重新拥有已经消逝的年华。这部 20 世纪最重要的长篇小说共分七卷，在 1913 年至 1927 年间先后分别出版。

第一卷《在斯万家那边》，写马塞尔对童年时居住的乡镇贡布雷的回忆，他的姨祖母、外祖父母、父母亲，以及常来拜访的邻居斯万。他很娇气，临睡前一定要妈妈来吻他，向他道晚安，妈妈还给他读乔治·桑的小说《弃儿弗朗沙》。他印象最深的是有一次吃泡在茶水里的点心，已经消逝的往事竟随着点心的味道而重现在他的心中。书中还写了斯万在上流社会中的交往，他与妻子奥黛特的爱情和由此产生的嫉妒，马塞尔爱上了斯万的女儿希尔贝特。

第二卷《在少女们身旁》，写马塞尔继承了姨母的财产，他和希尔贝特交往并感到幸福。他从此常到斯万家去拜访，听善于交际的奥黛特弹钢琴，和他们一起喝茶、出游、参观展览或看戏。希尔贝特外表温顺，其实固执任性，两人终于分手。两年后他跟外祖母去巴尔贝克海滩进行海水浴治疗，在那里见到从亲王夫人到钓鱼少女等各种各样的人。他认识了盖尔芒特公爵的侄儿圣卢，也就是后来希尔贝特的丈夫，还通过画家埃尔斯蒂尔认识了少女阿尔贝蒂娜，并且热烈地爱上了她。该卷由伽里玛出版社出版后获 1919 年的龚古尔文学奖。

第三卷《盖尔芒特家那边》，写马塞尔一家迁居巴黎，与盖尔芒特公爵是紧邻。马塞尔在圣卢的引导下进入了贵族的社交界，甚至爱上了公爵夫人。外祖母病故，阿尔贝蒂娜来到巴黎，马塞尔恢复了对她的热情，平息了对公爵夫人的感情。德雷福斯事件爆发，各种人物对此表示了不同态度。盖尔芒特公爵仇视犹太人，斯万则主张重审这一案件。

第四卷《索多姆和戈摩尔》借用《圣经》里两座罪恶之城的名称来描绘上流社会中寻欢作乐的男女私情和同性恋。除此之外，沙龙里谈论的话题就是德雷福斯事件。盖尔芒特公爵在三位迷人的女士的劝说下，改变了反德雷福斯的立场。马塞尔再次来到巴尔贝克海滩，回想起去世的外祖母。阿尔贝蒂娜到了距他很近的英国疗养地，马塞尔虽然与她相会，但又怀疑她是个同性恋者，所以对于是否娶她为妻一直犹豫不定。

第五卷《女囚》，写马塞尔与阿尔贝蒂娜在巴黎同居，他母亲对此大为反感。他始终对阿尔贝蒂娜百般猜疑，嫉妒到了偏执狂的地步。他不让任何朋友知道他们同居，以免某个朋友会迷恋上她，因而使她过着女囚般的生活，但同时在生活上供她享受，给她做最时髦的服装，使她成了一个优雅的女人。维尔迪兰公馆里举行晚会，几位大人物竟都是同性恋者。

第六卷《女逃亡者》，写阿尔贝蒂娜终于离开了马塞尔，他痛苦、思念、写信，但内心的怀疑与嫉妒仍未消除，可是这一切都已失去意义，因为阿尔贝蒂娜已在一次出游时从马上摔下来死去了。马塞尔百感交集,派仆人去海滩调查,结果表明阿尔贝蒂娜确实是同性恋者。马塞尔逐渐忘却了痛苦而另寻新欢,又遇见了希尔贝特。他随母亲去威尼斯小住,得知希尔贝特嫁给了圣卢,但圣卢却是个同性恋者。

第七卷《重现的时光》,写第一次世界大战期间的情景。圣卢在前线战死了,但沙龙里一切照旧,依然在接待客人和寻欢作乐。德·夏吕斯暗中希望德国不要打败,成了亲德派。战争结束了,有些人年老死去,女士们失去了魅力,马塞尔感受到了时光的流逝。盖尔芒特公爵夫妇也衰老了,他们那看似不可动摇的地位有了变化,公爵夫人也像普通的交际花那样,向已经成为作家的马塞尔讲述自己生平的风流韵事。为了追寻失去的时光和似水的年华,他要抓紧时间完成这部作品。

这部七卷本的巨著与传统小说有着根本的区别:可以说没有连贯情节,没有什么令人难忘的故事,即使写战争也没有打仗的场面。可以说它与传统的现实主义相反,它的任务不是描写和反映现实,而是作者对他的个人生活的流水账式的记录。它不像传统小说那样塑造人物,书中人物只是他碰到的邻居。它也不评论时事政治,至多只是记录沙龙中的一些谈话,但从不涉及意识形态的是非。如果说有主题的话,这个主题就是作者的一生,他在上流社会里的交往,特别是和女人的种种感情。这些事情在社会生活里并无奇特之处,或者可以说司空见惯,但是由作者毫无保留地袒露内心的一切却使其显得非比寻常。

《追忆似水年华》可以说是柏格森的思想的文学化,因为它既是作者一生的心理活动的记录,又是那个时代的精神气质的组成部分。这种记录不像传统小说那样受到理性的限制,因而十分真实,而且是经过选择的,也就是说记录的都是作者感受最深、最值得回忆的东西,所以非常感人。这部小说不是本义上的回忆录,不是回顾主人公的丰功伟绩或非凡经历,而是对人世的沧桑、情欲的变化、男女的悲欢等一切看似平凡却又永恒的现象,作了富于哲理而又毫无学究气的回想和评述,因而连嫉妒和恶习也叙述得娓娓动人,令人感到作者的回忆具有超越时间的特性:这部作品已经录入了他的一生,随时可以再现昔日的时光。

小说没有涉及广阔的社会现实,几乎只限于马塞尔所在的上流社会,然而它不仅在客观上点出了贵族社交界的衰落以及世纪末沙龙里种种人物的心态，而且描绘了人们的衣食住行、七情六欲，乡村的自然景象，社会的五光十色，科学的进步与艺术的发展，总之是描绘了存在于人的意识中的真正生活。尤为重要的是，它的意识流的笔法在艺术性方面开了20世纪现代主义小说的先河。小说中细腻的心理描写，崭新的时空概念，宏伟的结构和行云流水般的词语，对后来的小说创作，尤其是现代主义小说产生了巨大的影响，为20世纪小说的创新做出了卓越的贡献。

第二章

德语文学

概述

19世纪40年代马克思主义的诞生，是人类思想史上伟大的变革，并发展成为认识社会、改造社会的强大思想武器。随着马克思主义的兴起和广泛传播，英、法两国的资产阶级哲学开始衰落。从康德开始的德国古典哲学，经过费希特和谢林，至黑格尔达到辉煌，后经费尔巴哈的批判，到1848年资产阶级革命后已进入它的终结阶段。西方古典哲学的衰落，导致形形色色的现代西方哲学流派的产生。世纪之交的欧洲，思想非常活跃，实证主义、唯意志论和悲观主义、新康德主义、新黑格尔主义、生命哲学、实用主义等各种思潮纷纷登场，这一切冲击和动摇了西方文学长期形成的传统观念和审美体系，对德国文学乃至整个西方文学的发展都产生了直接或间接的影响。

在这风云变幻的时代，德国社会的现实状况和纷至沓来的各种思潮，造成了在文学上流派纷呈、更替频繁的局面。19世纪末，德国最先出现的文学流派是自然主义。它把自然科学引入文学，要求精确地、真实地、照相式地再现生活，作品以描写工人的贫困生活、遗传和环境对人的影响以及人的生物本能为主题。豪普特曼杰出的剧作，不但为德国而且也为欧洲的自然主义运动增添了光彩。

在19世纪90年代,德国和奥地利还先后或同时涌现出印象主义、象征主义、新浪漫主义、新古典主义、“青春风格”等文学思潮和流派。重要文学团体如格奥尔格派、“青年维也纳”派等也相继涌现。进入20世纪以后至魏玛共和国时期,又有表现主义、达达主义和新客观主义等流派兴起。这一时期,里尔克、卡夫卡等作家为世界文学贡献了技巧新颖、思想深邃的作品,对现代派文学的发展产生了很大影响,成为20世纪现代派文学的先驱。贝尔-霍夫曼的小说《格奥尔格之死》(1900)和施尼茨勒的中篇小说《古斯特少尉》(1901)开创了德语文学中意识流小说的先河。

与此同时,坚持传统创作方法的作家也以他们强劲的创作态势和杰出的作品在德语文坛上争奇斗艳。托马斯·曼、海因里希·曼、黑塞和卡夫卡等作家的小说进入世界文学之林,使德国文学的小说创作得以赶上世界文学的发展。托马斯·曼1901年发表的长篇小说《布登勃洛克一家》,似乎是特为新世纪的到来而献上的一份厚礼。19世纪末以后,德国掀起了一个工人写自传的热潮,出版了一批作品,也出现了一批工人作家。一些知名作家也创作了不少反映工人生活的作品。应该特别提到的是,梅林、罗莎·卢森堡、克拉拉·蔡特金、卡尔·李卜克内西等一批德国社会民主党和第二国际的左派领袖对文艺问题非常关注,都撰写了文艺评论或论著,丰富和发展了马克思主义文艺学。

世纪更迭时期,奥地利正处于哈布斯堡王朝统治下的奥匈帝国(1867—1918)的末期。“青年维也纳”,亦称“维也纳现代派”,以提倡新的艺术观念、审美情趣和价值判断而名震一时,对20世纪德语文学产生了很大影响。施尼茨勒、里尔克、卡夫卡、霍夫曼斯塔尔等作家在世界文学史上都占有重要位置。进入20世纪,瑞士德语作家卡尔·施皮特勒(1845—1924)脱颖而出,他以史诗《奥林匹斯的春天》(1910)为德语文学增添了一份美丽。施皮特勒出生于瑞士巴塞尔近郊利斯塔尔镇,曾在巴塞尔大学学习法律,后又在苏黎世、海德堡和巴塞尔学神学。大学毕业后,在俄国和芬兰当了八年家庭教师,在此期间他创作的第一部大作品——神话史诗《普罗米修斯和埃庇米修斯》于1881年自费出版,然而毫无反响。此后他又出版了多部作品,依然没有引起人们注意。但是《奥林匹斯的春天》不仅使作者一举成名，而且使他从瑞士走向世界。1919年施皮特勒获得诺贝尔文学奖，翌年又被授予瑞士席勒基金会大奖。该作是用六步抑扬格体写成的规模宏大的史诗，以希腊神话、《圣经》故事和民间传说为素材，通过奥林匹斯众神的生活和争斗，反映了作者所生活的时代及其矛盾，鞭挞了极权统治。

第一节　豪普特曼

格哈特·豪普特曼（1862—1946）出生在西里西亚的上萨尔茨布隆，他曾在大学学过雕塑、哲学、历史和绘画等，并于1884年11月来到柏林，继续学习历史。1885年同玛丽·蒂内曼结婚后在柏林近郊埃克纳住了四年。1904年与玛丽分手，同玛格丽特·马夏尔克结婚。

在柏林时期，豪普特曼与哈特兄弟、霍尔茨、施拉夫等当时的先锋派作家广泛交往，并开始文学创作，后参加自然主义团体“突破”协会。1887年他创作了小说《狂欢节》和《道口工梯尔》，后者是他的名作之一。作家对小说中所描写的环境非常熟悉，因为他在埃克纳的住处附近有一条铁路线，所以能对道口工的家庭状况和周围环境描写得如此逼真。作品描写的阴暗环境以及环境对人物性格的影响、性的作用、劳动者的悲惨生活、对有精神障碍的畸形人物的刻画以及对其心理的细致分析和对大自然具体而精确的描绘——这一切都是典型的自然主义。小说寄托了作家对小人物的同情，并对造成梯尔悲剧的社会进行了批判。

《日出之前》（1889）是豪普特曼的第一部剧作，也是他的成名作。剧本描写一位到西里西亚矿区来调查采煤条件和矿工生活状况的社会改革家洛特，以及他与农民暴发户克劳塞的女儿海伦娜的爱情悲剧。海伦娜生活在一个不幸家庭，除她之外全家都酗酒，父亲是个酒色之徒，对自己的两个女儿都怀有邪念。为了摆脱丑恶的家庭和父亲给她指定的婚姻，她计划跟洛特一起出走，但洛特在得知她是酒徒的女儿之后，担心酒精中毒会遗传给后代而拒绝她的爱情。她绝望之下遂于日出之前自杀。洛特抱有社会改革的理想，但是他在关键时刻却抛弃了自己的爱情和幸福，在现实生活面前败下阵来。海伦娜是一位正直、善良的姑娘，心爱的人却击碎了她生活的希望。通过这部作品，作者旨在探讨遗传和社会环境对人的影响。剧本抨击了资本主义社会贫富不均的现象，揭露了资产阶级的腐化堕落和道德沦丧，具有强烈社会批判意义。1889 年 10 月 20 日它在柏林“自由舞台”首演时，剧场里一片混乱，有的为之欢呼，有的表示反对和抗议。不过这次演出震动了整个德国文学界，标志着自然主义在德国的胜利，豪普特曼的名字一夜之间变得家喻户晓。剧名“日出之前”的寓意是意味深长的。

紧接着豪普特曼又写了家庭心理剧《和睦的节日》(1890)，家庭悲剧《孤独的人们》(1891)，社会政治剧《织工》(1892)和讽刺喜剧《獭皮》(1893)等作品。

《织工》取材于1844 年西里西亚纺织工人起义的史实，突破了个人命运和家庭冲突的范围，剧中没有一位传统戏剧中那样的主人公，全剧有四十多个人物，塑造的是工人群像，揭示了工人阶级的斗争只有团结一致、坚定信心、依靠集体和群众的力量，才能取得胜利。这是自毕希纳的悲剧《沃伊采克》和《丹东之死》以后德国文学中第一部伟大的革命戏剧。剧中自然主义的现实主义和民主倾向也达到了高峰，它奠定了豪普特曼在世界文学史上的地位。

如果说1894 年《织工》在柏林德意志舞台的首演是自然主义的胜利，那么可以说，它也是自然主义衰落的开始。豪普特曼在梦幻剧《汉纳蕾升天记》(1893)、童话寓言剧《沉钟》(1896)、传奇剧《可怜的海因里希》(1902)和童话剧《碧芭在跳舞》(1906)等剧作中，突破了自然主义的美学原则，离开了自然主义作品遗传、环境及其对人物影响的主题方向，在创作上不断开辟新路，采用过象征主义、新浪漫主义、神秘主义、表现主义和现实主义等方法。豪普特曼十分复杂的创作方法是世纪之交德国纷繁复杂的文学现象的反映。从作品的题材和提出的问题来看，这期间他还尝试过历史剧(《弗洛里昂·盖尔》,1896)，有时又回到自然主义上来。《车夫亨舍尔》(1898)、《罗泽·贝恩特》(1903)和《老鼠》(1911)等剧作，都是表现社会题材，有时在一部作品中互相矛盾的诸种成分兼而有之。

梦幻剧《汉纳蕾升天记》取材于安徒生的童话《卖火柴的小女孩》。剧中既有描写穷人悲惨生活场景的自然主义，又有描写 14 岁穷苦女孩在梦幻中产生宗教幻觉的神秘主义，所以是一部从自然主义到新浪漫主义的过渡剧。在新浪漫主义剧作《沉钟》和《碧芭在跳舞》中又进一步发展了童话般的神秘倾向。童话剧《沉钟》在演出时，取得了空前成功，成为作家生前上演次数最多的一部剧作。

《车夫亨舍尔》和《罗泽·贝恩特》是豪普特曼在创作象征主义、新浪漫主义的童话剧和梦幻剧时期回过头来写的两部自然主义社会剧。它们已不是表现遗传和环境对人的决定性影响，而是探讨情欲和性问题，试图论证性是人的行为动因。在表现手法上，已不局限于对自然的精确描绘，而是着力刻画人物的心理，但是自然主义的特点依然十分明显，如《车夫亨舍尔》第一幕中对西里西亚乡村的纯自然主义描写，几乎可与现代电影相比。

悲喜剧《老鼠》有两条线索：主线写泥瓦匠约恩的太太和波兰女仆鲍丽娜的悲剧；另一条是具有喜剧色彩的辅线，写前剧院经理哈森罗伊特的女儿瓦尔布尔迦和神学院学生施皮塔的爱情，以及哈森罗伊特同一个女演员的婚外情。作品描写柏林一座公寓里令人窒息的环境以及公寓里的那些人像老鼠般的悲惨处境。作者以非凡的洞察力展现了德意志帝国的衰败与腐朽，预示了帝国大厦之将倾。这座破败的公寓正是帝国的象征。第五幕中泥瓦匠约恩愤怒地喊出："这儿的一切都腐朽了！木头全部腐烂了！……一切都在摇晃，每时每刻都可能彻底倒塌！"剧本的基本倾向是自然主义，但也包含着象征主义和现实主义的成分，也有批评家将《老鼠》和后期的《日落之前》列为现实主义作品。

豪普特曼曾于1896年、1899年和1905年三次获得格里尔帕策奖。牛津大学、莱比锡大学授予他荣誉博士称号，其作品赢得了世界声誉。作家于1912年获诺贝尔文学奖。豪普特曼在后期也写了许多作品，但都没有达到以前的高度。《日落之前》(1932)和他的第一部剧作《日出之前》一样，是一部爱情和婚姻悲剧。剧中，年届七旬的老人的子女都在觊觎老人的钱财，所以对老人的爱情和婚姻百般阻挠和破坏，最后逼得老人服毒自杀。剧本反映了资本主义发展带来的价值观念的变化：人们看重的不再是亲情，而是金钱。作家通过这个家庭悲剧揭露了资产阶级的贪婪和残忍，预示了即将上台的法西斯的狰狞面目。《日出之前》和《日落之前》

的剧名是对应的，仿佛标志着作家创作生涯从起点到终点。实际上他的创作并未到此结束，但可以把《日落之前》看作是作家自然主义系列的终曲。此后他虽然还写了不少作品，但题材都取自历史或神话故事。应当提到的是取材于古希腊神话故事的《阿特柔斯家族四部曲》——《伊菲革涅亚在德尔斐》(1941)、《伊菲革涅亚在奥利斯》(1944)、《阿伽门农之死》(1948)和《厄勒克特拉》(1948)。贯穿四部曲中的阿伽门农家族的互相残杀，象征着人类在疯狂战争中的大屠杀，作家以此向人们表明，命运是神秘莫测的，主宰一切的是神，人不过是神手里的工具，只好任凭随时会降临的厄运去摆布。这是作家一生都在进行的对人类命运的思考，也反映了他对第二次世界大战的悲观情绪。在豪普特曼漫长的创作生涯中，除了写有四十多部剧作外，还著有《道口工梯尔》、《宗教狂玛努埃尔·克文特》(1910)、《阿特兰蒂斯》(1912)和自传体小说《我的青春冒险》(1937)等二十余部中、长篇小说以及多部诗集和史诗。他的创作虽然从自然主义开始，但他并不赞同自然主义复制现实的原则，认为艺术的目的是“心灵的表达”，必须刻画人物的“典型性格”。纵观他的全部作品，可以看到，他并不拘泥于一种创作方法，所以，除了一般将他视作自然主义作家外，也有人将他列入现实主义、新浪漫主义或象征主义作家之列。他对被压迫者的同情，对资产阶级社会的批判，对人与遗传、环境的关系的思考，对基督教博爱的期望，对解救的渴望以及对人类命运的关注——这些就是他作品的基调。在文学表现手法上，他有许多创新，早期剧作都采用柏林或西里西亚方言，而且将下层人民的语言直接搬上舞台。他对环境和人物外貌细致而精确的描写，有利于他渲染气氛和刻画人物个性，他的一些剧本还采用开放式的结尾。

第二节　里尔克

奥地利象征主义诗人赖纳·马利亚·里尔克(1875—1926)，与卡夫卡同是20世纪现代德语文学的奠基人。他生于奥匈帝国统治下的布拉格，早年父母离异。1886年里尔克被送进军事学校，1891年7月因健康原因而退学。里尔克在抑郁和失望的环境中度过了童年和少年时代。

1895 年他进入布拉格大学,翌年去慕尼黑。从此他离开故乡和家庭,开始了那永不安定、浪迹四方的生涯,直到晚年才在瑞士安定下来。1897 年他结识露·安德列亚斯-莎洛美(1861—1937),随她移居柏林。露·莎洛美是位才气横溢的女性,比里尔克大 14 岁,对里尔克的生活和创作起了重大影响。与她相识,是诗人人生的一个转折。她是诗人的知己和恋人,在她身上他感受到自己童年时代所欠缺的母爱。1901 年里尔克与女雕塑家克拉拉·韦斯特霍夫结婚,同年 12 月女儿露特出世。

里尔克很早就开始文学创作。根据他不同时期的诗风,其创作大致可以分为三个阶段。他发表处女作诗集《生活与诗歌》(1894)的时候才 19 岁,最初写的是感伤的模仿性作品。在第一部作品问世后,里尔克相继出版了诗集《守护神的祭品》(1896)、《梦中加冕》(1897)、《耶稣降临节》(1898)、《为我庆贺》(1899)、《图像集》(1902)和《祈祷书》(1905),三部小说集《布拉格故事两则》(1899)、《亲爱的上帝及其他》(1900)、《来世》(1902)和散文诗《旗手克里斯多夫·里尔克的爱与恨》(1904 年发表,1906 年出版)等。这些作品色彩绚丽,语言富于音乐性,受印象主义、新浪漫主义和青春风格的影响比较明显,诗作以感情为主,流露出忧郁和颓丧,带着世纪末的情调。

散文诗《旗手克里斯多夫·里尔克的爱与恨》,表现奥匈帝国在抗击土耳其奥斯曼帝国的战争中一个青年旗手的恋情与牺牲。诗人以忧郁、抒情的笔调,优美的节奏,渲染这位多愁善感的旗手对生命的期待和对死亡的渴望。这部作品新浪漫主义的特点十分明显,主人公如泣如诉地宣泄着青春的感受,这使人联想起歌德的《少年维特的烦恼》。作品深深打动了青年人的心,使他们感到激情奔涌。诗人的名字从此广为流传,《旗手》也一直成为朗诵者最喜爱的作品。

《图像集》汇集了里尔克在 1898 年至 1901 年间的部分诗篇,是他早期诗歌的代表作。1906 年出的扩充版增加了几首美丽的谣曲和一些在巴黎写的诗。诗集反映了诗人此时的生活经历和感受:访问俄罗斯后受到的震撼,艺术家聚集地沃尔普斯威德的印象,客居巴黎的体验,意大利和瑞典之旅的见闻等。诗人以抒情的形式描写历史、传奇人物或现实生活中观察所得的"图像"。诗集既飘荡着早年"青春风格"的余音,抒发对青春和生命苏醒的冲动的赞美；又有梦幻、比喻和象征的“客观言说”。它标志着里尔克的诗风开始由多愁善感的抒发到客观、静态的物化的转变。

《祈祷书》写于1899年至1903年，是诗人献给莎洛美的一部长篇组诗，显示了诗人独特的风格和高超的技巧。它分为三部分：第一部分1899年秋写于柏林的施马根多夫，第一次访俄后不久，诗人对莎洛美的爱情之火燃得正烈；1901年的秋天在沃尔普斯威德写了第二部分，那时诗人与克拉拉婚后不久，诗中既有对未来生活的向往，又有艺术和生活（爱情）之间矛盾的流露；他客居巴黎之后，大都会快速的生活节奏和迅速发展的现代科学技术使他感到郁闷与恐惧，于是便在1903年春天去意大利利古利亚海滨胜地维亚雷焦，八天之内就写出了组诗的第三部分。这三段时间的不同经历和感受在组诗中都得到了反映。他赞美生命和上帝，歌颂黑夜和“独特的死亡”，宣示爱与死的哲理以及对生命存在的体验，对城市化和科技化的批判，对天主教方济各会创始人、意大利修士圣方济各的赞颂，等等。敏感的诗人看到并强烈感受到的现代工业发展所带来的种种弊端，在诗中多有反映，如小修道士与邻居“上帝”的对话，概括了对现实所持的批判态度。这是他感到忧郁和恐惧的根源。里尔克的诗歌具有哲学思辨的特点，这在《祈祷书》中有了进一步的发展。诗人以富有乐感的语言诗化了生命的存在，赞美无所不在的上帝这位人生的化身。《祈祷书》一方面仍带有诗人早期诗歌的一些特点，另一方面也体现出诗人正在从注重视觉印象和对外部世界的抒发，向注重内心体验和心理刻画的诗风转变。从情感的宣泄到客观的“观看”——诗人第二阶段“物诗”的创作特点已露端倪。《祈祷书》标志着里尔克第一阶段创作的结束。

第二阶段即里尔克创作的中期，是从他客居巴黎时开始的。1902年秋，里尔克为写《罗丹评传》（1903）来到巴黎，结识了雕塑大师罗丹。1905年9月至1906年5月，他担任罗丹的秘书。这是他生活和创作道路上的又一重大转折。

罗丹的艺术创作给了里尔克极大的启发。他在罗丹那里最大的收获，就是学会了“工作”和“观看”，并把这个认识付诸自己的实践。他观看世间万物，不但观看具体的，也观看抽象的；不但观看事物的外表，更注意观看事物的内部和灵魂，并以文字为材料将把握住的事物“雕塑”出一首首诗来。对他来说，把“观看”的结果化成诗句的过程，就是对客观事物哲理化或称作“思想知觉化”的过程。这些认识使里尔克摆脱了早期注重感情抒发的诗风，从重感情转变为重经验，从抒写内心主观的“我”，转向通过细致的观察去描绘客观事物的姿态和灵魂，并把自己的主观意识和感情融注于客观事物中。无论所写的是人还是物，是人间的离愁还是欢聚，他都尽量同它们保持距离，不让它们染上作者自我的色彩。这一时期他创作的诗被称为“物诗”。这是他为德语诗歌奉献的新品种，单就这一点，里尔克的名字就足以载入德语文学史了。在《给一个青年诗人的十封信》(1929)中，他还认为艺术也是一种生活方式，呼唤着真实的生活，因为生活更接近艺术。从1902年开始的“物诗”阶段，主要集中在1905年至1908年这几年。许多诗歌精品从他心底源源流出，汇集在《新诗集》(1907)和《新诗续集》(1908)里。至此，他从《图像集》和《祈祷书》开始的由语言的音乐性到雕塑性，由抒发个人情感到客观“状物”的过渡就完成了。

这一时期里尔克的创作题材非常广泛，从《圣经》和古希腊神话人物，到世间万物都在诗人“观看”的视野之内，而且深入到事物的内部世界，并赋予这些“物”以超越时空的意义，以此来实现诗人的自我外化和物化。正如罗丹用大理石来雕像一样，里尔克以语言为结晶材料，塑造出一个个永恒的物象。《新诗集》及《新诗续集》中的诗篇，艺术上已臻完美，是里尔克短诗创作的顶峰，确立了诗人在世界诗歌史上不可动摇的地位。

里尔克许多脍炙人口的诗篇，如《豹》、《火烈鸟》、《旋转木马》、《喷泉》等就是这个时期的作品，其中《豹》尤为著名，凡是谈论里尔克的文章或专著，评论家几乎无不试图对这首诗作出阐释。那么，《豹》究竟有什么样的魅力能如此吸引众多评论家呢？《豹》写于诗人初到巴黎不久，是在罗丹的启发和影响下，经过“严格训练的最初成果”。他在巴黎植物园观看、体会那只禁锢在铁栅栏里的豹，用了几天时间才写出这首短诗。表面上看，诗人在客观地描写关在栅栏里的豹。它在栏杆后面狭小的天地里有力无处使，只好成天转来转去，白白磨损自己的意志，消耗自己的精力，感到迷惘、无奈、苦闷和昏眩。显然，这是诗人自我的外化，感情的客观化。他把围栏中的豹作为一个符号，用以表达人类的生存状态，反映自我与现实世界的矛盾。这首诗是作者诗风转变以及力图用文字来把握“物”的内核及“物”的真实存在的见证。

还在1904年2月，里尔克就开始创作《布里格纪事》，但最后完成却在1910年初。小说由60个日记片断组成。年轻诗人布里格是流落巴黎的一个丹麦贵族的后裔，秉性孤僻而敏感，对巴黎丑恶的现实感到失望，对生活充满恐惧。他后来回到家乡，从事放牧，内心才感到充实。小说通过这位丹麦青年诗人的回忆与自白，表现了作者的前半生，反映了个人与社会的极度不协调。在艺术表现上，这部小说没有连贯的情节和清晰的时序，充满回忆与内心独白，交织着现实与梦幻，彻底打破了传统的叙事方式。这部小说在现代叙事文学的创作上有着突破性的意义，是德语现代派文学的第一部长篇小说，在文学史上具有重要地位。《新诗集》和《布里格纪事》是第一次世界大战前里尔克创作上并峙的双峰。《布里格纪事》的出版标志着里尔克中期创作阶段已经接近尾声，一次新的创作危机的到来，“物诗”的主题也不复存在了。从《布里格纪事》到1923年《杜伊诺哀歌》问世的这段时间里，他创作的作品寥若晨星，诗人也常常抱怨自己文思枯竭。

1910年4月，里尔克应玛丽·冯·屠恩与塔克西斯侯爵夫人的邀请，到亚得里亚海滨的杜伊诺城堡别墅小住。1912年1月，诗人在七八天之内就完成了组诗《马利亚生平》，接着就创作《杜伊诺哀歌》。这位侯爵夫人是一位“伟大的女性”，诗人对她十分敬佩，对她始终保持着忠诚和友谊。在诗人生命的最后15年里，她的影响可以和莎洛美对青年里尔克的影响相比。第一次世界大战期间，里尔克大多住在慕尼黑。1915年末他被征入伍，在文化界人士的多方奔走下，第二年即以体质太差为由而退伍。1919年里尔克应邀到瑞士作演讲，从此再没有踏上德国的土地。1921年7月，他住进瑞士瓦利斯的穆佐古堡，女画家芭拉蒂娜·克洛索夫斯卡闯入了他的生活，成为他晚年的密友。里尔克在穆佐诗情喷涌，1922年2月就补齐了《杜伊诺哀歌》(1923)，完成了《致俄耳甫斯十四行》(1923)。

《杜伊诺哀歌》是一部组诗，包括十首哀歌。从1912年开始到1922年2月，在长达十年之中，诗人实际上是用了八九天时间一鼓作气写成。

在续写《哀歌》之前和完成《哀歌》之后，诗人又将《致俄耳甫斯十四行》的第一部和第二部一气呵成。这是里尔克晚期诗歌的杰作，是他的诗艺日臻完美的标志，也是他一生创作的辉煌顶峰。

里尔克是一位在艺术上永不满足和勇于创新的诗人。从1912年在杜伊诺创作哀歌开始，他的创作进入了一个新阶段，亦即后期阶段。这时，他摆脱了"物诗"的形式和主题，抛开了"物诗"的具体物象化和客观性，他所倾心的已不再是罗丹的那种不停息的"工作"，而是对灵感和激情的专注。他重新苦苦地进行形而上的哲学思考，深究个体存在的意义，甚至"达到了与天地精灵相往还的境地"，不时流露出神秘主义情绪。在这两部作品中，歌颂的是人类共同的感情，表现的是永恒的主题。死与生是里尔克创作中的一个最基本的主题，在这两部组诗中更是得到了集中的表现。他赞美死，同时也歌颂生，并借此抒发他的生死观。在诗人看来，死亡不仅是生理学意义上个人肉体和生存的消失，而且是生存的新开始。同宇宙万物一样，生与死是互相关联而又不断变化、发展着的；生死之间，你中有我，我中有你，界限消失，两者趋于同一。《杜伊诺哀歌》和《致俄耳甫斯十四行》这两部组诗是里尔克晚期诗歌的杰作，也是现代派文学的经典。在完成他一生中最艰巨的宏伟作品后，里尔克的最后岁月住在偏僻的穆佐古堡里。从1924年初至1926年夏末诗人还经历了一段创作旺盛期，写出不少洗练、隽永的短诗。1926年12月29日，诗人因白血病在瓦尔蒙疗养院逝世。

里尔克的创作始于19世纪末，这时欧洲社会日益尖锐的矛盾使人们感到前途茫茫。世纪末的感伤情绪给了诗人以很深的影响。他的作品多以探求宇宙万物的本质和变化——这就是他要描写的事物的灵魂——对于永恒的向往，对生与死等人生奥秘的哲理思索为主题。他厌恶大城市的尔虞我诈、繁华喧嚣，一生都在往宁静之所逃遁，一生都在孤独的沉思冥想中度过。他在作品中流露出了对工业社会现代文明的怀疑和否定，充满深沉的忧郁、孤独、恐惧和悲观的情绪。这种郁闷和恐惧是对工业时代物质诱惑所作的抗拒性反应，是对现代社会异化威胁人类生存发出的警告。他的诗思想深邃而晦涩，语言艰深而朦胧，形式复杂而多样，而且不时带有神秘主义色彩，要读懂它并不是一件容易的事。

第三节　托马斯·曼

托马斯·曼(1875—1955)是20世纪德国伟大的小说家,生于德国北部城市吕贝克。1891年父亲去世,1893年他随母亲迁居慕尼黑。1894年他在慕尼黑一家保险公司当实习生,还在大学旁听历史和文学史等课程,并参与编辑《二十世纪》杂志。他的处女作是描写一个堕落女人经历的中篇小说《沉沦》(1894)。1898年柏林一家出版社出版了他的第一本中篇小说集《矮个先生弗里德曼》,菲舍尔出版社约他撰写的长篇小说也于1897年动笔。1898年至1900年,他在《辛普里齐西木斯》(又译《痴儿》)杂志工作。20世纪刚开始,他便奉献出了著名长篇小说《布登勃洛克一家》(1901)。此后他专事创作,到第一次世界大战爆发前,发表了长篇小说《王爷殿下》(1909),以及《特里斯坦》(1903)、《托尼奥·克吕格尔》(1903)和《死于威尼斯》(1912)等许多著名的中篇小说。1919年波恩大学授予他博士学位,1926年吕贝克评议会授予他教授头衔。他自普鲁士艺术科学院1926年成立文学院之时起便是文学院院士,1929年荣获诺贝尔文学奖。

艺术与生活的关系是托马斯·曼整个创作尤其是他早期作品的基本主题。他写了不少关于艺术家的小说,如《特里斯坦》、《托尼奥·克吕格尔》和《死于威尼斯》等中篇,探讨艺术和生活的关系。在托马斯·曼看来,艺术和生活是对立的。关于艺术和生活的关系,在他的作品中,或表现为艺术与死亡结伴,或表现为资本主义社会扼杀艺术,或者是艺术家以热情换来冷淡,或者是艺术修养越高,生活能力和健康情况就越差。

《布登勃洛克一家》是一部描写吕贝克望族布登勃洛克一家四代的兴衰史,也是托马斯·曼小说中最富自传性的作品。小说的副标题"一个家族的没落"揭示了全书的主题。布登勃洛克一家经营一个公司,第一代老约翰·布登勃洛克经营有方,树立了很好的声望,是家族的鼎盛时期。第二代小约翰在商业上遇到激烈竞争,加上家庭内部种种不顺心的事,家道的败落已露端倪,但他还勉强支撑着这份家业。托马斯是布登勃洛克公司第三代继承人,举止文雅,想凭自己诚实的商业道德、殷勤的态度和圆通的手腕重振家族昔日的荣耀。通过他的努力,布登勃洛克家族虽然曾呈现过兴旺景象,但是在尔虞我诈、不择手段的垄断资本主义时代,因他仍恪守着家传的商业道德,不欺骗,不投机,以致在关键时刻不能当机立断,结果屡遭失利,家庭内部的矛盾更使他雪上加霜,弄得这位为人忠厚、性格软弱的托马斯,只好到叔本华的悲观主义哲学中去寻求安慰。后来他终于败在一个暴发户之手,身心交瘁的托马斯不到五十岁就离开了人世,公司也随之关闭。布登勃洛克家族的第四代汉诺这时才十多岁。这位天生的艺术家秉性怯懦,体弱多病,无法适应险恶的环境,音乐便成了他逃避丑恶现实的王国。他整天沉溺于瓦格纳的音乐,15 岁因染上伤寒而夭折。显赫一时的布登勃洛克家族就此完结。

这部小说涉及托马斯·曼整个写作生涯中大部分重要题材。最初,他只打算写一部关于汉诺·布登勃洛克一家的中篇小说,后来在汇总材料时,觉得必须追溯四代人的历史,于是写成了一部布登勃洛克一家四代由兴盛到衰落的编年史,由此展示 19 世纪 30 年代至 70 年代德国社会生活的广阔画面,形象地反映 19 世纪末德国从自由竞争过渡到垄断资本主义的历史。作者在创作这部小说时,显然是以自己的故乡和家庭为蓝本,书中人物都有现实原型,以致小说出版后使作家的家乡吕贝克人大为震惊,甚至有人抗议小说侵犯了他们的隐私权。小说中的街道、宅第、海岸、乡村在当地都可以找到,布登勃洛克一家其实就是托马斯·曼的一家,不过托马斯·曼并不是汉诺,尽管他们之间不乏共同之处。

从小说中可以发现一个有趣的事实:布登勃洛克一家四代人的体质和寿命一代比一代弱和短,经商本领一代比一代差,与此相反,他们的精神气质和艺术素养却一代比一代敏感、丰富和高超。作家以此表现了艺术和社会的对立,以及社会对艺术家心灵的窒息。这是托马斯·曼整个创作的基本主题。作家是怀着同情、爱、惋惜和哀伤的心情来描写布登勃洛克家族——他所属的阶级和家族的衰落的,从而为诚信、恪守商业道德这种家族传统的没落唱了一曲忧伤的挽歌。作家的现实主义创作方法,不仅真实地揭示了这个家族的衰败历程,也展现了德国社会历史发展的必然。同时,小说形象地描绘了金钱在社会关系、家庭关系以及婚恋问题上的主宰作用,真实地塑造了众多栩栩如生的人物形象,并善于通过细腻的心理描写来展示人物的内心世界，这一点在小说的后半部尤为突出。《布登勃洛克一家》是托马斯·曼的第一部长篇小说和最负盛名的作品，也是他获得诺贝尔文学奖的主要原因。这部作品为德国文学的叙事艺术重新赢得了世界声誉。

《布登勃洛克一家》与中国现代文学有着十分密切的关系。巴金在创作由《家》、《春》、《秋》组成的《激流三部曲》时，曾从托马斯·曼这部小说中获得启迪。《家》的主题和构思主要得益于左拉和其他西方文学作品。巴金在《谈〈秋〉》一文中曾说到，他当时读过不少批判现实主义的“传世佳作或者不朽的巨著”，其中特别提到《布登勃洛克一家》，说它“写了一个家庭的四代人，写了这个家族的最兴盛的时期，也写到最后一个继承人的夭亡”。巴金的研究者也指出：“这种高尔基称之为‘个性的毁灭’的主题，正是从左拉，从《布登勃洛克一家》以及其他西方文学作品那里得来的，它在《家》中已经得到充分体现，以后又继续贯穿于整个《激流三部曲》之中。”

托马斯·曼的长篇小说《王爷殿下》描写世纪之交德国一个小王国的王子克劳斯和一个美国百万富翁的女儿伊玛之间从相爱到结婚的故事。本来这个小王国的财政已面临崩溃，靠了伊玛的财富才渡过了难关。小说虽然写的是宫廷世界的解体，却闪射着童话般的光辉，这和小说所写的时间不无关系。1905 年托马斯·曼同慕尼黑大学教授普林斯海姆的女儿卡佳结婚后开始创作这部小说，所以作品洋溢着新婚燕尔的欢乐情绪。

《魔山》是托马斯·曼继《布登勃洛克一家》之后的又一部长篇力作。小说描绘瑞士阿尔卑斯山中一座疗养院里，住着来自欧洲和世界其他国家的病人。大学生汉斯·卡斯托普在那里住了七年，后来他熟悉的人或死或走，使他感到寂寞。第一次世界大战的炮声使他惊醒，他离开高山，想有一番作为，但战争却把他推向战场，灭亡在炮火之中。托马斯·曼笔下“魔山”上的这所疗养院，象征着病态的欧洲社会，而“魔山”上来自不同国度的人则体现着不同的现代意识。疗养院这个“小世界”里有崇尚理性和人道的乐观主义者，有信奉精神至上和非理性的耶稣会教士，有热衷于精神分析的医生，等等。作者通过哲理性和思辨性的语言和描述，从高山疗养院这个“小世界”形而上地反映了德国在第一次世界大战前和魏玛共和国时期的一个病态“大世界”，从历史和精神发展的内在角度揭示了资产阶级没落的过程，并将思维和精神的崇高境界与现实的庸俗和可鄙做了对照。

“魔山”上的纳夫塔是个引人注意的人物。他是耶稣会教士，鼓吹战争和弱肉强食的理论，却标榜自己拥护无产阶级专政。托马斯·曼在纳夫塔的极端非理性主义中看到了法西斯专制统治的抬头，充分说明了作家深刻的洞察力和非凡的预见性。

《魔山》没有曲折、紧张的情节，因为作家感兴趣的不是具体的生活现象，也不是这个畸形和病态社会没落的外部事态和过程，而是其内在精神，是对诸如生与死、健康与疾病等问题的哲学思考。死亡诱惑人们走进与外界隔绝的“魔山”，引诱人们摒弃外在现实而转向内心世界，迷恋于疾病所导致的境界。住在这座笼罩着死亡气氛的疗养院里的人，在疾病中享受，在等待中死亡。卡斯托普开始时曾迷恋死亡，但他后来还是克服了死亡的诱惑，走出了“魔山”。这是作家在创作这部小说时克服了悲观主义哲学影响的结果。

《魔山》的人物塑造得非常成功，每个人物的言谈举止和面貌都各有特点，刻画得栩栩如生。在创作手法上，托马斯·曼对现实主义诗学做了许多革新，吸取了象征、梦幻、内心独白和精神分析等现代主义技巧，使作品更具特色。

第三章

俄国文学

概述

19世纪末20世纪初的俄国，风云激荡。这是一个充满矛盾和斗争的错综复杂时期，一个新旧交替的历史转折时期。两个世纪之交的俄国产生了一批使俄罗斯人民引以为骄傲并具有世界声誉的文学家和艺术家。他们当中有作家和诗人高尔基、蒲宁、勃洛克、布留索夫、阿赫玛托娃等，还有画家列宾、作曲家格拉祖诺夫、导演斯坦尼斯拉夫斯基，等等。这一时期俄国文坛呈现出了一种前所未有的多极和斑斓的图景，形成了三种不同文学思潮和流派并存的全新局面。

一是由普希金和果戈理开始的传统现实主义文学继续在发展。它的代表列夫·托尔斯泰、契诃夫和柯罗连科等在创作的某些方面又有了新的开拓，如列夫·托尔斯泰的长篇小说《复活》，不仅表现了对社会、政治、法律、经济等制度的全面而激烈的批判，也在表现方法上运用了不同于果戈理的独特嘲讽，加强了作者的独白和评论；契诃夫在这个时期的小说中，尤其是在剧作《海鸥》(1899)和《樱桃园》(1904)中，不仅展示了人们对未来社会和新生活的热烈期待，也在手法上吸纳了印象主义和象征主义诗学的某些成分；柯罗连科不仅提出了未来岁月定会产生一种“新艺术”的思想,即“文学的新流派”将来自于“现实主义和浪漫主义的综合”,而且在小说《盲音乐家》(1889)、《嬉闹的河》(1892)、《瞬间》(1900)和《火光》(1901)中,预示了俄国一场社会风暴即将来临,突出了人们追求自由幸福和向往正义光明的主题。而刚刚登上俄罗斯文坛的新一代现实主义作家蒲宁、库普林、魏列萨耶夫、安德列耶夫等人,在继承前人艺术传统的基础上,根据现实的变化,不断地在内容和形式方面进行探索和革新,更加关注人物个性的下意识过程。

二是现代主义诸流派先后在俄国文坛迅速崛起。这个时期俄国的现代主义文学基本上由象征主义、阿克梅主义和未来主义这三个既有联系又相对独立的文学流派组成。此外,还有一些诗人和作家,如列米佐夫、扎伊采夫、茨维塔耶娃等,在组织上与这些流派并无联系,但在精神上却密切相连。现代主义的形成和确立,无疑是对俄国现实主义创作和现实主义美学的一种反拨和挑战。这明显地表现在明斯基的《一个古老的争论》(1884)和《在良心的光照下》(1890),梅列日科夫斯基的《论俄国文学衰落的原因与诸新流派》(1893)和沃伦斯基的《俄国批评家》(1896)等论著中。它们既表现了现代主义的思想、美学和伦理立场,也明确反对以别林斯基和车尔尼雪夫斯基为代表的唯物主义和民主主义的文艺观点,反对文学传统。它们宣扬极端个人主义和主观主义,提出不同于现实主义的“新艺术”的三个主要因素:神秘的内容、象征和扩大艺术的感染力,并力图从唯心主义立场改变俄国现实主义文学和美学的传统。

三是以高尔基和绥拉菲莫维奇为代表的、反映无产阶级革命斗争和表现社会主义思想的无产阶级文学,第一次登上了俄国文学的历史舞台,开创了俄国文学的新方向和新道路。就其创作原则和方法而言,它属于现实主义范畴,但具有革命浪漫主义的精神和理想。这是一种新型的现实主义。

第一节　高尔基

马克西姆·高尔基(1868—1936)原名阿列克赛·马克西莫维奇·彼什科夫,是俄国无产阶级文学伟大的代表者和奠基人。他出生在一个木工家庭，只上了两年多小学便被迫辍学。从11岁起，他当过学徒、跑堂、装卸工、剧院守门人、配角演员、烤面包工等。他边做工边刻苦自学，很快掌握了书写技能，具有了相当丰富的文化知识。1884年他来到喀山，本想上大学，但没有遂愿。他在流浪中结识了一些进步大学生和政治犯，参加了具有民粹派观点的秘密小组活动，接触到了《共产党宣言》等马克思主义著作，从中大受教益。1888年至1891年他两次到俄国各地游历，两次遭政府逮捕，这两次被捕虽然时间不长，可是他此后的活动一直受到警察部门的监视。青少年时代丰富而又充满艰辛的人生经历，为作家以后的创作打下了扎实的生活基础。

高尔基从写诗开始文学创作。最初的一些诗歌并不成功，后来经过柯罗连科的指点，于1892年发表关于自己流浪经历的第一篇小说，从此几乎每年都有新作问世。1895年他由柯罗连科介绍到报社当编辑。1898年至1899年，他的三卷集《特写和短篇小说》出版，立刻引起俄国乃至欧洲文坛的重视。高尔基的早期作品，按内容和手法可以分为两类。一类着重表现理想，如《马卡尔·楚德拉》(1892)、《伊则吉尔老婆子》(1895)和《鹰之歌》(1898)等，属于浪漫主义小说，但又与传统的浪漫主义不同，多以民间文学的形象和强烈的象征，讴歌向往光明、为人民利益而献身的无私无畏精神。1892年完成的爱情诗《少女和死神》也属这类，因书中把沙皇和死神直接联系起来，未能通过当局的检查，直到1917年才发表。另一类作品偏重描写现实，如《切尔卡什》(1895)、《柯诺瓦洛夫》、《沦落的人们》和《马尔华》(均为1897)以及《因为烦闷无聊》(1898)等，属于现实主义作品，却要比传统的现实主义作品更强烈地表现了下层人们的愤怒和反抗。这两类作品表明，高尔基从进入文坛之日起，就具有改造现实的明确目标。在他的创作中，浪漫主义和现实主义两类作品并存，反映出他正在探索一种新的、更适合表现时代的艺术方法。

世纪之交，俄国反抗专制争取民主的运动日益高涨，高尔基社会和文学活动的领域也更加广泛。他首先加强与社会民主工党的联系，积极参加它领导的革命活动。他与柯罗连科交往密切，1898年起与契诃夫建立了联系，1900年结识列夫·托尔斯泰，不久又与他们在克里米亚一起疗养，和这些老一辈文坛泰斗成了忘年交。此外，还通过亲自参与主持的知识出版社和《知识》丛刊，把魏列萨耶夫、库普林、蒲宁、安德列耶夫等大批文坛新秀吸引到自己周围，开始自觉地把文学创作与无产阶级革命事业结合起来，使自己的创作迈上了一个新的台阶。

在小说方面，高尔基完成了《福玛·高尔杰耶夫》(1899)和《三人》(1900)两部中篇。前者采用家庭纪事形式，通过青年主人公的人生悲剧，向正在迅速发展的俄国资本主义提出了挑战。精力充沛、为人正直的福玛·高尔杰耶夫继承父亲万贯家财，却不愿像父亲那样生活。他为社会的畸形不公而愤怒，于是接近工人，认为“未来属于劳动者”，结果却被送进疯人院，最后流落街头。《三人》描写三个一起上学的青年走了三种不同的生活道路：伊里亚一心追逐财富，杀人犯罪，在逃跑时撞墙身亡；雅科夫婚后满足于小家庭生活，回避现实斗争，结果染上肺结核病；巴威尔爱看书学习，最后在革命活动中找到了归宿。作者对前二人持否定态度，赞赏和肯定巴威尔走向革命道路。这两部作品表明，高尔基的艺术探索取得了新突破：第一，已不再从民间传说故事中，而是从现实生活中寻找英雄形象；第二，把作品中的浪漫主义和现实主义因素有机地结合在一起。在戏剧和诗歌作品中，也出现了类似的变化。

为了使自己的艺术更直接影响广大群众，高尔基于世纪初就从事戏剧创作并获得成功。《小市民》(1901)描写父子两代人的冲突，揭示了资产阶级保守派和自由主义者的矛盾。剧中塑造的尼尔，是俄国文学中出现的第一个有觉悟的工人形象，他明确意识到劳动者是生活的主人，决心为自己的生存权利而斗争。1902年发表《底层》，主要描写城市下等旅店中一群挣扎于社会最底层的人。作者把流浪汉搬上舞台，一方面对俄国现实的黑暗和罪恶作了血和泪的控诉，批判了消极人道主义的危害，以剧中人物萨金之口宣布：“人这个字叫起来多么自豪！”作者还发出“要尊敬人！”的呼吁。另外两部剧作《避暑客》(1904)和《太阳的孩子们》(1905)，进一步把题材扩大到知识界，表现了革命风暴来临之际这个阶层的变化。这些剧本及时提出了社会所面临的迫切问题，公演后反应强烈。尤其是《小市民》演出时，观众甚至喊出“打倒专制暴政，自由万岁”的口号，并引发了群众和反动爪牙的格斗，最后观众上街游行示威。

在高尔基的诗歌作品中，以《海燕》(1901)和《人》(1903)这两首著名的诗最有代表性。在前一部中，海风呼啸，乌云聚集，波涛应着轰鸣的雷声向上冲击之时，海燕却矫健地翱翔于天际，而海鸥、海鸭和企鹅吓得连连哀嚎，躲藏不迭。作者以此衬托海燕的勇猛和坚强。该诗写成于作者刚参加完彼得堡示威游行之时，那暴风雨来临前不畏艰险、勇敢飞翔的海燕就是无产阶级革命者的象征。在全诗结尾，海燕发出呼唤："让暴风雨来得更猛烈些吧！"这无异于在号召人民勇敢地去迎接革命。高尔基从此获得了"革命的海燕"这个称号。后一部诗篇表达了作者关于一个真正的、大写的人的理想：他像一轮光芒四射的太阳，活着是为了把黑暗照得透亮，死了是为大众的利益而牺牲。他高高地抬起头，步伐坚定地率领周围迷途的人们，迎着艰难险阻，不断地"向着前面，向着高处行进！"这是一首为全人类解放而奋斗不息的人的赞歌。

高尔基以"革命的海燕"的姿态投身于1905年俄国第一次革命，并在革命实践中表明自己是一位成熟的无产阶级作家。他受党的委托于1906年初秘密到美国宣传俄国革命，同时为党筹划经费。在美国的四个月里，他写了抨击资本主义制度的政论《我的访问记》和特写《在美国》。回国途中，他因发表反对法国政府给俄国政府巨额贷款的抗议书而遭到沙皇政府通缉，从此被迫流亡国外，直到1913年，他基本上居住在意大利的卡普里岛。流亡初期，他于1907年5月出席在伦敦召开的第五次社会民主工党代表大会，在会上和列宁交往密切。在这之前，他发表了《敌人》（1906）和《母亲》（1906）两部名著。

《敌人》是一部多幕剧。故事从两家工厂合并时厂方未能满足工人合理要求而引发冲突开始。带头罢工的共产党员和工人领袖被捕时深信真理在自己一边，群众也说他们必将获得胜利。情节围绕两个阶级的尖锐对立和激烈冲突展开，一方面生动揭露各派资本家如何维护本阶级的共同利益，另一方面则着重表现党领导下的工人斗争由自发迅速走上自觉的道路。剧中工人阶级代表辛卓夫是个有高度觉悟的布尔什维克，他把年龄、性格不同的工人群众团结成一个战斗的集体。他们在罢工中坚持明确的政治目标，具有顽强的斗志，充满胜利的信心。

《母亲》是《敌人》的姐妹篇，是作家创作的第一部长篇小说。它取材于1902年索尔莫沃工人"五一"节的游行示威事件，以这次示威游行的领导人之一、工人扎洛莫夫及其母亲的事迹为原型,同时参照1905年革命的经验写成。小说在广泛展示俄国无产阶级斗争壮丽图景的基础上,成功地表现了一个工人家庭母子两代人的成长道路。女主人公尼洛芙娜原是一个普通工人的妻子,身处社会最底层,由于受尽生活折磨而变得柔弱、温顺和胆小。丈夫死后,儿子巴威尔成了工人积极分子,并参加了党和党领导的革命活动。在儿子及其同志们的影响和帮助下,尼洛芙娜终于渐渐觉醒,对儿子由担惊受怕变为积极帮助。最后当巴威尔因革命受挫被捕受审时,她不顾反动军警的阻挠和毒打,向群众散发传单,决心把儿子的正义事业继续下去。和《敌人》相比较,《母亲》在塑造时代的先进典型人物时更具有心理深度。列宁在读到小说的手稿时,就肯定了它的现实意义。

《敌人》和《母亲》无论对高尔基个人还是整个俄国无产阶级文学的发展,都具有里程碑式的重要意义。它们都取自现实的素材,按照生活本来的样式徐徐展开生活画面。故事叙述相对平稳而完整连贯,以艺术典型化手法塑造正面形象。这些显然是传统现实主义的方法,而与此不同的是,作者把初步显示自己力量的俄国工人运动和刚刚出现的工人阶级先进分子当作历史主体来描写,并且写得那么波澜壮阔、高大完美;而对被镇压下去的革命斗争又描绘得那么乐观,那么充满必胜的信心和具有光明的前景。这一切无疑是作者较好地掌握了马克思主义世界观,在艺术上使现实主义和浪漫主义融为一体的结果。正是这一生动而成功的有机结合,使这些作品成为新型现实主义,即后来被界定为社会主义现实主义的奠基之作。

从1907年开始,俄国革命进入低潮。在革命处于低潮时期,高尔基发表了不少有迫切现实意义的作品。如中篇小说《毁灭》(1909)表现了俄国农村被1905年革命唤醒的年轻一代的成长过程;取材于政府保安局、警察署及资产阶级家庭生活的中篇小说《没用人的一生》(1908)、剧本《最后一代》(1908)和《瓦萨·日烈兹诺娃》(1910),深刻揭示了沙皇统治的反动本质和资产阶级的必然灭亡。《奥古洛夫镇》(1909)和《马特维·柯热米亚金的一生》(1911),是两部剖析小市民保守自私、动摇不定的心理特征及其社会根源的中篇小说,作者在指出市俗习气对革命危害的同时，令人信服地表明一种社会的新生力量正冲破它的禁锢在健康成长。这个时期他的最精彩之作是《意大利童话》（1913），包括27篇故事，于1910年至1912年相继写成，均取材于意大利，有的是古代传说，有的反映现实斗争。在现实题材的故事中，有的表现工人罢工的胜利，有的展示工人罢工时的团结互助精神，有的讴歌挣脱了剥削阶级道德束缚的人的尊严和精神美。作品虽是“童话”，却充满劳动和革命的激情，洋溢着积极、乐观的精神和浓厚的浪漫主义色彩。写的虽是意大利的人和事，却反映出俄国一个新的革命高潮即将到来。其中有几篇发表在布尔什维克党刊上，被列宁称为“革命的传单”。

随着俄国重新出现革命的形势，沙皇政府迫于社会压力于1913年宣布大赦令。高尔基听从列宁劝告，于年底回到了离别多年的祖国。半年后，1914年7月，第一次世界大战爆发，他一边积极支持布尔什维克党报工作，一边投身反对帝国主义战争，为各民族的和平而斗争的事业，不断撰文谴责战争的掠夺性和各种沙文主义思潮。同时，他还主持《启蒙》杂志文艺栏，并分别于1914年和1917年编辑出版了两辑《无产阶级作家文集》，以扶持和培养青年作家。

总之，从19世纪末到第一次世界大战爆发时，高尔基不仅以多方面的创作实践表明自己是一个伟大的无产阶级作家，而且为推进俄国无产阶级文学的发展作了卓有成效的努力。

第二节　蒲宁

伊万·阿列克谢耶维奇·蒲宁（1870—1953）是19世纪末和20世纪初俄国现实主义文学的卓越代表，也是俄国文学史上经历了艰难曲折的道路和最具复杂矛盾性的作家之一。他出身于贵族世家，后来一直以这个出身及其高贵门第自豪。在他1870年10月10日于沃罗涅日出生时，俄国宣布废除农奴制度已近十载。他刚满18岁即背井离乡，到外地谋生，当过校对员、统计员、图书管理员，摆过书摊卖过报。1887年4月他将自己写的一首诗投寄彼得堡《祖国》周刊，次月即获刊载。1895年他前往彼得堡和莫斯科，结识了契诃夫和象征主义主将布留索夫等，从此从事文学创作和翻译。1899年他与高尔基相识，在高尔基的影响下，他在20世纪初曾积极参加进步作家组织“星期三”文学社和高尔基参与主持的知识出版社的活动。但是，作家身上那种根深蒂固的贵族阶级偏见使得他经常同进步阵营意见相左，乃至激烈争吵。在1905年革命失败后及第一次世界大战期间，蒲宁两次出国旅行，足迹几乎遍及整个欧洲，还到过亚洲和非洲许多地方。回国后的大部分时间他避开喧哗的大城市，蛰居俄罗斯乡下，潜心文学创作，许多名篇都完成于这个阶段。

在长达约六十五年的创作生涯中，蒲宁以诗人进入文坛，而且一直没有中断写诗。他发表的头一篇作品是诗，出版的头一部作品集是《诗集》（1891）。真正使他在文学界成名的也是诗歌《落叶集》（1901），这部诗集以及他翻译的美国诗人朗费罗的长诗《海华沙之歌》，使他获得俄国科学院普希金文学奖。蒲宁一开始就旗帜鲜明地表明自己是俄罗斯现实主义诗歌传统的捍卫者和继承者。例如，他第一首公开发表的诗《乡村乞丐》（1887），通过乡间路旁橡树下站立的求乞老人，表达了对老乞丐的同情和对社会不平等的抗议，虽然是处女作，却鲜明地体现了面对现实，真实描写生活的现实主义特征。

蒲宁的许多诗描写的是日月山水、花草鱼鸟等，但更多的是通过对变幻的大自然景象准确、客观的描述，表达诗人心中的感触和情绪，并在客观和主观的交融中暗喻人生应该如自然那么和谐。他的诗具有独特的艺术魅力。他的《落叶集》中的命名篇《落叶》就很有代表性。这是一首近二百行的长篇抒情诗，描绘秋天的景色，中心形象是缓缓步入彩色森林里的秋天的“寡妇”。全诗通篇没有一个“我”字，对秋天森林里的色彩和形象却写得十分准确。通过自然界秋与冬、光与暗、彩色与白色、白昼与夜晚等的强烈对比，使形象、场景和幻境构成一个象征性整体，传递出主人公抒情的内心冲突。变化着的自然与矛盾中的内心呼应，以及对于冬天和寒冷的神秘预感，读来令人拍案叫绝。他后来的许多诗，如《海神》（1907）、《该隐》（1907）、《死海》（1909）和《太阳庙》（1909）等，多为他出国旅游时的随感，记述异国风土人情或古代传说、神话故事及所引发的情思，其艺术风格仍属现实主义。

蒲宁于1895年第一次发表短篇小说，1897年出版第一部短篇小说集，自此致力于小说创作。他“以其严谨的艺术才能使俄罗斯古典传统在散文小说中得到继承”而于1933年成为俄罗斯作家中第一位诺贝尔文学奖得主。蒲宁的小说和诗歌一样，随着时代、社会及个人经历的变迁而不断发展，坚持了现实主义传统，并以自己独特的才华赋予这个流派以新的特色和魅力。在刚进入文坛的那些年里，蒲宁的小说多属短篇，题材局限于自己从小熟悉的旧俄农村。他的主要代表作，有着力描写农民悲惨处境的《塔尼卡》（1892）、《故乡的消息》（1893）和《海角天涯》（1894）等，有表现破落贵族如何苟延残喘、死守凋零衰败庄园的《在山丘上》（1892）和《田间》（1895），有揭示乡间地主缅怀昔日美好生活的《安东诺夫卡苹果》（1900）等。在这些早期作品里，作者的视野相对狭隘，反映现实生活的面并不广，情节多与他青少年时代的经历有关，带有一定的怀旧情绪，却充满着对现实中丑陋现象的不满和对挣扎在生活底层小人物的同情。它们在艺术上也很有特色，对普通而有典型意义的生活事件，写来富有生活气息，处处流露出作者的爱憎。尤其是诗一般质朴清丽的语言，使著名批评家米哈依洛夫斯基立刻认定他将成为大家，高尔基更称他为“当代优秀的文体家”。

从20世纪初到第一次世界大战前夕，由于蒲宁和进步阵营的交往及两次出国游历，他加深了对国内外现实生活的认识，在小说创作中更上一层楼，取得了重大成就。他小说的文体变得多样，在继续创作短篇的同时，发表了一系列脍炙人口的中篇。艺术视野和题材不断扩大，他主要仍写农村，却已触及城市和工矿企业的发展变化，如短篇《伊格纳特》（1912）等。在描写金钱势力侵入农村，使某些农民道德沦丧的时候，流露出一种令人恐怖的自然主义倾向。但就总体而言，作家对客观现实的反映更加丰富、全面、深刻，艺术上也更加成熟完美，例如短篇小说《金窖》（1903）、《黑土地》（1904）、《欢乐的庭院》（1911）和《扎哈尔·沃罗比耶夫》（1912）等，以及中篇小说《乡村》（1910）和《苏霍多尔》（1912）等。这些作品虽仍以破落的贵族地主庄园为中心，但早期小说里那种“善良的老爷”不见了，取代他们的是农奴制废除后人们你死我活的无情争夺，是资本主义势力冲击下宗法制农村的迅速破产。《乡村》里新出现的富农由于阴险狠毒，使广大农民面临空前苦难的深渊；《欢乐的庭院》描写一位活活饿死的农妇及其因疲劳过度而自杀身亡的儿子，读来令人触目惊心。这种描写是那么逼真，那么符合俄国农村的实际，以致高尔基读了该书之后，立刻称作者立下了“一大功劳”，在他之前“还没有一个人这样历史地描绘过俄国的农村”。作家的另一些短篇小说，如《矿石》（1900）、《新路》（1901）和《优裕的生活》（1911）等，则分别展现了资本主义兴起时开采矿藏、修筑铁路等“新事物”给农民带来更深重的苦难，并造成了城市下层人民走投无路的惨象。

20 世纪初的十多年是蒲宁小说创作的高峰，作品不仅数量多，而且质量高。这表明，尽管作者竭力回避政治斗争，也无意从艺术描写中做出任何积极的结论，但这种描写本身却既极为真切、生动，倾向性也十分明显。第一次世界大战期间，蒲宁除发表一些旅途随笔和再现城市下层民众生活的短篇小说《圆耳朵》（1916）之外，以《兄弟们》（1914）和《旧金山来的先生》（1915）最为有名。它们是根据国外旅游印象创作的短篇小说，前者表现欧洲殖民主义者对东方殖民地人民冷酷无情的欺压；后者的无名主人公是个西方百万富翁，通过他乘豪华邮轮到意大利旅游时神秘去世的前前后后，淋漓尽致地展示了他的穷奢极欲和空虚无聊的生活。这两篇小说是公认的现实主义杰作。

值得指出的是，蒲宁是以诗人和小说家双重身份出现的作家，诗歌和小说的因素在他的创作中总是互相渗透，这是他的许多重要作品所具有的创作特色。如果说《落叶》等一些抒情诗多以叙述性、现实性见长，那么在蒲宁的小说代表作中，则往往淡化情节。在叙述故事及描写人物性格、命运时，处处洋溢着作者的主观感受，使生活画面富有诗一般优美、深远的意境，也就是说，小说被诗化了。中篇小说《苏霍多尔》就是如此。

“苏霍多尔”是俄罗斯中部一座古老的贵族庄园，主人赫鲁晓夫祖辈曾经辉煌一时，出过不少达官显贵。后来由于长期的寄生生活带来空虚委靡，这个家族终于“像虫豸一般”渐渐退化，完全丧失清醒的理智和正常的能力。他们除了像对待牲畜或玩偶般的虐待、玩弄仆从，就是无止境地纵乐，凶残地自戕，为一些微不足道的小事而不断斗殴，“连吃饭的时候也拿着皮鞭”。老主人是个疯子，最后死于自己的私生子之手。他的女儿年纪轻轻就无端殴打父亲的奶妈，失恋后成了个怪僻、阴郁和暴戾的老处女；就连“头脑最健全”的少爷，也是个“说十句话有八句错”的糊涂虫。这正是俄国最末一代贵族形象的真实写照。蒲宁曾称这部中篇为“苏霍多尔编年史”或“家庭纪事”。正是这部作品继《乡村》之后使蒲宁成为“俄国批判现实主义的最后一位经典作家”。然而，《苏霍多尔》既不是叙述作家祖辈家史的纪实文学，也明显地不同于讲究完整故事情节和中心人物形象、以客观叙述为主要特征的传统现实主义小说。该作通篇没有贯穿始终的情节和中心人物，全部故事均由一个离家多年的赫鲁晓夫后裔重访故园时，从这个家族仅存的一位老仆那里听来的。前者是个无限眷恋和怀念祖先的少爷，后者则是苏霍多尔全部“奇特的爱和奇特的恨”的见证人和牺牲者。小说中传统现实主义的客观叙述时时被浓烈的主观感情所冲淡，情节被大大地淡化，这使小说在体裁和风格上接近抒情诗。少爷对故园的怀念之情，老仆断断续续的回忆，把整个苏霍多尔的历史沧桑、俄国乡村最后老少两代贵族的荒唐、畸形、丑恶呈现在读者面前，使人读来如叙家常，娓娓动听，感情诚挚恳切。小说里虽然不见贯穿始终的中心人物，但在第一人称的叙述中那常见的寥寥几笔或几个简单素描式的生活场景，就使这座贵族庄园里一系列主仆形象活脱脱地呈现了出来。淡化情节，突出主观感情，这些可以说是两个世纪之交俄国现实主义小说的一种新的艺术倾向，使小说创作进入了一个更富有抒情诗特色的新阶段，而蒲宁则是这个新阶段的卓越代表。

第三节　别雷

安德列·别雷（1880—1934）原名鲍里斯·尼古拉耶维奇·布加耶夫，是坚持象征主义创作最久、组织和宣传活动最为积极、创作的主题和体裁涉猎面最广的象征主义作家。别雷的父亲是莫斯科大学年轻而著名的数学教授，母亲是莫斯科有名的美人，但父母对儿子的培养却意见不一。父亲欲使儿子继承自己的科学精神，而母亲却害怕儿子成为家庭里的“第二个数学家”。也许正是这不同的期望造就了小别雷天赋的多面性或者说天赋的“分裂”。1899 年他考入莫斯科大学数理系，在此前后开始对诗歌，尤其是对象征主义诗歌感兴趣。与中学同学谢·索洛维约夫及其叔父符·索洛维约夫的接近，使他成了青年象征派的干将之一。

1904 年，别雷出版第一本诗集《碧天澄金》。按作家自己的解释，"碧天"即"大气层"，"澄金"即"成熟的田野"。天地相对，色彩相映。在象征主义的色谱中，湛蓝和金黄都是希望和幸福的象征。阳光的主题贯穿全书，如一柄金色的钥匙递在诗人的手上。这部诗集中最让人难忘的就是其"颜色"。这是一本真正的"象征之书"，建立在天地对应、色彩对映的基础上，几乎每个词都具有本意和他意两种所指。两种成分的对立和转化又成为别雷诗歌在主题、形象和风格上的重要特征之一。

如果说别雷的处女诗集是一部"色彩之诗"，那么，他在 1903 年至 1908 年间创作的四部"诗体交响乐"，则是真正的"音乐之诗"。和许多象征主义诗人一样，别雷也非常重视音乐在诗歌中的作用，但他表现得更为彻底。他认为，音乐是所有艺术门类中最高的形式，其他任何一种艺术体裁只有在接近音乐、融会音乐之后，才能达到完美。于是，别雷便在自己创作之初，开始了谱写语言音乐的创举。著名的四部"交响乐"——《北方交响乐》、《戏剧交响乐》、《归来》和《风雪高脚杯》，是带韵律的散文即半文字半音乐的作品，在谋篇布局上模仿交响乐的结构，主题内容上具有音乐作品那朦胧、神秘、情绪化的特征。别雷苦心构建的这些作品并不十分成功，其原因之一，也许就是对艺术体裁界限的忽略和混淆。

1905 年 1 月 9 日，别雷从莫斯科来到彼得堡，恰好目睹了那里的大屠杀，受到强烈震动。他之后诗风的转变，也许与此有关。他于 1909 年相继出版的两部诗集《灰烬集》和《骨灰罐》中，就有明显的转变痕迹。在这两部抒情诗集中，俄罗斯及其命运已成为别雷抒情诗歌的主题，他已将个人的感受与现实生活结合起来。从情绪上看，这些诗作是少了别雷先前那样的光与色，而多了一些悲剧感，诗人已从早年的欣喜走向"痛苦的缪斯"，但两部诗集在形式和语言上的创新意义仍是巨大的，以至于有人竟称之为"语言的巫术"。这三部诗集和四部"交响乐"，奠定了别雷作为象征主义主要代表诗人的地位。

之后，别雷很少写诗，直到十月革命后才又返回诗坛。长诗《基督复活》(1918)是对革命的直接反映。另一部长诗《初会》(1921)写他与"永恒温柔"神秘的相会，这无疑是受索洛维约夫学说及其《三次相见》等作品持续影响的结果,同时也与他当时和娜杰日达·扎里娜的恋爱感受有关。另两部诗集《孤星集》(1919)、《别后集》(1921)则带有明显的人智学意味。

别雷首先是以一位象征主义大诗人闪耀在两个世纪之交俄国文学星空,但是作为小说家的别雷却更有成就。他的《彼得堡》等长篇小说似乎更为后人所乐道。《彼得堡》(1913—1914)取材于1905年革命,主要线索是当时俄国某“轻率政党”为清除沙皇政府一重要官员而策划的一次暗杀活动。阿勃列乌霍夫父子住在彼得堡,父亲是宫廷重臣,儿子却对官方不满,因而接受一革命者建议,在父亲卧室放置了定时炸弹。父亲得悉后惊恐万状,儿子也感到后悔和惊慌。后来,正当私奔的母亲回来,一家三口重归于好的时候,屋里炸弹爆炸,父亲因此心脏病复发,儿子一时失去知觉。最后,父亲退休,死于乡间,儿子则去国外旅游考察,回来后变成了一个乐天知命的老人。小说在反映俄罗斯帝国没落这一主题中,既揭露了西方文明中的虚伪堕落及官僚统治,也对恐怖主义等残酷行为予以否定。诚然小说中这一线索并不很清晰,占据主要位置的是主人公的大量回忆、想象和内心独白,外界现实是通过主人公的意识折射出来的,而主人公的意识又往往是直觉、跳跃和虚妄的。如果说《彼得堡》在其发表前后的走红,有赖于其主题的独特和文体的新颖,那么,在近一个世纪之后的今天,它的意义就远远不止于此。它所提供的全新视点、结构模式、情节因素等,实际上是长篇小说写作规则上的一次革命。因此,人们将别雷与卡夫卡、乔伊斯和普鲁斯特并列,称之为世界小说史上意识流小说的鼻祖之一。除《彼得堡》外,别雷较为重要的小说还有《银鸽》(1909)、《莫斯科》(1926—1932)和自传体小说《科吉克·列达耶夫》(1922)等。

别雷写了许多出色的诗歌和小说,还留下了许多理论著作、回忆录和其他散文作品。他的美学观点集中体现在《象征主义》(1910)、《绿草地》(1910)、《小品集》(1911)等论文集中。整体地看,他的文学理论不够体系化,但其中却不乏独到见解。作为俄国象征主义的代表,他对象征主义最为执着,直到十月革命后,还在继续宣传象征主义,创办了《幻想者杂志》,支撑着“缪萨革忒斯”出版社,试图复兴俄国象征主义。他的这分忠诚也许就来自于他关于象征主义的两点认识:其一,象征主义不仅仅是一种文学手法，同时也是一种生活态度，一种世界观。人们曾认为世界已被完全认识了，其实，缺少象征主义的手法，世界是无法被完全认识的。别雷有一篇文章就题为《作为世界观的象征主义》，这个题目对他的象征主义思想也的确有着某种概括意义。其二，象征主义是唯一可与现实主义并列的创作方法，它们是整个人类艺术发展史中两大主要潮流。别雷认为：真正的象征主义是与真正的现实主义相吻合的。他在契诃夫的身上看到了这种融合的开始，并预言两者的结合就是未来艺术的必由之路。

文学研究也是别雷的一个重要领域。除了在《绿草地》等书中对契诃夫、梅列日科夫斯基、索洛古勃等同时代作家的评述外，他还对一些俄国经典作家进行了较为深入的研究。他的《创作的悲剧：陀思妥耶夫斯基和托尔斯泰》(1911)、《词之诗：普希金，丘特切夫，巴拉丁斯基，维·伊万诺夫，勃洛克》(1922)、《作为辩证法的节奏和〈青铜骑士〉》(1929)和《果戈理的艺术》(1934)等书，都是很有分量的学术专著。别雷的回忆录也是他留给后人的宝贵遗产。30年代，他先后出版了《两个世纪之交》(1930)、《世纪之初》(1933)、《两次革命之间》(1934)等长篇回忆录，其中包含了大量的文学史实、作家素描和文坛掌故。作为当时的文坛大师，作为那一时代文学历史的见证人，他的感受和评述，使这些回忆录成为研究两个世纪之交俄国文学不可多得的珍贵文献。在多变基础上的转型，既有继承又有创新的过渡，是两个世纪之交文学的主要特征，而这一特征在别雷身上有着最集中、最典型的体现。

在两个世纪之交，别雷以其积极、卓越的创作，为新世纪的多座文学大厦奠定了基础，为新世纪的多株文学之花播下了种子。

第四章
英国文学

概述

世纪之交的英国告别了维多利亚黄金时代的荣光，跨入了一个新的历史时期。此时的英国文学，也处于一个承前启后的过渡阶段，基本特征是现实主义依然是主流，但现代主义作品也已出现。这个时期的小说家基本上沿袭了现实主义传统，用写实的方法记载社会转型时期资产阶级社会和家庭发生的变化。最为典型的是哈代，他的《德伯家的苔丝》(1891)和《无名的裘德》(1895)讲述了英格兰南部农村青年男女走投无路、陷于绝望的悲剧故事。与此相对照，以海外为题材的小说作为英国当时海外扩张的折射，基调并不那样灰暗，如吉卜林的《吉姆》(1901)。这个时期小说创作的特点之一是题材范围进一步扩大。威尔斯创作的《时间机器》(1895)等一批科幻小说，将科学幻想与社会批评结合起来。高尔斯华绥在《有产业的人》(1906)中以批判的眼光揭示资产阶级家庭的社会关系，福斯特的《霍华兹别墅》(1910)针对英国社会经济与文化、富人与穷人、男性与女性之间的矛盾冲突，探索建立"联结"关系的途径。柯南·道尔塑造了个性鲜明的福尔摩斯这一举世闻名的侦探形象。从19世纪下半叶起，具有现代意识的作家开始质疑维多利亚传统。塞缪尔·

勃特勒的《众生之路》(1903)抨击维多利亚中产阶级的价值观,矛头直指维多利亚时代的家庭、宗教和道德。1913 年劳伦斯发表《儿子与情人》,翌年乔伊斯的《都柏林人》问世。现代小说家开始把注意力从外部特征的客观描写转移到人的内心世界刻画上来,以捕捉生活的真实。康拉德在作品布局、叙述角度及象征手法等方面有意识地进行了一系列革新,他的小说成为英国现代主义文学的先声。

19 世纪末迎来了英国戏剧的复兴。这个时期的英国戏剧受到外来剧作,尤其是易卜生作品的影响,社会问题被引入剧坛,戏剧走向现实。剧作家在题材上拓展,揭示社会真相,讨论严肃问题。其中,萧伯纳和王尔德是英国戏剧复兴的里程碑,他们的戏剧创作活动使英国剧坛发生了根本的变化,一改英国戏剧百年不振的局面。世纪之交的英国诗人对变动的时代也纷纷抒发各自的感受,逐渐摆脱维多利亚时代的束缚,成为现代主义诗歌的前奏。虽然并未形成如火如荼的诗歌风潮,但哈代和叶芝这两位大诗人的创作却是为世纪之交的诗坛添上了绚丽的光彩。

在这个时期的英国小说、戏剧和诗歌中,尽管处处都会令人感受到维多利亚时代的影响,但新世纪的气息正日益强烈地扑面而来。

第一节　康拉德

约瑟夫·康拉德(1857—1924)是 19 世纪末 20 世纪初极为重要的英国作家,他的小说表现了西方帝国主义向殖民主义转变的历史过程。他将自己奇特的身世背景和生活经历交融在字里行间,无论在题材表现方面,还是在叙述手法上,都为维多利亚时代后期略显沉闷的英国文坛带来了一股新风。康拉德在英国的崛起,在一定程度上标志着包括文学在内的英国文化,开始注意吸纳新的素材和手法,逐步走出狭隘的英国模式,向着多元化的方向发展。

康拉德生于波兰一个贵族家庭,父亲是赤诚的爱国主义者,也是一位作家和翻译家,因反对沙俄统治而遭流放。他一家随父亲前往流放地。康拉德 17 岁到法国马赛学航海,后转往英国,当过水手、船长。他于 1886 年入英国籍,1889 年在伦敦居住并开始写作《阿尔迈耶的愚蠢》,从而开始了职业作家的生涯。他的创作甚丰,共写了13部中、长篇小说,大量短篇小说,此外还撰写了回忆录及散文和书信。康拉德20岁时还不怎么会讲英语,全靠自学成才。他要用英语写作,而且要得到英国读者和评论家的认同,这并非易事。然而,康拉德是幸运的。《阿尔迈耶的愚蠢》于1895年出版后,便得到了普遍赞誉,包括著名作家威尔斯和本涅特的首肯。

评论家通常将康拉德的文学创作分为三个阶段:早期创作取材于英国殖民时期的马来地区,到1896年止;第二阶段1897年到1911年是康拉德的创作高峰期,许多重要作品都完成于这一时期;这以后至1924年去世,是他小说创作的第三阶段。首部作品《阿尔迈耶的愚蠢》由于题材的新颖和异国情调,受到读者的欢迎。这部小说在形式上有所创新,有别于传统的19世纪英国现实主义小说中那种层层叠叠的构架,故事简单统一,风格质朴,比较典型地反映了康拉德小说的艺术特点,给人以耳目一新的感觉。此后,它的姊妹篇《岛上的弃儿》(1896)同样获得了成功,康拉德的才华引起了人们的注意,创作进入了辉煌期。

康拉德第二阶段的创作在题材上继续开拓那些富有异国情调的人物故事,并将它与自己早年的航海经历紧密结合在一起,创造了一幅幅色彩斑斓、气象万千的生活画卷。这个阶段的代表作《"水仙号"上的黑水手》(1897)是一部以航海为题材的象征主义小说,在创作过程中,康拉德注重感官直觉在确立文学题材和表现手段上的重要性。正如他在该小说的"序"中所写:"我力图完成的任务是,通过文字的力量,让你听到,让你感觉到——最重要的是让你看到。"读者可以从书中发现"鼓励、安慰、恐惧、魅力"。这部小说充满了视觉上的对比:黑色与白色的反差,黑暗和光亮的对比,通篇营造一种不可捉摸、难以言状的压抑气氛。小说中所展现的,与其说是水手们如何同风暴斗争的故事,不如说是一群水手在这种特定的时间和空间里心理情感上的经历。"水仙号"是他们生活的世界,也是整个人类世界的一个缩影。

《黑暗的心》(1898—1899)是康拉德根据他的非洲之行创作而成的。这部作品探讨的主要问题是西方现代文明和自然的原始之间的冲突,是一部内涵极为丰富、充满矛盾悖论的小说。故事的叙述者马洛受一家贸易公司之聘，乘船前往非洲。进入非洲后，马洛看到的是被掠夺得支离破碎的土地。从人们的谈论中，马洛得知库尔兹作为比利时贸易公司的代理，经营象牙生意，是一位充满神奇色彩的人物。然而，马洛渐渐地了解到库尔兹是一个残忍贪婪、利欲熏心的人。他杀戮黑人，巧取豪夺，似乎想把非洲的一切占为己有。马洛见到他时，这内心孤独的白人如行尸走肉一般，已被自己的欲望蛀空。他临死前的狂呼“太可怕了！太可怕了！”正是一个殖民主义者对现实世界的悲叹。现代西方文明固然有值得肯定的成就，但同时也是白人用来掩盖自己罪行的虚伪外壳。在小说中，康拉德虽然表现出对西方特别是比利时帝国主义的扩张、对民族剥削和压迫的不满，但毋庸置疑，同时也流露出明显的殖民主义的潜意识。但是，康拉德在这部小说中对西方文明虚伪性的揭露，基本上出于人道主义的立场。受制于时代历史的局限，他不可能对 19 世纪西方帝国主义思想体系作出超出当时认识的批判。

《“水仙号”上的黑水手》与《黑暗的心》均为中篇小说，或者说是短小说，《吉姆爷》则是一部长篇力作，写于 1898 年和 1900 年间。主人公吉姆随“帕特娜号”远航，途中遇上风暴，在这危急关头因一时的怯懦，置旅客于不顾，未能实践自己素来信奉的英雄主义，从此背上了沉重的道德十字架。后来，吉姆在东印度一个小岛上安顿下来，实实在在地为当地人做事，受到他们敬重和信任，被人们尊称为“吉姆爷”。在一次谈判中，吉姆劝服土著人放袭击他们的土匪一条生路，然而生性凶劣的土匪却将土著首领的儿子杀害。吉姆为他的致死主动接受原始的法律制裁，以自己的生命作抵偿。康拉德对吉姆死前的场面竭尽渲染之能事，使其充满浪漫和悲壮的色彩。这样的描写使故事极具象征意义。它充分表现出作者对吉姆之死所经历的复杂的心理：一方面哀其不能在生活中实践自己的理想；一方面又感其人格道德的力量，仿佛是对一种失去的价值观发出逝者如斯的历史感叹。吉姆的消失，是一个时代的消失，一个英雄时代的消失。吉姆来到小岛，多少含有西方文化输出的意味。然而，这种含有殖民意味的个人英雄终究以悲剧而告结束。康拉德对投身帝国殖民事业所表现出来的英雄主义持批判态度。他对遭受帝国主义剥削和压迫的民族怀有同情心，但这种同情毕竟是有限度的，并未能消解他的欧洲中心主义情结。在写作手法上,这部小说打破了现实主义小说惯用的时空构架和单一叙述角度,叙述中还有叙述,多层面地展开,这使小说的艺术世界成为一个多维空间,向读者提供多方位的视角。康拉德的许多小说都使用了这样的叙述形式。

康拉德第二阶段的重要作品还有《诺斯特罗莫》(1904)和《在西方的眼睛下》(1911)。在这些作品中,康拉德游离了自己最直接、最熟悉的生活经历的蕴藏,不再以自己的航海经历和所见所闻作为创作蓝本,而是开拓了新的领域。《诺斯特罗莫》在这方面颇有代表性。故事给主题的诠释提供了多种可能性,可以将这部小说理解成对一个熟悉的文学命题的思考:物质利益的诱惑如何使主人公在道德上走向堕落。主人公诺斯特罗莫的悲剧不同于西方传统的悲剧,它并非由完全超越自我控制的力量所造成,而是来自于他内心世界的分裂及其双重的道德人格。他一方面积极投身于社会政治活动;一方面又孤守着自己心灵深处的一块由物质利益统治着的黑暗空间。然而,更为深刻的寓意在于它揭示了与西方现代文明同根而生的拜物教是如何在殖民化了的异国他乡遭到毁灭。并且,小说在叙述手法上同样使用了大量的时间倒错,突破了时空限制,使全书的叙述角度好像处于不停的变化之中。这种叙事手段有效地打破了19世纪小说中那种编年史式的叙述方法,使故事的叙述更接近于口语传统。小说运用了后来现代主义小说中常见的并比表现手法,将时空上没有直接关系的人和事并列在一起,以求得一种奇特的艺术效果。《在西方的眼睛下》描写一个无信仰的无政府主义者的精神扭曲,揭示了侨居他国的人对于双重身份、双重生活,对于何为忠诚、何为叛变等一系列问题的复杂心理。原籍波兰的康拉德对此当然有其特殊的感受。《在西方的眼睛下》的出版标志着康拉德第二创作阶段的结束。此时的康拉德身体每况愈下,债台高筑,不时流露出江郎才尽的伤感。尽管1911年以后,还是写出了一些好作品,如《机遇》(1912)、《胜利》(1915)和《阴影线》(1916)等,但总的说来,他这一时期的作品,在思想性和艺术性方面,都无法与第二阶段的小说相比。

近二十年来,康拉德的小说越来越受到重视,一个重要的原因是它们为后殖民主义文学批评提供了极好的材料。他的作品中有不少人物带有传统人道主义的思想痕迹,但总体说来,作品在不同程度上有意识或无意识地反映出欧洲中心主义情结。这常常表现在一个受过教育、理性清醒、文明礼貌的白人和一群目不识丁、感情用事、粗糙原始的土著人的对比之中。赛义德曾经说过:“没有帝国的事业,就没有我们今天所熟知的欧洲小说。”我们大概也可以断言,没有英国的帝国主义和殖民主义的扩张事业,就没有康拉德的小说。

第二节　萧伯纳

乔治·萧伯纳(1856—1950)是位“戏剧天才”,他用敏锐的眼光观察现实,用机智的技巧表现生活,他的才能和圆熟的技巧为他赢得了不朽的地位。和易卜生一样,他把戏剧看成是达到目标的手段。这个目标不是仅供人娱乐,而是鞭挞社会。萧伯纳剧作中包含的深刻思想,不仅在世纪之交的英国产生过振聋发聩的力量,至今依然具有一种真正的戏剧性活力。他在强调戏剧的思想性时,也相当了解戏剧的规律,注意采用表面效果和刻意出奇的手法。他对戏剧创作程式可谓了如指掌,并且,他比英国其他剧作家显示出更大的独创性。

萧伯纳生于爱尔兰都柏林,他 16 岁参加工作,20 岁立下当作家的志向并为此来到伦敦。在那里,他饱受了贫穷和挫折的打击。他的第一部小说《未成年时期》和其他文章被出版商拒之门外。他在大英博物馆阅览室读书写小说,同时积极参加各种演讲和辩论,磨练他的语言功力。1884 年他参加“费边社”,与戏剧评论家威廉·阿切尔的相遇成为他生活的转折点。阿切尔请他为报刊写评论文章。萧伯纳的音乐、文学知识,还有旁门左道的怪论,使他成为别具魅力的评论家。1891 年他观看易卜生《玩偶之家》,深为感动,决定从事戏剧创作,继续易卜生的事业。

萧伯纳的戏剧创作可分为两个阶段。第一阶段从 1892 年到 1899 年,他共写了三个戏剧集:《不愉快的戏剧》、《愉快的戏剧》和《为清教徒写的三个剧本》。《不愉快的戏剧》包括三个剧本,其中较好的是《鳏夫的房产》(1892)和《华伦夫人的职业》(1894)。前者是萧伯纳于 1895 年与阿切尔合作创作,但由萧伯纳独力完成。在这部作品中,他以易卜生的方式抨击了伦敦贫民区房产业，他的关注点是社会的弊病而非浪漫爱情的困境。相同的理性倾向贯穿于《华伦夫人的职业》。该剧围绕一个知识青年女性薇薇的意外发现展开：她发觉母亲华伦夫人年轻时靠卖淫为生，目前还和人合伙开妓院。萧伯纳对华伦夫人的描写十分出色，她面对女儿为自己辩护的一场颇为感人。薇薇作为一个新女性，最后愤然离家去伦敦独立生活。作为一出“思想剧”，《华伦夫人的职业》揭露了娼妓卖淫的经济根源。萧伯纳在“前言”里写道：“社会，不是任何人，是这个剧本的反面角色。”

“不愉快的戏剧”的力量在于“迫使观众面对不愉快的现实”。萧伯纳接着又写了几部“愉快的戏剧”：《武器与人》(1894)、《康蒂坦》(1894)、《支配命运的人》(1895)和《难以预料》(1896)。他声言，这些戏的目的在于重新赢得那些为他的尖酸刻薄所冒犯的制作人和观众，使他们在笑声中摆脱浪漫幻想。《康蒂坦》采用传统戏剧中最拿手的三角关系情节。女主人公是位美貌贤慧的中年妇女，丈夫是位受人尊敬、稳重的牧师，插到这对夫妻中间的是一个年仅 18 岁的青年诗人。康蒂坦必须在两人之间作出选择，最后她决定和丈夫一起生活，因为她察觉这个办事效率高、勤奋的人才是弱者，真正需要她的照顾和支持。在这组剧本中，《凯撒与克丽奥佩特拉》因人物刻画独特而备受推崇。剧中克丽奥佩特拉年方十六，是个备受宠爱、幼稚顽皮的女孩，与莎士比亚《安东尼和克丽奥佩特拉》一剧中那个 38 岁的风情万种的女王形象大相径庭。凯撒也是一个活生生有趣的人，他严于律己，经验丰富，长于思考且行动干练。

从 1903 年到 1913 年是萧伯纳创作的第二阶段。《人与超人》(1903)一反陈套，认为在爱情和婚姻中妇女占主动地位，她们是“生命力”的载体，决定着人类的延续和命运。剧中男主角杰克·唐纳开始曾力图逃脱女主角安娜的追求而执着于个人的精神进步，但最终认识到女性的作用而甘心受缚于安娜的婚姻之链。《英国佬的另一个岛》(1904)通过英国资本家用狡猾的手段在爱尔兰修公路、盖旅馆赚大钱的事实，揭露英国对爱尔兰的经济掠夺和政治欺骗，同时也谴责了爱尔兰资本家出卖民族利益的行为。该剧对英国人和爱尔兰人的态度和幻想作了深刻分析，虽说主题颇为沉重，但因为萧伯纳巧妙的正话反说，依然具有强烈的喜剧色彩。《巴巴拉少校》(1905)中的女主人公巴巴拉本是虔诚的基督徒,为了拯救穷人的灵魂而加入救世军并任少校,但后来她发现救世军是靠资本家资助而存在,其中最大的一个资本家便是她那崇尚"血与火"的军火商父亲。巴巴拉少校认识到最大的罪恶乃是贫穷,因此最后同意父亲的决定,由她和自己的未婚夫柯森斯去继承军火事业。该剧肯定发财是道德的,只有在完善的资本主义制度下,才能实现"真正的"宗教和道德。《皮格马利翁》(1913)在一定意义上是关于爱情和英国等级社会的人文喜剧。剧中一位粗俗的卖花女经过语音学家的努力,被训练得语音纯正,举止优雅,当她参加外国大使夫人的茶会时,竟被人认为是一位公主。其间曲折层层,妙趣横生,演出时备受欢迎。该剧后被改编为电影、歌剧,均获成功。

从《鳏夫的房产》到《皮格马利翁》,萧伯纳共写了 18 出戏剧。它们大都已进入经典剧目之列,至今仍不时出现在舞台上。萧伯纳认为自己首先是一位有思想的剧作家。他激烈反对"为艺术而艺术"的观点,宣称:"如果仅仅为'艺术',我是一行也不会写的。"萧伯纳明确给自己的剧作规定了标尺,在剧作中常用理性的绝对标准对世事作实事求是的估计,以揭示真实的社会面目。为了更明白地阐述自己的观点,萧伯纳经常在剧本里附上序言,有时序言长度超过剧本。他所揭露的英国人的伪善、残酷、形式主义和拘于习俗,难免让人心惊,"令人思考并使他们感到痛苦"。萧伯纳将讨论替代情节,认为:"一个情节就像一个七巧板玩具,拼板的人觉得趣味无穷,但旁观者则感到索然寡味。"摒弃情节而注重讨论,源于萧伯纳对语言本身的信心。针对别人对他剧作"都是谈论"的抱怨,萧伯纳曾巧妙地反驳道:"没错,我的剧作都是谈话,就像拉斐尔的油画都是颜料,米开朗基罗的雕塑都是大理石,贝多芬的交响曲都是声音一样。"

的确,萧伯纳可以离开情节而靠讨论中语言的魅力使那些主题严肃的剧作引人入胜。首先,出生于爱尔兰的萧伯纳继承了爱尔兰民族幽默风趣的特点,他对笑话有一种不可思议的敏锐鉴赏力,并且"永远不能克制制造笑话的冲动",讽刺的幽默时常照亮了他的议论。再者,萧伯纳将其音乐才华融入了剧本创作。他的文字坚实明朗,具有韵律之美。他常用排比和反复营造令人难忘的气势,使得剧中人物的道白听来像歌剧中激情昂扬的吟唱。此外，剧中唇枪舌剑式的讨论，尽管不如情节曲折离奇，但一样可以有面对面的冲突，使故事有想象不到的发展。因此，萧伯纳的讨论并不令人厌倦。《人与超人》的演出共需五个小时，其中有两个小时完全是说教式的对话，但这个剧本并没有受到观众排斥。

萧伯纳虽然反对“为艺术而艺术”，但非常推崇王尔德的剧作。两人都是运用语言的大师。王尔德有时因过于追求华丽、花哨而略显肤浅，而萧伯纳因注重针砭时弊，因而语多深刻。萧伯纳依靠其剧作思想冲突的生动性和对话的深刻性，对19世纪的戏剧完成了一次历史性的突破。他攻击英国旧戏剧文化的造作、艺术的苍白和生命状态的萎顿，笔锋所至，毫不留情。萧伯纳在这个时期取得的成就使他成为英国戏剧复兴中现实主义的一座高峰，是20世纪英国戏剧史的里程碑。

第三节　哈代

托马斯·哈代（1840—1928）是跨世纪的大作家。作为小说家，哈代在19世纪完成了他的作品，但他小说的思想内容和创作手法都已超越了时代，因此被视为属于新世纪的作家。同时，作为诗人的哈代也受到不少现当代评论家、诗人的崇敬和赞赏。他创作的诗歌属现实主义，大多具有自传性。

哈代的小说常常以故乡为背景，散发出浓厚的乡土气息。早期作品有《绿荫下》（1872）、《一双湛蓝的眼睛》（1873）、《远离尘嚣》（1874）等。《还乡》（1878）确立了哈代作为重要作家的地位，也标志着作者开始转向悲剧题材。《卡斯特桥市长》（1886）展示了一场性格悲剧。进入90年代，他完成了最深刻、最著名，也是最后的两部小说：《德伯家的苔丝》和《无名的裘德》。

《德伯家的苔丝》写一个纯洁质朴、聪明美丽的农村姑娘被逼得走投无路，终于杀人的故事。小说一开始，苔丝替她父亲赶马车去城里送货，黑夜里马车与邮车相撞，把家里的老马给弄死了。苔丝闯祸后，出于一种赎罪心理，来到德伯维尔家做工。德伯维尔家少爷阿列克在林中将她奸污。她失贞以后，离开阿列克，回家生下小孩。孩子病死，她去一家牛奶场做工,认识了安琪儿·克莱尔,并与他相爱。新婚之夜,安琪儿了解到苔丝曾失贞,便离她而去,远走巴西,苔丝只好转到另一个农场做工。父亲死后,房东将她家住的房子收回。为了不让家人流落街头,苔丝被迫又回到阿列克身边。安琪儿后来悔悟,突然回来找她。苔丝心情十分痛苦,用刀杀死了阿列克。最后,苔丝作为杀人犯被处以绞刑。哈代在创作《德伯家的苔丝》时,显然受古希腊剧作家埃斯库罗斯悲剧思想的影响:个人越是反抗命运,在命运设置的罗网中就陷得越深,离自己的毁灭就越近。小说结尾部分在绞刑执行过后,作者写道:"'正义'得到了伸张。用埃斯库罗斯的话说,那是众神之首结束了他跟苔丝的游戏。"哈代所谓的"众神之首"实际上是苔丝所处的艰难生存环境。在《德伯家的苔丝》中,命运常常是通过一系列阴差阳错的偶然事件来运作。有的批评家认为哈代在情节结构上反映出宿命论观点,其实这种宿命论可以理解为作者对资本主义社会的批评。在苔丝身上,自始至终表现出的是一个贫弱女子的苦苦挣扎。《德伯家的苔丝》的副标题为"一个纯洁的女人",它包含着作者对一种传统道德观念的否定。安琪儿在与苔丝热恋的时候,曾将她理想化:苔丝是"幻象中的女性精华,是全体妇女凝聚而成的一个典型形象"。不过,所谓苔丝是普遍女性的"典型形象",只是安琪儿男性凝视的建构物。哈代塑造苔丝的独特之处在于将她常常置于被人观看的地位,使其成为一个"视觉对象"。苔丝这位"标准女性"并无恒定不变的本质特征:她在安琪儿眼里是贞洁女神,在阿列克那儿是性感女子,在社会面前则是犯了谋杀罪的荡妇。小说从未真正进入苔丝内心的秘密深处。呈现在读者面前的苔丝不是一个"圆形人物",而是男性社会凝视下的一幅幅关于她的"意象"。哈代在苔丝身上揭示出女性人物再现过程的虚构性,评论家因此称赞"这部小说远远走在了时代前面"。

《无名的裘德》是《德伯家的苔丝》的姐妹篇,讲述一个青年石匠被生活逼得走投无路,最后毁灭的悲剧故事。作为一名来自社会下层的善良青年,裘德与苔丝一样,对生活抱有理想,试图改变自己的命运。他是个孤儿,自学了拉丁文,梦想着能上大学深造,日后在教堂当牧师。艾拉白拉闯入他生活后,使这一梦想破灭。艾拉白拉与裘德结婚不久便离他而去。裘德与表妹淑相爱,两人顶住世俗的压力,同居生活,并生下三个孩子。儿子“小时光老人”为使父母摆脱烦恼，杀死了妹妹弟弟后自杀，淑经受不住打击，离开裘德又回到了她丈夫那儿。小说结尾时，裘德在孤独凄凉中死去。赛义德认为：《无名的裘德》集中表现了19世纪末欧洲“幻灭小说”的主题：梦想破灭、以失败告终是裘德无法逃脱的命运。《无名的裘德》里的三角关系是艾拉白拉—裘德—淑。两个女人对裘德的生活产生重大影响。在一定程度上，作为肉欲象征的艾拉白拉毁了裘德。淑的社会地位比裘德高，象征着裘德追求的理想。淑后来离开裘德，使他万念俱灰，失去了赖以生存的精神支柱。在维多利亚传统小说中，女主人公理想的两性关系往往是在合乎法律和宗教道德范围以内找到自己的如意郎君。哈代笔下的淑突破了这种模式，她对两性关系本身持十分冷淡的态度。兰鲍姆认为哈代在淑这一现代女性人物身上实现了“与维多利亚小说的最终决裂”，可以说，淑是劳伦斯小说《儿子与情人》中米丽安的先驱。《无名的裘德》也流露出哈代的社会达尔文主义倾向。裘德的人生历程是一个圆圈，从基督寺开始，最后又回到这座城市。当他从空间上完成这个循环，时间以直线一去不复返地流逝。哈代采用自然主义手法描述了裘德所经历的一个在生理和心理上都每况愈下的衰败过程。在创作手法方面，哈代已经表现出现代倾向。大量采用有特殊意义的具体事物进行象征暗示是他后期小说的一个特点。象征暗示替代了平铺直叙，人物塑造经常借助于象征物。

1928年哈代去世后，其诗名日渐上升，几乎超过了他作为小说家的声誉，这似乎正是他生前所乐于看到的。他从不掩饰自己对于诗歌的偏爱，宁愿被别人称为诗人，而不愿别人称他为小说家。尤其在《无名的裘德》问世后，他受到各种各样的批评责难，转而全力从事诗歌创作。哈代写诗冷静、严肃，甚至略带嘲讽地观察人们日常生活的希望与恐惧，困惑与迷惘，喜与悲，苦与乐。他的抒情诗有四类题材，即爱情、自然、战争和死亡，这构成了他创作的主要领域。哈代的爱情诗真挚纯朴，深切感人，特别是在1912至1913年间为追忆第一位妻子埃玛而作的总题为“旧焰余烬”的组诗，用词质朴，情真意切。哈代诗中另一频繁出现的题材是自然。尽管自然从来不曾是他的主题，仅仅作为人类活动的背景，但他依然是一位热衷描写自然的诗人，风雨雷电，荒野雾霾，落叶飞鸟，一草一木都在诗中有着自己的位置。对于大自然,哈代既不像他的前人那样顶礼膜拜,也不是简单地回避。在继承华兹华斯的一部分思想的同时,他又抛开了华兹华斯积极向上、充满希冀的一面。他试图在大自然中找寻智慧、善良与美,但又在诗中展现自然阴暗残酷的一面,从而形成自己独特的自然观。对于战争,哈代是明确反对的。他的诗作揭示了战争的残酷与荒谬。战争必然会带来死亡,到暮年的哈代越来越感受到死亡的阴影,他的部分诗作流露出低沉哀伤的情绪。

哈代创作的诗歌中,除了短小的抒情诗外,还有《列王》这样的宏篇巨制。《列王》共分三部,19 幕,是英语文学中最长的诗,也是最长的诗剧。从最初构思到着手写作,直至最终完成,历时三十多年,也是哈代创作中费时最长的作品。1908 年当《列王》的最后一部出版时,曾轰动英国文坛,并在评论界得到极大的赞誉。哈代在《列王》中频繁运用全景式描述与近景式特写的转换,加上精灵的观察、评论和人物的活动这两条线索的运用,以及散文、韵文两种体裁的相互配合,一方面为诗剧创造了类似布莱希特式的"间离效果",另一方面比较完整地表达了他的人生哲学。《列王》中的人物形象丰满,对话鲜明生动,景物描写秉承了哈代的一贯传统,细致入微,栩栩如生,对于其中的韵文部分,更是充分吸收前辈诗人之所长而运用自如,语言形式丰富多彩,新颖别致。哈代去世后,伦敦《泰晤士报》在悼念这位大师的社论中,称《列王》为"英国人的民族史诗",几乎将它与《贝奥武甫》、《失乐园》等不朽巨著相媲美,可见其影响之大。

作为诗人的哈代,取得了辉煌成就,但他的有些作品对一般读者而言,不是主题过于简单,就是形式过于艰涩,且诗作中技巧的运用也不够纯熟精当,以致有人认为他不过是以量而不是以质在诗坛上享有一席之地。不过,有很多诗人对他的诗作评价极高,在 20 世纪四五十年代,更有众多诗人仿效他的风格。进入 90 年代后,评论界对哈代的诗作有了更为深入中肯的评价。客观地说,哈代的诗作与英国诗史上的划时代诗作相比还有差距,不少作品并不成功。哈代的长处在于他的诗歌风格朴素,跨越了两个不同的世纪,在维多利亚诗风和现代主义诗歌的夹缝中自成一格。哈代诗中所表达的悲观情绪,对于科技迅速发展下人在宇宙中地位的思考,以及对爱情、婚姻等人生课题的探讨,与现代人的心理往往不谋而合。正是这使他赢得了读者。用米勒的话来说:“现在,哈代已被公认为是用英语写作的最伟大的现代诗人之一。”

第五章

美国文学

概述

在世纪之交的美国,作家不再从事浪漫主义写作,而以现实生活中政治经济的变革对人的影响为题材,甚至以过去不能进入文学的贫民窟、战争和性爱为描写对象,采用更加能够表现现实的手法,如以美国独特的方言为叙事话语,用简练明快、不事夸张的文体创作。文学的主要形式仍是小说。19 世纪 80 年代,美国的高雅杂志如《世纪》、《大西洋月刊》和《哈珀斯杂志》等都开始连载豪威尔斯、马克·吐温和詹姆斯的作品,说明现实主义小说终于在文坛站稳了脚跟。美国现实主义文学的发展经过了两代人的努力:19 世纪 80 年代中期,豪威尔斯、马克·吐温和詹姆斯等老一代现实主义大师进入他们创作活动的鼎盛时期;90 年代以后年轻一代如克莱恩、诺里斯、德莱塞等"自然主义"作家迅速崛起。前者是从反浪漫主义开始的,其中豪威尔斯在理论方面贡献较大,制定了关于现实主义的一系列原则。在豪威尔斯的鼓励下,朱厄特和加兰等乡土作家克服了早期乡土文学的缺乏深度和广度,过多地缅怀往昔时光而不触及当前生活中的阴暗面和悲剧事件,过分囿于历史记载而缺少想象力与创造性等一些缺点,从而在思想和艺术方面都达到了新的高度。美国现实主义文学由于克莱恩、诺里斯等年轻一代作家的出现,有了进一步发展。他们以超越老一代作家、冲破斯文传统的束缚作为创作起点,并以更大胆的写实手法揭露社会的不公正现象,探讨人的命运和人与社会的关系。因此,诺里斯成了美国自然主义小说的开拓者。克莱恩的《街头女郎梅季》(1893)也被文学史家罗伯特·斯必勒誉为"现代美国文学的开端"。这些都为后来的德莱塞和杰克·伦敦铺平了道路。

在现实主义文学飞速发展的时期,描写农村与小镇生活的小说和以城市中下层人民生活为题材的城市文学开始各领风骚。一向处在边缘的黑人文学因杜波伊斯等崭露头角而显示了力量。在通俗文学中已经拥有地位的女作家逐渐问津严肃文学,出现了如肖邦、吉尔曼等一批女性意识较强的女作家,从女性视角表现了世纪之交美国妇女独特的经历和感受、自我意识的觉醒以及对男女平等的向往。

然而,这个时期的美国诗歌并没有出现声誉卓著的诗人群体。遵循传统诗学、仿效英国浪漫诗歌的风雅派诗人此时在诗坛尚难成气候,即使是惠特曼和艾米莉·狄金森这两位为建立具有美国特色诗歌而作出巨大贡献的诗人,当时也并不引人注目。总之,有才华的诗人都各自为政。进入 20 世纪以后,在英国诗人休姆的影响下,埃兹拉·庞德、艾米·洛厄尔等美国诗人发起一场革新传统和创立意象的新诗运动。1912 年是美国新诗运动的里程碑。这一年,庞德和英国诗人休姆、奥尔丁顿等一起提出意象派诗歌的三条原则:用精确的语言直接描绘主观或客观的事物;使用简练的语言,取消一切无助于表达的词语;节奏依附于音乐性词语的顺序而不是按照节拍来安排。1914 年,庞德编辑出版意象派诗人的诗集,扩大了新诗运动的影响。这一切为第一次世界大战后的现代主义诗歌打下了思想基础。

第一节　詹姆斯

亨利·詹姆斯(1843—1916)是在 19 世纪开始创作的现实主义作家,却在 20 世纪初才进入创作生涯的高峰。他的作品以艰深著称。他生前并不拥有大量的读者,然而他的试验手法、他所开创的心理描写传统,却对20世纪初脱颖而出的现代主义作家产生了巨大影响。因此，詹姆斯常被尊为现代主义尤其是意识流手法的先驱。

詹姆斯出身于富有世家，父亲是19世纪美国著名的知识分子。他从小就常在家倾听父亲跟爱默生、梭罗、霍桑等文化名流交谈，也常随父亲去欧洲接受欧洲文化的熏陶，阅读了大量英、法、德、俄的古典文学。他立志从事文学创作以后到欧洲为美国报纸撰稿，跟屠格涅夫、乔治·艾略特等现实主义大师有来往。他后来定居英国，专心写作。第一次世界大战爆发后，他为抗议美国不肯参战，于1915年成为英国公民。因为这个缘故，在死后很长时间里，詹姆斯在美国颇受冷落，但从20世纪50年代以后，由于新批评的兴起，他开始受到重视。

詹姆斯的早期创作探索了美国和欧洲的文化差异，以及新世界的幼稚无知与旧世界的腐败和学识智慧之间的冲突，他称之为"国际主题"。其中比较出色的有短篇小说《戴茜·米勒》(1879)和长篇小说《一个女士的画像》(1881)，两者都表现天真淳朴但又过于自信的年轻美国姑娘如何成为老于世故的欧洲习俗的牺牲品。《戴茜·米勒》是本"世态小说"，主人公从美国来欧洲旅游，因不了解也不想随便接受欧洲风俗习惯与社交传统而遭到误会，被保守势力所压垮。后者描写一个美国女孩子到英国投奔亲戚，继承了一笔遗产。在那个时代，结婚是女人的唯一出路，但伊莎贝尔不愿意做一个传统男人的妻子。由于她天真而自负，一心向往独立，追求知识，结果不幸落入圈套，爱上了一个无钱又无地位、实际上工于心计、十分保守的男人，成为婚姻的牺牲品。19世纪末，詹姆斯一度倾心戏剧，从事戏剧创作达五年之久，虽然以失败告终，却懂得了如何把戏剧的手法运用到小说之中。因此，他的小说创作很注重手法和技巧，以及对人物心理戏剧性变化的描写。

进入20世纪后，詹姆斯重新回到他早年关注的"国际主题"和社会风俗小说，描写富裕、天真淳朴但又粗俗浅薄的美国人在欧洲跟欧洲文明和习俗发生的冲突，以及欧洲文化传统对他们的熏陶与改造。这一时期的三部小说《鸽翼》(1902)、《使节》(1903)和《金碗》(1904)都是以生活素材写的，是美国文学的佳作。《使节》以十分欣赏的笔调描绘一个具有欧洲文明和高雅文化的法国女人对一个美国大资本家的儿子查德·纽瑟姆的魅力。查德的母亲派斯特莱瑟去巴黎劝查德回国继承家业,并许诺斯特莱瑟事成之后同他结婚,斯特莱瑟在赴巴黎途中遇到居住欧洲的一位美国人玛丽亚,后者打开了他的眼界,使他了解到欧洲生活的种种乐趣。在巴黎他发现查德成熟了,变得有教养了,但不想回美国。他还见到了查德的情人德·维奥纳特夫人,发现她是查德成长进步的原因。他同情查德,劝年轻人留在巴黎好好生活。查德的母亲接二连三地派女儿、女婿等来劝说查德回家,并因斯特莱瑟不肯出力而迁怒于他。最后他回到美国,仍然过他的鳏夫生活。这部小说是詹姆斯最为喜爱的作品,被他称为"最完美的产品"。《鸽翼》描写美国记者墨敦和未婚妻凯蒂与身患绝症的美国姑娘米莉之间的关系。凯蒂与墨敦由于经济原因不能结婚。后来凯蒂认识了米莉,知道她富有却随时可能死去。于是凯蒂鼓励墨敦去追求米莉,以便在她死后继承她的财产,过上幸福生活。了解内情的马克爵士在追求米莉未成的情况下,为了报复,把真情告诉了米莉。米莉受此打击,一病不起,但仍在遗嘱里给墨敦留下大笔遗产。然而,墨敦在良心的谴责下无法跟凯蒂重续旧情。《金碗》表现类似的主题。美国大资本家亚当·弗维尔和女儿梅季在欧洲旅行时,梅季经朋友介绍爱上了意大利王子阿美里戈,两人准备结婚。阿美里戈原来有情人夏洛特,但因贫穷无法成眷属,夏洛特在古玩店发现一个镀金的水晶碗,想送给阿美里戈作纪念,但后者因碗上有裂缝而拒绝了。一年后亚当向夏洛特求婚,两人结婚后,夏洛特仍与阿美里戈幽会。梅季为父亲买生日礼物时也看中了那个金碗。店主去她家告诉她上面的裂缝时,发现了阿美里戈与夏洛特的照片,认出他们是从前想买而未买金碗的那两个人。梅季发现继母夏洛特与丈夫原为恋人,现在仍有私情。但父女两人没有公开揭露他们,亚当把妻子带回美国,女婿失去情人却发现了妻子的美德,与梅季真心相爱,过上了幸福生活。这三部小说都说明了詹姆斯的局限。小说人物不同于马克·吐温笔下的普通老百姓,也不同于豪威尔斯笔下的中、小资产者。作家对现实生活缺乏认识,对老百姓也几乎不了解。他刻画的主要是上流社会,而且是从有产阶级的角度去看待问题。他尝试过政治题材,如 19 世纪 80 年代的《波士顿人》和《卡萨玛西玛公主》,但都以失败告终。他关注的是人应该如何生活、怎样处理物质和精神价值之间的矛盾,以及应该具有什么样的个性和道德品质。为了表现主人公的崇高情操,他用大量笔墨去着力描写他们的内心活动。因此,批评家往往把他的小说定名为“心理现实主义”。

作为一个现实主义作家,詹姆斯认为“艺术的领域是全部生活,全部感受,全部观察,全部想象”,但生活又需要艺术的加工和提炼,因此小说创作本身就是艺术,作家要像艺术家那样把生活的每一个层面——最丰富和最含蓄的层面都表现出来,而这就需要十分深邃的思想和想象力。詹姆斯在晚年重新审视了自己的作品,并为每本书写了序言,介绍它们的写作过程和所运用的技巧。这些序言结集出版,题名为《小说之艺术论集》(1907),是他的文学观点的一次总结。这三部小说体现詹姆斯的一个思想:小说应该以主人公为中心。虽然它们最初的构想都是以情节为主,但实际上主人公成了小说结构的中心,故事情节只能为人物形象服务。同时,情节并不全是发生在主人公身上的那些事件或他所经历的生活,而是他们的感受与看法。因此在小说创作中,詹姆斯着力描写人物的内心世界和心理活动。当然,这些心理描写的目的,最终还是为人物形象服务。詹姆斯认为,“生活永无止境,永不完整”,因此作家本人不可能无所不知。他在早期创作中就试验运用“有限视角”手法,放弃全知全能的叙述者,以故事中一个有洞察力的人物为叙述者,从她或他的观点和视角出发来展示故事情节。这种手法在《使节》中用得十分娴熟。小说分 12 个部分,但只有一个中心即斯特莱瑟的观点和意识。在詹姆斯看来,这种手法不仅使小说更加完整统一,也使它更有深度。出于同样的原因,他常常采用若明若暗、模棱两可的手法,不提供明确的结论或解决办法。例如在《鸽翼》中,他叙述凯蒂是如何让墨敦去假爱米莉,但始终没有交代墨敦是否在跟米莉的接触过程中对她产生了爱慕。晚年的詹姆斯还成功地运用戏剧性的场面或把形象作为一种象征手段。他用“鸽翼”和“金碗”作为书名都有很深的含义。

詹姆斯的有限视角手法、开放性的结局和繁复的意象与象征,都要求读者参与小说的叙事活动,这就给读者的阅读带来一定的困难。以一个人物为中心,所有叙述都不跳出她或他的视野,这固然可以加强故事的真实性,但也可能因叙述者的叙述不可靠而含糊不清。1898 年出版的《螺丝在拧紧》是个最典型的例子。小说描写一个年轻的家庭女教师和她照看的两个孩子。女教师发现经常在房子里出现的鬼魂是孩子犯罪的根源。由于小说是从女教师的视角和意识来叙述,读者很难确定鬼魂是确有其事,还是女教师因心理变态而造成的主观臆想的结果。批评界对此进行过长期辩论,始终难以取得令人信服的共识。詹姆斯小说叙述的模糊性与开放性,以及作家因描写人物的心理活动而采用的冗长文句、众多深邃复杂的象征手法,形成了独特而艰涩难懂的文体。康拉德曾称他是一位描写"优美良知的史学家"。

詹姆斯的作品虽然以艰深著称,但许多作品,如《戴茜·米勒》、《一个女士的画像》、《金碗》、《鸽翼》、《华盛顿广场》和《螺丝在拧紧》等都曾被改编成电影或电视剧,有的甚至不止一次。这一方面说明他的作品还是有其故事性,还是表现了普遍人性中的善恶美丑;另一方面也说明,尽管他的作品在当初被认为是高雅的严肃文学,但还是可以通过大众媒介变成雅俗共赏的大众文化。

第二节　德莱塞

西奥多·德莱塞(1871—1945)是20世纪美国的杰出作家。有些评论家把他视为现实主义作家,但更多的评论家则把他列入自然主义作家,因为他突破了维多利亚时代那种比较拘谨和清高的写作传统,打开了直面真实、深入生活和燃起激情的新天地;没有他的开拓,后来的作家就很难像现在这样描写生活,描述美与恐惧。他的挚友、著名评论家门肯曾说,美国文学在德莱塞之前和以后的天渊之别,可以跟达尔文给生物学带来的变化相媲美。

德莱塞是美国文学中第一位出身卑微的非盎格鲁—撒克逊族作家。德莱塞出世时家庭很贫困。他12岁起就打工,15岁只身到芝加哥谋生,当过各种小工,还因失业流落街头。18岁时由于一位中学老师的资助他才得以在大学学习,但一年后便自动退学。他觉得大学教的东西并不能改变自己的命运。他回到芝加哥,重新干起了低贱的工作。1892年德莱塞当上了新闻记者。记者生涯使他接触到形形色色的犯罪事件和各种各样的人物，也加深了他如实描写“实际情况的生活、确实存在的事实、实际进行的游戏”的决心。与此同时，他大量阅读了巴尔扎克、赫胥黎和斯宾塞等的作品。巴尔扎克为他打开了“有强大吸引力的生活之门”，他不仅跟小说中“冥思苦想、不断追求、雄心勃勃的年轻人”认同，而且巴尔扎克对巴黎的辉煌与奢华、贫困与绝望的描写也使他对美国的城市，他“自己的世界，有了戏剧性的新认识”。斯宾塞的社会达尔文主义，为他在贫民窟和高楼大厦看到的不平等现象找到了理论根据，使他放弃了从小就接受的天主教思想，认识到人的渺小，人生的艰难多舛，世界犹如丛林不可捉摸。在这片丛林里，人只有强弱之分，无好坏之别。能生存的是那些强者和幸运者。换言之，德莱塞相信机遇，相信运气。然而，德莱塞家庭的不幸、自己经历过的贫困生活以及当记者时接触到的下层人民的悲惨生活，使他深切同情普通劳动人民，而无法全盘接受斯宾塞优胜劣汰的理论。另一方面，德莱塞采访过卡内基等垄断资本家，认真记录他们的名言警句，报道他们的发迹经验。他对贫困的恐惧和对美好生活的向往，使他十分羡慕上流社会的有产者，追求金钱与女色，“全身充满情欲”，渴望发财致富进入上流社会。这种矛盾心理在他的作品中常有表现。例如，在《嘉莉妹妹》(1900)中，他笔下的赫斯特伍德年纪较大，又沉湎于往昔的成就，在进取心和竞争力方面都缺乏年轻的嘉莉所拥有的优势，因而必然走向失败；同时作者又满怀同情地描述赫斯特伍德的困苦和绝望，从而加深了故事的感染力。在《欲望三部曲》(《金融家》(1912)、《巨人》(1914)、《斯多葛》(1947))中，虽然德莱塞揭露了主人公柯柏乌的狡猾、残暴、巧取豪夺等豺狼行为及其丑恶灵魂，但字里行间有时也流露出对这位“超人”的赞赏。他客观描写男女主人公的兴衰，但极少做道德评价。

德莱塞写作的另一个特点是，其素材来自现实生活、本人的亲身经历、家人的不幸遭遇、社会事件等。《嘉莉妹妹》就是以他姐姐的经历为蓝本：姐姐埃玛到芝加哥谋生，结识了在酒吧工作的一位已婚男人，并在此人盗窃钱财后与之私奔去纽约。德莱塞还说过，赫斯特伍德自杀前在纽约街头徘徊彷徨那一节，是他自己 1894 年在“那巨大而残酷”的纽约市里找不到工作而穷愁潦倒时的感受。《欲望三部曲》的主人公柯柏乌以“镀金”时代芝加哥垄断资本家查尔斯·耶基斯为原型。1888 年德莱塞在芝加哥当记者时接触过耶基斯，后来他一直收集有关耶基斯的各种报道，直到动笔时，已经积累了两千多页资料，还去费城甚至英国寻访耶基斯居住过的地方。《美国悲剧》(1925)则是以一个真实的案件为基础。记者的生涯使他注意使用大量素材，倾向于自然主义的写法，但他的目的在于反映现实，揭露生活中的问题。他的想象力和洞察力往往穿透现象或事件的表面，直至生活的本质和问题的症结。他不是简单地照搬生活，而是对生活进行艺术再创造。例如，《嘉莉妹妹》中一个乡下姑娘进城后为了生存做了男人的情妇，最后成为大明星，是一个俗气而有点滑稽的普通事件。但作者通过对社会、经济、人性和人物心理等多方面的分析，艺术地把它加工成一个有深度的故事：嘉莉妹妹在火车上初遇德鲁埃时，因服装、举止、金钱的"不平等"而自惭形秽，便到芝加哥商店里去，店中的每一样东西都引起她的欲望，使她"全心全意地渴望服饰与美丽"。德莱塞以此深入地剖析了主人公把自身的价值跟商品、金钱、物质相等同的心理，以及她"头脑中与生俱来的、要跟穿得更加讲究的人竞争的倾向"。嘉莉通过他人跟自己的比较，从而找到自己的不足；又通过模仿他人来构建新的自我。从德鲁埃到赫斯特伍德和艾默斯，她永远能够发现更高层次的模仿和竞争的对象，永远有着无穷的欲望，因此，即使在她大红大紫登上成功的顶峰时，也无法感到快乐与满足。不仅如此，德莱塞还通过赫斯特伍德从成功到沉沦以至最后自杀的过程，揭露资本主义社会商品化在起着推动作用和对人的自我发生影响的同时，也在制造贫困、饥饿和苦难。他同嘉莉一心追求的商品和外表、构成自我的金钱以及它所代表的一切最后明白无误地表现为死亡。

如果说，《嘉莉妹妹》描绘了实现美国梦的可能性，那么《美国悲剧》则明确宣布了美国梦的幻灭。这部小说又一次探索了人追求更美好生活的欲望和社会对这种欲望的影响，讲述了主人公克莱德由一个穷苦青年堕落为杀人犯的过程。克莱德天真幼稚，好虚荣，渴望财富，一心想成为上等人。他在叔叔的工厂里结识了女工洛蓓塔，并使她怀孕。不久，他又得到大工厂主的女儿桑德拉的青睐。为了能与桑德拉结婚，实现进入上流社会的梦想，他决定搬掉洛蓓塔这块"绊脚石"，于是带她去湖上划船，伺机杀害她，但在关键时刻未敢动手。正在他犹豫不决的时候，船翻了，他没有去救洛蓓塔,自己游到岸边,而洛蓓塔却被淹死。克莱德被捕后,经过长时间的审讯,最后被判处极刑。小说以1906年发生在纽约的契斯特·杰勒特谋杀怀孕女友格蕾斯·白朗案件为基础,只是把真实案件中契斯特·杰勒特故意用网球拍击打格蕾斯·白朗使其落水,改成洛蓓塔因意外翻船而落水。这一改动,使一个普通的谋杀案具有了现实的典型意义,成为控诉和抨击社会的锐利武器。因此,德莱塞说,克莱德的悲剧不是他个人的,"它是美国的悲剧"。

跟《嘉莉妹妹》和《美国悲剧》一样,《欲望三部曲》的《金融家》、《巨人》和《斯多葛》仍然是从一个真实的原型出发,经过艺术加工,使之成为美国南北战争后发迹起家的各类垄断资本家的典型代表。柯柏乌从小只对金钱感兴趣,他的人生目标就是追逐金钱与权力,虽经挫折矢志不移,而且认为为了达到目标可以不择手段,不顾道德与法则。但是德莱塞并不对柯柏乌的行为作任何明确的道德评价。在这一点上,他跟豪威尔斯、诺里斯和杰克·伦敦等小说家有所不同,也跟专写穷孩子发迹致富的阿尔杰不一样。他们总是把传统的道德观念和商业成败相联系,德莱塞却证明传统的道德观念对商业的成功完全没有关系。在这一点上,他超越前人,有自己的眼光和创新,塑造出了另一种类型的资本家,使读者对美国资本主义社会的复杂性有了新的认识。

《美国悲剧》的成功再一次为德莱塞带来了金钱和地位,但他往后的创作没有能够再达到这部巨著的高度。从20世纪20年代后期开始,德莱塞的注意力转向了政治活动和政论文写作。1927年他应邀访问了苏联,1928年发表了《德莱塞访苏印象记》。1929年出版了短篇小说集《妇女群像》,塑造了女共产党员艾尼达的形象。30年代他和许多知识分子及作家一样,被美国共产党的政治纲领和主张所吸引,发表了《悲剧的美国》(1931)及《美国是值得拯救的》(1941)等政论文。

德莱塞在批评美国社会方面是个战斗力很强的作家。除了上述那些堪称美国文学里程碑的作品外,还发表了《珍妮姑娘》、《天才》、《堡垒》等小说和《锁链》等短篇小说集,以及一大批战斗性很强的政论文章。然而德莱塞又是一个长期以来有争议的作家。《嘉莉妹妹》由于描写一个"堕落"女人成功的故事,被出版社老板认为有伤风化而不予推销。《巨人》、

《珍妮姑娘》、《天才》等都曾遭到围攻，一度成为禁书。但德莱塞坚定不移，一直跟社会偏见和限制作斗争。在德莱塞去世以后，关于他的争议仍然没有停止。近年来，这场争议似乎越来越有利于德莱塞，如著名作家诺曼·梅勒说："没有一个作家像德莱塞那样了解我们社会机器的运转情况。"也有评论家说，德莱塞在描写"商品社会中人性异化"方面是"一个探索的先驱者"。

第三节　华顿

伊迪丝·华顿（1862—1937）是世纪之交的一位著名女作家，她在创作中强调"性别的权术"对于个人和社会都有重要的意义。她长期以来以精确再现纽约上流社会的风貌驰名文坛，并被认为是以刻画美国上层社会为主题的作家詹姆斯的"女继承人"，但是近年来华顿对新女性时代性意识的描绘却引起女权文学评论家的高度重视。华顿出身于名门贵族，婚后也一直生活于上层社会，对美国上流社会对女性的种种羁绊有着切身体会。她意识到自己文学创作的理想与作为"装饰物"的上层阶级妇女身份之间的矛盾，从而刻画了妇女的困境。她在创作中以敏锐的目光透过上层阶级的珠光宝气揭露其虚伪堕落的本质，而且对社会流行的传统女性观进行了深刻的剖析和批判，展示了她对妇女独特经历的深刻了解。

华顿是位多产作家，一生写了 14 部长篇和 11 部中篇及大量的短篇小说与诗歌。1905 年问世的长篇小说《快乐之家》是她的成名作。小说以女主人公丽莉·巴特的经历为情节主线，揭示了妇女作为金钱社会和父权统治的不幸牺牲品的命运。年轻貌美的丽莉出身贫寒，靠有钱亲戚的施舍混迹于上流社会。丽莉生活在一个物欲横流的社会里，逐渐懂得改变处境的唯一途径在于嫁给一个有钱人。可是，尽管她渴望财富和地位，她并不愿意仅仅以金钱作为挑选丈夫的尺度，结果不但几次失去成为贵妇人的机会，最后还因中了道貌岸然的有钱人的圈套而身败名裂，被逐出上流社会。丽莉在失去姑母财产的继承权后，当了一名缝纫女工，但以往受的教育又不足以使她以手艺养活自己。无奈之中，丽莉在一个夜晚服安眠药而死。死前她用自己得到的一点遗产还清了债务，以此证实自己清白无辜。小说一开始，丽莉就是一个既令人鄙视又值得同情的人物。作者逼真地刻画了她性格的两重性：具有强烈的独立意识，渴望超越庸俗与愚蠢，又不甘彻底陷入道德堕落的泥淖。但在小说中，她不断地追逐金钱，并以自己的美貌作为筹码，为挑选一个有钱丈夫费尽心机。可以说，丽莉既不愿认同上层社会的价值观，又始终无法与之彻底决裂，而最后还是被上层社会所吞噬。这是女主人公挣扎于一个冷酷无情的社会的悲惨故事。华顿就此写道："一个轻浮社会只有通过它的危害才能显示出其戏剧意义。这种悲剧的含义就在于它使人堕落，使理想泯灭"，而"答案就在我的女主人公丽莉·巴特身上"。

华顿笔下丽莉·巴特的悲剧是社会的悲剧，而《快乐之家》则是她对吞噬了丽莉的纽约上层社会的深刻批判。这是因为，《快乐之家》所描写的时代正是美国资本主义发展的鼎盛时期，金钱是人们顶礼膜拜的偶像，财富决定社会的价值观和行为准则。丽莉自小从母亲那里学到贫穷是可耻的，人要是没有钱就失去了生存的武器。由于她没有生在富贵之家，婚姻就成为她改变自己寄人篱下的屈辱生活的唯一途径。丽莉倾慕金钱，不仅因为她亲身体验到金钱的力量，而且还因为这个社会对她有着深刻影响，使她无法抵制金钱的诱惑。在社会夹缝里挣扎的丽莉明白她只能把自己转换成商品，在婚姻市场上寻求可以改变自己命运的买主。因此有人认为，《快乐之家》的核心就是一个钱字。

华顿作品的一个突出主题是，任何渴求挣脱传统规范桎梏的行动都会遭到社会无情的谴责和扼杀。她的另一部名作《纯真的时代》(1920)就是描写了希望按照自己意愿生活的个人与传统社会势力之间的冲突。男主人公纽兰·阿切尔是纽约的一名年轻律师，一直按照自己阶层的行为准则过着循规蹈矩、毫无生气的生活。他渴望一种更为完美的精神生活，并爱上了自己未婚妻的表姐，从欧洲回来的艾伦·奥兰斯卡。可是他最终妥协于陈腐保守的社会势力，违背自己的心愿按照家族的安排娶妻生子，度过自己平淡庸碌的一生。阿切尔的悲剧也在于此。他年轻时由于软弱而屈服于社会的摆布。30 年之后他的妻子已去世，时代也发生了巨大的变化。阿切尔终于有机会再一次与心中的恋人重温旧梦。但他沿着旧世俗的轨迹走得太久，已无法超越旧我，无法冲破樊篱重新安排生活。华顿把阿切尔彷徨于两种生活道路之间那种进退维谷的矛盾心理分析得丝丝入扣,表现出作家对强大的世俗力量的清醒认识和对人性的深刻理解。与阿切尔相比,身为女性的艾伦·奥兰斯卡的遭遇更不幸。她不堪忍受丈夫在外寻花问柳,为了不再充当丈夫餐桌上的女主人和客厅里的摆设,便从欧洲回到美国,并试图离婚。然而她这与众不同的举动触犯了社会常规,由此招来许多非议。对于上层社会来说,家族名誉比个人幸福更为重要,她不应该有自己的主张和要求。社会习惯势力织成一张厚厚的网,把她包围了起来,而当她与阿切尔的爱情被觉察之后,她遭到被纽约上流社会放逐的命运。与阿切尔的妻子梅所扮演的"室内天使"那种符合传统道德规范的贤妻良母型角色相反,向往个性解放的艾伦被视为社会的"祸水"。在《纯真的时代》中,华顿又一次把笔锋对准纽约的上层社会,展示了社会习俗与人的精神追求的冲突。小说的书名意在讽刺上层社会的道貌岸然。华顿笔下"纯真"的美国社会是一幅充斥着肮脏市侩气息的世俗图。作品曾获普利策文学奖。

华顿的作品大都描绘她所熟悉的上流社会,但其中篇小说《伊坦·弗洛曼》(1911)却以新英格兰山区农村为创作背景,表明了她的创作并不局限于纽约上层社会。小说与英国作家勃朗特的《呼啸山庄》在结构上相仿,都是以一个局外人作为故事的叙述人,讲述主人公的经历。故事发生在马萨诸塞州的偏僻山区,主人公弗洛曼是个农民,妻子奇诺比亚常年卧床不起,整天怨天尤人,令弗洛曼苦不堪言。他的家庭生活就像新英格兰冬天的山区那样荒芜黯淡。后来奇诺比亚的表妹梅蒂来帮佣,她像一缕阳光温暖了弗洛曼忧闷的心灵,两人遂产生爱慕之情。奇诺比亚发现后,借故将梅蒂撵走。在送别梅蒂的路上,弗洛曼与梅蒂决定殉情自杀。他们驾雪橇朝树撞去,不料自杀未成,两人受伤成了残废。三人以后生活在一起,弗洛曼以残废的肢体惨淡经营着农场,奇诺比亚照顾着性情已经变得乖戾的梅蒂,都陷入了生不如死的痛苦境地。华顿没有把小说写成一出简单的三角恋爱悲剧,而是表现了生活的重压下苟延残喘的人的命运。小说中充满象征桎梏的比喻,生活像一条锁链束缚住人的手脚,压得人喘不过气来,使人得不到自由。生活的贫困和精神的匮乏造成人性的扭曲和人格的异化。弗洛曼和梅蒂以自杀来求得自由的举动,结果使他们陷入更加痛苦的深渊。小说具有强烈的悲剧色彩，但书中人物并没有像希腊悲剧人物那样通过磨难而变得更加明智，弗洛曼只不过在无奈中苟且余生，遭难后的梅蒂竟然也变成喋喋不休的泼妇。故事的结尾弥漫着一种绝望无助的凄凉气氛，因而读起来十分悲惨动人。

华顿在主题和表现手法上与詹姆斯确有相像之处，但她的艺术自有其独到魅力，比詹姆斯对社会和时代有着更清醒的认识，对社会习俗和弊端的批判更加深刻。当詹姆斯刻意描绘美国人的天真时，华顿则鞭挞其上层社会的堕落与平庸。在女性形象的塑造方面，她以女性特有的审美经验刻画了20世纪初美国妇女的生活经历和思想意识，描述了妇女在一个日益商业化的社会里所面对的种种约束，因而人物塑造更有时代感和现实意义。华顿同样注重挖掘人物的心理活动，其作品具有较深的思想内涵。此外，她的文体细腻优美，表现出欧洲古老文化的影响。世纪之交的女性作品具有承前启后的重要作用，从一定意义上延续了19世纪中期的女性文学传统，歌颂了女性作为家庭和社会栋梁的力量。但与之不同的是，世纪之交的妇女作品更加强调女性独立平等意识，更多地融进了社会大背景，逐步把侧重点转移到新时代女性所面临的种种困境，立足于表现女性自我意识的觉醒和对个性自由的追求，从而吹响了女性自身解放斗争的号角，为半个世纪之后的美国女权运动奠定了基础。

第六章

意大利、北欧文学

概述

意大利是最早出现资本主义生产关系的地方，但直至1870年才结束分裂局面，实现国家的独立与统一。独立后的意大利在国际上软弱无能，国内又混乱不堪，与民族复兴运动所提出的理想的意大利毫无共同之处，因而在一般资产者当中造成了一种普遍的“复兴后的失望”情绪。对现实进行批判的真实主义文学首先成为这种社会心态的反映。真实主义文学从19世纪70年代开始，持续30年，着重描写落后的南方农村，抨击社会生活中的阴暗面，反映资本主义胜利和巩固时期的社会问题，成为19世纪意大利现实主义文学中的主流。真实主义文学创作以小说为主，突出描写各地区的社会风情，由此扩展为乡土文学热潮，延续至20世纪初期。黛莱达、托齐的小说创作代表了这一流派的余脉。

随着20世纪的到来，真实主义文学走向尾声，与之相对立的颓废主义文学随之崛起。以邓南遮为代表的颓废派作家逃离现实，精神空虚，沉湎于梦幻，陶醉于主观臆造的虚幻的美好世界。他们强调表现个性，追求艺术形式的完美，被称为唯美主义派。颓废主义文学是意大利社会从资本主义进入帝国主义阶段后，社会危机造成的精神危机在文学上的反映。

然而历史的发展不可抗拒,科学技术的巨大进步从根本上改变了人们的感觉和观念。

20世纪初在意大利出现了崇尚以机器和科技为主要特征的现代都市文明的文学艺术流派,这就是著名的未来主义。机械的力量、速度和节奏成为未来主义讴歌的中心。未来主义艺术家视力量与速度为美。他们激烈的反传统态度得到响应,在许多国家产生连锁反应,使未来主义成为意大利现代主义文学的先声。

世纪之交的小说大多以真实主义为出发点,向不同方向演进。福加扎罗、邓南遮、皮兰德娄早期所写的小说也属于真实主义之列,但他们很快超越了真实主义,走向颓废主义和现代主义。真实主义文学晚期的代表作家是黛莱达和托齐,他们在继承了这一流派特点的基础上有所创新,既标志着真实主义的衰落,又显示出传统现实主义文学的深入发展。托齐的作品更多地预示了现代主义小说的趋势。格拉齐娅·黛莱达(1871—1936)1926年获诺贝尔文学奖,长篇小说《邪恶之路》是她的成名作,她还著有长篇小说《常春藤》(1908)、《风中芦苇》(1913)、《玛丽安娜·西尔卡》(1915)、《橄榄园里的火灾》(1918)和《母亲》(1920)等。她的文笔清丽婉约,长于抒情。作品大多描写弱小者的悲苦命运,揭示社会的阴暗面,环境描写和人物形象逼真,充满浓郁的乡土气息,具有真实主义文学的基本特征,因此她被认为是真实主义文学晚期的杰出代表。费德利科·托齐(1883—1920)出生在锡耶纳,长篇小说《三个十字架》(1920)使他一举成名,也是他的代表作。他还著有长篇小说《庄园》(1921)、《自私自利的人们》(1923)、《一个职员的回忆》(1927)、《阿德莱》(1979)以及书信集《休耕地再种》(1925)和《短篇小说集》(1967)等。托齐基本遵循真实主义的乡土文学模式,描写故乡锡耶纳的现实生活。作品展现出一幅幅痛苦和辛酸的生活图景,揭示了一种忧伤和孤独的精神状态。托齐的创作与真实主义的客观描写有所不同,深深打上了作家本人的痛苦经历和悲观思想的烙印。因为从准确实在的乡土描写中产生出超现实的象征意义,所以托齐的作品在主题思想、人物形象和环境描写上已经超越真实主义文学而更加接近现代主义小说。

面对社会危机与政治危机,一部分原来心高志远的资产阶级知识分子思想严重受挫，精神颓丧。这种消极情绪反映到文学创作上，就被称为颓废主义。安东尼奥·福加扎罗（1842—1911）是意大利颓废主义的代表作家之一，著有小说《马隆布拉》（1881）、《古老的小世界》（1895）、《现代的小世界》（1901）、《圣人》（1905）和《莱伊拉》（1910）等。福加扎罗在作品中再现了19世纪真实主义的光彩，同时在多重矛盾冲突的描写中预示了20世纪现代人的生存焦虑与困惑，特别是无所适从的精神困惑和道德彷徨。

1909年2月20日，意大利诗人、戏剧家马利涅蒂在法国《费加罗报》上发表《未来主义的创立和宣言》，宣告未来主义诞生，其后他又发表了《未来主义文学宣言》（1910）和《未来主义文学技巧宣言》（1912），以狂热的言词提出标新立异的文艺理论和激进的美学主张。马利涅蒂将自己的主张称为未来主义，其主旨就是通过割断历史，获得思想的彻底解放，面向未来，探索未知世界。未来主义这种弃旧图新的豪迈勇气吸引了大批立志改革的艺术家集合到它的旗帜之下，不仅是文学家，绘画、雕塑、音乐、戏剧、电影、舞蹈、建筑、服装、烹饪等各领域的艺术家们也纷纷加盟。他们发布一系列关于各门类艺术的未来主义宣言，先后创办未来主义半月刊《拉切巴》（1913）、报纸《未来主义意大利》（1916）、杂志《艺术》（1917）和《未来主义罗马》（1918），出版《未来主义诗人合集》（1912）、《未来主义新诗人诗集》（1915）、《未来主义合成戏剧集》（1915）、《未来主义宣言集》（1919）。菲利普·托马索·马利涅蒂（1876—1944）是未来主义的创始人和理论家。他早期用法文写自由体诗歌，《老海员》（1897）、《征服星球》（1902）、《毁灭》（1904）等作品具有浓厚的象征主义色彩。他最有价值的作品是一系列未来主义艺术宣言：《未来主义的创立和宣言》、《未来主义文学技巧宣言》、《未来主义合成戏剧宣言》（1915）、《未来主义电影宣言》（1916）、《未来主义舞蹈宣言》（1917）、《航空诗宣言》（1931）和《未来主义烹调宣言》（1932）等。这些宣言提出了文学艺术应当适应新时代的工业化社会而进行变革的合理要求，以摧枯拉朽的气魄为20世纪现代主义文学艺术的诞生与发展扫清障碍，又以大胆新奇的设想启发了人们创新的思路。

意大利文学在世纪之交风云变幻，而北欧诸国的文学界也十分活跃。

著名丹麦文学评论家勃朗兑斯就是在这种气氛之下，于1871年在《19世纪文学主流》中喊出了“写社会与人生”的口号，使写实主义的“问题文学”成为一种时尚，并先后涌现出了挪威的易卜生和比昂松，瑞典的斯特林堡，丹麦的雅科布森和德拉克曼等一批巨匠。进入19世纪90年代后，北欧文学的焦点由社会群体转向个人，不再去触及社会问题和苦难，而是崇尚唯美主义和揭示心理状态。在欧洲颓废派潮流的影响下，北欧文学也趋向于描写饮酒作乐和心理变态。

作为北欧文学“现代突破”发祥地的丹麦，于19世纪90年代发生了变化，自然主义、写实主义不再占上风，新浪漫主义在逐渐兴起。在丹麦作家延森的小说《国王的没落》(1900—1901)中描绘了这样一幅光怪陆离的景象：人的一生过于短促，而且一生下来就被清规戒律所限制，并且不可挽回地走向自己的末日。这些作品表明，在一个物欲横流、拜金主义的新世界里，艺术家注定要被放逐到社会外围，因而他们必须自甘于淡泊，安心处于孤立和异己的位置。丹麦文坛的这一变化，也受到欧洲颓废主义和象征主义，如波德莱尔、梅特林克和陀思妥耶夫斯基等的影响。

自然主义和现实主义虽然在丹麦文坛遭受挫折，但丹麦毕竟是它们的振兴之地，还有相当一批著名作家，诸如彭托皮丹等，仍在积极从事这种方法的创作，因而在两个世纪之交，现实主义和新浪漫主义大致平分秋色。新浪漫主义虽然一时颇有声势，但并未写出佳作，因而徒有喧嚣而乏成果。亨里克·彭托皮丹(1857—1943)著有长篇小说《天国》(1891—1895)、《幸福的彼尔》和《死人的王国》等。他是丹麦现实主义文学的代表，其作品抨击了社会上的自私虚伪，描绘了贫苦人民受欺凌和被蹂躏的状况，给丹麦文坛吹入了一股清风。由于他“真实地描写了当代丹麦的生活”，于1917年与自己的同胞吉勒鲁普同获诺贝尔文学奖。彦斯·彼得·雅科布森(1847—1885)于1872年发表小说《莫恩斯》，这是丹麦的第一部自然主义作品。作品刚一问世便引起轰动，这不仅因为其崭新的创作技巧，也是因为它敢于写出人类身上人性和兽欲的两重性。尤汉内斯·约恩森(1866—1956)曾担任对丹麦文学有广泛影响的期刊《灯塔》(1893—1894)的主编，是丹麦年轻一代作家同自然主义、现实主义作斗争的核心人物。其主要作品有短篇小说《夏天》(1892)，长诗《忏悔》

(1894)，诗集《从深渊中来》(1920)和《流淌的井》(1920)等。

北欧的反自然主义、反现实主义、反勃朗兑斯文学观念与倡导新浪漫主义的运动，始于瑞典。1889年，魏尔纳·封·海顿斯坦发表论文《论文艺复兴》，吹响了新浪漫主义的号角。1890年，他和奥斯卡·莱维尔廷联名发表论文《彼比塔的婚礼》，继续批评19世纪80年代文坛为现实主义所占据，并主张以新浪漫主义来取而代之。

瑞典新浪漫主义的文学大师，主要有海顿斯坦、拉格洛夫、卡尔费尔德和弗洛亭，以及奥斯卡·莱维尔廷。作为新浪漫主义主力军的这四位文学巨匠中有三人是诺贝尔文学奖得主，其共同特点是：观点坚定鲜明，创作欲望强烈；追求完美，醉心于人生的享受；乐观通达，幽默有趣，开朗明快，并尽力表达爱国主义情操，渲染祖国山川之美。他们创造了几个活泼可爱、潇洒自如，甚至带点粗野而又不失谐趣的人物形象，深受正在兴起的中产阶级和一般市民的欢迎。他们把瑞典的特色和风光表现得淋漓尽致，但各有所长。海顿斯坦大多描叙整个国家和人民，其传世之作是诗集《人民》(1902)，对瑞典人的民族性格和爱好作了充分展示。卡尔费尔德来自达拉那，拉格洛夫和弗洛亭都出生于韦姆兰，他们把自己对家乡的热爱表现在作品之中，尤其是拉格洛夫的《骑鹅旅行记》(1906—1907)，凭借丰富的想象力和女性的观察力，从空中鸟瞰山川，对瑞典各地的风光作了细腻入微的描写。

挪威受到长期殖民统治，经济极不发达，是19世纪输出移民最多的欧洲国家。在这样的社会历史条件下，19世纪80年代现实主义和"问题文学"的兴起，不仅是受丹麦评论家勃朗兑斯的"现代突破"之风的影响，而且有其深刻的社会背景，它代表了中下社会阶层的呼声，并且博得了广大人民群众的喜爱。易卜生、比昂松已成为家喻户晓的名字，他们的剧作在挪威和欧洲频频上演。继他们之后，纪兰德和尤纳斯·李的小说也获得好评。这四位大师被誉为挪威文学的"四大巨匠"。挪威虽然受到欧洲尤其是瑞典的影响，新浪漫主义潮流蓬勃兴起，也涌现出了一批新浪漫主义作家和诗人，然而他们的作品并不受人欢迎，影响也十分微弱。

阿尔内·嘉宝(1851—1924)是19世纪末到第一次世界大战前后挪威最知名的作家之一，其声誉曾同哈姆生并驾齐驱。主要作品有《农民大学生》、《男人》和《困乏的人》等，是用新挪威语创作文学作品的先驱。阿玛莉·斯克拉姆(1846—1905)是19世纪末20世纪初挪威最著名的女作家，其主要作品有《卡琳的圣诞节》(1885)、《误入歧途》(1892)、剧本《阿格内特》(1893)和四卷本小说《海勒米尔的人们》(1887—1898)等。她的作品虽然故事情节缺乏起伏跌宕，文体大多平铺直叙，然而却受到欢迎，尤其是女性读者往往竞相阅读，展开讨论，这对于推进妇女运动起到了一定作用。

第一节　邓南遮

加百列·邓南遮(1863—1938)是意大利颓废主义作家中影响最大的人物，在诗歌、小说、戏剧诸方面均有建树。他传奇的经历与他的精美作品一样广为人知，使颓废主义成为一种社会时尚。邓南遮出生于意大利古城佩斯卡拉，家庭属于中产阶级。他从小聪明过人，勤奋好学，在语言、文学和音乐方面表现出兴趣和天赋。他中学开始写诗，16岁时由家长出资为他出版诗集《国王翁贝尔托一世颂》(1879)。接着又发表一部模仿卡尔杜奇的抒情诗集《早春》(1880)，以其深厚的古典文学功力引起评论界的注意，成为小有名气的少年英才。他在高中的最后一年，出版了一部十四行诗集《纪念》(1881)，还发表了几个短篇小说。

1881年秋他赴首都上大学。在罗马写的第一部诗集《新歌》(1882)赞颂大自然美景，摆脱了新古典主义陈旧韵律的约束，显露出他的艺术个性：敏锐感知自然之美的灵性，自由运用诗歌形式的能力。他过着优游闲适的日子，在无聊的生活中写下许多风流诗篇，后结集为《间奏曲》(1883)和《少女的书》(1884)，进一步袒露他追求色情趣味和优雅精致风格的本性，也对诗的格律与音韵进行了一些革新尝试。他还写了两部以故乡为背景的短篇小说集《处女地》(1884)和《圣·潘达莱奥内》(1886)，后来汇编成《佩斯卡拉的故事》(1892)。小说描写农夫、渔民等劳动群众的艰辛生活，属于真实主义晚期作品。小说中自然主义的痕迹较为明显，突出刻画人物承受动物本能的折磨，展示他们生理上的畸形和心理上的病态。《间奏曲》和《少女的书》因内容过于香艳而激起公愤，在评论界引发了一场对他的色情诗价值的争论,他们不仅否定诗的内容,对他的诗歌的艺术独特性也表示怀疑。几乎所有的评论家都参加了这场被称为“纯洁性大辩论”的讨论。这两部作品的庸俗内容与出色技巧之间的矛盾,是困扰诗人多年的深刻危机的开始。

邓南遮意识到自己有被打入专门写淫词艳曲的下流诗人之列而被批评界排斥的危险,便认真地开始了研究工作,寻找更适合表达现代人灵感的诗歌语言和形式。他深入研究意大利从文艺复兴至18世纪的作家的诗歌,同时系统探索欧洲其他国家的文学,特别是法国和英国的文学,尤其关注一些争论已久的美学问题。他对自己早期作品的虚浮作了反思,在意大利古典诗歌语言精练的传统基础上,运用法国象征主义诗歌乐谱式写法,以精美的语言和音乐般的节奏与韵律,抒写世纪末的伤感。诗集《伊索泰奥》(1886)、《幻想》(1888)、《罗马哀歌》(1887)和《天堂诗篇》(1891)等描写缠绵悱恻的情感,内省性的沉思冥想,表达对生活的失望和厌倦,反映忧郁、孤寂的心态,其中不少作品为摆脱寂寞而虚张声势地颂扬纵欲享乐的狂放生活;有些作品则以狂妄的英雄主义填补精神空虚,如《海战颂》通过讴歌古代威尼斯海军征服亚得里亚海来振奋颓丧的情绪。总之,追逐自我欲望满足的极端个人主义生活态度与光复古罗马辉煌的社会理想,是他反复抒写的主题,而华丽、高雅、精致则是他追求的唯美主义风格。

他还以颓废主义为指导思想写了《玫瑰三部曲》:长篇小说《欢乐》(1889)、《无辜者》(1892)和《死的胜利》(1894)。《欢乐》描写一个贵族艺术家疯狂的爱情以及失恋后的空虚痛苦,以典雅华美的词藻大肆渲染人的性欲本能。《无辜者》表现一个贵族青年为追求“纯洁”爱情,在婚外恋情上意志薄弱、心理失衡的变态心理,主人公是个典型的颓废人物。小说的叙事艺术化,富于音乐性。《死的胜利》记述一个精神创伤未愈而向往完美精神生活的资产阶级青年,因找不到出路而以自杀救赎自己的经历。小说成功地刻画了人物复杂的性格和多变的心态。这个三部曲描写的全都是脱离现实生活的精神贵族的复杂内心生活,他们深陷在个人主义的泥坑里难以自拔。《岩间圣母》(1895)描写现代人思想感情逐步净化的过程,塑造了一个完美的“超人”形象,是一部诗化小说。作家淡化情节，刻意营造极具诗情画意的场面，追求达·芬奇同名油画的高雅、深邃、细腻的艺术效果，被认为是唯美主义在小说方面的代表作。

1895 年至 1900 年是邓南遮创作的高峰时期。他花了三年时间精心创作描写“超人”的小说《火》(1900)。小说颂扬青年艺术家斯特利奥·埃弗雷那强烈的创作欲望和他对一位中年女演员激越的恋情。在主人公身上艺术与生活融为一体，梦幻与成就得到统一，他的自我得到完美表现。故事以威尼斯为背景，作家将主显节焰火满天的小城比喻为“漂浮在水面上的一团经久不熄的火球”，小说题名为“火”，既是代表主显节之火，更是寓意生命之火、艺术之火。对环境浓墨重彩的描写，对完美人性的热烈赞颂，一扫过去描写孤独无聊生活的消沉之气。

邓南遮以“超人”自居，为了扩大自己的影响，他开始写剧本。他是一个高产的剧作家，很快推出几部作品:《春日早晨的梦》(1897)、《秋日黄昏的梦》(1898)、《琪俄康陶》(1898)、《荣光》(1899)、《里米尼的弗朗齐丝科》(1901)和《约里奥的女儿》(1901)等。《琪俄康陶》形象地阐释了唯美主义思想。邓南遮通过雕刻家与女模特儿和妻子之间的三角恋爱关系，说明“艺术就是生命”，宣扬艺术至上的观念。他在剧中主张艺术家为探求艺术的真谛，追求真正的美，可以超越世俗道德的规范，不受伦理常情的约束，艺术家是一种“超人”。雕刻家表现出宁愿死也不愿放弃艺术的高贵气节。女模特儿琪俄康陶是艺术的化身，魅力无穷，不断地向雕刻家提供灵感。她与艺术家妻子的冲突是崇高艺术与平庸生活的矛盾，她代表伟大而永恒的艺术，将永远留在雕刻家身边。《里米尼的弗朗齐丝科》是诗剧，取材于但丁《神曲》的《地狱篇》第五歌，是一个流传甚广的中世纪爱情悲剧。《约里奥的女儿》也是一出悲剧，根据古代传说编写而成，以弑父罪为主题，大肆渲染情欲。

由于《荣光》上演失败，邓南遮暂时停止写剧本，恢复了诗歌创作。他的重要诗集《赞歌》两年后问世。1903 年至 1904 年发表的前三卷《玛雅》、《埃莱特拉》、《阿尔乔内》是他最为成功的诗作。第三卷被评论界誉为现代诗歌的顶峰之作。《赞歌》的其余两卷《梅罗塔》和《阿斯特罗培》迟至 1912 年才完成。第一卷《玛雅》是邓南遮在一次乘船从希腊到非洲的地中海旅行途中写下的一首赞美古希腊众神的诗篇，用世俗的神话对抗基督教教义。第二卷《埃莱特拉》是一些凭吊怀古的诗篇,诗人在一些历史名城中追忆过去的光荣业绩,缅怀古代的英雄豪杰和艺术巨匠,表现了对建立丰功伟业的向往。最优美的诗篇是第三卷《阿尔乔内》,它是诗人歌咏大海和天地的抒情诗,以特别敏锐和细致入微的感觉,深切体味和领略大自然的美妙;以优雅柔美的文字展示自然界声光色味变幻的各种美景,表达诗人对自然之美心醉神迷的爱恋。诗人因景生情、情景交融的描写,创造出物我两忘、天人合一的境界。在他于不同景观中抒发的种种激情之中,最动人的是他在凄凉景色中的忧郁情怀;相反,一些表现英雄主义气概的作品却显得生硬。这种以柔美为主的诗风难以表达刚劲的雄心壮志,是他艺术上的致命弱点,也是他强做"超人"姿态的生活追求与唯美主义的艺术追求之间的根本矛盾的反映。这种不平衡贯穿于《赞歌》的始终,使《赞歌》从整体上看来显得冗长、累赘、矫揉造作,有些作品节奏过分紧张而欠舒展。音乐性强是这些诗歌的最突出特色,犹如音符般的字词,读来韵味无穷。

1910年邓南遮为了躲债逃至巴黎,在那里流亡五年。其间写成几个剧本:《圣·塞巴斯蒂安的殉难》(1911)、《比萨姑娘》(1912)、《巴黎女郎》(1912)、《金银花》(1913)等。这些剧本充斥色情描写,且有神秘色彩。散文《对死的默想》(1912)是邓南遮同时获得诗人帕斯科利和他的另一位朋友去世的消息时的伤感之作,是一篇极佳的艺术散文。这一时期失意的生活和颓废的艺术情调相吻合,他也刻意追求文字的音乐感,创作艺术更趋完善。

第一次世界大战爆发后,他以为施展"超人"宏图的机运到来,1915年5月他返回意大利,志愿入伍。1916年他驾机失事,右眼受伤失明。他从颓废主义者的消沉这一极端走向"超人"的狂热冒险的另一个极端,成为轰动全意大利的"爱国"英雄。战后他不满意大利政府在和谈中的软弱立场,于1919年11月11日策动和指挥了一次向意大利和南斯拉夫边境城市阜姆进军的行动,占领了这个归属尚存争议的城市。邓南遮在那个"自由王国"里当了一年首领。1921年初他决定隐退,在意大利北部加尔达湖畔的一座别墅里开始安度晚年。此后他发表了在战争期间所写的长诗《夜曲》(1921),借一个伤员的日记形式,颂扬战争,赞美死神,宣扬"超人”负有统治人民的权利。最后一本《密书》(1935)是他以忏悔的心情写下的回忆录。1937年法西斯政权任命他为意大利科学院院长,终因年老体弱未曾到任。1938年3月1日他突患脑溢血,不治而亡,结束了梦幻般的一生。他留下的大量小说、剧作和长达四万多行的诗歌,成为评论界长久的议题。尽管人们对他的行为和作品争议很大,但对他文学语言的丰富性和艺术审美的独特性,均予以肯定。

第二节　哈姆生

克努特·哈姆生(1859—1952)是挪威19世纪末20世纪初的重要作家,出生在挪威洛姆地区,祖辈均务农,父亲还靠做裁缝补贴家用。哈姆生三岁时,全家迁往北部。由于家境贫困只上过不到一年的学,很早就外出打工,当过学徒,后来还当过小贩、修路工等。为了生计,他两度去美国,先后在农场做工,在芝加哥电车上当售票员,饱尝过饥寒交迫的痛楚。后在美国和挪威为报刊写文章。

他18岁开始文学写作,最早的作品是一些模仿比昂松的农村小故事。他的成名作是《饥饿》(1890)。这是一部小品文体裁的作品,1888年发表在丹麦刊物《新土地》上。作品叙述小城镇的一个穷困潦倒的青年文人,靠卖文为生,但稿子常常被退回,身无分文,整天饿着肚子在街上游荡。他既卑贱又高傲,当乞丐向他求乞,他会毅然脱下背心当掉去救济乞丐。作品着重描写青年文人在饥饿中产生的各种幻想和狂态,极为细腻生动。《饥饿》的发表使哈姆生一举成名,成为新浪漫主义派的代表,并开创了挪威小说的新时期,对整个斯堪的那维亚文坛产生了一定影响。

1891年哈姆生在奥斯陆做了三次他自认为是“好斗的”和“毁灭性的”演说,题目分别为《挪威文学》、《心理文学》和《时尚文学》。在这三次演说中,他矛头直指挪威文坛“四大巨匠”,指责他们把人物性格典型化,人物的言语行动按照事先安排好的模式展开,以致每个角色恍如从模子里浇铸出来一般,缺乏鲜明个性和情感。又说他们把注意力都放在平凡细琐的事情上,迷恋于庸碌之辈的简单而又毫无区别的情绪冲动;描述的人物都不是活生生的个人,而是一群命运已被预先安排好的生物,只有血肉之躯而无个人头脑和情感，他们不仅不能掌握自己的命运和前途，甚至连他们的言行举止都为社会、经济或其他外部环境所支配。哈姆生特别推崇“心理文学”，认为它能将现代人理智和思维的多重性和复杂性演绎得淋漓尽致，能把当代生活的荒诞性和非理性清楚地表现出来；这种手法并不是排斥或摒弃科学的观察，而是将物质化的外部世界进一步延伸，由表及里地探讨人的意向奥秘，不仅要描述“有意识”，而且要去琢磨更加模棱两可、毫无规律可言、任意性极大的官能反应和“无意识”的思维。

其实，哈姆生这三次颇有影响的演说并非突如其来。1888 年他在《我们的时代》杂志上发表《克里斯朵夫·扬森》一文，认为文学作为“教育群众的工具”或“艺术”这两者之间存在根本区别；文学只能是一门“艺术”，若要抱着为改善人民的目的而写作，恰恰抽掉了文学的精华。1890 年又在同一杂志上发表《思维中的无意识生命》一文，提出作家要写“现代人”的与众不同的心理特质，表现他们分裂混乱的思维，要把侵入他们头脑中的稀奇古怪和莫名其妙的思维还原出来，而不是将笔墨浪费在渲染诸如订婚仪式、晚会和郊游等日常琐事上，这才能体现出作家捕捉客观事物和深入外部事物的能力，才能表明对现代生活的了解。哈姆生的论文、演说和长篇小说《饥饿》都成了挪威文学的重要事件，使挪威文学摆脱了“问题文学”的一统天下，使“心理文学”脱颖而出。

《维克多利娅》(1898)是哈姆生另一部重要作品。维克多利娅是个富家之女，同磨坊主的儿子约翰内斯产生了真挚爱情，但由于社会地位悬殊，父亲贪财，被强迫与一位年轻军官订婚。约翰内斯在万分悲痛中写了一部又一部作品，倾诉他对维克多利娅的爱。不久，维克多利娅在抑郁寡欢中凄惨死去，临终前给他写了一封表达爱情的信。维克多利娅是他写作的源泉，然而随着她的去世，他再也没有力量继续写作。这部爱情悲剧小说写得曲折生动，感人肺腑，被列入世界爱情小说名著之一，而且使哈姆生在世界文坛上获得了声誉。此外，他还著有小说《神秘》(1892)、《牧羊神》(1894)、《梦想者》(1904)、《时代的儿童》(1913)和《赛格福斯村》(1915)等。哈姆生早期作品中的主人公大都是流浪者，实际上是他自己生活的真实写照。他对所经历的一切，如财富积累、妇女解放、工会组织等都持反对态度。50 岁时他不再像年轻时那样狂热，而是郁闷沮丧，这在小说《在秋天的星空下》(1907)和《最后的欢乐》(1912)中有较明显的反映。

1920年由于"他的里程碑作品《土地的生长》"而获诺贝尔文学奖。这是一部三部曲小说,1917年问世。主人公伊萨克是一个勤劳朴实的农民,同妻子英盖尔一起耕种,终于成了这一地区的财主,不但有土地,而且还有商店。商店最后由于经营不善而倒闭。伊萨克认为,商店会倒闭,但是他和妻子一起流血流汗开垦出来的土地是永存的,谷子也会永远在土地上生长。他高呼回到大自然中去,回到原始的文化中去。这是一部赞美田园生活、反对工业社会的小说。20世纪二三十年代是哈姆生的顶峰时期,新作一出版,不但印数大,而且立即被译成世界主要国家文字出版,如小说《流浪者》(1927)、《奥古斯特》(1930)和《生活在前进》(1933)等。哈姆生推崇尼采哲学,主张超人统治世界。第二次世界大战期间,他公然著文支持希特勒,甚至在挪威被德国法西斯占领时,仍站在入侵者一边。1945年德国战败投降,挪威获得解放,哈姆生声誉扫地,以叛国罪被判付给挪威政府一笔巨款,并被处有期徒刑,后因病获释。1949年他出版小说《在树荫下的小径上》,企图为其堕落变节与德国法西斯合作辩解,但挪威人民和世界舆论没有原谅他。

第七章

西班牙语、葡萄牙语文学

概述

西班牙语和葡萄牙语的文学分成四个部分:用西班牙语写作的西班牙文学和西班牙语美洲文学,用葡萄牙语写作的葡萄牙文学和巴西文学。

西班牙文学

世纪之交的西班牙文学发展滞后,批判现实主义是一位迟到者,它几乎是自然主义的孪生兄弟,它们通常被统称为现实主义。1898 年由于战争失败和最后几个殖民地的丧失,西班牙经济崩溃,民怨沸腾,使一代作家得以脱颖而出,他们被称为“九八年一代”。同时,现代主义开始传入西班牙文坛。现代主义不同于 20 世纪初流行于西方的那个涵盖面相当宽泛的同名文学思潮,而是一个发轫于西班牙语美洲的彻头彻尾的唯美主义流派。西班牙诗人不仅从现代主义诗歌找到了合适的药方——逃避主义,而且第一次真切地感悟到了美洲诗人的伟大。

曼努埃尔·雷纳和里卡多·希尔是最早接受现代主义洗礼的西班牙诗人。他们的作品不多,而且东鳞西爪,不成体系,但却处处闪烁着太阳、白银和彩云的光华,在格律、音韵方面也进行了大胆的模仿。然而,真正使现代主义在西班牙文坛享有一席之地的是马查多兄弟、萨尔瓦多·鲁埃达和弗朗西斯科·维亚埃斯佩萨。这些诗人并未给现代主义增添多少光彩,但他们的创作对西班牙诗歌的发展起了推动作用,并催生出一种变体——极端主义,从而反过来影响西班牙语美洲文学。这一来一回,西班牙和西班牙语美洲开始了真正意义上的交流。

在小说创作方面,贝尼托·佩雷斯·加尔多斯是世纪之交西班牙文坛最有影响的小说家。他一生著述颇丰,主要成就在小说方面。按内容划分,他的小说有以下三类:民族轶事、19世纪早期西班牙历史事件和历史人物、西班牙现实生活。综观佩雷斯·加尔多斯的创作,人们不难看出他的鲜明的现实主义倾向。阿尔曼多·帕拉西奥·罗德里格斯·巴尔德斯的创作方法并没有脱离当时多数文人所遵循的浪漫主义和现实主义这两种倾向。然而,与同时代一般小说家不同的是,巴尔德斯的创作道路恰恰颠倒了过来,即先是现实主义,后是浪漫主义。他十分注意情节,因此,他的作品在世纪之交的西班牙和西班牙语美洲拥有广泛读者。埃米利娅·帕尔多·巴桑是世纪之交西班牙文坛唯一一位有影响的女作家,她的第一部小说《帕斯瓜尔·罗佩斯》(1879)即获得了巨大的成功。在写完这部充满浪漫主义氛围的作品后,她一度转向现实主义和自然主义创作,写出了一系列优秀的作品。

葡萄牙文学

在葡萄牙文坛中,19世纪70年代兴起的现实主义文学一直延续到19世纪末。科英布拉大学里被称为“七十年代派”的文学青年是葡萄牙现实主义文学运动的中坚。他们主张文学创作应该如实反映社会生活,强调文学的社会作用,其杰出的代表人物是小说家埃萨·德·克罗兹和奥利韦拉·马尔丁斯。埃萨主张作家要客观地描摹社会现象,揭露社会的黑暗与罪恶。他认为,小说家不应该去描写个别的和特殊的现象,而应该描写一个社会或一个阶层的典型事例。他的长篇小说《巴济利奥表兄》(1878)是一部极负盛名的传世之作。埃萨作为现实主义文学巨匠而被载入葡萄牙文学史册，在国际文坛上也享有很高的声誉。而马尔丁斯则把一个国家的历史看成一幕有开端、高潮和终结的戏剧，用具体的人物和情感而不是枯燥的史实来描绘历史，将抽象的思想化为生动的戏剧，以表现一个民族几个世纪以来的历史。他是位颇具艺术天赋的历史学家，他的一些历史著作被作为艺术巨著而保存下来，而他本人则以历史学家和作家的双重身份被载入史册。

在诗歌领域，一些被称为“新派”或现实主义流派的诗人，曾号召人们进行社会及政治改革，颂扬当代的革命思想，抨击教会的反动和社会的不合理现象，他们的作品充满论战和嘲讽色彩。其中最典型的代表人物当属格拉·戎克罗，他的政治鼓动诗充满论战色彩，对当时的社会产生了不小影响，因此享有很高的威望，被视为最优秀的现实主义诗人之一。世纪之交的葡萄牙诗坛，传统主义诗歌曾有所复兴，象征主义、萨乌达德主义诗歌也开始相继问世。在一些现实主义诗人作品中，虽然象征主义创作手法已初见端倪，但作为一种流派，将象征主义引入葡萄牙诗坛的第一人是埃乌热尼奥·德·卡斯特罗。他出版诗集《私房话》(1890)，首开葡萄牙象征主义诗歌的先河。他为这部诗集撰写的前言，则成为葡萄牙象征主义诗歌的宣言。葡萄牙最杰出的象征主义诗人首推卡米洛·佩萨尼亚。他的诗作讲究旋律，所描写的事物仿佛伴随着小提琴的乐曲飘荡起伏，形成极富节奏感的意境。因此，佩萨尼亚被看成是后来兴起的现代主义诗歌的先驱者之一。

西班牙语美洲文学

19世纪末，作为欧美帝国主义掠夺和渗透的对象，拉丁美洲已然遍体鳞伤，满目疮痍，文人不是战死沙场，就是悲观厌世，颓唐沮丧地躲入象牙之塔。在这样的背景下产生了拉丁美洲的第一个文学运动——西班牙语美洲现代主义诗潮。同时，批判现实主义和自然主义的引进，使拉丁美洲的小说有了长足的发展。然而，由于批判现实主义姗姗来迟，几乎和自然主义同时到达西班牙语美洲，一般作家都采取了兼收并蓄的态度。这一时期的西班牙语美洲小说通常被称为现实主义小说。

西班牙语美洲现代主义诗潮生成于19世纪80年代,其最初表现见于墨西哥诗人曼努埃尔·古铁雷斯·纳赫拉的作品。而墨西哥诗人迪亚斯·米隆和古巴诗人何塞·马蒂则构成了西班牙语美洲现代主义诗潮的两个极端:前者把现代主义的悲观厌世和虚无主义推向了极致;而后者则是位充满理想、光芒四射的革命家,立志将艺术的崇高转化为现实。尼加拉瓜诗人卢文·达里奥突破法国帕尔纳斯派和象征主义诗歌的影响,把"为艺术而艺术"的唯美主义诗风推向极致。由于达里奥,现代主义诗潮席卷西班牙语美洲。一大批诗人加入了超凡脱俗、孤芳自赏的行列,他们插上翅膀,在虚无缥缈的意境里飞翔。其中比较重要的有墨西哥的阿马多·内尔沃、哥伦比亚的吉列尔莫·瓦伦西亚、玻利维亚的里卡多·海梅斯·弗雷伊雷、秘鲁的何塞·桑托斯·乔卡诺、阿根廷的莱奥波尔多·卢贡内斯、乌拉圭的胡利奥·埃雷拉·伊·雷伊西格和德尔米拉·阿古斯蒂尼等。

这一时期西班牙语美洲的现实主义是对批判现实主义和自然主义的统称。早期现实主义小说因为涉及到道德的问题而引起保守派的攻击,这在客观上却扩大了现实主义的影响,使现实主义作品有增无减。墨西哥作家费德里科·甘博亚的作品探讨环境和遗传的关系这个主题。波多黎各作家曼努埃尔·塞诺·甘蒂亚的几部作品体现了他对社会敏锐的洞察力。埃米利奥·拉巴萨以"墨西哥小说"为题的四部长篇把资本主义所谓的"自由"、"民主"和"平等"揭露得相当透彻。后起作家巴尔托罗梅·利略开拉美"无产阶级文学"之先河,作品中反映了工人、农民的疾苦。秘鲁女作家克洛琳达·玛托·德·图内尔的《无巢之鸟》(1889)被认为是印第安小说(又称土著主义小说)的开山之作。

巴西文学

两个世纪之交,巴西文学经历了一个由现实主义向现代主义过渡的时期。受葡萄牙现实主义文学运动"七十年代派"的影响,19世纪70年代末和80年代初,巴西一批青年作家撰文猛烈抨击浪漫主义文学,为巴西现实主义文学运动的崛起鸣锣开道。1881年阿西斯的《布拉斯·库巴斯的死后回忆》和阿塞维多的《姆拉托》两部长篇小说相继问世，标志着巴西现实主义文学运动的开始，它由现实主义（包括自然主义）小说和帕尔纳斯派诗歌两部分组成。现实主义小说的主要代表人物是马查多·德·阿西斯，他的内容深刻，形式完美，技巧高超，语言精妙，从而把巴西的小说创作提高到了一个新的水准，并在巴西文学史上占有独尊地位。阿卢伊西奥·阿塞维多的《姆拉托》是巴西第一部现实主义—自然主义小说。儒利奥·里贝罗因他两部被称为丑闻的小说《贝尔希奥尔·德·蓬特斯神父》和《肉欲》被认为是巴西最典型的一位自然主义小说家。80 年代时，帕尔纳斯派诗歌是巴西诗歌的主流，它虽然反对浪漫主义诗歌，但又与之保持着一定的联系。诗人们不排除抒发主观的情感，不追求诗歌的纯粹客观性和科学性。这个流派诗歌延续的时间甚久，在象征主义诗歌以及现代主义诗歌问世之后也依然没有衰落，在很长一段时间内依然是巴西诗歌的主流。在法国象征主义诗歌的影响下，1893 年克鲁斯·伊·索萨出版诗集《盾》和散文诗集《弥撒书》，这标志着巴西象征主义诗歌的开端。象征主义诗歌在巴西历时很短，然而它对巴西诗歌，尤其是对后来兴起的现代主义诗歌却产生了潜移默化的影响。

20 世纪初，巴西出现了几位民众作家，他们面对社会现实，批判分析和研究巴西所面临的问题，写出了反映和抨击巴西社会现实的力作，冲击并推动了巴西文学向前发展。巴西评论界通常把这一时期称为“前现代主义”时期。1902 年，格拉萨·阿拉尼亚的《伽南》和欧克利德斯·达·库尼亚的《腹地》先后问世，这标志着巴西文学进入了前现代主义时期。其中，后者因在小说中对巴西社会问题的深刻了解和对现实的大胆批判被视为巴西现代主义文学运动的先驱，许多现代著名的巴西作家都程度不同地受到过他的影响。

第一节　“九八年一代”

1898 年，西班牙在与美国的太平洋战争中败北，从而失去了古巴、波多黎各和菲律宾等最后几个殖民地。西班牙帝国彻底崩溃并从此一蹶不振。统治阶级乃至一般市民的心态都严重失衡，悲观主义、保守主义大行其道。这时，一群青年作家脱颖而出，血气方刚和强烈的社会责任感使他们对振兴国家、民族充满信心。这些作家、诗人大多于1898年前后开始发表作品，并以群体的形象登上西班牙文坛，这使西班牙文坛再度充满活力。这就是西班牙文学史上所谓的“九八年一代”。它的主要成员有阿索林、巴罗哈、乌纳穆诺、巴列-因克兰、马查多兄弟以及贝纳文特、马埃斯图、布埃诺等。

阿索林原名何塞·马丁内斯·鲁伊斯（1874—1967），他的第一部长篇小说是《意志》（1902），和稍后发表的《安东尼奥·阿索林》（1903）、《小哲学家的忏悔》（1904）几乎构成了一个三部曲或三重奏。《意志》可以说是世纪之交西班牙年轻一代的写照。在一种类似颓废主义的悲鸣中，世纪末情绪和整整一代人的精神危机在小说中凸现出来。同《意志》相比，《安东尼奥·阿索林》要理性得多，其中年轻的人物面对世风日下所表现的叛逆和无奈，印证着作家的两难心境。《小哲学家的忏悔》似乎回到了童年，多少带有自传色彩。儿童的顽皮与孤独以及令人难忘的故乡风情，在阿索林以后的作品里反复出现，颇能激发读者的乡思。此后，阿索林写了许多游记，其中最有影响的两部是两次别具匠心的“探险”之后的感慨：一部是《堂吉诃德之路》（1905），另一部是《玻璃硕士》（1915）。从1915年到1921年，阿索林沉寂了六年，直到1922年他的长篇小说《唐璜》发表以后，才再度回到西班牙文坛。按作者本人的说法，《唐璜》是一部真正意义上的小说，写一个独身男人的风流人生。阿索林弹起了老调，用作为反对禁欲主义的人文主义和浪漫主义形象——唐璜来表达对世纪之初西班牙保守主义的愤慨。此后，阿索林还发表了多部长篇小说和剧本，另有一个短篇小说集。他后期作品的惊人之处（也许还是“九八年一代”的共同特点）在于对现代生活充满古典精神的描写，换言之，他是要拿现代生活去验证那些古典哲学命题。与卡尔德隆一脉相承，阿索林后期作品的人物大多平庸苦闷，既可怜又可悲，不少人物都面临着宗教——拒绝欢乐、科学——拒绝幻想、现实——拒绝精神等三种价值体系的摧残。

皮奥·巴罗哈·伊·内西（1872—1956）于1900年发表他的第一部长篇小说《阿依斯戈里一家》。作品写巴斯克农村，由七个部分和一个尾声组成，每一部分有一个小小的高潮。诚如作家所说，这部小说的优点是对话“逼真”,缺点是情节“太假”。两年以后,巴罗哈却在颇具游记特色的《完美之路》(1902)中矫枉过正,表现出了过分的真实,结果被方兴未艾的西班牙自然主义文人奉为圭臬。此后,巴罗哈又回到了农村题材,创作了与第一部小说截然不同的《拉布拉兹的总管》(1903)。作品色调灰暗,像一曲挽歌,唱出了西班牙农村和西班牙传统家庭的衰败。同年,他又接连发表了三部作品:《寻找》、《莠草》和《红霞》。它们不但实际上构成了一个三部曲,而且初版时有一个共同的标题:《为生活而奋斗》。它们既有流浪汉小说的特点,又充满了心理描写,称得上是巴罗哈的代表作,在西班牙文学史上享有很高地位。《寻找》写主人公曼努埃尔少年时期的生活经历。《莠草》写曼努埃尔在漫无目的的流浪中被一位雕塑家看中,当了模特儿。他与初恋的情人别后重逢,并发现后者早已沦落风尘。小说的情节比较简单,但人物性格渐趋完善。《红霞》对叙事方式做了调整。变化的契机来自于人物弟弟的出现。弟弟是个无政府主义者,成天与文人骚客为伍。于是,一个苦尽甘来当了小老板,只想安安稳稳地生活;另一个却要推翻一切秩序。两种截然不同的人物性格矛盾便自然地展现出来。作者寄予主人公曼努埃尔的同情十分明显。此后,巴罗哈又写了一个《过去》三部曲,包括《慎者的集市》(1905)、《冒险家萨拉卡因》(1909)和《桑蒂·安迪亚的担忧》(1911)。紧接着这三部曲的是《塞萨尔或虚无》(1910)和《科学之树》(1911)。这两部小说的共同特点都是借古喻今。最后,巴罗哈推出了长篇系列小说《行动者的记忆》(1913—1935),共计22卷。它们以家族历史为蓝本,表现了自独立革命到19世纪中叶西班牙社会的动荡与变迁。此外,他还著有长篇回忆录《从回归说起》(1944—1949)和以《海》为总标题的大量游记。

米格尔·德·乌纳穆诺(1864—1936)是“九八年一代”的长兄,他热衷于散文创作,发表了有关文学批评、社会生活的作品以及大量游记。乌纳穆诺还写下了不少诗篇,如《诗集》(1907)、《十四行抒情诗》(1911)、《贝拉斯克斯的基督》(1920)、《内心的韵律》(1923)和《特蕾莎》(1923)。同时,他继续创作小说,连续推出了短篇小说集《死亡的镜子》(1913)及中、长篇小说《雾》(1914)、《阿贝尔·桑切斯》(1917)、《典型三小说》(1920)、《胡利奥·蒙特阿尔班和胡利奥·马塞罗》(1920)和《图拉姨妈》

(1921)。其中《雾》是乌纳穆诺的代表作。小说写一个叫佩雷斯的年轻人的存在危机。作品充塞着内心独白,从一条狗到一只蚂蚁或者任何一样东西,都联想到生命的虚无。相形之下,《阿贝尔·桑切斯》要实在得多。小说或可当作神话释读:由神话母题演绎的现代该隐与亚伯。小说情节描写很吸引人,作者惯用的哲学家口吻被尽量地隐藏了起来,有人认为这是乌纳穆诺最成功的小说。但是,隐藏于故事背后的,仍然是那个萨特式的存在主义命题:"他人即地狱。"实际上,乌纳穆诺的小说中,数《图拉姨妈》最像小说。它取材于现实生活,"写一位年轻女子。她拒绝了所有追求者,果敢地替死去的姐姐承担母亲的责任,抚养幼小的外甥。虽然她和姐夫朝夕相处,却保持了男女有别。为了维护家庭的纯洁,她拒绝了姐夫的爱情。然而她付出了母爱,而且心满意足。"

拉蒙·德尔·巴列-因克兰(1866—1936)是"九八年一代"中最具艺术天分的人物,而且一生充满了传奇色彩。他雄辩滔滔,又具有很强的人格魅力,因而影响了不少青年艺术家,其中不乏以后成大器者,如西班牙的毕加索和墨西哥的里维拉。他的作品和他的人生经历一样丰富多彩。1899年他完成了第一部剧作《灰》,著名剧作家贝纳文特曾给予这部剧作以高度评价,使得巴列-因克兰深受鼓舞。此后他全面出击,创作了14部(集)小说、二十余个剧本和六部诗集。1902年至1905年,他的系列小说《秋天奏鸣曲》、《夏天奏鸣曲》、《春天奏鸣曲》和《冬天奏鸣曲》先后获得成功。他的剧作《狼曲》(1908)、《四月的故事》(1910)和小说《战争》三部曲也受到普遍好评。他还以顽强的毅力创作了反独裁小说《暴君班德拉斯》(1926)和历史小说《伊比利亚之界》(1927)。《暴君班德拉斯》被认为是巴列-因克兰的代表作,开了拉丁美洲现代反独裁小说的先河。作家的笔触像电影镜头似的从拉美某国的一次政变切入,描写具有很强的视觉效果。一系列人物和事件围绕着这次政变依次展开。作品的时间跨度极小,因为严格地说,故事发生在三天时间之内。而奇妙的是,这短短的三天几乎展示了拉丁美洲的历史。

哈辛托·贝纳文特·马丁内斯(1866—1954)受易卜生、萧伯纳、梅特林克等人的影响,作品大多简洁明快,很少追求象征意义以外的戏剧效果。正因为如此,其中多数剧作没有被搬上舞台。然而,贝纳文特对当代西班牙乃至拉丁美洲的戏剧，却产生了深刻的影响。他的轻喜剧《周末之夜》（1903）被认为是西班牙有史以来最成功的剧作之一。作品以夸张的喜剧形式，把一个女人的野心表现得入木三分。他的另一部重要作品《人为利益》于1907年被搬上舞台，这使古老的闹剧焕发出新的生命力。虽然故事发生在17世纪，但作家试图表现的却是每况愈下的西班牙现实社会。据不完全统计，贝纳文特一生写的剧作达百余种之多。

马努埃尔·马查多（1874—1947）又称大马查多，他师法卢文·达里奥，创作了近二十部诗集。《灵魂》（1902）被认为是他的代表作，有明显的象征主义痕迹，情调哀伤，但意象明确。其他重要诗集有《任性》（1905）、《坏诗》（1909）、《塞维利亚及其他》（1921）、《命运坎坷》（1926）等。安东尼奥·马查多（1875—1939）又称小马查多，是马努埃尔·马查多的胞弟，一生著述颇丰。他的诗只有一个主题，那就是孤独。早期作品明显地受惠于拉美现代主义，其空虚、凄凉和无聊被华丽的词藻包装过后，带有某种忧伤的后期浪漫主义情调。后期作品渐趋抽象，一方面由梦境、单相思和不可捉摸的时间负载着，表现出生命之流的孤独意象；另一方面常常用直觉展示卡斯蒂利亚自然的奇崛和苦涩，表现出他心灵中的风景。虽然他的作品深受读者喜爱，但他本人却始终充满了被遗弃的心绪，四顾茫茫，与别人没有沟通的可能，也无理解的途径。他常常把自己当作观众，把世界当作舞台。不管感觉如何，这二者都无法交流。于是，在他的作品中出现了无数角色、道具、场景和遥远的故事及奇异的梦境，它们积着尘埃或者已经发黄变质，宛似秋天中一条孤寂的小路。小马查多声誉极隆。他的许多诗作，尤其是那些哀婉动人的情诗很受一般读者的欢迎。小马查多的主要作品有《孤独》（1902）、《卡斯蒂利亚的田野》（1912）、《新歌》（1924）等。

第二节　达里奥

尼加拉瓜诗人卢文·达里奥（1867—1916）是第一个“走向世界”的拉丁美洲作家。他的《蓝》（1888）是现代主义诗潮真正扬帆航行的标志。他在序言里援引巴莱拉信中提到的雨果名句“艺术是蓝色的”，并加以阐发,认为蓝色与现实的灰暗适成对照,是至美的象征。它和天空、大海一样,能使人联想到理想、自由等几乎所有令人神往的美好事物,具有无限的张力。作为现代主义的旗手和代表,达里奥的作品始终贯穿着对艺术形式的孜孜追求。他崇尚典雅华贵的艺术品和多姿多彩的异国情调,形式上不甘墨守成规,使西班牙语诗歌呈现出前所未有的新奇与活力。

达里奥出生在梅塔帕镇(今达里奥市),原名费里克斯·卢文·加西亚·萨米恩托,从小因父母分离而寄人篱下,18岁出版第一部诗集《初韵》,从此步入诗坛。他未及弱冠即因爱情风波而入狱,获释后赴智利谋生,先在圣地亚哥《时代报》供职,后到瓦尔帕莱索海关打工。期间受象征主义的影响,创作了《牛蒡》(1887)和《智利光荣颂》(1887),此后接连发表了《诗韵》(1887)、《蓝》(1888)等作,将现代主义发扬光大,并给自己赢得了很高声誉。1889年他以阿根廷《民族报》记者身份访问欧洲,得到魏尔兰等人的赏识。在西班牙期间,由于乌纳穆诺、巴列-因克兰等著名作家的推崇而引起巨大反响。他的作品于世纪之交传遍伊比利亚半岛,并使希梅内斯等新一代诗人趋之若鹜。欧洲之行使达里奥深受鼓舞。尔后,他的唯美主义倾向有增无减。在他后来创作的诗集中,比较重要的有《世俗的颂歌》(1896)、《生命与希望之歌》(1906)、《流浪》(1907)和《秋及其他》(1910)。此外还有大量的游记和散文。达里奥晚年悲观绝望,酗酒成疾。《牛蒡》是达里奥的成名作,较好地传达了他的悲壮,而他心目中的美,也在这里粉墨登场。《蓝》、《世俗的颂歌》及《生命与希望之歌》被认为是达里奥的代表作,体现了诗人的心路和不同时期的创作风格。《蓝》是一部诗文集,其中社会批判色彩被竭力淡化,逃避主义和唯美主义占据了统治地位。蓝色和白色,黄金和翡翠,孔雀和天鹅,王子和仙女,鲜花和晨雾比比皆是,美丽充斥诗篇。于是,诗人不再是惨兮兮悲切切的饿死鬼,而是“与仙女交头接耳”的人间仙子,彼此讲述富有诗意的神秘故事:小鸟歌唱什么,清风诉说什么,云雾藏匿什么,少女向往什么……至于天鹅的高贵、公主的美艳、玫瑰的贞洁、雏菊的清白、百合的仁慈之类,更是反复出现,咏之不疲。《世俗的颂歌》称得上是现代主义的巅峰之作,它不但继承和发展了《蓝》的超脱、华美和雕琢,而且大大地增强了神秘色彩。

达里奥把形式追求推到了首要的位置，诚如他在一首十四行诗中所昭示的那样：我寻求我风格中缺乏的形式，一种渴望成为玫瑰的思想蓓蕾；犹如一吻在唇边绽放，它来自难以拥抱的维纳斯的拥抱。绿油油的棕榈映衬着洁白的柱廊，天上的星星预示着女神的显圣；永恒的光辉进驻我的心房，仿佛月亮小鸟栖息在静谧的湖面。我感到语言在流窜逃亡，笛声中溢出开始的音符，空间荡过一叶轻舟；我那睡美人窗下的喷泉，不停地低泣悲鸣；还有那天鹅脖子提出的疑问。（《我寻求一种形式》）《生命与希望之歌》是他的晚期作品。当时，现代主义的几位先驱如纳赫拉、马蒂以及卡萨尔和席尔瓦都已死去，而且个个死得很惨。面对残酷的现实和如火如荼的斗争，达里奥开始对"纯粹的美"产生怀疑，表现为不再沉溺于优雅的形式：如华美的辞藻、绚丽的色彩和动听的音韵等单纯的组合、重叠和堆砌。他开始意识到美的复杂性、现实的多样性、内心的丰富性，并试图加以完美表现。他遣词造句的不拘一格也极大地丰富了西班牙语诗歌的意象和意境。诗如其人，达里奥的早期和晚期作品比较复杂，有时甚至充满了矛盾。在他创作和生活的鼎盛时期，天空却一片蔚蓝，他和他的诗韵一起，飘飘然陶醉于唯美主义的海市蜃楼。

第三节　阿西斯

马查多·德·阿西斯（1839—1908）是巴西现实主义小说的主要代表人物。由于对人物心理活动的成功描写，他被誉为"人类灵魂的探索者"。在他的笔下，现实生活犹如一场悲剧，他以幽默诙谐的笔触，对世人的种种不义行径进行了深刻的揭露和辛辣的嘲讽。他一生著作甚丰，创作过各种体裁的文学作品，特别是小说给他带来了极高声誉。他不仅被看成是现实主义时期首屈一指的作家，而且被公认为迄今为止巴西最优秀的作家。

阿西斯出生于里约热内卢一个贫寒家庭，只读过小学，其广博的文学知识完全靠刻苦自学获得。1896 年他与其他一些作家共同创建了巴西文学院，并被选为第一任院长。从 1872 年《复活》问世到 1908 年《阿伊雷斯的回忆》出版，阿西斯共创作了九部长篇小说。前四部尚属当时盛行的浪漫主义小说，后五部则属现实主义小说，其中《布拉斯·库巴斯的死后回忆》(1881)、《金卡斯·博尔巴》(1891)和《堂卡斯穆罗》(1899)充分展示了其现实主义小说的特色，集中体现了作家的创作思想和艺术才华，是他的代表作，被巴西文学界称之为“不朽的三部曲”。《布拉斯·库巴斯的死后回忆》以主人公死后所回忆的一系列事件构成小说的主要内容，同时又有死者对事件进行的注释与说明，即主人公对哲学、伦理学以及宗教等诸多问题的看法。一个死人是不可能回忆其一生的，作家所以把现实与虚幻交织在一起，目的是通过死者之口无情地揭示社会现实，暴露和嘲讽社会伦理道德的沉沦、背信弃义、野心勃勃、虚伪浮华等种种现象。作品的哲理性较强，每一句看似戏语的话所包含的深刻寓意都会引起读者的思考和品味。这种高度的艺术概括力，形象生动的比喻，深刻的内容与完美的形式之间的和谐统一，使小说成为巴西文学史上一部传世之作。《金卡斯·博尔巴》是一部故事性较强的小说。主人公鲁比昂原是个头脑简单的乡村教师，意外得到一笔巨额遗产后，来到里约热内卢市，在一群想侵吞其财产的人的怂恿下，生活和思想都发生了戏剧性变化。爱情、金钱和政治野心使他丧失了理智，最终彻底破产。帕利亚和索菲娅夫妇通过“友谊”和“爱情”掠取了鲁比昂的财富而成为“胜利者”。鲁比昂的这一悲剧真实地展现了巴西第二帝国时期资产阶级社会的种种卑鄙龌龊的思想和行为。高明的谋篇布局，准确而不失幽默的流畅语言，成功的心理描写，这一切使该小说成为阿西斯的又一传世之作。《堂卡斯穆罗》是一部心理小说，贯穿全书的是以第一人称回忆的主人公本托对爱妻卡皮图和挚友埃斯科巴尔的疑心，以及因此而导致的心理变化过程。作家通过敏锐的观察和冷静的分析，如同一位高明的外科医生，剖开了本托灵魂的最深处，透过表面的幸福，揭示了他对一切都持否定的心态，留下来的只是孤独与空虚。卡皮图与埃斯科巴尔有无奸情，小说一直没有明确，这已成为千古之谜，至今评论家众说纷纭。然而，历代评论家在下述一点上却取得了共识，即该书绝非一部描写奸情的平庸之作，而是一部心理分析极其细腻而又深刻的优秀作品，与《布拉斯·库巴斯的死后回忆》和《金卡斯·博尔巴》共同构成了不朽的三部曲，是巴西文学史上的经典。人物心理活动的刻意挖掘和带有悲观色彩的嘲讽，构成了作品的两大鲜明特点。

它不仅具有浓郁的巴西特色，而且使其人性的揭示具有普遍意义。特别值得一提的是，作家简明、洗练、准确的语言为巴西葡萄牙语的发展起到了划时代的作用，他所赋予葡萄牙语词汇的含义至今仍是最具权威的标准。作品内容深刻，形式完美，技巧高超，语言精妙，从而把巴西的小说创作提高到了一个新的水准，并在巴西文学史上占有独尊地位。

第八章

东方文学

概述

东方近代文学是在极其艰难、复杂的情况下发展起来的。各国优秀的作家们把创作与祖国、民族的命运相连,作品大都具有鲜明的政治倾向。这一时期的东方文学受到西方文学(包括俄国文学)的巨大影响,不少作家都借鉴过西方文学作品的内容,在内容上和形式上都作出了革新。从每个国家具体情况来说,亚非各国近代文学发展并不平衡。日本近代文学具有不同于其他亚非国家文学发展的特点和轨迹。

日本明治初期江户戏作依然占据文坛的中心位置。但随着日本文学转型期的到来,围绕西方文学和日本传统文学观念展现出反拨、折衷、顺应、并存和融合的复杂关系,并在这些关系中转换着文学进程的坐标轴。这一时期日本改良文学的一大特色,是在启蒙思想的引导下翻译西方近代小说和美学理论,并且产生了新体诗运动。日本近代文学是以写实主义、浪漫主义的重合开始的,以后是自然主义兴起,不久又受到新浪漫主义、新理想主义和新写实主义的批判,出现自然主义和反自然主义的重合。坪内逍遥的《小说神髓》对日本近代写实主义文学的诞生起到了催生作用。二叶亭四迷的《小说总论》深化了写实主义理论,并发表了小说

《浮云》。森鸥外创作了日本浪漫主义先驱之作《舞姬》。北村透谷的长诗《楚囚之诗》、岛崎藤村的诗歌《嫩菜集》,推动了浪漫主义诗歌运动。20世纪初,写实主义得到进一步发展,代表作是夏目漱石的《我是猫》和岛崎藤村的《破戒》。自然主义的代表作家是田山花袋,其代表作是《棉被》。新浪漫主义、新理想主义和新写实主义运动——“白桦运动”产生了一批重要作家,如武者小路实笃、志贺直哉等,后者发表了《到网走去》等多部小说。日本近代文学各个流派的作家,在20世纪20年代以后更加成熟,并创作出各具代表性的作品。

亚非其他各国的近代文学则伴随着反帝反殖反封建的波澜壮阔的斗争而展开。各国尽管存在着社会环境和条件上的差异,但大都摆脱了处于封闭停滞的封建主义时代文学的束缚,为东方文学走向世界、形成自己新的民族文学开辟了道路。19世纪末20世纪初,朝鲜文学进入新的历史阶段,史称“启蒙文学时代”。这是在全国范围内开展的爱国启蒙运动的组成部分,涉及范围很广,包括教育运动、文化出版活动和国文运动等多个领域。启蒙文学包括新小说、翻译政治小说、英雄传记以及诗歌等各种体裁。新小说的代表人物是李人植(1862—1916),其代表作长篇小说《雉岳山》(1906)和《鬼之声》(1906)以反封建为内容,提倡自由、平等和民权思想。李海潮(1869—1927)的代表作是《自由钟》(1908),描写在女主人的生日酒宴上,一群妇女围绕妇女权利、提倡朝鲜语、废除身份制度,以及教育上的弊端等问题展开讨论。出于反帝反殖的需要,当时的朝鲜翻译了不少带有资产阶级民主主义革命思想或反帝反殖内容的外国小说,如《瑞西建国志》、《爱国夫人传》、《柯苏特传》等。英雄传记有《李舜臣实记》等。启蒙文学在1916年接近尾声,无论在内容和形式上都为朝鲜文学从中古向现代过渡起到了承前启后的作用。尤其是新小说,由于接近现代文学体裁和多用朝鲜语写作,打破了古代运用汉文和带韵国文的羁绊,带有反帝反殖反封建和争取独立、自由、平等的主题和内容,从而在朝鲜文学史上写下了重要的一页。

印度各语种文学大致以1857年(印度民族大起义的年份)为标志,先后进入近代时期。19世纪80年代,孟加拉语文学出现了著名作家般吉姆及其代表作《毒树》和《阿难陀寺院》;印地语文学出现了剧作家帕勒登杜及其代表作《纯真的赫利谢金德尔》。1903年,印度总督宣布分割孟加拉的方案,此举激起了印度民族运动的高涨,产生了一批表现民族斗争的诗人和作家,如泰米尔语作家巴拉蒂和诗人奥罗宾多,后者的代表诗作有《麦提拉颂歌》等。19世纪下半叶,浪漫主义文学开始出现于印度文坛,中经泰戈尔至20世纪二三十年代,曾广泛盛行于印度各语种的创作中。印度文学中的浪漫主义,在当时着力表现的也是民族的精神,是人道主义和精神主义相结合的产物。阿格尔瓦拉是阿萨姆语浪漫主义诗人的代表,其代表作是诗集《雕像》等。阿夏恩是马拉雅拉姆语的浪漫主义诗人,写有长诗《娜丽尼》等。苏拉吉妮·奈都是英语浪漫主义诗人,代表作有诗集《金色的门槛》等。泰戈尔从1878年开始创作,1890年起进入创作成熟期,写了许多诗歌,还有长篇小说《沉船》和《戈拉》等。他一生发表近二百部作品。1912年至1916年间他出版了《吉檀迦利》、《新月集》、《园丁集》、《飞鸟集》、《游思集》等英文诗集,使他获得世界性声誉,并于1913年获诺贝尔文学奖。

19世纪,在如火如荼的反抗外国殖民统治的斗争中,菲律宾产生了许多富有爱国激情的诗篇,如波尼德秀的《对祖国的爱》,何塞·帕尔马的国歌歌词《菲律宾》等。19世纪末,菲律宾文学中最重要的作家何塞·黎萨尔是菲律宾"宣传运动"的杰出领导人。他的两部长篇小说《不许犯我》和《起义者》,通过爱国青年伊瓦腊的一生遭遇,表达了菲律宾人民改变自己民族命运的愿望和要求,探索了民族解放的道路,对殖民统治下的菲律宾社会生活做了真实细致的描绘。作品所表达的弱小民族的反抗之声和真挚悲壮的情感,曾得到鲁迅的赞赏。

19世纪下半叶,越南的许多爱国志士既是反抗殖民统治运动的领导者或参加者,同时又是作家、诗人。他们写下了许多气吞山河、雄浑悲壮的作品。阮春温(1825—1889)就是这样一位诗人。他写下了数百首激情洋溢的诗篇,后来收入《玉堂诗集》和《玉堂文集》中,其中大部分用汉语写成,意境清新,格调高雅。阮光碧(1832—1889)也是"勤王运动"的将领兼诗人,写有《渔峰诗集》,收诗歌百余首,隽永细腻,朴实自然。阮庭昭(1882—1888)是一位双目失明的诗人,写下了许多富有战斗性的诗文,其代表作是长篇叙事诗《渔樵医术问答》及《蓼去仙传》。到了19世纪末和

20世纪初，越南文学多以具有资产阶级民主思想的知识分子为主将。从整体看，它仍属于反抗法国殖民主义的爱国文学。这时，越南语的拉丁化过程加快发展。潘佩珠（1867—1940）是新文学的代表作家，《潘巢南先生国文诗集》收入他不同时期的二百多首越文诗。此外，他还写有《越南亡国史》等多部著作。潘周桢（1872—1926）、阮尚贤（1868—1925）也是这个时期的代表性作家。

在19世纪下半叶的印度尼西亚，马来语逐渐成为全民族的通用语，马来语文学也成为印度尼西亚近代文学的主流，因此印度尼西亚近代文学中的主将，多是华裔马来语诗人、作家，其中尤以小说家引人注目。吴炳亮（1869—1928）的长篇小说《克拉拉·韦尔特瑙女士的故事》（1911），虽取材于荷兰作家的作品，但将西爪哇一家白人种植园里发生的故事写得惊心动魄，称得上是反映印尼现实生活的优秀之作。他自己创作的小说《罗奋贵传》（1903），通过一个地主商人罪恶的一生，真实描绘了社会的尖锐矛盾。张振文（1885—1940）的《黄四传》（1903），是最早出版的一部由华裔所写的马来语小说，描写一个暴发户的罪恶发家史；另一部小说《苏米拉娘姨的故事》则描写一位华裔青年和本地姑娘的爱情纠葛。除华裔作家外，印尼近代文学中还有一些印欧血统的作家，如弗朗西斯（1860—1915）出身于英国望族，小说《达希玛娘姨的故事》（1896）描写一个白人种植园的“娘姨”向往幸福，追求爱情，但受殖民地社会民族、阶级和宗教矛盾束缚，最后死于非命。戈麦尔也是一位优秀的印欧血统小说家，生平不详。他于1900年发表两篇小说《拜那姑娘》和《孔红娘夫人传》，对印尼社会生活作了现实主义描绘，对白人殖民统治者作了深刻揭露。正是这些作品开了印尼近代文学之先河。

1905年至1911年，伊朗全国爆发了声势浩大的“立宪运动”，这个时期产生的新文学，已成为伊朗文学史上继中世纪高峰后出现的又一个高潮，以拉胡蒂为代表的激进民主主义诗人脱颖而出。伊朗诗歌与“立宪运动”紧密相联，它抨击反动势力、宣传新思想和反映平民百姓生活的疾苦；在形式上，它引入了欧洲诗歌韵律并借鉴伊朗民间文学创作，其代表诗人是被誉为伊朗现代文学之父的巴哈尔。他擅长伊朗古典诗歌中的各种诗体，创作了大量充满战斗激情和革命精神的诗篇，使伊朗诗歌重新焕发生命力，对后来的伊朗文学产生了重大影响。

从19世纪中叶起，阿拉伯国家开始了文学复兴，近现代文学也因此产生和发展。埃及和黎巴嫩是阿拉伯近代文学的先驱。在黎巴嫩，产生过雅兹基、舍德雅格、布斯塔尼、焦尔吉·泽丹等作家和诗人；旅美派作家纪伯伦和努埃曼也开始了早期文学活动。纪伯伦出版了短篇小说集《草原新娘》、《叛逆的灵魂》和中篇小说《折断的翅膀》；努埃曼发表了短篇小说《不育者》和《又一年》等。1881年，埃及沦为英国殖民地。优秀古典文学的发掘，与西方文化的接触，有力地推动了近代文学的发展，诗歌开始了革新，并先后产生了"阿波罗诗社"和"笛旺派"诗歌流派。在小说方面，一些作家开始借用古典"玛卡梅故事"形式进行创作，出现了穆威利希的《伊萨·本·希萨姆的谈话》和哈菲兹的《塞蒂哈之夜》，接着又出现了曼法鲁蒂的短篇小说集《泪水集》。海卡尔的长篇小说《宰纳卜》(1914)则标志着埃及近代小说的正式诞生。巴鲁迪是埃及复兴派诗歌的代表诗人，一生坎坷，但充满对祖国的爱，把个人忧虑与民族命运紧密相连，诗中洋溢着爱国的革命精神。他的《巴鲁迪诗集》(两卷)，给阿拉伯诗歌注入了生气和活力，为后来阿拉伯诗歌的发展奠定了基础。

第一节　夏目漱石

夏目漱石(1867—1916)是日本20世纪初的大文豪，在文学史上享有很高的声誉。他在作品中力图实践自己的独创性文论，在东、西方文学的接点上确立自己的历史方位。他借鉴西方文学的理念、原理、结构和技法，运用独特的东方文学思想和日本文体，写下了不少名垂史册的作品，这是漱石对传统文学和西方文学自觉认识的结晶，也是他文学观的具体表现。应该说，夏目漱石在理论和实践两方面的工作都具开拓性。

夏目漱石自幼喜爱汉文学，他从中国唐宋诗文和《左传》、《国语》、《史记》、《汉书》等史书"为人为国"的文学观念中了解到所谓文学的定义，并获得了相关的文学知识，初步认识到文学有益于社会和人生。他汉诗文造诣颇深，后来独成一家，直至晚年都没有终止汉诗创作。同时他对江户时代传统文学的诙谐性也抱有浓厚兴趣。夏目漱石留英多年，有机会接触西方生活和文化，对西方文学论有系统理解，切身体会到东方文学和西方文学的异质性，是不能完全概括在同一定义之下的。他以西方文学为媒介，开始思考日本文学近代化的问题，酝酿建立他的文学论。他受了中国文学和英国文学的双重影响，这对其后构建他的文学理论和从事文学创作都产生重大影响。

夏目漱石走上文坛之时，正是日本自然主义文学兴起之际。他以自己主持的《朝日新闻》文艺栏为阵地对自然主义展开批判。其直接成果，是写下了批判现实主义的经典《我是猫》(1905—1906)。小说描写受西方个人主义影响的中学教师苦沙弥与其友人迷亭、寒月、独仙等，聚在自己的客厅里议论种种社会和文化现象。其中有的人与主人一样，受西方个人主义影响，但反对盲目崇拜西方；有的人保守，持传统的日本主义；他们从各自不同的立场出发，大发议论，且常常互相批评或揶揄。而苦沙弥家里养的一只猫，小说用其猫眼来观察主人和客人的议论，并加以讽刺性的分析和批判。小说在艺术上突破了西方近代小说的模式，没有以连续形态展开，没有通过人物的言行表现西方思想和准确表现真实的技法，而是以独创的松散结构、非连续形态构建其奇特的艺术形式。小说没有跌宕的情节和严密的结构，正如作者本人所说"既无情节，也无结构，像海参一样无头无尾"。但它之所以能打动读者，震撼文坛，成为一部流芳后世的作品，就在于思想内容和艺术形式达到完美统一。鲁迅赞许它"轻快洒脱，富于机智"。有学者就此解说："所谓轻快洒脱就在于作品自由自在地运用了作者的丰富想象力，不为西方小说的模式所拘，往往设想出读者所想象不到的新奇、精辟、幽默、滑稽的场面，激发起读者在狂笑中咀嚼它的余味；而所谓富于机智则是说它在谐谑中不断出现如珠的妙语，洞见人情、社会的机微，往往在滑稽诙谐中一语道破，剥下邪恶、虚伪、愚昧的外皮，闪烁出作者理性的光芒。当然这又是与作者善于驱使反语、比喻和巧妙的话术结合在一起的。正是因为这样，这部作品才获得了它的独特的个性，才形成了不允许他人追随的独自的艺术风格。"

在《我是猫》尚未完稿的情况下，作者继续以批判现实主义的姿态对抗作为文坛主潮的自然主义，写了另一部名作《哥儿》(1906)。这是根据作者多年的教员生活体验写就的，运用江户时代"落语"的喜剧艺术形式，通过主人公哥儿充满正义感的眼光和自叙的口吻，无情地揭露了明治社会教育界的阴暗面，淋漓尽致地抨击了校长的伪善和狡诈、教务长的阴险和利己、教员小丑的谄媚和阿谀，同时塑造了几个抱有正义感的人物，如教学主任、英语教员等，并以这两类典型展开了正义与邪恶、善美与丑陋的矛盾与冲突。此后，夏目漱石接连写下了《虞美人草》(1907)、《三四郎》(1908)、《从此以后》(1909)、《门》(1910)和《心》(1914)，以及自传体的《路边草》(1915)等一系列作品。从风格来说，有现实主义或浪漫主义或两者结合的手法；从内容来说，有对社会现实、家族制度的批判，有对世俗伦理观念虚伪的揭露，有对日本近代化出现的弊端、知识分子自我觉醒的心迹和自我压抑苦恼的探索等。这些作品显示了作家构建小说的非凡能力和文学思想的曲折历程。夏目漱石最后一部小说《明暗》(1916)未能完成便因胃溃疡复发，大量出血而不治，终年49岁。

第二节　泰戈尔

罗宾德拉那特·泰戈尔(1861—1941)是享有世界声誉的印度诗人。他从1878年开始创作，1890年起进入创作成熟期，写了许多诗歌，还有长篇小说，一生发表近二百部作品。1913年，他凭借英译诗集《吉檀迦利》获得了诺贝尔文学奖。

泰戈尔生于加尔各答，基本上没受过正规的学校教育，主要由他的兄长们在家照管他的学习。1878年他随哥哥去英国，先进公立学校，后入大学学法律，又学西洋文学与音乐，但一年半后他就从英国回到印度。在由孟加拉分割方案引起的1905年的民族革命运动中，他发表演说，撰写文章，并创作了很多爱国主义歌曲，其中《我的金色的孟加拉》与《人民的意志》后来分别成为孟加拉国和印度的国歌。1912年他再次前往英国，在以后的日子里，他出访过欧洲很多国家及美国、日本、中国、印尼、苏联等国。

泰戈尔的文学生涯大致可分作四个时期：第一时期为1878年至1890年，按泰戈尔自己的说法，属于他创作上的不成熟时期，共出版有25部著作，早期作品多是关于青春与自然的颂歌。第二时期为1890年至1913

年，是他创作的成熟期，这时期的诗作风格逐渐变得朦胧和神秘，但又不失浓郁的生活气息。第三时期为1914年至1931年，获得诺贝尔文学奖之后，泰戈尔在印度国内外的活动较多，其诗的激情相对减弱，而《人格》、《人的宗教》等散文著作则大放异彩，戏剧创作主要是修改他以前的创作，并进一步走向象征主义。这个时期也可以说是他从传统诗人走向现代诗人的过渡期。1932年至1941年为泰戈尔创作生涯的第四时期，他的后期剧作进一步抒情化和舞蹈化，而诗歌创作则进一步散文化。有些评论家认为泰戈尔的后期创作是他整个创作生涯的巅峰，也有评论家认为他的后期创作是一种退步。1912年至1916年间，泰戈尔还出版了《吉檀迦利》、《新月集》、《园丁集》、《飞鸟集》、《游思集》等英译诗集，主要选自诗人创作第二时期用孟加拉语写的诗集。

泰戈尔的颂神诗始于《祭品》，中间经过《渡口》，完善于《吉檀迦利》，之后尚有《歌之花环》及《歌集》等。泰戈尔自幼受到民间音乐与民间戏剧的熏陶，后来他致力于传统音乐与西洋音乐的学习和研究，但对颂神诗创作影响最大的是民间歌曲。他在东孟加拉的西莱达生活的那十年岁月里，与民间艺人有很多直接接触，他从他们质朴的民间歌曲中感受到的是《奥义书》一般的天启式的教诲。在《心仪》、《金帆船》、《缤纷集》等诗作中，泰戈尔在韵律、节奏与意境等多方面直接受到民间歌曲的影响，英译《吉檀迦利》的一些诗作就来自这些诗集，他的颂神诗最初是受民间艺人的感染和民间歌曲的启示而作的。离开西莱达之后，泰戈尔经历了一系列生活的不幸。西莱达生活中的神秘体验加上家庭生活的不幸以及民族革命运动中的深沉感受，最终促使他在1908年至1910年间创作了《吉檀迦利》。该集共收诗157首，其中有51首被诗人译成英文并收入英文版的《吉檀迦利》之中。孟加拉文《吉檀迦利》用词简洁，结构严整，韵律上也很讲究，译成英文后，则变成了自由体诗。“吉檀迦利”的意思是“献歌”，意谓献给神的一部诗集，但他的颂神诗与宗教赞美诗大相径庭，这是因为《吉檀迦利》中的神并非某种特殊的宗教之神，而是人格之神，圣爱与人间至情有机地结合在一起，难分彼此：在歌唱中陶醉，我忘了自己，你本是我的主人，我却称你为朋友。（冰心译）这里的“你”就是《吉檀迦利》中言说不尽的“神”，他既是抽象的，又是具体的；既化育万物，又与万物一体:我要努力在我的行为上表现你,因为我知道是你的威力,给我力量来行动。(冰心译)该诗集写了自然、儿童、爱情、人类、祖国、民族苦难、死亡等各类题材。

泰戈尔第一部较为重要的小说是《小沙子》,而真正将孟加拉语传奇小说推向高峰的是他的《沉船》。小说写两对夫妇在结婚仪式之后分别乘船回家,一对夫妇中的新郎只是为了父亲的意愿而违心地结婚,因此在新婚仪式中,他并没有看新娘一眼;而另一对夫妇中的新娘则由于害羞而没敢看新郎一眼。接下来,暴风雨颠覆了两条船,一个新娘与另一个不是她的丈夫的新郎被一起冲到岸上,两人误以为是夫妇,由此开始了浪漫传奇故事。泰戈尔的长篇小说中,阐释常常发生在再现之前,思想和感情常常控制着情节的发展,因此他的长篇小说创作不表现于情节的安排之中,而表现于人物性格的塑造和诗意气氛的渲染以及某种思想的传达之中。《戈拉》是一部社会问题小说。戈拉的父母均是爱尔兰人,在1857年的民族大起义中,戈拉成了孤儿,被政府职员克里什纳收留。戈拉长大以后成为一个印度教复兴主义者,认为印度教的一切都是好的。他的好友宾那耶与莱丽塔相爱,莱丽塔来自一个梵社成员家庭,戈拉因此反对宾那耶的选择,因为在戈拉看来,梵社背离了印度教。但出乎戈拉的意料,他不仅没有“解救”出他的朋友宾那耶,而自己竟也爱上了坚信梵社教义的苏查丽达,戈拉的思想和情感均变得复杂起来。最后他得知自己身份的秘密之后,他保守的印度教徒的思想一下子毁灭了,因为他原本不是一个印度教徒。除了爱情故事外,小说中有大量关于激进派、改革派与正统派、保守派就印度教改革问题而发生的激烈争论,从而深刻反映出19世纪下半叶印度社会、文化、宗教、政治等各方面的生活。《戈拉》被认为是泰戈尔小说的代表作。

泰戈尔的中篇小说共有四部:《四个人》(1914)、《姊妹俩》(1933)、《花圃》(1934)和《四章》(1934)。《姊妹俩》中,丈夫把女人分作两种类型:母亲与情人,把自己的妻子归为母爱型,而与小姨子寻欢作乐。《花圃》中,丈夫急不可耐地等着病妻去世,同时又与一个漂亮少女厮混在一起,而丈夫现有的一切财富都是由他妻子辛勤培育的花圃中获得的。《四章》是泰戈尔最著名的中篇小说,由四个故事构成。首先是杰伽摩罕的故事:他没有宗教信仰,鄙视印度教的习俗,按照自己的形象来塑造侄子沙奇什。第二个故事写沙奇什:叔父死后,沙奇什进入印度教寺庙,故事叙述者希里比拉斯被沙奇什的转变行为所感染,也进了寺庙,但达玛尼的到来却打破了寺庙的平静生活。第三个故事写达玛尼:她勾引沙奇什不成,就故意向希里比拉斯献殷勤。第四个故事写希里比拉斯,他与达玛尼结婚,但达玛尼依然深爱着沙奇什,三人前往加尔各答,达玛尼染病去世。小说的中心人物是沙奇什,他执着的信仰和追求,对自我欲望的抑制是严肃而崇高的,但这一切在现实生活中又显得离奇古怪,因此泰戈尔在小说中不时地用讽刺笔调写出这一切。希里比拉斯的形象揭示了作家的另一个自我:实际、诚实、深知自我的缺陷,他既是小说的叙述者,又自始至终是沙奇什的崇拜者。小说较为形象地表现了泰戈尔后期创作的复杂思想,他的人格分裂为沙奇什和希里比拉斯,尽管痛苦,但不失在痛苦中追求。泰戈尔还创作有《河边的台阶》(1884)、《弃绝》(1892)、《素芭》(1892)、《饥饿的石头》(1895)等近百篇短篇小说。他早期短篇小说的背景主要是乡村,生活气息浓郁,且有浪漫传奇的抒情色彩;后期的短篇创作主要反映城市知识分子生活,同时也更关注各类社会问题,对都市生活多是讽刺和批评。

泰戈尔一生共创作有四十余部戏剧。它们与音乐、舞蹈、歌曲等戏剧表演形式密切相关,但舞台演出基本上都不成功;再者,泰戈尔的戏剧本身也充满象征和寓意,情节淡化,抒情味浓,因此评论界对他在孟加拉语戏剧史上的地位一直难以界定,且争论颇多。泰戈尔受印度传统戏剧的影响,有意把现实当作神话来反映,同时又把神话意义的实现放置于现实世界之中,《国王》(1910)与《邮局》(1912)就是如此。在后期剧作中,泰戈尔进一步尝试舞蹈、音乐与戏剧相结合的舞剧形式,这些舞剧更接近于西方的芭蕾,他放弃了情节结构和人物形象的塑造,企图发展戏剧的音乐结构,实际上已是无结构中的结构——音乐、舞蹈成为戏剧的形式,也成为戏剧的主题,因为他后期的哲理剧、象征剧在主题上既抽象又简单,意义已退居次要地位,音乐的美感和感情的渲染上升于主导地位,典型的例子如舞剧《基达拉格达》和《茜亚玛》(1939)。

第二卷

1914 年至 1929 年的外国文学

概论

如果说19世纪与20世纪之交是现实主义文学和现代主义文学争奇斗艳、各放异彩的时期，那么，从第一次世界大战爆发到20世纪20年代末，则是现代主义文学蓬勃发展成为主潮的时期。现代主义文学的历史可以追溯到19世纪下半叶，一般认为波德莱尔1857年发表的《恶之花》是现代主义文学的发轫之作。20世纪初，法国、德国、意大利、英国和俄国等欧洲国家涌现出一批具有现代意识的作家，他们向传统现实主义文学发出了有力挑战。到了20年代，现代主义文学轰轰烈烈，蔚为大观，成为一场国际性的文学运动。从东方到西方，不同的民族和国家的文学都受到这一运动的冲击。

现代主义文学时代的到来有其深刻的历史社会原因和复杂的文化思想背景。最重要的因素之一是第一次世界大战。这是人类历史上一次空前的浩劫。第一次世界大战使人们付出惨重的代价，同时给西方世界带来普遍的精神危机。经历了这场噩梦的年轻人对国家、社会、个人前途感到悲观失望，对基督教文化传统的信念发生了动摇。

第一次世界大战之后主要资本主义国家相继进入稳定发展时期。美国20年代经济空前繁荣，尤其是在柯立芝执政期间，由于工业管理改进和技术革命，经济增长迅速。到1928年，美国工业生产总量超过了全欧洲，美国人的生活水平居世界最高。英国经济增长相对缓慢，工业产量直到 1929 年才勉强恢复到战前水平。法国 1926 年进行财政改革,经济开始繁荣。战败国德国在经历了 20 年代初期的经济危机之后,发展很快,到 1929 年,工业生产再次超过了英国和法国。资本主义国家的相对稳定一度制造出繁荣昌盛的和平景象,追求消费和享受成为 20 年代的一个特点,许多年轻人在寻欢作乐中消磨时光。这一时期,资本主义国家劳资矛盾激化,工人运动高涨,罢工此起彼伏。敏感的知识分子对现状感到不满,但又找不到出路。20 年代也被称为"迷惘的年代"。

20 世纪初期形形色色的西方哲学思潮对现代主义文学的勃兴起了催化作用。德国哲学家尼采于 1900 年去世,但他的悲观主义哲学影响深远,"上帝死了"的口号振聋发聩,在一部分对传统的文化思想、价值观念产生怀疑的现代主义作家中引起共鸣。弗洛伊德论证了无意识的存在,从根本上改变了人类对自身的认识。弗洛伊德本人在 20 年代进一步修正和发展他的精神分析理论,他的学说同时得到翻译和介绍,在欧美知识界流传开来。柏格森 1928 年获诺贝尔文学奖,声誉大增。他的直觉主义反对理性和分析,认为凭借直觉可以本能地、直接地、整个地把握宇宙的精神实质,并进入意识的深处。弗洛伊德和柏格森的学说推动了现代主义文学中反对理性压制、重视直觉和潜意识活动的倾向。另外,随着经济发展和科技进步,科学主义开始流行,成为未来主义等现代主义文学流派的思想基础。

确切地说,现代主义文学是一个总称,不同的流派集聚在这面大旗之下。现代主义文学在其发展过程中,根据不同的语种,形成了以巴黎、伦敦、纽约、苏黎世、柏林、布拉格、米兰、莫斯科等大都市为依托的中心。在法语文学方面,19 世纪象征主义运动被视为现代主义文学的源头,其影响波及整个世界。象征主义在 20 年代左右又出现第二次高潮。瓦雷里 1917 年发表他的第一首重要的诗作《年轻的命运女神》,标志着后期象征主义的兴起。查拉与一些青年诗人 1916 年在苏黎世组成的"达达"文艺团体是最激进的流派。达达主义高呼打倒一切的口号,反对传统和常规,反映了一种被第一次世界大战激发起来的否定和破坏一切的精神状态。达达主义来势凶猛,但衰亡也迅速,它的许多成员后来变成了超现实主义者。超现实主义的基础是信仰"超现实"。布勒东进行自动写作法的探索，表达清醒意识与朦胧的欲念或梦幻交织的状态。在英语文学方面，早在1912年，哈丽特·门罗在芝加哥创办《诗刊》，发表使人耳目一新的诗作。1913年3月号的《诗刊》刊登了弗林特的文章《意象派》和庞德的文章《几条戒律》，为意象派诗歌奠定了理论基础。从1914年至1917年，意象派诗人出版了他们的诗集，亮出了他们的宣言。美国现代主义小说的先驱斯泰因对语言深入研究，大胆实验；海明威、菲茨杰拉尔德等人的作品集中反映出战后一代美国青年迷惘、悲观和彷徨的情绪。在大西洋彼岸，艾略特1922年发表著名的《荒原》，描绘战后西方精神世界的荒芜，使他一跃成为现代主义诗歌的杰出代表；乔伊斯和吴尔夫创作了意识流小说的经典之作；劳伦斯将性心理探索与社会批评结合起来，对工业文明进行猛烈抨击。在德语文学方面，表现主义经历了它的繁荣时期。表现主义通过将现实形象变形或扭曲的方法，传达作品人物或作者的心境和印象。德国剧作家凯泽是表现主义戏剧最重要的代表，他在戏剧创作中致力于"新人"的塑造，让人物的行动来表达思想，传达对社会的批判。奥地利作家卡夫卡创作的《变形记》，表现现代人的异化状态，是表现主义在小说领域取得的突出成就。在俄语文学方面，现代主义文学涌现出象征派的勃洛克、未来派的马雅可夫斯基、意象派的叶赛宁等诗坛巨星。俄国未来派的出现受到意大利未来主义的积极影响。十月革命后，大多数未来主义者接受了革命，参加到苏维埃政权初创时政治宣传鼓动工作中去，成为革命诗人。意象派作为对未来派的反拨应运而生，致力于视觉意象表现力的提高。不同流派的演变和交替成为现代主义文学发展的特征。

现代主义文学在欧洲各国起始时间不同，发展不一致，并出现流派纷呈的局面。就思想倾向而言，现代主义文学存在左、中、右之分，既有激进的作品，也有保守的作品。但是，现代主义文学不同流派也具有一些共性。19世纪的浪漫主义运动对启蒙运动进行过批判，现代主义运动在此基础上，向资产阶级价值体系中最重要的观念提出质疑。作为对现实主义创作和现实主义美学进行反拨的现代主义文学，体现出一种反传统精神：固有的文学规律、表现方法、价值观念都受到现代主义作家的冲击和挑战。与反传统相辅相成的是创新实验。现代主义文学以反传统开道，走上一条不平坦的求新之路。标新立异，不断试验新的手法、风格和技巧,成为现代主义文学的一个特点。形式的标新立异不单单是手法的革新,也表明认识论发生了变化。许多现代主义作品表现出一种非理性主义倾向。受直觉主义、精神分析理论等思潮的影响,现代主义作家不满足于对外部客观世界的描写,要求摆脱理性的束缚,潜入人物内心深处,探索意识和精神的奥秘,以表现"绝对真实"。非理性主义在很大程度上革新了传统的思维模式、文学观念、审美判断力以及创作方法,超现实主义的自动写作法、乔伊斯的意识流小说、现代主义诗学中的支离破碎法或拼贴法的审美原则等,都充分说明了这一点。

这一时期除了现代主义文学蓬勃发展之外,无产阶级文学的兴起是世界文坛上的新现象。1917 年,十月革命的胜利翻开了人类历史新的一页,使社会主义运动进入一个新的时期,鼓舞了殖民地、半殖民地人民的革命斗争。社会主义苏联的崛起,成为影响 20 世纪世界历史发展的重要因素。俄国无产阶级文学在这一阶段获得了长足的发展,并逐渐成为文坛的主流。别德内依和"共青团诗人"以饱满的革命热情进行诗歌创作,他们的作品洋溢着生活气息和时代精神。革拉特科夫的《水泥》、绥拉菲莫维奇的《铁流》、富尔曼诺夫的《恰巴耶夫》塑造了无产阶级革命者形象。这些作品具有鲜明的时代特色,是苏联无产阶级文学的经典作品。由于马列主义的传播和俄国十月革命的影响,无产阶级文学在苏联以外的国家也得到发展。

从世界范围来看,各国文学发展不平衡,处于不同的阶段。从第一次世界大战到 20 年代末,俄苏文坛流行的是现代主义文学和无产阶级文学,"同路人"文学对早期苏联文学的发展也作出了积极贡献。20 年代美国现代主义小说、诗歌、戏剧都相当繁荣,美国文学成为真正具有自己特色、成熟的民族文学,并且开始对世界文坛产生影响。在西欧主要资本主义国家,英国现代主义小说和诗歌取得突出成就,掀开 20 世纪英国文学史最辉煌的一页。超现实主义的形成和发展、后期象征主义的兴起、以反对战争题材为主的现实主义小说的繁荣把法国文学推向一个新阶段。德国和奥地利社会历史的独特发展产生了独具特色的德语文学,这一时期表现主义的诗歌和戏剧,新实际主义和现实主义的小说,都取得骄人成绩,涌现出凯泽、卡夫卡、雷马克、黑塞等具有世界影响的作家。意大利由于战争和法西斯专制统治,文学发展遭受严重挫折,只有先锋派作家斯维沃和皮兰德娄力挽狂澜。斯维沃以其《芝诺的意识》确立了他的意大利现代小说的先驱者地位,皮兰德娄富有独创性的戏剧使他于1934年获得诺贝尔文学奖。

西班牙对来自欧洲其他国家的象征主义、表现主义、达达主义、超现实主义采取了开放、吸收的积极态度,各种主义的传播促进了西班牙诗歌的革新与繁荣。第二代现代主义诗人的代表希梅内斯形成了自己独特、崭新的风格。"二七年一代"诗人将传入西班牙的各种主义与西班牙文学传统相结合,探索诗歌表现的新形式。葡萄牙语文学在现代主义思潮影响下,也开始发生变革。1915年,里斯本的一批年轻诗人创办《俄尔甫斯》文学杂志,对葡萄牙诗歌进行大胆的革新,标志着葡萄牙现代主义诗歌的开端,其核心人物佩索阿作为葡萄牙20世纪最杰出的诗人名垂史册。

第一次世界大战结束以后,英帝国的自治领经济发展迅速,要求独立的呼声很高,促使英国采取新的措施提高自治领的地位。1926年10月举行的伦敦帝国会议通过了"巴尔福宣言",规定英联邦成员之间的关系是平等的,澳大利亚、新西兰、加拿大获得独立国家地位。尽管当时欧美在普遍的幻灭感和失望情绪的支配下,文坛上流行的是现代主义文学思潮,但澳大利亚、新西兰、加拿大的作家大多循着19世纪的文学传统,很少受到欧美文学潮流冲击。民族主义的激情和信心使得作家们意识到一种紧迫感:努力发展与独立国家地位相称的民族文学。这一时期澳大利亚小说的主流依旧属于劳森传统,在反映内容和表现风格上力求"澳大利亚化"。女作家理查森以近乎欧洲自然主义的创作技巧,写出了三部曲长篇巨著《理查德·麦昂尼的命运》,被评论家视为在怀特小说出现之前最优秀的作品。理查森采用的细节积累和心理分析相结合的写作手法,不仅丰富了澳大利亚文学的表现技巧,而且使劳森所倡导的富有澳洲特色的现实主义走向了深化。20年代的新西兰出现了一批优秀的女作家、女诗人,她们创作的与新西兰现实生活紧密相联的作品,为30年代民族文学高潮的到来做了重要的铺垫。曼斯菲尔德是新西兰文学中最璀璨的一颗明星,她为现代短篇小说的发展作出了不可磨灭的贡献。

在亚洲，这一时期的日本文学是在“革命文学”和“文学革命”的对立中并行发展。在无产阶级文学掀起革命文学运动的同时，现代主义各流派兴起了文学革命运动。新感觉派、新心理主义、象征派等现代艺术派文学与无产阶级文学从两种不同立场出发，打破既成的文坛，拉开了日本现代文学的序幕。现代主义思潮在印度次大陆没有什么声势，当时的诗坛受泰戈尔影响，浪漫主义依旧占据主导地位。印度浪漫主义是人道主义与精神主义相结合的产物，它所着力表现的是民族精神。印地语文学中的浪漫主义是阴影主义，以伯勒萨德为杰出代表。孟加拉语作家萨拉特塑造了一系列浪漫主义女性人物，他的小说表现出对现实生活的深刻洞察力。穆斯林诗人伊克巴尔高扬生命的价值，讴歌自主的意义，并对现存剥削和奴役的社会制度进行批判，成为印度穆斯林的代言人。在阿拉伯文学方面，埃及现代文学流派和旅美派文学是20年代两个重要的文学现象。埃及1919年爆发革命，促进了民族主义精神和埃及意识蓬勃生长。埃及现代文学流派的作家们创作了一批优秀作品。被称为“阿拉伯文学之柱”的塔哈·侯赛因，在20年代末发表的自传体小说《日子》对后世文学有重大影响。以纪伯伦为代表的旅美派文学，也给阿拉伯文坛吹来一股新风。

第一章
俄苏文学

概述

随着俄国十月革命的胜利,1917 年 11 月至 1918 年 3 月苏维埃政权在全俄迅速建立。1922 年,苏维埃社会主义共和国联盟即苏联正式宣告成立。俄国文学界在短短的数年里,经历了一连串社会暴风雨:第一次世界大战、俄国的二月革命、十月革命及外国帝国主义的干涉和国内战争。跟谁在一起,往何处去,是俄国作家面临的刻不容缓的选择。

文学界在政治、思想和艺术上的分化,不仅势在必行,不可避免,而且错综复杂,色彩斑驳,但大致可以分为下列四种情况:第一,十月革命前开始创作的无产阶级代表高尔基、绥拉菲莫维奇、别德内依、革拉特科夫等,站在革命阵营一边。有所不同的是高尔基,他对十月革命所采取的武装和流血的方式以及革命之后造成的破坏和恐怖,提出了严厉批评,并与列宁和布尔什维克党在 1917 年至 1921 年间发生分歧。这反映在《新生活报》他发表的系列文章(1917 年 4 月—1918 年 5 月)里,后结集出版,书名为《不合时宜的思想 · 关于革命与文化的札记》(1918)。第二,以马雅可夫斯基为代表的未来主义者、象征主义名家勃洛克、勃留索夫、别雷等,以及文学团体"西徐亚人"的组织者和评论家伊万诺夫-拉祖姆尼克为代表的部分成员——叶赛宁和克柳耶夫等诗人，他们热烈地迎接了十月革命，迅速站到革命一边。第三，对十月革命采取观望和怀疑的态度，但仍留在俄国继续创作，如古米廖夫、曼德尔施塔姆、阿谢耶夫、沃罗申、索洛古勃、皮利尼亚克、茨维塔耶娃等。第四，对十月革命采取坚决反对的态度，其中有些人甚至参加过白卫军活动，并先后逃亡国外，后来成了俄罗斯国外侨民文学的代表，如蒲宁、雷米佐夫、吉皮乌斯、什梅列夫、库普林、梅列日科夫斯基、阿维尔钦科、扎依采夫、巴尔蒙特、契里科夫、什克洛夫斯基、阿·托尔斯泰等。蒲宁的政论性日记《该死的日子》、吉皮乌斯的《彼得堡日记》、什梅列夫的《死者的太阳》等，记述和表达了他们反对十月革命的思想立场。其中一些作家在经历了"苦难的历程"后，怀着依恋故土之情回国，如阿·托尔斯泰和什克洛夫斯基于1923年返回苏联，库普林、卡缅斯基、斯基塔列茨等也在30年代返回苏联。

连续的革命和战争及新经济政策的实施，不仅使作家队伍在政治上日益分流，也使这一时期的文学生活呈现出一幅五光十色的画面。它的总特点是，团体林立，流派纷呈，口号宣言层出不穷。年轻的苏联文学在俄共中央《关于无产阶级文化协会》(1920)和《关于党在文学方面的政策》(1925)两个决议的指引和推动下，面对混乱的局面，在艰难的探索、复杂的矛盾和尖锐的对立中前进和发展着，并逐步形成了自己一系列新的思想和美学原则，奉献出了不少别开生面、多姿多彩的文学作品，从而在20世纪人类文学的格局中占有一个重要而独特的位置。

到20年代中期，苏联的文学团体像雨后春笋一般拔地而起。仅莫斯科一地就有三十余个，在全苏影响较大的也有近十个。它们各树一帜，代表着不同的倾向、不同的流派。属于无产阶级作家的文学团体有：无产阶级文化协会(1917)、"锻冶场"(1920)、"拉普"(1922)和"山隘"(1923)。属于左翼文艺团体的有：以伊万诺夫-拉祖姆尼克为组织者的"沃尔菲拉"(1919)，成员有别雷、梅耶霍尔德、卢里耶、彼得罗夫-沃德金等；"左翼艺术战线"(简称"列夫"，1922)，其成员有马雅可夫斯基、阿谢耶夫、楚扎克、特列季亚科夫、勃里克等；以及马雅可夫斯基于1929年另行建立的"艺术革命战线"(简称"莱夫")。属于非党的"同路人"作家的团体有"谢拉皮翁兄弟"(1921)，成员为符·伊万诺夫、吉洪诺夫、左琴科、费定、卡维林、隆茨等。属于现代主义文学团体的有:创立于第一次世界大战之前的未来派和象征派;成立于1919年的意象派,成员为舍尔申涅维奇、马里延戈夫、叶赛宁等;以及"构成主义者文学中心"(1924),成员为谢里文斯基、巴格里茨基、泽林斯基、卢戈夫斯科伊、英贝尔等。此外,还有以什克洛夫斯基为代表和以雅科布逊为代表的文艺学团体,即著名的俄苏形式学派:彼得格勒的"诗语研究会"(1914)和"莫斯科语言学小组"(1915)。参加它们活动的,除学者以外,还有一批未来派诗人。

只有少数知名文学人士如高尔基、卢那察尔斯基、阿·托尔斯泰、列昂诺夫、莎吉娘、巴别尔等,没有参加文学团体。

这众多的文学团体或文学流派,尽管宣言口号不同,思想和艺术倾向有别,创作水平参差不齐,但涌现了一批大有希望的人才,创作出了一些具有深远影响的佳作,并同那些未加入文学团体的作家,共同创造着这个时代异彩纷呈的苏联文学。

这个时期的文学出版社和文学刊物同样为数众多,色彩缤纷。除苏维埃政权初期无产阶级文化协会拥有《无产阶级文化》、《未来》、《熔炉》、《汽笛》等二十余种刊物外,1921年至1925年又创办了《出版与革命》和《红色处女地》(均为1921),《青年近卫军》和《西伯利亚之星》(均为1922),《在岗位上》与《列夫》(均为1923),《星》和《新世界》(均为1925)等几十种文艺杂志。另一方面,身居布拉格的"路标转换派"也在苏联国内出版《俄罗斯》、《新俄罗斯》、《文学纪事》等刊物,它们的代表克留契科夫等公开号召实行资本主义和"真正的俄罗斯文艺复兴"。至于私人出版社,则年复一年地大幅增长,全苏将近四百家,莫斯科占220家,彼得格勒占99家。

纵观从第一次世界大战到20年代末的俄苏文坛,从倾向和党派的角度讲,世纪之交至20世纪初无产阶级文学、现实主义文学和现代主义文学三分天下的局面,已为无产阶级文学和现代主义文学双雄争奇所取代。在这个阶段,传统现实主义或批判现实主义虽有蒲宁、魏列萨耶夫、谢尔盖耶夫-倩斯基、阿·托尔斯泰等一批作家在坚持,终究未能产生比较有影响的作品。相比之下,另两种文学却得到了较大的发展。最丰富多彩、亮丽夺目的是现代主义文学,如象征派的勃洛克、未来派的马雅可夫斯基和意象派的叶赛宁等，都成了这一阶段诗坛巨星，并产生世界性影响。处于继续探索中的无产阶级文学，虽因派别之争内耗不小，仍出现了高尔基的自传三部曲、绥拉菲莫维奇的《铁流》(1924)、革拉特科夫的《水泥》(又译《士敏土》,1925)、法捷耶夫的《毁灭》(1927)和富尔曼诺夫的《恰巴耶夫》(又译《夏伯杨》,1923)等一批具有鲜明社会主义现实主义特色的名著。到了20年代末，现代主义诸流派渐见消散，社会主义现实主义文学则日益发展。此外，20年代还出现了两个重要的文学现象："同路人"文学和俄苏形式学派。前者是当时特定条件下一些拥护革命却不理解革命的作家群，其人数不少，有的参加文学团体，有的并不参加，分别采用现实主义、浪漫主义、现代主义等不同流派的风格和手法，再现现实生活，为早期苏联文学的发展作出了积极贡献；后者是个文学理论研究的学派，不定期地出版刊物，人数不多，却颇有创见和建树，30年代在苏联国内受过批判，后来传到西方，对欧美一些国家的文学批评理论产生广泛影响。

第一节　马雅可夫斯基

符拉基米尔·符拉基米罗维奇·马雅可夫斯基(1893—1930)是十月革命前后俄罗斯的诗坛巨人、未来派诗歌的主要代表。他生命短暂，经历和创作颇具传奇色彩。1893年7月19日，他出生在格鲁吉亚一乡村林务员家庭，1906年父亲去世后迁居莫斯科。他在中学生时代经历了革命的洗礼，1908年加入布尔什维克党，此后两年内曾三次被捕。当时他把参加革命和艺术活动对立起来，不久便离开了党组织。他于1911年进莫斯科绘画、雕刻及建筑学校就读后，便与俄国未来派结了缘。1912年与大卫·布尔柳克等人一起发表《给社会趣味一记耳光》时才从诗坛起步，一时还认识不到否定文化遗产的危害。1914年至1915年，他写作长诗《穿裤子的云》，通过抒情主人公和玛丽亚的爱情纠葛，倾吐了对资产阶级的满腔愤怒，从创作上集中体现了未来主义的风格特色：歌颂资本主义的现代文明，宣扬个人至上，热衷于虚无，渲染悲观情调，追求速度、力量等刺激，以及标新立异、杜撰新词，等等。

1917年是诗人生活与创作道路上的转折点。他告别了以未来主义为诗艺的主体，以悲剧性、讽刺性为主导风格特征的旧阶段，开始了以现实主义为诗艺的主体，以乐观性、颂歌体为主要风格特征的新时期。但是，诗人1917年所衔接的创作早期(1912—1917)与中期(1917—1923)仍保持着明显的一致性，即未来主义对旧传统的反叛性，所不同的只是早期表现为未来主义的虚无主义冲动，中期却越来越多地表现为现实主义的革命激情。从这里可以窥见作为艺术家(不是政治家)的马雅可夫斯基风格的内在一贯性。把十月革命称作“我的革命”的马雅可夫斯基，从革命成功的第一天起便写下了歌颂新现实的《我们的进行曲》(1917)、《革命颂》、《向左进行曲》、《给艺术大军的命令》、《诗人——劳动者》(均为1918)等抒情诗，与在革命前所写《法官颂》、《学者颂》、《吃喝颂》、《贪污颂》(均为1915)、《嘲》(1916)等针砭时弊的诗形成鲜明的对照。在1917年至1923年这个创作的第二阶段里，具有未来主义气息的作品明显减少，但还未绝迹，如抒情诗《高兴得太早》和《致彼方》(均为1918)及长诗《一亿五千万》(1920)即是。《一亿五千万》的矫揉造作与《罗斯塔之窗》(1919—1922)的质朴无华仿佛出自两人的手笔。在《一亿五千万》中，马雅可夫斯基误把无政府主义的破坏当成了革命，《穿裤子的云》的风格重新抬头，为此他受到了列宁的批评。受到列宁肯定的抒情诗《开会谜》(1922)虽在内容上与革命现实合拍，但在形式上并未摒弃某些未来主义手法(如怪诞、变形等)。这一时期的后期在诗的题材上有所扩充，与前期对爱情噤若寒蝉有所不同，他在长诗《关于这个》(1923)中选取爱情和家庭的角度鞭挞小市民的庸俗习气，对现实生活的反映更为深入，这是由于他在革命后增进了与工农群众的联系之故。当然，诗人在艺术上还没有完全摆脱公式化、概念化的倾向。

1924年至1930年是马雅可夫斯基创作的第三阶段，诗人的思想臻于成熟，艺术创新所取得的成果发挥出越来越大的作用。在长诗《列宁》(1924)的创作过程中，诗人显示出对历史唯物主义的较好把握。他在伟大的人的身上发现平凡，在易逝的行为中发现永恒。从总体上看，写《列宁》的作者已是个成熟的现实主义者，虽然在细节描写上仍在使用一些未来主义的手法，如极度的夸张，时空的越位，声色的感官刺激等。长诗《列宁》问世以来一直被人们视为马雅可夫斯基思想与艺术双双攀登高峰的代表作,也是苏联诗歌领域里社会主义现实主义的代表作。

1927 年,为纪念十月革命十周年,马雅可夫斯基写下了另一部力作,史诗性的抒情长诗《好!》,它与《列宁》一起被誉为社会主义现实主义诗歌经典的双璧。这部作品的意义,并不局限在认识现实的层面上:在苏维埃共和国处于资本主义包围的举步维艰的时刻,诗人却用罕见的革命激情坚信、歌颂与捍卫它:

我赞美
祖国的今天,
　　但我要
　　三倍地赞美
　　祖国的明天。

它的意义更表现在诗学上,它与后来写的《放开喉咙歌唱》一起创立了一种既"讲讲时代"又"讲讲自己"的史诗性抒情长诗的新型叙事诗体,为后来许多诗人所继承。50 年代特瓦尔多夫斯基的《山外青山天外天》和卢戈夫斯科依的《世纪中叶》等长诗,都是这一传统的延续和发展。

1930 年 4 月 14 日,马雅可夫斯基在寓所突然开枪自杀。诗人在绝命书中说:"爱的小舟,在生活的暗礁上撞碎。"他所指的爱,不仅仅是男女之爱,他所指的生活,主要是指庸俗的生活。事业上的失望加上情场上的失意,使他萌生了轻生的念头,酿成了苏联文坛以至整个文化界的一幕悲剧。

马雅可夫斯基是 20 世纪俄罗斯文坛上最杰出、最有影响的诗人之一。他起步于未来主义,没有未来主义,便不会有马雅可夫斯基的诗歌艺术,但是他的创作道路实际上是用革命的灵魂统帅未来主义艺术创新的过程,是用革命的需要不断改造未来主义,用革命的意志战胜无政府主义的过程。这个过程既表明马雅可夫斯基的巨大成功,也使他在艺术发展上留下了某种遗憾。如果说十月革命使马雅可夫斯基成为唱出无产阶级革命时代最强音的一代诗杰,那么遗憾就在于他对文化与政治关系的处理上。

马雅可夫斯基是革命诗人,他的家庭、教育和个人经历以及未来主义反叛旧传统的特性,把他推上了无产阶级革命诗人的道路。作为革命号角的马雅可夫斯基,毕生从题材、语言到韵律对俄罗斯诗歌进行了一场有得也有失的革命,他的彻底革命精神对20世纪的世界诗歌产生了广泛影响。他继承并弘扬普希金公民性的传统,把涅克拉索夫的平民化传统推到更高的水平上,他决心使广大工农兵成为诗歌的主人,创作了大量倾吐他们心声的诗篇来反映新时代的脉搏,推动历史向前发展。但是,作为"社会订货"理论的赞同者与推行者,马雅可夫斯基有时混淆了政治与艺术的界限,从而使自己的诗歌天才得不到充分的发挥,削弱了自己作品的艺术感染力,致使他的后期作品艺术上参差不齐,有时流于口号。

马雅可夫斯基是个勇猛激进的诗歌革新家,注意以大量的语言素材来锤炼语言,从各种流派广采博收来增强诗歌语言表现力,特别是在借鉴赫列勃尼科夫的语言实验和法国未来派诗人阿波利奈尔的诗韵基础上,创造了用鼓点般的节奏表现富于跳跃的诗情和万马奔腾的时代旋律的梯式诗体,给20世纪的世界诗歌宝库提供了一宗珍贵的文化遗产,产生了广泛而又久远的国际影响。

在中国,马雅可夫斯基的高度革命精神和独特艺术风格,曾给予贺敬之、田间、郭小川等几代诗人有益的影响,他的许多名诗在相当长的时期里曾经家喻户晓,其影响一直延续至今。

第二节　叶赛宁

谢尔盖·亚历山德罗维奇·叶赛宁(1895—1925)出生在俄国中部梁赞省康士坦丁诺沃村的农民家庭。1909年,叶赛宁进斯巴斯—克列皮克教会师范学校读书。这时他已开始写抒情诗。1912年,他从师范毕业后去莫斯科,在书店和印刷厂工作,业余参加苏里科夫文学与音乐小组,并经常参加工人集会,散发罢工传单,遭到过警察的搜查。抒情诗《铁匠》(1914)就是这一时期的见证。后来诗人用一年半的时间进沙尼亚夫斯基人民大学补修历史、哲学等课程,为日后的诗歌创作加固基础。诗人身居莫斯科,却不时缅怀家乡与大自然,对故乡的眷恋和对乡村与大自然的命运的思虑成为他重要的灵感之泉。1914 年 1 月号《大天地》上首次发表了他的抒情诗《白桦》。

1915 年,叶赛宁带着《湖面上织出了朝霞的锦衣……》等诗去彼得堡拜访象征派大诗人勃洛克,为他朗诵,受到他的赞赏,被他称作"才气横溢的农民诗人"。勃洛克又将叶赛宁介绍给阿克梅派诗人戈罗杰茨基,经后者的引见又结识农民诗人尼・克柳耶夫(1887—1937)。从此,叶赛宁正式步入文坛。1916 年,第一本诗集《亡灵节》(一译《扫墓日》)问世。诗人在书中用神灵的形象和宗教象征阐发生活的哲理,以优美的笔触咏赞生他养他的俄罗斯大地。在这 33 首抒情短诗中,《你多美,我亲爱的俄罗斯……》最能说明他当时的思想境界和艺术功力。

革命成为叶赛宁创作道路上的转折点。如果说,他在二月革命和十月革命前的诗充满对古老传统的眷恋,那么,他在革命后所写的诗便憧憬着乌托邦式的共产主义理想境界。这类作品中包括向往"庄稼汉天堂"的《悠扬的召唤》、《八重赞美诗》、《决裂》(均为 1917)和"带着农民的倾向"迎接十月革命的《变容节》(1917)、《约旦河的鸽子》、《乐土》、《天上的鼓手》(均为 1918)等"小叙事诗"(诗人自称)。诗人在 1919 年至 1923 年期间经历了生活与创作道路上许多重大的变化。他与第一任妻子拉伊赫离婚,与第二任妻子邓肯结婚。他在莫斯科小酒馆失意潦倒,又在随邓肯赴欧美七国访问回苏后振作。他写出组诗《小酒馆里的莫斯科》这样颓废却又真诚的抒情诗,又创作《普加乔夫》这样滥用意象但主题严肃(写农民在革命中的历史命运)的诗剧。他从一个天才诗人一夜之间变成诗坛的"无赖汉"。他在 1920 年发表强调形象对生活的依赖性的文章单行本《玛利亚的钥匙》,又在 1921 年撰写强调生活对形象的重要性的文章《生活与艺术》。

俄国 20 年代初实行新经济政策取得成效,给叶赛宁转变在城乡关系上的认识提供了物质基础。从国内外所获得的新认识催生了他 1924 年至 1925 年新的创作高峰期,仅两年的创作即占去他一生创作的四分之一。特别引人注目的是他通过切身体会写下了对革命的本质有所认识的讴歌时代的诗篇,如抒情诗《大地的船长》、《苏维埃俄罗斯》(均为 1924)、《波斯抒情》(1924—1925)和叙事诗《伟大进军之歌》、《二十六人之歌》、

《三十六人颂》(均为1924)、《安娜·斯涅金娜》(1925)等。《波斯抒情》在叶赛宁的抒情诗中达到了新的高度,与早期单纯描写自然的抒情诗相比,内涵更广,交织着爱情、大自然、祖国和诗人的使命多种主题,手法更新,重叠着现实与幻想两个层面。它与以蓝色象征诗人宁静的心境与以黑色象征不安的《小酒馆里的莫斯科》形成鲜明的对照。叙事诗《安娜·斯涅金娜》是诗人毕生对农民革命中的命运的总结,在苏联诗歌中塑造了第一个农民革命家形象普隆·奥格洛勃林。通过抒情主人公与地主小姐安娜·斯涅金娜的恋爱故事,曲折地反映了革命的威力。

叶赛宁对于时代,有同步的一面,也有相违的一面。他的诗中浓于阶级意识的人性意识和生命意识,给当政者以危险分子的印象,但他"纵然身受排挤和驱赶,/我仍然含笑望着霞光"。人生末期他的心情悲多于喜,他在叙事诗《黑影人》(1925)中说:"我的朋友,我的朋友,/我非常、非常地痛苦。/痛苦从何来我也不清楚。"1925年12月28日,诗人死于列宁格勒,年仅30岁。官方历来认定是自杀,近年来越来越多的人认为是他杀,但无论是自杀还是他杀,结局的悲剧性并未改变。

叶赛宁是俄罗斯"伟大的民族诗人"(高尔基语)。他继承普希金的传统,以毕生的创作展示俄罗斯的大自然、俄罗斯的灵魂、俄罗斯的语言和俄罗斯的性格。从《叶甫巴·柯洛弗拉特之歌》(1912)、《玛尔法·波萨德尼查》(1914)等小叙事诗中抗击外敌的俄罗斯民族英雄,到诗剧《普加乔夫》(1921)中的农民起义领袖,到长诗《安娜·斯涅金娜》(1925)中的第一个俄罗斯农民革命家普隆·奥格洛勃林以及贯穿全部抒情诗的抒情主人公,无一不是具有浓郁悲剧气质的杰出的俄罗斯人。叶赛宁以俄罗斯文化之源——乡村和大自然作为自己灵感的源泉,以诗歌形象之源——谚语、俗语和谜语作为自己意象体系的根基,把自己的诗歌变成"开启人的宇宙殿堂般的心灵的钥匙"。

叶赛宁和马雅可夫斯基一样,是十月革命前后及20世纪20年代俄罗斯和苏联诗歌的卓越代表。但正如俄国意象派是对俄国未来派的反拨一样,这两人的诗歌艺术在诸多重要的方面都具有截然不同的特色。前者爱用时空交错的联想和出人意料的夸张,以便对时代作高度的概括,使诗包含时代的气息和拼搏精神;后者擅长情景交融的回忆和凡中见奇的隐喻，对大自然和心灵作深入的采掘，使诗洋溢着泥土的芳香和人性的韵味。前者以革命为中心主题，按“社会订货”构思和创作；后者以“庄稼汉”的喜怒哀乐抒发心声。前者筛选了未来主义的某些艺术特征，使传统充满锐气、力度和动感，创造出反映大革命时代脉搏的独特诗律；后者吸取了意象主义的长处，综合民歌和古典诗歌运用意象的成功经验，铸造出一个独特鲜明的意象体系。前者是20世纪俄罗斯诗歌侧重社会功利和政治光环一面的典型代表，开了此后苏联诗坛大声疾呼派的先河；后者则是当时俄罗斯诗歌侧重艺术素质和动情移性一面的典型代表，其特征成了此后主要为苏联诗坛悄声细语派所继承和发扬的优秀传统。

早在20世纪20年代末，叶赛宁几乎和马雅可夫斯基同时被译介到中国，特别是到了改革开放后，他的作品更大量地与我国读者见面，并深受欢迎。叶赛宁的诗对戴望舒、艾青等著名中国诗人产生过积极影响。

第三节　普里什文

米哈依尔·米哈依洛维奇·普里什文(1873—1954)出生于奥尔洛夫省地主兼商人家庭，1881年在中学就读，后因爱议论政治，以“思想自由”为由被开除出校。1907年出版了《飞鸟不惊的地方》。这是一部反映北方渔民、猎户、妇女和儿童淳朴生活的特写集，细致记录了不为世人熟悉的山水地貌等自然特征。它的学术价值使作者当年获得俄国地理学会颁发的银奖，并被吸收为该学会的正式会员，而它那优美、形象的文笔则显示出作者不容置疑的文学才能。

此后，他一直从事狩猎和考察人文地理的工作，发表了特写《跟着神奇的小圆面包》(1908)、《亚当和夏娃》(1909)和《黑黝黝的阿拉伯人》(1910)，以及中短篇小说《鸟的坟墓》、《看不见的城墙旁边》(均为1949)等。这些作品虽然以自己的狩猎、旅行、采风为基础，但不同程度地受到1905年革命失败后俄国知识界泛滥的消极情绪和列米佐夫、梅列日科夫斯基等现代派作家影响而带有矫揉造作的痕迹。1911年，他开始与高尔基建立联系，经后者的帮助于1912年至1914年出版了自己的作品集。

二三十年代初，普里什文除发表反映劳动人民生活的《鞋子》(1923)

等,以及主要描写远东地区动物的《亲爱的野兽》、《北极狐》、《梅花鹿》(均为 1931)等著名短篇小说外,还着手创作长篇小说《恶老头的锁链》,出版了两部中篇小说《别连杰水泉》(1925)和《人参》(1933)。

《恶老头的锁链》带有自传性,叙述主人公阿尔巴托夫从童年起到赴德国留学及后来成为作家的经历。他始终带着罗曼蒂克的眼光看待世界,当美好的幻想破灭后,仍在寻找从孤独中解脱出来的人生之路。作者用善意讽刺的笔触描写这位探索型的主人公,叙述他善良、真诚的态度"使他走向大自然",并从大自然"汲取了创作的力量"。故事最后以旧社会道德的化身"恶老头的锁链"断裂结束,象征着自然界和人身上善的最后胜利。普里什文从 20 年代开始创作并陆续发表这部小说,直到 50 年代才写完。

《别连杰水泉》最初以系列随笔形式发表,主要描写春天的各种景象及作者的翩翩遐思,1935 年再版时增加了"夏天"、"秋天"、"冬天"等部分,并改名为《大自然的日历》,其体裁也成了随笔体的抒情中篇。顾名思义,作品写的是自然界一年四季的风光流变,记述了经作者反复观察过的普列谢耶沃湖一带四季的不同景象,文笔细腻又洋溢着抒情诗意,既给读者具体的物候和民俗知识,同时使"一切又都闪烁着诗的光芒",给人以纯净的诗的美感享受。通过自己"物我情融"的描述,借助于与"大自然的交感共鸣",使人们不知不觉间领悟到人生的真谛,从而唤起对家园、亲人、生命、生活乃至一切真善美的挚爱。作品问世后,普里什文以"描绘大自然和狩猎的作家"驰誉俄罗斯文坛。

《人参》是据 30 年代初作家到乌苏里江一带游猎考察经历而作的一部中篇,原名《生命之根》。和他的多数作品一样,采用第一人称"我"的讲述形式,在生动描绘远东边区山水风光和茫茫森林的背景下,集中展示了一个有教养的欧洲人"我"与中俄边境一名中国采参人的相识和交往的经历。"我"由于在社会和个人生活中失意来到远东深山老林,在那里碰到一位上了年纪的中国人。结识后才知道他叫卢文,以采人参为业,在此已生活了 30 年。卢文与各种野兽和睦相处,用人参和鹿茸为周围百姓治病,待人真诚善良,乐于助人,颇受当地人尊重。通过与卢文的交往和不断对比,使"我"发现正是在他身上保留着人类文化之根,他的生活给了

“我”许多启示，从而说明“文化的本质”在于“促进人们之间建立亲密的关系”。诚然，卢文身上也有愚昧、落后的东西，例如迷信，只知道保护动植物，却不知道繁殖和培育。故事结束时，读者看到通过“我”所带来的科学知识和创办的养殖场，终于给原始牧区带来了新的生机和希望。这个令人振奋的结局，使作者一贯执着地揭示的人和自然的主题，与当时轰轰烈烈的社会主义建设巧妙地呼应在一起，大大增添了小说的时代气息。

1940 年发表的《叶芹草》是普里什文继《人参》之后的又一部力作。作者称它为自己的“雅歌”或“歌中之歌”，是在一篇篇日记、笔记基础上整理加工而成的一部系列哲理抒情散文。全书分《荒野》、《岔路口》和《欢乐》三部分，用隽永的语言赞美人生，呼吁珍惜感情。

反法西斯卫国战争时期，普里什文先后出版有《林中水滴》(1943)、《列宁格勒儿童的故事》(1944)、《太阳的仓库》(1945)等，其主题直接或间接地与祖国的命运密切联系。《林中水滴》写的虽是森林王国的丰富多彩，但增强了对损人利己的丑恶现象的暴露和嘲讽。《列宁格勒儿童的故事》和《太阳的仓库》都是写给孩子们看的，特别是后者以引人入胜的情节和生动优美的语言，讲述战争中成了孤儿的姐弟俩如何克服种种困难的故事，并深入浅出地介绍了不少科学知识，获当年苏联儿童文学征文一等奖。

普里什文被公认为苏联卓越的大自然歌手。他青年时代以地理、物候学家步入文坛，这使他对大自然的描写始终保持科学家特有的准确性。而他所纵情歌唱的大自然不仅变化万千，无限丰富，而且总是人类的朋友，这赋予他的作品以深刻的哲理内涵。随着科学技术的发展，自 20 世纪中后期以来，许多国家都越来越注意保护自然界的生态平衡对人类生存发展的重要意义，而普里什文从 20 世纪初开始便以毕生的创作致力于揭示人和大自然和谐发展的主题，他的许多优秀作品不仅在艺术上独具一格，在内容上也具有难能可贵的前瞻性。

第二章

英国文学

概述

在1914年至1929年之间的英国文学中，现代派文学独领风骚。诗人艾略特在《普鲁弗洛克及其他》(1917)中揭示的普鲁弗洛克的反英雄心态和品格具有时代意义。1922年他发表《荒原》确立了英国第一流诗人的地位，而他的《四个四重奏》(1935—1942)则巩固了他这一地位。艾略特采用极为简练的文字，表面上互无联系的片断排列，具有高度概括力的神话、隐喻或象征来描绘战后西方精神的失落，表达了人类救赎的希望。他的诗作是现代主义诗歌的突出成就。这一时期英国现代主义小说的蓬勃发展，使20世纪英国文学达到辉煌的高峰。1924年吴尔夫在《本涅特先生和布朗太太》的著名讲演中，把传统现实主义作家威尔斯、本涅特、高尔斯华绥称为"爱德华时代作家"，把现代主义作家劳伦斯、乔伊斯等称为"乔治时代作家"。吴尔夫将1910年圈定为英国小说从传统现实主义转向现代主义的开始。在这社会和思想观念都经历深刻变革的时期，劳伦斯、吴尔夫、乔伊斯等创作出一批独具风格的现代主义经典作品，使英国小说面目为之一新。劳伦斯的《儿子与情人》(1913)、《虹》(1915)、《恋爱中的女人》(1920)等小说将社会批评与性心理探索巧妙结合起来，猛烈抨击资本主义工业文明。在吴尔夫的小说中，女权主义思想与现代主义精神交织互映，其《达罗卫夫人》(1925)和《到灯塔去》(1927)等，则体现了女作家对现实主义文学传统与父权制社会传统的独特反思与深刻背离。乔伊斯的《尤利西斯》(1922)以布卢姆在都柏林一天的生活为线索，充分展示了现代人的内心世界，并给英国的小说观念带来一场革命，以至被尊为20世纪最伟大的英语作品。20年代英国现代主义文学，无论是在思想内容还是在艺术形式上都力图摆脱传统束缚，其作家的探索具有先锋色彩，是他们"首先使用非正统或革命性的观念或技巧"。与传统现实主义作家不同，现代主义作家不把重点放在外部世界，而是直接进入人物内心，观察人物的心理活动，体验人物的内心感受，使内心世界这面镜子上折射出丰富多彩的外部现实。他们孜孜不倦地创新和实验各种手法，诸如意识流、内心独白、象征隐喻、意象堆砌、时空交错等，使作品变得支离破碎或不连贯，从而象征地表示出战后西方世界由于失去了精神信仰和价值中心而陷于混乱。但是，作品的无序只是一种表象，在"碎片"后面仍然是有序。现代主义作家强调艺术想象力能重构世界，相信文学艺术能给予这个混乱世界以秩序，而有些作品的主题便是重新构建精神信仰。优秀的意识流小说放弃了传统的单一叙述视角和紧凑的情节安排，在凌乱之中寓有艺术的提炼和组织。当然，现代主义作品的破碎性也给阅读带来困难。从本质上讲，现代主义文学是精英文学，《尤利西斯》出版后一般读者很少有人问津，但现代主义运动对20世纪英国文学的发展贡献巨大，影响深远。

现代主义文学在20年代独领风骚，并对现实主义传统提出有力挑战，但是现实主义并没有因此消亡，它仍在不断发展，并取得令人瞩目的成绩：高尔斯华绥以写实的手法记载福尔赛家族史，展示出英国社会历史变迁的画卷；毛姆受法国自然主义影响，以冷静的眼光审视人生，其作品表现了"人与人关系中的个人戏剧"；赫胥黎的讽刺小说对一个诡诈之风盛行、诚实之心衰微的世界做了有力抨击；福斯特继《霍华兹别墅》(1910)后发表了《印度之行》(1924)，在更大范围内探讨"连结"的可能性；萧伯纳的热情不减当年，写出不少优秀作品，其中《圣女贞德》(1923)为他赢得诺贝尔文学奖。伦敦舞台上其他剧作家如毛姆的风俗戏剧也很流行。都柏林剧坛新秀奥凯西在《枪手的影子》(1923)、《朱诺与孔雀》(1924)和《犁与星》(1926)等剧作中将悲、喜剧融为一体,在描写惨烈的生活、斗争的画面的同时,创造出一幕幕机智、幽默的场景,开创了爱尔兰戏剧的新局面。

第一节 劳伦斯

D. H. 劳伦斯(1885—1930)出生于英国诺丁汉郡一个矿工家庭,父亲没有受过多少教育,母亲则有良好的文化修养,举止文雅。劳伦斯母亲觉得自己屈尊下嫁给一个矿工,对丈夫的粗暴和酗酒感到失望以至厌恶,于是将强烈的母爱倾注在儿子身上,这种异乎寻常的母爱对劳伦斯心理产生了极大影响。劳伦斯进入诺丁汉大学后开始发表诗作,并着手小说创作。后来他在伦敦郊区一所中学教书,又在 1912 年与诺丁汉大学一位教授的夫人弗里达私奔到意大利,两年后与她结婚。婚后,劳伦斯夫妇曾住在英国,但在第一次世界大战期间,由于弗里达的德国出身和劳伦斯的反战态度,他们受到英国警方监视,不得不回到意大利。1919 年以后由于健康原因,劳伦斯到过锡兰、澳大利亚、墨西哥、美国和欧洲一些国家旅行。1930 年 3 月劳伦斯因肺结核在法国旺斯镇去世。

劳伦斯的小说创作大致可以分为早期、中期和后期三个不同阶段。作为英国现代主义文学高潮时期的一位重要作家,他无疑具有现代主义小说家的一般特征。但是,他又是在英国文学从现实主义向现代主义过渡时期开始试笔小说的,因而在他的作品中不可避免地带有现实主义成分,尤其是他的早期作品。对于劳伦斯来说,写小说是思想的探险,是对他潜意识自我的探索,是一种奇怪、复杂的感情世界的探索。他的处女作《白孔雀》(1911)就是这种探索的结果。这部作品以英格兰中部农村为背景,通过小康之家的姑娘莱蒂的恋爱婚姻来批判工业文明对人性的摧残,揭示了自然与文明的对立。时隔一年,劳伦斯又创作《逾矩的罪人》(1912),小说叙述了一个音乐教师西格蒙德抛下妻儿与年轻女学生海伦娜私奔,最后遭冷眼而自杀的故事。作品情节并不曲折,是一则典型的婚外恋故事,但作者融入了不少自己对个人、家庭、社会之间以及人与人之间尤其是两性之间关系的思考。尽管在叙述方面缺乏整体性,有拼贴之嫌,但它毕竟是劳伦斯创作成就的一个标志,并预示着他开始走向成熟。

真正使劳伦斯获得广泛声誉的是他的第三部小说《儿子与情人》。它把社会批判和心理探索这两个主题结合起来,并开始形成鲜明的创作个性和独特的艺术风格。作品描写矿工毛瑞尔一家在工业社会环境中的不幸遭遇和青年主人公保罗的成长和婚恋经历。保罗的母亲因与丈夫关系不和而对儿子产生了畸形的母爱,直到占据和控制儿子的感情,致使保罗的心理和感情变态,影响他与女友米丽安的正常恋爱关系。后来,保罗又投入一个叫克拉克的有夫之妇的怀抱。两人虽有肉体上的满足,但缺乏精神上的理解。无论是同青梅竹马的米丽安的精神恋爱,还是与克拉克的肉体接触都不能给保罗带来安宁与快乐。保罗始终处于迷惘爱情的境遇,无法找到一种能使肉体和精神相统一的爱情。直到母亲去世,他才摆脱情感上的束缚,自由地向那"变得越来越明亮的城市走去"。至于他是否能获得一种完美的爱,一种灵与肉、精神与情感完全统一的爱,小说并没有提供明确答案。从作品的内涵来看,这是一部揭示主人公心理发展过程的现代主义小说,有着明显的自传成分。劳伦斯以其个人与家庭生活为素材,用现代心理学为依据成功地创作了一部反映现代工业社会中青年人的心理障碍与精神困惑的小说,开启了英语小说表现弗洛伊德主义之先河。其意义不仅在于生动地描述了主人公保罗的生活经历,也在于成功地将弗洛伊德学说运用到小说中,并通过主人公的生活加以验证。

继《儿子与情人》之后,劳伦斯进入了创作成熟期,其姊妹篇《虹》和《恋爱中的女人》常被誉为这一时期的两部代表作,并在手法上把象征主义和复杂的陈述有机地结合起来,打破了传统小说的叙事框架,以一种全新的语体来探索人物微妙的心理世界,表现了独创一格的现代主义倾向。《虹》讲述布兰温家族三代人的故事,是一部家族史,时间跨度很大,几乎涵盖了从田园牧歌式的19世纪40年代一直到机械文明占统治地位的20世纪初,揭示了这一漫长历史进程中巨大而深刻的社会变迁。《虹》中交织着对内心矛盾尤其是对两性心理和两性关系的探索,表现了肉体活力与精神追求的冲突。这是劳伦斯将社会批判与心理探究结合起来的一部佳作。《恋爱中的女人》是《虹》的续篇,描述了几对恋人之间的恋爱关系和时代气息，颇有戏剧性。劳伦斯在小说中表达了自己的理想：反对把婚姻沦为一种占有形式，希望男女双方既结成共同关系又保持完全独立；在反抗工业机械化带来的种种压抑，以及任何一种丧失生命力的形式中建立两性关系。这部小说不仅进一步透视了现代人的性意识和情感世界，而且通过男女之间的恋爱与婚姻揭示自我与社会之间的激烈冲突。

劳伦斯的创作主题并非一成不变。在后期创作中，他把写作焦点从两性关系逐步转向权力的支配与领导上，开始关注男人之间的关系，基本上表现了第一次世界大战后英国社会的不安与没落，如《迷途少女》(1920)和《亚伦的神杖》(1922)等。前者叙述一个叫艾尔维纳的姑娘因不满狭隘闭塞的生活环境而远走意大利；后者则塑造了一个幻想破灭的男人形象，他不愿囿于家庭的束缚，抛下妻儿出走，企图去寻求灵魂自由。小说表明了每个人都是神圣独立的，有着不可侵犯的人格与尊严。

在劳伦斯看来，资本主义工业革命的首要罪恶是它压抑和歪曲了人的自然本性，特别是性和性爱本能。因此，拯救西方文明的没落在于使人性返璞归真。《查特莱夫人的情人》(1928)就是他探索生命意义的又一尝试。这部小说的故事发生在英格兰约克郡高地。女主人公康妮从小受过自由的教育，到过巴黎、罗马等地，早在德国读书时就恋爱过。和许多同龄少女一样，她曾拥有一段如痴如醉的青春岁月。第一次世界大战的爆发中断了她的学业。回国后她便嫁给克利福德·查特莱爵士。婚后一个月，丈夫又回到了前线，六个月后负伤返乡，下身瘫痪，丧失性功能。那时他只有29岁，而康妮才23岁。克利福德无望地坐在轮椅上，康妮尽可能在精神上满足丈夫的要求，但她的生命力在逐渐地衰退，对上流社交场中的虚伪、做作与夸夸其谈早已厌倦，对庄园的产业与经营也毫无兴趣。她热爱自然，热爱生命，追求人与人之间真诚的信赖与理解。然而，丈夫圈子里的绅士淑女每每令她失望，丈夫的孤僻、固执、冷漠与自私更使她感到痛苦。有一天，康妮为丈夫去林中守林人梅勒斯处捎口信，无意中窥见梅勒斯在林中小屋背后洗澡。这一大自然的造化，活生生的生灵，充分地展现在她眼前。她心中感到从未有过的震颤，并在梅勒斯激情燃烧的片刻接受他的一切，也奉献了自己。她不顾丈夫的反对和与仆人私通的恶名，弃家出走，决定与所爱的人在农庄开始新的生活。她从死气沉沉的查特莱大宅走向孵育生命的林中小屋，这一富有象征意义的结尾表明：康妮的反叛将使她重新获得生命。这是作者对追求个性自由的本能的张扬和对合乎人性的性爱的推崇，也是他对人生执着的爱。在他看来，工业社会制造了人类可怕而又虚幻的理想，几乎把人的生命窒息在对物的渴望和疯狂的追求之中。男人被工业文明所异化，失去了自然本性，查特莱爵士就是个缺乏生殖能力和腐朽没落的象征。小说以自然主义与象征主义相结合的手法详尽描绘了性行为，它一问世便引起轩然大波，立即以“有伤风化”的罪名而遭到英国当局查禁，作者本人也因之遭到攻讦。

劳伦斯一生著述甚丰，创作了十多部长篇小说，几十篇短篇小说。此外，他还是一位出色诗人，写了几百首诗歌，有《情歌》(1913)、《看，我们终于走过来了!》(1917)、《鸟、兽和花卉》(1923)、《紫堇花》(1928)和《火》(1940)等多种诗集。其中最有名的要数那些歌咏大自然的诗篇，如《蛇》。诗中的“我”与蛇在水槽边不期而遇，顿时萌生打蛇的念头，同时又觉得自己很喜欢这位不速之客。诗人以细腻的笔触展现了敬畏、恐惧、感激、内疚和神秘的复杂心情。

劳伦斯在20世纪上半叶给英国文坛造成了强烈的震动。他作品既有社会批判，又有与性心理探索相结合的方式，谱写了一曲英国资本主义工业文明摧残自然和人性的悲歌，抨击了传统道德和工业文明对人性的扼杀。他认为性爱的凋残导致了现代人的精神空虚、文明枯萎，只有使性爱回到自然的正常状态，建立和谐的两性关系，现代社会才有恢复生机的希望。劳伦斯从人性论角度表现和批判机械文明的冷酷无情，然而在指责资本主义工业文明罪恶的同时，他确实把社会的复杂性过分简单化，他在主张人性复归时又完全依托于人的自然本性，对其思想的局限性，应有充分认识。

第二节　吴尔夫

弗吉尼亚·吴尔夫(1882—1941)出生于伦敦，父亲莱斯利·斯蒂芬是著名学者、传记作家，与当时文坛名流如哈代、詹姆斯、梅瑞狄斯等过从甚密。吴尔夫自幼体弱多病，未受正规学校教育。她常在家阅读父亲的藏书，造就深厚的传统文学修养。1904 年父亲去世后，她与家人迁往伦敦布卢姆斯伯里。吴尔夫及其兄弟也喜欢结交文友，使她家后来成为"布卢姆斯伯里文学团体"的场所。经常来往的有经济学家凯恩斯，画家罗杰·弗莱，传记作家利顿·斯特雷奇，小说家福斯特等。1912 年，吴尔夫与"剑桥出身的知识分子"作家伦纳德结婚。吴尔夫患有精神疾病，周期性的精神崩溃使她的生活苦不堪言，终于在 1941 年投水自尽。

吴尔夫的文学生涯始于评论，作为《泰晤士报文学副刊》、《大西洋月刊》等英美重要报刊杂志的特约撰稿人，她发表了大量论文、书评、随笔。吴尔夫一生中共创作过九部长篇小说及若干短篇小说，创作总体结构呈现一种循环模式。两部采用传统现实主义形式的小说《出航》与《夜与日》是其开端。中期实验作品以意识流小说为主，《雅各布的房间》、《达罗卫夫人》、《到灯塔去》、《奥兰多》与《海浪》相继问世，最后两部小说《岁月》与《幕间》重新又回复到外部现实。

吴尔夫第一阶段的两部小说用现实主义的手法描绘了爱德华时代青年人的爱情与婚姻状况，从题材到形式都属于传统范围，但书中对于妇女命运的情节安排却几乎超出现实主义传统的极限，预示了在简单的表层故事中蕴含的深层结构。处女作《出航》(1915)七易其稿，讲述了少女拉切尔出游南美，与一位青年恋爱并订婚后突然患病死去的故事。在"成长小说"的现实主义形式之下，吴尔夫表达了关于妇女与教育问题的相当激进的看法。拉切尔的南美航程，实际上也是她从维多利亚式父权中心制家庭的保守教育导致的蒙昧无知状态，走向作为现代女性的觉醒和成熟的心路历程。《夜与日》(1919)俨然是一出复杂而精致的新版爱情芭蕾舞剧，两对年轻人克服了父母的反对和各自背景的悬殊，在交换伴侣后结成如意姻缘。

吴尔夫的中期创作致力于人物内心世界的探索。为此她进行了一系列形式改革，创新了许多小说技巧，使她既能忠实而自然地记录人物的意识之流，又能在不同人的意识之间，或意识与场景之间自由转换，不受时空之拘束。短篇小说集《星期一或星期二》(1921)收录了一些吴尔夫运用意识流技巧的试笔之作，而 1922 年出版的长篇小说《雅各布的房间》则树立了吴尔夫作为实验小说家的声名。吴尔夫不断变化叙述的角度，在许多人的意识流中浮现出一位中心人物雅各布的成长经历与性格片断。

《达罗卫夫人》被认为是吴尔夫最成功的作品之一，意识流技巧的运用在时空转换方面的优势在这部小说中得到充分的展现。小说的外在行为局限在伦敦的一天之内。在这个层面上，伦敦的大本钟不时报出物理时间的准确时刻，而达罗卫夫人晚间的聚会则成为众人行踪所归处，这是使小说外部情节收放自如的中心环节。在另一个层面上，人物的意识流程却游思方外，一纵千里，交错在没有度量的心理时间里。吴尔夫使用意识流技巧时常常从一个人物不露痕迹地跳到另一个人物，描绘出在同一时间、不同空间人物的不同活动及思想。在小说众多人物的意识流交织而成的网中，有两条浓墨重彩的主流向我们展现了两位主要人物的内心世界。达罗卫夫人是一位五十岁左右的国会议员的妻子，她久病初愈，在六月的一天里，为准备晚间在家里举行的聚会出门买花。在伦敦街头人群车流中她徐步行进，想起从前的情人彼得·沃什要从印度回来，流动不已的思绪在过去与现在来回跳跃。另一位主要人物是退伍军人塞普蒂默斯·史密斯，他因在第一次世界大战中受爆炸惊吓而患了精神病，最后自杀。塞普蒂默斯和达罗卫夫人的相似之处在于：他们都具有逃脱社会权力系统和象征秩序的控制，而任其想象力、感觉、生命节律与意识的欲望来冲破主导的意指系统的倾向。吴尔夫通过一个敏感冲动但理智正常的上流社会妇女，对一个疯狂的下层退伍士兵的自杀行为的认同，反映出现代人生活的孤独和缺乏交流。

另一部同样以中年妇女为其核心人物的小说《到灯塔去》，完美地运用了意识流技巧。它以海浪起伏和岁月流逝为背景，绘出一幅深刻感人的人类精神画卷。优美流畅的诗意行文中蕴含着对衰亡过程以及往昔对现在的恒久影响的深思。小说围绕在海滨夏日别墅的拉姆齐一家及其朋友，包括画家莉莉而展开，共分三部分。作为人们之间的协调联结者的拉姆齐夫人在第一部分“窗”中为家人与客人准备了一顿丰盛的晚餐。第二部分“岁月流逝”中人物的心理活动过程被打断，读者间接地知悉战争和拉姆齐夫人等的去世。小说的幸存者在第三部分旧地重游，缅怀拉姆齐夫人，完成灯塔之行。到灯塔去与莉莉为拉姆齐夫人画像成为贯穿小说的两个主要行动。在小说的结尾，拉姆齐先生携詹姆斯和凯姆同船共去灯塔的过程中，父子之间的隔阂和抵触逐渐消融，莉莉的画像也同时完成。

《到灯塔去》之后，吴尔夫创作了传奇小说《奥兰多》(1928)。奥兰多是一位伊丽莎白一世时代的贵族美少年，女王的情人，在出使东方的过程中，昏睡后变成女子，永葆青春地活过19世纪，以《橡树》一诗一举成名，并在20世纪找到了理想丈夫。吴尔夫以其亲密女友维多利亚·萨克维尔韦斯特为原型，超越时间、性别的限制，追随主人公三百多年间的传奇经历，以滑稽模仿的方式重新审视英国文学史，在轻松幽默的表面情节下，提出了关于男女性别、女性与文学等严肃问题。

1931年出版的《海浪》被认为是吴尔夫实验小说的巅峰之作和最具诗意的作品，标志了她与传统文学形式最远的背离。全书共分九章，每章以一段散文诗式的关于大海和园中景色描绘作序，引出六个人物的内心独白，完全摒除了对话因素，犹如六重奏，浮现出一位若隐若现的人物波西弗。这部被称作"剧诗"的小说实践了她关于未来小说的理论，同时具有诗歌属性与戏剧特征，并采用了交响乐般的总体结构。首先是整体构思极富诗意，着意渲染人生的神秘性与悲剧性。在由象征永恒的生命循环节律的大海波涛为远景，由对应人生短暂历程的一天中的园中景色为近景组成的宏观背景下，六个人物的内心独白被放置到人与自然、个人存在与社会整体的宏观角度加以透视，他们对生命的感受与思考自然也获得了普遍的、非个人的意义，是关于人类命运、人与自然之间关系的思考。而同时六个人物的内心独白采用了统一风格与平行句式，萦绕每个人物意识的神秘主导意象也被固定化，叠现在一章章深沉低回的六重奏交响乐中。这些都起到了使激情一般化，使细节铸成大块文章的作用，人物也因此具有了戏剧性的力量。

吴尔夫的最后一部意识流小说《弗拉西》(1933)集中描写了一条小狗的意识流，从它的视角来再现19世纪英国诗人勃朗宁夫妇的浪漫史，可谓别具匠心。

《岁月》(1937)继续了《海浪》中人生的神秘性与悲剧性主题，是一部现代主义家族编年史，记叙了帕吉特一家三代人从维多利亚晚期到第二次世界大战前50年间的变迁。在对平淡生活和日常琐事的继续记录中，吴尔夫着意表达一种抽象的经验，隐含了对战争、衰老过程、现代化对个人以及社会整体影响的深思。《幕间》(1941)是吴尔夫的绝笔之作，以一个战争阴影笼罩下的英国传统乡村为背景，围绕住在波茵茨宅院里的一家人及其客人，展开了他们在1939年一个夏日傍晚观看历史剧演出的经过。小说构思独具匠心，台上演出的一幕幕英国历史，跨度长达500年，台下进行的是人们的现实生活，发生在现时现刻。通过人生戏剧与历史事件的穿插互演，使人物的自我意识与历史意识在一个交织的系统中锁定。小说中充满了富有象征意味的描写，既富有诗意却又发人深省。

吴尔夫还是著名的女性主义思想家。《一间自己的屋子》发表于1928年，被称为是一篇不妥协的女性主义宣言，在这部演讲稿式的作品中，吴尔夫通过讲述她为寻找“妇女与小说”演讲题材的寓言式经历，虚实掩映下巧妙地开辟了关于女性与文学问题的种种思路，被当代女性主义批评各种流派广泛引用。吴尔夫在这里引领我们重审被父权制社会性别偏见所压抑并歪曲的女性写作史。作为吴尔夫公开发表的关于女性问题的演讲稿，这篇文章大体上阐述了她主要的女性主义观点。这些观点在其他的论文中得到补充与发展，又戏剧性地移植到小说中加以形象阐发。

吴尔夫的文学成就使其成为现代主义文学中最有影响的女作家。20世纪70年代以来，随着女性主义批评理论的兴起和发展，人们对吴尔夫女性主义的一面投以越来越多的关注。今天，吴尔夫的女性主义思想与现代主义思想同样被看作是对传统的、男性化的关于“真实生活”概念的挑战。

第三节　乔伊斯

詹姆斯·乔伊斯(1882—1941)出生在都柏林。当时爱尔兰仍是英国的殖民地。他父亲是爱尔兰民族主义运动领袖帕内尔的追随者，母亲是个虔诚的天主教徒。父母的两种信仰对乔伊斯的成长有很大影响。1898年他进入都柏林大学学院学习现代语言。1902年6月乔伊斯大学毕业后赴巴黎学医，次年4月因母亲病危回到都柏林。1904年6月他与在芬恩饭店工作的娜拉一见钟情，于同年10月一起离开爱尔兰，前往瑞士苏黎世，因工作没有着落，随即转到意大利东北部城市的里雅斯特，在那儿住了十年，以教授英语为生。从1920年起他定居巴黎。他早期作品有短篇小说集《都柏林人》与自传性小说《一个青年艺术家的画像》。《尤利西斯》为作者赢得了声誉。他后期主要从事《芬尼根守灵夜》的创作。除小说外，他还发表了《室内乐》(1907)与《一便士一首的诗》(1927)两部诗集以及剧本《流亡》(1918)。1940年6月巴黎沦陷，贝当傀儡政府与英国关系变得紧张。乔伊斯于年底携全家前往苏黎世，1941年1月13日因穿孔性胃溃疡病逝。

作为一位爱尔兰作家，乔伊斯对自己的祖国和民族怀有十分复杂的情感。《都柏林人》(1914)是他早期对爱尔兰社会状况的思考和剖析，这15篇各自独立的故事却具有内在的联系。都柏林的"瘫痪"状态构成了《都柏林人》的主题。在乔伊斯看来，"瘫痪"不仅是对爱尔兰现实状况的一种比喻，也是它的真实写照。瘫痪是运动的终止，也是静态的凝固，没有生命的变化和惊喜。这组短篇描写了"瘫痪的中心"的形形色色人物及其死气沉沉的生活，这是令人窒息的爱尔兰社会的缩影。《都柏林人》笔法细腻，刻意追求细节的高度精确，并赋予丰富的象征意义。在故事情节方面，一反冲突——高潮的传统情节模式，按照"顿悟"来谋篇布局。在乔伊斯的小说中，"顿悟"不仅是抽象的哲学概念，而且是他笔下人物的一种认知世界的方式。他认为"顿悟"是认识事物本质的有效途径。另一部早期作品《一个青年艺术家的画像》有很大的自传性成分，许多情节都与作者经历吻合。全书共分五章，每一章记述这一冲突的一个阶段，层层推进。《一个青年艺术家的画像》和《都柏林人》在写作手法上有许多相同之处。就结构而言，两部作品均刻意以"顿悟"为核心安排叙述。《一个青年艺术家的画像》和《都柏林人》共同关注的是爱尔兰社会的内在问题，在不同的层面上展示了爱尔兰人精神上的"瘫痪"。

乔伊斯在《一个青年艺术家的画像》的叙述过程当中，视角常常进入人物内心，第三人称不露痕迹地过渡到第一人称，使叙述者的客观描述变成人物的内心独白。他在《一个青年艺术家的画像》里已开始意识流技巧试验，而《尤利西斯》才真正把意识流作为小说的主要内容和创作手段。

《尤利西斯》被有的评论家誉为表现了西方现代社会的全部生活和全

部历史，但它实际上只写了都柏林一天里的事情。这一天是1904年6月16日，乔伊斯与娜拉在这一天首次幽会，除此以外，它是都柏林历史上最普通不过的一个日子。小说情节简单，主要记载斯蒂芬·迪达勒斯、利奥波德·布卢姆和他妻子莫莉三个人物的日常琐事。全书共分三部，第一部（头三章）以斯蒂芬为中心人物，通常被认为是将《一个青年艺术家的画像》与《尤利西斯》联接起来的桥梁。斯蒂芬因母亲病危从巴黎返回都柏林。母亲去世后，斯蒂芬不满酗酒的父亲，从家里跑了出来，无依无靠。他最后与布卢姆建立的精神上的父子关系，构成了小说的一条主线。第二部共十二章，按钟表时间的次序展现布卢姆从上午八点至午夜十二点的活动。布卢姆是匈牙利裔犹太人，以替《自由人报》兜揽广告为业。他起床后做好早餐，送到妻子莫莉床头。莫莉是个小有名气的歌手，她的情人博伊兰近日安排她到外地去做一次演出，下午要上她家来送节目单。布卢姆整天为妻子与情人幽会这件事烦恼。十点钟布卢姆出门工作，但他做的第一件事是去邮局取他情人玛莎的情书。然后他乘马车去参加迪格纳穆的葬礼，中午到报馆去向主编说明自己揽来的广告图案。下午布卢姆在都柏林城里奔波，先后去了图书馆、奥蒙德饭店、基尔南酒店和沙滩。晚上十点钟，他去医院看望难产的麦娜·普里福伊夫人。斯蒂芬与医学院的学生在食堂高谈阔论，喝得酩酊大醉。斯蒂芬要请大家去伯克酒店喝酒，布卢姆十分不放心，便一起跟了去。午夜十二点钟，斯蒂芬在妓院遭到英国兵寻衅，被打倒在地上。布卢姆产生错觉，把他当作自己夭折的儿子鲁迪，就将他扶起。最后三章构成第三部。午夜过后，布卢姆和斯蒂芬来到一家通宵开张的马车夫棚喝了一杯咖啡，然后回家。斯蒂芬酒醒后，两人在客厅促膝而谈。布卢姆留斯蒂芬过夜，他十分感激地谢绝了，告辞而去。布卢姆来到卧室，脱衣上床，思绪万千。凌晨两点过三刻时，莫莉还未完全入睡。小说最后一章记述她似醒非醒、似睡非睡的心理状态。

《尤利西斯》书名取自荷马史诗《奥德赛》中主人公奥德修斯的拉丁文名。荷马史诗中的奥德修斯是伊塔刻国王，在特洛伊战争结束后，返回家乡，路上历经艰险。在他离家期间，忠贞守节的妻子珀涅罗珀守在宫中，拒绝了无数求婚者。奥德修斯回到家中，用箭把求婚者全部杀死，与妻子和儿子团聚。在乔伊斯笔下，布卢姆是个最平凡不过的普通人，毫无男子汉气概。他妻子莫莉是个水性杨花的女人。布卢姆知道妻子对自己不忠，也听之任之，并不干预。一般阐释者认为乔伊斯将奥德修斯神话作为《尤利西斯》的参照系统，为了使现代资产阶级的“反英雄”在古代英雄人物的反衬下显得更为卑微、苍白、平庸和渺小。不过，在乔伊斯看来，奥德修斯与布卢姆并不存在本质性差别。乔伊斯旅居意大利期间曾对18世纪意大利哲学家维柯的著作进行过研究。维柯认为历史是循环重复的：人类社会的发展经历神灵时代、英雄时代、凡人时代和混乱时代，然后又回到起点。乔伊斯的小说创作受维柯这种历史循环论的影响。奥德修斯和布卢姆是各自时代的代表，是原型人物。乔伊斯认为，“原型”并不是由特定文化结构造就，而是由人物内在本质决定。布卢姆在第四章里曾向莫莉解释“灵魂转世”的意思，布卢姆是奥德修斯的灵魂转世。在对待古代神话方面，乔伊斯与爱尔兰文艺复兴运动主将叶芝持不同立场。叶芝相信古代英雄主义，热衷于复活爱尔兰民间英雄库丘林的神话，乔伊斯则反对库丘林英雄神话。《尤利西斯》所做的是将史诗非英雄化，使英雄从神坛上走下来。他只是在讨论小说章节时使用希腊神话人物作为篇名，但小说正文中都弃置不用：神话结构只是起个脚手架的作用。因为，阅读该小说并不是要找出一个与奥德修斯英雄业绩相对应的结构。奥德修斯与布卢姆反映了人的本质，因而成为原型人物。在这个意义上，布卢姆成为现代的奥德修斯。《尤利西斯》中并无可歌可泣的英雄壮举，所有事件都是平常琐事。乔伊斯力图证明：凡人琐事是艺术创造的领域。小说用零星细节来塑造人物，包含了对日常生活最为丰富的描述。

《尤利西斯》对人的精神世界进行探索，将意识流引进现代小说。《尤利西斯》最后一章堪称意识流小说的典范。该章长达四十多页，洋洋洒洒，不用标点符号，原原本本地展示莫莉似睡非睡状态下的意识活动。莫莉这时躺在床上，对意识的控制完全放松，回忆、印象、感觉、思绪之流通过自由联想生发出来，飘忽不定，变幻莫测。《尤利西斯》的成功在于意识流表面上纷纷扬扬，漫无边际，实际上结构整齐，周密严谨。

乔伊斯的《尤利西斯》从词语、句式、叙述、结构、文体等方面入手，对传统小说形式进行大胆实验，《芬尼根守灵夜》(1939)则把这种实验推向极致。《尤利西斯》出版的当年，乔伊斯就开始构思《芬尼根守灵夜》。从他 1923 年 3 月动笔至 1939 年 5 月出书，前后花了整整 16 年时间。作为意识流小说的登峰造极之作，《芬尼根守灵夜》写得艰深晦涩，包括四个部分，分别呼应神灵时代、英雄时代、凡人时代以及交替更生。乔伊斯煞费苦心，有意采用了以一夜为布局的小说框架，用茫茫黑夜以及噩梦与狂想来象征混乱无序的现代社会，用黎明来临和芬尼根的苏醒来象征新时代的开始。小说首尾两个句子原是一个句子拆成了两半，作者通过语言形式来表达其历史循环不已的观点。《芬尼根守灵夜》无论从内容还是形式上，都是一部难以卒读的天书。

乔伊斯对英语进行大胆实验，创造出无数费解的奇怪新词，使常规英语变成了一种外国话。《一个青年艺术家的画像》中的斯蒂芬认为英语并非他的母语，是强加给爱尔兰人民的。乔伊斯作为一名爱尔兰作家，在《芬尼根守灵夜》中使用自己创造的语言对英语重新组合、改变，可以认为是对英语的一种颠覆。乔伊斯的意识流小说标志着英国小说史上的重大突破。他塑造的布卢姆是 20 世纪文学中“反英雄”的典型，反映了现代小说关于人的观念的变化；他的意识流打破了以时间为顺序的小说模式，改变了传统小说的时空观念；他对英语语言的创造性运用，极大地丰富了英语的表意功能。乔伊斯的作品确实使英语文学的面目为之一新。

第四节　艾略特

T. S. 艾略特(1888—1965)可以说是现代主义诗歌的代名词，而他的代表作《荒原》则是现代主义诗歌的典范。他出生于美国圣路易斯，家庭教育保守。他 1906 年进入哈佛大学攻读哲学，1914 年，前往德国和英国研究哲学，并在牛津完成了哲学博士论文。之后留在伦敦，与维维安·黑格伍德成婚。1917 年，艾略特首部诗集《普鲁弗洛克及其他》出版，受到一些文化精英的好评。1920 年，他的文学评论集《圣林》出版，引起了英国批评界与学术界关注。1922 年《荒原》出版，艾略特一跃成为现代主义诗歌运动的先锋。1932 年，他与维维安离婚，1948 年获诺贝尔文学奖，1957 年他与瓦莱丽·弗莱彻结婚。艾略特创作了不少诗剧、文论以及诗作，主要有《大教堂谋杀案》(1935)、《论诗与诗人》(1943)、《空心人》(1925)、《圣灰星期三》(1930)和长诗《四个四重奏》(1935—1942)。

《普鲁弗洛克及其他》的出版，确立了艾略特在欧美诗坛新生代的地位。《J.阿尔弗雷德·普鲁弗洛克的情歌》尤其展示出诗人出色的创作技巧。艾略特在诗中展示的是一个虽然精致却不高尚，充斥着物欲与焦虑、精神贫乏的现代社会，凸现了城市青年漂泊无依、不安现状、信念不坚的精神痛苦。主人公普鲁弗洛克作为现代都市青年，具有双重性格。他一方面看出自己所处的精神荒原，一方面又与这一社会的价值观妥协。虽然他具有自我实现的意识，却不敢行动，未能使自己的生命更富有意义。《普鲁弗洛克及其他》中的不少作品都带有拉弗格和波德莱尔的影响。

1920年出版的《诗集》中，法国意象派的影响减少了。在《普鲁弗洛克及其他》中，高度物质文明与精神世界荒芜的冲突已显露端倪，而《诗集》表现得更为突出。《诗集》内容的丰富广博与形式的质朴简约形成对照，进一步勾勒出现代社会中物质与精神的矛盾。《带旅游指南的伯班克:带雪茄的布莱斯坦恩》，是表现这一矛盾冲突的代表作。它以威尼斯为背景。在艾略特笔下，威尼斯已经堕落，而腐蚀这座名城的正是女人的性欲和犹太金融家的恶行。诗中的伯班克既是现代的普鲁弗洛克，又像被克娄巴特拉征服的安东尼，任她的淫荡行径传入犹太人圈子。总体而言，艾略特早期诗作都具有相似的特点:对现实中人们沉溺于物质欲望的批判以及对理想、信仰、精神真理的追求，诗歌基调是嘲讽，传统的规范诗体与俚俗语体相结合而产生的强烈节奏感，渊博的学识，鲜明的城市意象，交错的、不连贯的抒情主体，出人意料的比喻，这些都是艾略特诗歌的新颖独到之处。1922年发表的《荒原》则将以上的特点发挥到了极致。

《荒原》成功地运用了仿自然主义的再现手法，其象征主义和神秘体系表现出一个经历着信仰危机的现代世界。在这个世界中，文化、传统、信仰都成了一面面破碎的镜子，折射出现实世界中毫无生气的存在碎片，而城市就是这个支离破碎世界的中心。虽然在艾略特之前曾有不少诗人描写过现代城市，但只有在《荒原》中现代化大都市才第一次完整地呈现在读者面前。它犹如一部现代主义风格的纪录片，将各种城市景象、人们的谈话片断、生活场景的细节糅合成一幅现代城市及人的历史画卷。工业飞速发展，商业日渐繁荣的城市中并没有令人欣喜的场景，其中不少场景所展示的生活丑陋不堪，令人厌恶。诗中的意象既是现代伦敦的现实场景，又与但丁笔下的炼狱相类似。因此，诗歌不仅是对现实生活的再现，表现出现代城市人的生活困境，也进一步探讨了人类的处境，具有普遍意义。艾略特在《荒原》中一方面强调由于缺乏信仰、精神贫乏而使现代社会成为一片荒原，但同时又通过"雷霆的话"着重指出人类仍有救赎的希望，存在着复活与精神复苏的可能性。在艾略特看来，缺乏意义的生存犹如死亡，而有意义的牺牲正是新生的序曲。在"火诫"的高潮部分，艾略特将西方的圣奥古斯丁哲学与东方的佛教合在一起，以它们关于欲望引至痛苦的教谕来收束，这正是《荒原》现代意识的一种体现。客观地说，艾略特在《荒原》中锐敏地揭示了现代人的信仰危机和精神空虚，然而，他的解决方法还是相当传统与保守，即通过宗教来对抗现代社会中人们精神世界的空虚。艾略特的现代性在于，他没有将这一解决途径局限于传统的基督教，而是跨越文化樊篱，引入东方佛教，体现了现代社会多元文化的特性。

《荒原》成功地将各种材料、因素跨越时空地紧密结合起来，极富表现力地展示出20世纪的绝望与碎片之中人类的精神困境。《荒原》摒弃了浪漫派的创作手法，打破了人们关于诗歌必须优美、理想化、典雅的概念，颠覆了英国诗歌传统，具有一定的反诗歌性。此外，《荒原》没有情节，也没有一个诗人的代言人出现，叙述者变幻不定，诗中通过一些重复的意象和象征物构建出一个复杂晦涩的世界。诗中用典频繁，在433行长的诗中包含着来自37本书的典故，不仅有《圣经》和莎士比亚、维吉尔、奥维德的作品，还有波德莱尔和韦伯斯特的诗作；在语言方面，不仅有英、法、德、意大利语，还有希腊文、拉丁文和梵文，所以诗歌具有极大的丰富性。《荒原》为现代主义诗歌打开了局面，让读者、诗人看到一种全新的诗风。

《荒原》之后，艾略特还陆续创作了一系列诗作，继续他的精神探索。在《空心人》（1925）中，他描绘人类由于放弃希望而形成的绝望景象，他指出，否认上帝就意味着精神自杀。诗中采用了《荒原》中删去的一些诗行，风格上与《荒原》一脉相承。而在《圣灰星期三》（1930）中，则体现出一种茫然与徘徊。诗人用祈祷文的语气，试图与"道"相通，聆听福音。然而他并没有听到他所渴求的福音，只能忏悔赎罪，祈望天国的光芒有一天会降临。

艾略特诗歌创作的巅峰是《四个四重奏》，它包括《烧毁的诺顿》(1935)、《东科克》(1940)、《干燥的萨尔维吉斯》(1941)和《小吉丁》(1942)四首长诗。每首诗均是五章，主题相同但各有变化，第一章阐明主旨，第二章以抒情为主，结合对于时空、上帝、人性与自然的思考，第三章以表现灵魂的失落与黑暗中的朝圣为主，第四章是突出基督教精神的精致的抒情段落，而第五章则是收束部分，表现人类精神世界里最高层次的思考和冥想。《烧毁的诺顿》成功地将哲学思考、精神追求和诗意想象结合起来，揭示出整部作品的精神内涵：人类的精神在现实世界中游荡，偶尔的灵感却又让它意识到只有永生才是它应追求的目标。《东科克》以艾略特祖先居住过的村落为背景，表现了他对于自然时间与历史的思考，其中描绘自然风景的段落是他诗歌创作中最见功力的章节之一。在《干燥的萨尔维吉斯》中，他回顾了自己的童年，以河流、海洋作为物质世界时间的象征。而在《小吉丁》中，他将宗教与诗艺、现实与精神融为一体，从而使这首诗不仅成为《四个四重奏》中最精彩的作品，也是他诗歌成就的顶点。《小吉丁》以一种面临着恶魔毁灭性打击的贫乏荒芜的文化为背景，通过基督教的象征来展现一场光辉的救赎。小吉丁教堂，在诗中是“永恒时刻的交会点”，不仅是现实的，更是跨越时空的。在诗的结尾处，当诗人与虔诚教徒融合后，那永恒的一刻终于降临：“一切都会好的/而所有事物都会好的。”《四个四重奏》是艾略特对于时间与记忆的反思，他运用基督教观念与柏格森哲学从宏观上探讨过去、现在和未来等哲学问题，成功地展现了一个“非个人化”思考的精神世界，促人内省。

艾略特是现代主义诗歌最出色的代言人，《荒原》则是一部无可置疑的现代主义代表作。进入后工业化时代，人们对他的兴趣不再像以前那样浓烈，但他在现代诗坛依然占据着不可动摇的地位。

艾略特不仅是一位出色的诗人，还是一名极有影响的批评家。艾略特的批评思想主要表现在三个方面：他的历史观，作品的非个人化和文学表现的客观对应物。他的《传统与个人才能》(1919)被公认是他的文学批评宣言。在这篇文章中，艾略特重新提出传统对于诗歌创作和理解的作用问题。他认为诗人通过自身的努力,可以将传统化为适合于自己的创作原则。因此传统不是僵死的,并非历史长河中积累下来的一成不变的教条。诗人不是被动地接收传统,而是通过自身的探索,积极地获取传统,因此诗人在传统面前是有所作为的。和这一历史观紧密联系在一起的是艾略特"非个人化"的理论。艾略特认为,高度主观化、情感化、个人化的文学实践活动不足为训。诗人本身并非诗歌的表现对象。在《哈姆莱特和他的问题》一文中,艾略特提出了著名的"客观对应物"论点,具体说明了如何实现创作中"非个人化"的标准。艺术作品中的情感表现只能通过对相关的外部事物的描写间接地表现出来,而不是通过情感的外化直露地表现处理。艾略特的"客观对应物"以及"非个人化"的论点明确将作品和作家个人的情感经验加以分离,将读者的欣赏视觉牢牢置于作品之中。艾略特虽然没有建立新的批评模式,但他的文学观点的影响却是巨大的,带动了新一代的批评家以理性的精神去寻求新的批评语言和批评手段。

第三章
美国文学

概述

美国文学在20世纪初,尤其是第一次世界大战以后到20年代,进一步发展,开始对欧洲文化产生影响。在这个时期,大批年轻人对国家、社会、个人前途悲观失望,他们拥向欧洲,特别是巴黎,像无根之木到处漂泊,在寻欢作乐中消磨时光,有些人用文学形式来描写战争带来的痛苦与烦恼,表现失落与绝望,形成了斯泰因称谓的"迷惘的一代"。他们的作品几乎都以自己的经历为素材,如海明威的《太阳照样升起》(1926)和以尼克·亚当斯为主人公的短篇小说,菲茨杰拉尔德的《人间天堂》(1920)和《夜色温柔》(1934)。这些自传性作品悲天悯人,对当代世界悲观失望,甚至厌恶愤慨,但却成为20世纪20年代美国文学的"第二次文艺复兴"的中坚力量。许多优秀作品在国外写成,这也是这个时期美国文学的一个特点。

这时期美国文学的另一大特点是反叛和试验。所谓"反叛",首先是对美国社会、道德及文化传统的批判,它的一大重点是拒绝把乡村小镇描绘成完美无缺的田园风光,而是要努力表现其平庸与乏味,其传统观念和习惯势力对人性的压抑。辛克莱·刘易斯是表现这一主题最成功的小说家。他的《大街》(1920)、《巴比特》(1922)等多半以中西部的小镇为背景,揭露市镇生活的闭塞和保守、居民的愚昧狭隘和对新鲜事物的偏见与抵制。刘易斯的成功使他在1930年成为第一个获得诺贝尔文学奖的美国作家。“试验”跟反叛性不可分割,反叛需要革新,需要试验新的手法、风格和技巧,甚至要寻找一种民族的语言来建设真正的美国文学。小杂志在试验革新运动中起了很大作用。1912年,《诗刊》在美国创刊,该杂志之后发表了艾略特的《普鲁弗洛克的情歌》以及日后成为大家的弗罗斯特、威廉斯、史蒂文斯和芝加哥诗人林赛、埃德加·李·马斯特斯等人的早期作品,对“芝加哥文艺复兴运动”起了一定的推动作用。其他比较著名的小杂志如《逃亡者》,则成为南方作家如兰森姆、泰特和沃伦等人发表作品的重要阵地。它同1921年也在南方出现的《两面人》等其他小杂志一起,为南方文学的兴起产生了极大作用。可以说,没有当年的小杂志,也就没有20年代繁荣的美国现代主义文学,尤其是现代主义诗歌。

美国现代主义文学从诗歌开始,以庞德领导的意象派和漩涡派诗歌为发端。诗人们有意识地对诗歌的传统风格、表现形式和技巧进行革新,纷纷寻找十分个性化的语言和手法来表现自己对社会、世界、人生的看法。美国的戏剧在第一次世界大战后有了巨大的发展。剧作家们一反陈腐的俗套,努力表现当前的美国生活,抨击各种社会弊病,尤其是奥尼尔运用多种创作方法来揭露社会问题,表现残酷的现实如何粉碎普通家庭的生活理想等有现实意义的主题。剧作家们还大量试验各种手法与技巧,如奥尼尔不仅采用传统手法,还在作品里试验表现主义、象征主义等手法,甚至在一部作品中兼有多种技巧。跟“新诗”运动和“新戏剧”运动相比,小说也在不断革新。战后成长起来的年轻一代作家,如多斯·帕索斯、菲茨杰拉尔德、海明威、黑人作家图默以及福克纳等,都开始在文学舞台上各领风骚,通过小说批评工业化和物质主义的恶果、战争对人的精神的伤害、贫富不均和种族歧视造成的悲剧。小说在技巧方面的试验并不落后于诗歌和戏剧。作为“现代主义文学运动巨人之一”的斯泰因,对语言和标点符号进行实验以捕捉流动不定的生活现实。安德森则对小说形式进行实验,在《俄亥俄州的瓦恩斯堡镇》(1919)中用具有同一个背景、同一个主人公和同一种气氛的一系列短篇故事来表现总主题。多斯·帕索斯在小说中插入新闻纪录片、报纸甚至流行歌曲的片段。总之,作家们不断破坏故事的叙述线索以表现世界的混乱和社会的失控。当然,这时期传统的手法并没有消失。德莱塞、刘易斯采用文献式的描写和细节堆积等自然主义手法。海明威试验用小字、短句,多对话,少描述,他的"冰山原则"确实开创了新的文风;跟他相反,福克纳则用繁复的长句和晦涩的语言来表现世界的复杂。可以说,跟戏剧、诗歌一样,小说文体风格的多样性也是这个时代文学的一个特点。

第一节　菲茨杰拉尔德

弗·斯科特·菲茨杰拉尔德(1896—1940)是美国"爵士乐时代"的代表作家。他于1896年出生在明尼苏达州圣保罗市。父亲是名门之后,虽是商人,仍有贵族风度,因为不会做生意,最后只得在杂货铺里当营业员。菲茨杰拉尔德是家里唯一的儿子,姨妈出钱让他上贵族中学和普林斯顿大学。但跟那些多为上层阶级出身的同学相比,他们家有些寒酸,心里总有自卑感。他两次爱上富家小姐都因为没有钱而遭拒绝。虽然亚拉巴马州有名望的法官女儿姗尔达最后还是嫁给了他,但他始终不能忘怀姗尔达最初因他收入微薄而拒绝他的事实。这一切使他对有钱人抱有一种十分矛盾的心理:一方面羡慕他们,另一方面嫉妒他们,对他们没有好感。

菲茨杰拉尔德小说中的人物多半以真人为原型,通常表现漂亮而冷酷的阔小姐看上了年轻但钱不多的男子,在她们玩弄够了以后又因为嫌他们没有钱而抛弃他们。这些阔小姐的原型往往取自他妻子姗尔达,以及他在普林斯顿追求过的有金钱和地位的吉纳夫拉·金。那个没有钱的小伙子的原型就是他自己。他的第一部长篇小说《人间天堂》就表现这个主题,有许多个人经历的成分。小说中描写的有钱的年轻人纵情欢乐的气氛,以及他们的空虚、消沉情绪,符合第一次世界大战后年轻读者的口味,因此小说很畅销,使他一举成名,连好莱坞都买下了小说的电影版权。由于这是他的第一部长篇小说,在艺术手法上有很明显的缺点,例如语言不够精练,情节未经筛选,文体结构比较混乱,一会儿叙述文体,一会儿话剧台词,一会儿书信体,一会儿诗歌。尽管如此,这部小说生动地创造了战后社会气氛:年轻人对金钱和物质财富的追求,他们的空虚、无聊以及寻找刺激,尤其是小说的前半部根据他的亲身经历,描写得绘声绘色。

菲茨杰拉尔德的第二部长篇小说《漂亮的被毁灭者》(1922)描述了意志软弱的男主角、花花公子安东尼·培彻在生活道路上的逐步堕落,也有不少自传成分。尽管小说处理得不好,悲剧不悲,男女主角得不到读者的同情,但在技巧上比《人间天堂》前进了一步,文体结构比较清楚,只用叙述文和对话;思路清楚,视角与语气也基本达到一致。可以说,这部小说在《人间天堂》和《了不起的盖茨比》(1925)之间起了一种技巧上承上启下的作用。菲茨杰拉尔德在写长篇小说的同时一直在写短篇小说。有的纯粹为了钱,质量不高,但也有一些在思想和技巧上给人留下深刻印象。在他的短篇小说集《爵士乐时代的故事》(1922)中,《五一节》和《与利兹饭店一样大的钻石》比较突出,批判有钱人的奢侈堕落,对因意志薄弱受挫折的人物深表同情,而且在情节的连贯性、背景的处理、语言的精练等方面也有所长进,为他以后小说的提高铺平了道路。

菲茨杰拉尔德与姗尔达结婚后在纽约度过一段奢侈豪华的生活。他成名后虽然稿费很高,但夫妻俩花钱如流水,总是入不敷出,不断地向出版商预支稿费或借钱。为了节省开支,他们曾两次到当时生活费用较低的欧洲旅居,主要住在法国。《了不起的盖茨比》就是他住在巴黎期间写完的。《了不起的盖茨比》是菲茨杰拉尔德最优秀的著作,而且在它发表七十多年后的今天,仍然被认为是20世纪最优秀的英美小说之一。小说的叙述者尼克·卡罗威是一位美国中西部有着传统观念的青年,他在纽约做股票生意。他的邻居盖茨比几乎每个周末都举行大型的豪华晚会,满院张灯结彩。后来尼克得知盖茨比曾在大战初期跟表妹黛西有过一段恋爱史,但因盖茨比没有钱而无法结婚,因此,在他到欧洲打仗后,黛西就嫁给阔少爷汤姆·布坎南,随丈夫来到纽约。盖茨比复员后得知这个消息,便立即回美国设法弄到一笔巨款在与她家隔水相望的邻近地区买下一栋大房子。他举行宴会的唯一目的是想吸引黛西,重新得到她的爱。由于尼克的协助,盖茨比终于同黛西见面,与她重温旧梦。盖茨比是出于真挚的爱情,但黛西跟他来往的一部分原因是为了报复有外遇的丈夫汤姆。不久,汤姆对盖茨比产生怀疑,调查了他的底细,揭露盖茨比是通过干非法勾当发的财。为了保住自己的社会地位与舒适的生活方式,黛西不想继续同盖茨比的关系。由于情绪波动,黛西开车时不慎把汤姆的情妇撞死,死者的丈夫威尔逊拿枪要杀汤姆。为了保住自己,嫁祸于情敌,汤姆撒谎说是盖茨比撞死他的妻子,于是威尔逊就把盖茨比打死了。这时,汤姆与黛西已逃之夭夭。尼克看穿了有钱人的所作所为,无意留在东海岸,回到了中西部。

从《了不起的盖茨比》这部小说看,菲茨杰拉尔德的穷小子爱富贵小姐的主题并未改变,他对有钱的上层人士的双重视野也未变,但他的批判更加尖锐了。他一方面通过黛西的形象表现有钱人迷人的一面,同时揭露了他们的极端自私和不负责任。菲茨杰拉尔德还在这部小说中生动地揭示了美国梦的破灭,他甚至指出它从来都没有存在过,从来都只是迷人心窍的神话。《了不起的盖茨比》在艺术手法上也比它以前的两部作品有了新的飞跃。小说中的时间被打乱了,使盖茨比第一次出场就带上一层浪漫主义的,甚至神秘的色彩。另一个特点是这部小说精练简洁,没有废话。全书只有九章,通过一系列的大场面非常紧凑地揭示了小说的主题,并把故事引向高潮。小说的文字读起来非常优美,有时像抒情诗。作者在描写场面的气氛时,尽量用具体的、带有感情色彩的词。另外,菲茨杰拉尔德还大量使用象征手段,以便更含蓄、更形象地表达思想。例如,用黛西家码头上的绿灯来比喻美国梦对盖茨比的诱惑。

写完《了不起的盖茨比》,菲茨杰拉尔德一直到 1934 年才发表第四部长篇小说《夜色温柔》。《夜色温柔》反映了现实生活中他与妻子间的矛盾和他自己的弱点。男主人公迪克的意志衰弱、过多饮酒与好色是菲茨杰拉尔德对自己的写生。他非常明白自己的问题但就是无法改变自己。这部小说被视为他的第二部杰作,它的调子比《了不起的盖茨比》低沉,但读起来很感人。迪克的形象塑造得很出色。他的蜕变真实可信,能唤起读者对他的同情,小说的主要缺点是视角不一致,结构不那么清楚,文字不够精练。菲茨杰拉尔德这种精神上的压抑、生活上的颓废使他的健康状况日益恶化。

1939 年菲茨杰拉尔德开始写一部关于好莱坞电影公司巨头的小说

《最后的巨头》,但尚未完成就于 1940 年底因心脏病发作而去世,享年仅 44 岁。他去世前认为自己在事业上失败了。但 40 年代末、50 年代初,他的声誉开始恢复。到了六七十年代,对他的评价达到高峰,而且从此居高不下。他的杰作《了不起的盖茨比》已成为世界名著,被译成多种文字。到了 80 年代,评论家把更多的注意力集中在他的短篇小说方面,他的短篇小说不仅在主题上与他的长篇作品相似,而且文字优美,形象生动,辛酸的感情动人肺腑,其中最富迷人联想的是《重返巴比伦》。在中国,菲茨杰拉尔德是在 80 年代才出了名,20 年来他最出色的两部长篇小说及最有名的短篇小说均已译为中文。

第二节　海明威

欧内斯特・海明威(1899—1961)是“迷惘的一代”最为著名的作家,他的主要作品是以反战为主题的长篇小说。

海明威于 1899 年 7 月 21 日生于芝加哥附近一个医生家庭,中学毕业后到堪萨斯城做《星报》见习记者,受到初步的文字训练。1918 年他参加第一次世界大战,在意大利前线受了重伤,战后以记者身份住在巴黎,刻苦学习写作,开始练成自己的风格。20 年代,他的创作精力最为旺盛,发表的作品主要有短篇小说集《在我们的时代》(1924)、《没有女人的男人》(1927),长篇小说《春潮》(1926)、《太阳照样升起》和《永别了,武器》(1929)。20 年代末,海明威回美国,定居在佛罗里达州并广泛游历,包括去西班牙看斗牛,非洲打猎,古巴钓鱼。这个时期的作品主要是短篇小说集《胜者无所得》(1933)和长篇小说《有的和没有的》(1937)。1936 年西班牙内战爆发后,海明威两次去西班牙报道战事。他站在西班牙共和国一边,积极参加反法西斯的斗争,发表剧本《第五纵队》(1938)和长篇小说《丧钟为谁而鸣》(1940)。这些作品表现了反法西斯主义的主题,标志着海明威进入了一个新的创作领域。1954 年他获诺贝尔文学奖。由于高血压、糖尿病和神经方面的多发病症,海明威痛苦不堪,于 1961 年自杀。

《在我们的时代》是海明威头一部短篇小说集,其中有他少年时代的身影。作品集初具海明威特有的写作方法,他不去直接描写人物的感情,而只是描绘使主人公感到惊异、恐惧、兴奋的动作或事件本身。这些形象具体、清晰,极具可感性,形象的背后又间接地传达出作者的真意。海明威的成名作是《太阳照样升起》,描写第一次世界大战战后一群青年流落在巴黎的生活情景。主人公巴纳斯,一个美国青年,因受伤失去了性爱能力,他爱恋着一个英国女人勃瑞塔,勃瑞塔也有意于他,可是由于生理上的缺陷,性爱始终是他这辈子无法进入的领域。这些青年没有生活的理想,没有精神支柱,没有奋斗的目标,整天喝酒、钓鱼,跑到西班牙去看斗牛、找刺激,有时坠入三角恋爱,发生无谓的争吵。代表传统价值观念的人物罗伯特·科恩还笃信爱情、勇敢、忠实这些品质,被大家嘲讽为"十足的蠢驴",而其他那些颓废者表面上欢乐,内心却隐藏着深刻的失落感,他们无法在一个传统信仰断裂的时代保持他们精神上的平衡。

《永别了,武器》(又译《战地春梦》)写一个美国青年亨利,在第一次世界大战期间志愿去意大利战场为救护队工作。他不幸受伤,在米兰医院治伤期间结识了一位英国护士凯瑟琳·勃克莱。亨利在凯瑟琳细心照料下,恢复了健康,他们之间产生了爱情。亨利返回前线,正赶上敌军反攻,意军败退卡波瑞托。亨利在撤退的路上,因有外国口音被意大利保安队误认为是德国间谍。亨利被捕后,伺机逃跑,找到了凯瑟琳,一起逃往瑞士。他们过了一段愉快的生活,但凯瑟琳分娩时难产,母子一起离开了人间。亨利伤心至极,在医院里告别了"石像似的"凯瑟琳,一个人孤零零地活在世上。这部小说贯穿反战主题。亨利与凯瑟琳的悲剧是战争造成的,战争摧残了个人的幸福。小说中的一些人物,从军官到士兵,都是厌战的,盼望这场毫无意义的战争快快结束,向往和平的生活。这些内容是当时一般的反战小说所共有的,不同的是海明威揭露了帝国主义的战争宣传。海明威也没有像一般的反战作家那样,把希望寄托在战后的和平生活上,他认为战争不仅毁灭了人的幸福,也使得人感到世界上没有幸福可言。小说中,亨利的不少善良勇敢的意大利伙伴死于炮火,他心爱的人凯瑟琳好不容易熬过战争这一难关,却死于难产。这些情节反映了作者的失望情绪,矛头所指不止是战争,而是产生战争的社会根源。

30 年代海明威创作不多。他写了一部关于斗牛的专著《午后之死》(1932),其中提出"冰山原则"这一有名的写作方法;又发表了有关打猎的专著《非洲的青山》(1935),其中包含他对美国文学的不少见解。非洲之行还产生了两篇有名的短篇小说《弗朗西斯·麦康伯短促的幸福生活》和《乞力马扎罗的雪》。前者头一次出现海明威作品中"坏女人"形象,她极富个性,看不起她那先胆怯后勇敢的丈夫,后来一枪把他打死(也有认为是误杀)。《乞力马扎罗的雪》用意识流手法,描绘一位壮志未酬的作家临死前的心态。30年代美国经济危机时期,无产阶级的抗议活动空前高涨,不少作家向左转。海明威没有紧跟,迟至1937年才发表他心目中的革命小说《有的和没有的》。这部小说描写受人雇用、以海上走私为生的穷人哈利·莫根的经历。作者通过莫根的形象说明穷人的生活是艰苦的,他们有权利改变这种不合理的现象,去为更好的生活而斗争。但是这个人物带有强烈的个人主义色彩,他同其他劳动者格格不入;对于雇用他的人怀有盲目的本能的反抗情绪,他只信任他的妻子。对于这个人物,作者同他是有距离的,海明威并不赞成这样的个人反抗者。那么究竟应该怎样才能改变自己的命运呢?海明威没有继续探索下去。

在西班牙内战中,海明威作为战地记者,为西班牙民主事业奔走呼号。剧本《第五纵队》和长篇小说《丧钟为谁而鸣》,是他参加这场反法西斯战争的产物。在这两部作品中,他仍然描写帮助外国人打仗的美国人。《丧钟为谁而鸣》的主人公罗伯特·乔丹是个教员,从美国来到西班牙参加反法西斯战争。乔丹不同于海明威早期作品中的主人公:他没有迷惘、失望的情绪;他虽在热恋中,但是这种爱情不再是与战争相对立的个人幸福;他不厌恶战争,不逃避社会,他考虑的主要是怎样完成他的职责。这反映了作者对于西班牙人民反法西斯斗争的认识,分清了战争双方的正义与非正义。在海明威的创作道路上,《丧钟为谁而鸣》不仅标志着新的起点,还表现出这次战争的复杂性。在他看来,反法西斯阵营的人物并不因为他反法西斯就必须给他染上美丽的色彩。小说中既有质朴善良的农民,即反法西斯的基本群众,又有卑劣、自私的游击队长;主人公既有强烈的责任感,又有无法挽回危局的失败感;支持民主政府的国际军事领导机构内部不协调,又面临敌人优势兵力等客观困难。这一切都镶嵌在混乱的战争背景上。但总的说来,《丧钟为谁而鸣》具有明确的反法西斯倾向,是欧美现代文学描写西班牙内战的优秀作品之一。

从《在我们的时代》到《丧钟为谁而鸣》,海明威的创作表现出了几个特点:首先是迷惘色彩。海明威20年代小说的思想特点是迷惘、悲观和彷徨。“迷惘的一代”不是文学团体,它是一种思想情绪,是第一次世界大战战后一代美国青年厌恶战争、不满于虚妄的价值观念而又找不到出路的痛苦情绪的反映。海明威在以尼克·亚当斯为中心人物的小说系列中,先是表现了一个青少年初次接触社会感到本能的恐惧与困惑,如《印第安人营地》、《拳击家》和《杀手》,后来又感到战争给他带来的心灵上的创伤,如《大双心河》。至于《太阳照样升起》和《永别了,武器》,更是明确地表现了一代人的思想情绪。其次是他创造的“硬汉”形象。随着海明威逐渐摆脱迷惘、悲观的情绪,他笔下的人物增强了刚毅不屈的成分。这些斗牛士、拳击家、渔夫、士兵和走私者在同充满敌意的世界对抗中进行殊死的搏斗。这种倾向在他20年代后期以来的作品中越来越明显。人,孤独的人,是不可能战胜邪恶的,但人并不能因此而被吞食,人要坚强、刚毅、勇敢,无畏地面对痛苦和死亡。有了这样的尊严,人即使失败了,仍然不失优胜者的气度,即所谓“压力下的优胜风度”。再有就是“冰山原则”,这是海明威倡导的艺术表现形式。他说“冰山在海里移动很是庄严宏伟,这是因为它只有八分之一露在水面上”,创作也是这个道理,如果作家对“他写的东西心里有数,那么他可以省略他所知道的东西,读者呢”,“会强烈地感觉到他所省略的地方,好像作者已经写出来似的”。就是说创作要厚积薄发,要让读者通过表面的形象感到水面下八分之七——思想感情的存在。这种创作原则还与他感性化的写作手段密切相关。海明威讨厌“大字眼儿”,喜欢写短句,用日常用语,摒弃浮泛的夸饰,使作者、形象与读者三者之间的距离缩短到最低限度,行文清晰简约,含而不露,常常能达到意到笔不到的艺术效果。淡化背景,浓缩时间,具体、感性以及电文式的语言构成海明威独特的创作风格。这种具有强烈个性的风格,适合于表现孤独的个人、难言的悲痛,以及内心独白所蕴含的心理冲突,或者说,正由于上述情绪才找到这样的表现形式。他的一些优秀短篇小说和《永别了,武器》这类悲痛的故事与上述风格和谐一致,达到思想与艺术的统一。但当作者企图表现宽广的社会画面时,这种风格显得不怎么够用,如《丧钟为谁而鸣》在艺术上有时给人捉襟见肘之感。海明威是一位有独特风格、强烈个性的小说家,但似乎不善于创造一个既有广度又有深度的艺术世界。当然,尺有所短,寸有所长,海明威的长处也许正是他的短处。

第三节 庞德

从某种意义上讲,美国现代主义诗歌运动是由伊兹拉·庞德(1885—1972)首先发起的。作为诗人,他为世界文学宝库留下了长达两万三千多行的鸿篇巨制《诗章》及其他大量脍炙人口的诗篇;作为评论家,他通过大量富有创见的批评文章、通信和谈话,开创和推动了美国现代主义诗歌运动;作为文艺奖掖人,他对他同辈,特别是对初出茅庐的文学青年给予了热情的帮助。这位文学巨匠、政治犯人的一生是暴风雨般轰轰烈烈的。他发表过独到的文学见解,也散布过荒谬的反动言论。作为举世公认的继承传统而又创新的文学大师,他一方面置身于以东西方历代文学乃至文化成就为参照系的文学史和文化史之中,从诗歌本体意义上衡量自己所实现的价值,另一方面率先领导、积极推动美国诗歌的试验及改革。

庞德生于爱达荷州的一个职员家庭,在宾夕法尼亚州长大。1901 年,他不到 16 岁就进了宾夕法尼亚大学,在这儿与诗人威廉斯同学,两人成了终生好友。同时他也结识了希尔达·杜利特尔即 H. D. 。他 1903 年转学至汉密尔顿学院,1905 年大学毕业,次年又回宾夕法尼亚大学,获硕士学位,同时获得奖学金,赴欧洲学习罗曼语语言文学一年,1907 年初回国。他在印第安纳州沃巴什学院任教仅数月,因为留宿一位女子而被校方开除,次年出国,从此长期侨居欧洲。

庞德的创作活动大致分为三个时期:

(一)侨居伦敦时期(1908—1920)。庞德于 1908 年离开新大陆,到旧大陆去闯荡文学事业。他在威尼斯自费出版了处女作《熄灭的细烛》(1908),并把它带到伦敦。这时他非常崇拜叶芝,很想认识这位他认为是当时最伟大的诗人,凑巧叶芝娶了庞德岳母的侄女,这使他有机会和老诗人接近,并且通过老诗人很快同英国文学界知名人士建立了联系。庞德不但在生活上照顾叶芝,当他的私人秘书,而且帮助他晚年的诗歌创作现代化,连乔伊斯也承认自己未能影响叶芝,而是庞德影响了他。当然,庞德首先得益于叶芝以及罗伯特·勃朗宁。他把他们的创作手法“人格面具”和戏剧独白化为己用,并将一本诗集题为《人格面具》(1909)。他同时从叶芝那里学到了诗的音乐性——真正意义上的“诗歌”(即音乐性),他的这种才能使得后来的许多诗人赞叹而难以企及。庞德同时结识了对他文学生涯产生影响的休姆、弗林特和福特,他们对他的意象派诗歌理论的建立起了不可或缺的作用。1913 年《诗刊》上发表了弗林特的《意象派》和庞德的《几条戒律》,为意象派诗歌奠定了理论基础。庞德肯定了弗林特关于意象派诗歌的三原则:直接描写客观事物;绝对不使用无济于表现事物的词语;在韵律方面采用乐句,不用呆板的节拍。庞德进一步强调通过意象表现瞬息时刻间错综复杂的思想感情,以获得超越时间与空间界限的自由之感。意象派诗歌着眼于精确描写事物,反对空论或感叹,主张形式为内容服务,并以自由诗的形式突破传统格律,为英美诗歌开辟了新的道路。也许是后来由于艾米·洛厄尔的干预,也许是被他旺盛的创造力所驱使,不到两年,庞德便脱离意象派诗人队伍,投入了漩涡派运动。但是,庞德所提倡的漩涡派诗歌创作方法影响不大,远不如意象派诗歌受人欢迎。

庞德一直是多产作家。1908 年至 1920 年间,他出版的诗集就有十几部之多,其中《休·塞尔温·莫伯利》(1920)是他早期的代表作。这是庞德第一首描述他与现代社会关系的长诗,是他诗歌生涯的转折点。该诗以冷峻朴素的笔调,总结了诗人这一阶段在伦敦的文学生活,诗人还探索了艺术与社会的关系,揭示了艺术家的良心与社会的庸俗趣味之间的矛盾,对英国的市侩哲学以及由于第一次世界大战而造成的道德沦丧和社会的歪风邪气进行了讽刺、谴责,同时对自己纯艺术的观点进行反思和批评。《休·塞尔温·莫伯利》采用四行诗体,语言简朴,是艺术家成熟的标志。庞德在这首诗里明显地采用了现代主义的手法:视点不断变更,多种语言引文,个人对时代的感受,阴郁嘲讽的情绪,等等。这是在艾略特的《荒原》问世以前最具现代主义特色的一首诗。

(二)侨居巴黎时期(1920—1924)。1920 年庞德离英赴法,移居巴黎四年多。他热心帮助他的文友,在他的精心修改下,艾略特的《荒原》于

1922年得以问世。他为福特主编的《大西洋两岸评论》在美国寻找经济资助;指导未成名时的海明威写作,并帮助他出版《在我们的时代里》。总之,他在帮助作家、提携后进方面花了很多时间和心血。同他在伦敦的多产时期相比,他在这段时期创作不多,而对孔孟之道、道格拉斯的经济理论却越来越感兴趣。

(三)侨居意大利和在美国被关禁闭时期(1924—1972)。庞德从巴黎来到意大利的一个海滨小镇拉巴洛。他一如既往,向需要他帮助的后进作家伸出热情的手,同时对孔孟之道兴趣浓厚,学习中文,着手翻译儒家的经典著作"四书"。他还翻译13世纪意大利卡瓦尔坎蒂的诗歌,修正并出版《人格面具:诗合集》(1926),而且完成了《诗章》第30至73章的创作。庞德对儒家思想的认识集中地反映在他的两篇文章《急需孔子》(1937)和《孟子》(1938)里,表明他想用孔孟思想去匡正西方资产阶级腐朽思想的愿望与决心。二战期间,庞德的政治思想极为混乱,是追求共产主义、法西斯主义与资本主义国家的社会信贷制三而合一的大杂烩。他在罗马电台发表演说,为墨索里尼的反动政策和侵略行动辩护。1945年底,庞德被控犯有叛国罪被美军关押,同年冬,被押回华盛顿,因医生证明他精神失常,不宜受审,便把他禁闭在精神病院达13年之久。由于艾略特、弗罗斯特、麦克利什以及海明威、肯明斯、门肯等一批名诗人、名作家的多方营救而于1958年获释,回到意大利定居,直至1972年去世。

《诗章》(1915—1970)是庞德毕生的生活经验和读书心得的结晶,既映照传说的云霞,又沐浴时代的雨露,被公认为世界文学的巨著之一。批评家们对它历来褒贬不一,贬者认为它支离破碎,是抄录各国文学、历史和传说的大拼盘;褒者则认为它有内在的有机联系,堪与荷马的《伊利亚特》或但丁的《神曲》相比,是一部关于整个人类历史和文化的大百科全书。《诗章》是庞德这位饱学之士对多种文化和历史的解读,因此它最显著的特色是东西文化在这里得到交会和撞击而发出了耀眼的光辉。《诗章》不同的部分是在不同的岁月和不同的形势下完成的,因而章节的安排并不系统,也没有主要的故事情节。也许他的计划无比庞大,以致靠他毕生的努力也无法实现。诗人视野开阔,浮想联翩,展开了神驰古今的想象翅膀自由翱翔,上溯公元前荷马时代的希腊、孔子时代的中国,中经普鲁旺斯的中世纪、意大利的文艺复兴,下至杰弗逊的美国。诗人采用了平行比较的艺术手法,大胆借用中国会意字构成的手法,取消传统过渡性的、说明性的诗行或诗句,让事实本身去表现作者的意图。

庞德的一生尽管有这样那样的错误或罪行,有着"疯诗人"和"叛徒"的恶名,但他以长达半个世纪的创作,在英美现代文学史上赢得无可辩驳的席位,在英美诗歌领域中惠及了几代人。作为诗人、翻译家、理论家、文学运动的领袖,他获得无与伦比的巨大成就,但他却又是美国文学史上一个有争议的神秘人物。

第四章
法国文学

概述

法国现代主义文学在20世纪得到了充分的发展和繁荣，它的各个流派不断演变和相互交替，看起来似乎是20世纪特有的现象，但是它的源头却可以追溯到19世纪的象征主义文学，其中后期象征主义不但是前期象征主义的继续，而且已经越出了法国，在20世纪20年代至40年代从欧洲、北美一直扩展到拉美和东方，成为世界上影响最大的现代文学流派。超现实主义之所以把波德莱尔、兰波、奈瓦尔等诗人视为先驱，正是因为它与浪漫主义，尤其是与象征主义有着某种继承的关系。象征主义固然反对浪漫主义在抒情方面的夸张，但它强调诗人对未知世界的感应，强调探索人的内心隐秘，因而有着很强的主观性，而超现实主义的主观想象则达到了无以复加的程度。

20年代是超现实主义形成和发展的时期。柏格森的哲学和弗洛伊德的学说，对于现代主义文学，特别是超现实主义的产生，无疑有着极为重要的影响。不过也应该看到，世界大战所造成的社会环境对现代主义文学的兴盛起到了直接的推动作用。第一次世界大战的爆发，使战前相对稳定和繁荣的法国社会告别了“美好时代”，人口锐减，经济衰落，造成了严重的灾难,对于当炮灰的青年人来说尤其如此。在大多数法国人看来,法国在当时算是战胜国,大战的胜利结束还或多或少满足了他们的自尊心,给他们带来了暂时和虚假的欢乐,但是对从战场归来的人来说却毫无欢乐可言,成百万同伴的伤亡使他们深知所谓胜利的代价,因而憎恨那些以"爱国者"自居而把他们送到前线去的人。战争使他们付出了惨重的代价,战后的现实又没有给他们带来希望,所以这种反抗精神在当时的青年中相当普遍,在达达主义中表现得尤为强烈,这正是布勒东等加入达达主义运动的原因。而超现实主义的创始者们都上过战场,也不是偶然的巧合。从这个意义上来说,第一次世界大战可以说是产生达达主义和超现实主义的温床。

不过从另一方面来说,大战对现实主义文学同样有着很大的推动作用。在大战期间就已经涌现出一些优秀的纪实性的反战小说,例如巴比塞根据战争中亲身体验所写的《火线——一个步兵班的日记》,乔治·杜阿梅尔的小说《烈士们》(1917)和获得龚古尔文学奖的《文明》(1918)。杜阿梅尔以自己在野战医院担任医生、救治过数千名伤员的经历,有力地控诉了战争的罪行。战争刚刚结束,巴比塞又发表了描写小市民在战争后思想觉醒过程的小说《光明》。让·季洛杜则完成了他反对战争、讴歌和平的三部曲《给鬼魂的读物》(1917)、《美国友谊》(1919)和《令人羡慕的克里奥》(1920)。让·科克托也在小说《骗子手托马斯》(1923)里记录了他在大战中的所见所闻。从大战结束到30年代,除了这些长篇小说之外,还有三部著名的长河小说:马丁·杜加尔的《蒂博一家》、罗曼·罗兰的《欣悦的灵魂》和于勒·罗曼的《善意的人们》(1932—1946)。

两次世界大战之间的特殊环境,为以反战文学为主的现实主义文学的繁荣创造了有利条件。因此可以说,从20年代至40年代,除了超现实主义者、存在主义者和一体主义者于勒·罗曼的作品之外,其他作家的作品基本上都属于现实主义文学的范围,而且最著名的代表作大多出版于30年代。

第一节　马丁·杜加尔

罗杰·马丁·杜加尔（1881—1958）出生在法国塞纳河畔纳伊的祖父母家里，父亲是巴黎塞纳区法院的诉讼代理人，他童年时常在父母居住的巴黎和亲属所在的外省小城间来往。1898 年他中学毕业后进入巴黎大学文学系，两年后因文学学士学位考试不及格而转入巴黎文献学院。1905 年在文献学院毕业，1908 年自费出版第一部小说《成功》，但后来的创作却并不成功。1913 年春天，他写出了反映德雷福斯事件的对话体小说《让·巴鲁瓦》。由于他在德雷福斯事件期间密切注视事态的发展，积累了丰富的资料，并且能熟练地运用戏剧的对白来刻画人物的性格，使这部小说生动地反映出人们在第一次世界大战前夕普遍的精神状态，因而得到了纪德的赞赏，并且在《新法兰西评论》上发表。

第一次世界大战爆发的第二天，马丁·杜加尔就被征召入伍，在第一骑兵军团当下士军需兵，直到战争结束。1915 年，他改编了契诃夫的《樱桃园》和《三姐妹》，复员后与妻子一起协助科博，使“老鸽舍”剧团在 1920 年重新开业。马丁·杜加尔从 1920 年 5 月开始构思《蒂博一家》，至 1940 年出版《尾声》，这部多卷本的巨著耗费了他 20 年时间。他曾因为发表这部作品而被列入德军的黑名单，不得不躲避追捕。写完《蒂博一家》之后，他用了几年时间来写作《穆莫尔上校的回忆》。但是由于战后形势的巨大变化，他难以处理主人公与现实的关系，因而数易其稿，终因年老力衰而功败垂成。1951 年 5 月，他守护垂危的纪德，随后发表了《关于纪德的笔记》。1958 年 8 月 22 日，他因心肌梗死在法国贝莱姆去世。

《蒂博一家》是一部长河小说，包括七卷正文和《尾声》。第一卷《灰色笔记本》写两个 14 岁的中学同学雅克·蒂博和达尼埃尔·德·丰塔南，他们有着异乎寻常的友谊。雅克的父亲蒂博是个天主教徒，为人骄傲专横。他从事慈善教育事业，亲自建了一所模范教养院。雅克的母亲已去世，哥哥安托万是住院实习医生，他不满父亲的家长作风，决心脱离家庭而献身于医学事业。他们家里还收养了一个孤女，名叫吉丝，兄弟俩把她当成小妹妹。达尼埃尔家则信奉新教，他的父亲热罗姆生活放荡，母亲丰塔南太太却温柔善良，忍辱负重地抚养他和他的妹妹贞妮。雅克和丰塔南背着学校的神父偷看卢梭和左拉的小说，还用一个灰色的笔记本互通谈论情爱的书信，结果被神父发现，面临退学的威胁。于是两人一起出逃到马赛，最后在旅馆里被警察抓住。安托万到马赛去把他们接回巴黎，蒂博为了维护自己的尊严，把雅克送进了自己办的教养院。

第二卷《教养院》写雅克在教养院里呆了九个月，由于孤独而变得迟钝和麻木。安托万求助于蒂博先生的忏悔师韦卡尔神父，终于把雅克接回家来。兄弟俩不顾父亲的禁令，一起去看望达尼埃尔。

在第三卷《美好的季节》里，雅克和达尼埃尔已经成为20岁的青年。雅克考取了巴黎高等师范学校，但不想去上学。他对吉丝有着超越兄妹的感情，对贞妮更是又爱又恨，终于离家出走。安托万为蒂博先生的秘书沙斯勒抚养的小女孩动手术，狂热地爱上了来照料小女孩的邻居拉雪尔小姐。但是她已经有过两个情人，第二个情人希尔为人凶狠，在非洲生活。拉雪尔虽然备受他的虐待，却始终被他的魅力所吸引，终于丢下安托万到非洲去了。达尼埃尔则为欧洲最厚颜无耻的艺术品商人吕德韦格松作画和办杂志，领取丰厚的报酬，过着非常自由的生活。

第四卷《诊断》写安托万在三年后成为一个有名的医生，他业务繁忙，但心地善良，常常免费为穷人治病。这时蒂博已病入膏肓，失去了昔日的威严，不过安托万始终隐瞒着他的病情。部长代表吕梅尔为了医治花柳病而来到诊所，大谈他的外交活动，并且从德国和奥地利的接近来推断不久就要爆发世界大战。安托万想让吉丝一直留在家里，实际上是向她求爱，然而吉丝早在三年前就和雅克相爱了。后来雅克出走，大家以为他自杀了，吉丝却收到了他从伦敦寄来的信，决心亲自去找他。安托万虽然感到失望，但是繁忙的工作很快就转移了他的注意力。

第五卷的标题《小妹妹》是一篇小说的名称，安托万从瑞士寄来的一份杂志上看出这篇小说出于雅克的手笔，就在派私家侦探了解详情后亲自到洛桑找到了他，把他带回了巴黎。雅克当初是由于蒂博拒绝他娶贞妮的请求，以及不愿进高等师范学校从而改变自己的人格才出走的。他到过突尼斯、意大利和德国，最后到瑞士定居。他经历了许多困苦，在瑞士洛桑与一批国际革命者生活在一起，主要的工作是采访，写文章评论时事，工作之余写些诗歌和小说。

第六卷《父亲的死》写蒂博奄奄一息，感到自己坠入虚无的深渊，心里充满恐惧。他清楚自己不是基督徒，从来都不知道爱别人，而只是渴望有钱，渴望主宰。他在生命的最后一刻祈求上帝的恩惠，请求别人原谅他的过去。安托万和雅克赶回巴黎时，蒂博的抽搐越来越频繁，安托万只得用注射吗啡来减轻父亲的痛苦。但当他在翻阅父亲的遗嘱、信件和札记的时候，也发现了父亲的一些他过去没有觉察到的品质，因而深感父子之间互不了解。

第七卷《1914年夏天》描绘了第一次世界大战爆发前的气氛。雅克等父亲的葬礼一过就回到瑞士，奉命到各国去了解情况。他与伙伴配合盗取了奥地利特使携带的秘密文件，然而国际革命者组织的领袖梅奈斯特雷尔只重视流血革命，不想用这些文件来制止战争，因此独自把它们销毁了。安托万把整座住宅改建成实验室，他不问政治，对前来执行任务的雅克所说的战争危险表示怀疑。丰塔南开枪自杀，贞妮与雅克相逢，相互吐露了埋藏在心中的爱情。雅克带她参加群众集会，并在会上发表号召总罢工的演说，受到人们的热烈欢迎。但是巴黎的气氛日益紧张，社会党领袖饶勒斯被暗杀，政府和报刊借此煽动狂热的民族主义情绪，使雅克对正义、真理的幻想破灭了。他想带贞妮去瑞士，但她到车站后又决定去陪伴母亲一段时间，这成为他们的永别。雅克决定单枪匹马地制止战争，独自驾驶飞机到前线去散发传单。飞机坠毁，他遍体烧伤，由于不能说话而被法军当成德国间谍一枪打死。安托万也在接到动员令后上了前线，结果中了毒气，来到南方治疗。他从自己的老师菲力普的怜悯的目光中知道自己的病已没有希望。他在大堆的邮件中发现了一位小姐寄来的拉雪尔的项链，原来她已经病死在非洲。他去看望贞妮，发现达尼埃尔被炸断大腿后丧失了性能力，不愿再活下去。贞妮抚养雅克的儿子让-保尔，并与吉丝生活在一起。安托万想娶贞妮，以便使她和雅克的儿子能姓蒂博，但是被贞妮拒绝。他在记录病情的日记里给让-保尔写了一些信，信中充满对往事和战争的回忆，以及对未来的希望。在写完最后两个字“让-保尔”之后，他给自己打了一针，结束了无法忍受的痛苦和37岁的生命。

《蒂博一家》是一部结构严谨、布局完整的作品，以左拉的《卢贡-马卡尔家族》的笔法，描写了两个资产阶级家庭的历史。通过它们的没落过程，反映了第一次世界大战前夕和战争爆发后的法国动荡不安的社会生活和整个欧洲的悲剧，同时讴歌了青年一代的反抗精神。

从体裁上来说，前六卷基本上属于家史的范围，第七卷则由家史发展成为视野广阔的政治小说。但小说自始至终表现的不仅是个人的命运，而是环境即社会对人的影响。马丁·杜加尔正是按照现实主义的创作原则，塑造了典型环境中的典型人物，进而通过这些人物的命运来表现作者自己对人生和社会的看法。他继承了从巴尔扎克到罗曼·罗兰的批判现实主义传统，塑造出了以蒂博一家为中心的性格坚强的人物群像。他们以各种形式极力维护资产阶级的价值观念，但是由于资本主义制度的没落，他们都未能逃脱悲剧的命运。小说以此对资本主义制度进行了无情的批判，而正是这一点使《蒂博一家》具有了深刻的社会意义和政治意义，具有了超出同时代其他作品的价值。

小说最重要的政治意义是反对战争，呼吁和平。作者对法国在第一次世界大战前夕的社会状况进行了反思，揭露了大战的罪魁祸首，谴责了第二国际的叛卖政策，这种揭露在第二次世界大战前夜具有特殊的价值。马丁·杜加尔并未大声疾呼，但是安托万和雅克在战争年代都变成了和平主义者，而且都死于战争，这就清楚地表明了他的反战情绪，并且比大声疾呼更为感人。

除此以外，小说也涉及了马丁·杜加尔关注的一些重大主题，或者说是永恒的主题。首先是代沟的主题。

作者对这个问题并未着重处理，但它贯穿于小说的始终。蒂博先生属于法国七月王朝那一代人，他与下一代人，与他的儿子们的冲突，一直到死都未能和解。两代人之间的对抗是永恒的，然而作者在描写对抗的同时，似乎也在呼吁一种人道主义，即两代人之间应该加强互相了解和沟通，避免造成对抗，带来追悔莫及的痛苦。

其次是死亡和疾病的主题，这是人类不可避免的悲剧，现代派作品常常以此来表现世界的荒诞和人生的无常。马丁·杜加尔对这两个主题也极感兴趣，常在作品中描写医生治病的情景和病人临终时的痛苦，但是他的描写与现代派作品是完全不同的。他固然表现了人在肉体和精神上所受的折磨,同时也指出人可以赋予死亡以不同的意义。他把死亡作为死者一生的总结,让他回首自己走过的道路。蒂博先生并未给人们留下什么,死后也几乎无人问津。雅克的壮举给亲朋好友留下了美好的回忆,鼓舞他们去建功立业。安托万临终前还在进行科学研究,用自己的牺牲来为医学作贡献。他勇敢地面对死亡,因此他的死标志着人类对死亡的胜利。

最后是性爱的主题。《蒂博一家》中的性爱描写并不直接和露骨,而是以或隐或显的方式表现出来,但是大胆地涉及了同性恋和乱伦等禁忌,例如雅克和达尼埃尔的友谊本身就相当暧昧。这类描写是表现人生的悲欢离合,表现人和生活的复杂性的一个重要方面。正因为如此,加缪才把这位现实主义作家视为现代派文学的先驱,并欣然为《罗杰·马丁·杜加尔全集》作序。

第二节　布勒东

超现实主义这个始终处于动荡之中的流派之所以能够存在和发展,除了社会和历史方面的原因之外,主要是靠着它的创始人和主将,唯一的理论家安德烈·布勒东(1896—1966)的不懈努力,因此可以说只有他的言论和著作,才是关于这个运动的第一手资料,对于超现实主义和布勒东本人,人们无疑会做出各种不同的以至截然相反的评价,但是他把超现实主义作为自己的理想而执着追求,并为之始终不渝地奋斗到最后一息的精神,毕竟不无可取之处。

布勒东是独子,但他的母亲专横偏执,对他也疑虑多端,所以他从小就感到孤独和压抑。上学以后,他觉得学校生活是新的压抑,只有诗歌能使他摆脱苦闷。一位法语代课教师让他读波德莱尔和马拉美的诗作,使他第一次懂得了词语可能具有的魅力,并且对异常和绝对的事物越来越敏感。他特别喜爱象征主义诗人兰波的诗歌,也崇拜20世纪初的诗人阿波利奈尔,同这位超现实主义的先驱过从甚密。

布勒东于1913年开始学医,第一次世界大战爆发后应征入伍,于1916年在第二军精神病中心医院给主任医师拉乌尔·勒鲁瓦当助手,开始研究精神病学的经典著作,发现了当时法国人几乎不知其名的弗洛伊德,并且立即对他的尚未译成法文的著作产生了兴趣。正是弗洛伊德的学说为不满现实的诗人们提供了一条通向"超现实"的道路,即在催眠或梦幻等下意识状态下用自动写作法来"表现思维的实际功能"。布勒东认为人们无论愿意与否,都继承了在学校里被培养起来的"批判意识",正是这种意识造成了种种限制语言发展的障碍。这些障碍属于逻辑、道德和审美范畴,要使人类的语言恢复最初的纯洁和创造能力,就必须扫除这些障碍,这只有在下意识的状态中,即避免思想在清醒时所受到的限制时才能做到。简而言之,他和阿尔托等超现实主义者都认为梦幻比理性更能真实地反映世界。

1925 年,布勒东从第四期开始出任《超现实主义革命》的主编,推动超现实主义小组走上政治舞台,不过他在政治方面始终处于矛盾之中。他有一句名言:"马克思说改造世界,兰波说改变生活,这两个口号对我们来说是一回事。"这说明他们要进行的是个人革命而不是社会革命,他们不是主张在改造客观世界的同时改造主观世界,而是要用主观的幻想来改变客观世界。因此他们的政治活动至多只是捍卫个人的自由,而且往往会不顾客观条件的许可而一意孤行。布勒东在 1930 年发表的《第二次超现实主义宣言》里声称:"人们看到超现实主义不怕变成一种绝对反抗的、决不屈服的、永远破坏的教义,它所期待的只是暴力","最简单的超现实主义行动,是握着手枪来到街上,尽力向人群胡乱射击"。这种脱离实际的无政府主义的态度正是布勒东个人的悲剧,他要把马克思和兰波结合起来的企图是永远不可能实现的。他还认为有必要到法共内部去就革命问题进行讨论,结果当然只会引起法共的警惕,被党内的理论家视为异端而处于进退维谷的困境,受到来自党内外的夹击,最后被法共开除了。1938 年,面对超现实主义者们在无情的现实面前一再碰壁而四分五裂的困境,布勒东在墨西哥与托洛茨基发表名为《一种独立的革命艺术》的联合宣言,同时计划成立"国际独立革命艺术协会"。该宣言把托洛茨基的"不断革命论"原则运用到艺术领域,在超现实主义运动内部引起了动荡,造成了艾吕雅等与小组的决裂,终于使布勒东众叛亲离,几乎成了光杆司令。

超现实主义的创始者们无不以诗歌著称。布勒东身体力行，除了主编杂志、发表宣言和艺术评论之外，早在1919年就出版了带有象征主义色彩的诗集《当铺》，他与苏波合作的《磁场》(1920)之所以采用这个名称，是由于他们认为物质和精神的世界只是一个处于永恒的振动之中、一切都在无形地相互干扰和联系的磁力场。他接着发表了诗集《地光》(1923)，进一步发展了《磁场》中运用的自动写作法。1924年10月发表《超现实主义宣言》之后，他紧接着在当月就发表的散文诗集《悠悠游鱼》，也完全体现了自动写作法的风格。他的长诗《自由联合》(1931)由于手法新颖被收入法国大学和中学的教材。布勒东在诗歌方面的代表作是《白发左轮枪》(1932)，其中以银色和白色作为基调，突出了光线与色调的对比。他写于1945年的长诗《傅立叶颂》，以幽默的笔调揭露了战争，讽刺了社会现实中阴暗的一面，表明他已经放弃了自动写作的创作方法。

第二次世界大战爆发后，布勒东去美国避难，1946年回到法国。布勒东虽然余勇可嘉，可是他既要反资本主义，又要反斯大林，毕竟是力不从心。他没有一份属于自己的大量发行的报刊，即使编杂志也是出了几期就办不下去了。布勒东去世之后，继续领导小组活动的许斯特于1969年10月4日在《世界报》上发表了《第四章》，表明小组已不可能保持一致，实际上宣告了超现实主义运动的结束。

从独立精神的角度来看，布勒东是一位勇士。他在20年代带领一群青年反抗社会、反抗现实，诗人的气质使他幻想用自动写作法去刺破人与世界、男人与女人、现实与梦幻、现在与未来之间的奥秘，去捕捉无法把握的东西。他无畏地从事了不可能成功的事业，这种在艺术上前所未有的大胆尝试对现代文学产生了深远影响。布勒东对未来似乎充满了信心，在1966年去世前留下了极为严格的遗嘱，死后50年内不准发表他的书信。因此，人们尽管对布勒东有着不同的、往往是截然相反的评价，但是要到2016年才能彻底了解布勒东的全部思想。到那时候，历史最终将对他和他的事业做出公正的结论。

第三节　莫里亚克

弗朗索瓦·莫里亚克(1885—1970)出生在法国波尔多一个富裕的家庭。人们在提到他的名字时,往往要把他的名字和姓氏都写出来,这是为了与他的长子,当代作家克洛德·莫里亚克加以区别。1906 年,莫里亚克在波尔多文学院毕业,获文学士学位,1908 年进入巴黎文献学院,次年就退学从事文学创作,1909 年发表第一本诗集《双手合掌》,著名作家巴雷斯在《巴黎回声报》上撰文赞扬,使他很受鼓舞。此后接连发表了诗集《告别少年时代》(1911),小说《戴锁链的孩子》(1913)和《白长袍》(1914)。第一次世界大战爆发后,他先是参加抬担架,后来入伍当医护助理,1917 年因病退伍。战后他继续从事小说创作,发表了《肉与血》(1920),描写宗教、爱情与社会偏见的冲突;《优先权》(1921)讽刺了上流社会中某些人冒充高雅的虚荣心。20 年代是莫里亚克创作的高峰时期,继成名作《给麻风病人的吻》(1922)之后,他连续出版了《火河》、《热尼特里克斯》(均为 1923)、《恶》(1924)、《爱的荒漠》(1925,获法兰西学士院小说大奖)、《苔蕾丝·德斯盖鲁》(1927)和《命运》(1928)等作品,以及一些诗歌和文艺评论集。

进入 30 年代,他虽然仍在创作小说,但除了名作《蛇结》(1932)之外,其他作品如《弗隆特纳克家的秘密》(1933)、《夜尽头》(1935)、《黑天使》(1936)、《海之路》(1939)和《伪善的女人》(1941),以及战后出版的《脏猴儿》(1951)、《加利加伊》(1952)和《羔羊》(1954)等,与 20 年代作品相比都略逊一筹。他在 1932 年担任了法国文人协会主席,1933 年当选为法兰西学士院院士。1958 年获得荣誉勋位团的大十字勋章。他于 1970 年 7 月 1 日去世,法国政府为他举行了国葬,戴高乐总统在唁电中将他誉为"嵌在法国王冠上最美的一颗珍珠"。

另一方面,他的创作从 30 年代开始也发生了变化,主要在报刊上发表支持西班牙共和派的文章,后来收集成四卷《日记》(1934—1951),记载了许多历史事件,有些是写得非常优美的散文。他曾用化名出版了宣传抗战的小册子《黑色笔记本》(1943),同时还创作了剧本《阿斯摩泰》

(1938)、《不被人爱的人们》(1945)和《地上的火焰》(1951)等。50年代起，他作为《费加罗报》和《快报》的记者，不断发表评论时事的文章，收集成四卷《杂记集》(1953—1971)，并且出版了三部重要的回忆录：《内心的回忆》(1959)、《新内心的回忆》(1965)和《政治回忆录》。在去世的前一年，他发表了自传性小说《昔日一少年》(1969)。

莫里亚克的创作生涯长达60年之久，作品多达100卷以上，其中有26部小说、四个剧本、五本诗集，其他是各种评论、日记、随笔和回忆录。因此不难看出，小说在他的创作中占有最重要的地位。他在1952年获得诺贝尔文学奖，但他的杰作都是在20年代至30年代初发表的，其中最值得评析的是《给麻风病人的吻》、《爱的荒漠》、《苔蕾丝·德斯盖鲁》和《蛇结》。

《给麻风病人的吻》写女主人公诺埃米的悲剧。她年轻漂亮，但是她的父母贪图财产，使她在教士的劝说下，嫁给了既身体衰弱又奇丑无比的让·佩罗埃尔。夫妻之间不可能有任何肉体上的亲密关系，她的吻就像给麻风病人的一样，纯粹是迫不得已。佩罗埃尔无比悔恨，离家去了巴黎。这时诺埃米爱上了年轻医生，教士赶紧把佩罗埃尔叫了回来。他回来后决定慢性自杀，每天去看护一个垂死的结核病人，最后自己也染上了结核病，悄无声息地死去。诺埃米不得不为他守寡，照顾与他同样丑陋和衰弱的父亲。她的悲剧是金钱至上的资产阶级社会造成的，她嫁给佩罗埃尔就意味着死亡，只有在他离家出走时她才恢复了活力，开始追求自己的爱情，然而丈夫一回来，她就重新陷入了孤独无助的命运，过着生不如死的生活，这种处境就是在丈夫死后也无法摆脱。莫里亚克因这部作品而成名，从此揭露资产阶级家庭的悲剧就成了他小说的主要题材。

《爱的荒漠》的主人公是库雷热医生，他功成名就，但是家庭生活并不美满，与妻子没有什么感情。结果他爱上了漂亮的寡妇玛利亚·克鲁斯，而他放荡的儿子雷蒙也爱上了她，父子之间因此关系紧张。玛利亚对他们谁也不爱，她认为再温馨的家庭也填补不了她内心的孤独。小说表明了人与人之间以及人的内心里都是一片荒漠的世界，反映了资产阶级精神的委靡和思想的空虚。

《苔蕾丝·德斯盖鲁》写荒原上长大的姑娘苔蕾丝嫁给了朋友的哥哥

贝尔纳,进入了这个外省的地主资产阶级家庭。她丈夫自私傲慢,庸俗不堪,根本不懂什么是爱情。丈夫一家人都饱食终日,灵魂空虚,使她十分讨厌。她虽然已经有了一个女儿,却还是下意识地想不惜一切摆脱这个家庭的桎梏,所以涂改了丈夫有毒性的胃药剂量,使他慢性中毒,结果被医生发现,告上法庭。贝尔纳为了挽回家族的声誉,决定不予起诉,事后还跟她装得像一对恩爱夫妻。苔蕾丝本来打算向丈夫忏悔,求得他的宽恕,但是他们没有共同语言,因此无法沟通。她想自杀,但没有成功,一直过着寂寞的日子,只能靠幻想来消磨时间。丈夫终于放了她,然而不是离婚,只是让她到巴黎去独自生活。她对什么都没有兴趣,独自面对着漫漫长夜般的未来。这部小说获得法兰西学士院小说大奖,奠定了他在文坛的地位,原因不仅在于他又一次揭露了资产阶级的家庭悲剧和夫妻之间的相互不可理解,而且对女主人公的心理活动做了细致深刻的描绘,揭示了人的内心里存在着善与恶的冲突,理智与激情的斗争。

《蛇结》是莫里亚克的名著,主人公路易是个律师,也是个猥琐的老守财奴。他出身贫贱,靠着投机钻营获得了财富,为了进入上流社会而娶了一个贵族小姐。但是妻子对他没有什么感情,他就把妻子和儿女都当成敌人,日夜守着自己的保险箱,要把财产留给他在外面的私生子。不料他的私生子非常胆小,暗中向他家告发了他的行径,于是引起了全家对他的仇恨。路易生活在自己造成的“蛇结”之中,直到临死才明白了他一生的错误,在对不幸的外孙女的同情中获得了爱和信仰。与巴尔扎克笔下的葛朗台相比,路易这个20世纪的守财奴不仅同样爱财如命、没有人情,而且显然更卑鄙。莫里亚克一方面以犀利的笔触,揭露了资产阶级的堕落,同时又出于天主教徒的信念,给罪人指出了一条超脱罪恶的出路。

莫里亚克的作品兼有现实主义和现代主义的特色。他生长在资产阶级的家庭环境里,熟悉富人的虚伪和贪婪,揭露起来往往入木三分,毫不留情,如实地反映了这类家庭里的种种矛盾和冲突,因此他的小说虽然不大涉及当时的社会斗争,却依然有着鲜明的现实主义色彩,这也是萨特后来对他的笔法加以嘲讽的原因。另一方面,他对人物心理活动的刻画,已经超出传统心理描写的范围,通过大量的内心独白触及了灵魂深处的奥秘,乃至于下意识的活动。例如苔蕾丝对丈夫下毒,这种做法的动机连她本人也并不完全清楚,是一种下意识的行为,这就具有了现代主义文学的特征。

第五章

德语文学

概述

第一次世界大战后,战争造成的灾难,通货膨胀和货币贬值带来的混乱,导致德、奥原有价值观念的丧失。这是一个狂热的、无政府主义大泛滥的时代。这失落的一代青年,在迷惘中希望能找到一条出路,而表现主义便顺应了他们的愿望与憧憬,因而在战后再次经历了自己的繁荣期。

诗歌和戏剧是德国表现主义的主要体裁。诗歌是呐喊,也是爆发,它摒弃了叙述和描写,以电报式的精练语言和不连贯的叫喊来表达诗人的内心痛苦,表现现代大都市的光怪陆离和颓败,呼唤人类的平等和博爱。诗歌往往使用一连串名词和感叹号,而形容词和动词却用得很少;它打破了通常的韵律和语言规则;节奏不断变化,时而跳跃,时而停顿。戏剧作品大多表现两代人之间的冲突和对抗,有时甚至出现强奸和谋杀的极端场面,剧作家并不追求人物形象的逼真与丰满,主人公往往是某种思想观念的象征或剧作家思想的载体;剧情荒诞离奇,变化突兀,犹如奇峰突起;结构松散零乱,梦幻与现实间没有明确界限;语言简练,但独白往往很长。表现主义小说追求新奇,其人物常为各种冲动、焦虑所困,是作者思想和幻觉的外化。贝歇尔、凯泽、托勒、布莱希特、卡夫卡、德布林、拉斯克-许勒、贝恩和韦弗尔等作家成为表现主义的代表。

作为现代文艺流派的达达主义，产生时间比表现主义略晚，但却与表现主义并行发展。它反映了第一次世界大战期间和战后资产阶级价值观的失落，一代年轻知识分子的内心苦闷、精神寂寞，对现实的彷徨和迷惘，并希望以彻底破坏旧世界、旧传统来获得新生。达达主义出自表现主义，但比表现主义更激进、更极端和更具虚无主义色彩。表现主义否定以往的传统和文明，但力图创造新东西；达达主义也否定一切，但主张回到无意义的幼稚和原始状态，完全自由地表现作家的主观现实或内在现实、直觉和下意识，至于要创造什么，他们并不清楚。

随着通货膨胀的克服，社会的逐步稳定和经济的逐步回升，1924 年德国在政治上和经济上迎来了相对稳定时期，表现主义运动则失去了先前的势头，人们开始对反叛、呐喊、激情感到厌倦，对新人的信念随即破灭，大家普遍注重实际和功效，表现主义的营垒日益分化。作家主张按照生活的本来面目来创作，理性、客观地去反映现实，强化作品的文献性和纪实性，摒弃非理性的感情冲动。于是，取代表现主义的新实际主义便脱颖而出，许多不同流派的作家或加入了其行列，或受其影响。新实际主义的代表人物是凯斯特纳、克斯滕、林格尔纳茨和图霍尔斯基。

这一时期，梅林、卢森堡、李卜克内西等一批无产阶级革命领袖继续发表文艺评论或论著。德国革命运动极大地推动了工人文学和无产阶级革命文学的发展，特别是在魏玛共和国的中后期，无产阶级文学运动得到很大发展，形成了声势很大的新高潮。1928 年 10 月 19 日德国无产阶级革命作家联盟成立，成为国际革命作家联合会的德国分部。许多工人作家和从表现主义、达达主义、新实际主义等流派分化出来的各阶层的左翼作家，积极参加无产阶级革命文学运动，涌现出如贝歇尔、布莱希特、西格斯、雷恩、魏纳特、沃尔夫、马尔希维察和布雷德尔等一大批著名革命文学家，产生了一批有影响的作品。布莱希特和皮斯卡托积极进行戏剧革新，前者通过认真研究马克思主义创立了叙事剧理论，后者提出了“政治剧”概念，并在实践中都取得了辉煌成绩。

这时期现实主义文学继续蓬勃发展，尤其是德国无产阶级革命作家联盟的成立，大大促进和推动了它的发展。一方面加强了社会批判和反战的力度;另一方面着重从哲学层面进行思考,探索摆脱精神危机的途径,这使许多作家的作品都带有很强的哲理性。现实主义阵营中既有以传统写作方法为主的作家,也包括许多从别的流派走来的作家,他们相互影响,一些现代写作技巧,如心理分析、意识流、蒙太奇、梦幻、时空颠倒等被普遍采用。反映政治和社会现实的时代小说、心理小说和反战小说引人注目。

此外,诗歌朗诵、说唱艺术和大众戏剧在魏玛共和国时期的群众文化生活中起了重要作用。朗诵和说唱,尤其是卡巴莱艺术,当时非常流行(卡巴莱指演出具有政治或社会讽刺内容的说唱或歌舞节目的餐馆或酒吧)。柏林"新俱乐部"派的"新激情卡巴莱"是德国表现主义作家的第一个集合点,苏黎世的"伏尔泰卡巴莱"是达达主义的大本营。图霍尔斯基、凯斯特纳、贝歇尔、布莱希特、魏纳特等不同流派诗人的作品,不仅在卡巴莱吟唱,而且还在群众集会上朗诵。朗诵和说唱这种文艺形式对于宣传和鼓动群众、揭露敌人、反对战争起到了很好作用。

大众戏剧是群众喜闻乐见的一种戏剧形式,以人民大众,尤其是广大劳动人民为对象,反映他们的传统生活习惯,为他们的利益服务,满足他们的娱乐需求。德国和奥地利的大众戏剧有着漫长的传统,往往以民间传说和童话为基础进行再创作,多采用诙谐风趣的形式,描写典型的地方环境,并用方言来刻画和塑造人物,具有浓郁的地方色彩,在20世纪二三十年代再次获得新的繁荣。厄登·冯·霍瓦特和楚克迈耶等都是著名的大众戏剧家,颇受人们喜爱。

这一时期大致上可以划分为战争和动乱时期(1914—1923)及相对稳定时期(1924—1929)两个阶段。德国和奥地利社会历史的独特发展产生了独具特色的德语文学,前一阶段以表现主义为主,后一阶段以新实际主义和无产阶级文学为主,而现实主义文学则在各个流派的相互交叉和影响中继续自己的发展道路。这是这一时期的基本文学格局,其重要作品,诗歌方面有里尔克的《杜伊诺哀歌》(1922)和《致俄耳甫斯十四行》(1923)、贝恩的《瓦砾》(1924);小说方面有托马斯·曼的《魔山》(1924)、海因里希·曼的《臣仆》(1912—1914)、黑塞的《荒原狼》(1927)、卡夫卡的《变形记》(1915)和《城堡》(1926)、德布林的《柏林亚历山大广场》(1929)、法拉达的《小人物——怎么办》(1932)和马尔希维察的《袭击埃森》(1931),还有雷马克的《西线无战事》(1929)、雷恩的《战争》(1928)和阿·茨威格的《格里沙中士案件》(1927)等著名反战小说;戏剧方面有豪普特曼的《日落之前》(1932)、霍夫曼斯塔尔的《惹麻烦的人》(1921)、凯泽的《从清晨到午夜》(1916)、《珊瑚》(1917)和《瓦斯》(1918—1920)及托勒的《群众与人》(1921)、布莱希特的《三毛钱歌剧》(1928)、楚克迈耶的《科佩尼克上尉》(1931)和霍瓦特的《维也纳森林的故事》(1931)。这一时期文学成果骄人,其中不少作品已进入世界文学之林,时代风云在各流派的文学中都得到了反映。

第一节　卡夫卡

弗朗茨·卡夫卡(1883—1924)是一位风格独特、思想深邃的奥地利作家,20世纪西方现代主义文学的奠基人之一。他出生在奥匈帝国统治下布拉格一个犹太商人家庭,德语是卡夫卡的母语。他在布拉格老城德语文科中学毕业后,于1901年入布拉格德语大学攻读日尔曼语言文学,后从父命改学法律,1906年获法学博士学位,到一家意大利保险公司供职,从1908年7月起进入"布拉格波希米亚王国工伤事故保险公司"工作。1917年卡夫卡肺结核发作,病魔使他不能坚持正常工作,于1922年提前退职。此后,他同病魔进行顽强搏斗,但终因病情恶化而不治。1924年6月3日,他卒于维也纳附近克洛斯特新堡的基林疗养院,年仅41岁。6月11日,他被安葬在布拉格斯特拉施尼茨犹太人公墓。

卡夫卡喜爱文学,阅读广泛。创作是他生命的一部分,无论是在保险公司供职的业余时间还是在养病期间,他都孜孜不倦地写作,记日记,这给我们留下了大量珍贵的文学遗产,可是作家生前发表的只有《观察》(1913)、《司炉》(1913,为《美国》的第一章)、《变形记》(1915)、《判决》(1916)、《在劳役营》(1919)、《乡村医生》(1919)、《饥饿艺术家》(1924)等一部分短篇叙事作品。《美国》(写于1912—1914年)、《审判》(又译《诉讼》,写于1914—1915年)和《城堡》(写于1922年)等三部未完成的长篇小说和许多中、短篇小说,以及大量书信、日记、格言、随笔等,均未发表。

卡夫卡的早期作品有:《一次战斗纪实》(1904—1905)、《筹办乡村婚礼》(1907)以及后来收在《观察集》(1912)里的一些短篇。《观察集》是卡夫卡出版的第一本书,1912 年也是他在创作上取得突破的一年:年初开始写长篇小说《失踪者》(卡夫卡死后,1927 年布罗德以《美国》为书名出版),还写了小说《判决》和《变形记》。卡夫卡第一部长篇小说《美国》以 16 岁的布拉格青年卡尔·罗斯曼的视角,描写他在美国的经历:到达纽约港,富有的舅舅对他的接纳和抛弃,跟两个无业游民一起过流浪生活,在一家大饭店当电梯工以及被撵出,再次与两个无业游民为伍,被迫做了他们的奴仆。卡夫卡没有到过美国,对美国社会的描写纯属虚构,对于他,美国象征着普遍化了的资本主义世界。通过罗斯曼的种种遭遇,小说着力表现处于黑暗、充满敌意的社会中,一个孤立无援的个体生命的孤独和绝望。《变形记》写于 1912 年 11 月中旬至 12 月初。主人公格里高尔·萨姆沙一天早晨从噩梦中醒来,发现自己变成大甲虫,从此受到大家甚至家人的鄙视和唾弃,终于在冷漠的家庭气氛中默默死去。资本主义社会中,人的悲哀在于他无法掌握自己的命运,灾难任何时候都可能落在你的头上。卡夫卡的伟大正在于他深刻揭示了那个社会中人们普遍感到的忧虑和恐惧。小说以人变为甲虫的故事,描写资本主义社会中人的异化及其后果。小说由于深刻揭示了现代人的精神危机而成为现代派文学的经典之作。

1914 年 8 月卡夫卡开始创作长篇小说《审判》,主人公约瑟夫·K 是银行职员,在 30 岁生日那天突然无辜被捕,被宣布为罪犯,但法庭拿不出任何罪证,他的行动仍十分自由。他后来得知审判他的只是个初级法庭,由一个无形的最高法庭控制着。约瑟夫·K 想寻找这个最高法庭,但始终未果。他明知自己无罪,却又不得不四处奔走、申诉。最后在 31 岁生日前夜,他被两个黑衣人架走,秘密处死。小说以此表明,世界是荒诞的,个人的任何努力和抗争都是徒劳的。小说的荒诞反映了世界的荒诞,无辜的约瑟夫·K 被处决也就不难理解。而这正是西方社会中人的无奈和悲哀的写照。

写于 1922 年的长篇小说《城堡》更是一部典型的卡夫卡式的小说。

主人公是远道而来的土地测量员 K,应城堡之聘雪夜来到城堡下的村子。在以后的日子里,无论他怎么努力,都无法进入这个神秘莫测的城堡。这里的一切显得滑稽而荒诞。城堡主人拥有一套庞大的官僚机构,就连小小村长的办公室里,各种文件档案也堆积如山。办事人员都是些鬼魂似的人物,整天忙得不可开交,可是效率极差,所有部门都各自为政,互不通气。城堡主人的权威至高无上,可谁也没有见过他,然而他的影子和密探却无所不在,控制之严,简直匪夷所思,土地测量员的一举一动全在他的掌握之中,直至去世也未能踏进城堡一步。小说没有写完,据布罗德说,按卡夫卡的构思,K 继续为进入城堡而努力奔波,当他躺在病榻上临死之时才得到城堡通知,已获准在村里生活和工作,但进入城堡仍无可能。

《城堡》的荒诞只是作品的表象,作家是要通过这一荒诞的表象来揭示实质。城堡是一座没有出口的迷宫,K 在里面忙碌,奔跑,不懈地寻找,试图寻找出口,而 K 在寻求过程中所表现出的那种坚忍不拔的毅力,由于其终极价值的丧失而显得十分荒诞可笑。这正是整个被异化了的现代人的象征。从这个角度看,《城堡》是西方社会里人的生存处境的真实写照:没有出路,没有希望。城堡里的种种荒诞现象正是资本主义世界异化的生动反映,K 则是这一现代社会中芸芸众生的精神缩影。作家描绘了现存社会关系的野蛮和不人道,虽然他并不了解产生异化的原因,更找不到消除它的途径,正如 K 找不到进入城堡之路一样,然而作家用荒诞创造的梦魇世界却给人们带来了审美愉悦。对卡夫卡作品的不同解释,乃是作品本身的多义性所致。

卡夫卡的文学生涯正值德国和奥地利表现主义运动由兴而衰的时期。作家从未参加过任何表现主义团体,但产生表现主义的社会思潮和环境不可能不在这位年轻而敏感的作家的思想和创作上留下鲜明的痕迹。另外,与他交往的一些表现主义作家对他也有一定的影响。事实上卡夫卡的创作与表现主义文学有许多共同之处,如父子冲突和反权威、反专制斗争。但是作家的这个母题与一般表现主义有所不同。第一,在表现主义作家那里,包括反抗父辈在内的各种反抗权威的斗争,一般都是年轻一代"新人"取得胜利;而在卡夫卡笔下,倒霉的基本上是儿子或权威的反抗者。第二,是夸张、梦幻、变形的手法,例如格里高尔变成了甲虫,在

《致科学院的报告》(1917)中,一个变成了人的人猿居然向科学院报告自己的“进步”。通过变形,卡夫卡对人的异化,乃至于对自身的存在方式进行了全面反思和否定。第三,表现孤独、恐惧和绝望等现代人的普遍生存状态。格里高尔整天生活在恐惧中,不是害怕什么具体的人和事,而是恐惧成了他的存在方式。《地洞》(1923)中的那只小鼹鼠为了保存食物而焦虑不安,惶惶不可终日,这正是尔虞我诈、险恶恐怖的西方社会中小人物生存状态的写照。第四,情节的荒诞和离奇。无确定的时间和地点,也不交代前因后果。卡夫卡的整个世界就是荒诞。第五,作品中很多人物没有具体名字,只有象征性的符号,也不交代人物背景。主人公几乎都处于一种身不由己的境地。第六,具有一种冷峻风格,同表现主义的呐喊与宣泄相矛盾。卡夫卡没有塑造“新人”,也没有对革命的热情憧憬。

卡夫卡是20世纪的伟大作家之一,但他生前并未享有荣誉,这不仅因为当时他的主要作品都未发表,而且还因为人们对他创作的独特表现手法和深邃的思想内涵的认识和接受要有一个过程。真正的“卡夫卡热”是第二次世界大战后在西方开始的。对卡夫卡艺术观的持续争论,推动了世界“卡夫卡热”的形成,这股热浪也促进了我国的卡夫卡研究,并取得了可喜的成果。

第二节　雷马克

埃里希·马利亚·雷马克(1898—1970),原名埃里希·保尔·雷马克,生于德国奥斯纳布吕克书籍装订工家庭,祖先是法国人。他1915年入师范学校读书,翌年被征入伍,参加第一次世界大战,战后回母校修完课程,后当过教师、工人、商人、报纸撰稿人等,1925年起在柏林担任体育记者,1929年发表的反战小说《西线无战事》受到极大欢迎,成为世界知名作家。此后大部分时间他都生活在国外,先是在法国,1931年移居瑞士的阿斯科纳,1933年希特勒上台后,备受纳粹迫害,作品被禁,甚至公开被焚,1938年被取消国籍。1939年雷马克到美国纽约,1947年加入美国国籍。1970年9月25日,雷马克在瑞士洛迦诺逝世。

《西线无战事》是雷马克第一部成功之作,也是他的成名作,为作者赢得了世界声誉。小说主人公保罗·博伊默尔在学校教师的煽动下,报名当了志愿兵,参加第一次世界大战。通过他的自述,描写了他和七个伙伴的战争经历和体验。保罗经历了战场上的残酷生活,目睹了种种惨状,他感到十分迷惘,心灵受到难以治愈的创伤。保罗在回家休假时,已经没有了过去的"英雄气概"。他伤好后再次被派往前线时,德军已处于劣势,士兵中弥漫着厌战情绪,他的几个知心同学和伙伴非死即伤,全班只剩下他一人。1918 年 10 月的一天,在和平即将来临之际他中弹阵亡。这一天整个前线显得沉寂和宁静,战报上写着:西线无战事。

小说的成功首先在于它清醒、冷峻、真实地描写了战争的荒谬及其残酷和恐怖。作者从生命和人道的立场出发,憎恨和鞭挞战争,表达了饱尝战争苦难的人们的愿望和心声。保罗等年轻人在整训时曾到野战医院去看望伙伴克默里希,所见的一切让他们感到触目惊心。不久前克默里希还同他们一起烤马肉吃,而现在他的双腿已被截去。小说揭露和谴责了德国帝国主义鼓吹的"钢铁青年"、"保卫祖国"、"保卫人民"等一整套欺骗宣传,真实地刻画了当时"迷惘的一代"或"失落的一代"德国青年的心态和他们的醒悟。小说中八个士兵的痛苦经历和悲惨结局反映了一代人的命运,因而引起千万人的共鸣。保罗有次回家休假,发现自己同亲友之间已经没有共同语言。他所经历的残酷战争和见到的难以想象的一切,使他进一步看到战争的残酷,心里感到十分迷惘。在家乡的蓝天下,保罗真想把战争忘却,希望它永远过去,可是他又该走了,心里充满离愁别绪。母亲为他买了两条羊毛衬裤,让他带去,保罗心里疼得像刀割。随着战争的推移,保罗他们对战争的性质逐步有所认识,甚至发出了"该死的卑鄙的战争"的诅咒。所有这些描写,彻底粉碎了德国军国主义所宣扬的战争浪漫。小说还通过保罗的休假,反映了战时德国老百姓的思想和日常生活。小说风格冷峻、清醒而客观,文笔简洁,描写逼真,作者对战斗场景的描绘令读者像看立体电影一样,有种身临其境的感觉。书中对年轻士兵在战场上恐怖心理的描写深深震撼着读者的心。小说结构比较松散,许多章节都可以独立成篇,合在一起又构成一部完整的小说。

《西线无战事》是雷马克根据自己的亲身经历于 1927 年下半年写成的,于 1928 年在《福斯报》上连载,1929 年出版,受到热烈欢迎,加上其他语种译本，当时总发行量在500万册以上，成为“古今欧洲书籍的最大成就”。但是小说也遭到一些有沙文主义思想的人的攻击，称小说是对前线士兵的侮辱。后来纳粹分子对小说中所表现的反英雄主义态度更是不能容忍。1930年由小说改编拍摄的美国同名电影正准备在柏林上映，纳粹党魁戈培尔便唆使一帮希特勒青年团员对剧场捣乱和破坏，最后影片被禁映。

1931年雷马克出版了被视作《西线无战事》续篇的长篇小说《归途》。它描写从战场上活着回来的“失落的一代”，面对失败的痛苦和战后德国的社会现实，只好消磨在酒精里，沉溺在对前线“战友情谊”的回忆中。沉寂六年之后，雷马克从1938年起又发表了多部长篇小说，其中反映战后“迷惘一代”的失落感和幻灭感以及通货膨胀年代生活的有《三个战友》（1938）、《黑色方尖碑》（1956）和《老天无宠儿》（1961），描写纳粹统治时期德国流亡者生活的有《流亡曲》（又名《爱你的亲人》，1941）、《凯旋门》（1945）、《里斯本之夜》（1961）和作家死后一年出版的《天堂阴影》（1971），反映第二次世界大战的有《生命的火花》（1952）和《生死存亡的年代》（1954）。在这些作品中，《凯旋门》最成功，影响也最大。雷马克还写过剧本，并将多部小说改编成电影，搬上银幕。

第三节　黑塞

赫尔曼·黑塞（1877—1962），瑞士籍德国人，1946年诺贝尔文学奖和歌德奖获得者，是20世纪德语文学中的一位大作家，也是20世纪上半叶最有影响的欧洲作家之一。他出生在德国施瓦本地区卡尔夫镇，从小生活在与印度和瑞士关系密切的家庭里。1899年他发表了处女作诗集《浪漫主义之歌》和散文集《子夜后的一小时》。

1904年黑塞发表自传性长篇小说《彼得·卡门青》，这是他的成名作，以第一人称叙述彼得·卡门青的心路历程。这位农民之子走出瑞士阿尔卑斯山村进入城市后，跻身于上流社会，经历了成功的喜悦，也尝到了失去爱情的痛苦，这使他对人生感到空虚、迷惘和厌倦。最后他回到家乡，返归自然，投身于集体福利事业，在工作和劳动中冲刷自己的哀愁和烦恼，恢复了内心平静，并从纯朴的人民生活中汲取营养，继续创作。小说描写主人公从童年、少年到青年的成长道路和对人生的探索，着重揭示他内心的体验和经历，继承了德国发展小说同心理小说相结合的传统。小说的结局表明，只有生活在人民中间才能产生真正的艺术，以此激励人们去追求人道和纯朴，去探索生活的意义。第一次世界大战前，黑塞创作了长篇小说《格特鲁德》(1910)和《骏马山庄》(1914)以及短篇小说《克努尔普》(1915)。《骏马山庄》和《克努尔普》的出版，标志着作家以抒情印象主义为特征的第一阶段创作的结束。

1919年黑塞从伯尔尼迁居泰桑州的蒙塔尼奥拉，直到去世。1923年黑塞加入瑞士国籍。战争使这位新浪漫主义诗人成了宗教和世界观的探寻者，他那饱含东方智慧的言论尤其在青年人中得到强烈反响。战争期间至20年代他发表了许多作品，如长篇小说《德米安》(1919)、中篇小说《克林索的最后一个夏天》(1920)、长篇小说《悉达多》(1922)。这些作品构成作家创作的第二阶段，彷徨和探索是这些作品的主题，在创作上突出了对"通往内心之路"的探索和心理分析。

《悉达多》是黑塞十年前印度之旅的成果。"悉达多·乔答摩"系佛祖释迦牟尼出家前的本名，小说根据佛祖早年生活而作。悉达多这位出身高贵的婆罗门青年，对世俗生活感到厌倦，于是离家出走，去探寻人生的意义。在这一过程中，他再度沉湎于世俗生活，享受了权力、金钱和美女的乐趣，但仍然觉得精神无所归依，最后他作为苦行僧到处流浪，经过锲而不舍的静修，终于从不断流逝的河水中受到启示。他感叹人生就像河水，不断自我转化，不断新生，并由此而悟出"变化中的持久"这一辩证哲理。于是他就在河边住下，当摆渡人的助手。多年以后他在精神上得到彻底解脱。小说反映了作家对现代文明的否定和为摆脱这种文明而作的努力。小说出版时，正值第一次世界大战后的通货膨胀时期，德国和奥地利"失落的一代"青年对社会现状极为不满，对前途感到迷惘，作家对人类精神解放途径的探索引起了他们的共鸣，书中的东方异国情调更使他们着迷。

长篇小说《荒原狼》的出版，标志着他第三阶段创作的开始，随后又出版了长篇小说《纳尔齐斯和戈尔德蒙德》(1930)和中篇小说《东方之旅》

(1932)等。法西斯势力横行时期,黑塞隐居瑞士乡间,用十年时间创作了最后一部长篇小说《玻璃球游戏》(1943),这是他一生中最重要的一部作品。这一阶段的创作特点是作品形式新颖,突出了求索和为理想献身的主题。

长篇小说《荒原狼》是黑塞这一阶段的代表作之一,也是一部独白小说。“荒原狼”是主人公哈里·哈勒尔的自称。哈勒尔是一位年近半百的作家,生活中遭受了一系列打击,妻子发疯,把他从家里赶出来。他不甘于同周围世界妥协,因此他孤独,不合群。他在读到一篇《论荒原狼》的论文后,悟出自己精神分裂的根源在于自己身上同时存在着“人性”和“狼性”。他既要跟社会斗,也要跟自己身上的兽性斗。在教授家的一次聚会上,他的反战言论在那些民族沙文主义者中间受到斥责。后来在“魔幻剧场”这个幻想世界里,黑塞娴熟地驾驭意识流技巧,超越时空,使梦幻和现实交汇在一起,展示了形形色色的社会生活和哈勒尔的内心世界。在那里,哈勒尔又有多重生活的体验,见到了他爱过的姑娘,最后歌德、莫扎特等“不朽者”以崇高的人道主义思想使他分辨幻象和现实,摆脱绝望,重新回到现实生活之中。当然,单凭歌德和莫扎特等“不朽者”的高尚精神不可能医治哈勒尔们身上的“狼性”和西方社会的时代病,它只不过是黑塞的浪漫主义追求和理想而已。

黑塞在很多方面与这部小说的主人公相似,因此可以说《荒原狼》是作家的独白,是对行将登台的法西斯主义的预言,是向世界发出的警告。小说的形式和结构独特而新颖,包括“出版者序”和“哈里·哈勒尔自传”两个部分。前者以作者视角叙述“荒原狼”哈里·哈勒尔的一般外在特征、性格和生活方式;后者为“荒原狼”——作家哈勒尔的手稿,是小说的主要部分,并插入一篇论文《论荒原狼》。后来主人公进入梦幻剧院,这就形成了小说的多层次结构,它充分显示了黑塞精湛的心理分析技巧。按精神分析学的观点,潜意识对意识有决定性作用,人的内心深处存在一片混沌、杂乱、疯狂的潜意识汪洋,其中包含与动物无异的隐秘的、原始的本能和欲望,该小说的名字,哈勒尔对“自我”的解剖,主人公身上的兽性、双重人格和心灵深处的阴暗面——这一切都表明精神分析学对作家的影响。

黑塞在青年时期受印象主义、新浪漫主义熏陶，“青春风格”和后来的表现主义对他也有不同程度的影响。他谙熟那个时代的各种写作技巧，将意识流、精神分析、梦幻、象征等融入自己的创作之中，而且运用起来得心应手，但他的创作仍以现实主义为主，并兼纳各种流派之长。他坚信人道主义，并从德国人文主义传统出发来审视时代、社会和人生，揭示资本主义社会对人类精神、文化的危害，对个体发展的摧残。他的作品大多描写西方社会中人的孤独、彷徨、失落和对回归自然的渴望，反映了个体存在的精神危机和部分西方知识分子拒绝工业文明的思潮。作为一个忠于人文主义传统的作家，他又力图走出既定的文明方式，努力寻找艺术和精神的完美，以填补内心的孤独和寂寞。

浓厚的东方文化气息构成黑塞作品的另一大特点。他十分向往东方，主要是向往印度和中国的精神文化，在青年时代就熟读了德国文学家和哲学家的有关作品。他在《自传》里说，他一生都热衷于研究印度和中国智慧，虽然没有到过中国，但印度之行使他接触到华侨，并把目光由印度转向中国。他认为中国人的“内省”和“静修”可以对抗西方势头强劲的物质主义，并认为中国古代智慧是医治欧洲时代病的良方，这在德语作家中并不多见。他曾写过一些取材于中国历史的散文、诗歌、童话和故事，而且中国哲人和诗人常出现在他的作品中，特别是晚期作品中。《悉达多》中主人公的智慧，照黑塞的说法，与其说接近释迦牟尼，不如说更接近老子；《玻璃球游戏》中多处引用《易经》、《吕氏春秋》和老庄哲学并加以评述。他特别关注道家思想，对中国思想文化有较深了解。

第六章

澳大利亚、新西兰和加拿大文学

概述

澳大利亚文学

20世纪初,澳大利亚文学循着19世纪90年代所开创的民族主义文学道路继续前进,逐步趋向成熟。这一时期,作家们注意的焦点仍然是19世纪末诗人和小说家们所倾心描绘的丛林生活,当然反映的内容已有所不同,由原来着力刻画丛林人谋生的艰辛,转向了描写由于资本主义生产方式的介入而自由自在、乐天达观的丛林人如何失去人的独立性以及他们不倦的抗争。这一时期的长篇小说也格外灿烂夺目,主流依旧属于劳森传统,在反映内容和表现风格上仍力求"澳大利亚化",与19世纪90年代一样,表现的重点依然在农村。但与以往不同的是,作家们视野更为开阔,不仅继续反映丛林人生活,而且把写作的触角探向小镇、矿山和土著区,甚至四处流浪的马戏团,小说的样式更加丰富,有历史小说、传奇小说、家世小说、流浪汉小说、纪实小说等。在思想内容方面,除了表达原有的艰辛谋生之外,还进一步揭露了贫富之间的差别和矛盾,及土著人所遭受的压迫和苦痛,也歌颂了穷人之间的团结,及其不畏强暴的斗争。这些作品的写作技巧虽因人而异,但也不乏共同特征:集笔力于塑造人物形象,并主要通过动作和对话来刻画,强调细节真实;外部描绘较多,内心世界刻画不足;基本上采用现实主义表现手法,但扬弃了劳森等人的随意性,而且是苦运匠心,博采欧美同行之长为其所用。但这些小说都有一个相同缺陷,即满足于追求表面真实而缺乏深刻性,因而少了一种动人心魄的力量和耐人咀嚼的韵味。这一时期劳森派小说的代表作家主要有弗兰克林、普里查德、帕尔默等。迈尔斯·弗兰克林(1879—1954)是一位致力于反映早期牧场生活的小说家,坚决主张表现澳大利亚地方色彩,发展民族主义文学,以写牧场家世小说来渲染首批土地占有者和牧场主的生活,忠实地记录了先驱者奋斗和发家的艰苦历程。凯瑟琳·苏姗娜·普里查德(1883—1969)是澳大利亚学识渊博的作家之一,也是一位反映劳苦大众生活和斗争的现实主义作家,她十分重视挖掘农村中的"美和活力"。万斯·帕尔默(1885—1959)是位才艺广博的文人,集小说家、戏剧家、诗人、文艺评论家和编辑于一身,一开始便为澳大利亚民族主义文学奔走呼喊,为其戏剧的生存竭尽心智。诺曼·林赛(1879—1969)宣扬"性解放"和"青春的放荡与叛逆",其代表作为《雷德希布》(1930)。切斯特·科布(1899—1943)以乔伊斯的意识流和内心独白等手法,创作了《莫法特先生》(1925)和《幻灭岁月》(1926)。

新西兰文学

20世纪20年代,新西兰出现了一批优秀女作家,她们使文学在主题上、技巧上、作家的洞察力和对国内外的影响上,都有了长足进展。这一时期的诗歌创作也表现出走到十字路口时的彷徨。诗人们既感到文化根源被割断,成了精神流放者,又沉湎于对欧洲的怀旧,因袭陈规。他们的诗作甚至失去了殖民开拓期朴实粗放的特点。这说明浪漫主义诗歌临近枯竭,走入了最后阶段,同时也预示着现实主义诗歌新潮即将到来。而另一方面,战后新一代青年诗人已崭露头角,无法像父辈那样心安理得地以英国人自居,盲目继承传统。他们搁浅在两个世界之间,探索着殖民地生活中能赋予诗歌新生命的东西和表达新意识的诗的语言。除了这一时期出现的最值得骄傲的文坛女杰曼斯菲尔德外,曼德、戴万妮、鲍恩和达根等一批女作家、女诗人都推出了各自的力作,为30年代民族文学高潮的到来做了重要铺垫。简·曼德(1877—1949)曾因无法忍受新西兰的小地方主义和清教思想而先往来于新西兰与澳大利亚之间,后又去纽约和伦敦定居,直到1932年才返回故土。曼德的小说是了解第一次世界大战前后新西兰乡村社会的镜子。她的文学地位由三部关于北奥克兰乡村的小说确立:《一条新西兰河的故事》(1920)、《激情的清教徒》(1921)和《艾伦·阿戴尔》(1925)。曼德的第一部小说《一条新西兰河的故事》一举成功,作品中作者以一个带有英国体面社会对阶级、宗教、性别偏见的女子为主线,描写她在新环境中意识观念逐渐转变的痛苦过程。琼·戴万妮(1894—1962)的作品也反映妇女问题,反映在清教思想束缚下人们对婚姻、道德等问题的认识。在20年代,她是唯一敢于打破思想禁忌,敢于处理现实社会问题的小说家,对新西兰社会中许多传统观念提出了大胆挑战。布兰奇·鲍恩(1870—1958)受英国文化的影响很大,但她的诗却大胆创新,与本土同代诗人的保守形成具有讽刺意义的对照。最受批评界推崇的是《鲁本及其他》和《辛格尔·肖特及其他》。在《鲁本》中,女诗人既学习吸收了华兹华斯无韵诗的手法,同时又大胆突破英国诗歌传统,从同属于殖民地的澳大利亚民谣中汲取养分,寻找借鉴,读起来琅琅上口,轻快活泼。第一次世界大战后最有希望的诗才是艾琳·达根(1894—1972)。她的作品将20年代与后期诗歌连接起来,并在国际上赢得了声誉。她是爱尔兰移民的后代,生活在失去了文化根基的爱尔兰移民中间,对民族与文化归属问题具有敏锐的意识,往往取自己的出生地马尔伯罗省为诗歌背景。虽然曼德、戴万妮为新西兰小说界吹进了一股清风,鲍恩和达根等已经预示了诗坛希望的黎明,但人们要等到30年代萨吉森和马尔根等一大批优秀作家,柯诺、费尔伯恩和梅森等一大批优秀诗人的出现,才能真正看到文坛上云开日出的艳阳天。

加拿大文学

20世纪初，加拿大年轻一代的作家们努力发展与独立国家地位相称的加拿大文学，完成了晚期浪漫主义向现实主义的过渡，这一时期更注重探究人与人、人与社会、人与民族和国家的关系，取材范围也由荒野乡村扩展到现代文明的中心——城市。在英语文学方面，第一次世界大战到20年代末是富有地区色彩的加拿大乡土小说的鼎盛时期，小说的中心是人而不再是大自然，现实主义的手法和技巧越来越多地为作家们所接受并运用。虽然小说创作十分活跃，但没有太多的创新和出色之作，大部分是满足读者需要的"西部"小说和历史小说，其中最成功的是由几位女作家撰写的。劳拉·萨尔沃森（1890—1970）的《斯堪的纳维亚人的心》（1923）通过一个家族几代人的变迁，描写19世纪后期马尼托巴省湖区的冰岛移民，故事真挚感人，对人物心理也有较细腻的描写。玛莎·奥斯坦索（1900—1963）的《野鹅》（1925）也是描写拓荒者的艰苦生活，但故事情节和人物心理都更为复杂。小说采用现实主义手法，对一个拥有挪威、冰岛、匈牙利和印度移民的社会作了真实的描绘，是第一部获"美洲第一小说奖"的加拿大小说，起了促使国际文坛开始注意加拿大文学的重要作用。这一时期最为突出的小说家是现实主义大师弗雷德里克·菲利浦·格罗夫。格罗夫的作品选材广泛，具有较强的社会意义，且语言优美，以描写自然风景见长，特别是他的关于草原生活的小说，如《沼泽地的拓荒者》（1925）、《生计》（1928）、《生活的枷锁》（1930）、《大地的果实》（1933）等，确立了他作为加拿大第一位现实主义大师的地位。其中，《沼泽地的拓荒者》被称为加拿大的第一部现实主义小说。格罗夫受福楼拜和左拉的影响较深，一些小说流露出自然主义的倾向。他本人坎坷的经历以及大草原凄冷、可怕的面貌，使他的笔调阴沉、悲怆，笔下的人物备受自然灾害的折磨，总是处于无休止的冲突之中——人与环境的冲突，人与他人的冲突，人与自己欲念的冲突等。他笔下的人物都有自己的愿望和追求，却屡遭挫折；但他们并不屈服于环境，努力与命运抗争，即使失败仍要保持自己的尊严。这一时期联邦派诗人罗伯茨、卡曼和兰普曼仍然活跃在加拿大英语诗坛，是不少诗人仿效的典范。他们及其仿效者继续采用浪漫主义手法，歌颂山水风情，表现英国维多利亚时代的乐观哲学。风靡英美诗坛的新诗运动对加拿大冲击不大，没有产生太大的影响。年轻的诗人对现代派诗歌，尤其是意象派诗歌的语言和技巧很感兴趣，认为简练、明确和浓缩的意象很适合表达加拿大的生活，但他们不赞成艾略特和庞德等人愤世嫉俗的观点。在他们看来，加拿大并非荒原，而是一个欣欣向荣的年轻国家。这一时期的两位年轻诗人威·瑞·尤·罗斯(1894—1966)和雷蒙德·尼斯特(1899—1932)接受意象派的诗歌理论，对诗歌形式进行了大胆革新。他们避免隐喻，也不堆砌辞藻，而是用尽可能简练的语言对事物进行直截了当的描述，他们早期的诗歌多半在美国或巴黎出版，且在50年代才引起人们的注意。

这一时期的加拿大法语文学出现了大量的短篇小说，不少“本土派”作家把法语加拿大地区理想化，把它描绘成一个道德水平极高的、完全农业的、传统的天主教地区，但小说中说教多于叙述，沉闷繁琐；人物、情节往往公式化、概念化，因而难以令人信服，最典型的有杜洛雷的《加拿大伴侣》(1925)和克洛蒂埃的《彼埃·吉鲁瓦的错误》(1925)。1918年前后，“本土派”与“海外派”作家之间爆发了一场关于法语加拿大地区的前途的公开争论。一些与“本土派”唱反调的小说出版了，如阿尔伯特·拉伯奇的《苦涩的面包》(1918)。“本土派”作品中也出现了极少数优秀的小说，如路易·艾蒙的《玛丽亚·夏德莱恩》(1916)，刚出版不久便成为国际畅销书，在后来的20年中，人们常常用它作为衡量加拿大出版的法语小说的标准，它确实对促进20年代加拿大法语小说的繁荣发展作出了贡献。在诗歌方面，诗人内利冈的诗集《埃米尔·内利冈及其作品》一版再版，受到了广大读者的欢迎。年轻诗人阿尔弗雷德·德罗谢的抒情诗集《在牛津的树荫下》(1929)获1932年大卫奖，确立了他在加拿大法语诗坛的地位。评论家称他是第一位既能吸收欧洲诗歌技巧又保持加拿大独有特色和内涵的法语诗人。

第一节 理查森

亨利·汉德尔·理查森(1870—1946),原名埃塞尔·弗洛伦斯·林塞·罗伯逊,生于墨尔本一个爱尔兰医生家庭。年幼时随全家前往欧洲旅行,欧洲的风情在理查森稚嫩的心灵中留下了无数美丽的回忆。她求学过程中酷爱音乐,于1887年赴德国莱比锡专攻音乐,但她发现自己缺乏音乐天赋,于是便转向写作。在此期间,她结识了在莱比锡攻读德国文学,后来成为伦敦大学第一个德国文学教授的英国青年罗伯逊。两人于1895年结婚并定居英国。

理查森的文学生涯由翻译外国小说开始,在翻译并出版了丹麦和挪威作家的著作后才试写小说。1908年,她的第一部小说《莫里斯·格斯特》问世,耗费了她11年时光。作品以其莱比锡的三年艺术生活为素材,描绘一个音乐学院学生的浪漫主义幻想及其坠入情网后的悲剧性结局。作者通过描写事业和爱情之间的关系,塑造了一个失败者的典型。由于作者对所要表现的生活有过亲身经历,对音乐题材又是驾轻就熟,所以她在书中把五光十色的音乐世界刻画得栩栩如生,把浓重的音乐氛围和繁忙的学生生活准确地传达给了读者。其后,她创作了一部笔调较为轻松的小说《获得智慧》(1910),记述一个12岁女孩劳拉·兰博顿在寄宿学校的曲折经历。但小说中也不乏描绘主人公失望、痛苦和颓丧的章节,对女子寄宿学校的势利、保守和乏味做了无情讽刺。

自1910年起,理查森用了近二十年的光阴,完成了宏篇巨著三部曲《理查德·麦昂尼的命运》(1930)。小说以她父亲一生的坎坷经历及其志大才疏、不切实际的性格为原型,描述主人公理查德·麦昂尼自1852年从英国来到澳大利亚淘金工地,到最后死去那二十多年间的生活经历。小说共分三部分,包括《幸福的澳大利亚》(1917)、《归途》(1925)和《最后的归宿》(1929)。小说第一部写爱尔兰医生麦昂尼怀着发财的梦想,从英国只身来到维多利亚的采金场,由于难以适应艰辛的采金劳作,转而开了间杂货铺。但他保守的贵族见解和傲慢的处世态度,浪漫而不切实际的追求,使他与普通淘金工人格格不入,于是便带着新婚不久的妻子离开淘金地,重操医业,从此有了丰厚收入。只是他日渐感到自己无法适应殖民地的自然环境和社会现状,同时怀念故国之情与日俱增,便又踏上重返英国的归途。第二部刻画麦昂尼在英国的遭遇,冷酷的现实粉碎了他记忆中对故园的美好幻想。他年轻的妻子因言谈举止中有着根深蒂固的殖民地生活的印记,遭到他人轻慢,而他自己也由于多年的澳洲生活不知不觉丢失了英国绅士风度而受到冷落。人们的褊狭、势利和虚伪使他深感失望,于是他重返曾一心想离开的那个南半球大陆,并意外地发现自己因投资得手已成为富翁。他为自己营建了一所豪宅,称其为"最后的归宿"。经济上的富有使他一跃成为墨尔本的头面人物,又得余暇带领家眷踏上漫游欧洲的旅程。但由于朋友的欺骗,生意失手,一时负债累累,又被迫匆匆赶回澳大利亚。第三部描写麦昂尼为经济所迫,重新以行医为生。但他的性情和处世态度使他四处碰壁,事业无成。他苦苦挣扎,试图重振家业,却力不从心,终因心力交瘁、精神失常而死去。这部作品以19世纪中叶澳大利亚淘金热及其殖民地生活和维多利亚时期英国社会为广阔背景,塑造了一个远离故土、在新的环境中寻求安身立命而未获成功的移民形象,一个失败移民的典型。小说真实地反映了早期移民生活的艰难和不幸:自然环境的恶劣,英澳两种不同文化的冲撞,社会变革和动荡所引起的人们精神上的困惑,难以泯灭的怀念故土之情。小说在澳大利亚文学史上具有填补空白的作用。在它问世之前,冒险发迹者的浪漫传奇故事雄踞着澳洲长篇小说的领地,但是这些小说在反映成功移民的历史的同时,却不免把残酷的移民生活浪漫化,而那些失败者的命运却被遗忘和漠视了。理查森在小说中精心塑造了麦昂尼这样一个典型的失败移民的形象,忠实再现了早期移民艰难的创业史。在这部小说中,她倾心塑造的主人公麦昂尼是一个独具个性的新形象,一位充满浪漫主义激情的空想家,他的浪漫幻想使他无休无止地做出无法实现的追求,造成了他那游移不定的生活轨迹,也使他始终对现实感到不满,成了无法适应环境的弃儿,他难以从中解脱,一生陷于痛苦的折磨之中。他也是一位弱者,没有把理想变为现实的才干,一味地雄心勃勃,做着不切实际的谋划。他性格上的这种内在矛盾,使他一次次地走向失败,一次次地蒙受精神打击。他的志大才疏也没有改变他固执自傲的个性。麦昂尼的毁灭是他性格发展的必然，他是在自身性格所构筑的十字架上殉难的。

《理查德·麦昂尼的命运》集中体现了理查森的创作风格。小说兼具狄更斯和哈代两者的特色，采用现实主义的细节描写和心理分析相结合的手法，不仅丰富了澳大利亚文学的表现技巧，而且使劳森所倡导的富有澳洲特色的现实主义走向了深化。另外，小说拓宽了澳大利亚文学的表现地域，反映的不只是澳大利亚丛林和城镇的面貌，而且也刻画了欧洲大陆，尤其是真实地摹写了地中海沿岸和英伦诸岛的人物情状，从而扩大了人们的眼界。理查森把人物放置在更为广阔的时空背景之中，揭示人物性格的成因，增强了作品主题的历史厚重感和普遍意义。这部小说标志着女作家达到了自己创作的巅峰。正当她开始享誉文坛，并信心百倍地构思另一部小说时，她的忠实支持者、丈夫病逝了。这使她在精神上蒙受了沉重打击，久久觉得惶惶无措，一种拂之不去的孤独感纠缠着她的余生。此后，她仅写了一部在丈夫过世前已经构思的小说《小科希玛》(1939)。这是以作者在莱比锡的生活为蓝本，讲述音乐家李斯特的女儿科希玛的爱情和人生之路。她在撰写这部小说时，全部的生活经验似乎已像灯油那样，被前三部小说耗尽，而她又不是一位极具想象力和创造力的作家，因此不得不依赖大量有关人物的史料，参考关于当时音乐界动态的资料。作品因过于拘泥事实，较之其他三部小说，显得平庸。

理查森的全部创作除四部长篇小说外，尚有短篇小说集《童年的结束及其他小说》(1934)，以及部分完成的自传《当我年轻的时候》(1948)，但她的短篇并非上乘之作。理查森虽是长篇小说的巨匠，却远非短篇小说的高手。另外，理查森还是一位嗜书如命的作家，年轻时广泛涉猎俄国、法国、德国以及斯堪的纳维亚国家的小说，深受托尔斯泰、陀思妥耶夫斯基、福楼拜等作家的影响。她师法前辈作家，博采众家之长，吮吸着欧洲文学的乳汁。但耐人寻味的是，她却又能以自己的作品对英美文学施予重要影响。

第二节　曼斯菲尔德

凯塞琳·曼斯菲尔德(1888—1923)是新西兰文学中最璀璨的一颗明

星。在艺术成就上,她一马当先,至今使后人难以比肩。她在英国文学史上同样地位显著。虽然她在英国成名,但代表她主要成就的优秀作品几乎都是以新西兰为题材和背景的小说。曼斯菲尔德在欧洲取得了举世瞩目的成就,但她没有一头扎入欧洲文化的怀抱,而是在远离家乡的环境之中,对殖民地素材进行挖掘开发,对自己的祖国重新审度,获得新的认识,并以文学形式将这种认识再现于世,为现代短篇小说发展做出了不可磨灭的贡献。

曼斯菲尔德的真名是凯思琳·博恰姆,1888 年 10 月 14 日出生于惠灵顿。父亲哈罗德·博恰姆是新西兰土生土长的一代,他经商办银行,取得了稳固的经济地位。这位在殖民地自我造就的成功者形象,以斯坦利·伯内尔的名字栩栩如生地出现在他女儿的多篇作品中。凯思琳从小对母亲亲近,很多小说中的琳达便是她母亲形象的再现,而作品中的柯赛娅、海伦或劳拉则是她本人童年的化身。博恰姆一家经历了新西兰历史上从殖民开拓到繁荣的重要发展阶段,也在新西兰重建了英国中产阶级的生活。这为曼斯菲尔德的创作提供了典型的历史和社会背景。20 岁那年,曼斯菲尔德只身去伦敦生活和写作,1916 年不幸感染严重肺病,1923 年元月,这位文坛才女溘然长逝,年仅 34 岁。

在伦敦的头两年,曼斯菲尔德的文学创作收获甚微。她在德国巴伐利亚短住期间,有幸与欧洲多名作家和记者相识。在他们的激励下,她坚定了走文学创作道路的信念,并写下了一篇篇关于德国生活的随笔和散记,从 1910 年起,开始在《新时代》上发表讽刺性短篇小说,素材主要来自她的巴伐利亚笔记。这些以巴伐利亚为背景的小说,对德国小市民生活作了无情的鞭挞,后收集成册,以《在德国公寓》为书名于 1911 年出版。批评界对她的第一部小说集反映良好。之后,她以记忆中的故国和家庭为素材,创作了第一篇以新西兰为内容的有影响的小说《店里的女人》。在曼斯菲尔德短短十余年的创作生涯中,第二部小说集《我不会说法语》姗姗来迟,七年后方才问世。接下去的两部小说集《幸福》(1920)和《园会》(1922)奠定了她的文学地位。《园会》于作者逝世前三个月出版,其中包括一批最优秀的新西兰题材小说,如《在海湾》和《园会》等。集子中的新作有以欧洲为背景的小说,如《帕克大妈的一生》和《布里尔小姐》

等,在剖析老年妇女的孤独心态方面,具有独到功夫,不失为艺术精品。曼斯菲尔德逝世后,她丈夫把她生前发表于各报刊的零散小说以两部小说集《鸽巢》(1923)和《小女孩》(1924)编辑出版。

曼斯菲尔德的创作涉及了长篇小说、诗歌、文学评论、翻译、书信笔记等文体,但她主要是一位短篇小说作家。短篇小说是她写作上最得心应手、最成功的文学形式。尽管英国文学为曼斯菲尔德保留了重要的一席,但她本质上是个新西兰作家。由于生命短暂,她没能做出落叶归根的选择,但她早已在自己作品中创造的故国里找到了归宿。曼斯菲尔德的小说可以分为两大部分:以德国、英国、法国为背景的欧洲小说,以家乡为背景的新西兰小说。她的欧洲小说不乏精品,小说人物生活在一个没有爱和温暖的世界中。她在极大的痛苦中度过了十余年的欧洲生活,不仅长期病魔缠身,而且也受到强烈的孤独感的折磨。她与丈夫默里时亲时疏,若即若离,时时感到置身于一个冷漠世界,孑然一身,无依无靠。作者将这种痛苦感受融入了部分欧洲小说,常令读者难以忘怀。总体而论,曼斯菲尔德的欧洲小说较之她的新西兰小说逊色不少,读者能够感觉到作者与创作对象之间的距离。她的新西兰小说不仅数量多,而且质量高,是撑起女作家文学声誉的支柱。曼斯菲尔德的代表作品是《序曲》和《在海湾》。《序曲》由一系列生活片断和联想串连而成,文体新颖别致。这部篇幅五十余页的短篇小说中,没有贯穿始终的情节,没有事件与事件间必然的因果关系,没有故事和人物的发展,而是由一个个回忆中的画面组成,就如陷入遐想时脑中闪过的镜头那样。小说具有较明显的现代派风格特征。作者并不打算把自己套进起承转合、从铺垫到高潮的传统小说框架之中。《在海湾》实际上是《序曲》的续篇,它的创作主旨与前篇完全一样,向读者展示伯内尔一家的另一系列的生活片断。《序曲》中全家期待的孩子已呱呱坠地,除此之外一切依然如故,仍未发生任何“值得一书”的大事。伯内尔一家去海湾沙滩浴场,度过十分平常的一天。但不同的人物,不同的气氛、心绪和态度交织渗透,在小说中表现得淋漓尽致。曼斯菲尔德的《在海湾》更加无视传统的创作原则,小说仍然是生活场景的切片,随意性更强,更难找到相互间的联系与呼应。但是,缺乏外部结构上的逻辑联系,并不意味小说没有内在主题上的联系。作者希望让读者在淡淡的素描里看到新西兰生活原貌的一段景象,就像火车经过某一陌生村镇小停时旅客所看到的该地无头无尾、无历史联系的短促一瞥一样。但这一瞬间留下的直接印象,往往要比经过整理编纂的详细介绍更加鲜活生动,更能说明问题,而曼斯菲尔德创造的正是这种效果。

曼斯菲尔德的小说极有特色,视角独特。用她自己的话说,一切犹如“一个睁着无辜大眼睛的小女孩”之所见。她的叙述没有预先设计的图稿,脚下为径,体势自成;语言富有抒情性,充满灵气与神韵;构图截取生活中几个细小场面,巧妙拼合,具有印象派风格。她并不希望标新立异,但认为这是表达内心、充分施展自己潜在艺术才能的合适途径。她把小说内容拆散打碎,使那些能揭示本质的东西处于更突出的部位。她不注重描写构成故事的行为,而转向揭示促成行为的精神方面。她善于创造环境和气氛,将生活视觉化,在普通事物中捕捉那些能激起强烈感情反应的东西。她与同时代的康拉德、乔伊斯、劳伦斯、吴尔夫等大师一起,为现代主义小说新潮推波助澜。她是短篇小说中内心独白、视角转移等新技巧的拓路人。曼斯菲尔德一生是在心理极度痛苦中度过的,她在一个与自己气质格格不入的社会中独自挣扎,在承受病痛的同时又承受着日益面对死亡的巨大精神压力。她能如此敏锐地思索人生,又能以如此坚强的毅力进行创作,实在难能可贵。曼斯菲尔德清楚地知道小说家的任务和宗旨,她所取得的正是她所希望企及的。她从一个与众不同的角度揭示生活真理,使凡人琐事得以升华,具有深刻的艺术内涵,并引出发人深省的哲理。

第三节　普拉特

埃德温·约翰·普拉特(1882—1964)是加拿大诗歌史上一位承前启后的大诗人。普拉特在加拿大文学界有很高声誉,于 1937 年、1940 年、1952 年三次获加拿大总督诗歌奖,另外还获得加拿大皇家学会的洛恩·皮尔斯金质奖章等多种荣誉。普拉特既了解纯朴落后的乡村,又深谙都市生活的复杂世故;既熟悉乡间的民歌民谣等口头文学,又精通深奥的哲学思想和新思潮,因而他的诗歌兼收并蓄,题材宽广,从科学技术到人性善恶，深入反映了20世纪加拿大的发展和人们所关心的问题。

普拉特的主要诗集包括：《纽芬兰诗行》、《女巫们的酒》（均为1925）、《泰坦们：两首诗》（1926）、《大海的诗》（1930）、《罗斯福和安提诺》（1930）、《泰坦尼克号》（1935）、《比勒弗夫和他的兄弟们》（1940）、《最后一颗道钉》（1952）等。这些诗大约可以分为三类。第一类为自然抒情诗。诗人少年时代住在海边，汹涌的大海、神秘莫测的海岛、面目可憎的礁石和峭崖绝壁在他幼小的心灵中留下深刻印象。因此，他的许多诗歌以海为主题，常从自然与人的关系的角度去描绘大海。第二类为叙事诗、史诗，如《泰坦尼克号》、《比勒弗夫和他的兄弟们》、《最后一颗道钉》等，主题都是颂扬英勇行为和自我牺牲精神。在这类长诗中，普拉特描述事件的技巧发挥得非常好，他的悲剧精神、史诗视野与古希腊悲剧、荷马史诗有相似之处。普拉特的其他诗作如《敦刻尔克》（1942）、《从石头到钢铁》等是评述第二次世界大战的作品，表明诗人对人类进步的信心，同时也流露出疑虑。通过这些诗普拉特间接地提出了20世纪作家普遍关心的问题：人类进化到侵略他人，究竟能否称得上是进步？

普拉特是位诗风独具特色的诗人。他的很多诗用韵仍有维多利亚时代甚至更早的英国诗歌的痕迹，他写过不少严谨的格律诗，这是他继承传统的一面；另一方面，他也写自由体诗，还把大量现代科学、技术、人类学等多学科的新词引入诗歌，把所见所闻所想的一切，包括从前被认为不能入诗的东西融入诗中，这些则是他的现代特色，是他的创新。但他与同时代的欧美现代主义诗人又有所不同，在现代主义诗歌朝着片断似的、不连贯的文体发展的时候，他却写出连贯、完整的叙事长诗。他的诗歌语言明快、爽朗，有时很幽默，从不用多余的形容词。有的评论家还说他几乎是色盲，因为他很少用颜色形容词。他的诗不矫揉造作，不无病呻吟。他重视韵律和节奏，常能巧妙地处理语言节奏，使之适合诗的主题。普拉特诗歌的题材内容、对人性的探索、精心锤炼的诗歌语言，都说明他是个实实在在的20世纪现代诗人。他叙事长诗的史诗文体以及他歌颂的国家意识、英雄主义和理性等，为后来的加拿大诗人，如阿特伍德、克罗耶奇和昂达奇等人的创作奠定了基础，对他们产生过重要影响。

第七章

意大利文学

概述

1914 年至 1929 年是意大利现代史上社会变化最为急剧的时期。刚刚进入垄断资本主义阶段的意大利跻身于帝国主义列强之中,参与瓜分世界的第一次世界大战,并于战后在国内建立起法西斯专制统治。战争与专制使意大利坠入黑暗深渊,文学的发展遭受严重挫折,思想混乱,创作凋敝。

在三年半的战争中,意大利动员了 523 万人,损失了 68 万人。战争结束后,协约国在巴黎和会上没有完全履行诺言,意大利只在欧洲的重新分配中扩大了一些领土,在北方与东方拥有了战略上有利的边界,对达尔马提亚海岸线取得了比从前更牢固的控制权。但是它没有获得托管的土地,也没有获得殖民地,扩张的野心未能得到满足。

战争加剧了意大利国内形势的动荡,战后阶级矛盾与社会冲突日益激烈。工人阶级在俄国十月革命影响下掀起革命高潮,组织大规模罢工活动,占领工厂。1921 年 1 月社会党左翼分离出来,成立了共产党,它一度在议会中拥有最多席位。面对声势浩大的工农民众,惊恐万状的垄断资产阶级难以用议会控制局面,于是改换策略,力图使用专制和恐怖主义手段，这就为法西斯在意大利的诞生提供了有利的契机。

墨索里尼曾于1900年加入社会党，后来被开除出党。他于1919年3月在米兰纠集一些退伍军人和幼稚无知的年轻人，组成第一支法西斯战斗队。1921年11月7日墨索里尼召开国家法西斯党成立大会，自任党魁，并制定了反动的政治纲领。1922年10月29日国王授命墨索里尼组阁，从此世界上第一个法西斯独裁政权在意大利出现，并开始了漫长的黑暗统治。

墨索里尼在掌权初期，为了蒙蔽群众，做了一些改善大众福利的事情，在内阁里也给反对派保留了一些席位。但当他稳住阵脚之后，就暴露出反动面目。1926年他取缔了法西斯党以外的其他一切政党，解散人民团体，驱逐持不同政见的议员，实行一党专政。墨索里尼为使专制合法化，颁布一系列反民主反人民的法令，最终使自己成为权力至上的全国唯一的军政首脑，开始个人独裁专制。

墨索里尼在法西斯党内成立保安队和政治警察，设立“国家安全特别法庭”，残酷镇压民主和进步力量。大批进步人士受迫害，遭到监禁或流放。他还取消人民结社、出版和言论的自由，宣布罢工为犯罪行动。为了取得罗马天主教教廷的支持，更好地麻痹信奉天主教的绝大多数国民，1929年2月11日他同教皇签订了实现和解的《拉特朗条约》，确定天主教为意大利国教，但政府有权核准教皇在意大利境内任命的主教，而且主教须宣誓效忠国家，从此意大利教会被控制在政府手里。至此，意大利被全面、彻底地法西斯化。

当法西斯政权与梵蒂冈教廷达成协议之后，便通过遍布全国城乡的教会，从组织上层层渗透民间，建立起密不透风的监视网络。暴力镇压、宣传欺骗、利益诱惑和监督防范是法西斯政权实施的几大统治法术。法西斯主义是意大利社会危机的产物。在第一次世界大战后的混乱社会状况中，用暴力建立“新秩序”，并利用国内对《凡尔赛和约》分赃不均的不满情绪，大肆鼓吹极端民族主义，打着振兴祖国的幌子，愚弄群众的爱国热情和虔诚的宗教感情，制造出反法西斯就是“背叛祖国”、“充当外国代理人”的舆论。法西斯的鼓噪一开始不仅使普通群众受骗上当，也令大部分知识分子迷惘，因此对法西斯采取了观望、期待等暧昧态度。1924年马泰奥蒂惨案发生后，他们当中的一些人猛然清醒，于1925年由克罗齐领衔联合发表《反法西斯知识分子宣言》。但1926年法西斯在意大利实现全面渗透，他们在高压之下谨言慎行，连具有崇高学术地位而深孚众望的克罗齐也只好退缩在书斋里，不再抛头露面表示公开反抗。一般知识分子没有对法西斯主义表示出强烈不满，只是默默地耕耘着各自的学术园地。知识界呈现一派万马齐喑的冷清局面，与法西斯主义甚嚣尘上的火爆宣传形成明显对比。

但是，大多数知识分子并没有屈服于法西斯的淫威，法西斯政权最终也未能建立起自己的文化艺术。法西斯政权对于进步文化事业的摧残只能靠武力实现。意大利共产党创始人安东尼奥·葛兰西(1891—1937)是反法西斯运动的杰出领袖，也是进步文化事业的中流砥柱。他于1919年创办《新秩序》政治周刊，有力地指导了1920年至1921年间的工人运动。他的无产阶级文艺理论对意大利文学发展具有指导意义。墨索里尼十分惧怕他在人民中的影响，叫嚷"必须使这个大脑停止转动"。1926年他指使党徒将身为议员的葛兰西非法逮捕，并通过"特别法庭"判处其20年徒刑。葛兰西在囚禁中遭受非人待遇，病殁于监牢里。资产阶级自由派优秀代表皮埃洛·戈培蒂(1901—1926)，于1922年创立反法西斯政治理论杂志《自由革命》，1924年主编文化杂志《巴雷迪》，介绍欧洲文化，打破了法西斯的文化封锁。反动当局气急败坏，便查封《自由革命》，1926年又派法西斯匪徒毒打戈培蒂，使他年轻的生命夭折。文艺理论界失去这些领导人物之后，陷入了思想茫然的境地。"巡逻"派在高压之下以纯文学研究自慰，打出复古主义旗帜；一些文学家滑入法西斯主义泥坑，拼凑出"文学国家主义"的理论。

文学创作园地由世纪初的蓬勃景象转为凋零破败，一些脱离社会现实的作品苍白无力。追随法西斯政权的未来主义右翼分子马利涅蒂和颓废派作家邓南遮仍在写作，但他们的创作已是强弩之末，失去了当初吸引公众的魅力。只有先锋派作家皮兰德娄、斯维沃以其特有的现代主义技法，使写作与现实在表面上拉开了距离，才免遭法西斯当局的干扰，以致在20年代达到高峰期。

第一节 皮兰德娄

路易吉·皮兰德娄（1867—1936）是意大利杰出的小说家和剧作家，以其富于哲理性的、采用反传统艺术手法的作品，跻身于欧洲现代派先驱行列。他的戏剧革命成绩尤为突出，使他成为20世纪一位具有世界影响的剧作家。

皮兰德娄出生于西西里岛阿格利琴托市一个富裕的硫磺矿主家，曾先后就读于巴勒莫大学和罗马大学的文学系，1888年赴德国波恩大学深造，获语言学博士学位，1892年回国并定居罗马，此后在罗马高等女子师范学校执教多年。1925年他组织“罗马艺术剧团”，担任艺术指导，1926年至1934年他带领剧团在欧美巡回演出，1936年病逝于罗马。

皮兰德娄一生的创作极为丰富，有短篇小说三百多篇，结集为《一年里的故事》（1937），长篇小说七部，剧本四十多部，诗集七部。他从写诗开始文学创作，但青年时代模仿19世纪诗人卡尔杜奇的抒情诗不很成功。在20世纪头十年里，他主要写小说，这使他蜚声文坛，1910年以后转入戏剧创作，取得卓越成就，1934年“因为他果敢而灵巧地复兴了戏剧艺术和舞台艺术”而被授予诺贝尔文学奖。

皮兰德娄早期小说受真实主义文学影响，以故乡西西里岛为背景，暴露社会阴暗面，对下层劳动人民寄予深切同情。属于真实主义的第一部长篇小说《被抛弃的女人》（1901）是他的成名作。第二部长篇小说《已故的帕斯卡尔》（1904）则在主题上发生变化。小说通过主人公帕斯卡尔企图寻找“自我”而失败的经历，表现现代人的孤独和苦恼。此后他着力刻画一个荒诞不可知的外部世界与一个充满各种焦虑的现代人的内心世界，以及它们之间的冲突。长篇小说《老人与青年》（1913）、《一个电影摄影师的日记》（1925）、《一个人，既不是任何人，又是千万个人》（1926）以及一些短篇小说，都表现了同样的主题。

皮兰德娄关于哲学和文学的新思考，集中阐述在《艺术与科学》（1908）、《幽默主义》（1908）这两部理论著作中。他自称幽默主义作家，《幽默主义》一书的核心观点就是“相反感情”。他认为，发现事物的滑稽、荒诞的喜剧性而付之一笑,这只是识别了反常现象,还应对可笑事物不协调的本质进行严肃的思考和分析,进一步理解它,并对它产生同情心,原来讽刺的笑就会变成辛酸的笑。这种通过分析而引起的感情变化结果,就是“相反感情”,是对表面滑稽的事物给予理解和同情的笑,这就是皮兰德娄追求的幽默感。

皮兰德娄幽默主义的思想基础是存在主义的荒诞认识。他宣称:“我以为人生是一出非常可悲的滑稽剧。”他从相对论出发,阐述了正常与反常,生活与形式,人与社会,人与人,人与自我,思维逻辑与行动逻辑之间互相依存又互相矛盾的关系,认为这些关系上永恒的矛盾冲突是幽默主义取之不尽的描写素材。但是,幽默作家主要不是刻画事物的畸形面貌和抒写自己的复杂感受,而是对自己的感情进行各种分析性的思考。用现实主义符合传统理性的论证手法去说明客观世界的非理性,这就是幽默主义艺术的特点。它具有强烈的论证色彩和严密的思辨逻辑,是一种严肃而深刻的艺术,也是一种崭新的先锋派创作思想。

皮兰德娄的短篇小说是实践这些思想的实验地,是他整个创作的重要组成部分。其创作时间上大致可以划分为三个阶段:1900 年以前是起步阶段,受真实主义文学潮流的影响;1900 年至 1915 年是第二阶段,大部分短篇小说写于这个阶段;在此基础上他进入 1916 年至 1925 年的戏剧创作高峰年代,短篇小说创作减少。1931 年至 1936 年,一组为数不多但风格鲜明一致的短篇小说,被称为“超现实主义”作品。皮兰德娄短篇的总题材是描写与他同时代的普通人的精神生活,描写他们卑微的日常生活和心路历程。主人公们忍受生之痛苦的各种状态,犹如炼狱里净罪的灵魂,更多地表现出精神生活的冲突,展现出一种普遍的、全面的精神危机。

皮兰德娄虽然选择了普通题材,并且在细节描写上力求真实可信,却并不完全用现实主义的平实手法白描,而是将平凡素材制成零碎的形象片断后进行奇特的组装,或者进行变形处理,使作品中的图景处于与现实生活若即若离的状态,故事变得扑朔迷离,可信又可疑。在《一年里的故事》中几乎找不到任何传统意义上的真实故事。他描绘在传统观念动摇之后,人们在迷惘的精神状态下,用惊惶疑惑的眼光所看见的那个变幻莫测、把握不定的现实。它既有客观世界里的实际存在,又有主观世界的特殊感受;既真实又不真实,即使在最接近真实的平铺直叙的故事里也会让人发现“破绽”,发现一些由作家人为系成的生活纽结,那上面明显地积淀着太多的人生意味。这种似是而非的描写,将生活中的具体的痛苦经验上升为普遍的生存困境,达到形而上的真实,使寻常题材负载起说明深刻主题的任务。

皮兰德娄的叙述语言明显带有主观色彩,几乎所有短篇都统一于一种语言氛围和情绪,时时让人感到除作品中的人物之外,有一个特殊的“我”存在,他不仅仅以全知全能的作者身份出现,而且作为创作主体,把个人的气质和感情带进了作品。作为杰出的文学家,他对社会和人生的高度敏锐的特殊洞察力,独特的深刻哲学见解,饱经忧患的人生阅历和严肃而风趣的个性,形成了特殊的叙述格调。这是深沉的幽默,苦涩的调侃。正是这种叙述语言的复杂情调,使那貌似平凡的题材变得趣味盎然而又寓意隽永。

皮兰德娄的短篇具有哲理化的主题和灵活多变的形态,作品的深刻正在于给人以智慧的领悟,既把读者卷入情节欣赏和感情振荡,也使读者在激动之余产生理性思考。短篇小说犀利、灵活、多彩的优势被皮兰德娄充分加以发挥。众多的短篇作品像一幅色彩斑斓、光辉耀目的巨型壁画,充分展示出作者艺术世界的宽广与多样化。

从1910年开始,皮兰德娄陆续向剧团提供以自己的短篇改编而成的剧本,如《西西里柠檬》(1910)、《利奥拉》(1916)。1916年他根据短篇小说改写的剧本《想一想,贾科米诺》上演时引起轰动,激发了他写剧本的兴趣,从此便专心致力于戏剧创作。1916年至1925年是他剧作丰产的年代,写出了包括代表作《六个寻找作者的剧中人》(1921)和《亨利四世》(1922)在内的一批成功作品。他在戏剧表现手法上进行许多空前的革新,其富于独创性的戏剧举世闻名,使他成为一代戏剧大师。

皮兰德娄的戏剧以夸张和怪诞为主要形式,从多种角度描写人生苦恼,显示出类似“黑色幽默”的情趣。他的剧作成为后来荒诞派戏剧和存在主义戏剧的先驱。他还广泛吸取了超现实主义、象征主义等手法,试验以多种方式扩大戏剧的表现领域,以期增加戏剧的容量。

皮兰德娄打破了喜剧和悲剧之间的界限，创造出新型的现代悲喜剧，这种现代悲喜剧与历史上大都有圆满结尾的悲喜剧大不相同，它在内容上和情调上都较为复杂。皮兰德娄剧作的基本特征是从资产阶级的平庸生活中选取琐碎细小的题材，来表现危机意识和异化观念这些重大、深刻和抽象的主题。他采用怪诞的手法处理普通生活素材，使故事情节变幻离奇古怪，而且变化突兀，一般不是人物性格发展的必然逻辑，而是以夸张的剧情架构与逼真的细节描写将最大胆的假定性和自然主义手法相结合，开创了戏剧艺术的现代风格。

皮兰德娄对戏剧艺术形式进行革新，突破了许多旧程式的框框。首先，突破舞台在时间和空间上的限制，引入电影蒙太奇的编排方法，经过一些特殊处理，在时间上忽而现在，忽而过去；在空间上频繁转换，把人物丰富的内心活动化为形象的舞台场面，把人物的心理活动直接搬上舞台，将心理活动加以直观性的外化，从而开创了戏剧史上的新篇。其次，皮兰德娄的戏偏重分析，在以表现冲突为特点的戏剧里掺进了比重相当大的说理性议论，主角大段的独白经常是独立完整的论证。戏剧的结构经常是以主题为中心，而不是以情节或冲突为中心，这是对传统结构戏剧的改造。非情节因素的增多改变了戏剧以情动人的功能，更多地诉诸观众的理性，把舞台变成了讨论问题的场所。戏剧哲理化，促使观众思考，引起观众渴望理解，在舞台与观众之间不仅建立起感情联系，还有思想联系，为科学时代的观众提供了崭新的艺术享受。

皮兰德娄在1916年以前写的剧本诸如《别人的权利》(1899)、《西西里柠檬》、《利奥拉》、《想一想，贾科米诺》以及一些真实主义的方言剧，基本上是走现实主义的老路。他从1917年的哲理剧《就是这样，“既然你们这样认为”》开始尝试革新。这出戏没有完整的故事情节，描写一场无结果的争论。作品以三个人物之间难以确定的亲属关系直喻这样一个哲理：绝对真理不存在，真理是相对的，并且因人而异；人们寻找共同真理，徒劳无益。剧本不是描写三个人的关系如何形成变化，而是解释这种关系。舞台不再等同于故事发生的地点，而是变成讨论问题的场所，可以不拘泥于真实的时间和空间，事件以讨论的方式忽前忽后、海阔天空地展开，改变了平铺直叙情节的旧格局。从此以后，皮兰德娄以各种巧妙的构思,使剧本的结构变化多端,内容古怪离奇,产生一批怪诞剧,除两部代表作外,还有《带铃铛的帽子》、《各尽其职》(均为1918)、《人、兽与美德》(1919)、《各行其是》(1924)、《今晚我们即兴演出》(1930)等。1927年以后皮兰德娄的戏剧创作进入晚期,主要有表现存在主义思想的戏剧《寻找自我》(1932)和四部神话剧。

皮兰德娄的代表性戏剧作品是《六个寻找作者的剧中人》和《亨利四世》,它们在内容与形式上达到了较为完美的统一。前者是一出"戏中戏",故事发生在排演新戏的剧场里,六个脸色苍白的幽灵闯了进来,自称是被作者废弃的某剧本中的人物,想获得舞台生命,请求导演把他们的戏排演出来。于是原来的排演中断,导演和演员们迈向观众,看着这些"剧中人"表演自己的遭遇。原来这六个人是一对离异的夫妻和他们四个同母异父的孩子。20年前丈夫默许妻子与其秘书私奔,母亲与儿子分离。秘书死后又留给她三个孤儿,其中大女儿因贫困所迫,被人诱骗当了妓女,在妓院遇到母亲的前夫,正巧母亲赶来,及时阻止了乱伦的发生。做父亲的良心发现,便将母亲一家人接回自己家中。但这个重聚的家庭无法和睦相处,一家人互不理解,冲突不断发生。大儿子不承认自己的母亲和异父的弟妹,而大女儿痛恨继父,小男孩惶恐不安,小女孩郁郁寡欢,母亲束手无策,伤心欲碎。有一天小女孩掉进水池淹死,小男孩用手枪自杀,大女儿不忍目睹这一切,弃家出走。故事进展到这里,舞台上真的响起枪声,叙说中的戏变成了真戏,在人们的惊呼中落幕。

六个"剧中人"的"戏中戏"表面是讲述一个家庭悲欢离合的故事,但故事只是被断断续续地追述出来,情节并不完整,主要内容是主人公们对造成自身悲剧的原因进行探讨。他们互不相容的原因在于人本身的存在特点,人自身的变化莫测使人与人之间的关系显得不稳定,不真实,人们调整关系的种种努力终归是徒劳无益,因此人们互相折磨,永远痛苦。这种相对论和不可知论的悲观结论是皮兰德娄要说明的人生哲理,构成了这出戏的第一个主题。

作为框架"戏"的内容是剧团的导演和演员们观看、争论和学习表演"剧中人"的戏,这其实是一出讨论"戏"的戏,通过讨论说明作者反自然主义的戏剧理论,这就是第二个主题。"剧中人"从剧本中脱身而出,跳到舞台上，直接与观众见面，这是对演员作用的怀疑。“剧中人”代表着最忠实于原作的表演，而排练的演员们则代表粗糙低劣的演技，形象地对比出表演与剧本严密吻合这种要求的合理性与非可行性。讨论还涉及舞台演出条件的局限性，强调舞台布景与剧本情景的差异，舞台表演的开放程度与剧场观众的容忍接受程度之间的矛盾等问题。这些都是艺术上的相对论。这个副主题以清晰的说理逻辑来表达，与前一主题狂热混乱的争吵交替穿插，使整个剧本的节奏趋于和谐平衡。在一个三幕剧里容纳这么丰富的思想内容，全仗巧妙的结构。六个“剧中人”灵活地起到了双重作用，他们代表一部辛酸的故事，说明人生的苦恼，同时又作为剧本活的化身，以说明剧本与导演、演员与舞台的关系。他们的活动把两出“戏”交织在一起，把两个主题有机地联系起来，并且使两种颇为艰深的理论得到形象的演示，使人觉得饶有兴味，不显枯燥。

皮兰德娄生活在意大利进入帝国主义阶段和法西斯掌权执政的年代里，通过作品诉说普通资产阶级的危机意识、孤独感和绝望情绪，奏出了一个时代悲怆的失望之音。他的作品深刻有力地揭露了现代资本主义社会的病态和畸形，在艺术形式上的改革与创新具有独创性，是意大利先锋派艺术的精品。

第八章

西班牙语、葡萄牙语文学

概述

西班牙文学

第一次世界大战期间，不少拉丁美洲诗人纷纷逃离法、英、德、意等国，汇集到西班牙；现代主义诗潮继续拍打西班牙文坛。在诗歌领域首先出现的是以希梅内斯为代表的第二代现代主义诗人。他们比第一代现代主义诗人更年轻更富有朝气，也更“纯粹”更“极端”。同时进入西班牙诗坛的流派如象征主义、表现主义、达达主义和超现实主义等，也在新生代诗人中引起反响。极端主义便是一个由上述流派直接催生的先锋派诗潮，它脱胎于达达主义，又融入了象征主义和表现主义手法，虽说并未对西班牙本土产生多大的冲击波，却极大地推动了西班牙语美洲文学的发展。此后便涌现出一个被称作“二七年一代”的诗群。1927 年是西班牙“诗圣”贡戈拉逝世 300 周年，以萨利纳斯、纪廉、加西亚 · 洛尔卡、阿隆索、阿莱克桑德雷、迪埃戈和阿尔维蒂等为代表的年轻诗人举行了狂热的纪念活动，使崇尚夸饰、注重形式的贡戈拉之风再次席卷伊比利亚半岛。

虽然他们的政治立场和思想倾向各异，却具有追求形式完美的共同特质。他们继承和发扬了“为艺术而艺术”的现代主义风尚，内容或淳朴或隐晦，形式或简洁或怪异，都追求卓越，追求与众不同。这一时期，西班牙出现了不少重要的思想家和文艺评论家，其中最深孚众望的是加塞特和托雷。加塞特的主要贡献在于文艺思想。他主张文艺无禁区，但同时又痛感现代文艺的形式主义倾向，发表了《艺术的非人性化》(1924)等文章，引起了西方文艺思想家的关注。由他创办的《西方杂志》被认为是当时欧洲最有影响的人文刊物之一。托雷不仅早在20年代初就系统地评价和肯定了方兴未艾的欧洲先锋派思潮，而且和博尔赫斯一道，把极端主义带到了拉丁美洲。这一时期西班牙小说几乎可以说是乏善可陈。虽然老作家伊巴涅斯等不遗余力，年轻作家塞尔纳、阿拉亚、米罗等笔耕不辍，但始终没有重大突破。戏剧方面也是雷声大雨点小。由于阿尔维蒂等人的加入，西班牙剧坛才有恢复传统的气势，尽管真正的佳作寥寥无几。

葡萄牙文学

第一次世界大战初期，里斯本一批不满文坛现状的年轻人于1915年创办《俄耳甫斯》文学杂志，对葡萄牙诗歌进行大胆革新，掀起一场反对文坛停滞与僵化的运动，成为葡萄牙第一个现代主义诗人团体的机关刊物。但是现代主义诗歌运动并没有形成一个有着共同风格的诗歌流派，俄耳甫斯文学团体的诗人以不同的风格创作现代派诗歌，只在少数人当中获得了赞同。当时曾有人讥讽他们那些狂放怪诞的诗歌旨在惊世骇俗，直至数十年后，人们才认识到这场诗歌运动的意义及其对葡萄牙文学发展的深远影响。《俄耳甫斯》虽然仅仅出版两期，但所表现出的新的文学思想和形式却标志着葡萄牙诗歌步入现代主义时期的开端，其核心人物佩索阿被视为葡萄牙20世纪最杰出的诗人。

西班牙语美洲文学

一战期间，西班牙语美洲虽然远离战场，但内忧不断，民困日甚，传统与现代并存，文明与野蛮同在。西班牙语美洲的畸形发展始见端倪。受此影响并受西方现代派文艺思潮的冲击，西班牙语美洲文坛迅速分化、急剧变幻。以消解和逃避现实为主要取向的现代主义诗潮失去了市场，取而代之的是直面现实的后期现代主义。一般认为后期现代主义是西班牙语美洲诗歌由现代主义向先锋派过渡的一个间隙性流派，由墨西哥诗人贡萨莱斯·马丁内斯创作于1910年的著名诗篇《拧断天鹅脖子》生发开来，使许多西班牙语美洲文人抛弃了现代主义的阳春白雪。这一流派孕育了两位大诗人：一位是墨西哥的洛佩斯·贝拉尔德，另一位是智利的加夫列拉·米斯特拉尔。前者被誉为“墨西哥民族诗人”，后者因善于抒发真实感情而获得了“抒情女王”的美名。墨西哥革命为小说家提供了鲜活素材，因此而产生的墨西哥革命小说推动了墨西哥乃至整个西班牙语美洲文学的发展。20世纪前半个世纪的墨西哥小说大多与这场农民革命有关。由文明与野蛮、资本主义与封建残余的较量所直接催生的大地小说显得蓬蓬勃勃，使西班牙语美洲文学顿时变得浓墨重彩、生机盎然。与此同时，先锋派思潮在墨西哥和阿根廷登陆并迅速席卷整个西班牙语美洲。此外，还有反独裁小说、土著主义小说和城市小说的兴起，20年代的西班牙语美洲文坛可谓异彩纷呈。

巴西文学

20世纪初期，因循守旧的巴西官方文学依然占据着主导地位，仍旧沿袭着在欧洲早已过时的模式，没有什么创新与发展。而此时，文化艺术领域各种新的思潮正震撼着欧洲。在那里受教育的巴西年轻知识分子受到它们的影响，因而对巴西文化艺术的现状感到强烈不满，回国后便积极宣传，力图革新巴西的文化艺术。1922年正逢巴西宣布独立100周年，巴西现代主义文学艺术的倡导者们在2月举办了“现代艺术周”活动。“现代艺术周”冲破了巴西文坛的沉闷局面，为它走向现代起了决定性的推动作用，成为巴西文学进入现代主义时期的一个标志。然而，虽然现代主义文学运动犹如旋风一样席卷着整个巴西文坛，但它并没有形成一个领导核心，各种文学团体成立不久便又宣布解散，各种理论提出不久便又被放弃。总的来说，新一代的作家都在批判旧的传统文学，都在探索革新巴西文学的途径。在现代主义第一阶段，虽然许多作家未能创作出很有价值的作品，但是他们的探索却为巴西文学的发展奠定了基础。了解和认识社会、暴露和批判巴西存在着的各种问题和强烈的民族主义色彩，是巴西现代主义文学的一个基本特征。另一个基本特征是对作品的表现形式不断进行探索与研究，这对巴西文学的演变与发展起到了十分重要的作用。巴西现代主义第一阶段的文学创作以诗歌为主，代表作家首先是马里奥·德·安德拉德（1893—1945），他是巴西现代主义第一阶段最有成就的作家之一，也是巴西文学史上创作形式最为多样化的作家之一。他的创作不仅包括诗歌、小说、文学批评和文学理论，而且对音乐、绘画、民间艺术也进行研究，并均有建树，其他重要作家还有奥斯瓦尔德·德·安德拉德（1890—1954）、曼努埃尔·班德拉（1886—1968）和吉列尔莫·德·阿尔梅达（1890—1969）。

第一节　希梅内斯

西班牙诗人胡安·拉蒙·希梅内斯（1881—1958）深受拉美现代主义诗歌的影响，他的诗歌给西班牙诗坛增添了崭新的色彩。他以特有的哀婉与深沉，同西班牙传统诗歌的浪漫与激越形成了鲜明的对照，对西班牙诗歌的繁荣发展颇有影响。

希梅内斯出生在西班牙沿海的度假小镇莫格尔的一户殷实人家，从小接受了良好的启蒙教育及文学熏陶，九岁进入圣马利亚教会学校，毕业后考入塞维利亚大学法学系。在此期间他热衷于文学创作并在家乡刊物上发表了不少诗作。1900 年他怀着十分崇敬的心情谒见了拉丁美洲现代主义大师卢文·达里奥，从此更加坚定了从事文学创作的决心，并最终导致他放弃法学，走上专业写作道路。同年，父亲猝死的消息使希梅内斯大病一场，他随后前往法国、瑞士和意大利疗养。然而，诗人得的是心病，是精神抑郁症，时间和距离都不能消释他的感伤。在寂寞和悲伤中，他愈来愈怀念家乡和亲人。在回归故乡的七八年中，诗人触景生情，创作了一大批怀旧之作，慷慨哀婉，催人泪下。人们弄不清它们是颂歌还是挽歌。这一时期恰好诗人青春骚动和失恋而悲伤的“灰色”时期，写了不少悲喜交集、自相矛盾的作品(多数仍是悲哀的咏叹调，有的却明显接近于香艳之作)。正因为如此，早在20年代就有评论家称他为“颓废诗人”。

第一次世界大战前夕，希梅内斯从故乡回到马德里，居住在大学生公寓里。其时马德里的大学生思想活跃，对未来充满了信心。希梅内斯则与他们不同，忧郁导致他观察事物的冷静与悲观。加之第一次世界大战爆发，希梅内斯把西班牙的未来看得一片漆黑。这在他1914年发表的自传体故事《故土和我》中体现得十分明确。他有点像19世纪的感伤主义作家，几乎把一切希望都留给了过去。当然，有时他也会被周围的热情所感染，特别是在结识了加西亚·洛尔卡、达利等年轻诗人、艺术家之后，其诗风有所改变。也是在这个时期，他和从事泰戈尔研究的学者、翻译家塞诺维娅·坎普鲁维邂逅。这位后来成为他太太的波多黎各姑娘对诗人一见钟情。1916年，两人在美国结为夫妻。婚姻改变了希梅内斯的整个生命。他的心灵仿佛是接受了一次洗礼，顿时一片阳光。在《一个新婚诗人的日记》(1916)等一系列诗作中，诗人展示了一个全新的希梅内斯。喜悦、爽朗、多情的诗句像瀑布似倾泻。回到了莫格尔之后，塞诺维娅担起家庭的重担，希梅内斯则潜心创作。不久，一批崭新的诗作相继问世，其中有《永恒》(1918)、《石头与天空》(1919)、《诗》和《美》(均为1923)等。

进入30年代以后，西班牙社会急剧动荡，危机四伏。西班牙内战和紧随其后的第二次世界大战使希梅内斯感到十分困惑和哀伤。虽然希梅内斯和妻子一起逃到了远离战火的美洲大陆并在马里兰大学谋了一份体面的差事，但是有家难回、有国难投的漂泊感使他重新陷入了苦闷与忧伤。他的创作路数也随之发生了变化。50年代，希梅内斯怀着惴惴不安的心情回到西班牙，但很快就由于对佛朗哥政府不满而不得不再次离去。晚年的希梅内斯深感岁月无情，身体日衰，思乡之情却一天甚于一天。他与美国格格不入，尤其是在妻子患了癌症之后，生活变得异常艰难。然而就在这时，传来了他获得诺贝尔文学奖的消息。1956年10月25日，“由于他的抒情诗为高尚的情感和纯洁的艺术提供了一种范例”，瑞典文学院将当年的诺贝尔文学奖授予了他。对此他却十分冷淡。他给瑞典文学院写了一封感谢信，并说因为身体和心情方面的原因不能亲自参加颁奖仪式，委托校长参加颁奖典礼和有关的活动。塞诺维娅听说丈夫获奖欣喜万分，奇迹般地下了床，还亲自给丈夫做了一顿丰盛的晚餐。遗憾的是两天后，她便带着无数的留恋和遗憾离开了人世。希梅内斯勉强支撑了一年半之后，也永远地合上了眼睛。

希梅内斯是个多产诗人，一生创作了二十多部作品。其中较为重要的作品有诗集《诗韵》(1902)、《悲哀的咏叹调》、《远方的花园》(均为1904)、《挽歌集》(1907—1908)、《悲歌》(1909—1910)、《迷宫》(1910—1911)、《一个新婚诗人的日记》(1916)、《永恒》(1918)、《石头与天空》(1919)、《诗》、《美》(均为1923)、《另一个》(1942)以及长诗《空间》(1954)等。由于诗人对纯粹美的追求是通过悲怆和苦闷的宣泄与不和谐的形式展示出来的，批评界在他的作品中发现了许多个悖论。其中之一是"静止的运动"，即精神在某种类似于"入定"状态下的飞翔与升华。这在诗人诸多表现孤独和绝望的作品中显示出来：

你，鲜花盛开的村庄，
将永远见不到阳光，
见不到白色的雾、蓝色的烟；
听不到钟声和牧歌。
已是晌午，一切都将消亡，
静静地、依依地
消亡……
只有小鸟在松林里歌唱……

《诗人在田野里死去》

这村庄是躯壳，这小鸟是心灵。希望的歌声在绝望和消亡中自然地响起。其中之二是"响亮的寂静"，指孤独到了极限时发出的声音及产生的形态：

孤独就是永恒，
寂寞就是无限。

我就是人，
像一棵树……
我孤零零地站在树丛里
陪伴着最后的玫瑰。
我不愿回到自身，
我担心同样的树
产生异样的苦闷。
当我离开的时候，
树丛就注视着我。
他们悄悄议论着我，
我该如何向他们解释？
如何向他们解释
我这寂寞的行人？

《人与树》

把人描写成树木，足见其孤独的程度，然而希梅内斯确实把自己看作是一个无法与别人沟通的独行者，像树一样理解别人发出的声音，却无法让自己的声音变成一种理解。其中之三是“虚无的存在”，指灵魂与躯壳、精神与物质的矛盾，常常通过死亡主题、时间主题等表现出来。这些无疑是20世纪的近乎荒诞的存在以及诗人自身的矛盾心态的写照，具有极强的穿透力和表现力。其悲剧意识不言自明。

希梅内斯把自己的写作划分为两个时期：早期和晚期。早期指1900年至1915年，诗人较为抒情，常常以“狂喜”即对自然和美的赞颂，以鸟语花香、日月星辰、青山绿水等反衬内心的孤独和苦闷。在他看来，自然的灵性和优美创造了一切美好事物，其中包括诗歌和爱情、精神与梦想。他把自然美和艺术美、女性美混为一谈，并用山水、音乐和喷泉等为意象和象征加以表现。与此同时，现实和心灵的困苦总是像一把无情的铁锤，将所有的美好打个粉碎。此时的诗人带有明显的现代主义色彩，同时有意无意地借鉴了象征主义和表现主义手法。晚期是指1916年以后的创作。这一时期其实尚可细分，尽管1916年的爽朗和清新实际上只维持了很短的几年。后来,西班牙内战和第二次世界大战的爆发更是将他许多美好的计划打了个粉碎,使他在后来的岁月中重新陷入苦闷而不能自拔。他除了受爱情的驱使创作了一批委婉动人的抒情诗以外,还对永恒与短暂、存在与意识等诸多哲学问题进行了思考:认为生命是短暂的,但意识却是永恒的。他声称"将永远信奉诗歌的真实,因为只有它才是与世永存的美"。因此,他一方面创作了带有明显存在主义色彩的情绪低落的作品;另一方面又回到马拉美,转向"纯诗",拥抱简洁和自由,反对过分的夸饰和雕琢。希梅内斯的忧伤和困惑在西班牙年轻一代中产生了强烈共鸣,对西班牙诗歌的繁荣和发展也多有影响。

第二节 佩索阿

费尔南多·佩索阿(1888—1935)是20世纪葡萄牙最杰出的诗人。他出生于里斯本市,五岁时父亲病殁,八岁随母亲和继父来到南非,在那里完成小学和中学学业。少年时代他酷爱狄更斯的小说,喜欢莎士比亚、拜伦、雪莱的诗歌,并创作了一些英文诗。在南非所受的教育为他后来的文学创作打下了基础,在其早期的作品中可以明显看出英国作家对他的影响。

1912年,佩索阿在文学刊物《鹰》上发表了《从社会学角度看葡萄牙新诗》等一系列文学评论。在他的诗歌创作道路上,1914年是十分重要的一年,多年来积累的广博知识和丰富阅历使其进入成熟时刻,诗句伴随着青春的热情汹涌而出。当年他用阿尔贝托·卡埃罗的笔名完成了组诗《牧人》49首,韵律自由,语言简洁流畅,饱含着对大自然的热爱之情。此后他便一发而不可收,陆续创作出大量思想和风格迥然不同的诗歌,并采用不同的笔名发表,常用的有阿尔贝托·卡埃罗、里卡尔多·雷斯和阿尔瓦罗·德·坎波斯。令人惊讶的是,其作品风格竟也随笔名的变换而各具特色,绝不雷同。在他使用阿尔贝托·卡埃罗的笔名时,其诗风雄浑洒脱,且有追求散文化的倾向,极富感染力。当他使用里卡尔多·雷斯的笔名时,其诗风显露出古罗马人贺拉斯的恬静,颇具古典诗歌风韵。当他扮演第三位诗人阿尔瓦罗·德·坎波斯的角色时,只对机器和日新月异的科学技术感兴趣,既没有自我,也没有对生活的热情,但有时对内心深处的"我"反躬自问。许多时候他也使用真名费尔南多·佩索阿发表作品,这时他则是一位囿于传统的独特的现代诗人,常以孤独、情感和知识化的激情为题材,同时又善于伪装感情。他热衷于奇迹,是位对不存在和不可能的事物进行怀念的神秘主义者和民族主义者。他遵循传统的诗歌韵律,喜欢短句,注意节奏和追求音乐感,是位个人风格鲜明的意象主义诗人。作为一名抒情诗人,他讲究韵律,追求诗歌内容与形式的和谐与完美,作品极富音乐感。佩索阿所扮演的这些化名诗人最显著的一点是,尽管他们的作品内容相同,至少是部分相同,但风格迥异,而且每个人的风格又均符合他们各自所倡导的理论。诗人坚持这些化名都确有其人,并坚持他们的作品具有连贯性。将一个诗人分解为几个诗人,通过不同的化名表达诗人内心不同的声音,分则自成体系,合则集各家之大成,从而创作出一种千姿百态的诗歌,这种情况在葡萄牙诗坛可谓空前绝后,他因此而被视为一大怪杰。佩索阿从不矫情虚饰,敢于剖析自我,十分关注祖国的现实和命运。然而对他来说,历史因现实而更加遥远,现实因历史而更加黑暗。作为黑暗社会的对立面,他注定是孤独的。他性情抑郁,终身未能摆脱悲观绝望的折磨,寂寥惆怅的心情贯穿其多数诗篇。

佩索阿具有天才的想象力和创造力,形象十分大胆,而且诗作哲理深刻,给人以智慧的启迪。作为诗人,他反对浪漫主义空洞无物的抒情,强调诗歌的感性,摆脱了传统的束缚,形成了一种新的流派。他对于其身边的人几乎有一种超然的魅力,俄耳甫斯文学团体的成员如众星捧月般聚集在他的周围,并在其诗歌的鼓舞下,形成了一种向往身外生活和倍加重视思想感触的倾向。他一生用葡萄牙语和英语写下了大量诗歌、散文、文学评论和书信,大多发表在报章杂志上,生前出版的唯一一部用葡萄牙语创作的诗歌是自选诗集《使命》(1934)。这是诗人花费二十余年时间悉心构思、创作的结晶,围绕葡萄牙历史探讨了它的本质和未来,具有史诗气魄,充分体现了诗人思想的一个重要方面,即强烈的爱国主义情怀。全书共收诗作 44 首,分成《纹章》、《葡萄牙的海》和《隐逸》三个部分。第一部分《纹章》内含《原野》、《城堡》、《五盾国徽》、《美德》、《光荣》五个小节,记叙葡萄牙古老的历史,赋予国王、圣贤和英雄神话般的形象,表现了他们纯粹的心灵和坚定的手腕。第二部分《葡萄牙的海》涉及葡萄牙人15世纪末至16世纪中期航海大发现和海上称雄的历史,描绘了葡萄牙人不惧艰险的大无畏精神和坚定不移的信仰,讴歌了他们战胜大海发现新大陆的业绩。第三部分《隐逸》由《象征》、《启示》和《天候》三个小节组成,写1578年塞巴斯蒂昂在远征的一场战役中失踪,葡萄牙从此便一蹶不振的故事。据说国王被上帝隐匿于一个迷人的岛屿,人民期盼他重归故国,拯救葡萄牙。《使命》塑造了葡萄牙的真实形象,有血有肉的历史犹如神话一般光彩动人。无论是作品所洋溢的爱国主义精神,还是其高度的艺术成就,都可以与葡萄牙历史上最伟大的诗人卡蒙斯的壮丽史诗《卢济塔尼亚之歌》相提并论,他因而被誉为葡萄牙诗坛唯一可与卡蒙斯比肩的诗人。

晚年的佩索阿疾病缠身,身体极度衰弱,诗歌也越来越表现出凄凉、痛苦和厌世的情调。1935年11月29日,诗人肝病严重恶化,被送进医院。这一天,也许他已预感到第二天将要迎接他一生中多次用诗歌所描写的死神的拜访,他用英文在一张小纸片上写下了最后一句话:“我不知道明天什么将至。”次日,一代天才诗人便与世长辞。像卡蒙斯及其他许多天才人物一样,佩索阿也是在他去世数十年后才为人所“发现”,并日益显示出他对葡萄牙文学所产生的影响。生前他只有三卷《英文诗集》和一部葡萄牙语诗集《使命》问世,现在已整理出版的作品有十一卷诗集、九卷散文集(内容涉及文艺理论、美学、哲学、心理学、社会学等各个领域)和三卷书简,而且还有更多的作品正待进一步发掘和整理。对保存在国家图书馆近三万页遗稿的每一项新的研究成果,都使世人对这位天才诗人刮目相看。毫无疑问,他已作为20世纪首屈一指的文坛巨匠而名垂葡萄牙文学史册。

第九章

东方文学

概述

第一次世界大战后，日本文学经历了明治初期的欧化运动，日俄战争后，一方面继续引进西方文化和风习，一方面转向对本国文化的狂信，高扬国粹主义精神。作家对现实和人生持消极态度，逃避社会与政治，一味追怀过去和沉溺于唯美之中，自然主义成为他们的文学主张。同时，一批青年作家举起反自然主义的旗帜，掀起后期新浪漫主义和白桦派的新理想主义文学运动。新思潮派继新浪漫主义和白桦派之后兴起新现实主义，这是日本近代文学史上三派鼎立的局面。1921 年《播种人》杂志创办，首次引进苏联“无产阶级文学”概念。以后，无产阶级文学经历多次分裂和重建，不断成熟和壮大，产生了许多优秀作家、诗人和评论家，如藏原惟人、中野重治、小林多喜二、德永直、宫本百合子等。同时，今光东、横光利一等人举起新感觉主义的旗帜，主张追求“新的感觉、新的生活方式和对事物新的感受方法”。他们被称为新感觉派。新感觉派在 1928 年解体后，一批青年作家主张新心理主义文学，有的则主张正统艺术，继续推动着现代文学艺术的发展。

20 世纪 20 年代，不仅在日本，而且在朝鲜、印度尼西亚等亚洲国家，都出现了无产阶级文学。在朝鲜,一批具有进步思想的青年作家,站在维护无产阶级大众利益的立场,主张文学的阶级性,提倡无产阶级文学,反对资产阶级文学,形成了一种新的文学倾向,被称为“新倾向派文学”,亦即早期的无产阶级文学。代表作家有李箕永(1895—1984)、赵明熙(1892—1942)、韩雪野、崔曙海(1901—1930)等。李箕永创作有短篇小说《元甫》(1928)、《造纸工厂》(1930),长篇小说《故乡》(1933)。赵明熙创作了《洛东江》(1927)、《春善》(1928)、《儿子的心》、《美妮和宠儿》(均为1928)等作品。韩雪野创作了《摔跤》、《过渡期》(均为1928)等小说。这些作家的作品,从不同角度反映了朝鲜农民和工人的生活、他们的觉醒和斗争。李箕永、韩雪野以后一直进行创作,是朝鲜现当代文学的重要作家。从20年代初至30年代初,无产阶级文学在朝鲜文坛上占统治地位,它对以后的朝鲜文学产生了巨大影响。

20年代初至1926年是印度尼西亚现代文学的初期阶段。第一次农民大起义失败后,民族解放斗争由兴起走向高潮,无产阶级和民族资产阶级是革命的主要力量。因此,这一时期的文学可以分成三种类型:一是无产阶级反帝文学;二是资产阶级民族主义文学;三是资产阶级个人反封建文学。无产阶级反帝文学的主要代表是作家马斯·马尔戈(1878—1928)。1926年民族起义时,他是梭罗地区领导人,起义失败后被流放到西伊利安。他从1914年即发表作品,1924年发表代表作小说《自由的激情》,塑造了一个因对现实不满而走上革命的知识分子形象,对当时的印尼社会状况做了深入的剖析。另一代表作家是司马温,他是印尼共产党的早期领导人,其代表作《卡迪伦传》(1919)是首部以无产阶级反帝斗争为题材的小说。诗人鲁斯丹·埃芬迪(1903—1979)发表了诗集《沉思集》(1925)、诗剧《贝巴沙丽》(1926—1928),对殖民主义者的侵略和掠夺进行揭露和谴责,号召人民起来斗争,为民族而战。1926年起义失败后,无产阶级作家或是被捕,或是被迫流亡,无产阶级的反帝文学从此处于低潮。资产阶级反封建文学的代表作家有耶明(1903—1962),1920年他发表第一首用印度尼西亚文写的诗歌《祖国》,1928年写出长诗《印度尼西亚啊,我的祖国》,热情讴歌印度尼西亚的美好河山、光荣历史,对外国侵略者进行谴责。这时资产阶级个人反封建文学也有所发展,如麦拉里·

西里格尔的小说《多灾多难》(1920)、马拉·鲁斯里(1889—1968)的小说《西蒂·努儿巴亚》(1922)。华裔马来语文学也有了进一步发展,如郭德怀的小说《芝甘邦的玫瑰》(1924)等。

20年代的印度诗坛,虽然在孟加拉语文学中出现了《绿叶》、《怒潮》等倡导现代派诗歌创作的刊物,但总的来说,现代派诗歌没有形成什么气候,深受泰戈尔影响的富于传统精神的浪漫主义创作依然占据主导地位,印地语中的阴影主义即是如此。阴影主义的代表诗人主要有伯勒萨德、尼拉腊、本德和沃尔玛夫人等。在浪漫主义之外,穆斯林诗人伊克巴尔独树一帜。他的诗歌创作在乌尔都语文学中的影响极为广泛而深入,特别值得一提。伊克巴尔起初是个民族主义者,后来转变成为主张世界穆斯林是同一民族的泛伊斯兰主义者。他一生创作了数以千计的诗歌,借诗歌表达自己的政治和社会理想,以宗教哲理诗人闻名于世。这一时期的小说创作,萨拉特最为著名。他一生共出版36部小说。他在孟加拉语文坛上作为小说家的声誉甚至超过了泰戈尔。萨拉特在1920年之前的小说创作,深受般吉姆和泰戈尔的影响,充满浪漫传奇的情调和梦幻般的色彩。1920年之后,他的小说创作进一步与当时的民族解放斗争结合起来。

一战后,埃及现代文学流派开始形成。在小说方面,伊萨·奥贝德和舍哈泰·奥贝德兄弟俩的创作丰富了埃及小说的内容;被誉为“诗王”的邵基将诗剧这种形式引进阿拉伯,创作了《克娄巴特拉》(1929)、《莱依拉的痴情人》等七部诗剧。埃及盲人作家塔哈·侯赛因创作了自传体小说《日子》第一部(1929),通过一个失明孩童的回忆,将20世纪初埃及农村贫穷愚昧的生活现实描写得淋漓尽致,在艺术上获得巨大成功。黎巴嫩旅美诗人、作家纪伯伦从小说创作转向散文诗创作,其文笔优美流畅,富有音乐感,在阿拉伯文坛独树一帜。1923年,他写出了闻名于世的《先知》。20年代阿拉伯文坛还有一位重要诗人,就是突尼斯诗人沙比(艾布·卡赛姆,1909—1934)。他生于南方图泽尔城,父亲是一位伊斯兰法典官。他自幼跟随父亲辗转突尼斯各地,1920年到首都突尼斯宰顿大学学习宗教和语言,1928年毕业,后入突尼斯法学院深造,1930年毕业。父亲死后,他承担起家庭重负,由于操劳过度而患心脏病。大学期间,他积极参加反抗法国殖民主义者的民族解放运动和文学革新运动。为了保持诗人的自由，他未谋求公职，日子过得十分艰难，终因心力衰竭而去世。他的代表作有诗集《生命之歌》(1955，收诗人诗歌一百余首)。他的诗歌表达了突尼斯人民追求自由解放、摆脱外国殖民统治的心声，感情激越，联想丰富，诗句流畅而有力。其诗句"人民一旦要求生存，命运必须作出回答；黑夜必将过去，桎梏必将摧垮"，已成为阿拉伯世界无人不晓的脍炙人口的名句。沙比被誉为"突尼斯之光"。

第一节 芥川龙之介

芥川龙之介(1892—1927)是日本新思潮派的主要作家，他于1927年因追求艺术与人生的一致而陷入苦恼，抱着"希望已达之后的不安，或者正不安时的心情"(鲁迅语)以自杀结束了自己年轻的生命。他的自杀是日本近代文学走向终结的标志。他短短11年的创作生涯，给后世留下了166篇作品，丰富了近代日本文学。他发表的《罗生门》(1915)、《芋粥》、《手巾》和《鼻子》(均为1916)等小说，受到夏目漱石的赏识，认为他"将会成为文坛上无与伦比的作家"。

芥川龙之介一生经历了母亲发疯、父亲事业失败和自己初恋的失意，这给他带来精神上的极大痛苦，造成严重的神经和体力衰弱。他感到孤独，仿佛自己是个"在孤独地狱里受苦受难的人"。他经常自问："我为什么受到如此的惩罚?"这在他的人生观和文学观方面留下了巨大的阴影，给他的生活和文学带来一种"漠然的不安"。于是，他以这种态度来对待文艺的批评标准。他说："如果不用这个标准而去追求真、善、美等标准，那是滑稽的时代错误。"(《某傻子的一生》，1927)因此他不完全赞同文坛流行的自然主义标榜的丑陋的"真"，白桦派理想主义冀求的虚妄的"善"和唯美派沉迷的颓废的"美"。他对这三者抑多于扬，但又企图调和它们，以保持其平衡，也就是将其融会一体，以一种新现实主义的姿态来追求真、善、美，使之更具综合特色。因此，他的文艺观主要表现在：其一，文学具有认识人生的价值，了解人生的微妙性和复杂性；其二，只有文学才能包容人生的美与丑、善与恶的所有矛盾，也只有文学才能完成美，一种永恒的美。

芥川的小说主要通过历史的传说和故事来反映现实,诠释人生。他借助历史题材来再现今天发生的事;将历史的事件寓意化,以历史人物来表达自己的主观思想。他的历史题材首先取自《今昔物语》等日本古典文学,如《罗生门》、《鼻子》、《芋粥》、《地狱变》(1918)、《竹丛中》(1923)、《六宫公主》(1922)等小说,就是采取历史上奇异的、超自然的事件,描写社会底层的民众,面对地狱般的现实,不断复苏野性的生命来展现“野性的美”。他以昔日的事写小说,意在借古喻今,对现实和人生进行理性思考。尤其是《罗生门》将现代社会的“现实场”放置在日本的历史之中,通过细致地描写主人公的心理流程,来揭示人在善与恶、美与丑的对立和相克中的不安心绪;同时在对人的自私心既不肯定也不否定的情况下将矛盾绝对化,来展现自己的观念世界,达到以冷眼的旁观者观照社会的利己主义的目的。他通过江户时代的人物和事件以观照人生,其中有取自武家故事的《某日的大石内藏助》和取自町人故事的《戏作三昧》(1918),以及描写俳圣芭蕉弟子的《枯野抄》(1918)等。作者在这些作品里,以锐利的目光对内藏助、曲亭马琴、松尾芭蕉等历史名人的人生观或艺术观作出理性剖析,向人们提供了观照近代人生的极好材料;又通过“天主教故事”、“文明开化故事”来批判现代社会。以天主、基督为背景的有《烟草与魔鬼》(1916)、《开化杀人》、《信教人之死》(1918)、《邪宗门》、《基督教上人传》、《黑衣圣母》、《南京基督》、《众神的微笑》、《报恩记》等;以“文明开化”为背景的有《舞会》(1920)、《阿富的贞操》、《雏鸟》等。这些作品都与西方文明有关。此外还写了一些涉猎东方文献的作品,如取自印度佛经故事《业》的《蜘蛛丝》(1918),取自中国古代话本的《杜子春》(1920)等。不管是西方还是东方材料,他都能驾驭自如,以其奇特的思考方式表达出来。芥川初期和中期的作品大多借用历史题材,给予现代诠释。因此,“他在大正文学史上开拓的新世界,首先就是题材”。但“其兴味的中心是捕捉相通于古人与近代人之间的人性闪光,给予古人的心理以近代的解释”。作者的近代题材小说为数不多,有的只是客观地反映现实,似乎未能透彻地把握现实,有陷入自然主义窠臼之嫌。

在创作方法上,芥川龙之介融会东西方的文艺精神和技法,营造自己独特的新艺术,一方面探寻日本的古典世界,着力发掘《今昔物语》的艺术生命，从中获取力量，以重建自己的生命和艺术；一方面憧憬“西方的呼声”和学习西方近代小说的技法，在日本文学的土壤上进行精神的革命和技巧的革新。他的作品重视传统小说结构的简洁性，同时摄取19世纪西方文学精练的心理描写技法，运用历史题材，而又保持近代文学的构架；兼用古典与近代文体，并保持其完整性。芥川龙之介与森鸥外、夏目漱石这三大家将日本近代文学推向一个新的高峰。

第二节　萨拉特

萨拉特·钱德拉·查特吉（1876—1938）是印度著名的孟加拉语作家，在其22年的文学生涯中共出版36部小说。以1920年为界，他的小说创作分为两个阶段，第一阶段深受般吉姆及泰戈尔的影响，第二阶段则进一步与当时民族解放斗争结合在一起。他在孟加拉语文坛上作为小说家的声誉甚至超过泰戈尔。1975年加尔各答大学印度语言系通过调查，发现孟加拉语文学中他一直是读者最多的小说家。

萨拉特生于西孟加拉邦胡格利地区代帕纳德布尔村一个贫穷婆罗门家庭。童年生活在极度贫困中。父亲虽然受过良好教育，但生活中却是个失败者：他从不安分守己，且对文学有着浓厚的兴趣；写过小说、戏剧和诗，但均是半途而废。按萨拉特本人的说法，他年轻时就开始四处游历，闯荡生活，主要是受到父亲不安分守己性格的影响；而父亲对文学的浓厚兴趣则使他很早就变成了一个梦想家。萨拉特中学毕业后为贫穷生活所迫而去做工。1900年，他曾作为游方僧人在比哈尔的穆扎发普尔地区为一个地主弹吟歌唱，这种游历生活对他日后的创作影响很大。1901年，年轻的萨拉特在帕格普尔与一些文学青年成立一个小团体，创办手抄本刊物《阴影》。该文学团体中唯一的女性尼鲁帕玛·黛维是个童年就守寡的年轻妇女，主要写诗。萨拉特与尼鲁帕玛的来往相对来说比较多，两人也有直接接触，但均将爱的秘密深藏于内心。

萨拉特最初的创作灵感来自尼鲁帕玛，尼鲁帕玛是他作品中理想女性的生活来源之一。1913年萨拉特以舅父的名字发表短篇小说《寺庙》，获得当时一个文学奖。1907年发表在文学刊物《帕罗蒂》上的中篇小说

《大姐》使他一举成名。小说是他去缅甸之前的创作,写一个私人教师与他的学生、寡妇(即“大姐”)之间的浪漫爱情故事。之后,其作品不断在孟加拉语刊物上出现。1916年他放弃在缅甸的工作,回到加尔各答专事创作。1916年至1920年成为他一生文学创作的鼎盛时期,《嫁不出去的女儿》(1916)、《代瓦达斯》、《道德败坏的人》(均为1917)、《斯里甘特》(第一卷,1917)、《被焚毁的家》和《婆罗门之女》(均为1920)等小说都在这时期发表。萨拉特认为《被焚毁的家》是他最好的小说。小说写摩希姆、苏来什与阿恰拉三人的爱情纠葛,深受泰戈尔小说《沉船》的影响。小说情节紧凑,戏剧性强,主要表现人物的心理过程,着力探讨人的行为背后的自我,既反映社会的伦理道德又反映人物内在心理的复杂情结。萨拉特笔下并没有绝对的好人或坏人,他塑造人物形象的目的并不是为了教导人的行为,而是在探究人的行为的复杂成因中,让人深思真正的人性、人道等问题。对摩希姆、苏来什等人物形象,萨拉特不持褒贬,多采用夸张甚至是讽刺笔法。萨拉特后期主要作品有长篇小说《秘密组织——道路社》(1926)和《最后的疑问》(1931)等。前者是一部政治小说,写在缅甸的印度革命者的活动。小说主张以武装革命手段争取印度独立,出版后不久即被英殖民政府查封。从艺术上看,人物缺乏生活气息,情节较为松散,全书只是被强烈的反英情绪串连着。

萨拉特作为小说家的名声主要建立在他的四卷本长篇小说《斯里甘特》上,第一卷是萨拉特居住于缅甸时的创作,后三卷是1916年返回孟买后创作。这部小说是他最著名的作品。基本情节是流浪汉斯里甘特与舞女拉佳勒克什弥之间的爱情故事。围绕着这个爱情故事,通过斯里甘特的流浪又写了一些插曲。第一个插曲主要写斯里甘特与安娜达姐姐的故事。一天,斯里甘特受到一群小地痞的围攻,一个与他差不多年岁的强壮英俊的小伙子英特拉解救了他。他因此随英特拉游历冒险。在斯里甘特的成长过程中,是英特拉首先给了他决定性的影响,他因此变成了一个终生流浪汉,思想“怪诞”而“不合时宜”,但对于生活却有着执着而热烈的追求。也是由于英特拉,他一生尊重女人,虽然在垂暮之年听惯了人们对他生活行为的一贯谴责,但当他为往事编织花环时,对自己的一世荒唐并不觉得异常,因为他的一生是在追求和成长中走过来的。安娜达姐姐是悲剧和理想的化身,是作者着意塑造的印度教忠贞妇女的典范。她丈夫害死了她姐姐,为了逃避警察的追捕而沦为捉蛇人,但因为他是她的丈夫,她依然追随着他,为他牺牲了一切。斯里甘特在随英特拉游历冒险的生活中结识了安娜达。安娜达谈吐温柔,目光和蔼而忧郁,英特拉深深爱上了她,经常在经济上给她以帮助。而她丈夫则性情暴戾,酗酒行骗。尽管如此,她依然逆来顺受,毫无怨言,在她丈夫死于蛇毒之后,她也在某天与斯里甘特和英特拉不辞而别。安娜达是作者推崇的一个圣洁的、女神般的形象,她使他变得纯洁善良,而作者正是企图以这种人的天性来拯救充满邪恶的现实世界。一次,斯里甘特偶然遇到了他小时候的同学拉佳勒克什弥,此时她已是沦落风尘的舞女比雅丽,但她依然渴望恢复女性的尊严。当她在新环境中遇到小时候就钟情的斯里甘特时,便疯狂地爱上了他。比雅丽是与安娜达适成对照的女性,斯里甘特钟情的是安娜达一类的女性,但在别离时比雅丽那深沉的悲哀也使斯里甘特感受到爱的崇高。斯里甘特离开了拉佳勒克什弥后又开始自己的流浪生活。他生病后,被拉佳勒克什弥接到巴特纳家中疗养。之后,为了拉佳勒克什弥的幸福,他又离开了。小说第二卷写奥帕雅与罗希尼的故事。奥帕雅在罗希尼的陪伴下(两人同龄)前往仰光去见自己的丈夫,而丈夫却另有新欢,不把奥帕雅当人对待,奥帕雅转而与罗希尼相爱,像夫妻一样生活在一起。斯里甘特欣赏奥帕雅的果敢,但对奥帕雅的所作所为又不置可否。而奥帕雅大胆的反叛性格对拉佳勒克什弥影响很大,奥帕雅的故事使拉佳勒克什弥与斯里甘特的感情进一步加深。小说第三卷主要是桑娜达的故事。桑娜达虔信宗教,拉佳勒克什弥深受感动,沉浸于宗教气氛之中,渐渐忽略了斯里甘特。但当有人建议斯里甘特与普度结婚的消息传到她的耳中时,她又回到了斯里甘特那里,她感到离开了他,神灵对她来说也就不存在了。小说的第四卷写迦巴兰特的故事。在一家毗湿奴道院里,斯里甘特认识了迦马兰特,两人关系密切。但迦马兰特最终离开了斯里甘特,拉佳勒克什弥与斯里甘特幸福甜蜜地生活在一起。

斯里甘特不是一个对传统习俗进行有意破坏的人,但他的坦率、正直的性格与社会不相容,因此是斯里甘特的天性使他成了社会的旁观者。社会并不全然拒绝他这种人,而是他有意选择了自己的生活方式。从斯里甘特身上可以看到作者的影子。小说以自传体形式写成,斯里甘特的一言一行都表达出他本人的真实思想,现实生活中作家也像斯里甘特一样四处流浪。萨拉特对于女性形象总是充满浪漫与感伤的情调,常常把女性理想化,女性犹如他的姐妹或母亲,而非恋人与妻子。萨拉特时代的妇女尤其是那些有独立思想和追求爱情的妇女,其处境常常不幸,萨拉特以极大的同情和感伤的笔触描写她们的困境,但同时他又难免有大男子主义的迷狂。或许是受传统与习俗的影响,他的作品中理想的妇女形象均带着浓重的封建意识,而那些声称自由恋爱或有不知廉耻行为的女人到最后均落得个悲惨结局。这部自传体小说的特点是对插曲与场景的细致描写,结构类似于戏剧,由一个个场面连缀起来。全书以斯里甘特在垂暮之年写回忆录的形式,叙述他青少年时代的一些生活经历和几个在他思想上产生过重要影响的人物。萨拉特曾说,他的创作方式与大多数作家有所不同,他是写什么人物及写几个人物的问题,不像他们那样去考虑情节与主题。人物形象先在他的脑海里翻腾,然后便进入创作。萨拉特在美学上追求真实,主张用朴素的语言写真实的事物,反对朦胧的诗意,但在他朴素的文笔之中又常常变幻出神秘莫测的魔力来。小说语言充满幽默与讽刺,将白描笔法与讲故事的形式结合起来,既有感伤的情调又有粗犷的特质。

第三节　纪伯伦

纪伯伦(1883—1931)全名为纪伯伦·哈里勒·纪伯伦,是旅美派文学最杰出的代表。他出生在黎巴嫩北部山区布什里镇,12 岁时随母亲、哥哥和两个妹妹迁居美国波士顿。他家境贫寒,靠母亲为人织补为生。1897 年,他返回黎巴嫩,进入贝鲁特希克迈学校学习,1903 年在该校毕业后又回到波士顿,1905 年发表处女作《音乐短章》。在友人资助下,他于 1908 年赴巴黎朱利安艺术学院学习绘画和雕塑,曾得到艺术大师罗丹的指点和赏识。在法学习期间,他游览了许多欧洲大城市,增长了见闻,1910 年返回波士顿,1912 年在纽约定居,专事创作。纪伯伦于 1931 年去世,其遗体运回故乡安葬。

纪伯伦一生用阿拉伯文和英文创作的主要作品有阿拉伯文短篇小说集《草原新娘》(1906)和《叛逆的灵魂》(1907),中篇小说《折断的翅膀》(1911),散文诗集《泪与笑》(1913),长诗《行列》(1918),诗文集《暴风集》(1920)和《珍趣篇》(1923)等;英文散文诗集有《疯人》(1918)、《先驱者》(1920)、《先知》(1923)、《沙与沫》(1926)、《人子耶稣》(1928)、《大地诸神》(1931)、《流浪者》(1932)和《先知园》(1933)。

纪伯伦一生的创作大体可分为三个阶段:早期对封建礼教的控诉和叛逆,以小说集《叛逆的灵魂》等为代表;中期偏重精神求索,在尼采思想影响下发出反叛的最强音,以《疯人》、《暴风集》等为代表;晚期转向对人类的泛爱,以《先知》、《先知园》等为代表。纪伯伦在写完《折断的翅膀》时,读到尼采的《查拉斯图拉如是说》,深为尼采的巨大精神力量所折服。他尤为欣赏查拉斯图拉以"超人"进行布道,以致几乎不愿意出版《折断的翅膀》。他认为过去那个青年纪伯伦"已然死去……他的灵魂已转到一个成年人的躯体,这成年人喜爱雄心和才力,爱慕雅致和美,喜欢破坏又喜欢建设,他同时兼为人们的朋友与敌人"。从此,他要做一个"天马行空"似的"超人",抛弃以往的悲愤、泪水和控诉,做一个旧世界的破坏者。他在许多作品中对旧的习俗和传统进行了无情的猛烈的抨击和批判。

在《掘墓人》中,纪伯伦说道:"让那些只在风暴面前战栗而不与它一道前进的活物和死物全部灭绝。"像尼采宣布上帝已经死了一样,纪伯伦也说:"信仰上帝……不过是祖祖辈辈编排好的陈词滥调。我是我自己的上帝。"然而,在东方传统根深蒂固的社会中,他对传统宣战,宣布上帝不存在,并不能达到他改良社会的目的,相反,会遇到种种新的问题。他曾憎恨人们的软弱、无知和愚昧,发出"我的心负着累累果实,哪位饥渴者来采摘,来消受,来饱享?"的感慨。在经过一段时间的挫折、孤寂和探索之后,他决心致力于人们的精神复苏,认为现代文明虽然充满虚假,但必须利用现代文明的成果。只要精神、灵魂复苏,就能把恶变成善,使现代文明这一偶然现象(充满恶的现象)成为通往绝对本质(完全是善的世界)的阶梯。他爱人们,要投身到人们中去,要把"小我"变成"大我","你是你自身的先驱。你建造的塔是你'大我'的根基,你的'大我'又将成为新的根基"。纪伯伦从"小我"融入"大我"之日,就是他抛弃尼采,抛弃超人之时。他宣布:当黎明升起时,自我们灰烬中升腾的是更强有力的爱,那是在阳光下欢笑的爱,那是不死的爱!他把自己早期和中期的“我”,比作走向另一个新时期的先驱。而在那个新的时期,从灰烬中再生的已不是“我”——“小我”,而是爱——“大我”。这时,他写出了他不朽的名著《先知》。

《先知》用近似诗歌的散文体创作,描写智者亚墨斯达法在离群索居12年之后,即将出海远航。行前,他对前来送别的民众赠言,就生与死、善与恶、爱与美、罪与罚、宗教与人生等诸多问题发表见解。一个名叫爱尔美差的女子从圣殿中走出来,说:“上帝的先知,至高的探求者,离别前,我们要请你对我们讲说真理。我们要把它传给我们的孩子,绵绵不绝。请给我们谈爱。”他用洪亮的声音说:

当爱向你们召唤的时候,跟随着它,
虽然它的路程是艰险而陡峻。
爱除自身外无施与,除自身外无接受。
爱不占有,也不被占有。
不要想你能引导爱的路程,
因为若是他觉得你配,他就导引你。
爱没有别的愿望,只要成全自己。

(冰心译)

一个怀中抱着孩子的妇人说,请给我们谈谈孩子。他说:

你们的孩子,都不是你们的孩子,
乃是“生命”为自己所渴望的儿女。
他们是借你们而来,却不是从你们而来,
他们虽和你们同在,却不属于你们。
你们可以给他们以爱,却不可给他们以思想,
因为他们有自己的思想。
你们可以庇荫他们的身体,却不能庇荫他们的灵魂,

因为他们的灵魂，是住在“明日”的宅中，那是你们在梦中也不能想见的。

（冰心译）

接着，爱尔美差又问他婚姻；一个富人请他谈施与；一个农夫请他谈工作；一个法官请他谈罪与罚；一个辩士请他谈自由；一个男人请他谈自知；一个青年请他谈友谊；一个隐士请他谈逸乐；一个诗人请他谈美；一个道士请他谈宗教；有人请他谈生与死，谈美与恶，谈时光，谈痛苦，谈理性与热情，谈买卖，谈衣服，谈哀乐，谈饮食……他都一一作了回答。他说：

你在劳力不息的时候，你却在爱了生命。

从工作里爱了生命，就是通彻了生命最深的秘密。

那穿上道德只如同穿上他的最美的衣服的人，还不如赤裸着。

你的日常生活，就是你的殿宇，你的宗教。

何时你进去，把你的一切都带了去。

当你坚勇地走向目标的时候，你是善的。

你颠顿而行，却也不是恶。

但你们这些勇健而迅速的人，要警惕，

不要在跛者面前颠顿，自以为是仁慈。

（冰心译）

在《先知》中，纪伯伦表现的爱已非表面意义的爱，更不是不辨“真善美”与“假丑恶”的爱，它高于爱人、爱物的具体的爱。它已凝聚成为一种精神，一种价值。从爱出发，完善人的行为，促进精神复苏，建立新的价值，达到理想社会，这便是纪伯伦“大我”之至境。《先知》中所论及的问题，是纪伯伦一生体验、观察、思索的结晶，如上述关于孩子的论述，就表现出他与传统决裂、寄希望于未来的超前意识。在宣布上帝不存在之后，依然对上帝究竟是什么进行苦苦探索。他终于喊出：“我们就是上帝，我们是上帝的气息和馨香——在树叶中，在花朵上，在果实里。”“当你爱的时候，你不要说‘上帝在我心里’，却要说‘我在上帝的心里’。”他终于完成了对他心中的上帝的塑造。他又回到了上帝，但这个上帝已不是原来的上帝，而是一个具有人性的上帝。他呼唤一个比“超人”更具现实性的先知——亚墨斯达法，而这个亚墨斯达法不是别人，正是纪伯伦自己。

纪伯伦的创作并不属于20世纪初产生的那种真正的革命文学。世界上一些大作家如萧伯纳、高尔基、鲁迅等都曾受到尼采及其超人哲学的影响，后来都扬弃了它们，成为自己国家有影响的重要作家。纪伯伦的后期创作与高尔基、鲁迅有所不同，但在用文学启迪人们心灵、复苏人们精神、摒弃旧的传统价值和建立一个美好的新社会上，纪伯伦则与他们殊途同归。他在《先知园》中又重复他过去说过的话：“我的灵魂重负着成熟的果实，谁来采撷，谁来快乐地分享。”他更担心自己说出的并非全是真理，或还有未说出的真理，因此他允诺大家，如果是那样，真理将再次把他寻觅、聚敛，它将再次回到他身边！这都表现了他对真理至死不渝的追求。纪伯伦的文笔优美流畅，言词绚丽而具有乐感，被称作水晶般的风格，在阿拉伯文学中独树一帜。他在阿拉伯本土和西方均有很大影响。1931年，冰心将《先知》译成中文出版，使中国读者很早就知道了纪伯伦。

第三卷

1930 年至 1945 年的外国文学

概论

1930 年到 1945 年是一个充满着复杂矛盾和尖锐斗争的时期。资本主义世界发生了第一次大规模的经济危机,欧美政局动荡不安,资本主义制度岌岌可危。而与此同时,苏联依靠自己的力量进行工业化建设,取得巨大成就,生活水平不断提高,文化教育事业也有很大的发展。一时间,苏联成了西方进步知识分子向往之地。同时,苏联在团结世界无产阶级作家方面也起了重要作用,世界无产阶级文学进入了发展的新阶段。错综复杂、风云迭变的战争时期,世界各国的文学出现了新的变化。首先,由于经济危机和苏联的影响,各国作家普遍走出书房和各自的小圈子,开始关心政治和社会现实问题。这时期的马克思主义文学批评有了很大的发展,左翼或无产阶级作家的影响颇大。无论在南欧还是北欧,30 年代一批出身社会最低层的优秀无产阶级作家登上文坛,其作品大都具有较为深刻的批判精神和鲜明的无产阶级倾向性及战斗性,揭示了社会冲突和阶级矛盾,反映了下层人民的疾苦和觉醒。在东方,随着民族独立运动的高涨,印度文学深受甘地主义的影响,强调文学与现实直接结合,要求文学为民族独立运动服务。在拉丁美洲,地区主义作家如墨西哥的雷布埃尔塔斯、蒙西瓦伊斯和阿根廷的阿尔特,都十分关注社会现实,试图通过文学艺术揭露社会黑暗,批判社会不公,以期最终改变社会面貌。各国作家的政治热情还表现为积极组织志愿军,于 1936 年开赴西班牙支持那里的人民抗击法西斯统治的战斗。欧洲、北美洲以及拉丁美洲许多国家富有正义感的作家如马尔罗、奥威尔、海明威、聂鲁达等都曾投笔从戎，随国际纵队开赴西班牙。这些作家不仅直接参战，还撰文反映这场轰轰烈烈的战争，如海明威为北美报刊联盟写了许多新闻报道以及剧本《第五纵队》和小说《丧钟为谁而鸣》。

这时期文学的另一个特点是现实主义的回归。1934 年苏联召开第一次作家代表大会，把社会主义现实主义规定为苏联文学的基本创作方法。先前的无产阶级作家高尔基、革拉特科夫、法捷耶夫和肖洛霍夫等，还有不少著名的批判现实主义或"同路人"作家如谢尔盖耶夫-倩斯基、希什科夫、阿·托尔斯泰、帕乌斯托夫斯基、爱伦堡、费定、列昂诺夫等，在新的创作实践中接受了社会主义现实主义。此外，还有文坛新秀如奥斯特洛夫斯基、伊萨科夫斯基和包戈廷等，步入文坛不久便创作出引人注目的社会主义现实主义作品。由于苏联作家代表大会有法、德、英、美、日本、中国等 40 个国家派代表参加，因而大会的结论对各国文学都产生了一定的影响，并为现实主义文学传统在欧洲的回归或复苏创造了条件。英国作家衣修午德的纪实性柏林系列小说、伊夫林·沃的社会讽刺小说和普里斯特利的社会喜剧小说承继 18 世纪笛福、菲尔丁开创的现实主义传统，满足了生活在动荡年代读者的需要。在美国同样是现实主义占优势的时代，从高尔德自传体的《没有钱的犹太人》、德莱塞的《美国悲剧》、赖特的《土生子》到亨利·罗斯的《称它为睡觉》、厄斯金·考德威尔的《烟草路》，以及斯坦贝克的《愤怒的葡萄》、《人鼠之间》，纳撒尼尔·韦斯特的《寂寞芳心小姐》、《蝗虫之日》等都是反映萧条时代社会问题的现实主义小说。在法国，罗曼·罗兰的《欣悦的灵魂》被认为是法国的第一座社会主义现实主义文学的里程碑。其他优秀的社会主义现实主义作家还有阿拉贡和萨特在巴黎高等师范学校的同学保尔·尼赞。

第二次世界大战爆发后，各国进步作家成了反法西斯文学或抵抗运动文学的中流砥柱。在反法西斯战争的形势下，现实主义仍然是总的发展趋势。各国的国情虽然有所不同，但一切具有进步思想和爱国主义情操的作家无不运用手中的笔，积极反映现实，以振奋民族精神，鼓舞人民坚定地与法西斯进行斗争。法国是最早沦亡的国家之一，但法国作家如马尔罗、圣埃克苏佩里、弗朗索瓦·莫里亚克等,都在民族危急的关头参加抵抗运动。法国抵抗运动期间还出现了许多充满爱国主义精神的诗歌,通俗易懂,一反现代诗的朦胧和晦涩而广为流传。战争还使萨特从相信个人的绝对自由转而投入现实斗争,从对世界和人生的冷漠,转变为积极介入法国和世界大事,从而创作了不少关切国家和民族的小说、戏剧。美国虽然参战较晚,但斯坦贝克的《月落》、麦克利什的诗剧《城市的陷落》、丽莲·海尔曼的《守望莱茵河》等都是优秀的反法西斯文学作品。

即使在日本、德国、意大利和西班牙,法西斯的统治并不意味进步文学的死亡。在意大利,曾经在法西斯文化高压政策下被迫沉默的知识分子在30年代逐渐觉醒:克罗齐的历史论著借古讽今,把批判的锋芒指向法西斯政权;流亡法国的作家组织了“正义与自由”运动,拿起笔向法西斯开战;隐秘派诗人走出象牙塔,写起反法西斯的政治抒情诗;超现实主义小说家则用荒诞不经的故事影射法西斯主义。总之,意大利文学向直面人生的现实主义回归,并与抵抗运动同步发展,成为反法西斯斗争中的重要组成部分。在德国,抵抗文学是文学史上光辉的一页,流亡作家更是继承和发扬了德国文学的优秀传统,创造了名闻遐迩的流亡文学,其中一些作品还成为20世纪世界文学的瑰宝。在日本,无产阶级文学在反动当局的残酷镇压之下从高潮走进低谷,但小林多喜二、宫本百合子等仍然坚持无产阶级文学运动的革命方向,在作品中表现出强烈的抵抗意志。进步的自由主义作家坚持批判侵略战争,反对日本军国主义,如石川达三的《活着的士兵》真实地描写日本侵略军南京大屠杀的惨状。此外,还出现了金子光晴、小熊秀雄、小野十三郎、冈本润、壶井繁治等一批抵抗诗人。有些正直的日本作家为保持艺术的独立性,向私小说、历史小说和风俗小说等方面发展;许多有良知的作家则完全封笔,表示沉默的抵抗。

然而,即便左翼文学和现实主义很兴旺的三四十年代,也并不是某一种文学思潮或文学方法能够一统天下。由于国情不同,苏联的社会主义现实主义并没有在各国都得到认同。综观那时的文学可以发现,同样是北欧的反法西斯文学,并不都以现实主义形式出现,在被德国占领的丹麦、挪威,象征主义手法似乎更起作用。法国反法西斯文学的一个主要特色,是普遍带有超越现实的倾向和哲理的色彩。萨特、加缪和波伏瓦的许多作品是在抵抗运动期间为了配合反法西斯斗争而创作，但他们的指导思想却是存在主义哲学。他们那些关于异化的世界和人生的荒诞的作品在第二次世界大战后的50年代曾风靡一时，对世界文学产生了很大的影响。在英国，现代主义的高潮尽管已经过去，但大师们还在创作，还有一定影响。虽然吴尔夫当时承认，在社会处于混乱的时候，作家不可能对社会的冲突和矛盾完全不闻不问，但她的《岁月》与《三个几尼》并不是写战争、政治，而是关于家庭和性别关系，是许多学者不会想到的另一种政治。乔伊斯仍在写试验小说《芬尼根守灵夜》，艾略特在诗剧《大教堂谋杀案》中继续对表现形式进行探索与革新，并且影响了克里斯托弗·弗赖、奥登与衣修午德等诗人。在美国，福克纳虽然关心政治，抨击社会的黑暗与不公，但他仍然用现代主义的意识流和多视角等手法。即使像多斯·帕索斯、斯坦贝克等政治色彩很浓的作家，在使用现实主义或自然主义手法的同时并没有放弃试验与创新。前者在社会小说《美国》三部曲中采用乔伊斯式的语言和“新闻短篇”、“摄影机眼”和“人物小传”等试验性的文学技巧；斯坦贝克在《愤怒的葡萄》中也不断探索综合运用各种叙事技巧，如在小说的叙事文本中穿插了一些散文诗篇，强化渲染特定的氛围或者表示某种象征意义。此外，现代主义还传播到澳大利亚、新西兰和加拿大等国家，对它们民族文学的发展起了一定作用。

由于拉丁美洲并没有受到战争的影响，它的优越性——和平环境、丰富的资源以及种族和文化的混杂——得到了前所未有的体现。关于“宇宙种族”和“地区主义”的争论以及土著主义和宇宙主义文学的发展，既催生了后来的魔幻现实主义，也使拉美文学摆脱了欧美的影响，由多源走向多元，为往后的文学“爆炸”作了准备。相比之下，在苏联，由于一味地强调社会主义现实主义，排斥其他文学表现形式，加上以行政命令方法领导文艺，因而造成许许多多文艺工作者的悲惨命运。尽管苏联卫国战争时期有过一些光辉的文学篇章，但总的来说，文学创作受到政治干扰和无冲突论的影响，发展并不理想。

第一章
苏联文学

概述

从20年代末到1945年的十多年里，苏联社会主义事业不断取得新成就，又经受了反法西斯战争的考验，政府的大力提倡和扶植，更极大地促进了社会主义现实主义文学的发展。除无产阶级作家高尔基、革拉特科夫、法捷耶夫和肖洛霍夫等继续沿着这个方向创作外，不少著名的批判现实主义或"同路人"作家，如谢尔盖耶夫-倩斯基、希什科夫、阿·托尔斯泰、帕乌斯托夫斯基、爱伦堡、费定、列昂诺夫等，经过多年探索，也在新的创作实践中、在不同程度上和不同年代里接受了社会主义现实主义。同时，苏联各条战线上一批富有实际生活经历的文学爱好者开始步入文坛，创作出引人注目的社会主义现实主义优秀作品。这样的新人首先是奥斯特洛夫斯基、伊萨科夫斯基和包戈廷，此外还有名剧《乐观的悲剧》(1933)作者维什涅夫斯基，著名小说《教育诗》(1933—1935)作者马卡连科和长诗《春草国》(1936)作者特瓦尔多夫斯基等。苏联一些加盟共和国的文学家，如乌克兰诗人巴让和剧作家考涅楚克，白俄罗斯诗人库帕拉和柯拉斯，格鲁吉亚诗人契科瓦尼，拉脱维亚作家乌比特和亚美尼亚诗人伊萨克扬等，也都先后走上社会主义现实主义的创作道路。社会主义现实主义不仅成了这个时期苏联文学创作的主流，而且在欧洲、亚洲的某些国家，诸如法国、日本等也产生了反响。

第一节　阿・托尔斯泰

阿列克谢・尼古拉耶维奇・托尔斯泰（1883—1945）是20世纪初俄国象征主义者，他在第一次世界大战前后开始转向批判现实主义，但经过长期的思想和艺术探索，从20年代末开始成为社会主义现实主义文学的卓越作家之一。他是苏联最卓越的语言艺术大师之一，于1935年当选为苏联科学院院士。阿・托尔斯泰出身萨拉托夫省贵族之家，是世袭伯爵，和大作家列夫・托尔斯泰属远房本家。出生前因母亲改嫁，他从小在为萨马拉地方自治局首席贵族的继父家中长大。母亲是儿童文学作家，他小小年纪就产生了对文学的挚爱。中学毕业后，他遵照继父的意愿考入彼得堡工学院，但对当工程师毫无兴趣，最后选择了文学作为自己的终身职业。

阿・托尔斯泰于1905年首次发表作品。第一本《抒情诗集》（1907）、小说集《蓝色河流的后面》（1909）和童话集《喜鹊的故事》（1910）等，是他的处女作，一般都不涉及社会问题，多从大自然、宗教传说和民间故事中撷取素材，充斥着虚无缥缈的幻景和象征，主题模糊不清，语言也较晦涩和矫揉造作，明显带有模仿象征派的印迹，但并不像颓废派那样宣扬悲观绝望和死亡。尤其是童话集还确实注入了作者的一些童年印象，散发着真正的俄罗斯气息。从1910年开始，他接连出版短篇小说集《伏尔加河左岸》（1910）和两部长篇小说《怪人》（1911）、《跛老爷》（1912），通过形形色色怪里怪气的乡村贵族地主形象，标志着作者从象征主义到批判现实主义的转变。这三部作品问世后，《真理报》在1914年1月26日发表的《俄罗斯文学中现实主义的复兴》一文，把作者的名字与高尔基、蒲宁并列，称他们是“促进这个复兴过程的著名作家”。

第一次世界大战期间，阿・托尔斯泰作为《俄罗斯新联报》记者上前线，多次到英、法等国采访。他虽然不理解战争的帝国主义掠夺性质，在特写集《途中的信》（1915）和《美妇人》（1916）等短篇中，在表现俄国普通士兵的勇敢精神时甚至流露出沙文主义情绪;但另一些作品,如短篇《夜间的幽灵》、《港湾》(均为1915)和剧本《黑暗势力》(1916)中,则分别对脱离现实生活的颓废派艺术及地主、资本家的剥削、寄生生活作了有力的揭露。1917年发生的俄国历史大变革中,阿·托尔斯泰对推翻沙皇专制统治的二月革命表示热烈拥护,当十月革命爆发时,他却感到惘然。他发表的特写《在篝火旁》、《夜班》等,都把十月革命看成是"目标难辨、起因不明"的"小型世界大战",承认自己面对"血迹斑斑、伤痕累累"的祖国感到"可怕又陌生"。他先跟随败退的白军到了南方海港城市敖德萨,1918年从那里携家流亡巴黎。侨居国外期间,阿·托尔斯泰继续创作,写了一些历史题材作品,著名的有中篇小说《尼基塔的童年》(1920—1922)和长篇小说《两姐妹》(1922)。前者带自传性质,通过小主人公尼基塔诗一般的生活,追溯作者美好的童年,描写故乡伏尔加河流域秀丽的自然风光、多彩多姿的社会习俗和风土人情;后者以医生布拉文两个年轻善良的女儿初涉人世的遭遇,表现她们在复杂环境中的迷惘、苦恼和对幸福的憧憬。

阿·托尔斯泰于1923年岁末回国后,开始为社会主义新生活而感到欢欣鼓舞,创作热情高涨,作品数量可观,题材和体裁丰富多样,如科幻小说《阿艾里塔》(1923)和《加林工程师的双曲线》(1926)等。批判资本主义和反映新经济政策条件下现实矛盾的短篇《海市蜃楼》、《黑色的星期五》(均为1924)、《浅蓝色的城市》(1925)、《蝮蛇》(1928)等,讽刺反动侨民的长篇小说《涅夫佐多夫的行径或伊比库斯》(1924)和《罪恶的黄金》(1931)等,还有不同主题的剧本《驱逐淫魔》、《女皇的阴谋》、《阿瑟夫》等。这些作品表明他与旧制度和侨民生活的决裂。然而,这些作品虽显示了作者驾驭多种体裁的能力和才华,但在艺术方法上仍属于传统现实主义的范畴。

1934年,阿·托尔斯泰当选作协主席团委员,表示拥护社会主义现实主义。在此前后完成的著名三部曲《苦难的历程》和长篇历史小说《彼得一世》,标志着作家的创作进入了社会主义现实主义阶段。三部曲《苦难的历程》由长篇小说《两姐妹》和《一九一八年》(1927—1928)、《阴暗的早晨》(1940—1941)组成。它以1914年至1920年俄国社会激烈动荡和复杂变迁为背景，通过对第一次世界大战、1917 年的二月革命和十月革命及国内战争等重大政治事件的描绘，艺术地再现了俄罗斯命运大转折时期那波澜壮阔的历史画面。作品围绕四位中心主人公——卡佳、达莎和罗欣、捷列金四位不同性格的男女知识分子主人公的不同遭遇，把重大政治事件和男女主人公的复杂遭遇紧紧交织在一起，广泛地再现了十月革命前后形形色色的社会思潮对俄罗斯旧知识分子观念上的冲击，深入揭示了他们在社会大动荡中为达到精神上的净化所经历的“苦难的历程”，从而成功地表现了俄国知识分子在战争和革命年代失去祖国又重新找到祖国这个重大主题。对于知识分子和人民的主题描绘得如此深刻、丰富和生动，在苏联文学中还是第一次，在世界文学中也比较少见。该书于 1943 年获斯大林奖金一等奖。

长篇历史小说《彼得一世》原计划三卷，第一、二卷分别发表于 1930 年和 1934 年，曾获 1941 年斯大林奖金一等奖，后经多年收集材料和准备，在反法西斯战争年代继续写作，直到作者病故只草就六章，未能最后完成。彼得一世(1672—1725)是俄国历史上一位具有划时代意义的封建帝王，以残暴出名，但正是他残酷有力的改革使原来落后软弱的俄罗斯变成欧洲屈指可数的强国之一。在作品已完成的两卷和第三卷的六章里，作者从彼得童年一直写到 1721 年击败瑞典人，其中包括少年王子十岁登基，微服率团游访西欧，实施宫廷及军事、经济改革，兴建彼得堡，开凿顿河—伏尔加运河等一系列重大举措。故事情节始终在紧张激烈的矛盾冲突中进行，一方面展示主人公高瞻远瞩、雄才大略及其取得的不朽业绩；另一方面着力揭露以摄政王索菲娅公主为首的保守贵族僧侣集团反对改革的种种阴谋及其失败。作家忠实于历史，在充分肯定彼得一世推动俄国社会前进的同时，以相应的笔墨表现了他穷兵黩武，加重了对人民的剥削和压迫，残忍地迫害农奴，最后导致农民不断起义。小说成功地运用现代俄语，真实地描绘了 17 世纪末和 18 世纪初那个时代的社会风貌，再一次显示作者是一位真正的语言大师，是一部社会主义现实主义的优秀历史小说。

1941 年 6 月德国法西斯入侵苏联后，阿·托尔斯泰不顾体弱多病，不断发表充满爱国主义激情的政论和随笔，并继续《彼得一世》第三卷的写作，还完成了以《伊万雷帝》为总标题的历史题材戏剧小说《雌雄鹰》(1942)和《艰难的时代》(1943)。后两部作品言古喻今，以16世纪俄罗斯从封建割据变成统一的中央集权国家为背景，力图从祖国英勇的历史往事中寻找鼓舞人民夺取胜利的力量。1945年2月25日，阿·托尔斯泰与世长辞。他死后因《伊万雷帝》的成就被第三次授予斯大林奖金。

第二节　布尔加科夫

米哈伊尔·阿法纳西耶维奇·布尔加科夫(1891—1940)出身于乌克兰基辅市一个神学院教授家庭，1916年毕业于基辅大学医学系。在政权更迭的战乱年代，他行医数年，其间几次落入白卫军手中当军医，又几度逃跑。1921年他只身来到莫斯科，弃医从文，以亦庄亦谐、旷达奇崛的文风进入文坛，为二三十年代的俄罗斯文学增添了一道独特的光色，成为一位重要作家。布尔加科夫的作品大部分生前未得发表。1988年，苏联阿尔季斯出版社出版十卷《布尔加科夫全集》，这是他留给人类的全部文学遗产。

20年代，布尔加科夫创作的作品很多，有描写从医经历的短篇集《一个青年医生的札记》(1923)和中篇小说《吗啡》(1927)，有取材于国内战争的《红色冠冕》(1922)、《二日之夜》(1922)、《袭击》(1923)、《我杀过人》(1926)等短篇及长篇小说《白卫军》(1925)和据此改编的剧作《图尔宾一家的命运》(1926)，有自传性质的中篇小说《袖口上的札记》(1924)等。这些作品都继承了俄罗斯文学的现实主义传统，笔力酣畅、朴实无华。其中《白卫军》无疑是最优秀的。作家饱含深情，描写国内战争期间为不可改变的命运抛入白卫军阵营的俄国知识分子的悲惨遭遇，艺术地表现了俄国贵族和革命敌对分子必然失败的历史命运。可惜作品未登完杂志便停刊，而由小说改编的剧本《图尔宾一家的命运》却于1926年10月5日在莫斯科艺术剧院首演，引起轰动。作品表现了一批俄国知识分子怀着忧国忧民之心，在内战中投入白卫军阵营，走上了与人民为敌的悲剧道路。最后，他们终于看清形势，毅然转向人民一边，决心与布尔什维克一起“捍卫俄罗斯”。主人公图尔宾上校为保全部下，也在同彼得留拉匪徒的战斗中英勇牺牲。把白卫军军官当成正面人物来歌颂,在当时可算是大逆不道和胆大妄为的举动。因此剧本上演后,当即遭到“拉普”领导人、庸俗社会学的批评家和革命诗人们的口诛笔伐,当局最终以“为白卫军辩护”和“仇视革命”为由,禁演此剧。同样,他随后的几部相同题材的剧作,如《卓伊金的住宅》(1926)、《逃亡》(1926—1928)和《红色的岛屿》(1928),亦厄运难逃,均遭禁演。

这一时期,布尔加科夫另一类更出色的作品,乃是他继承果戈理传统而创作的具有强烈讽刺和揭露倾向的三部中篇小说:《魔障》(1924)、《狗心》(1925)和《不祥的蛋》(1925),均以荒诞不经的手法描写了十月革命后的莫斯科生活,辛辣嘲讽了社会的一些不良现象。《狗心》中,布尔加科夫精心塑造了两个人物形象。一个是从旧社会过来的老知识分子、莫斯科著名医学教授普列奥布拉任斯基。他对十月革命翻天覆地的伟大变化并不理解,却对革命改变了他所习惯的生活方式产生怨恨情绪。好在他还有科学家的良心和为科学献身的精神,虽牢骚满腹,仍全心从事医学研究。他通过外科手术,将一个酗酒而死的流氓无产者克利姆的脑垂体移植到一条四处流浪的癞皮狗身上,结果把这条名叫沙里克的狗变成了一个人,并取名为沙里科夫。教授非但不为这个史无前例的医学史上的奇迹而兴高采烈,反倒忧心忡忡。因为这个“实验性生物”继承了克利姆全部的不良习性:粗鲁、无知、无耻、酗酒、偷窃、好色、撒谎、诬陷、告密。布尔加科夫用这种荒诞的手法塑造了一个外貌丑陋,叼着烟卷,穿皮夹克,系鲜艳领带,登漆皮靴的流氓无产者形象。他一心只想利用“无产阶级”的金字招牌为非作歹,捞取实惠。他的主要兴趣不是如何为新社会创造财富,作出贡献,而是贪婪地索取和分享。当他当上清除流窜动物科科长时,更是趾高气扬,不可一世。他诬告教授私藏枪支、发表反革命言论;他胡说自己战斗中受过伤,骗取少女的信任和爱情;他强令教授的助手从候诊室搬走,以便改作他的新房。最终,教授忍无可忍,不得不采用外科手术,把沙里科夫重新变成了沙里克。作品讽刺中不乏幽默,荒诞中暗含隐喻。布尔加科夫想告诉读者,构成对建设新生活的现实威胁,不仅来自外部,而且来自内部,来自人的无知无识和卑劣的灵魂(即狗心)——利己主义、沽名钓誉、虚荣、怯懦、嫉妒、怠惰和冷漠。人同自身的斗争乃是比打碎一个旧世界更为复杂、更为长久、更为艰苦的斗争。

《不祥的蛋》更是奇思妙想地写一位教授、莫斯科动物研究所所长发现一道奇特的红光，用它照射蛙卵，很快孵出几千只蝌蚪，一昼夜内蝌蚪又异常迅速地长成青蛙，青蛙爬出实验室，占领了整个研究室。报纸上立刻刊登有关神秘的生命之光的轰动新闻，各色人物立刻登门造访。此时恰逢全国发生鸡瘟，国营农场从国外进口新蛋种，并派人手持克里姆林宫的机密公函，到研究所紧急借用红光仪孵鸡，复兴共和国的养鸡业。结果孵出来的不是小鸡，竟是无数的蟒蛇，而研究所向国外订购的蛇蛋，开箱一看却全是鸡蛋。蛇成群结队向莫斯科进发，一路上产下无穷无尽的蛇蛋，又很快孵化成咝咝作响的蛇。疯狂的难民排山倒海拥向莫斯科，莫斯科宣布进入战争状态。于是，一项科学上的重大发现，仅仅由于一次小小的官僚主义，演化成一场大灾难，许多怪诞的境遇，接踵而来。《狗心》和《不祥的蛋》这两部极具讽刺和批判倾向的力作成为“拉普”们激烈讨伐的对象。在沉重的政治、精神压力下，布尔加科夫从1927年开始沉默，但沉默中却酝酿着一部伟大的作品《大师与马格丽特》。

长篇小说《大师与马格丽特》用魔幻、怪诞的手法从更高层次上揭示出严酷的现实和对真善美的追求，并将荒诞和讽刺幽默艺术推向了极致。那荒诞奇崛的文笔，神奇丰富的想象，怪诞辛辣的嘲讽，令人称绝的诙谐，敏锐犀利的目光和超然物外的冷峻，使作品当之无愧地成为20世纪文学名著。布尔加科夫于1928年着手创作《大师与马格丽特》，经过十多年呕心沥血的劳动，但在作家临死前的1940年完成的作品未获发表，直到1966年才以删节本形式问世。西蒙诺夫以布尔加科夫遗产委员会的名义为作品作序，称它是“布尔加科夫的讽刺、幻想和他严谨的现实主义散文的顶峰”。又过了22年，十卷《布尔加科夫全集》问世，增补了《大师与马格丽特》的全部删节部分。小说中，首先让人愕然的是撒旦和他的几个随从。他们形象丑陋，魔力无边，无所不知，无所不能，无所不为。他们来到20世纪30年代的莫斯科，以魔法师、教授、翻译、合唱指挥、杂耍小丑等种种身份，把莫斯科闹得天翻地覆、鸡犬不宁。他们是魔王和恶魔，又是神仙和执法官，那些荒诞不经的行为中透着庄严与诙谐。他们把人世间的伪善、虚荣、贪财、好色、怯懦等恶行和市侩、变色龙、懦夫、伪君子、告密者等丑类，揭个底朝天。他们严厉无情又幽默滑稽。他们恣意妄为，无法无天，却对马格丽特和大师的悲惨遭遇，深为同情，千方百计要让有情人脱离苦海，终成眷属。这正应了作者在卷首所引歌德在《浮士德》中的一句话："我就是那种力的一部分，总想作恶却总是为善。"

马格丽特与大师真挚感人的爱情故事，是《大师与马格丽特》中最辉煌的篇章。马格丽特的形象本身是一个梦。她年轻貌美，婚后生活舒适，过着莫斯科居民中上等人的生活，但她并不觉着幸福。她在阿尔巴特街的胡同里偶遇一位穷书生，便认定他就是自己梦魂萦绕的情人。书生在自己阴暗的地下室里呕心沥血创作有关彼拉多和耶稣受刑的长篇小说，她时时去与他相会，获得心灵上的宁静和沟通。她称他为大师，给他以柔情和鼓励。作品完成，却被编辑部束之高阁，发表无门，反遭批判。大师心灰意冷，焚毁书稿，离家出走，途中又遭车祸，进了疯人院。马格丽特最终陷于寂寞无望之中。但是，她决不舍弃大师。为了找到大师，为了对情爱的执着，她甘愿接受撒旦的条件，变成一个女妖，甘愿在月圆之夜撒旦的盛大舞会上扮演女王的角色，接受历史上作恶多端的王公名媛鬼魂的顶礼膜拜。她甚至隐身飞行在莫斯科上空，四处寻找陷害大师的编辑和评论家。评论家恰巧不在家，躲过了一劫，她气愤之余，砸了他家的全部窗玻璃、家具和钢琴，打开所有水龙头。她做的一切都是为了她刚刚获得便失去的梦幻般的爱情。这一切感动了铁石心肠的撒旦，魔王履行了自己的诺言，成全了这对生死恋人，让大师和马格丽特离开纷繁喧嚣的尘世，终成百年好合。但是，这也正是大师和马格丽特的莫大悲哀。他们最终未被这个社会所接纳，未能成为它的普通一员。连魔力无边、无所不能的撒旦亦无可奈何，爱莫能助。精神病院里死了个怪诞不经、木讷委顿、自称"大师"的疯子，别墅里少了个离家出走、沉默郁悒的名叫马格丽特的女子，谁会在意呢？如果俄国读者能从这则爱情悲剧中发现作者深邃隐秘的思想和辛辣嘲讽背后所含的隐喻，那就不难理解，失落了文学大师的俄国文坛和失落了爱神的俄国社会，也就失落了文明，这是俄罗斯民族的悲哀和不幸。而由那位大师在阴暗的地下室里苦心孤诣创作的罗马总督彼拉多一日的故事，被布尔加科夫作为小说中的小说，巧妙地糅进全篇中。布尔加科夫的许多作品已被翻译介绍到中国，他的代表作《大师与马格丽特》至今已有四个不同的中文译本。

第三节 法捷耶夫

亚历山大·亚历山德罗维奇·法捷耶夫(1901—1956)是和苏联文学的发展密切联系在一起的作家。他20年代初步入文坛,曾是无产阶级文学团体"拉普"的核心成员之一。30年代高尔基逝世后不久,他一直任苏联作家协会主要负责人,其间有过一些错误,但勇于承认和改正,为苏联社会主义文学的发展做出了重要贡献。他是一位才华横溢的小说家,在不太长的创作生涯中留下了《毁灭》和《青年近卫军》两部堪称社会主义文学经典的作品。

法捷耶夫是20世纪的同龄人,1901年12月24日出生在特维尔省一个乡村教师家庭,小小年纪便接受革命思想,参加革命活动。1918年日、美、英帝国主义军舰开进海参崴,武装干涉俄国新生的苏维埃政权,17岁的法捷耶夫参加转入地下的布尔什维克党,并加入红军游击队与外国干涉者和高尔察克白军部队作战,屡次负伤,由普通士兵升任旅政治委员。1921年他当选为远东地区的代表,出席了党的第十次代表大会,见到了列宁。在大会期间他和全体代表一起参加平息喀琅施塔得反革命叛乱,并身负重伤。同年秋天康复后,他经考试进入莫斯科矿业学院地质系学习,并开始文学创作,发表了处女作短篇小说《逆流》(1923,1934年修改后名为《阿姆贡团的诞生》)和中篇小说《泛滥》(1924)。尽管作者对两篇小说存在的结构松懈、语言粗糙等缺点一不满意,但作品主题明确,取材于作者的生活经历,塑造了共产党员的形象,特别在头一个短篇中,对共产党员形象作了较细致的心理描写。这一切已显示出这位文学青年具有不容置疑的艺术天赋。

长篇小说《毁灭》(1927)篇幅不大但影响深远,取材于作者亲身经历的国内战争时期远东地区的游击战争,描写布尔什维克党领导下一个处于困境的游击分队历尽艰险完成战略撤退的故事,生动地展现了南乌苏里地区游击战争的悲壮情景。作品描写共产党员莱奋生带领一支由150人组成的游击队伍,与日本干涉军和高尔察克白军进行浴血奋战。在寡不敌众，面临全军覆没的严峻形势下，靠着19名幸存的红军战士临危不惧，坚持战斗，终于杀出了重围。通过这一并不复杂的故事，作者令人信服地表现了布尔什维克党的领导作用，成功地塑造了莱奋生这个貌不惊人却感情丰富、才能卓越、意志坚强的共产党人形象。其余几位游击队员的品质和性格也都丰满而生动，个性鲜明，有血有肉，较深刻地揭示了他们不同的精神世界和心理过程。因此，《毁灭》没有像“同路人”文学中流行的那种共产党人的片面描写，也不同于无产阶级文学中的战争题材小说如《铁流》等重事件而忽视人物个性化。因此，这部仅十余万字的小说于1925年至1926年在期刊上发表，1927年出版单行本后，迅速引起评论界的热烈反应和高度评价，在国际上也产生了不小的影响，奠定了法捷耶夫在文坛上的地位。

20年代末和整个30年代，法捷耶夫在担负苏联作协主席团委员的同时，还发表了许多不同题材、体裁的作品。其中《地震》(1934)和《贫与富》(1936)是两篇反映远东地区城乡社会主义建设的短篇小说，回忆录《谢尔盖·拉佐》(1937)记录了作者青少年时代在南乌苏里边区参加游击队活动的业绩，《伏龙芝》(1938)则是再现国内战争年代红军高级将领和苏维埃政府要员伏龙芝形象的特写。这期间他在文学创作上的主要成果是多部头长篇小说《最后一个乌兑格人》。“乌兑格人”原是西伯利亚滨海和哈巴罗夫斯克山区一个人口不足两万、相当原始和濒临灭绝的少数民族，后经苏维埃政府的扶植和帮助实现了历史飞跃，过上社会主义生活。长篇小说的中心主题，是表现这个少数民族经历十月革命后的伟大变化和新生，思想内容丰富而深刻。法捷耶夫从20年代末开始构思，曾两次专程到乌兑格人生活的远东山林地区考察和收集材料，并于1929年起在杂志上以长篇小说“片段”或“部分章节”的方式与读者见面，到1940年共发表了前四部及第五部的前六章。原来写六部的计划没有实现，但主要部分已经完成。它卷帙浩繁，场面开阔，结构庞大，情节复杂，人物众多，多角度地展示了社会生活。在时间和空间上，它从十月革命前夕写到国内战争，涉及俄国推翻沙皇专制政府和资产阶级临时政府、工农游击队的兴起和发展、苏维埃政权的建立和巩固、抗击日本帝国主义的武装干涉等一系列全国性的重大历史事件。由于作品囊括现实的广泛性、思想内容的深刻性以及艺术技巧的丰富多样，虽然未能全部完成，头两部的结构有失平衡，个别描写显得繁琐累赘，但苏联和国外评论界仍肯定它是一部史诗型长篇小说。它虽然不及苏联文学中同时出现的史诗型小说如高尔基的《克里姆·萨姆金的一生》、肖洛霍夫的《静静的顿河》和阿·托尔斯泰的《苦难的历程》那样成功和著名，但就作者的创作发展看，这无疑是向前跨出的重要一步。

法捷耶夫从30年代起积极参加国际反法西斯斗争，一方面为苏联作家参加抗击法西斯侵略的斗争承担起繁重的组织工作，同时以《真理报》记者的身份不断奔赴前线，发表充满激情的演说和政论。战后，他以惊人的速度完成了一部不朽的长篇小说《青年近卫军》(1945)。这是一部根据真人真事创作的小说。“青年近卫军”是战争期间活跃在敌占区克拉斯诺顿市的一个地下反法西斯组织，参加者大都是不满20岁的共青团员。他们机智地利用各种机会和手段不断给敌人以沉重打击，由于叛徒出卖而被捕。他们坚贞不屈，最后全部惨遭杀害。小说由作家在克拉斯诺顿光复后，应共青团中央的建议到当地广泛调查后而作。故事从1941年夏苏军主力撤离克拉斯诺顿和德军野蛮侵占该市开始，一方面有力地揭露法西斯占领者惨无人道的统治，同时广泛描绘地下区党委领导当地人民的反抗斗争。在此基础上，作品忠实地再现了“青年近卫军”组织从成立、展开多方面活动直到遭到打击及全体成员壮烈牺牲的全过程。最后一个场面是“青年近卫军”战士高唱国际歌英勇就义不久，即1943年2月15日城市解放后人们在烈士墓前的庄严宣誓。在法捷耶夫的笔下，“青年近卫军”是苏维埃制度培育下的一个热爱和平、充满美好愿望和英雄主义的青年集体，随时为保卫祖国献身是他们共同的心愿，其中每个人又各有鲜明的个性。他们经过作者富有浪漫主义激情的精心刻画，给人们留下永远难忘的印象，具有极强的艺术感染力。小说所塑造的青年英雄形象，至今仍是原苏联各国及世界上不少国家进步青年学习的榜样。《青年近卫军》不仅是体现克拉斯诺顿的青年反法西斯大无畏不屈精神的一座丰碑，也是一曲悲壮崇高的英雄主义颂歌，通篇洋溢着朝气蓬勃、鼓舞人们奋发前进的革命乐观主义精神。这部近六十万字的长篇小说，在短短一年多的时间内即告完成，1945年在报刊全部连载，受到读者的热烈欢迎，并被授予 1946 年斯大林奖金一等奖。

50 年代中期苏联自上而下开始批判斯大林的“个人迷信”,法捷耶夫作为 30 年代末以来党在文学界的领导人之一,严于律己,自认为对那段时间某些人受到的伤害负有责任,因而感到内疚。他在信中谈道,“外表看我是个能自制的人,热爱生活,朝气勃勃,人们一般不会知道和理解我的不幸和困难”,其实“我的生活相当孤独和暗淡”。这种复杂、痛苦的心情使他正在创作并已发表过一些章节的小说《黑色冶金》无法继续下去,而且导致了他在 1956 年 5 月 13 日举枪自杀的悲剧。他死后留下生前亲自编就的《三十年间》,这部包括他步入文坛以来的论文、报告、演讲、书评、信件等的文集,是后人研究作家个人文艺思想及苏联文学运动的珍贵材料。

第二章

法国文学

概述

这一时期的法国文学是以反法西斯斗争的作品为主流。存在主义作家萨特、加缪和波伏瓦都参加过抵抗运动,而抵抗运动本身就是反法西斯战争中的一个阶段,因此存在主义文学在某种意义上来说也是抵抗运动文学的一个组成部分;像马尔罗和圣埃克苏佩里这样的作家,他们的创作更是贯穿了从反法西斯斗争开始到抵抗运动结束的全过程。当时的社会形势,为进步文学的发展提供了十分有利的条件。罗曼·罗兰发表了《向过去告别》(1931),并且与巴比塞一起主持了1932年8月在阿姆斯特丹举行的世界反战大会。他的小说《欣悦的灵魂》完成于1933年,已经反映了法国知识分子反对意大利法西斯主义的斗争,主人公玛克就是被意大利的法西斯党徒刺死在街头的。《欣悦的灵魂》被认为是法国的第一座社会主义现实主义的里程碑。法共最著名的社会主义现实主义作家,除了人所共知的阿拉贡之外,就要数萨特在巴黎高等师范学校的同学保尔·尼赞(1905—1940)了。尼赞虔诚地信仰马克思主义,并且创办了《马克思主义杂志》,大力批判柏格森等现代唯心主义哲学家和侦探小说等"逃避文学"。他的第一部作品是自传体小说《阿登·阿拉比》(1931),写他在大学里因感到空虚而辍学以及当教师和加入法共的经历。1933 年,尼赞发表小说《安托尼·布卢埃》,描写一个工人的儿子靠着自己的顽强努力和善于妥协的本领,成功地获得了一个铁路工程师职位的故事。小说开头写了主人公的死,然后从他背叛工人阶级开始,以倒叙的形式逐步展示了他的一生。这部小说虽然不符合苏联小说里叛徒都要被枪毙的模式,但是受到了阿拉贡的赞扬,因此成了社会主义现实主义的典型。

存在主义文学也是在这一时期兴起的一个重要文学流派。它在 40 年代,特别是第二次世界大战后发展到顶峰,其创始人是法国哲学家、文学家萨特。存在主义文学以存在主义哲学为思想基础。萨特对过去的存在主义哲学作了修正补充,他抛弃了克尔凯郭尔的基督教神秘主义,继承了胡塞尔的非理性主义,提出了"存在先于本质"、"自由选择"等新观点,因而形成了自己的无神论存在主义哲学,并将其运用于文学领域,创立了存在主义文学流派。存在主义文学描绘了世界的荒诞和人面对世界的焦虑,与存在主义哲学相辅相成。没有存在主义哲学,就不会有存在主义文学,但是反过来,如果没有存在主义的小说和戏剧,存在主义哲学也不可能得到如此广泛的传播,因为它概念艰深、术语晦涩,足以使一般读者望而却步。所以萨特、加缪和波伏瓦都既是哲学家,又是小说家和剧作家,这并非巧合。

这一时期作品的最大特色是作家们都亲自参加了战争或者抵抗运动。其中除亲自组织和率领志愿空军中队支援西班牙人民的马尔罗、英勇牺牲的飞行员圣埃克苏佩里之外,还有曾任战地记者的约瑟夫·凯塞尔。他参加法国抵抗组织后秘密到英国空军服役,执行特殊任务,在 1946 年发表了歌颂抵抗运动的小说《影子部队》。韦科尔在战争初期参军抗敌,后来与战友一起在巴黎创办地下的午夜出版社,发表了著名的爱国主义小说《海的沉默》,以及揭露与德军勾结的维希政府的小说《走向星辰》。罗歇·瓦扬(1907—1965)参加过抵抗运动,他的第一部小说《奇怪的游戏》就是以抵抗运动为题材的。罗曼·加里(1914—1980)曾参加非洲和诺曼底等地的战斗,他的处女作《欧洲的教育》(1945)是描写波兰反法西斯抵抗运动的小说,被译成了 27 种文字。乔治·杜阿梅尔(1884—1966)不顾德军当局禁止他发表作品的命令,先后出版了《苦难岁月史》

(1940—1943)、《安魂曲》(1943)等多部小说。弗朗索瓦·莫里亚克也曾参加抵抗运动,化名出版了宣传抗战的《黑皮笔记本》(1943)。其他著名作家还有安德烈·莫洛亚(1885—1967),他当时已经是法兰西学院院士,在55岁时还投笔从戎,参加过北非、科西嘉和意大利等地的战斗。

纵观法国的反法西斯文学,可以认为它的另一个主要特色,是普遍带有超越现实的倾向和哲理的色彩。存在主义文学固然是为了体现存在主义的哲学观念,而马尔罗、圣埃克苏佩里等的长篇小说,着重反映的也不是某一次战役或战斗,而是通过对某次革命的描绘来探索人类的命运和生命的意义,或者通过对具体航行的描写来表现人如何战胜他的环境和向命运发起的冲击。像《海的沉默》那样的中短篇小说,即使没有涉及任何战斗的场面,也充分体现了民族尊严超越一切个人情感的哲理。整个反法西斯文学所给人的印象,不仅是枪林弹雨和流血牺牲,更是一幅悲壮和崇高的时代画卷。最后从体裁上来说,反法西斯文学中诗歌、小说、戏剧、报告文学、回忆录等应有尽有,显得既博大深沉又丰富多彩,在法国20世纪的文学史上留下了光辉的一页。

第一节　萨特

保尔·萨特(1905—1980)在哲学、文学等多方面取得过杰出成就,被评论界誉为"20世纪的伏尔泰和雨果"。他的思想受到了第二次世界大战的严重影响,认为存在先于本质,把人生看成是一系列自由选择的总和。他的存在主义是一种行动的哲学,是传统的人道主义在新的历史条件下的发展。与克尔凯郭尔以来的存在主义哲学的不同之处,在于他不仅认为世界和人生都是荒诞的,而且更主张积极的介入,用人的行动来赋予人生以意义,在当时有着进步的作用。

萨特生在巴黎一个海军军官家庭。他出生的第二年父亲去世,他跟随母亲和很有文化修养的外祖父生活。萨特从小聪明好学,虽然三岁时右眼就逐渐因斜视而失明,但他从四岁就开始读书,中学毕业后进巴黎高等师范学校学习哲学。1933年他赴德国进修,师从德国哲学家胡塞尔,研究胡塞尔的现象学和海德格尔的学说,为他日后形成自己的存在主义哲学奠定了基础。第二次世界大战爆发后他应征入伍，因眼疾而在军队里做气象方面的工作。他于1940年被俘，1941年获释后参加抵抗运动。萨特从1938年发表成名作《恶心》开始，接连撰写了《存在与虚无》(1943)、《存在主义是一种人道主义》(1946)、《辩证理性批判》(1960)等哲学著作，文学论著有《什么是文学》(1947)、《处境种种》(1947—1976)以及大量配合反法西斯斗争和阐述存在主义哲学观点的作品。

短篇小说集《墙》(1939)包括五个短篇。其中《墙》写的是三个人在即将被佛朗哥分子枪决之前的感受：共和党人巴勃罗·伊皮耶达为了嘲弄敌人，就说敌人要找的那个人藏在墓地里，不料事有凑巧，敌人恰恰在墓地里抓住了他，巴勃罗因此没有被枪决，在得知真相后说不出是什么滋味。《卧室》与《闺房秘事》是对资产阶级的生活方式和庸俗心态的讽刺。《一个领袖的童年》更是揭露了在资本主义的社会环境里，资产阶级的纨绔子弟是如何成为一个妄自尊大、卑鄙无耻的反动人物的。萨特的剧本有许多是写实性的哲理剧，例如《死无葬身之地》(1947)的内容是五个游击队员在被处决之前的思想斗争，他们甚至因为担心15岁的小弟弟经不住酷刑而掐死了他。《毕恭毕敬的妓女》(1947)写卑鄙的白人参议员克拉克为了替一个杀死黑人的亲戚辩护，花言巧语地迫使妓女丽瑟作伪证，但是她最终放走了被追捕的黑人。该剧在1949年改编为影片的时候更进一步，丽瑟打电话给警察局，公开表明那个黑人是无罪的，自己所作的见证是假的。《肮脏的手》(1948)写的是某个东欧的共产党的内讧，上演后引起了很大争议。

《恶心》于1935年开始写作，是一部用第一人称写成的日记体的哲理小说，也是萨特的第一部表现存在主义哲学的小说。主人公安托万·罗康丹是一个30岁的法国人，他到布城来收集18世纪探险家罗勒旁侯爵的资料，三年来在这座小城里孤零零地活着，对这种单调的生活深感厌倦，觉得无聊透顶，以至于看到什么东西都觉得恶心，而且永远无法摆脱这种感觉，甚至连关于侯爵的研究工作也进行不下去了。他好容易见到了分别六年的女友安妮，但见面后却不欢而散。一切都是乱七八糟的、毫无意义的，他终于明白了存在本身就是荒谬，是没有理由的。这部小说通过主人公的所见所闻来表达“恶心”的感受，可以看成是一个疯子的日记，但是充满了哲理的思考，因为这是作者对生存的体验：世界是荒诞的，他在这个世界上是多余的。正如加缪在评论《恶心》时指出的那样："它不像是小说，倒更像是一席滔滔不绝的独白。一个人对自己的一生进行评判，并以此来对自己作出评价。"这就是说，罗康丹是在通过自己的恶心来评论这个异化的世界，以启发现代人的荒诞感。这部小说是萨特的存在主义哲学观念的最初体现，着重表现了世界和人生的荒诞。

如果说《恶心》是与政治保持距离的话，那么他在抵抗运动期间所写的剧作，充分表明反法西斯的斗争已经改变了他对现实的旁观态度，开始用笔来介入政治斗争了。其中最有代表性的剧作是《苍蝇》和《隔离审讯》。三幕剧《苍蝇》是萨特的第一个剧本，1943 年 4 月出版，6 月上演，是根据古希腊神话改编的。故事发生在古希腊的阿尔戈斯城。天神朱庇特派埃癸斯托斯去勾结王后克吕泰涅斯特拉，杀死了国王阿伽门农，臣民们不敢反抗，事后都惊恐不安，朱庇特还派来无数的苍蝇在城里飞舞，加重他们的负罪感。王子俄瑞斯忒斯出逃国外，15 年后回国，他不顾朱庇特的阻挠，在忍辱负重的姐姐厄勒克特拉的协助下，杀死了母亲克吕泰涅斯特拉及其情夫埃癸斯托斯，为被他们害死的父亲阿伽门农复仇，事后姐姐却不敢承担后果，把责任推给弟弟。俄瑞斯忒斯则不但通过选择复仇担负起自己的责任，而且拒绝了朱庇特要他接替王位、让人民继续负罪的阴谋。他离开了城市，把苍蝇都带走了，解除了人民的精神负担，从而通过自己的选择确定了自身的意义和价值，成为体现萨特存在主义哲学观念的以行动实现选择的英雄。

《苍蝇》含有丰富的政治寓意。第二次世界大战中法国投降德国以后，不可能在德国人的占领下上演反法西斯的戏剧，存在主义戏剧就应运而生。它的寓意主要表现为王子俄瑞斯忒斯的选择：义无反顾地反抗到底。这种正确的选择与一切屈膝投降或者软弱无能的行为形成了鲜明的对比，无疑是对以维希政府的总理贝当为首的投降派的有力批判。不仅如此，朱庇特的凶残霸道，就是法西斯头子希特勒的象征，而他的爪牙埃癸斯托斯则是贝当政府的写照。此外，成千上万的苍蝇到处飞舞，血迹斑斑的街道、墙壁和城市，人们都因此而当众忏悔自己的罪恶，也反映了德国占领下的法国社会现实。总起来说，剧本显然是在号召人民消除国家投降以后的负罪心理,起来反抗德国法西斯的统治,推翻维希政府,建设一个像剧本中的科林斯城那样优美宁静的新世界。也正因为如此,剧本上演后就受到了当局的禁止。

独幕剧《隔离审讯》(又译《密室》、《禁止旁听》或《门关户闭》)上演于1944年5月27日,是萨特最著名的剧作之一,它的演出时间仅一小时十五分钟,却被视为法国现代戏剧的经典。剧中只有三个人物,即三个被打入地狱的鬼魂:临阵脱逃的懦夫加尔森、犯有杀婴罪的埃斯泰乐和女同性恋者伊奈丝。他们由于生前的罪行而被打入了地狱,注定要一起睁着眼睛在这里永远待下去。三个人在死后仍本性不改,不断地彼此猜忌、折磨,相互刺探别人生前的底细,揭穿别人用来伪装的面具,使谁也得不到安宁,以至于每个人都是其余两个人的刽子手。剧中的地狱看起来是个优雅的客厅,因为真正的"地狱就是他人",这是作者通过加尔森的话作出的结论。萨特认为,人对自己的了解只是一种纯粹的主观性,只有通过别人的目光才能得到证实。人在活着的时候,可以用自由选择的行动来赋予自己的存在以新的意义,死后则盖棺论定,无可挽回。加尔森生前虐待妻子,在紧急关头"拒绝上阵","跳上了去墨西哥的火车",死后还以和平主义作为替自己的怯懦辩护的借口。他30年来"老以为自己智勇双全",只怪自己死得太早,来不及表现出英雄的行动。然而他在伊奈丝的眼里却永远是个懦夫,因为"你的一生就是你的为人,除此之外,你什么也不是"。他逃到任何地方去都改变不了伊奈丝对他的印象,即使地狱的门开了也无济于事。《隔离审讯》的进步意义,在于用暗示的方式谴责了加尔森这类抵抗运动的叛徒,同时也谴责了犯有各种罪行的恶人。例如埃斯泰乐活着的时候"不过是一张人皮","曾经把亲生的女儿从窗口扔出去";伊奈丝则因为同性恋而勾引表嫂,害得表兄被电车轧死,良心不安的表嫂打开煤气与她同归于尽。坏人终究都逃脱不了"末日审判",也就是在别人的目光下原形毕露。对于他们来说,地狱就是他人,而且比任何酷刑都更加无情。然而这并不意味着萨特对人与人之间的关系完全绝望,因为这个剧本只是证明在人际关系恶化和不正常的情况下,他人就是自己的地狱,但这决不等于说人与人之间不可能有一种正常的关系。

萨特最重要的长篇小说是《自由之路》三部曲,包括《不惑之年》

(1945)、《延缓》(1945)和《痛心疾首》(1949)。第一部从1938年6月写起,写巴斯德中学35岁的哲学教师马蒂厄与情妇玛赛儿、马蒂厄的学生鲍里斯与歌女洛拉的爱情纠葛。马蒂厄不爱玛赛儿,而是爱着鲍里斯的姐姐伊维什,可是他下不了选择的决心。被洛拉纠缠的鲍里斯也不爱洛拉,而伊维什则谁也不爱。小说通过这些人的私生活表现人生的荒诞和不幸,而马蒂厄尤其是体现存在主义哲学的典型人物。他不满现状、渴望自由,却又精神空虚、无能为力,总是不敢把自己的愿望付诸行动。《延缓》写的是慕尼黑协议签订前夜的社会动荡和人们的焦虑,表明这个协议只能延缓而不可能消除战争。战争就是世界荒诞的证据,而战争是不可避免的,人类是注定要打仗的。这时候人们不再在个人的小天地里追求抽象的自由,而是介入了枪林弹雨的现实生活。《痛心疾首》写的是战争爆发,法国沦陷,马蒂厄在1940年夏天参加了敢死队。有一次在别人都躲进地窖的时候,他却独自在钟楼上伏击敌人,他射出的每一颗子弹,都是对过去由于顾虑而没有做成的事情的报复,以此来补偿他过去的犹豫怯懦和苟且偷生。他死守了规定的15分钟,在血泊中昏了过去。他终于通过选择成了一位存在主义的英雄。《自由之路》反映了法西斯威胁下法国的社会现实,通过马蒂厄从犹豫观望到勇敢战斗直至牺牲的转变过程,表现了法国知识阶层所经历的向往自由、进行积极的自我选择的道路,同时也概括了萨特本人的思想历程。战争的考验使他从相信个人的绝对自由转变为投入现实的斗争,从对世界和人生的冷漠转变为对法国和世界大事的积极介入,从创造个人存在的价值转变为对于国家和民族的巨大责任心。

萨特不仅是一个哲学家、文学家,还是一个进步的社会活动家,他继承了伏尔泰和左拉的维护正义的传统,具有不屈不挠的斗争精神。法国解放以后,他创办《现代》杂志,提出了“介入文学”的口号,积极投身于政治斗争,成了社会主义和共产主义的同路人。他先后创作了《魔鬼与上帝》(1951)、《涅克拉索夫》(1956)、《阿纳托尔的隐藏者》(1959)等涉及善恶、冷战和抵抗运动的剧本和自传体作品《词语》(1963),1955年与波伏瓦一起访问了中国,1956年积极支持阿尔及利亚的民族解放运动,1964年谢绝诺贝尔文学奖,在1968年的“五月风暴”中甚至亲自上街叫卖宣传革命思想的报刊。他在1980年去世后，五万人参加了他的葬礼。

第二节　加缪

阿尔贝·加缪(1913—1960)的作品体现了存在主义哲学中选择、自由等基本观念，但他不承认自己是存在主义者，自认为是一个不属于任何派别的作家。从1937年开始，加缪发表了许多作品，其中有长篇小说《局外人》(1942)、《鼠疫》(1947)，中篇小说《堕落》(1956)，中短篇小说集《流放与王国》(1957)，剧本《卡里古拉》(1944)、《误会》(1944)、《戒严》(1948)、《正义者》(1949)，散文集《反与正》(1937)、《婚礼集》(1939)，哲学随笔《西绪福斯神话》(1943)和《反抗者》(1951)等，他于1957年获得诺贝尔文学奖。

加缪出生于阿尔及利亚的蒙多维，父亲是来自法国的农业工人，在第一次世界大战爆发后入伍不久就重伤死去，只有一岁的加缪跟着母亲在阿尔及尔的贫民区艰难度日。他在小学里努力学习，成绩优秀，靠着奖学金读完中学，并且在1933年进入阿尔及尔大学，攻读哲学和古典文学，但不幸染上了肺结核。他在大学时代积极参加反法西斯运动，加入过法国共产党阿尔及尔支部，同时开始文学创作。1935年起从事戏剧活动，组织过“劳动剧团”，到各地为劳动者免费演出。加缪1938年担任进步的《阿尔及尔共和报》的记者，1939年该报改为《共和晚报》，加缪任主编。《共和晚报》被查禁后，他来到法国，任《巴黎晚报》编辑部秘书。因不满该报的投降路线，他回到阿尔及利亚的奥兰市，后因肺病复发赴法国疗养。由于盟军在阿尔及利亚登陆而滞留法国，参加抵抗运动，主持地下的《战斗报》的工作。加缪于1947年退出《战斗报》，一度与萨特交往密切，但后来由于他的《反抗者》受到萨特的批判而导致决裂。

加缪最有代表性的作品，是长篇小说《局外人》和《鼠疫》。《局外人》的故事发生在20世纪40年代的阿尔及利亚，主人公莫尔索是阿尔及尔一家法国公司的职员。他接到母亲去世的电报后，平静地到养老院去参加母亲的葬礼。之后由于天气炎热而去海湾游泳，遇见过去的女同事玛丽，他们去看了一场喜剧片，一起共度良宵。邻居雷蒙被自己情妇的弟弟打了一顿,他也打了情妇一顿,结果闹到警察局,雷蒙要莫尔索做他的证人,他就同意了。玛丽想和他结婚,他觉得一定要结婚也可以,因为他对一切都抱着无所谓的态度。有一天,邻居雷蒙邀请他和玛丽去玩,在海滩上碰到了一伙由雷蒙情妇的弟弟纠集来寻衅的阿拉伯人。雷蒙被打伤,莫尔索在令人眩晕的强烈阳光下,用雷蒙给他的手枪打死了那个阿拉伯人,结果被捕入狱。法官们根据他在埋葬母亲时没有流泪而且去寻欢作乐等事实,认定他没有人性,是一个预谋杀人的罪人,一个与社会格格不入的人。莫尔索拒绝说谎,拒绝悔过,也不愿意见指导神父,因为既然要死,怎么死和什么时候死都无所谓。他只希望在行刑的那天有许多观众用仇恨的喊声来迎接他,这样他就不会孤独了。《局外人》里的主人公莫尔索是一个普通的职员,他看起来麻木不仁,其实他只是一个我们还不习惯的荒诞的人,是一个拒不接受社会强加于他的价值观念的人。在单调枯燥的日常生活里,他按照本能的需要过着动物般的生活,对一切事物都采取无所谓的超然态度,是一个无动于衷的旁观者,因此他在社会里是一个多余的人,但他自己还没有意识到这一点。当他被捕以后,法庭根本不听他的意见,在把他完全排除在外的情况下判处他死刑,这时他才真正意识到自己是个"局外人"了。他不会像达达主义者或者超现实主义者那样大声疾呼,然而他的沉默却正是对社会的蔑视和反抗。一切传统价值都在他的面前崩溃了,读者从他身上认识到了世界的异化和人生的荒诞。

随后发表的《西绪福斯神话》是一篇关于荒诞的论文,副标题就是《论荒诞》,西绪福斯的神话只是其中的最后一小段,但可以被看成是对《局外人》的诠释。加缪在论文中把现代人上班下班的单调生活比作西绪福斯推巨石上山,西绪福斯认识到自己命运的荒诞,因而用无休止的努力默默地反抗,用成功的希望支持着自己,在痛苦之中成为荒诞的英雄。而"今日之工人劳动,一生中每一天都干着同样的活计,这种命运是同样的荒诞"。但是意识到这一点的是加缪而不是工人,他不正是企图通过这个神话来启示现代人对荒诞的认识,使人们接受他的哲理思考吗?因此加缪所认为的荒诞不完全是世界的荒诞,也不完全是人的荒诞,而是由人与世界的不和谐造成的,剧本《误会》最典型地体现了这一点。主人公在外面发了财回到家乡,要把母亲和妹妹接到富裕的海边去。为了给她们一个惊喜,他故意不露声色地住进了母女俩开的旅店。不料渴望去海边生活的母女俩为了筹集路费而见财起意,在夜里把他谋杀了,更为可怕的是她们竟然毫无悔恨的意思。这就说明人人都在希望获得幸福,但是由于事实永远无法与希望一致,人们的理想总是要落空的。这种误会不仅显示了剧情的荒诞,而且是人们日常生活的一种象征。

《鼠疫》是一部寓言式的哲理小说,加缪的哲理在小说里有了进一步发展。故事发生在40年代阿尔及利亚的奥兰城里。一天,市医院主任医生在门前发现一只死鼠,接着又出现了许多死去的老鼠。鼠疫的流行打破了市民们平庸的日常生活。城市里死气沉沉,每天要烧掉的死鼠就有几千只之多。死去的人来不及掩埋,被匆忙地扔进大坑;城门被封锁了,人们过着与外界隔绝的生活。许多人恐惧焦虑、逃避挣扎,但也有人奋起抵抗,医生里厄就挺身而出,不顾在外地疗养的病情加重的妻子,日夜抢救病人,坚持战斗了七个多月,结果他的妻子病逝了。一些道德高尚的人组成了志愿防疫队,和他一样加入了斗争的行列,有的也染上鼠疫死去了。但是他们最后终于获得了胜利,尽管这个胜利是暂时的。小说最后的结论是“威胁着欢乐的东西始终存在……鼠疫杆菌永远不死不灭……也许有朝一日,人们又遭厄运,或是再来上一次教训,瘟神会再度发动它的鼠群,驱使它们选中某一座幸福的城市作为它们的葬身之地”。小说里的奥兰城就是占领时期的法国,也可以说是人类社会的缩影。鼠疫本身具有暗指法西斯主义的寓意,人民像囚徒一样被任意蹂躏,随时都有生命危险。面对灾难的严重威胁,人们都感到恐惧和痛苦,并且作出了不同的反应,有些人逃避挣扎,有些人奋起抗争。医生里厄是加缪笔下第一个富于人道主义精神的人物,他的命运不再是个人的命运,而是集体的命运,因此他对病人的抢救也不再是西绪福斯式的个人的反抗、纯意识的反抗,而是集体的反抗、行动的反抗。从这个意义上来说,正如萨特是从《恶心》的荒诞感转变为由《苍蝇》、《隔离审讯》等剧本所体现的反抗一样,加缪是从《局外人》的荒诞感转变为以《鼠疫》为代表的集体的反抗的。小说中人们战胜了鼠疫,显示出加缪对反法西斯斗争的必然胜利抱有信心。但是小说的结尾是人类依然无法彻底战胜荒诞的命运,却说明了归根结底,加缪是在用他的作品来表现人的处境的荒诞性,即使是《鼠疫》这部杰作也并不例外。

第三节　波伏瓦

西蒙娜·德·波伏瓦(1908—1986)生于巴黎,父亲是一个学识渊博但思想保守的律师,母亲是个热心的天主教徒,但波伏瓦却从小生就一副叛逆性格。她于1926年获得巴黎大学哲学学士学位,1928年与萨特同时以优异成绩通过了哲学教师资格考试,从此成为萨特的终身伴侣。30年代她在马赛、巴黎等地的中学里教哲学,1943年出版小说《女宾》,一举成名,从此成为专业作家,并且与萨特一起参加抵抗运动。她的作品非常丰富,而且都阐发了存在主义哲学的基本观念。

《女宾》的女主人公是个名为弗朗索瓦兹的女作家,她与导演皮埃尔·拉布鲁斯同居,同时与一个比她小十岁的女学生格萨维埃尔保持关系。拉布鲁斯对格萨维埃尔也有好感,于是把她接来,三个人在一起生活。两个女人彼此嫉妒,格萨维埃尔为了摆脱这种尴尬局面,故意投入年轻演员热尔贝的怀抱,但是仍然爱着拉布鲁斯。1939年第二次世界大战爆发后,拉布鲁斯上了前线,弗朗索瓦兹对热尔贝也有了好感,两个女人大吵一场,最后弗朗索瓦兹一怒之下,在杀死了格萨维埃尔后自杀身亡。这个故事除了自杀的结局不同之外,实际上就是波伏瓦自己的经历。格萨维埃尔的真名叫奥尔嘉,当时是波伏瓦的学生,两人有着同性恋的关系,后来与萨特相恋,三个人就过着这种看起来像一家人的生活。这样的关系当然是不可能长久保持下去的,最后奥尔嘉与他们的关系破裂了。萨特也曾以奥尔嘉为原型,在《自由之路》里塑造了伊维什这个人物。波伏瓦把格萨维埃尔写成一个非理性的人,逼得理性的弗朗索瓦兹采取了极端的手段。在这种三人同居的关系里,到底谁该负多少责任,这个问题涉及伦理道德,但是已经超出了文学史的范围。我们应该看到的是,波伏瓦在写这部作品的时候,目的是在于宣扬她的存在主义哲学,即人与人之间的关系不可能沟通,要想获得自由就必须进行正确的选择,同时她似乎想要证明,这种“三人小团体”式的自由爱情是不可能成功的。

小说《他人的血》(1945)在《女宾》发表时已经完成,但由于是写抵抗运动，所以等到战争结束后才出版。小说故事发生在20世纪30年代，以主人公对往事的回忆为线索。主人公名叫布罗马，他与自己的资产阶级家庭决裂，当了印刷工人，并加入共产党投身革命。在与警察的冲突中，他把枪给了好友雅克，雅克却被警察打死。布罗马认为是自己使他人流了血，所以他退出了共产党，只从事为工人谋利益的工会工作。这时朋友保尔的未婚妻爱伦娜爱上了他。第二次世界大战爆发后，布罗马入伍作战，爱伦娜设法把他调回巴黎，两人因此争吵而分手。后来布罗马负伤退役，建立地下组织，袭击盖世太保，结果使得人质被打死了。爱伦娜本来只想浑浑噩噩地活下去，甚至与一个德国军官有了关系，但是最后也参加了斗争，在营救保尔时牺牲了。布罗马发现他要做的事情都要以别人的鲜血为代价，也曾因此而犹豫彷徨，但是他最终认识到个人的利益必须符合社会和民族的利益，还是作出了正确的选择。与萨特的《自由之路》和加缪的《鼠疫》一样，《他人的血》也是一部宣扬存在主义哲学、赞扬人在战争的考验中作出正确选择的小说。

《白吃饭的嘴巴》(1945)是波伏瓦唯一的剧本，背景是14世纪的意大利，沃塞尔城为了争取独立而杀死了勃艮第公爵的大法官，结果被勃艮第公爵的军队围困和封锁，陷入了弹尽粮绝的境地。全城人民面临着严峻的选择：要么牺牲一半人，也就是让老弱妇孺饿死，以便节省粮食让男人坚守下去，等待法国国王的救兵；要么集体冒死突围，让部队与人民共存亡。市长认识到他的选择不仅要对自己负责，也要对全体人民负责，他终于顺从民意，选择了集体突围以求生存的道路。这种在关键时刻不得不作出重大选择的构思，充分表明了这是一部典型的存在主义戏剧。

波伏瓦在第二次世界大战后继续创作。《人总是要死的》(1947)是一部存在主义寓言小说，叙述的是长生不老的福斯卡的故事，借用这个人几个世纪以来的经历，说明了人如果长生不死，就没有必要进行思考，也无须养育后代，生活也就失去了意义，人正是因为会死去才是幸福的，由此戳穿了"长生不老"对人类的诱惑。《一代名流》(1954)获当年的龚古尔奖，刻画了第二次世界大战之后法国左翼知识分子的精神危机，他们的左派运动在国内受到左派与右派的夹击，在国际上又夹在苏联与美国之间，最后左派运动终于解体。实际上小说的内容，包括女主人公在丈夫之外与美国情人的恋情,都是波伏瓦自身经历的写照。

波伏瓦最重要的作品是论著《第二性》(1949),这部长达一千多页的随笔是一部全面分析妇女问题的论著。波伏瓦从存在主义哲学的基本概念"主体"与"他人"出发,论述了妇女附属于男人、被男人压迫的命运。她从理论上证明了男女两性的不平等,对于与文化压迫相联系的法律、宗教、习俗、传统都提出了问题,包括结婚、离婚、流产、卖淫、性平等、无痛分娩、生活自由等,并且提出了"女人不是天生的,而是变成的"这一著名的命题。她号召妇女通过行动来解放自己,重新获得与男人一样的主体地位。《第二性》在出版后成为畅销书,被译成近二十种外语文本,但同时也受到广泛的抨击,甚至曾被列为禁书。半个世纪以来妇女运动的历史,充分证明了波伏瓦这部论著的重要意义。也正因为如此,这部著作不仅奠定了她在法国思想界的地位,而且当新女权运动在 1968 年的"五月风暴"之后席卷西方国家的时候,也使她成为国际女权主义运动的领袖人物。

1955 年 9 月,波伏瓦与萨特一起访问了中国,她漫步在北京、上海和沈阳的街头,目睹了新中国的巨大进步,尤其是中国众多的人口使她对远东、印度、非洲、拉丁美洲的人的观念有了新的看法。她回国后写出了记述访问中国的长篇纪实报道《长征》(1957),从此以后积极投身于政治活动。她支持阿尔及利亚的独立,在声援反战青年的《一百二十一人宣言》上签名;她和萨特一起访问革命后的古巴,到巴西去宣传。与此同时,波伏瓦写了五部回忆录:《一个良家少女的回忆》(1958)、《年富力强》(1960)、《事物的力量》(1963)、《了结一切》(1972)和《告别的仪式》(1981)。此外,她还写有哲学论著:《庇吕斯和西奈阿斯》(1944)、《建立一种模棱两可的伦理学》(1947)和《特权者》(1957)等。

第三章

英国文学

概述

这一时期英国文坛出现了几种走向:一是关注当代政治和社会问题,创作具有左翼倾向的文学。这一点在新生代作家中表现特别突出。他们思想进步,对政治表现出极大的热情,在作品中大声呼吁,要求变革社会,反对法西斯主义。刘易斯·吉本直言不讳地承认,他是写社会革命题材的革命作家。他的三部曲《苏格兰之书》采用内心独白等手法,“从内部表现工人阶级的生活”。三部曲的第三部《灰色的花岗岩》(1934),讲述女主人公克丽斯的儿子尤恩逐渐成为一个具有花岗岩一样坚硬性格的马克思主义者,组织工人进行反饥饿示威,到伦敦去开创革命活动。二是抨击资产阶级中上层社会的腐败堕落,创作社会讽刺小说。沃在《衰落》(1928)、《一把尘土》(1934)等作品中描绘英国社会婚姻、家庭、学校、宗教、政治生活中的荒唐、邪恶与堕落,以一种间接的方式表明他的传统道德立场。三是消遣性文学的流行。普里斯特利以具有喜剧意味的形式讲述社会各阶层的人生故事,展现英国广大地区的生活百态。克里斯蒂在《东方快车上的谋杀案》(1934)、《尼罗河上的惨案》(1937)等侦探小说里精心编织跌宕起伏、扑朔迷离的故事情节,为读者逃避严峻的现实提供一个想象世界。

30 年代还涌现出两位风格独特的作家:格林和格雷夫斯。格林作为一名信仰天主教的作家,将探索人的内心世界与反映当代政治和社会问题结合起来,从而丰富了他的宗教题材小说的内涵。30 年代末问世的《布赖顿硬糖》(1938)与《权力与荣耀》(1940)奠定了他作为 20 世纪英国重要小说家的地位。格雷夫斯是诗人兼小说家,他的古罗马帝国三部曲《我,克劳迪斯》(1934)、《克劳迪斯神和他的妻子梅萨利纳》(1934)、《贝利萨里乌斯伯爵》(1938)开创现代历史小说,现实主义表现手法使小说人物具有亲近感,同时又保持了历史性。伯恩、康普顿-伯内特等妇女作家从独特的角度观察社会,她们所取得的文学成就亦不容忽视。

30 年代的诗坛,现代主义顶峰已经过去,各种潮流此起彼伏。牛津的奥登和戴-刘易斯、斯彭德等被称为"奥登一族"的年轻诗人英才勃发,创作有左翼倾向的诗篇,开时代风气之先。但是,随着时局的变动和个人生活的变迁,左翼的热潮很快冷了下去,不少人的思想从激进转为保守。与此同时,格雷夫斯、燕卜荪等学者诗人不受时代风气影响,按照自己冷静、客观、严谨的风格,创作充满睿智与思辨的诗歌。以托马斯为代表的新浪漫主义诗人突破现代主义诗歌的理念,关注读者的情感诉求,诗风清新,感情诚挚。

三四十年代,萧伯纳的戏剧创作进入晚期,他以七十高龄,继续写出了一批与社会及政治生活有关的剧本。这一时期,由于经济萧条和战争的影响,观众对娱乐性质的时事讽刺剧、轻喜剧、音乐剧的需求不断上升。诺埃尔·科沃德声称舞台的首要任务是提供消遣,他的《私人生活》(1929)被认为是 20 世纪最优秀的轻喜剧之一。30 年代初科沃德创作了三幕喜剧《生活设计》(1933)。1941 年,《快乐的精灵》上演。科沃德的轻喜剧均以婚姻为题材,对中产阶级的生活进行巧妙的讽刺,剧中语言极为平常,与萧伯纳台词妙语连珠的风格形成对照。詹姆斯·布赖迪是第一位在欧洲大陆舞台上得到承认的苏格兰剧作家,他的作品可分为两类:一类以医学内容为主要线索,代表作有《解剖学者》(1931)和《沉睡的牧师》(1933);另一类以《圣经》故事为素材,代表作有《托拜厄斯与天使》(1932)。战争爆发后,布赖迪参军,在英国皇家陆军医疗队任少校军医,繁忙之余，写出了《龙与鸽子》（1942）、《圣盗》（1942）和《博尔弗赖医生》（1943）等剧作。普里斯特利在写小说的同时投身戏剧活动，并且极其多产，写了《金链花丛》（1933）、《伊甸园尽头》（1934）和《菩提树》（1947）等五十多个剧本。普里斯特利试图在戏剧形式方面有所创新，如《时间与康威一家》（1937）剧情发生时间先后倒置，产生一种特殊效果。《巡官登门》（1947）是萧伯纳式问题剧，围绕对一个贫苦女工自杀案的调查，批评了有产阶级对普通人的践踏，提出整个社会是一个整体，人与人之间应该彼此负责，互相同情和关心。艾略特作为诗人，对戏剧发生兴趣，他和弗赖等人创作了优秀的诗剧，给世俗的舞台带来一曲“阳春白雪”。

第一节　格林

格雷厄姆·格林（1904—1991）是20世纪英国最杰出的作家之一，致力于探究现代社会中人类的精神危机，记录个人灵魂在善恶之间的煎熬。他一生著述颇丰，创作了26部长篇小说、五本短篇小说集、七个剧本和九个电影脚本，此外还有游记、传记和论文集。他的最高成就还是长篇小说，分为消遣的和严肃的两大类。消遣类小说指的是一些侦探间谍题材的小说，包括创作初期的成名作《伊斯坦布尔列车》（1932，又名《东方快车》）、以情报人员经历所写的小说《密使》（1939）和《人的因素》（1978）；严肃类的小说涉及宗教和国际政治，《布赖顿硬糖》、《权力与荣耀》、《问题的核心》和《恋情的终结》是格林的主要宗教小说，也是他的代表作。格林的国际政治小说创作始于50年代中后期，大多以战后政治敏感地区为背景，代表作有以越南抗法斗争为题材的《沉静的美国人》和关于南美政治斗争的《名誉领事》。

格林出生于英国中部一个知识分子家庭，少年时就读于他父亲任校长的中学。由于是校长的儿子，他处在同学与校长父亲的夹缝里，厌恶学校生活，从小即感到人世间的邪恶和冷漠。1925年他毕业于牛津大学伯利奥尔学院，毕业后曾短期为《诺丁汉周报》工作，1926年起任《泰晤士报》记者直至副主编，1931年起为《旁观者》周刊撰写书评和影评。格林在1926年受女友影响皈依了天主教，这对他以后的文学创作产生了很大影响。30 年代，他曾游历欧美大陆，去过德国、利比里亚和墨西哥等地。第二次世界大战期间，他为英国情报部工作，战后任报刊驻外记者，足迹遍及亚、非、拉等洲的政治热点地区，这些经历都成为他日后小说创作的重要素材。

宗教和政治是格林作品中的两大要素。在他的小说《名誉领事》的篇首，格林曾引用哈代的一段话："世间一切都彼此交融——善融于恶，宽宏融于正义，宗教融于政治……"在政治上，用他同时代的作家奥威尔的话来说，格林是一个"温和的左派"，曾加入过英国共产党，但并没有一个坚定明确的政治信仰。他倾向于人道主义，关注各种社会问题，谴责贫富悬殊、等级制度等社会不公现象。作为一个天主教徒，他认为宗教对于人类生活的影响至关重要，使人有别于无思想的物件。在一个冷酷黑暗的现实世界里，信仰成为格林作品中人物用以对照个人行为的精神准则，于是有了善恶冲突、心灵磨难，作品的主题由有形的物质世界深入到永恒的精神世界。《布赖顿硬糖》是格林的第一部宗教小说，故事发生在英国度假胜地布赖顿，一个叫黑尔的记者突然死亡，他死前结识的歌女艾达认定他死于非命，于是坚持不懈地追查凶手。黑尔是被黑帮首领，一个 17 岁少年平基率同伙为前任首领报仇雪恨而杀害的，他们将当地特产布赖顿硬糖塞进了黑尔的喉咙。饭店女招待，一个 16 岁的纯朴姑娘罗斯，是凶杀的唯一证人。平基为了防止罗斯上法庭作证，与她结婚。但艾达的穷追不舍、团伙内部的分裂、与另一黑帮团伙的争斗促使平基继续犯罪杀人。最后，他策划了夫妻双双自杀的骗局，企图诱骗深爱他的罗斯先自杀，但艾达带着警察及时赶到，慌乱中平基被自己带的硫酸误伤了双眼，坠崖而死。罗斯预感她已有了平基的孩子，她将拥有希望。即使是平基这样无恶不作的人，在他的内心也依然怀有对天堂的向往和对地狱的恐惧。格林没有过多渲染凶杀场面，而着重描写平基的精神世界和心理感受。宗教因素与心理分析被紧密地结合在一起，展现出平基内心善与恶、希望与恐惧的激烈冲突。平基不能被简单地归之为一个"彻底堕落"的恶徒。他依然相信地狱，相信惩罚，而他的恐惧和绝望驱使他滑向更深的罪恶。《布赖顿硬糖》还强调了爱的主题，但这种爱是源于宗教意义的爱。罗斯明知平基是杀人犯，却情愿与之结婚，因为在她眼里，是是非非并不重要，重要的是善与恶的选择。她知道她和平基都将受到惩罚入地狱,因此希望通过爱使她和平基都得到安宁。

《恋情的终结》(1951)被认为是格林的宗教小说中宗教色彩最浓的一部。小说描述的是在第二次世界大战时期的伦敦,作家本德里克斯和政府官员之妻萨拉发生了婚外情,在一次空袭中,有天主教背景的萨拉唯恐情人死去,情急中祷告上帝,如果本德里克斯不死,她将终止他们的恋情。此后她一直遵守誓言,忠于天主,最后因为躲避本德里克斯的追逐而在雨中受寒得病而死。萨拉在宗教信仰和情爱之间备受煎熬,最后以死完成了她的皈依。本德里克斯则痛苦地发现靠他那作家的想象力和理解力并不能看清这个复杂的世界,冥冥之中似乎有一个全能的上帝安排一切,宗教成为一个必要的分析问题的角度。小说的主题和创作方法引起了评论界的争议。许多人认为这部作品将宗教因素和复杂的现实完美地结合起来了,但也有评论家认为格林在小说中过度强调了宗教的神秘性,如萨拉跪下发誓终止恋情、斯迈恩脸上黑斑的突然消失。小说打乱时间顺序,采用多种角度叙事的类现代主义手法也被认为与格林生动、简洁的语言风格不相协调。

从50年代中期开始,格林的创作兴趣转向国际政治题材,许多小说的背景都放在英国以外的国家,如《沉静的美国人》(1955)、《我们在哈瓦那的人》(1958)、《病毒发展的病例》(1961)和《喜剧演员》(1966),故事分别发生在越南、古巴、刚果和海地。《名誉领事》(1973)是格林个人最钟爱也是最受评论家好评的一部小说。小说描写的是发生在巴拉圭和阿根廷边界的一起绑架人质事件。一个激进的革命小组在离职神父利瓦斯的领导下,设计劫持美国驻阿根廷大使,希望以其为筹码要求当局释放十名政治犯。事后他们发现抓错了人,抓来的只是一个无足轻重的英国驻阿根廷某城的名誉领事。医生爱德华多·普拉尔因希望借此次绑架赎回政治犯父亲而勉强卷入了绑架案。他与领事之妻私通,出于人道主义和对领事的负罪心理,他不愿绑架小组杀死人质。小组头目利瓦斯神父也处于人道与杀戮的矛盾中。在他们的迟疑等待中,他们的藏身之地被警察团团围住,名誉领事生还,而小组成员和普拉尔医生全部被打死。20世纪的南美洲是一个浓缩了肮脏政治、血腥镇压和普遍贫困的大舞台。格林用它为背景戏剧性地揭示了人在残酷、黑暗的政治斗争中的困境,小说中普拉尔医生的死昭示了黑暗现实对人性的摧残和对人权的践踏。在《名誉领事》中,格林随着时代的发展,赋予宗教主题新的内涵。格林认为,第二次世界大战以后,国际政局动荡,尤其是在民族运动和人权运动汹涌的第三世界国家,"宗教必须了解革命观点"。利瓦斯神父的矛盾个性就是时代的产物,在他身上宗教因素和革命因素并存,这使他成为"小说中最吸引人的人物"。作为新一代的有革命思想的神父,他希望将宗教与革命结合起来,以实现一个自由和人道的社会。他已经看到了传统教会的不合时宜,上帝也不再是爱的象征,有他"黑暗的一面",因为他允许人间的苦难存在。利瓦斯脱离教会,参加了革命,但他的宗教理想依然存在,正如奥佩雷所指出的,"他是要用政治的暴力手段实现一个宗教理想"。于是,一个仁爱的前神父必须举枪杀死无辜的人质。格林以这一戏剧化的矛盾场面揭示了在黑暗的传统教会和专制残暴的世俗统治者的双重压迫下人道主义者的悲剧。

格林的创作在20世纪英国文学史上独树一帜。他没有像现代主义作家那样以纯主观的视角反映现实,也没有如传统作家那样只关注眼前的物质世界,而是在作品中反映现实的同时融入了对宗教的思考,从而触及了如何解决人类精神危机、人类文化深层罪与罚的问题。格林被称为"天主教作家",但他的作品并不是宗教教义的宣扬和说教,宗教为他体察人性提供了一个更深层的角度。格林的小说成就还体现在他出色的写作技巧上。他善于用洗练生动的语言刻画人物,制造气氛。他的作品情节吸引人,却几乎没有直接的暴力描写,严肃的主题和生动的故事被完美地结合了起来。

第二节 奥登

30年代的英国诗坛是年轻人的天下。现代主义诗歌占据着整个20年代的英国诗坛,艾略特、叶芝和庞德的诗作成为那个时代的代表。不过,自从艾略特1928年表明自己"文学上是古典主义者,政治上是保皇主义者,宗教上是英国国教徒"之后,他便在年轻一代中失去了叛逆先锋的吸引力，取而代之的是对他的一种对前辈的敬重。庞德的诗作仍与以往一样是阳春白雪，曲高和寡。叶芝则依然在他自己构建的精神世界的神秘体系中畅游。大多数一战诗人在战争中牺牲，幸存的诗人创作力也大不如前。在英国诗坛的相对真空中，奥登以1930年出版的《诗集》轻而易举地成为30年代英国诗坛的盟主。

威斯坦·休·奥登(1907—1973)出生在约克郡一位名医之家，受家庭影响，从小对自然科学兴趣浓厚，以做矿业工程师为理想。奥登的诗歌创作始于中学时代，进入牛津大学后，他编辑了《牛津诗歌·1926》和《牛津诗歌·1927》，其中收录了一些自己的诗作。1928年，奥登的第一部《诗集》出版。从牛津毕业后，他去德国游学，并沉迷于德国文学。其后的五年奥登在教学之余，出版了一系列的诗集和诗剧，包括《双面得利：字谜》(1930)、《诗集》(1930)、《演说家》(1932)和《死亡之舞》(1933)等。之后，他周游冰岛、西班牙，还来访中国，期间与衣修午德合作写有剧作《攀登F6》(1936)和《在前线》(1938)，并与麦克尼斯合作出版《冰岛书简》(1937)等。1939年奥登离开英国赴美国生活。在美国期间，他的作品有长诗《新年书简》(1941)、《此时此刻》(1944)，《1930—1944：短诗集》(1950)，《阿喀琉斯之盾》(1955)等。出于对音乐的热爱，奥登还与斯特拉文斯基共同创作《堕落之路》一剧，撰写了剧中的歌词。这段时期，奥登广泛涉猎社会生活的各个领域，写有大量文学、历史和音乐方面的评论文章。1956年至1961年，奥登回英国担任牛津大学的诗歌教授。晚年的奥登除了继续为一些歌剧创作歌词外，还有作品散文集《染匠的手及其他》(1962)，《长诗集》(1968)，《没有城墙的城市》(1969)和《给教子的信》(1972)等。1973年，奥登在维也纳去世。

从1922年《荒原》出版，现代主义占据英国诗坛以来，评论界和诗坛都在期盼着艾略特的对手或是衣钵传人的出现。1930年，23岁的奥登在他新出版的《诗集》中展现了他不同凡响的诗才，他吸收了前人各种卓越的技巧和艾略特成功的创作方法，又将他们糅合凝练，体现出自己的个人风格。与艾略特不同，奥登的诗歌风格更易于为普通读者所接受，诗句较为口语化，一些抽象概念的阐释和运用也较为自由。评论界相信，奥登的诗才不可限量，具有与艾略特一争高下的潜力。对于30年代的奥登来说,这样的预测是相当准确的。在他当时的诗作中,洋溢着死亡与快乐同在的强烈情感,精确地传达出30年代的时代情绪。他的诗歌不仅绘声绘色地展现了当时的生活场景,还细腻地刻画出人们对时局的忧虑和隐隐的不安:掌握这些通行证,他看见,就得到了/去新区的钥匙,但谁会得到它呢?他,训练有素的侦探,已走进了这个圈套/因为误导,被那些老花招蒙骗。(《密探》)拯救大不列颠帝国的传统英雄对完成任务失去了过去的那一份把握,并且已经把棋走错。

奥登对时代政治的关切为他赢得了"左翼诗人"的声名,30年代的读者与评论家对这一点尤为关注。不过,将奥登简单地归之为"左翼诗人"失之偏颇,缺乏对其创作风格的整体把握。一方面,在30年代文学批评的社会学倾向的影响下,左翼知识分子在艾略特走向"反动"之后需要新的诗坛领袖为左翼立场抒写诗章;另一方面,所谓"奥登一族"的提法把受到奥登影响且与奥登关系密切的左倾诗人,如戴-刘易斯、斯彭德等人诗歌中强烈的左翼情绪归结为奥登的影响,这些都使读者对奥登诗作的倾向性产生错觉。事实上,奥登30年代的诗作犹如一座光彩闪烁的迷宫,任何将之简单化的方法都难免误入歧途。奥登诗作中对时代政治的关注是不争的事实,对文化衰退的敏感,对社会不公正的深恶痛绝和30年代初呈病态的现代社会以及死亡倾向,都通过他感性细致的笔触、晦涩生动的意象呈现在读者面前。不过奥登对社会变革的呼吁具有一定的盲目性和不确定性,在他的诗作中,斗争意识时常夹杂着罪恶感、宿命感,诗中的主角是谁也始终令人寻味:究竟是资产阶级、西方社会,抑或是全人类?谁该为现代社会中的这些罪恶负责?斗争的对象又是谁?奥登从未在他的诗中给出明确的回答。而他心目中的美好世界,究竟是左翼的,还是右翼的,抑或两者都不是,也都难以在他的诗作中找到答案。因此,对奥登的创作不应简单地用左翼来概括,而要全面地把握他的思想脉络。从批评界对奥登的认识过程,我们也可以体味到文本的社会性与不确定性。

其实,奥登在诗作中有时甚至完全走向左翼的对立面,从内在的精神世界来分析社会,认为政治与社会的不公正来源于人们的精神疾患,所以他在诗作中以精神分析的角度来构建梦幻般的意象。在奥登绝大多数30年代的诗作中,他将社会分析与精神分析结合起来,从而使其诗作体现出一种独特的魅力。虽然社会学与精神分析带给奥登的诗歌创作有别传统,具有新颖独到的风格,但在表面的晦涩艰深之下,传统的道德观念始终萦绕在他的诗歌中。在关于爱的诗作中这一点尤其明显。奥登对爱这一主题十分着迷,在诗作中反复抒写出爱的命定与爱情不可避免的失败。在他看来,浪漫的爱情不管多甜美都不过是假象,这种爱是不负责任而自私的,即使为之付出一切也于事无补。与以往的宿命论相比,奥登的新意在于,因为这种爱情发生在一个大步走向毁灭的社会中,所以它是注定要失败的:

另一个我,另一个你,
都知道该做什么
却徒劳无益

这与拜伦笔下那些人物的观点一脉相承,但马克思主义、精神分析学和工业化的影响使诗中的主人公显得更加阴冷和难以捉摸。

对奥登30年代的诗歌创作,评论界一直赞誉有加。他在十年内出版了九部诗集,表现出惊人的创作力。他的诗作不仅在数量上傲视群雄,而且在质量上也是同时代的诗人中无人可及的。他不仅能出色地把握欢愉与悲戚并存的时代气息,而且精于诗艺,各种诗歌形式他都可以信手拈来。从艾略特、叶芝到拜伦、里尔克,他可以将这些诗人的风格模仿得惟妙惟肖,却又并不是简单地重复,而是吸取各家之长,融为自己的个人风格,从而自成一家。奥登的诗歌风格多样善变,纷繁晦涩,难以用简短的篇幅来概括,但他的突出特点还是明晰的。首先,他对诗歌形式不断求新求变,甚至不少诗作犹如滑稽小品,形式上的突破使他得以跳出以往诗人的局限,自由发挥自己的诗才。其次,在艺术手法上,他对概括手法的运用让他的创作主题保持稳定性和一致性,同时也让他的描写对象显得与众不同,而在具体的细节上,又用记录者的眼光加以繁复的描写,表现出一种与电影艺术相似的技巧。再次,在诗歌的技巧上,奥登对晦涩、压缩、具象效果和各种语法手段,如倒装、省略、双关等,以及古词僻字等都加以运用。

奥登在30年代的诗坛独领风骚，树立了自己独特的风格。虽然对他诗中的晦涩和油滑评论界的意见并不一致，但他诗歌的不拘形式，对当时的诗歌发展还是有益的。作为时代的代言人，奥登不仅在诗歌中体现出现代主义色彩，还传达出大众内心的罪恶感、焦虑感、孤寂和恐惧。尽管他的诗歌具有悲观色彩，但总体精神还是冒险性和实验性的。30年代的奥登，意气风发，前途无量，英国诗坛对他的期盼是成为与艾略特、叶芝鼎足而立的大家，然而奥登后来的发展却让评论界的预言几乎全部落空。

40年代奥登的创作以明晰易懂为方向，其中四首长诗是这一发展的极致，它们包括：《新年书简》(1941)、《海与镜》(1944)、《此时此刻》(1944)和《忧患之年》(1947)。1940年，奥登皈依天主教，这对他40年代的创作有所影响。《新年书简》将历史与现实、个人与社会的种种矛盾熔炼在一起，略带论争风格，勾勒出世界面临全面战争的现状。《海与镜》描写的是莎士比亚剧作《暴风雨》中的人物乘船由海岛去往米兰这一段情节，诗中人物均用不同的诗体说话，其中不少诗体颇为复杂，体现出奥登高超的艺术技巧，而奥登对象征现实生活的大海与象征想象的镜子及艺术之间关系的思考和探索，则赋予长诗内容极大的丰富性。《此时此刻》同样也采用不同人物、不同诗体的创作手法，以清唱剧的形式叙述基督降生的故事，探讨其历史与宗教意义。与另外三首长诗相比，《忧患之年》更具现代色彩，奥登在诗中展现了现代生活中寂寞孤独的人群。罗塞塔与三个陌生人在酒吧相识聊天，并带他们去自己家聊天。两位年长的人离开后，年轻的恩布尔也酒醉不醒，只留下罗塞塔一个人独对漫漫长夜。诗歌挖掘了现代人的精神疾患，并揭示出他们所代表的充满忧患的社会。

在40年代的长诗中，奥登进一步对诗歌形式和艺术手法进行探索，在对话体的运用方面，出神入化，显得尤其纯熟。奥登诗歌中的对话体直接受到叶芝的影响，但他的风格比叶芝更加复杂多样，既有早期平铺直叙式的谈话，也有后期轻快自然的闲聊，在保持诗体的音步与韵律的同时，又让人读起来宛如日常说话，具有很高的艺术技巧。奥登晚期的作品包括六卷诗集和大量的散文、评论。单就晚期的诗作而论，这些作品延续了奥登一贯的创作特色：口语化，概括手法，引人深思，形式新颖，艺术手法轻灵。但与30年代的创作相比，一些至关重要的因素在奥登晚期的作品中消失了,晦涩、简约、省略、多变被懒散、松垮、单一和直露所取代,诗歌也因此缺乏深度与张力。究其原因,可能在于奥登不再关注时政,认为诗歌于现实世界无补,缺少对现实生活的热情,而历史与现实一样,诗人无从改变,所以奥登的晚期诗歌中也较少对历史的反思。奥登晚期的创作态度使他难以像艾略特一样写出《四个四重奏》那样深刻凝练的杰作,也让他的创作失去了他所特有的魅力。诗作虽然雅致聪睿,但没有前期那种动人的神采。今天的评论界对奥登的兴趣,主要集中在他的30年代的作品。在奥登的影响下,九叶派诗人以工业化语言入诗,增强了诗歌的现代感;使用跳跃式的"奥登式比喻",激活了诗歌的语言;用鸟瞰式视角营造恢弘意象,创造出富于现代性的动态效果。奥登诗歌的社会性和时代性也启迪了九叶派诗人,使他们积极干预时代生活,创作思想明显表现出左倾倾向。

第三节　格雷夫斯

在三四十年代的英国诗坛上,卓立于奥登的影响之外,还有一批诗人在创作中表现出独特的风格。他们的作品冷静、客观、晦涩、严谨,无论在内容还是形式上,几乎看不到现代主义的痕迹,却充满学者气的睿智和思辨。在这一派诗人中,格雷夫斯成就最大。格雷夫斯早期的诗作主要描述战后英国的乡村风景、朋友情谊,收入乔治派诗集,颇受读者欢迎。评论家发现"两个根本事实"对格雷夫斯的文学创作产生重大影响:一是参加第一次世界大战,二是与女人的纠葛。前者使他在历史小说中对战争的描写得心应手、驾轻就熟,后者使浪漫爱情成为他诗歌的一贯主题。

格雷夫斯在第一次世界大战中身负重伤,这一段经历给格雷夫斯留下的是死亡的记忆,战争前线的恐怖与残暴,以及对战友牺牲的负疚感,这些都化成梦魇般的意象出现在他的诗歌创作中。在战后初年,与其他经历第一次世界大战的诗人相似,格雷夫斯的创作力也似乎为战争所束缚。在相继出版的三部诗集《宝盒》(1919)、《乡间情感》(1920)和《窗玻璃》(1921)中,格雷夫斯不仅将自己的个人经历化入其中,而且体现出整个时代的精神,反映出个人和时代对于战争创伤和情绪的逃避。对于个体情绪的间离自始至终贯穿在格雷夫斯的诗歌中，从早期的规避到后来的客观陈述，他一方面表现出个人对时代的体验与情绪，一方面又与之保持距离，在严谨整饬、优雅规范、简明机智的诗句中透露出内心的忧惧：

那里没有生命，什么都没有
只有那稀疏的影子和不祥的预兆，
连壁板里都没有一只老鼠磨牙

现代主义诗歌的风格与格雷夫斯的创作传统不合，但所表达的情绪恰是他所感受到的。格雷夫斯的诗歌有时也表达出在混乱无序的世界中，现代人的犹豫彷徨和对精神解脱的追求。这一点与现代主义先锋诗人颇为契合。同时，在各种诗歌风格如玄学派的影响下，他的诗风也脱离乔治派的窠臼，在诗歌中体现出对宗教哲学问题的思考。

从1929年开始，格雷夫斯创作的诗歌开始受到评论界的重视，其中的爱情诗更是出类拔萃。爱情是格雷夫斯诗歌创作的持久主题，他的爱情诗即使在整个20世纪诗坛也是佼佼者。在《纯粹死亡》一诗中，人物和情绪都体现出一定的非个人化色彩，而反映格雷夫斯个人思想的则是诗歌的结局：对死亡的恐惧就是最完美的礼物。而在《病爱》中，格雷夫斯则用简洁、含混的语句体现叙述者对爱的同情、嘲讽及最终对死的渴望。格雷夫斯的特别之处在于，他以一种对爱情全知全能的角度，展现出对爱之病的深刻体察，整首诗感觉细腻，深沉敏锐：

噢，爱，若你可以便多吃些苹果，
感受阳光，走在皇家军队里，
天堂般石子路上一个微笑的天真孩子。

从这首诗歌来看，格雷夫斯业已全然摆脱了前期的诗风，探讨的情感世界微妙复杂，表现手法隐晦，与当时盛行的玄学诗风相契合，但在用词和韵律上，却又体现出浪漫主义的一面，从而保持他独立于现代主义之外的特色。

格雷夫斯对客观世界具有敏锐的观察力和表现力，但诗歌于他完全是内在的过程，是对外在世界的体验与认知。在1945年后出版的多种诗集中，虽然没能在技巧和深度上超越以前的作品，但格雷夫斯的创作始终保持着一定的水准，而《仲冬之觉醒》则以辞藻的择用、韵律的合辙将诗作内在的情感和蕴涵表现得淋漓尽致：

我发现她的手紧握在我手中
她将和我一起留意春天。
我们凝视彼此，沉默笼罩四周
却发现哪儿也没有冬天可看。

1948年，格雷夫斯发表《白色女神：诗性神话的历史语法》。该书通过对母系社会宗教神话的重建阐述自己对历史、个性和诗歌创作的系统看法。与叶芝一样，格雷夫斯试图营造自己的神话体系。所谓白色女神，是母性、爱人等多种角色、多样情感合为一体的代表，可以理解为是传统意义上的诗歌女神缪斯。20年代格雷夫斯在精神病学家里弗斯那儿治疗战斗疲劳症，受后者的精神病理论影响，认为诗歌表现潜意识的内心冲突。这时，他修正了对诗的看法，认为诗歌是独立于个人之外的神话结构的表现。

格雷夫斯的创作生涯横越半个多世纪。他并未像现代主义诗人那样打破传统诗歌形式，在这一点上他与哈代接近。他的创作与叶芝的风格也有一定的相似性，但叶芝对他诗作的影响并不明显。格雷夫斯始终保持着自己的独立性，这种独立性使他在人才辈出的英国诗坛占据一席之地，并影响着后来的运动派诗人。从严格意义上来说，作为诗人的格雷夫斯不属于任何一派，他的诗歌风格与燕卜荪的差异也是较为明显的。不过，他的作品中体现出的睿智与思辨与后者的追求相契合，具有学者风范。格雷夫斯由于在诗歌创作和理论方面的杰出成就，在1961年至1966年间担任牛津大学诗歌教授。1985年12月7日，格雷夫斯在马略卡岛逝世，《泰晤士报》赞誉他为“自邓恩以来最伟大的英语爱情诗人”。

第四章
美国文学

概述

20世纪20年代末，美国的繁荣在走到了尽头，爆发了历史上前所未有的经济危机。在这种形势下，"左翼文学"或"无产阶级文学"一度成为30年代美国颇有影响的主流文学，而使30年代有"红色十年"之称。作家和艺术家关注社会问题和经济形势，开始发表有明确阶级意识的作品，描写经济萧条对工人、农民，甚至中产阶级的影响。作家们还到动乱或罢工地区调查，撰写文章，揭露真相。比如，德莱塞考察了宾夕法尼亚和肯塔基的煤矿罢工后，在《悲剧的美国》(1932)里愤怒抨击美国资本主义。新政的实行中，困难的作家和艺术家们得到政府的资助，如诗人康拉德·艾肯、剧作家埃尔默·赖斯、黑人诗人克劳德·麦凯等，以及日后成为名家的如索尔·贝娄、剧作家阿瑟·米勒、女作家尤多拉·韦尔蒂、黑人作家理查德·赖特和拉尔夫·埃里森、黑人女作家佐拉·尼尔·赫斯顿等。这些作家中不少人比较激进，尽管也有中间派或持保守思想的人士。赖特在芝加哥，埃里森在纽约所收集的有关黑人的材料，对他们后来写《土生子》(1940)和《看不见的人》(1952)都起了一定作用。根据辛克莱·刘易斯小说改编的戏剧《这不可能在这里发生》(1936)，同时在全国22个城市上演，造成很大的声势。

30年代后期，由于经济情况好转，右翼势力重新抬头，对左翼文学的批评也越来越尖锐，认为左翼作家受命于苏联，过于强调文学与政治的关系，因此创作水平低，没有文学价值。但近年来，随着政治批评在美国的兴起，评论家开始重新评价30年代左翼文学，在指出问题的同时，也作了充分肯定。劳拉·布劳德尔以约翰·多斯·帕索斯在1930年至1933年发表的《北纬四十二度》(1930)、《一九一九》(1932)和《赚大钱》(1933)为例说明，左翼文学实际上既有传统现实主义文献式的写实手法，又有现代主义的意识流、不连贯性等技巧。里塔·巴纳德等评论家还注意到30年代为了争取读者，作家们往往主动采用通俗小说的手法。此外，有些作家努力把大众文化的语言运用于写作之中。兰斯顿·休斯和克利福德·奥德兹(1906—1963)都是马克思主义者，也都是严肃作家，但休斯写诗歌颂爵士音乐，他在剧本《难道你不想自由?》里采用了布鲁斯、爵士和其他通俗音乐的节奏来宣传他关于美国黑人历史的进步观点。剧作家克利福德·奥德兹甚至想去好莱坞把电影“变成为人民大众的真正的艺术形式”。他的《等待老左》(1934)表现了纽约汽车工人罢工斗争，是百老汇上演的最激进的无产阶级戏剧，其充满激情的语言和结尾处的“罢工！罢工！”口号非常有煽动性，但它那基本没有舞台布景和打破舞台与观众界限的做法又是一种创新，对后来的剧作家有很大影响。奥德兹的《醒来歌唱》(1935)、《金孩子》(1937)和《发向月球的火箭》(1938)等在20世纪90年代又重新上演并受到好评，说明他的剧作并不仅仅是政治宣传，而且富有艺术魅力。斯坦贝克表现流动农工悲惨生活的《愤怒的葡萄》(1939)和《人鼠之间》(1937)，亨利·罗斯的《称它为睡觉》(1934)，高尔德的《没有钱的犹太人》(1930)等，都是30年代出色的文学作品。即使并未积极参加左翼活动的作家也有意识地关心社会现实，如福克纳的《圣殿》(1931)和《八月之光》(1932)就是如此。另一位南方作家凯瑟琳·安·波特虽然主要描写南方社会与家族，但也为《民族》、《新共和》等左翼杂志撰稿。尽管奥尼尔的《送冰的人来了》(1934)于1946年才上演，但这个剧本还是多少折射出他在30年代的心态。

从30年代起美国作家开始得到诺贝尔文学奖，1930年辛克莱·刘易斯成为获此殊荣的第一位美国作家。美国文学开始走向世界，引起世界文坛的瞩目了。瑞典学院肯定他那“充满活力和生动形象的描述以及以机智和幽默的方式创造新型人物的能力”，赞扬他“用新的语言——美国语言”反映了仍“处于骚动不安的青春期的国家”，并且指出“这个新的伟大的美国文学是以民族的自我批评为起点”。这最后一个评语说的是刘易斯批评狭隘闭塞的小镇生活的《大街》(1920)和讽刺中产阶级的虚伪、贪婪和保守落后的《巴比特》(1922)。其实刘易斯除了这两本出色的小说外，成就不大。他的作品至今评价不高。当年他那文献式的写实手法跟欣欣向荣的现代主义艺术技巧相比已经落后了。不过刘易斯颇有自知之明，他在接受诺贝尔文学奖的演说里谦虚地表示自己并不是最佳人选，认为德莱塞、薇拉·凯瑟和戏剧家奥尼尔更加出色。他批评美国社会对文学的忽视，介绍了美国文学的历史和现状，并且大力推崇吴尔夫、海明威、福克纳和多斯·帕索斯等年轻作家。

在美国诗歌史上，第一次世界大战后崛起的现代主义诗人如庞德、艾略特、史蒂文斯、威廉斯等，当然还有弗罗斯特，此时还牢牢地占据着霸主的地位。庞德《诗章》的很多篇幅是在这时期内发表的；威廉斯在酝酿将于40年代中后期陆续发表的《佩特森》长篇史诗。史蒂文斯出版的新版《簧风琴》(1931)、《在基韦斯特形成的秩序观念》(1936)以及《弹蓝吉他的人》(1937)使他在诗歌界的地位迅速上升。坚持传统手法的弗罗斯特在三四十年代连得三个普利策奖，稳固了他作为与艾略特相对峙的美国现代诗歌另一个中心的霸主地位。艾略特的诗剧《大教堂谋杀案》(1935)，尤其是1943年出版的《四个四重奏》不能不使人承认他在诗歌界仍然保持着领袖地位和主导作用。值得一提的还有1939年到美国，1946年加入美国籍的英国诗人奥登。他在30年代由于《诗集》成为英国诗歌界的大师。40年代，他以长诗为主，发表了《双重人》(1941，后在英国以《新年书简》为题出版)和长诗《海与镜》(1944)、《此时此刻》(1944)及《忧患之年》，后者获得了普利策奖。总的来说，奥登到美国以后的诗歌创作没有超越他在英国的成绩。他的影响主要是对毕肖普之后的第三代美国诗人起了塑造、培养和指导作用。各种各样的诗人，从卡尔·夏皮罗到理查德·威尔伯，从西奥多·罗塞克到詹姆斯·梅里尔，甚至“垮掉一代”

的金斯堡和他的朋友理查德·霍华德、约翰·荷兰德都跟奥登有直接的来往,都曾承认他对他们的诗歌生涯起过积极的作用。

第一节　斯坦贝克

约翰·斯坦贝克(1902—1968)的文学成就,主要有《愤怒的葡萄》和《人鼠之间》等。他的作品关注日益尖锐化的社会危机,特别是在工业化进程中农民不断恶化的命运,以富有社会责任感与同情心的笔触反映边缘化的社会现状。他一直试图将人们的生存状况与道德伦理联系在一起,从而对社会问题作出独特的阐释。就创作主题而言,斯坦贝克关注社会下层群体的存在;在叙事技巧方面,他借鉴了自然主义风格,倾向于不加选择地全盘展示特定的社会存在,在叙事内容上放弃道德约束。他受德莱塞、刘易斯、约翰·里德、多斯·帕索斯等大家的影响,又形成了自身别具一格的艺术风范,于1962年荣获诺贝尔文学奖,1964年获美国总统自由奖章。

斯坦贝克出生在加州蒙特雷县一个殷实之家。在母亲的启蒙下,自幼接触欧洲文学名著。中学毕业后,就读于斯坦福大学,但中途辍学。此后,在加州等地靠出卖体力谋生,开始切身体验和认识社会下层的生存状况。这段生活阅历对他日后的文学创作产生重要影响,在很大程度上决定其创作题材和主题。1929年,他出版第一部小说《金杯》,写作生涯由此开启。此后他又出版了《天堂的牧场》(1932)和《献给一位无名的神》(1933)。对于这些作品,评论界和阅读大众反应冷淡,市场销售数额也令人失望。但是他不改初衷,坚持小说写作。

1935年是斯坦贝克创作生涯的一个转折点。他推出了新作《托蒂亚平地》,以幽默而富有温情的文笔描写家乡周围的墨西哥、高加索等外裔移民以及印第安人的艰辛生活。小说博得了读者的青睐,也受到了评论界的广泛好评。他从此进入较为成熟的创作时期。1936年发表的小说《胜负未决的战斗》,放弃了先前轻松、调侃的叙事风格,转向比较冷峻的笔法。小说描写一个苹果园的工人因劳动繁重、收入低下而难以维持生计,在当地共产党人的组织下举行罢工,要求提高劳动报酬,改善生活状况。对于这部深刻反映社会危机的作品，评论界却指责它缺乏艺术性，内容夸张，歪曲了社会伦理。但是，对于斯坦贝克而言，《胜负未决的战斗》则标志着他找到了透视社会的独特视角，确定了今后小说创作的基调。1937 年，他的《人鼠之间》讲述了两个移民的悲惨生活，情真意切，自然主义色彩的创作风格更为老到。同年，这部作品由他自己改编为话剧在纽约上演，大获成功，连续演出 207 场，并于 1938 年获得"纽约戏剧评论家奖"。斯坦贝克的非虚构作品《他们的血是浓的》(1938)，记载了加州农工移民的凄惨生活，以及他们对生活的强烈渴望和彼此间真挚的友情；1939 年，小说《愤怒的葡萄》出版，真实而生动地表现了美国 30 年代大萧条时期俄克拉荷马州一个农民家庭在当地农业机械化的进程中背井离乡、每况愈下的境遇，以批评的笔触直面农业经济制度带来的残酷无情的剥削，"对于西部花园的美国神话以及与其伴随的西部边疆的神话进行了控诉"。斯坦贝克在美国文学史上的地位也由此奠定了。该书问世后引起了激烈争论，赞誉者和抨击者势均力敌，一些州政府甚至进行了行政干预，将该书列为禁书，直到 1940 年这部作品获得普利策奖和国家图书奖，社会舆论与学术批评依然是毁誉参半。持批评态度的人要么指责他是共产党的喉舌，要么认为他没有客观地反映历史，甚至有人出版了《快乐的葡萄》，继续颂扬被《愤怒的葡萄》粉碎的西部神话。

第二次世界大战期间，斯坦贝克任战地记者，专门负责在欧洲和北非采访战事。他以自身的海外经历为题材，创作了一些虚构和非虚构的作品，真实描绘法西斯战争的残酷和人的心灵，特别是普通人民的生活所蒙受的劫难。其中，1942 年出版的小说《月落》，讲述了纳粹占领挪威之后一个小城市的人民反抗侵略者的故事。战后，伴随着大萧条的终结，美国经济迅速复苏，开始进入持续繁荣的发展时期，斯坦贝克犀利的笔锋也逐渐发生了变化，多以寓言或象征主义手法揭示和探讨社会问题。《罐头厂街》(1945)和《任性的公共汽车》(1947)虽说还是描写农工的贫困生活，但是明显缺少了《愤怒的葡萄》那样凝重而深邃的文化艺术内涵，甚至作品的主旨也似乎模棱两可，似是而非。在创作后期，他意识到了自己创作取向的蜕变，曾试图回归到《愤怒的葡萄》所代表的水准，但《珍珠》(1947)、《伊甸园以东》(1952)和《烦恼的冬天》(1961)等小说都没能使他如愿以偿。《珍珠》是以一则古老的墨西哥民间传说为素材,演绎了一个具有象征意义的现代故事。墨西哥裔的印第安人提诺以打鱼为生,偶然打捞到一颗罕见的上乘珍珠,相信可以由此而发财致富,改变家庭穷困潦倒的生活状况。然而消息传出之后,却给他们一家人带来了麻烦甚至杀身之祸。先是镇子上的珠宝商串通一气,不承认那颗珍珠是罕见的珍品,拒绝收购它,接着地痞流氓又袭击他的住宅,想强行夺走珍珠,后来他儿子在逃避地痞的追杀时饮弹身亡。面对悲惨的命运,提诺无路可走,认为一切灾难都来自那颗珍珠,于是愤怒地将它抛到茫茫大海中。在小说中,物质财富点燃了人对于美好生活的向往,但是更招惹了可怕的是是非非。

斯坦贝克坚信一个社会的政治和经济生态环境对于个人的生活和命运具有不可抗拒的影响。例如,在《愤怒的葡萄》开篇时,他并没有安排具体人物出场,而是首先平行地描写乔德生活环境中发生的一系列事件,包括农场破产,银行逼债,农工外逃等,以外围环境衬托主人公现时的境遇和未来的命运。此外,他还不断探索综合运用各种叙事技巧。他在小说的散文叙事文本中穿插了一些散文诗篇,强化渲染特定的氛围或者表示某种象征意义。例如,乔德刑满释放后,急切地返回家园,作者在这里增加了一个充满诗意的插曲:一只乌龟摆动着身躯努力爬过大路,以此预示农场工人的艰难的生活和不懈的斗争。在运用文字方面,他精于以细腻的文字再现充满生机和乡间气息的外在世界,认为其中蕴藏着人类社会发展的驱动力,并以此来反衬人性的单纯、薄弱和从属性。对于人物塑造,他往往采用白描手法,以简约而生动的语言画龙点睛般的勾画人物个性,折射出他的深厚同情心和幽默感。在《人鼠之间》和《红马驹》(1937)等早期小说中,这一创作特征初露端倪,而在《愤怒的葡萄》中已经运用得炉火纯青。

与同时代的许多小说家不同,斯坦贝克的主要作品大多在他的参与下改编为电影或者电视剧。1940 年,《人鼠之间》和《愤怒的葡萄》同时拍摄成电影,而且后者由美国著名导演约翰·福特执导,并获得奥斯卡最佳导演奖。电影故事片迅速扩大了他的读者群体和社会影响层面,一方面给他笔下的社会底层的群体以及其他处于社会边缘的亚文化群体带来了精神慰藉；另一方面由于将他们长期被忽视，甚至受歧视的生存状况再现于艺术文本，在社会中形成了一种具有强烈辐射力量的话语，从而使其引起了社会注意。拥有电影或电视版本的小说，还包括《月落》、《伊甸园以东》、《红马驹》、《珍珠》和《任性的公共汽车》(1947)等。

第二节　福克纳

威廉·福克纳(1897—1962)在文学上最大的成就是虚构了一个神话王国——位于密西西比州北部的约克纳帕塔法县，以此为素材创造了一系列小说，如《喧哗与骚动》(1929)、《我弥留之际》(1930)、《圣殿》(1931)、《八月之光》(1932)、《押沙龙，押沙龙！》(1936)、《没有被征服的》(1938)、《村子》(1940)和《去吧，摩西》(1942)等。他的这套世系小说是美国南方社会的一部编年史，对200年来南方社会从盛到衰的崩溃过程，以及现代社会的兴起及种种痈疾作了真实、全面和深刻的描写。他在接受诺贝尔文学奖时的演说中点明了"约克纳帕塔法"世系的主题是"人类内心冲突的问题"，其目的在于"振奋人心，提醒人们记住勇气、荣誉、希望、自豪、同情、怜悯之心和牺牲精神，这些是人类昔日的荣耀。为此，人类将永垂不朽"。

福克纳出生在密西西比州新奥巴尼一个没落大家庭，五岁时随全家迁往奥克斯福镇，并在那里度过一生。曾祖父是个神话式的人物，白手起家，建立了庄园，南北战争中有了自己的连队，修建过一条60英里长的铁路，出版过畅销小说，最后被合作伙伴杀死在街头。福克纳从小爱听关于曾祖父和家乡父老的故事，这是他日后创作素材的重要源泉。第一次世界大战期间，他渴望上前线，但由于身材矮小被军队拒绝，最后冒充一名英国人在加拿大的英国皇家空军受训，尚未毕业，战争已经结束。他回到家乡，在密西西比大学上了一年学。他对上学不感兴趣，但酷爱学习，自学了大量世界文学经典著作和当时流行的各种小杂志和先锋派期刊，因此对以艾略特、乔伊斯等为代表的现代派文艺思潮颇为了解。福克纳最初想当诗人，1924年自费出版诗集《大理石牧神》。但他的诗歌多半模仿济慈、丁尼生、司文朋和艾略特，并不成功。1925年他在新奥尔良结交了一位当时颇负盛名的作家舍伍德·安德森，后者劝他放弃诗歌改写小说，并建议他写自己最熟悉的东西。1926年安德森还帮助他出版了他的第一部小说《士兵的报酬》。小说描写第一次世界大战后士兵理想的破灭与对社会和生活的失望，具有当时很走红的“迷惘的一代”作家的痕迹。1927年他又发表小说《蚊群》，嘲讽戏谑在新奥尔良的一群文人名士。跟《士兵的报酬》一样，这部小说虽然显示了他的才气，但仍然比较单薄，主题和题材都不够出色。用他自己的话来说，他写这两本书是“为写作而写作，因为觉得写作是个乐趣”。事实上，它们是福克纳的学艺之作。

自1926年底或1927年初，福克纳开始写他熟悉的家乡、小时候听说的曾祖父的故事和以南方历史为素材的小说。由于内容复杂，出版时被编辑做了大量的删节，书名也从《坟墓的旗帜》改成《沙多里斯》。在小说里，他正式使用在以后小说中反复出现的“约克纳帕塔法县”和“杰弗生镇”这两个地名，以及沙多里斯、康普生、斯诺普斯、路喀斯·布香等世家子弟、穷白人和黑人男女的名字。他开始对南方的历史和社会进行深刻反思，终于走上正确的创作道路，形成了自己的风格。《沙多里斯》于1929年初出版，从此他进入创作的旺盛时期。他连续发表《喧哗与骚动》、《我弥留之际》、《圣殿》、《八月之光》、《押沙龙，押沙龙！》、《没有被征服的》、《村子》和《去吧，摩西》等“约克纳帕塔法”世系小说，以及与此世系无关的《标塔》（1935）与《野棕榈》（1939）。同时，他还创作了一些短篇小说，如《送给爱米丽的一朵玫瑰花》、《夕阳》、《干旱的九月》等。这些作品通过南方的编年史和地区缩影来审视美国社会现实、抨击社会弊端，并寻找建立新秩序、新道德观念和价值准则的解救办法。福克纳的长、短篇小说既独立成篇又互相关联、互为补充。同一人物，尤其是主要人物还常常反复出现于不同的故事之中。这套世系小说塑造了各种种族、各种阶层的男女老少，福克纳围绕着这些人物的沉浮和悲欢离合，探索了种族关系、工业文明与农业社会的矛盾、传统势力与新生资本主义势力的冲突，以及人与自然、人与历史、人与社会的各种关系。

福克纳永远不满足于已有的成就，虽然作品都是描写美国南方，但每一本都有各自的题材和主题。例如，《沙多里斯》、《喧哗与骚动》和《押沙龙，押沙龙！》可以概括为南方种植园制度的一曲挽歌，主人公都是庄园主及其后裔，但情况各不相同。《沙多里斯》描写沙多里斯一家五代人，其创业的第一代代表了旧南方的尊严、勇气、荣誉和家族观念，他们的光荣历史对后代形成了压力，作为第四代年轻的巴耶德，为了证明自己无愧于沙多里斯家族的称号，故意冒险，寻找死神，并以鲁莽、无意义的行为结束自己的生命。《喧哗与骚动》写历史上曾经显赫一时的康普生家族，但到小说开始时已经败落，仅靠出卖祖上的土地来维持门面。父亲康普生无力振兴门第，只好在酒杯里寻求安慰，大儿子昆丁虽然留恋往昔的荣耀和地位，在现实生活中却是个懦夫和弱者，把一切希望寄托在妹妹凯蒂的贞操上，最后以自杀为解脱。《八月之光》叙述一个不知道自己是白人还是黑人的人，因受种族歧视的影响看不起黑人，但又不容于白人社会，最后成为无根无基的漂泊人，为社会所毁灭。《去吧，摩西》重点探讨种族关系，即使在20世纪，种族歧视并未消失，“白人高贵，黑人低劣”的世俗观念还在世代相传，继续为黑人也为白人制造了各种社会悲剧。《押沙龙，押沙龙！》刻画一个叫塞德潘的穷家子弟，他具有刚毅、勇气、自信等品质，由于小时候受人歧视，他立志奋发图强，决心创立一个超过他人的家业。不幸的是，他接受了蓄奴制和种植园制度的一切错误观念，抛弃了“同情怜悯之心和牺牲精神”等道德原则，成了一个不择手段和没有人性的野心家，最后断送了女儿的青春、儿子的生命，并亲手挖掘了自己的坟墓，毁灭了奋斗一辈子所创立的家业。福克纳通过塞德潘一家盛衰兴亡的过程令人信服地指出蓄奴制是万恶之源，种植园制度必然走向灭亡。

福克纳的作品并不局限于南方历史，还刻意描写了现代人的邪恶、金钱文明的腐蚀和妇女的命运。《八月之光》是第一部揭露种族问题的长篇小说，不仅塑造了一个既看不起黑人又仇恨白人的克里斯默斯，批判了乡野村民狭隘的种族偏见和种族歧视，甚至刻画了一个纳粹分子——残害克里斯默斯的格雷姆。《圣殿》描绘现代南方社会的堕落：女主人公谭波儿不负责任地作伪证，使清白无辜的人死于非命；男主人公金鱼眼杀人如麻，毫无怜悯同情之心；律师霍拉斯没有跟邪恶斗争的勇气与能力，眼睁睁地看着无辜的戈德温被判成杀人犯；他妹妹更是冷酷无情，不关心是非与正义公道，一切为了维护自己的体面与地位。在《喧哗与骚动》中，他揭露康普生一家及其所代表的父权社会是如何摧残女儿凯蒂，使她从一个活泼热情、纯洁善良的人，变成一个没有自我、迷茫绝望、被迫沉默的人，以致最终走上堕落的道路。《圣殿》中的谭波儿习惯把妇女看成性工具，以自己的容貌取悦男性，结果害了别人也害了自己。在《我弥留之际》里，福克纳让死去的艾迪作了一次独白，控诉男性社会如何利用他们的语言来欺骗和控制女人。这三部小说塑造了三个不同阶层的女性：贵胄后裔的凯蒂、20年代新南方淑女的谭波儿以及乡下妇女的艾迪。尽管她们社会地位不同，命运却完全一样，都是男性统治的南方社会中受压迫的可怜虫。

在艺术手法上，福克纳是一位大师，有着自己独特的风格。他喜欢对创作技巧进行大胆试验。他采用意识流、内心独白、多视角叙述、象征隐喻、时序颠倒、对位式、平行、拼贴结构等现代派手法，但又常常加以发展和创新。例如，第一个使用意识流的乔伊斯，十分强调人物的内心世界，把故事情节几乎完全淡化了，而福克纳在《喧哗与骚动》中，既采用意识流又提供了一个跨越几十年时空的实实在在的故事情节，而且通过不同的人物把这个故事重复多次，从而明确地传达了故事的中心主题。福克纳在大胆试验现代派手法的同时，并不轻易放弃传统的手法。他注意吸收现实主义手法的有益成分，美国民间流行的夸张故事的技巧，甚至通俗文学的格局和俗套，如侦探小说中的悬念与延宕，哥特式小说中的神秘气氛等。他博采众长，形成了独树一帜的艺术风格，根据不同故事情节和思想内容的需要采用不同的手法和技巧。他的题材广阔、人物众多的世系小说，在表现手法上因书而异，极少雷同。为了表现旧秩序的崩溃和大家庭的分崩离析对人精神面貌的影响，福克纳在《喧哗与骚动》中主要采用意识流手法。但是这种手法在描写班吉、昆丁和杰生三兄弟的内心世界方面却又各不相同。福克纳在《我弥留之际》中仍然采用《喧哗与骚动》的多角度叙述和内心独白，但方式却完全不一样。他让15个人物进行59次独白，连死者艾迪都作了一次自白。但他们并不是把同一故事交代60遍，而是从各自的角度叙述故事的一个部分和一个方面。福克纳也没有像《喧哗与骚动》第四节里用传统的第三人称全能视角的手法把故事交代清楚，而是不作任何分析或补充，让读者从不同人不同内心独白中把故事串连起来，得出应有的结论。

如果说福克纳在《喧哗与骚动》和《我弥留之际》中把现代派手法使用得登峰造极，那么他在《八月之光》中又把现实主义手法运用得纯熟自如，人物心理刻画深入细腻，细节交代详尽周密，而且出现三条平行的故事线索。乡下姑娘莉娜乐天知命，安详自信，能够去和自己的命运周旋，她的故事是全书的框架和首尾，跟克里斯默斯的故事形成鲜明的对比，这是福克纳为读者提供的正面形象。另一个平行故事围绕牧师海托华进行，他沉湎于祖先在南北战争中的光荣历史，造成妻子自杀，自己被驱逐出教会，过着与世隔绝的生活。但克里斯默斯之死和莉娜的生产打破了他内心的平衡，使他认识到沉湎于过去的危害。福克纳通过这三个人的故事，在揭露种族歧视危害的同时还说明了人们应有的生活态度。福克纳多才多艺，既可以用晦涩的词汇、复杂的句型写长达数十行或数页的冗长句子以表达错综复杂的世界和人物纷乱无绪的思想感情，也能用通俗的口语、简练有力的字句来表现戏剧性的场面；既能写深沉凝重冷峻严肃的悲剧，也能写诙谐风趣让人忍俊不禁的喜剧。但由于超前的试验手法，他常常曲高和寡，虽在文学界有一定知名度，但在读者中却影响不大。这种情形一直到 1945 年马尔科姆·考利出版了他编纂的《福克纳袖珍文集》，尤其是 1949 年他获得诺贝尔文学奖以后才有所改善。

第三节　休斯

兰斯顿·休斯(1902—1967)被誉为“哈莱姆桂冠诗人”或“黑人桂冠诗人”，是黑人诗人中的佼佼者。他不但创作时间长，而且高产高质多品种，从出版第一部诗集《疲惫的布鲁士乐》(1926)起，休斯就成为用诗歌阐释美国黑人生活的权威。他的全部诗作处在白人文化与黑人文化相互冲撞的环境里，他采用在全国占主导地位的白人的规范英语，这为他诗歌的普及奠定了基础。与此同时，他在语言的运用上，在节奏形式的选取上，在诗歌的气韵上，更多地表现出对黑人传统文化的认同，特别是他自觉地、纯熟地把握黑人民歌和音乐的艺术形式，并成功地运用于诗歌创作中。他在诗歌形式上的开拓成果成了黑人诗歌发展的基础，对于美国现代黑人文学的发展，对古巴、墨西哥、海地、非洲黑人文学的发展都产生了积极影响,也为美国文学的发展作出了贡献。

休斯年幼时父母离异,母亲干苦活挣来的微薄工资常常难以维持家庭生计。他不得不很小就独立生活,当过报童、轮船餐厅服务员,只身闯荡非洲、拉丁美洲和欧洲,1929 年好不容易毕业于林肯大学。30 年代经济萧条使他很难找到工作而常常陷于忍饥挨饿的苦境。不过,艰苦的生活、苦闷的心情却给他带来了创作的丰收。30 年代,苏联邀请美国黑人赴苏拍摄电影,这使休斯有较长的时间对苏联社会进行较为深入的考察。他对苏联消灭种族歧视和阶级压迫感到欣慰,但对苏联食品短缺、官僚主义体制和斯大林的清洗感到震惊。他访问中国时在上海见过鲁迅并受到宋庆龄的款待,看过京戏,还专程到南京游览中山陵和明孝陵。当他取道日本回国时,日本法西斯政府因为他访苏、访华和与日本左翼作家接触、尖锐批评日本侵略而诬他是共产党间谍,经过警察再三盘问,最后把他驱逐出境。他虽不是共产党人,但在中学时代就接触了从苏联传到美国的革命思想,具有较强的民族意识和阶级意识。他为人性格刚烈,富有正义感,对一切受压迫的民族和阶级寄予深切的同情。从日本回国后不久他便参加了反佛朗哥军事独裁的国际纵队,与海明威等进步作家和记者一同到战地进行新闻采访。反对独裁、反对种族歧视与阶级压迫使他确立了对社会,尤其对美国黑人种族的责任感,同时也决定了他的诗歌内容与主题的取向。

在休斯诗歌中占突出地位的是强烈的黑人民族自豪感,对黑人命运和文化的关心,对种族歧视、压迫、剥削与迫害的怨愤和谴责。在他看来,黑人的肤色是很美的,他们应该为此感到骄傲。30 年代尽管休斯把更多的精力放在小说与戏剧创作上,但还是出版了五部诗集,其中《梦的保管者与其他》(1932)是为青年而写的选读本,而《新歌》(1938)则收集了他最激进的诗作,歌颂包括中国在内的各国人民的革命斗争。他在国内各报刊发表过不少革命性诗篇,但由于多种原因,在他死后才收入他的诗文集《早安,革命》(1973)。休斯在 30 年代访问过中国,在美国也爱和华人打交道,对处在半封建半殖民地社会的中国人民深表同情,例如,他在气势磅礴的《怒吼吧,中国》(1937)中,开篇就为中国革命鼓动和呐喊:

怒吼吧，中国！
怒吼吧，东方的老狮子！
喷火吧，东方的黄龙，
你不能再忍受欺凌。

在诗的结尾又喊出嘹亮的革命口号，提出鲜明的革命目标：

打断东方的锁链，
卖苦力的儿童！
打断东方的锁链，
红色的将军！
打断东方的锁链，
工厂里的包身工！
砸烂租界的铁门，
砸烂教堂虔诚的大门！
砸烂种族隔离的青年会转门！
打败土地、面包和自由的敌人！
站起来怒吼，中国！
你明白你需要什么！
要获得它只有动手去夺取！
怒吼吧，中国！

40年代，休斯成功地塑造了貌似天真，实际上却能看清资本主义社会本质的黑人形象杰西·B.辛普尔，并以短篇故事的形式在芝加哥黑人报纸《防御者》一周专栏里连载。作者借风趣的辛普尔之口，对社会的不平现象嬉笑怒骂，又一次引起社会的轰动效应。他的诗集《耽搁了的梦想蒙太奇》(1951)反映美国黑人的处境和内心世界，是他诗歌创作的新阶段，也是他别具一格的尝试。他的诗句“耽搁了的梦想”表达了广大黑人被视为末等公民而受压抑的心声，又一次引起黑人共鸣。他曾在《抵押给犹太人的好衣服》(1927)中大量采用传统的黑人民歌民谣，现在他又在《耽搁了的梦想蒙太奇》中采用大量对话、街头歌曲、爵士乐节奏和衬字托腔等艺术手段。休斯40年的诗歌实践证明,愈是关心社会问题的诗,愈能激起社会的反响。他没有也不可能依附渐成主流的艾略特诗风,而是以他特有的光彩与情调跻身于美国诗坛。他作为黑人(其实他是棕色皮肤,父母双方的祖先都有白人血统)生活在种族歧视的社会里,这是他的不幸,但从小受到丰富的黑人民歌民乐的熏陶,这又是他作为诗人的大幸。他着迷地模仿黑人的快乐歌曲,因为他认为不快乐就会死去。他模仿悲伤的歌曲,因为他体验到人有时会情不自禁地感到悲伤。黑人的民间舞蹈与音乐熏陶了他及其同时代的黑人诗人,使他们得天独厚地从中汲取营养去丰富诗歌的表现形式。因此,休斯十分推崇黑人音乐,说:“黑人音乐就像大海的波浪,总是后浪推前浪,一浪接一浪,就像地球绕着太阳转,黑夜,白天——黑夜,白天——黑夜,白天——反复无穷,黑人音乐具有潜在的魅力,它独特的节奏就如人的心脏一般坚强有力,永远不会使你失望,它富有幽默感,又具有深厚的力量。”休斯是第一个把黑人的布鲁斯乐艺术形式引进美国诗歌的诗人。

第四节　威廉斯

田纳西·威廉斯(1911—1983)是第二次世界大战后美国最重要的剧作家,他以诗歌的风格进行戏剧创作,探索生活内涵,开始了美国戏剧史上一场新的革命。代表作有《玻璃动物园》(1945)、《欲望号街车》(1947)等。此外他还是一位小说家和诗人,写过两部小说《斯通夫人的罗马之春》(1950)和《莫伊斯与理性世界》(1975),出过六部短篇小说集和一部回忆录,两次获得普利策奖。50年代,他的《玻璃动物园》等五六部剧本被改编成电影。

威廉斯出生于密西西比州哥伦布市,父亲是位流动推销员,酗酒而脾气暴躁,母亲却是一位性格温柔又体贴人的妇女。他的童年是在文化修养比较高的外祖父家度过的。外祖父藏书很多又颇有学问,是个神职人员。这段生活对威廉斯一生有很大影响。12岁那年他随父亲来到圣路易斯城,搬进了破旧的住宅楼。这与他童年生活反差很大,使他很难适应。

高中毕业后，他就读于密苏里大学并开始写作生涯。由于家庭经济拮据，他未能毕业，才读了三年便辍学到一家鞋厂去工作。生活的变化给他留下了十分沉重而痛苦的回忆。威廉斯与父亲的关系一直不好，不能接受与高雅外祖父很不相同的粗俗父亲。在鞋厂的两年是他一生中最艰苦的岁月，白天在厂里干活，晚上拼命写作，终于累坏了身体，他只好去外祖父居住的孟菲斯城休养。他回到圣路易斯后进入了著名的华盛顿大学，从此他的文学创作日益活跃。后来转学去了依阿华大学。由于找不到固定工作，他便到处打零工，饱尝了生活的辛酸，也开始思考很多问题。1940年他得到洛克菲勒基金的资助才有机会集中精力进行创作，但钱用完后又开始流浪，直到1944年圣诞节后，《玻璃动物园》在芝加哥上演成功，他才结束流浪生活。威廉斯早期作品包括写于1939年而发表于1948年的《美国蓝色爵士乐》，及写于1940年而发表于1945年的《天使之战》(1957年修改后改名为《琴仙下凡》)。他的成功之作《玻璃动物园》(1945)在百老汇连续演出561场，使他成了第二次世界大战后美国戏剧史上最重要的剧作家。

二战后，威廉斯的作品在美国戏剧舞台上取代了奥尼尔。30年代的美国剧作多以反映社会问题的现实主义作品为主。但威廉斯认为这些以宣传为目的的剧作太肤浅，因而要以新的方法创作。他的剧作具有诗歌特点，有力而感人，手法以表现主义为主，也有一些音乐特点及抒情诗般、马赛克式的象征手法，内涵十分深刻，充满对旧日的追忆，极富诗歌想象力，因而被称作诗人戏剧家。《玻璃动物园》是威廉斯的成名之作，也是一部自传性很强的剧本。它最初是一篇只有14页的短篇小说，名为《镜中少女自画像》。他进行了十几次修改、上千处的更动后才最终将其改成剧本。该剧在芝加哥首演十分成功，1945年在百老汇演出取得了轰动效应，成为美国戏剧史上一部具有里程碑意义的剧作，不仅在美国及世界各地上演，还拍成了电影，使威廉斯在短期内成了美国家喻户晓的人物。对他来说，这不仅是一部成功的自传体作品，讲述自己内心的苦恼，面对过去的生活和家庭，同时也是他努力将美国戏剧引向新方向的一次成功尝试，以戏剧诗歌化和表现主义的手法为美国戏剧注入了新的生命。

《玻璃动物园》中故事的陈述者汤姆即威廉斯自己，连名字都未更动；

汤姆有才华却不得志，内心世界十分丰富却不得不在一家鞋厂里干体力活。他感到失落，没有出路，连这份工作也保不住。他每天沉迷于文学和诗歌创作，夜晚去电影院填补内心的空虚。他母亲阿曼达推销《家庭伴侣》，却连自己的家也管不好。她时常回忆起少女时期在南方庄园里的美好生活，那里有多少男士追求过她。她盼望能有一位像当年来访的青年一样的男士追求她的女儿劳拉。汤姆的姐姐劳拉就是威廉斯自己的姐姐露丝，一位缠绵病榻，最后成为患精神分裂症的女孩，她腿有残疾，脆弱又敏感，是剧中最沉迷于幻想的人物。她的生活圈子十分狭小，每天看着玻璃小动物，摆弄几张旧唱片，或去街上看橱窗中的珠宝，这是她逃避现实生活的一种手段。那位来访者吉姆是位比较粗俗而讲求实际的推销员，常常沉浸在对中学时代的回忆之中。剧中还有一个人物，就是这个家庭的父亲，一位爱上“长途电话”的人。他早已逃离家庭到远方流浪，只有他的肖像还挂在墙上，俯视着这里发生的一切。这是一出回忆往事剧，汤姆既担任舞台指导又主宰往事回忆的进程。故事发生在1944年，但回忆中的事却发生在1939年。这也是一出叙述希望破碎和美梦幻灭的戏剧：代表希望的玻璃独角兽被吉姆打破后，劳拉心碎，阿曼达的梦也随之幻灭。剧中的灯光设计充分反映主题，突出表现威廉斯具有诗歌特点的写作手法，有着鲜明的象征意义。威廉斯说过，灯光是剧场的魔术，可以将时空变换。在回忆往事中，灯光尤其可以发挥魔术作用。昏暗而狭窄的小巷，人物坐在破旧宅楼外面的防火楼梯上，绝望地点燃香烟，这意味着点起希望的小火。阿曼达在回忆中看见明媚的月光；汤姆到电影里去寻找自己的亮光；来访者吉姆一上台便被舞台脚灯映出了一条长长的影子，并用火柴点燃蜡烛，带来了小小的亮光（希望），却将劳拉心爱的独角兽打碎，扑灭了她的希望。舞台的灯光为劳拉心爱的玻璃小动物制造了特殊气氛，增添了一种神秘的、彩虹般的光环，将观众引入诗一般的遐想，这光环与汤姆送给姐姐劳拉的彩虹色头巾互相呼应，但当灯光照射到打碎的独角兽上时，七彩的梦幻便一扫而空。玻璃做成的小动物温柔、剔透、可爱，然而在昏暗的光线里却又可怜、脆弱。幽暗昏黄的灯光为剧中人物的回忆铺垫了绝妙的背景，同时也感染观众，使他们沉重、伤感。

威廉斯作品中最杰出的一部，便是他所说的“更加阴暗冷酷”的《欲望号街车》。该剧最初的剧名是《扑克之夜》,剧情十分简单:生活在煎熬中的南方妇女布兰奇来到新奥尔良妹妹斯特拉家,希望得到理解和同情,但她与这里的一切,尤其是妹夫斯坦利格格不入,最后精神分裂,被送进疯人院。该剧揭示了人物内心的矛盾,对生活的追求以及与过去的生活阴影之间永不停息的冲突。这个冲突集中表现在女主人公布兰奇身上,她从南方庄园来到新奥尔良贫民区,目的在于逃避过去,然而她的包袱太沉重,根本无法摆脱,这正是她的悲剧根源。剧中使用象征手法,几乎每一行每一句都闪烁着诗歌般的象征灵气,如威廉斯把故事的背景安排在密西西比河入海处的新奥尔良市,一个到处都可以见到水的地方。剧中到处是水和酒,布兰奇不停地喝酒,还常常泡在浴缸里,这酒和水让她忘却过去。她乘坐"欲望号"街车(新奥尔良确有此车)来到妹妹家寻找新的生活,寻找爱和理解,结果却在"墓地"站换车,到了妹妹位于天堂路的家。这是她来后整个经历的写照,或许精神错乱便是她的"天堂"。剧中另一个突出的象征是扑克游戏。四个男人不断在玩一种被称作"男子汉"的赌博游戏。第三场是扑克之夜,剧终时他们仍在玩扑克。这是一种残酷的赌博,人们相互欺骗、吹牛,每个人都想战胜别人,毫无调和余地。斯坦利是个赌牌高手,控制着局面,在生活中他控制着妻子,按照自己的模式改造着她。布兰奇是个外来者,一个"侵犯"别人领土的人,而且从不示弱,千方百计地把妹妹拉到自己一边来,因而展开了扑克游戏式的争夺战。结果斯坦利打倒了(强奸了)布兰奇,把两个"皇后"分离开。在扑克游戏中,一对皇后可以打败一个国王,斯坦利将姐妹两人分开,便打败了对手布兰奇。剧中色彩的运用也具有象征性,如布兰奇的名字是白色的意思,但它不是纯洁的白色,而是飞蛾般的陈旧的白色。她不能忍受强烈的灯光,这只扑灯的飞蛾将被烧死,而代表斯坦利的是沾着血迹的生肉,是推倒别人的保龄球。《欲望号街车》也有着强烈的诗歌特点。威廉斯的语言如诗如画,音乐的使用更突出了这一特点,如蓝色爵士音乐、波尔卡舞曲、伦巴舞曲、华尔兹舞曲交替使用,烘托了人物的特点和内心活动。另外,全剧还具有舞蹈特点,如双人舞、单人舞、三人舞、四人舞,难怪它曾多次被改编成舞剧。几个主要人物围绕"圣坛"——扑克桌跳舞,其中斯坦利和斯特拉是一对和谐的舞伴。布兰奇千方百计地想将他们分开,而斯坦利则奋力保护自己的舞伴,将第三者赶开。音乐与舞蹈赋予《欲望号街车》以浓郁的诗情画意。

威廉斯在1955年因《热铁皮屋顶上的猫》第二次获得普利策戏剧奖,事业生涯似乎达到顶峰。但由于他是个同性恋者,在相当长的一段时间内他受到媒体和文艺界的猛烈抨击。但他并没有从此消沉,相反,个人被歧视的亲身感受使他在《蜥蜴之夜》、《琴仙下凡》、《突然在去年夏天》等作品里不仅触及同性恋问题,还表现了人对另类的残酷以及他对这类人的无限同情和对人类这种残忍的后果的无限担忧。在20世纪末期,当同性恋已经不再是不能见容于社会的严重问题,美国甚至世界戏剧舞台又出现了威廉斯热。威廉斯在30年代写的、从未收入他的作品集的《并非关于夜莺》于1997年在伦敦皇家剧院首次上演,并在1998年出版发行。为了纪念他,美国在1994年专门发行一张有他头像的邮票,从社会角度肯定了他在美国文学史上的地位。

第五章

德语文学

概述

纳粹政权统治是德国历史最野蛮、最残酷、最黑暗的一页。纳粹党人对政治和意识形态上的敌人,特别是共产党人和社会民主党人血腥镇压,同时反犹排犹。1934年,希特勒接掌国家权力,掌权伊始即在政治、文化和社会生活领域推行一体化的体制。希特勒认为,艺术的任务是表现纳粹的世界观,一切不符合法西斯主义教条的文艺都对德国有极大危害,并把所有游离于独裁体制的作家、艺术家都视为不共戴天的仇敌,要求作家、艺术家无条件地歌颂纳粹党及其领袖,歌颂世界上所谓最优秀的德意志民族。纳粹政权推行一体化行动来势之迅猛,超乎人们的想象。国会纵火案的当天深夜,纳粹的摩托化巡逻队根据事先准备好的名单,逮捕了大批共产党员和反纳粹制度的人,其中有作家卡尔·冯·奥西茨基、埃里希·米萨姆、路德维希·雷恩等,随后又逮捕了维利·布莱德尔、安娜·西格斯等。被捕作家中有的被关了一段时间后获释,有的被送进集中营,有的被处死。3月23日,希特勒在政府声明中把上述行动宣布为政府纲领:“在对我们公众生活进行政治解毒的同时,帝国政府将对民众团体作一次彻底的道德上的消毒。整个教育、戏剧、电影、文学、报刊、广播都将是服务于这一目的的工具。”

纳粹政权对所有不符合其意识形态的文化机构、组织和报刊接管、清洗、改组或取缔。首当其冲的是普鲁士艺术科学院,该组织由于坚持民主传统,主张创作自由,成了右派和民族主义势力的眼中钉,在纳粹执政后自然也遭劫难。希特勒在《我的奋斗》中说,在夺权时和掌权后必须实行恐怖主义。纳粹对作家及其作品采取公开的恐怖活动,甚至在掌权以前就开始了,夺权以后更是变本加厉。从夺权时逮捕并随后杀害奥西茨基和米萨姆等作家开始,到1933年5月10日的焚书,纳粹的暴行达到了第一次高潮——纳粹全面消灭进步作家和作品的意图已暴露无余。纳粹对革命和进步的作家实行肉体消灭政策。在第三帝国时期,有大批德国和奥地利作家遭纳粹杀害。纳粹对犹太人的残害更是令人发指。希特勒“一体化”的核心是种族主义和民族沙文主义。希特勒认为,雅利安人(即北欧日耳曼人)是文明的创造者和维护者,是上苍“赋予主宰权力”的种族,而犹太人和吉卜赛人则是劣等民族,应该被淘汰和被灭绝。第二次世界大战期间,共有约六百万犹太人惨遭德国法西斯杀害。为了实施文学一体化,实际上是文学荒漠化的计划,纳粹政府设立了对文学、艺术、新闻出版等意识形态领域进行控制的庞大机构,这些机构就成了禁止犹太作家和有异己思想的作家从事职业活动的合法工具。

在这特殊的时代,德国和奥地利产生了特殊的文学:纳粹文学、内心流亡文学、反法西斯抵抗文学和流亡文学。纳粹文学是第三帝国的官方文学,宣扬泛日尔曼主义和种族主义,鼓吹“血统和土地文学”,是反人类、反人道的文学。纳粹文学不仅思想反动,质量也很低劣。内心流亡文学是第三帝国时期那些留在国内并在不同程度上与纳粹保持距离的作家所创作的作品。著名内心流亡作家有格·豪普特曼、里卡达·胡赫、巴拉赫、法拉达等。一些作家以文学为武器,在国内有组织地或分散或单独进行反法西斯斗争,他们创作的反法西斯抵抗文学,在德国文学史上留下了光辉一页。著名反法西斯抵抗文学作家有卡尔·格林贝格、扬·佩特森、君特·魏森博恩、贝尔塔·瓦特斯特拉特等。纳粹对作家的迫害使得大批作家亡命国外,他们在极端困难的条件下创造了光辉的德国流亡文学,如托马斯·曼的长篇小说《约瑟和他的兄弟》四部曲、海因里希·曼的长篇小说《亨利四世》两部曲、布莱希特的剧作《大胆妈妈和她的孩子》、阿·茨威格的长篇小说《凡尔登的教训》、弗·沃尔夫的剧作《马门教授》、安娜·西格斯的长篇小说《第七个十字架》、福伊希特万格的长篇小说《伪尼禄》、楚克迈耶的剧作《魔鬼的将军》、斯·茨威格的中篇小说《国际象棋的故事》等。

第一节　托马斯·曼

托马斯·曼是德国纳粹时代最具代表性的流亡文学作家之一,他视创作为生命,在极端困难的条件下创作了多部鸿篇巨制,为德国流亡文学树立了丰碑,代表作如长篇小说《约瑟和他的兄弟》四部曲等。他的作品表达了对希特勒的厌恶和蔑视,并对纳粹抨击。他站在捍卫进步和人道主义的前列,坚决揭露和控诉纳粹的暴行。

长篇小说四部曲《约瑟和他的兄弟》(1933—1943)是托马斯·曼流亡期间的代表作之一。小说创作始于1926年12月,中间因插进不少别的写作而数次中断,到1943年最终完成,前后历时达16年之久。四部曲包括《雅各的故事》(1933)、《年轻的约瑟》(1934)、《约瑟在埃及》(1936)和《赡养者约瑟》(1943)。四部曲描写《旧约·创世记》中关于约瑟的故事。雅各有12个儿子,他喜爱的儿子约瑟受到其他同父异母兄弟的嫉妒和迫害,几经磨难,后来成了埃及的宰相。当政后由于他采取的措施得当,在灾荒之年人民也能安居乐业,约瑟成了人民的"赡养者"。后来约瑟的父亲和兄弟也来到埃及,他的兄弟对过去的作为表示追悔,兄弟之间捐弃前嫌,全家得以团聚。托马斯·曼在谈到四部曲时说:"七万行文字宣告性地带着人类生活的原始事件,爱与恨,祝福与诅咒,阋墙之争与父亲之苦,傲慢与忏悔……静静地流去。"埃丽卡说,她父亲的《布登勃洛克一家》探索的是19世纪末20世纪初的德国,《魔山》描写的是第一次世界大战前的欧洲,而约瑟四部曲"歌颂的则是人类,而且不是某一历史上可准确证实的地球上的居民,而是早期的人类"。托马斯·曼自己也把这部系列小说看成"人类的象征",并将它与歌德的《浮士德》相提并论。

那么,作家为什么要在法西斯肆虐年代写这部历史小说呢?首先,托马斯·曼的神话观是与纳粹的神话观根本对立的。纳粹所以对神话传说表现出极大兴趣,是为了利用神话来宣扬古代日耳曼人的精神力量和德意志精神,鼓吹对力量和领袖的崇拜,美化残暴、野蛮的“英雄业绩”,以确立其法西斯主义思想体系,炮制“血统和土地文学”;而托马斯·曼写神话,中心是写人,写人的自我完善,在神话中贯穿着人道主义,约瑟本是个不良少年,在历经沉痛的教训后才开始自我完善的过程,把自己的才智用来造福人民。其次,正当希特勒排犹反犹,对犹太人采取种族灭绝政策之时,该书却描写犹太人的聪明才智和诚实正直的优秀品质,对法西斯种族主义进行了有力的抨击。第三,托马斯·曼说,该作主题来自《圣经·创世记》中的一句话:“全能者上帝赐福给你,他赐给你天上的甘霖,地下的泉水。”这是行将死去的雅各对约瑟的祝福。作家赋予这个神话故事以人性和人道主义的内涵,并以此来对抗法西斯主义。

长篇小说《绿蒂在魏玛》(1939)的构思,早在1936年的9月,即完成《约瑟》第三部《约瑟在埃及》之后和写作第四部《赡养者约瑟》之前就开始了,并于11月初动手写作,1939年10月25日完成。小说以歌德《少年维特的烦恼》中女主人公绿蒂为原型,以她的1816年魏玛之行为素材。小说共九章,着意刻画歌德的形象。歌德虽然在最后三章才出场,但从夏绿蒂一到魏玛,他就成为人们谈论的中心。小说中的歌德感情丰富,既有思想的深刻和睿智,又没有摆脱上流社会虚荣的诱惑,与常人一样有喜怒哀乐。小说第七章是歌德的长篇独白,采用意识流手法,在极大的时间和空间范围里直接展现歌德的精神生活,并在他与社会和时代的种种联系中表达他的看法,文笔自然流畅。其中歌德的长篇独白一向为人们所称道,并被誉为20世纪欧洲小说的经典篇章。这部历史小说出现在第二次世界大战期间,此时的托马斯·曼已站到了反法西斯的前列,因此它不可能不与当时的现实政治相联。他巧妙地利用歌德的威望来反对法西斯主义,通过歌德独白,对德国人的“爱国”狂热加以鄙视和唾弃,痛快淋漓地批判和鞭笞了德意志民族的劣根性,抨击它的沙文主义和侵略野心,具有强烈的现实针对性。

法西斯无条件投降后,德国文化界人士邀请托马斯·曼返回德国,参加精神重建。托马斯·曼复信,表示自己无意回国。1947年1月底,托马斯·曼完成了晚年最重要、最伟大的作品——长篇小说《浮士德博士》。小说创作开始于1943年5月,在完成《赡养者约瑟》之后。《浮士德博士》是一部艺术家小说。主人公作曲家莱韦屈恩1905年入莱比锡大学学习神学,后改学音乐。在一次去意大利旅行时偏头痛发作,在幻觉中与魔鬼订约:魔鬼在24年内不断给他以灵感,让他创作出人间最美妙的音乐,而他必须为此舍弃一切人间的爱,24年后灵魂归魔鬼所有。莱韦屈恩最后写出了顶峰之作《浮士德博士的哀歌》,邀请亲朋好友来听他演奏。演奏时他突然昏倒,失去理智,十年后死于乡间。这里,托马斯·曼回到了早年在《托尼奥·克吕格尔》和《死于威尼斯》等艺术家小说中所表现的关于艺术和生活的主题。莱韦屈恩和魔鬼订约后完全脱离社会和时代,远离现实生活,缺乏人间之爱,他的艺术也就失去了生命力,这是艺术家的致命悲剧。《浮士德博士》是托马斯·曼小说中政治性表露得最直接的一部。显然,莱韦屈恩与魔鬼订约是与法西斯的产生明白无误地联系在一起的。莱韦屈恩的故事是1930年以前20年中德国文化的故事,特别是传统人道主义的崩溃和法西斯主义崛起的故事。《浮士德博士》由主人公的朋友塞雷努斯·蔡特勃卢姆来叙述。他在叙述中间,不时加进一些对时政的评论,表现出对法西斯统治的憎恨,对民族主义和反理性主义的厌恶。通过这位虚构的叙述者,作家将莱韦屈恩走上歧途的人生灾难同任凭希特勒主宰国家的历史灾难,将莱韦屈恩的悲剧同德国的毁灭交织在一起,在个人与民族、艺术和政治之间架起了一条通道。这样,小说通过一个音乐家的悲剧,令人信服地揭示出精神和艺术的衰落是产生法西斯的根源。没有别的作品能像《浮士德博士》那样完美地表现德国的悲剧。托马斯·曼将许多现实层面与大量象征性刻画糅合在一起,多年来还没有一位德语作家能达到如此高的水平。

晚年的托马斯·曼定居在瑞士,写了长篇小说《被选中的人》(1951),中篇小说《受骗的女人》(1953)和长篇小说《骗子菲利克斯·克鲁尔的自白》(1954)等。后者是他最后一部长篇。按计划,这是一部发展小说,1954年只发表了第一部分,第二年作家就去世了。但这第一部分是一部结构完整的作品。它的写作早在1910年就开始了,四十多年以后作家将旧稿扩充为一部对1900年前后德国和欧洲进行全面社会批判的小说。形式上它近似惊险小说,作家以轻松、不时流于滑稽的笔调描写一个高级骗子的童年、青年和世界之旅的头几站。小说以主人公40岁出狱后的回忆,叙述自己招摇撞骗的一生,通过他的视角揭露培养他的资产阶级社会,讽刺资本主义世界欺骗与虚伪的本质。

第二节 布罗赫

另一位重要的流亡文学作家是奥地利作家赫尔曼·布罗赫(1886—1951),他的代表作有长篇小说三部曲《梦游者》:《一八八八年。帕泽诺夫或浪漫主义》(1931)、《一九三年。埃施或无政府主义》(1931)和《一九一八年。胡戈瑙或实际主义》(1932),揭示了德国从1888年(德意志帝国威廉一世去世,威廉二世即位)至1918年(威廉二世退位,帝国崩溃,魏玛共和国成立)这30年里威廉帝国的崩溃,资产阶级社会的精神堕落和蜕变及其价值的瓦解。其中《梦游者》是布罗赫的成名作,同时也奠定了他的地位,是20世纪的重要文学成果。小说吸取了乔伊斯、多斯·帕索斯等的意识流和蒙太奇手法,独树一帜,同时也显示了布罗赫在写作艺术方面进行了大胆尝试。

布罗赫生于维也纳犹太纺织企业家家庭,1938年奥地利被德国占领,他因是犹太人等原因而被捕,由于乔伊斯等国际友人的营救而获释,随后他逃到英国,同年10月流亡美国。他的第一部重要作品便是三部曲,标题上的年代把小说确定在30年这个时间范围里,而且精确地分成两个15年;另外,每部小说都有一个主人公,副标题上分别标出他们的名字。三个主人公代表三种典型人物:普鲁士容克军官帕泽诺夫代表军界对"荣誉"的崇拜,他和几个贵族都沉湎于往昔的岁月里,生活在虚幻的理想世界和伪浪漫主义之中;1903年被一家公司解职的记账员埃施纵情声色,追求兽性的生活欲望,奉行无政府主义;阿尔萨斯的商人胡戈瑙是个唯利是图分子,在第一次世界大战传统价值总崩溃时期,他信奉实际主义,不择手段地追逐权势、财富和美色,而且心毒手辣——他强奸了埃施的老婆,并一刀捅死了埃施。作家将这些资产阶级人物看作是"梦游者",他们都在一个无法认识的、丧失人性的世界里活动着,坚定地走向各自的归宿。

布罗赫赋予这些人物以鲜明的特征，还描述了某些贵族、资产阶级和小资产阶级代表的社会心理，并在社会科学和心理学层面上展现出正在攫取政权的德国法西斯主义的征兆。他认为，传统价值解体后必须重建新的价值体系，以克服人类发展的“绝对零点”和构建“人类的团结”。那个时代要从社会和个体的危机中摆脱出来，向新的生活形式过渡。但是，布罗赫将这个过渡仅仅理解为个体伦理道德的革新。三部曲的头两部采用的是传统叙事方法，而第三部则采用多种风格的表现形式，使小说呈现出五彩缤纷的样式。

布罗赫最著名的作品是长篇小说《维吉尔之死》(1945)。小说描写古罗马诗人维吉尔弥留之际，在神志时而清醒时而恍惚中回顾自己的生活和创作时的感叹、议论和反思，以及诗人对死亡的体验。诗人清醒时对现实世界的描写真实而感人，在恍惚迷离中对虚幻世界的想象生动而离奇。小说主要是一篇内心独白，是诗人在生命最后18个小时里对自己以及对奥古斯都皇帝说的内心独白。当他被人从船上抬往皇宫的路上，他看到狭窄的街道充满人间的痛苦丑恶，感到自己无所事事的一生是空虚的。布罗赫以此为切入点，着重探讨艺术和生活的关系以及艺术的价值问题。小说塑造了维吉尔这位伟大人道主义者的形象。他生活在一个过渡时期，布罗赫认为自己的处境与他相似。他认识到自己的生存是无力的，而人道主义只是作为内心的价值而存在，放弃了实际的考验，吃够了人道主义的软弱之苦。诗人与皇帝、精神与权力的对立反映了晚期资产阶级艺术家的两难选择。他痛苦地意识到，在政治生活中自己是无足轻重的。因此，对自己创作的意义和价值发生了怀疑。诗人对自己作品的怀疑最终也反映了布罗赫自己的认识：在晚期资本主义、帝国主义时代，一切价值都在崩溃。

布罗赫一直想对自己的生活和创作经验作一次检验，他的这一意图决定了小说的主题和思想内涵，并以长篇独白的形式来认识在一个充满法西斯恐怖的世界上作为诗人的位置。法西斯焚书促使他对20世纪文化命运进行深刻思考，1938年他被纳粹抓住，因此经历了死亡的体验。这些都催生了《维吉尔之死》的问世。布罗赫流亡到美国的第二年就完成了这部作品，有很多地方与希特勒上台后发生的事件相呼应。布罗赫让临死的维吉尔看到整个宇宙的毁灭，在幻觉中看到生物世界、人类世界以及地球的变形。显然，这沉沦世界指的是纳粹帝国的前途。这部用意识流技巧写的散文作品也被称为抒情诗，这不仅是因为在散文叙述中插入了诗句，主要是因为小说的语言优美，句子富有韵律，描写手法和效果与抒情诗有着内在联系。布罗赫在小说中大大简缩了情节、环境描写、性格刻画、冲突和行为动机，刻画维吉尔心理特征和非理性想象的重要手法就是极其卓越的内心独白。一般都认为，布罗赫是以乔伊斯为模式的，但是这部小说却同乔伊斯的《尤利西斯》“故意相对”，把作品中采用的艺术方法称作为“诗意评论”方法。此外，这部以交响乐为基调来结构的小说，也体现了布罗赫艺术风格的创新。小说的五章就是有着内在联系的交响乐的五个乐章。每个乐章都表现了维吉尔发展过程中的新阶段，最后达到和谐统一。

由于布罗赫研究乔伊斯，他写了《詹姆斯·乔伊斯的当代性》(1936)，所以人们喜欢拿他与乔伊斯作比较，但更多的是将他与穆西尔作比较。穆西尔只是揭露时弊，而布罗赫却在寻找解救办法；穆西尔的作品是嘲讽和挖苦，而布罗赫的音调往往是抒情，有时还充满激情。布罗赫的最后一部长篇小说《无辜的人》(1950)就哲学观念而言，与《梦游者》属于同一类型。它由写于不同时间的 11 个中短篇小说松散地连接而成，描写了 1913 年至希特勒上台前德国的社会情况，即不断向法西斯专制统治蜕变的过程，主要表现那些对纳粹的兴起毫无所知，因而觉得自己无罪的人，实际上恰恰是这些“无罪的人”助长了纳粹势力的兴起和发展。

第三节　布莱希特

贝托尔特·布莱希特(1898—1956)是 20 世纪德国最卓越和最富独创性的戏剧家和文论家，也是诗人和小说家，一生写了 2334 首诗歌和多部别具一格的长篇小说。他生前虽然已经是个颇有名气的作家，但他的声誉和对文坛的影响却主要是在他死后。布莱希特之所以成为 20 世纪世界文坛的巨人，主要是他创立了非亚里士多德美学，及创作了在这一美学思想指导下的非亚里士多德式戏剧作品，代表作有《黑夜鼓声》、《三毛钱歌剧》(1929)、《高加索灰阑记》(1949)等。

传统的亚里士多德美学以模仿—共鸣—净化为核心。布莱希特反对这个核心,创立了以间离—思考—行动为核心的非亚里士多德美学。他认为,亚里士多德美学的"模仿"说仅为了让人看到现实,他则强调文艺应该让人通过"间离"看清现实,然后化为"行动",干预现实。布莱希特一再强调:文艺不应该仅停留在外表的、外在的模仿上,应揭示现实中的因果关系,并主张可以用各种手段、方式和技巧去揭开因果关系。写"股票的涨跌",仅停留在现实的模仿上,如果写"股票为什么涨跌",这就揭示了现实的因果关系。布莱希特反对"共鸣"说,因为情感共鸣在当今时代已变得软弱无力,反映不了现实中的因果关系及现代社会的本质和基本矛盾。除此以外,"感情共鸣"使读者(观众)处于被动的被摆布的状态,使读者(观众)仅关心主人公的命运(遭遇),而不问及"为什么会有这样的命运"这样一个因果问题。布莱希特也反对"净化"说,因为他认为"道德净化"(如忠诚、正直、勇敢,等等)涉及的仅是人的主观世界,并不是文艺的根本目的,文艺的目的是为了改造客观世界!他在1940年8月4日的《工作笔记》里记下了对现实主义的结论性观点:

> 关于现实主义问题:一般的意见是,在一件艺术作品中,越容易看得到现实,这件艺术作品就越现实主义。我现在提出一个与此不同的定义:在一件艺术作品中,越能认得清其中包含的现实,这件艺术作品就越现实主义。

这一定义的着眼点放在"认得清现实"之上,不是放在"看得到现实"之上。这样,布莱希特对现实主义的判断就从以形式(是否忠于现实—表现现实)为标准转到以内容(是否让人认清楚现实)为标准。

布莱希特的非亚里士多德美学在戏剧上的具体化,就是他创立的叙述体戏剧。传统戏剧强调戏剧性,因此他称之为"戏剧性戏剧"。这种戏剧具体表现主人公命运曲折多,其目的则是要激起观众和主人公感情上的共鸣,从而达到教育目标,完全符合亚里士多德美学"模仿—共鸣—净化"这个基本原则,因此他称传统戏剧为亚里士多德式戏剧。但他反对这类戏剧性戏剧,反对在戏剧结构上突出“戏剧性”,而提倡在结构上突出“叙述性”。戏剧性戏剧要求演员用体验派技巧,化为角色,以情动人,达到使观众感情共鸣的目的;布莱希特突出“叙述性”戏剧,则没有将“戏剧性”作为以情动人的基础,为此在表演上他强调用“感情间离”来获得使观众茅塞顿开的理性效果。他称自己的不以“模仿—共鸣—净化”为中心,而是相反地以“间离—思考—行动”为中心的戏剧为非亚里士多德式戏剧。由于这种戏剧在结构上突出“叙述性”,因此又称自己的戏剧为“叙述体戏剧”。布莱希特认为,传统戏剧的缺陷在于:第一,使观众迷醉于感情,从而“消耗了观众的能动性”(即积极思考能力);只关注主人公的命运,而不思考为什么主人公有这样的命运。第二,传统戏剧只“表现了世界的本来面目”,而没有表达出“世界将变成什么”,没有揭示社会的因果关系。“叙述体戏剧”的优点则是戏剧的场景主要不是用来展示情节,而是解剖揭示这情节产生的前因后果;戏剧情节则通过幻灯投影或舞台一边的合唱队、歌队、歌手或剧中人等来“叙述”。传统戏剧通过“戏剧性”来以情动人,非传统戏剧则通过“叙述体”来以“理”服人,用“理”来启迪人,它通过观众与剧情角色的“间离”来制造观众思考的效果,让观众不陷入情感的泥潭,即不让情感来主宰观众。总之,“叙述体戏剧”用“叙述”来突出剧本的“理”,启发观众的“理”,从而没有把艺术享受建立在“情感共鸣”之上,而是建立在理性阐述和理性思考之上,因此非亚里士多德美学的艺术享受,是通过“叙述”方法诱导人产生思考的乐趣,思考的最终目的在于干预现实,投身于社会变革。

布莱希特创作之初,其表现形式就是非传统的,可以说受到表现主义一定的影响,如舞台布景不必如实,只有场,不分幕,情节片段性等。但他的早期作品《巴尔》、《黑夜鼓声》在内容上却是反表现主义的。表现主义要塑造理想主义的“新人”形象,以“新人”感召世界并拯救世界。布莱希特则用这两个剧本表明:在这样一个恶的社会中,善人、新人无法诞生,因为善与恶并非天生,而是由社会环境决定的。当然 21 岁的布莱希特当时还不知道用什么来改造世界。布莱希特在 20 年代学习了马克思主义后,不再从生物学角度来刻画人,表现人,而是从社会学角度,进而从阶级论角度来写人。奠定布莱希特欧洲声誉的,是他根据 18 世纪英国作家约翰·盖伊的剧本《乞丐歌剧》改编的《三毛钱歌剧》。该剧在形式上有不少叙述及夹叙夹议，为实践他的“叙述体戏剧”理论迈出了一大步。这部戏描写丐头、强盗、痞子，等等，官府要抓他们，似乎他们是猫鼠关系。强盗头子麦基最后在绞架上被赦，说明官府和盗匪表面上不同，实际上一样，都用不同的方法，但都抢劫百姓。罪恶世界已把人变得毫无道德，如何让“新人”用道德来改造世界呢？正像麦基所说：“先要吃饱，再谈道德。”它的含意是劳动人民只有推翻旧社会，有了饭吃，再来谈道德吧！布莱希特在作品中一再批判所谓“道德”，因为用道德是推翻不了、改造不了旧社会的。

布莱希特成熟的叙述体戏剧，绝大多数创作于流亡时期。这时他对“寓教于乐”的看法有了变化：“乐”不仅是思考之乐，也应是一般传统意义的娱乐。他最有代表性的叙述体戏剧有《大胆妈妈和她的孩子们》（1939）、《伽利略传》（1938—1939）、《四川好人》（1942）、《潘蒂拉先生和他的仆人马蒂》（1940）及《高加索灰阑记》等。《大胆妈妈和她的孩子们》叙述在德国三十年战争（1618—1648）中，大胆妈妈借战争时物资的匮乏，随军作商贩，靠战争赚钱，可后来不仅没发财，三个孩子却接二连三在战争中丢了命，可她仍不醒悟，还要继续随军做买卖。这个戏一反传统戏剧情节上的“有始有终”，而是“无始无终”，它有一贯的人物而无一贯的情节，场景的片段性、组合性、松散性、蒙太奇化等，都成了他的叙述体戏剧的结构特色。但“散漫的”12场组合成一个非常“集中的”主题：小人物在战争中只会失掉一切。这个1939年写的剧本旨在促使德国人民觉悟：不要认为战争会给他们带来什么好处！主人公在剧终时虽仍不醒悟，但观众醒悟了，这正是“调动了观众的能动性”。

布莱希特刻画的人物是漫画式的，粗线条的，这是因为他反对拘泥于心理细节，主张写类型化的人，写社会某一阶层人的共性，这证明他在人物塑造上受了表现主义的影响。正因为如此，他剧中的许多人物像表现主义戏剧一样，都无名无姓，尽管他们是类型化的，却仍然是有血有肉的，这就显示出作者的大手笔。《大胆妈妈和她的孩子们》虽在结构上具有无始无终的开放性，却有整体上的完整性；剧本虽有一定情节，但它不是表演出来的，而是叙述出来的。全剧交织着两条线索，一条是大胆妈妈及其孩子们在战争中的经历，一条是大胆妈妈等对战争的认识。这第一条线索（情节）通过叙述，第二条线索其实就是评论。叙述性和评论性的结合正是叙述体戏剧的基本特点。他在戏剧中插入不少诗歌，有叙述情节的，但多半是评论性的。这些诗歌有时几乎不涉及情节，带有极大的相对独立性，并且很富哲理性，夹叙夹唱几乎成了他戏剧结构上的一大特色（这些诗歌的配曲者往往是著名的作曲家）。叙述体戏剧结构上的开放性原则指剧本和观众的关系，剧本把拆掉人为的“第四堵墙”向观众开放作为结构的基本原则，演员对着观众夹叙夹唱，成为这类开放性结构的构成因素。

布莱希特最成功的叙述体戏剧是《高加索灰阑记》。它的特点是既有一以贯之的人物，又有一以贯之的情节：情节既富戏剧性，结构又富叙述性。这是一部把戏剧性和叙述性辩证统一起来的杰出作品。布莱希特的非传统戏剧在结构上都各有特色，决不千篇一律。《高加索灰阑记》结构上的特点是从头到尾安排了一个歌手和乐队。歌手在台上一站，便自然地推倒了“第四堵墙”。歌手的第一个作用是叙述和介绍每场情节（地点、时间、人物和事件）；第二个作用是对舞台上发生的事情发表评论；第三个作用是描写舞台上人物的心理活动，使叙述性和舞台上的戏剧情节结合起来。这个歌手相当于小说中全知全能的第三人称叙述者。这样，布莱希特通过歌手完全把小说的叙述因素运用到戏剧中来了。全剧所插入的诗歌，通过演唱，使全剧载歌载舞，有说有唱，更富娱乐色彩。但整部《高加索灰阑记》的诗歌（唱词）却都与情节密切相关，没有像《大胆妈妈和她的孩子们》或《伽利略传》等剧中的诗歌有游离于剧情之外的独立色彩。《高加索灰阑记》中的诗歌不仅不打断剧情，而且还配合剧情。该剧在情节上富连贯性，但全剧仍然具有蒙太奇的组合性特色。如第四场“法官的故事”和第一、二、三场的情节在时间上并行，因此，把第四场插在一、二、三场之间，也不会影响观众的理解。

除了戏剧，布莱希特还创立了不以亚里士多德美学理论的核心“模仿—共鸣—净化”为创作手段和目标的非亚里士多德式小说。他一生写了三部长篇：《三毛钱小说》（1933—1934）、《尤利乌斯·恺撒的事业》（1937—1939）及《图依小说》（1967）。但除《三毛钱小说》外，其他两部均为未竟之作。他的非亚里士多德式小说同样是旨在反对用主人公的经历来激起读者共鸣并最终使读者受教育(净化)的传统小说。他的小说主要不是叙述情节,而是让人物解剖自己的行为动机,说出自己内心深处的秘密,由此揭示人物的口是心非、两面三刀、算计他人、自私自利、尔虞我诈等,并由此及彼,让读者联系现实、思考现实。书中大量的斜体字就是为了醒目,引起读者思考之用。小说人物同样是粗线条的,他只专注于揭示社会的因果关系。

布莱希特的诗歌同样以理性见长。传统诗歌以写主观情感世界见长,并追求读者和诗人主观世界的一致和共鸣。他的诗歌贡献正在于打破这种传统,创造理性的“间离”,以让读者思考现实作为他的目标。我们不妨把他的诗歌称为非亚里士多德式诗歌。此外,他还写了很多戏剧理论文章,其中最著名的有培根式的77段语录体《戏剧小工具篇》(1949)及未完成的《买黄铜》(1971)等。他的散文集《墨子—易经》(1974)是研究他政治思想的著名作品。布莱希特是对我国戏剧发展影响最大的外国戏剧家,他的《大胆妈妈和她的孩子们》50年代就在我国演出过,《伽利略传》、《三毛钱歌剧》及《高加索灰阑记》等也都已搬上中国舞台,并获得巨大成功。

第六章

加拿大、澳大利亚、新西兰文学

概述

加拿大文学

30年代的经济危机和40年代的世界大战对加拿大的文学创作和发展产生了深刻的影响。经济危机时期尽管条件艰难,加拿大文学仍在挣扎中生存并且有所发展。1932年全国广播体系建立,不久加拿大广播公司开始举办加拿大文学讲座,并且在节目中增加加拿大诗歌和加拿大短篇小说节目。1937年加拿大又设立了每年评选的总督文学奖。与此同时,经济危机和自然灾害使加拿大作家们不得不正视严峻的现实,他们开始在作品中描写失业、灾荒、贫困、饥饿、人与冷酷无情的大自然的不屈斗争等。他们开始表现小人物的坎坷经历、两种文化的冲突、移民的痛苦、种族歧视等,揭示社会、经济问题,写出了一批优秀的现实主义作品,也产生了卡拉汉、麦克兰南、罗斯、兰盖等一批有影响的小说家。有些作家还接受了马克思主义和国际左翼文学的影响,在作品中表现出对无产阶级劳苦大众的深切同情。诗歌的题材范围扩大了,诗人们从仅仅吟花诵月,描述爱情、上帝和死亡转向社会，面对现实，开始描写工业文明中的不平等现象、受压迫者的反抗心理等，甚至讥讽上层社会恶习的社会讽刺诗也出现了。诗歌创作手法和风格上受欧美现代派诗歌的影响也日益明显。然而，经济危机对加拿大文学发展的负面影响也是不可否认的，书刊出版量锐减，连著名作家的书都无法出版。一些本来可以30年代出书的青年作家不得不等待十年，直到40年代因为战时的经济繁荣重新振兴了出版事业才得到机会把自己的作品奉献给读者。40年代，全国上下一致反法西斯侵略战争，全国都有一个统一的目标，这种气氛有利于文学事业的发展。许多优秀的文学作品得以问世，其中包括克莱因、史密斯、斯科特等的著作，同时还出现了《当代诗歌》(1941)、《预演》(1945)、《新声》(1942—1945)等文艺杂志，向读者推介文学新秀；文学精选、文学史著作陆续出版，文学批评也开始引人注目。可以说，这一时期是加拿大文学得到进一步发展，引起世人注意并开始驻足世界的时期。

澳大利亚文学

这一时期可被视为澳大利亚文学由传统走向现代的过渡时期。一方面，传统的民族主义作家一如既往，继续反思，倾心笔录澳大利亚人的那段艰苦的开拓史，也继续沿用长篇小说的体裁进行创作。代表作家泽维尔·赫伯特(1901—1984)的《卡普里康尼亚》(1938)以澳洲北方领土为背景，揭露白人对土著民族的歧视、欺压和蹂躏，一经发表立即引起了强烈的反响，被誉为划时代的作品。还有一些作家徘徊在民族主义传统和现代主义思潮的十字路口，他们的创作既舍弃不了传统，又试图借鉴新法，如凯尔·坦南特(1912—1988)和埃莉诺·达克(1901—1985)。还有一类作家积极借鉴风行欧美的现代主义表现手法，孜孜不倦地探索着文学上的革新，其中主要有早已成名的诺曼·林赛、伦纳德·曼和克里斯蒂娜·斯特德。林赛在这一时期的作品有：《安排好的奇迹》(1932)、《星期六》(1933)、《客厅中的锅》(1933)、《合法年龄》(1938)、《斐济来的表亲》(1945)。此后，他还创作了《中途》(1947)、《房间和房子》(1968)。林赛在文学史上被视为一个富有活力和创新意识的作家和艺术家。他崇尚青春、激情、勇气、活力和性感，并在他的文学作品和艺术作品中加以大胆表现。但他是矛盾的，他对现代主义文学采取保守的态度，一定程度上对这一文学在澳大利亚的扎根起了阻遏作用。曼既是小说家又是诗人，但他对澳洲文坛的主要贡献在于小说。他的小说谴责战争的野蛮，描绘经济萧条时期普通人陷入的困境，刻画两性关系的紧张。

这一时期的诗坛非常活跃，涌现了四位声誉卓著的诗人：肯尼思·斯莱塞（1901—1971）、罗伯特·菲茨杰拉德（1902—1987）、道格拉斯·斯图尔特（1913—1985）和初露锋芒、后来驰名澳洲诗坛的 A. D. 霍普（1907—2000）。他们有着一些共同的特点：几乎都是学者和评论家，几乎都用不同的诗歌体裁写作，而更为突出的是，与以撰写抒情诗为主的诗人不同，他们的诗歌基本上属于沉思型（当然也有抒情诗作）。除此之外，他们又有各自的特点，斯莱塞是位现代主义诗人，菲茨杰拉德属于浪漫派，霍普崇尚古典主义，斯图尔特则与众不同地最擅长描绘自然的抒情诗。尽管这些诗人的产量无法与同一时期的小说家相比，但是他们都写出了在文学史上有着巨大影响的优秀诗篇。斯莱塞是集诗人、评论家、记者、编辑和文集编纂家于一身的作家，是澳大利亚诗歌从民谣体向现代风格转变的转型期诗人。他受林赛的文艺思想的影响和其探索诗歌表现新途径宗旨的启发，采取兼收并蓄的态度，吸取现代派诗歌的优点，建立了自己的风格，把笔触伸向了现代大都会。

新西兰文学

从 30 年代到第二次世界大战结束，这一时期的新西兰文学令人瞩目。以弗兰克·萨吉森为代表的新一代作家登上文坛，标志了承前启后的重大转折，宣告了民族文学的兴起。随着时间的推移，海外文化与本土文化，即大英帝国的殖民文化与新西兰民族文化之间，逐渐产生矛盾冲突。30 年代动荡的经济和社会大环境造就了一大批杰出的青年作家和诗人。他们异军突起，打破了殖民文化的坚冰，使文坛顿时生机盎然。萨吉森、约翰·马尔根、约翰·李、罗宾·海德、贝瑟尔、R. A. K. 梅森和费尔伯恩等形成了新一代民族文学作家群。他们不做“英国梦”，注重反映现实社会和现实生活，他们站在新西兰人的角度，观察、分析、探讨新西兰人面临的问题，大胆突破传统，将文学关注的重心转移到了社会批判和感情归属表达之上。正是在这个意义上，他们树起了新文学的大旗。文学的转向反映了社会和人的巨变，而敏锐的作家则善于捕捉、提炼、综合、表达这种或是突发的，或是潜移默化的变更，用文笔表达新时期的声音。经济危机使很多人认识到，殖民理想只是南柯一梦。这种认识是从记录、猎奇、说教文学跃进到反映社会的现实主义文学必不可少的精神准备。新认识迫使作家们对社会、对自己做出新评价。他们从灰暗的现实生活中，从受挫失意、迷惘挣扎的下层人民中寻找素材。大萧条不仅造就了成批文学新人，发展了新的艺术形式，开拓了新的主题领域，而且也从整体上设定了文学新基调，为民族文学的登基铺设了台阶。

30 年代是文学上对新西兰再发现的年代。以社会批判为基调的现实主义文学在欧美早已形成大势。国际文化气候，也对新西兰青年作家们产生着巨大影响。表现形式上的现实主义、自然主义和表现态度上的左翼政治倾向成为主流。文学转向“小传统”，作家的关注中心从体面社会转移到了劳苦大众。他们以坦诚的态度正视社会各方面，尤其是那些社会生活中令人不安的角落。于是，城市贫民区、不得志的小人物、社会非正义现象成为文学主要的表现对象。摆脱正统英语，采纳民众方言，也同时成为新文学的显著特征之一。从此，民众语言再也不是表现地方色彩的装饰，而是作为新文学的组成部分，堂堂正正登上了舞台。从 30 年代起，文学开始走上职业化道路。创作不再是茶余饭后的闲暇爱好，而已成为一项严肃的专业。读者的文化层次普遍提高，也对作品的主题内涵和文体风格提出了更高的要求。另一方面，作家们则以认识生活、反映社会现实为己任，将文学推向成熟，推向深层。社会的巨变，不仅激起了气势磅礴的文学大潮，而且将其引入了新的渠道。

第一节　卡拉汉

莫利 · 卡拉汉(1903—1990)被称为加拿大英语文学史上第一个用现实主义手法描写城市、城市的道德准则和心理问题的作家，“是 20 世纪加拿大现实主义文学大师”。他的绝大部分作品以多伦多或蒙特利尔两市为背景,主题常常是上帝的仁爱、人道主义和人的孤独。他善于描写事物的两重性,如基督教义与世俗观念,物质世界与精神世界,犯罪心理与忏悔心理等,使作品微妙复杂,耐人寻味。他的小说不仅在题材和主题上同一般作家不一样,文风也别具一格,摆脱了当时统治加拿大英语文坛的美国小说的传统,语言简练清新,明快有力,这样的文体给加拿大的小说创作带来了蓬勃的生气。卡拉汉很早就赢得了国际声誉,在加拿大国内却迟迟不受重视,直到 1951 年才因长篇小说《珍爱的和失去的》获唯一的一次总督文学奖。此后荣誉便接踵而来:1960 年获皇家学会所颁洛恩·皮埃尔奖章,1970 年获莫尔森奖和皇家银行奖,1982 年又获加拿大政府颁发的最高奖——加拿大勋章,并曾获诺贝尔文学奖提名。

卡拉汉出生在多伦多一个信奉天主教的爱尔兰移民家庭,1925 年毕业于多伦多大学圣·迈高尔学院,1928 年毕业于奥斯古德法学院,获律师资格。他在学生时代就爱写作,爱好并积极参与足球、拳击等体育运动,暑期到《多伦多明星报》担任见习记者,并于 1923 年在那儿结识了当时也在该报任职的美国作家海明威。海明威对他的作品很感兴趣,鼓励他多写,还将他的作品带到法国发表。1925 年起卡拉汉的短篇小说开始在美国杂志上刊载,引起美国作家菲茨杰拉尔德的注意。1928 年菲茨杰拉尔德让自己的出版商帕金斯帮助发表了卡拉汉的第一部长篇小说《奇怪的逃亡者》,翌年又发表了他的第一部短篇小说集《家乡集锦》。1929 年卡拉汉赴巴黎,在那儿再次见到海明威和菲茨杰拉尔德,并结识了英国作家乔伊斯。三十多年后他发表的回忆录《巴黎之夏》(1963)记载了这次巴黎之行的经历和见闻,包括他在一次拳击中打败海明威的荣耀。1929 年底卡拉汉回加拿大,定居多伦多,直到去世。

卡拉汉是一位多产作家,一生共创作了 11 部长篇小说、四部中篇小说、三部短篇小说集、一部由史实与虚构混合构成的关于多伦多大学历史的作品、三部剧本、一部回忆录和一百多篇论文。30 年代是卡拉汉创作的高峰时期,八年中有七部小说和小说集发表。但自 1938 年起,小说创作却进入了被他称为“精神枯竭期”的十年停顿时期,直到 1948 年,他才重新投入小说创作。卡拉汉的创作受过不同思潮、学说的影响。天主教的家庭出身使他认为,作为上帝之子的人对上帝负有道义的责任;大量阅读自然主义著作使他接受其主张,承认人的命运是由遗传因素和环境决定的,无法自由选择;二三十年代的经济危机所造成的社会动荡、失业、贫困、饥饿等社会现象又迫使他关注马克思主义理论,思考人的社会属性问题。此外他还通过乔伊斯等人的作品了解和认同了弗洛伊德的理论,承认儿童时期的心理创伤对人一生的发展有决定性作用,人的行为受潜意识中非理性冲动和欲念的驱使。这一切都在他的文学创作中有所反映。

卡拉汉早期的小说《奇怪的逃亡者》描述了小人物哈里·特罗特的故事。哈里失了业,到处游逛,想找一份能给他权威感的活儿,但他可怜的权威欲只有在棋盘上战胜妻子和朋友时或在想象中才能得到满足。后来他遗弃了妻子,勾搭上了一个坏女人,妻子只能从天主教中寻求安慰。偶然的机会使哈里与朋友开始违法贩酒走私。后来,他与竞争对手发生冲突,杀了人,竟然还赶去参加葬礼,虚伪地向死者的寡妇表示同情。另一方面,哈里孝敬母亲,对朋友讲义气,杀人后怕遭报复而忐忑不安,后悔对妻子绝情并打电话约见她,但还未及相见,复仇的子弹已使他倒在血泊中。在人物塑造上,卡拉汉的自然主义观点表露无疑,他表现哈里性格软弱、随波逐流,是由于遗传和环境的因素所决定,哈里的妻子则被刻画成天主教仁爱精神的理想化身。30 年代的阶级矛盾和社会问题也通过作者对失业、饥饿、工人罢工、集会等的描述得到反映。此外,哈里对母亲的眷念则流露出弗洛伊德学说的影响。卡拉汉用近乎白描的简练文字刻画出一个复杂的反面人物形象。这在当时的加拿大文学中是一种创新。1933 年卡拉汉结识了在多伦多大学任教的法国天主教神学家雅克·马里坦,深受其哲学、宗教思想的影响。在此后的文学创作中,他表现出对宗教、道德、犯罪心理等的更大关切和兴趣,还一再主张要尊重人的内心世界,对在环境和习俗力量撞击下软弱无助的小人物充满同情,塑造人物时突出正义、人的尊严、仁爱、谨慎的行为和个人的天赋。同时,他在创作风格上也走向成熟,由原先较肤浅的自然主义逐渐发展成较为成熟的现实主义文风。

卡拉汉在 30 年代发表的作品中,《这就是我所珍爱的》(1934)、《他们将继承大地》(1935)和《天堂更快乐》(1937)被公认为是三部杰作。长篇小说《这就是我所珍爱的》表现了天主教的理想主义同讲究实利的实用主义之间的冲突。青年神父道林在布道中攻击反基督的社会秩序，引起人们的议论，上司也要他谨慎些。一个雨夜，他遇到两名妓女的纠缠，吓得赶紧走开，但她们徘徊街头的悲惨处境引起他的恻隐之心，便又回头与她们交谈，神父的圣职使他产生拯救她们堕落灵魂的念头。于是他设法帮助她们，替她们找工作，但因经济危机时期的高失业率而未成功。他又把她们介绍到教区内乐于行善而又富裕的鲁滨逊家，但自命清高的虔诚天主教徒鲁滨逊太太不能容忍这两名妓女，逼着丈夫向主教报告道林神父和她们的关系。主教因怕引起教会的丑闻而影响自己正进行的慈善捐款筹集，便悄悄做出安排，逮捕和驱逐了妓女，道林神父也受到严厉申斥，最后精神恍惚，被送进了疯人院。道林神父具有基督仁爱精神和自我牺牲精神，因此与环境和世俗偏见发生冲突，他以"天主的仁爱"救赎两名妓女灵魂的努力以失败告终。卡拉汉通过道林神父对宗教理想与社会现实的关系的探索，触及了生活中深层的问题：卖淫等社会罪恶现象的根源不是宗教信仰或道德观念的薄弱，而是资本主义制度造成的经济危机所带来的高失业率、贫穷、饥饿这样的社会原因。卡拉汉对正统的天主教教义提出了质疑。主教和有钱的鲁滨逊夫妇为了金钱和自己的名声、地位，不惜联手迫害两名妓女和道林神父，无情地暴露出教会和世俗社会上层人物的虚伪、自私和残忍。

《他们将继承大地》从某种程度说是部心理小说，描写了主人公麦克尔·艾肯里德对弟弟溺水而死负有一定的责任却没有勇气说出实情，致使自己的父亲受"致人死亡"的嫌疑而遭亲友、邻居的鄙视和排斥。麦克尔因而长期良心不安，虽然得到了女友的爱情，但直到他们的孩子出世，才鼓起勇气向家人讲出实情，忏悔罪过，得到解脱。作者探讨了负罪感和责任感，悔恨与赦罪等问题，并用睡梦和幻觉来暗示微妙的意识与潜意识活动，显然受现代主义文学创作手法影响。《天堂更快乐》描写年轻罪犯基普·凯利因在狱中表现好提前获释，出狱后决心痛改前非，但他向善的努力却一次次受挫，终于发现自己实际上被社会上层人物利用来谋取他们各自的私利。极度的失望和幻灭使他最终走向了毁灭。这三部小说标志卡拉汉创作的高水平，是他独特文风的典型代表。

尽管评论界对卡拉汉的长篇小说仍有歧见,但他的短篇小说却言简意赅、短小精悍而得到一致赞赏。他善于捕捉日常生活中的凡人常事,如一女士为了结婚偷了件衣服,又一女士因妹妹的未婚夫偷偷向她表示好感而激动又惶恐,等等。他表现这些生活琐事既不夸张渲染,也不故作多情,但简练明晰的文字和生动具体的描述使故事富有深意和人情味。他早期的短篇小说,反映了第一次世界大战之后普遍的迷茫情绪,具有主题明确、语言简朴、对周围环境描写真切的特点,它们频繁出现在《纽约客》等美国著名杂志上,与舍·安德森和辛克莱·刘易斯等名家的作品并驾齐驱。有评论家认为卡拉汉的创作方法与福楼拜、安德森等相似,还有人将他与契诃夫、屠格涅夫相提并论。他的短篇小说中的人物大多是微不足道的小人物,往往是"带有与传统价值观相左的犯罪倾向的圣人"、"为良知而牺牲自我的殉难者"。他的短篇小说集如《家乡集锦》(1929)、《莫利·卡拉汉短篇小说集》(1959)等对确立短篇小说在加拿大文学中的地位作出了极大贡献。

第二节 斯特德

克里斯蒂娜·斯特德(1902—1983)是一个以四海为家的小说家。她曾游历各国,分别在英国、法国、比利时和美国定居过。她用自己手中的笔描摹各地的风土人情。她众多的小说中只有一部是完全描写澳大利亚的,但她对自己的祖国——她的诞生地和度过晚年的地方,怀有深厚的感情。她说:"澳大利亚造就了我,我应当是个澳大利亚人。"斯特德在政治上比较左倾,但在作品中却没有明显的流露。她的小说最不囿于狭隘的"澳大利亚化"和民族主义、最具有国际性,因而不仅在本国,而且在欧美都拥有大量读者。评论家对斯特德的评价很高,认为她是20世纪世界最优秀的小说家之一。

斯特德出生在新南威尔士州的一个博物学家的家庭,自幼喜读文学作品。年轻时她羸弱多病,以为自己将不久于人世,便开始撰写《悉尼七穷人》(1934),"以给后人留下点东西"。完稿后,出版商对其表示满意,并希望她再创作一部书,于是她又写了《萨尔茨堡的故事》(1934)。1929

年她去巴黎工作，有机会窥见欧洲经济的内幕，也为她创作《各国之家》(1938)积累了素材。以后她继续活跃于欧洲和美洲，并进入了创作的高峰，几乎每隔两年出版一部小说。1974 年回澳大利亚定居，并获怀特文学奖。斯特德一生共计出版了 12 部长篇小说：《悉尼七穷人》、《美人与泼妇》(1936)、《各国之家》、《热爱孩子的男人》(1940)、《仅仅为了爱》(1944)、《莱蒂·福克斯：她的幸运》(1946)、《饮茶小叙》(1948)、《养狗的人》(1952)、《心中的阴暗角落》(1966)、《佃农的英国》(1967)、《小旅馆》(1973)、《赫伯特小姐》(1976)，此外还有两个短篇小说集《萨尔茨堡的故事》和《糊涂女》(1967)。

《热爱孩子的男人》是斯特德的代表作，也是一部有国际影响的作品。小说描写了一个混乱而充满矛盾的家庭。一家之长萨姆在政府资源保护部供职，喜高谈阔论，自称热爱世界、热爱人类却终日只顾和孩子们打闹，而不愿与妻子亨里埃塔分担由于抚养六个孩子所带来的家务。亨里埃塔出身大家闺秀，生性懒散、邋遢，常为家务所累而怨气冲天。夫妻性格不合，经常发生争吵，甚至互不理睬，需由孩子们用纸条传递信息。后来，亨里埃塔的父亲去世了，两个人的经济状况急转直下，而亨里埃塔依旧花钱如流水，结果家中入不敷出，夫妻间的纠纷越演越烈，直至大打出手。亨里埃塔扬言要把一家连同她自己都杀掉。父母的争吵大大伤害了六个孩子的幼小心灵，大女儿露易莎决计用毒药把父母害死，以求得安宁。亨里埃塔明白了女儿的心思，故意喝掉已经下毒的茶而悲惨地死去。事后，露易莎把事实真相告诉其父，萨姆全然不信，认为经他教育的女儿决不会如此心狠手辣，相信妻子纯属自杀身亡。直到最后，萨姆并未接受教训，依旧一意孤行，露易莎忍无可忍离家出走。整部小说充满了压抑的气氛和平静的表面下剑拔弩张的冲突，真实而深刻地反映了现代西方社会婚姻的危机和家庭的瓦解。《热爱孩子的男人》中人物丰富而复杂，很难用一般的道德标准来褒贬臧否。他们都是些有弱点的普通人，各自有着鲜明的个性，但又是一类人的代表。他们身上的某些东西都是人们所熟知的，甚至在一般人身上也能窥见其影子，他们是自己生活的那个社会中的不同典型。

《悉尼七穷人》是斯特德的另一部力作，从内容到艺术手法上，都是一部有独创性的作品。小说描写悉尼七个穷人——三个印刷工、一个出版商、一个"不务正业"者、一个图书管理员、一位残疾人——在大萧条岁月里的坎坷遭遇。这些人通过不同的途径寻求着生活的意义,有人热衷于政治,有人信奉宗教,有人则对知识充满渴求。他们经历了爱情上的失败、生活上的穷困、事业上的不如意,最后都感到被一种自己所不能驾驭的力量所摆布而显得无能为力。小说由此刻画出现代人困惑迷惘的处境。这是一部描写现代城市中贫穷给人带来的痛苦的作品,一部描写青春、激情和理想的挫折的小说。

在艺术处理上,《悉尼七穷人》结构比较松散,但却富有诗意;人物没有按情节的发展组织在一定的构架之中,而是或隐或现,来去自由;相互之间或按职业,或按家庭关系,或是心理上的共同需求,发生纵横的联系。作者有意设置性格反差很大的几组人物,通过对比勾勒出各自的个性。小说还运用了象征和意象,从而使其更富有诗意和深刻的内涵。例如书中的"隘口"是迈克尔度过童年之地,也是一个以自杀闻名的地方。这环境本身就象征着迈克尔险恶的生活历程以及最后的悲惨结局。小说中反复使用了黑暗和光明这两个意象。迈克尔曾向他的同父异母妹妹凯瑟琳解释自己精神上所处的困境,他认为世界被黑暗和神秘所统治,尽管他自己渴求光明,但人类却始终处于黑暗之中。这种意象的运用,不仅生动地刻画了迈克尔寻求光明却最终堕入黑暗的经历,而且赋予小说更普遍的哲理意义。在语言的运用上,虽然小说不乏对环境和人物作现实主义的刻画,但人物的语言却有意脱离现实主义的轨道,被加以诗化,特别是内心独白的运用,增加了小说的深度。小说与同时代作家的作品相比较,有其明显的独到之处。其一是 30 年代的作品几乎都是描写丛林或乡野小镇,以此来体现澳大利亚特色,而《悉尼七穷人》却另辟蹊径,刻画城市生活,从一个不同的角度再现了时代和地域的特点。其二是与当时着重刻画外部世界的大多数小说不同,《悉尼七穷人》着眼于发掘人的复杂的内心世界,给后来在这方面作了系统开拓的怀特提供了可贵的启示。

《萨尔茨堡的故事》是一部由四十多个故事组成的小说。全书分为三部分,第一部分为"序曲",描写萨尔茨堡八月的盛况;第二部分为"人物",讲述了观看露天演出的观众的故事;第三部分为"尾声",每天客人们聚集在一起轮流讲故事，其结构颇似乔叟的《坎特伯雷故事集》。这些小故事的内容和讲述手法都各不相同，有的是人物速写，有的为神话的改编，有的是执着的爱情故事，有的则是超自然的幻想。广泛的题材和恰当的叙述语气使这部小说高出于其他作家的同类型作品。伦敦《泰晤士报》文学副刊因这部小说而盛赞作者具有“丰富的想象力”、“编造幻想的天才”和极强的语言表达能力。

斯特德的小说具有以下几个特点：一是几乎都没有情节，结构上都比较散漫，使故事推向前进的行动往往分散到多个人物身上，而不是组织在一个统一的框架之中。二是运用大量的细节，其描写之详尽几近自然主义作家的手法，当然有时不免过分，招致批评家的指责，认为有冗长枯燥的弊病。三是注重人物性格的刻画。斯特德自己说过：“小说的目的是塑造人物。”并严守性格的逻辑发展原则。她特别注意通过对话和细微的描写来刻画人物。四是注意发掘人物的内心世界，揭示出平凡的表面下的深层意义。所以，她说自己是个“心理作家”。她的小说语言富有诗意和丰富内涵。她的小说一个突出主题是人的失败与迷惘，她的作品是复杂的现代城市生活的缩影，反映的社会面很广，塑造了各个阶层的人物。

第三节　萨吉森

弗兰克·萨吉森(1903—1982)是新西兰文学转折的轴心人物。他用贴近劳动者的生活语言叙述故事，为30年代的新文学寻找到了与新主题、新态度相一致的传递媒介与表达形式。他的小说主人公往往是个无知叙述者，仅处于对个人和社会认识的萌芽状态，还未上升到理性阶段。以一个处在认识边缘地带的人物叙述他的经历感受，通过他蒙眬的眼光来观察社会，这是萨吉森小说的鲜明特征之一，也更加符合现实主义文学的基本创作原则，迫使读者对主人公的所言所行做出自己的独立评价。

萨吉森于1903年出生在哈密尔顿的一个正统“英式”家庭，家教严格，但年轻时在现实生活中接受了另一方面的教育。他高中毕业进入大学，20岁即当上助理律师。他离开了在脚下刚刚铺开的坦荡大道，拐进荆棘丛生的未开垦地，开始了文学拓荒，但收获却是多年以后的事情。这些年中,他思索人生,探寻答案,参加过共产主义青年团,后又离开;于1927年离开家乡去英国寻根,次年失望而归,面对的不仅是父母的奚落,而且是即将爆发的十年经济危机。但对于萨吉森的文学前途,这一年具有举足轻重的意义,因为他终于明白自己应该面对新西兰的生活,别无选择:"我毕竟是个新西兰人,应该在自己的国家立足生存,因为无论是好是歹,我命定属于这块土地。"这一认识坚定了他走文学道路的决心,从此以小说为武器,以唤醒民众为己任。大萧条的凄风苦雨,为他的作品提供了社会大背景。在大萧条岁月中,萨吉森为了维持生计,从事过各种体力劳动。他也一度登记失业,申请社会救济。这些经历使他有机会深入下层社会,了解人民大众,观察他们的生活,熟悉他们的语言。萨吉森说,在打杂工的一长段时间中,他总是"留一只耳朵听工人们讲话"。因此,他对当地民众语言的词汇与节奏了如指掌,并以劳动者的口语为基础,创造了新的文学语言,土而不俗,与小说人物和环境水乳交融,浑然一体。

萨吉森的文学创作主要分为两个阶段。他于30年代中期开始写作,从1935年至1945年十年间写下了一批短篇小说,主要收集在《与叔叔的谈话》(1936)和《男人和他的妻子》(1940)两本集子中。40年代中期,他写下两部中篇小说《当风吹起的时候》(1945)和《那年夏天》(1946)。从结构、故事和人物发展来看,这两部中篇均属于拉长的短篇小说。因此,萨吉森的前期创作是短篇小说时期。这批以大萧条时期小城镇为背景的小说数量不大,而且大多篇幅短小。但这些小说创造了新风格,不落俗套,使人耳目一新。人们把萨吉森短小精悍的前期作品称为"现代寓言",并将它们比作一群黄蜂。这群黄蜂的嗡嗡声虽不洪亮,但打破了文坛的沉寂;它们的利刺虽非刀枪,却能蜇醒梦中酣睡的人们。萨吉森的后期创作以长篇小说为主。从50年代起,他发表中、长篇小说共七部:《我梦中所见》(1949)、《我亦如此》(1954)、《一个劳工的回忆》(1965)、《遗物》(1967)、《虫的欢乐》(1969)、《今日英格兰人》(1972)和《日落村》(1976)。除此之外,萨吉森还创作过两部剧本:《播种时节》(1961)和《摇篮与蛋》(1962)。这两部剧本后来以《与天使角力》(1964)为书名一起发表。70年代,萨吉森发表了三部颇有分量的自传:《只此一回》(1973)、《绰绰有余》(1975)和《永不知足》(1977)。

但是,萨吉森的主要成就来自他的早期短篇小说,他本人也以兴起于30年代中期到40年代中期的民族文学的代言人而名留史册。短篇小说代表作《心事》和《一个好心人》、《牛粪》、《加薪》、《寻求答案》、《一块黄肥皂》等都从不同的角度表现了理想破灭和资本主义经济制度下民众的苦难,《上一次战争》、《杰克挖洞》等批判了愚蠢的战争热情和所谓的"爱国主义",在《人生中》、《最后一次冒险》、《当风吹起的时候》、《好孩子》、《乐善好施者》等作品中,萨吉森对扼杀精神的清教思想发起了接二连三的攻击。第一部萨吉森小说评论集恰当地取名为《清教徒与流浪汉》,点及了萨吉森小说人物的两个显著特点:清教文化影响和精神流浪。萨吉森的早期小说每篇似乎只提供一个支离破碎的小画面,但若将这些小片拼合起来,人们就能看到一幅大萧条前后新西兰生活的画卷,也能看到他四面出击,对旧思想、旧传统发起的全面进攻。

值得注意的是,在早期小说中,萨吉森首次创造了一个活生生的"新西兰人"形象。在不同姓名的掩饰下,人们发现各篇小说中都有一个认识态度、社会境遇、文化教养和家庭背景相似的青年人出没其间。他往往是小说的第一人称叙述者,孑然一身,在动荡的社会大背景中独自彷徨,观察社会,思索人生,并有所悟识。这个中心人物在一系列作品中逐渐融合成为典型环境中的一个典型文学形象。他贫穷失意,站在富有、得势而伪善的上层社会的对立面;他是个有血有肉的新西兰本地人,与维多利亚小说人物没有亲缘关系;他被社会踩在脚下,具有反叛性格,与早期作品中温文儒雅的"英国绅士"截然不同;他对社会创伤和人民疾苦十分敏感,已经摆脱了理想主义的自我禁锢。总之,在新西兰文学中,这个典型人物具有重要的突破意义。他集中代表了作者所关注的诸多方面的问题,如人的精神失落和孤独感、清教道德压迫,以及大萧条带来的经济困境和心理挫伤等。这个新一代新西兰青年的形象富有正义感,虽然对社会的新认识刚刚萌芽,但他对旧秩序的否定已毫不含糊。塑造这一类人物是萨吉森半个世纪文学奋斗的主要成就。

《当风吹起的时候》发表之后,萨吉森搁笔四年,冷观第二次世界大战带来的世界巨变。1949年他的第一部长篇小说《我梦中所见》问世。萨吉森用乔伊斯式的内心独白,以现代派的技巧表现一个新西兰青年心理上、认识上的成长过程，赞颂新一代义无反顾的叛逆精神。在此后的25年创作生涯中，萨吉森的主要作品是长篇小说和传记。这些作品虽然各有特色，但影响远逊于战前十年写下的短篇小说。那些短篇小说为他赢得了“新西兰民族文学之父”的美誉。著名文学批评家温斯顿·罗兹称他为“我们这一代人的象征”。民族文学的形成，靠的不是萨吉森一个人的天才。新时期造就了一大批优秀的青年作家和诗人。由于他们的共同努力，新西兰文学才写出了这最辉煌的一页。

第七章
意大利文学

概述

1930年至1945年是意大利法西斯政权的统治达到了登峰造极之势后，由极盛而衰落直至灭亡的时期。其间，意大利走过了第二次世界大战中与众不同的独特路程。美丽的国土遭受德军铁蹄的践踏和盟军飞机的轰炸，意大利人民在这灾难深重的15年中，饱尝法西斯专制的残酷压迫和战争的蹂躏。意大利知识分子曾经在法西斯的高压政策下被迫沉默，他们在30年代逐渐觉醒，首先在政治上采取反抗行动。1929年被驱逐出境或逃亡国外的受迫害知识分子聚集法国，组织了反法西斯的"正义与自由"运动。1930年意大利共产党秘密重建，直接组织和指导反法西斯斗争。1936年在西班牙内战中5000名意大利反法西斯战士加入国际纵队，走上斗争的第一线，这成为在意大利国内开展抵抗运动的一次有益的预演。同时，他们也以笔向法西斯开战。克罗齐在《意大利历史》(1928)、《十九世纪欧洲历史》(1932)、《作为思想与行动的历史》(1938)等论著中借古讽今，十分明确地将批判的锋芒指向法西斯政权。隐秘派诗人走出洁身自好的象牙塔，停止哀婉孤独的低吟，写出反法西斯的政治抒情诗，参加时代的合唱。超现实主义小说家用荒诞不经的故事影射攻击法西斯主义。直接抨击的反法西斯小说在国外的流放地诞生,矛头直接指向反动专制统治。文学向直面人生的现实主义回归,人民的苦难得以真实记载,法西斯的狰狞面目得以揭穿。文学从情感上、道义上、文化上表达了对法西斯主义的摒弃、谴责和清算。1943 年武装起义和游击战争如火如荼地兴起,许多作家投笔从戎,经受血与火的洗礼。随后他们把抵抗运动的理想和激情注入文学,开创了意大利文学充满活力的新局面。

第一节　蒙塔莱

埃乌杰尼奥·蒙塔莱(1896—1981)将艺术与社会现实相联系,由此创作出的作品产生了巨大的社会影响,他本人是反法西斯斗争中的一名文艺战士。蒙塔莱的诗采用象征和隐喻手法,抒写西方现代人孤独和凄凉的人生感触,细致入微地描绘人的感情世界,意境幽深,略显朦胧隐晦;诗的字句精雕细琢,音韵和谐,被誉为“纯诗歌”,对意大利现代诗歌的发展产生广泛影响。他于 1975 年荣获诺贝尔文学奖,代表作有《乌贼骨》、《境遇》和《暴风雨及其他》等。

蒙塔莱出生于意大利海港城市热那亚,从小家境富裕。他自幼喜欢文学和音乐,又天生一副好嗓音,幼时师从著名歌唱家西沃里,准备长大当一名歌唱演员,后因导师早逝而中断声乐学习,但是他对歌剧和抒情歌曲的爱好终身未变,日后写了大量音乐评论文章。由于从小训练了音乐感,他在写诗时能够敏锐地掌握韵律和节奏。他年轻时阅读了大量文学著作,偏爱英国和法国文学作品,尤其欣赏象征派波德莱尔、马拉美等人的诗,他热爱德彪西的音乐,喜欢印象派绘画。视野开阔的自学使他跳出了学院派循规蹈矩的约束,又避免了乡土文学的褊狭,为其创作打下良好基础。

1917 年,蒙塔莱应征入伍,一战残酷的场景打碎了他对生活的美好向往,无情地暴露出资本主义社会丑恶、畸形的本质,加速了诗人的思想成熟。他在前线作战的两年中陆续写下一些诗篇,排遣忧思与愤懑。战争结束后他回到热那亚从事新闻工作,1922 年开始发表诗作,1925 年他将

1920年以来的作品编辑成第一部诗集《乌贼骨》，出版后在社会上引起轰动，使他成为著名的抒情诗人。

《乌贼骨》收入58首诗，集蒙塔莱早期创作之大成，集中体现了诗人的创作理论和隐秘派诗歌的主要特征。诗人在卷首著名的抒情诗《柠檬》中宣称，他同官方的和学院派的“桂冠诗人们”决裂，反对他们在生活中故作高雅姿态和在创作中惯用冷僻字眼的做法，而主张把“小路”、“田野”、“柠檬”等平凡事物所代表的普通生活看作诗歌的源泉，诗人从中感受和体验生活的真谛。他赞美朴实无华的生活，同时也赋予平凡的物质生活以形而上学的意义。在这首诗里，柠檬是“金色阳光”、“金色诗歌”，是真善美的象征，代表着诗人的心之向往。在最后一节中，他将纯朴生活之美好与现代都市之丑陋进行对照，展示出一个凄风苦雨的时代画面，表达一种对光明的执着追求。这首诗实际上成为诗人的创作宣言。然而，现实与诗人的追求相反，黑暗而丑恶，因此，披露“生活之恶”构成他写诗的主题。对于现实的冷漠与疏离是诗人被迫采取的生活态度。他的内心也渴望对恶势力反击，在集子中最后一首诗《海滨》中表露，希望“把哀歌变成进行曲”。“生活之恶”像蛀虫一样蚕食着世界，缓慢而无情地喝光吃净一切生命的血与肉，使之只剩下一副残骸——“乌贼骨”，这就是诗集名称的含义。在海上漂浮的乌贼骨被海浪抛弃于沙滩上，白森森地骇然陈列，成为死亡的代表符号，也是诗人赋予人世的一种狰狞可怖的象征性外表。诗集虽然没有从正面直接描写那个法西斯统治的黑暗年代，而是通过抽象的“生活之恶”进行形而上学的概括描写，集中而强烈地表达了人们在政治高压之下的失望、厌恶和悲愤的情感。诗人笔下的“生活之恶”有着深刻的时代烙印。《乌贼骨》中经常出现诗人故乡里古利亚海滨风光，但不是传统的田园牧歌式的描写，而是一景一物均经过诗人精心的挑选、精确的刻画，成为精辟的隐喻，组成一系列具有象征意义的形象，用以描写“生活之恶”的暴虐所造成的生存悲剧景象和心灵的创痛，体现了隐秘派诗人善于运用象征和隐喻的手法，寓意于日常生活中极普通的事物，创作出深邃而又朦胧的艺术意境的特征。这部诗集为诗人全部创作的思想内容和艺术形式奠定了基础。诗人也因这部诗集获得了“生活之恶”歌手的称号。

1927 年蒙塔莱迁居佛罗伦萨,创作进入第二阶段。他始终站在法西斯反动当局的对立面,与进步作家和从事反法西斯地下斗争的战士一起,为反法西斯事业效力。1939 年蒙塔莱出版诗集《境遇》,收集了 1928 年至 1939 年的作品,以后不断再版,汇集了他在佛罗伦萨生活 20 年间所写的全部诗篇。《境遇》是蒙塔莱的第二部诗集,也是诗人创作成熟时期的代表作。《境遇》包括 22 首诗,描写生活中各种不同的境况,既有《生活之恶》里的肆虐,也有《已获得的幸福》中的片刻欢乐,更有《收税人的小屋》里的温馨爱情。诗人将人生比喻为一堵高墙,他艰难地在墙垣上寻找豁口,通过缺口隐约看见生活的真实,瞬间产生对生活的理解。《境遇》题名的含义,是指诗人上下求索而偶有所得的机遇,更是指诗人殷切期待摆脱"生活之恶"的出路。与《乌贼骨》相比,《境遇》是一种新的意境,更高的境界。诗人偶然所处的境遇是一种突然的发现,像奇迹般神秘,是非同寻常的事物,可遇而不可求。诗歌描写的是一种神化了的现实,一种形而上的现实。最具代表意义的是诗中经常出现的一位神秘女性,诗人称她作克吕提厄,有时只称为"她"。她其实是蒙塔莱在 1930 年前后认识的一位犹太女子,是诗人精神恋爱的对象。她是诗人心目中超凡脱俗的女神,精神上的向导。诗人不仅将爱情寄托在她身上,而且从她那里获得生活的真谛和创作灵感。创造诗歌意境不只是宣泄苦恼的方式,而是净化精神、趋向崇高与神圣的途径。蒙塔莱在一些诗歌中将抽象的"生活之恶"同现实的黑暗统治相联系,以隐晦的方式进行批判。

《境遇》不仅思想内涵更加丰富深沉,而且艺术技巧的锤炼更见功力。诗的立意新颖独特,意蕴无穷,多用简洁的短诗形式显示出格言警句式的风格。象征和隐喻的手法运用圆熟,达到炉火纯青的境地。例如诗人在《剪子,莫要伤害那面容》(1937)一诗中写道:"莫要伤害那面容呵,剪子,它是记忆中唯一的幸存,逐渐地暗淡迷蒙,莫要把阴霾永远地笼罩沉默的、亲切的面容。"在这一节诗里诗人采用"面容"和"剪子"两个具体物象作为象征意象的载体,剪子代表着时间,剪裁着人们的记忆,而面容就是记忆中埋藏着的亲朋的脸。诗人请求"剪子"不要伤害"脸容",因为它是"记忆中唯一的幸存",这种担忧道出了诗人对"面容"的一往情深和对"剪子"的无奈,表达一种无法珍藏美好回忆的伤感,无情的时间使人们永远处于拥有与失去的永恒的矛盾运动之中。“剪子”和“面容”拓展的艺术空间是十分广阔的，可以引起人们无限的遐想。紧接着在下一节诗里出现的是“一阵飕飕的寒气……树冠在凶狠的一击下落地。负伤的洋槐，把树上蝉的外壳，抖落在十一月的最初淤泥”。通过对朔风折断树冠，树又把蝉壳抖落这一事件的逻辑进程的描写，象征一场突然发生的灾变、一次毁灭性的打击。负伤的“洋槐”与落入“淤泥”之中的“蝉壳”，是诗人受创心灵的外化，淡淡的伤感此时变成沉重的伤痛。短短的一首诗描写了永远的得与失的冲突，猝不及防的灾难，人生的幸与不幸尽在其中，令人回味无穷，日常生活中的普通场景在诗人神奇的笔下，具有异于寻常的寓意，其中饱含诗人对现实生活的痛彻肺腑的感受，又蕴藏着诗人对人生的冷峻清醒的哲理思索。这就是隐秘派诗歌的隐喻特征。1948 年蒙塔莱离开佛罗伦萨定居米兰。

60 年代蒙塔莱曾经停止发表诗歌达十年之久，以沉默对抗新先锋派的革新，70 年代开始重新发表诗歌，出有诗集《萨图拉》(1971)、《七一年和七二年诗歌日记》(1973)、《未发表的诗》(1975)、《四年诗抄》(1977)、《集外诗集》(1981)。1967 年他被意大利总统授予“终身参议员”之职。《暴风雨及其他》收集了蒙塔莱 1940 年至 1954 年写的诗，是诗人创作第三阶段的代表作。暴风雨的意象在作品中反复出现，喻指法西斯专政和战争。暴政和战争像狂风骤雨，毁灭了诗人逃遁于艺术世界的幻想，诗人失去了内心的脆弱平衡。第二次世界大战的烈焰在意大利国土上蔓延，意大利人民反法西斯的抵抗运动风起云涌，诗人走出书斋，投身反法西斯斗争，重新感到需要与他人展开“对话”，迫切需要参加“合唱”，而不是“独唱”。他写出一首首反法西斯主义的诗篇，将自己的诗歌汇入了时代的主旋律之中。在《菜园》一诗中，他谴责法西斯统治是“酷刑和呻吟的时辰，打击世间万物”。《希特勒的春天》更是将抨击的矛头直指纳粹党魁。1938 年初，希特勒访问意大利，与墨索里尼在佛罗伦萨会晤，进一步实行狼狈为奸的勾结。蒙塔莱闻讯慨然命笔，写下这一首著名的诗篇。他称希特勒是“地狱使者”，在风雨交加的早春之夜展翅飞抵意大利，受到“刽子手们”即法西斯党徒的欢迎，它们是“黑夜中狂舞的群魔”，给和平的人们带来无穷灾难，希望将它们顷刻消灭在人间。诗歌虽然采用了隐喻的手法,但是反法西斯主义的战斗锋芒显而易见。这些诗虽然还不是雄壮的进行曲,但也不再是悲切的哀歌,而是悲壮的怒吼。抽象的“生活之恶”以统治者凶神恶煞的面目出现,以世界大战的浩劫形式出现,人间悲剧达到高潮。诗人悲痛地看见,惊恐不安的人们遭受暴力的摧残,犹如在暴风雨之夜撞死于灯塔的飞鸟,人们的心灵由于绝望变成了“一潭冷漠的湖水”,任凭暴风雨袭击(《暴风雨》)。诗人不再寻找幻想中的境遇,而是探寻生存的普遍意义。“生活之恶”在以前只是生活中的一部分,那么,经历战乱之后,变成了生活的全部,得出了生存险恶、人生注定痛苦的结论。蒙塔莱在战后所写的一些诗歌中激情少了,代之以冷静的思索。某些意境更加深邃幽暗,含义更加隐蔽,令人颇费揣摸猜测。

《暴风雨及其他》是一部更具现代派色彩的集子,因此人们对它的评价不尽相同,不如前两部诗集那么广受欢迎。蒙塔莱晚年生活在工业化社会,他不受表面繁荣的迷惑,而是敏锐地感觉到在工业化社会中人的本质异化,更深刻地认识生存危机,在作品中揭露和嘲笑荒诞离奇和矛盾百出的社会现象。他以老年特有的睿智目光透视生活,通过对身边事物的观察和深思熟虑,获得许多灵感与顿悟,写出一首首简练隽永的短诗,给人以启迪。诗集《萨图拉》是最主要的作品。晚年诗歌较之从前的作品,文笔更加朴素凝练,语言更加诙谐生动,哲理意味更加深重浓厚,格调更加散文化。短诗《失眠是我的痛苦》颇具代表性:

失眠是我的痛苦,
也是我的幸福。
只有遭受到梦的冷拒,
我才能清醒地躲入
夜不堪幽暗的庇护,
幻影被阳光驱逐,
在黑夜里竟自由。
这些精灵的夜游,
当然并不令人赏心悦目,
但它们之中或许

有一个不是空幻虚无，
而是唯一的真实流露。

第二节　莫拉维亚

阿尔贝托·莫拉维亚(1907—1990)出生在罗马一个富裕的犹太族家庭，父亲是画家和建筑师。他从九岁起患骨结核，进行了九年的治疗和休养，其间不能上学，依靠勤奋自学，打下坚实的知识基础。1925 年他久病初愈，能够下床拄双拐行走，便开始撰写第一部长篇小说《冷漠的人们》，历时三年写成，1929 年自费出版，一举成名。他从此终身专事写作，在长达 60 年的创作期内，发表了 17 部长篇小说，12 部短篇小说集，十个剧本，十部评论集和游记。他因文学成就斐然，曾被推举为国际笔会主席并当选为欧洲议会议员。

莫拉维亚的创作大致可以分为三个阶段。1929 年至 1945 年是第一阶段，作品反映法西斯反动统治之下的黑暗现实。处女作《冷漠的人们》(1929)通过一个资产阶级家庭的堕落，展现 1920 年至 1926 年法西斯主义形成和发展的社会背景。主人公米凯莱本来是一个正派的青年，他发现姐姐卡拉的未婚夫莱奥竟然是母亲格拉齐娅多年的情人。这个卑劣的家伙榨干了家里的钱财，又将母女两人玩弄于股掌之上。他一气之下持枪去找莱奥算账，扑了空。他泄气了，很快将报复的决心忘得一干二净。因为娇生惯养长大的他生性怯懦，没有改造现实的勇气。后来他受利益的驱使，甚至与莱奥合伙做投机买卖，并且在莱奥经营的公司里任职。他对污秽的环境逐渐听之任之，变得像母亲和姐姐一样无动于衷，贪图安逸，得过且过，成了冷漠自私的人。年轻的卡拉原来是一个对生活充满幻想的单纯姑娘，向往摆脱家庭羁绊去开创自我存在的新天地。她却经不住莱奥的物质引诱，终于采取实用主义的态度对待生活，同意嫁给这个让她内心十分鄙视的人，以冷漠的眼光看待莱奥与母亲的暧昧关系。卡拉和米凯莱一起成为与莱奥同流合污的人。母亲格拉齐娅是一个典型的放荡的资产阶级阔太太。她穷奢极欲，荒唐无耻，除了金钱和享乐之外，什么都不关心。儿子的精神崩溃，女儿的怨恨，莱奥的背叛，她都不在乎。

她对周围的一切冷漠到了麻木不仁的程度。莱奥是一个唯利是图、冷酷无情的资产阶级代表人物。他侵吞了格拉齐娅的全部财产，又霸占了她和她的女儿，使她一家人沦为他的附庸。故事以代表现实社会的莱奥大获全胜和米凯莱一家的彻底失败告终。小说的结尾是一场假面舞会，戴着毫无表情的面具跳舞的是一群冷漠的人，这是那个表面繁华热闹实质残酷无情的社会的缩影。

《冷漠的人们》中“只有人物和情景，完全摒除了评论和分析而达到纯客观”，将一个骇人听闻的残酷故事不动声色地描写出来，仿佛是司空见惯的寻常事，这种冷静之中透出的是对生活彻底否定的认识，即生活的本质是荒诞的，无可救药的。小说的存在主义思想倾向十分明显。因此，这部比法国作家萨特的《恶心》早十年发表的作品被认为是欧洲的第一部存在主义小说。莫拉维亚对格拉齐娅、莱奥这两位完全反面的人物的描写带有传统现实主义小说的略显夸张的漫画式手法，而对米凯莱、卡拉这样的小人物的形象塑造，是细致而逼真的，对他们的精神状态的刻画达到了入木三分的程度。莫拉维亚意在指出，年轻人不敢正视现实，放弃理想追求的冷漠的人生态度是滋生法西斯主义的精神土壤和道德基础。这也是此后他的一系列小说描写的主题，如长篇小说《未曾实现的抱负》(1935)、《阿戈斯蒂诺》(1944)、《违抗》(1948)、《随波逐流的人》(1950)等。在这些作品中莫拉维亚刻画出一群在法西斯主义思潮中随波逐流的资产阶级人物。他们对罪恶现实冷漠视之，放纵自己违抗一切约束，变得意志薄弱，精神空虚，人格低下，成为麻木不仁的醉生梦死者。小说如实地反映出普通人在法西斯主义的蛊惑之下丧失良知、道德堕落的特定历史事实，记载了意大利民族历史上可悲的一页。

莫拉维亚还大胆采用讽刺手法，抨击法西斯政权和针砭时弊。剧本《假面舞会》(1941)用假想的某南美专制国家的独裁者作替身，对法西斯主义头子墨索里尼嘲笑挖苦，痛加挞伐。短篇小说集《瘟疫集》(1944)通过一则则童话式的超现实故事，描写现实生活中的畸形丑态，进行旁敲侧击的评价，予以辛辣讽刺。1936 年至 1943 年莫拉维亚的生活极不安定，小说《冷漠的人们》、《未曾实现的抱负》遭到反动当局的查禁，他不得已多次出走国外。剧本《假面舞会》发表后，墨索里尼亲自下禁令，警察局将他列入颠覆分子黑名单，迫使他四处潜藏。1943年德军占领罗马后，他逃出城，开始颠沛流离的难民生活，创作也为之改观。

第八章
西班牙语、葡萄牙语文学

概述

西班牙文学

1936年之前的西班牙文坛显然充满了生机。这主要是因为“二七年一代”依然活跃并逐步成为了文坛主力，他们中的不少人，如加西亚·洛尔卡、阿尔贝蒂、阿莱克桑德雷等已经具备了大家风范，后起作家如米格尔·埃尔南德斯、戈麦斯·德·拉·塞尔纳、松苏内吉等也已崭露头角。因此，许多文学史家把1936年以前的近半个世纪称作西班牙文学的“白银时期”或“半个黄金世纪”。但战争使一切溃灭，大批仁人志士亡命海外，其中有不少是知名诗人和作家，西班牙本土文学（尤其是小说）的式微和荒芜就已不可避免。

年轻的一代诗人迅速崛起，他们以鲜血作墨、生命作纸，唱响了一支支令人回肠荡气的反法西斯战歌。代表人物有米格尔·埃尔南德斯米格尔·埃尔南德斯（1910—1942），其作品有创作于30年代的《月中小狗》（1933）、《不谐之音》（1934）、《不断的光》（1936）和《人民风》（1937），以及在狱中完成的《相思谣曲》(1938—1942)。这一时期涌现的新一代小说家肩负着承上启下的重任,他们虽然势单力薄,但却不同程度地影响了后来者。加夫列尔·弗朗西斯科·米罗·费雷尔(1879—1930)是典型的形式主义作家,著有作品《墓地樱桃》(1910)、《我们的圣达尼埃尔神父》(1931)和《麻风主教》(1936)等。拉蒙·佩雷斯·德·阿亚拉(1881—1962)以《蜜月与晦月》及《乌巴诺和西莫娜历险记》开创了意识流手法之先河。在戏剧界,这一时期的西班牙诗剧改变了以往基本上只限于轻喜剧和历史题材的做法,瞄准平素难以接触文学、光顾剧场的广大劳动阶层,试图用低廉的票价和活生生的现实题材同电影争夺受众。同时,大量战地剧产生了,阿尔维蒂、曼努埃尔·阿萨尼亚、阿莱汉德罗·卡索纳、米格尔·埃尔南德斯等著名诗人和剧作家都以极大的热情加入了战地剧的创作。不过,这一时期的戏剧繁荣只是一种假象或者一道昙花一现的美丽风景。因为战地剧的命运和战地诗歌一样,迅速被战火吞没。大量剧作甚至没有留下任何印迹,就完全消失在战争的硝烟之中。和战地剧几乎同时产生的后方剧却是另一番景象,如青年作家贡萨洛·托伦特·巴耶斯特尔的处女作《托拜厄斯之旅》(1938 年),取材于《圣经·旧约》,探寻人生和诗歌的真谛。

葡萄牙文学

20 世纪 30 年代的葡萄牙,新现实主义文学运动破土萌芽,涌现出一批优秀作家。面对国内空前严重的社会、政治、经济问题带给广大劳动人民的贫困苦难,新现实主义作家们揭露黑暗,针砭时弊,抨击独裁统治,旨在以文学的形式鞭策社会,改造社会。他们突破了 19 世纪现实主义作家的局限性,不是将目光投向上流社会,而是追随新现实主义先驱费雷拉·德·卡斯特罗,致力于描写底层劳动人民尤其是农民的苦难生活,对处于饥寒交迫的平民寄予深切同情。因此,贫穷落后以及社会的种种不公正现象便成为他们主要的创作题材。新现实主义作家努力使自己的作品甚至在语言上都要贴近劳动者,其作品代表了劳动者,同时劳动者又成为他们作品的主要读者。

阿尔维斯·雷多尔(1911—1964)是第一位受到广泛欢迎的新现实主义小说家,他的《雇农》被视为葡萄牙第一部新现实主义作品,开创了新现实主义小说的叙述模式,即一方是统治阶级,是恶的纯粹象征;另一方是一群被剥削和被压迫者以及一位作为正面英雄的主人公,这位主人公体现了这一群体有能力自我解放的前景,他们是未来世界的希望。曼努埃尔·达·丰塞卡(1911—1993)的诗歌作品通俗流畅,情真意切而无人工雕琢的痕迹,1940 年问世的诗集《风中的玫瑰》是最早的新现实主义诗作之一。其小说多以故土阿伦特茹农村为背景,富有浓郁的地区色彩,真实地描绘偏僻地区的贫穷而又无望的农民的悲惨生活,严厉抨击社会的种种不公正现象,极富诗意。他的其他作品还有长篇小说《风的种植园》(1958)等。这一时期的新现实主义其他代表作家还有索埃罗·佩雷拉·戈梅斯(1909—1949)、费尔南多·纳莫拉(1919—1989)、马里奥·迪奥尼里奥(1916—1993)、若泽·戈麦斯·费雷拉(1900—1985)和米格尔·托尔加(1907—1995)等。

西班牙语美洲文学

经过现代主义、后期现代主义和形形色色先锋思潮的洗礼,这一时期的拉丁美洲文学已经有所积累并逐步将自己融入西方文学的流程。面对战火纷飞的世界,拉丁美洲的优越性得到了前所未有的体现——首先是和平的环境和丰富的资源,其次就是种族和文化混杂。墨西哥作家何塞·巴斯康塞洛斯(1882—1959)认为,拉丁美洲国家的民族性是可以与世界性画等号的,拉丁美洲是个名副其实的世界广场。他认为狭隘的地区主义不是真正的民族主义,而是抱残守缺、因循守旧和闭目塞听。为了实现共同振兴"宇宙种族"的美梦,巴斯康塞洛斯及其继承者阿方索·雷耶斯诚邀米斯特拉尔、聂鲁达、阿斯图里亚斯、博尔赫斯等访问墨西哥并称他们为"宇宙种族"的代表。地区主义,在当时几乎是现实主义的代名词,十分关注社会现实,试图通过文学艺术揭露社会黑暗、批判社会不公,以期最终改变社会面貌。

巴斯康塞洛斯的不乏乌托邦色彩的大同思想由一些前卫艺术家逐步

演化成了美好的梦想,催生了三四十年代风行于西班牙语美洲文坛的宇宙主义思潮。由阿方索·雷耶斯(1889—1959)、博尔赫斯等人演绎的宇宙主义思想迅速转换生成为一种包容性极强的整合精神。在这种精神的驱使下,拉美作家博采众家,取其所长。然而,宇宙主义从大处着眼,确有掩盖阶级矛盾、回避现实问题的倾向。地区主义者恰恰抓住了这个薄弱环节,着眼于印第安人和黑人的生活,地区主义终于和源远流长的印第安主义殊途同归,化合成声势浩大的土著主义运动。厄瓜多尔作家豪尔赫·伊卡萨的长篇小说《瓦西蓬戈》(又译《养身地》,1934)、秘鲁作家西罗·阿莱格里亚的长篇小说《金蛇》(1935)和《广漠的世界》(1941)以及墨西哥女作家罗萨里奥·卡斯特利亚诺斯的长篇小说《巴龙·伽南》(1955)等,被认为是土著主义小说的代表作。这些作品不仅是色彩暗淡、格调阴郁的印第安村社的风俗画,也是揭露种族压迫的控诉状。它们没有跌宕起伏的故事情节,也很少有性格描写,人物是类型化的群体,是整个印第安种族。由于它们把种族和阶级的双重压迫暴露得过分真实、直接,曾招来不少非议。

巴西文学

20世纪30年代,巴西涌现出了一批颇具才华的小说家,被称为"东北部小说派",创作出了一批优秀的地区性小说,在巴西文学史上开创了一页崭新的篇章。这一派地区性小说完全突破了浪漫主义时期地区性小说的理想主义传统,如实地把农村生活展现在读者面前。也就是从这里开始,巴西文学从接受葡萄牙和西方的影响开始转而影响到葡萄牙和西方,它开创了巴西文学的一个新阶段,创立了可以称为真正独立的巴西文学。"东北部小说派"的作家虽然都以巴西东北部地区为背景,以干旱、饥饿和犯罪等内容为题材,但因为他们的出身、经历和政治倾向不同,所以对同样题材的处理角度也各不相同,每个作家都有着自己的特点。代表作家有若泽·阿梅里科·德·阿尔梅达(1887—1969)、若热·亚马多·德·法里亚(1912—2001)和拉谢尔·德·克罗斯(1910—)。

在诗歌领域,现代主义第一阶段的诗人突破了传统诗歌的束缚,到20

世纪 30 年代,又有一批新诗人开始登上巴西诗坛。他们不用再为现代诗歌去论战,而是任凭个人的志趣从事诗歌创作,扩展了诗歌题材,使现代诗歌进入了一个新的阶段。卡洛斯·德罗蒙德·德·安德拉德(1902—1987)的名篇《若泽》在巴西广为流传,诗人关心社会,着眼现实,对底层人民的不幸遭遇掬同情之泪,对不公正的社会予以批判和嘲讽,因此赢得了"公众诗人"的桂冠。其他代表诗人还有穆里洛·门德斯(1901—1975)和塞西莉娅·梅雷莱斯(1900—1964)等。

第一节　米斯特拉尔

智利诗人加夫列拉·米斯特拉尔(1889—1957)是拉丁美洲后期现代主义时期最自然、最富有个性和人道主义精神的诗人。她的诗作均是有感而发,既没有闲情逸致,也不是无病呻吟,而是真情的火焰,突破了现代主义的唯美主义和形式主义诗风。她还是爱好和平和自由的进步人士,她的作品融合了真挚和博爱,使她获得了战后第一个诺贝尔文学奖。"由于她那富有强烈感情的抒情诗,使她的名字成了整个拉丁美洲的理想的象征"。

米斯特拉尔本名卢西拉·德拉·玛利亚·德尔·佩尔佩图奥·索科罗·戈多伊·阿尔卡亚加,出生在智利首都圣地亚哥以北 200 公里外的维库尼亚镇,但她的真正故乡是安第斯山脉艾尔基山谷中的一个叫拉乌尼瓮或皮斯科的小村落,父亲是乡村教师,母亲是家庭妇女。和许多伟大的作家一样,小卢西拉有一位慈祥的祖母。因为祖母笃信天主教,所以小卢西拉几乎是捧着《圣经》长大的。但是,由于父亲在她年幼时离开了家庭,而母亲又曾是位未婚妈妈,小卢西拉从小受到歧视,以至于未能像别的孩子那样及时上学读书。好在她同母异父的姐姐埃梅丽娜是乡村教师,担起了为小卢西拉启蒙的责任。埃梅丽娜比卢西拉大整整 15 岁,加之家境、身世特殊,因而格外早熟,不少人错把她当成孩子的母亲。埃梅丽娜总是白天带妹妹到学校给双目失明的校长当领路人,晚上边备课边辅导妹妹读书识字。然而,这位善良的姐姐很不幸,她因为匆忙嫁人,又早早地成了寡妇,不久还痛失爱子,完全丧失了对生活的兴趣。母亲和姐姐的不幸使卢西拉过早地明白了生活的艰难。她拼命读书并且像父亲那样作诗绘画,以期有朝一日当一名乡村教师。

1903 年,刚满 14 岁的卢西拉以优异的成绩报考师范学校,但得到的却是当头一棒:校方因为她的无神论倾向而拒绝了她的申请。卢西拉不得不放弃到正规学校深造的念头,独自跑到一所叫拉贡尼亚的乡村小学当助理教师。由于她对比她小不了多少的孩子们充满爱心,学校对她非常满意,不久便推荐她去坎特拉镇任教。从此,卢西拉更是尽心尽职,把全部精力都放在了教书育人上。与此同时,创作的欲望在她心中燃烧,她开始以“孤独”、“心灵”等笔名向报刊投稿。1908 年,她的一些诗作在杂志上发表,署名“米斯特拉斯”。也是在这一时期,爱情开始向她招手,她结识了铁路工人罗梅里奥·乌雷塔。可是,乌雷塔是个负心男人,他在得到卢西拉的爱情后,无情地抛弃了她,并随后为新欢而自尽。这对孤独、内向的卢西拉来说是极大的打击。后来的卢西拉几乎一直生活在回忆当中,以至于在四年以后发表的《死亡十四行诗》和 12 年以后发表的《绝望》中仍然徘徊着乌雷塔的幽灵。

所幸的是,卢西拉没有消沉,她全身心地投入教育工作,把所有的爱都奉献给了安第斯山区的孩子们,使一批又一批的孩子从深山走向了广阔世界,同时她本人也由山村教师成长为一代大诗人。在此过程中,有三个人对她产生了不可或缺的影响。一位是拉丁美洲的现代主义诗圣卢文·达里奥,由于他的鼓励和帮助,卢西拉得以在拉丁美洲诗坛一展才华;另一位是政要佩德罗·阿吉雷·塞尔达,此人几乎成了卢西拉的忠实保护人;还有一位是她依靠通信维持了七八年柏拉图式爱情的中年诗人曼努埃尔·麦哲伦·莫雷。自从 1912 年卢西拉取意大利诗人加夫列尔·邓南遮之名、法国诗人菲德里克·米斯特拉尔之姓给自己起了加夫列拉·米斯特拉尔这个笔名之后,便把一切痛苦化作了诗,化作了爱。她的成名作《死亡十四行诗》(1914)是为悼念死去的恋人而作,一举获得了首都“花节赛诗会”一等奖。

人们将你放在冰冷的棺材里,
我却要将你带回温暖的大地,

因为我也要在那里安息，
与你永远同眠梦在一起。

我让你回到大地母亲的怀里，
露出酣睡婴儿微笑的甜蜜。
大地将成为你柔软的摇篮，
把你这个孤独的孩子抱紧。

我将播撒泥土和玫瑰花瓣，
在月色浩淼的蓝雾里，
将你轻盈的遗体禁闭。
我赞赏这奇妙的结局，
因为从此没人会到这里与我争夺你的尸体！

和这首绝唱一样，《绝望》(1922)也具有鲜明的自述色彩：

自从和你订下终身，
世界变得多么美丽……
只要你看我一眼，我就格外美丽，
就像小草舔着露滴……

天真无邪的少女情窦初开，但是背叛、失恋和死亡彻底毁灭了初恋的甜蜜和希望。这些诗既是米斯特拉尔创作的动力，也是她博爱的源泉。

20年代中期，米斯特拉尔摆脱了痛苦的阴影，开始以母性的博大胸怀面对世界，先后发表了《孤独的婴儿》、《母亲的歌》、《怀念母爱》等一系列充满柔情、母爱的诗、文。时值宇宙主义思潮在拉丁美洲兴起，她的这些突破了阶级、民族局限的作品在一代拉丁美洲文人的心中引起共鸣。她应邀访问墨西哥，尔后遍访拉丁美洲，不久又以记者、外交官和著名诗人的身份往返于欧美大陆，创作题材不断丰富、胸襟愈来愈开阔。她开始坚定地站在穷人和弱者一边，甘愿做他们的代言人。她的爱也从个人感情逐步升华为对整个人类及大自然的博爱。这时,给人类造成空前灾难的第二次世界大战全面爆发。米斯特拉尔更是以女性特有的怜悯和慈爱谴责暴力,呼吁和平。当然,米斯特拉尔不是坚定的无神论者,她的晚期作品愈来愈表现出对宗教的虔诚。这在她自己总结的创作心得《艺术家十诫》中表现得尤其明显。在《艺术家十诫》中,她认为诗人应该爱美,因为美是上帝在宇宙的影子;应该信神,即使你不爱他,也该相信他的存在;不要把美当作感官需要,而要把它作为灵魂的自然食粮;美不是空泛的,不是辞藻的堆砌,而是神圣的事业;不要把美带到集市上去,因为美是纯洁的处子;美来自心灵,变成诗,把你净化;使你的美成为仁慈,使人的心得到安慰;要像孕育孩子那样孕育你的作品;美不是鸦片,而是生命的动力;作诗必先做人。米斯特拉尔一生共发表诗集《绝望》(1922)、《柔情》(1924)、《塔拉》(1938)、《葡萄压榨机》(1954)、《诗歌全集》(1958)和《智利诗歌》(1967)等六部,散文集《给智利的歌》(1957)、《给美洲的歌》(1978)、《墨西哥素描》(1978)、《给大地万物的歌》(1979)等多种。这些作品可粗分为两大类:一类是表达爱情和爱情幻灭后的绝望心情的,大都收录在早期的《绝望》一书中;另一类是歌唱母爱和博爱的,涵盖了《柔情》以后的几乎所有作品。

第二节 聂鲁达

智利诗人巴勃罗·聂鲁达(1904—1973)以他的博大和雄浑谱写出了孕育大河般澎湃的现代史诗,他的作品被译成各种文字,于 1971 年荣获诺贝尔文学奖。聂鲁达还是爱国进步人士,积极投身于自由事业,他曾和毕加索等著名艺术家一起获得国际和平奖。聂鲁达本名内夫塔利·里卡多·雷耶斯·巴索阿尔托。出生刚一个月,母亲就病故了。父亲是个粗人,在铁路局工作,根本不懂得怎样照看孩子。所幸的是有人主动承担了抚养的重任,此人后来成了孩子的继母。六岁那年,聂鲁达举家迁至特木科。那是座背靠大山面对大海的南方小镇。聂鲁达在那里上学读书并在老师的辅导下背诵古老的歌谣。

1917 年,13 岁的聂鲁达在当地报刊上发表第一篇散文。翌年,他的第一首小诗《我的眼睛》在首都刊出。他偶然一次在报刊上读到了捷克诗人聂鲁达的作品，便不假思索地拿他的名字作了笔名。少年聂鲁达感叹大自然的神力，大自然的造化：

海水愤怒地拍打海岸，
波涛不停地撞击沙滩。
这是什么？这是幻觉？
不，这是祖国的荒原。
倾听那暴雨落入大海，
大海在天空生成、落下。

南方的大雨自天而降，在合恩角至安第斯山的辽阔地域上悬起一道道无边无际的飞瀑。雨中的城池像大海中颠簸漂摇的小船，显得既无奈又无助。晚年的聂鲁达在《我承认，我曾历尽沧桑》(1971)中，就是这样回忆少年的南方的。它赋予他最初的创作冲动。但是，随着年龄的增长，爱情这个神秘怪物占领了年轻诗人的视线。1920年，16岁的聂鲁达在一年一度的地区春季花会上一举夺得春光赛诗的桂冠并结识了春光王后黛莱莎。黛莱莎的清纯和美丽像一道新的风景，开启了他人生新的一页，聂鲁达为她写下了大量柔情至真的诗篇。在1924年出版的《二十首情诗和一首绝望的歌》中，有十首是诗人献给黛莱莎的。这些诗作大都是诗人真情实感的流露，因而充满了狂放的象征和大胆的、近乎赤裸的描写：

我的女人，我要执着地追求你美丽的身躯
……渴望经历那永恒的黑色沟渠……

你的乳房仿佛一对洁白的巨蜗，
你的下腹睡着一只斑斓的蝴蝶……

在唯美主义的现代主义余音缭绕的拉丁美洲诗坛，聂鲁达的诗句多少浸染着先锋思潮的浪花，因为其时的他已经是圣地亚哥智利教育学院的一名大学生，而且专修法语，耳濡目染的是来自四面八方的新风。

创新，是一切艺术的秘诀，20年代更由此起彼伏的先锋思潮空前地凸现出来。聂鲁达无疑深受其惠。明证之一是1925年的《无限人类》。这部诗集明显受到法国超现实主义的影响。诗人深深地堕入梦和潜意识的黑洞：

在心的黑夜里
你的名字悠悠
似水滴悄悄流落
被发现突然突然
在心里扩散扩散
怀着悲伤的固执升腾
一如秋夜冰冷的梦境

（《缓慢的呻吟》）

但是，聂鲁达的超现实主义激情稍纵即逝。这也是由诗人的卓尔不群的创新意识所决定的。意识使然，时尚使然，聂鲁达不断改变着创作路数。

1926年，因生活所迫，聂鲁达辍学了。此后，他的生活充满变数，先是经友人推荐到外交部供职，不久即被任命为驻仰光领事。在前往仰光途中，诗人顺访了布宜诺斯艾利斯、里斯本、马德里和巴黎。此后，又趁工作之便访问了中国、印度等国，结识了他的第一任妻子、荷兰籍女子玛利亚·安东尼娅。1928年他被调任驻科伦坡领事，两年后又任驻雅加达领事，1931年赴新加坡任领事。在此期间，聂鲁达笔耕不辍，完成了《大地上的居所》第一卷。瑰丽、奇特的东方文化在这些诗作中留下了深刻的印记。1933年，聂鲁达被调往布宜诺斯艾利斯任领事，翌年再次横渡大洋，先后任驻巴塞罗那和马德里领事。在西班牙，诗人如鱼得水。他以文会友，与加西亚·洛尔卡、阿尔维蒂、阿莱克桑德雷、米格尔·埃尔南德斯等著名诗人、作家过从甚密，并频繁出没于酒吧沙龙，谈诗论艺。这时，他的第二任妻子德丽娅·德尔·卡里尔来到了他的身边,给他的创作“带来了新的灵感”,使他很快就完成了《大地上的居所》第二卷的写作。德丽娅一直和他生活到1955年,那一年他和第三任妻子玛蒂尔德·乌鲁蒂娅正式结婚。

1936年西班牙内战爆发,一向疏于政务的聂鲁达毫不犹豫地辞去公职,毅然决然地加入了反对德、意、西法西斯的国际纵队。《西班牙在我心中》(1936—1937)一集便是诗人在战斗中创作的诗篇。这些诗篇带着血,带着泪,带着大无畏的革命精神,激励了共和国的战士,记录了法西斯的残忍:

为了纯洁、绽放的玫瑰,
为了大地、天空的起源,
我愿唱响伟大的歌,
伴着隆隆的炮声……
今天,明天,踏着你的脚印
一片寂静,一片希望……
亲爱的母亲,
一把僵硬的燕麦,
干枯的土地,
洒满英雄的鲜血!

(《献给伟大人民的赞歌》)

西班牙内战结束后,聂鲁达怀着极大的悲痛投身于和平事业。1940年至1943年,他在任智利驻墨西哥总领事期间,创作了一系列政治诗,其中有《献给斯大林格勒的情歌》、《献给红军的歌:庆祝红军到达德国边境》等。1945年,他参加智利共产党,不久当选为国会议员。1947年,《大地上的居所》第三卷出版,《西班牙在我心中》是其主要内容。翌年,智利发生政变,共产党被迫转入地下,聂鲁达受到通缉。1949年,他逃往阿根廷要求政治避难,从此流亡国外三年之久。

流亡时期完成的《漫歌》(1950)被认为是聂鲁达的代表作。《漫歌》分15章,248首。第一章《大地上的灯》是对整个拉丁美洲的全景式描绘。第二章《玛丘碧丘之巅》是全书的中心,它从古印加王朝遗址玛丘碧丘之巅阐发开来,讴歌了古印第安文明的奇特与辉煌。第三章《征服者》,顾名思义,写欧洲殖民者的入侵。《漫歌》意欲涵盖整个拉丁美洲的历史与现实、理智与情感、屈辱与希望。其中第九章《伐木者醒来吧》曾在我国读者中引起强烈反响。作者试图用马克思主义的立场、观点和方法解析阶级矛盾和民族矛盾,同时热情歌颂了美国前总统林肯的丰功伟绩。《漫歌》在创作手法上不拘一格。每一章几乎都有相对独立的内容、相对独立的形式,或古典或现代,或爽朗或艰涩,因而是一支多视角、多声部的雄浑交响曲,如史诗般气势磅礴。五六十年代,聂鲁达在积极参与各种社会活动的同时,继续潜心作诗。先后发表的有《船长之歌》、《元素之歌》、《葡萄和风》、《十四行情诗一百首》,歌颂古巴革命的《战功》,以及《智利的石头》、《典礼》、《权力》,自传体诗《黑岛记事》(五卷)和《船歌》、《沙上屋》、《白天的手》、《世界末日》、《此外》、《烧红的剑》、《天石》、《海啸》等。聂鲁达始终以人民歌手自称,认为"创造一切的,是人民的手。这双粗糙而灵巧的手,没有眼睛,却能分辨是非;看似渺小,却能击碎顽石;黝黑似墨,却在创造光明……"

第三节　博尔赫斯

豪尔赫·路易斯·博尔赫斯(1899—1986)出生在阿根廷首都布宜诺斯艾利斯近郊一个富裕家庭,父亲豪尔赫·博尔赫斯是一位才华出众的律师,拥有一个巨大的图书馆和不计其数的英文书籍,母亲有英国血统,受过良好的教育。博尔赫斯的早期教育是在家里进行的,接受的是地道的英国式教育。第一次世界大战期间,他跟随父母去了日内瓦,并留在那里进修法语和德语,直至高中毕业。战后他逐卷通读《大英百科全书》并开始接触休谟、叔本华和尼采哲学,1920年南下至西班牙,参加了主张"创新创新再创新"的极端主义文学团体。一年后,他回到阿根廷,发表了《极端主义宣言》,稍后又加入阿根廷先锋派作家群"弗罗里达派"的行列。此间,他发表了三部诗集《布宜诺斯艾利斯的热情》(1923)、《面前的月亮》(1925)和《圣马丁札记簿》(1929)。这些诗集的显著特点是比喻和意念的堆砌。镜子、迷宫、街角和月亮是出现频率很高的名词,时间、怀疑、孤独是不断重复的主题。与此同时,博尔赫斯还先后出版了散文集《探讨集》(1925)、《希望领域》(1926)、《埃瓦里斯托·卡列戈》(1930)、《探讨别集》(1932)和《论永恒》(1936),散文是他由诗歌走向小说的桥梁。在他看来,诗歌是宣泄隐私的渠道,和日记一样隐蔽;散文(包括随笔和评论)是抽象的,可用来思考,于是他所关心的问题如时间、存在等等在散文中得以开掘和提炼;而小说则稍具体、稍形象一些,适合于想象。博尔赫斯的散文从一开始就具有小说的意味、小说的悬念。正因为如此,在他那里,小说和散文通常很难截然区分。

对博尔赫斯来说,1930 年是至关重要的,因为他结识了阿道夫·比奥伊·卡萨雷斯及其夫人希尔维娜·奥坎波,从而开始了三人在幻想小说研究和创作方面的长期合作。1935 年,博尔赫斯发表了第一部短篇小说集《世界性丑事》(又译《恶棍列传》)。这个集子虽然奇特甚至可以说是不同凡响,但却并非真正意义上的幻想小说。它充其量是些传奇故事,描写奇闻轶事,人物多为不同时期的罪犯。在这些作品中,博尔赫斯的创新意识已见端倪,突出表现为故事的跳跃性、大量的心理描写和形而上学的抽象、玩世不恭的臆造。后者在他未来的作品中反复出现并逐步升华为博尔赫斯式幻想。至于总体风格,评论家路易斯·哈斯称之为巴罗克。正是由于对抽象和臆造的钟爱,博尔赫斯才始终重视散文创作并努力使散文和小说趋同。比如,在《论永恒》中,散文和小说的界限已经十分模糊。此外,在这个集子里,他的视野已经明显超越西方文明,佛和道开始进入他的视线。从某种意义上说,《论永恒》是通向博尔赫斯的一把钥匙。因为从此以后,他的大部分题材和内容是一贯的,尽管其幻想形式不断变化。

博尔赫斯的第一篇幻想小说《特隆·乌克巴尔,奥尔比斯·特蒂乌斯》是他住院期间神志不清时写下的。此后,他接连创作了《小径分岔的花园》(1941)、《杜撰集》(1944)、《阿莱夫》(1949)、《布洛迪的报告》(1970)、《沙之书》(1975)等短篇小说集。同时,他还翻译了爱伦·坡的部分作品和卡夫卡的《变形记》,并与比奥伊·卡萨雷斯夫妇合作,编选了《幻想文学集》(1940),创作了《伊西陀罗·布罗迪先生的六个问题》(1941)、《两个令人怀念的幻想》(1946)等。

博尔赫斯的一生几乎都在图书馆里度过。父亲的图书馆是他童年的唯一;长大后,他又选择了图书管理员这个职业,并且一直从助理馆员做到阿根廷国家图书馆馆长,同时还是欧洲和美洲许多著名图书馆的常客。可以说他把毕生精力奉献给了书本,同时也从书本汲取了无穷的创作源泉,书是他的归宿和出发点。在他看来,"人类的一切发明都只是四肢的延伸,唯书不然……因为它是记忆和想象的延伸"(《书》)。他认为从古至今,真正的哲人都只把历史视作一部共同创作和阅读的漫无止境的书,人类在这本书里(既是作者也是读者)寻找和解释其存在意义。博尔赫斯在这本"书"中遨游了一辈子,发现和触发了无数令人惊叹的幻想。他的《世界性丑事》完全来自书本,是多年钩沉索隐的产物,其中的一些篇章几乎是对别的文本的原封不动的复述。他认为,没有复述和改写,也许就不会有原著的存在。所有作者都期待被人复述和改写并以此获得新生。他把书的这种重复和循环与众多对立、循环的主题和题材联系在一起。生命和死亡、现实和梦想、精神和物质等大得不能再大的主题或题材一方面因为无法写尽而提供了不断重复的可能性,另一方面又因为无法写尽而根本无须多写。它们在一定程度上悖论式地成就了博尔赫斯的重复和简练。正是这种重复(并非不变)和简练(并不简单),经与特定观念、事物(由头)嫁接,化合出博尔赫斯迷宫的不同甬道:幻想的形形色色,从而给读者提供了探寻、猜测、假设、想象的无限可能。博尔赫斯的假设当然不是依据一定科学事实和科学原理对未知对象所作的带有假定意义的推测性假说,而是虚无缥缈的玄想。

古希腊哲学家芝诺的著名悖论是"飞矢不动"。飞矢从甲点到乙点,必先到达二者的一半;要到达二者的一半,必先经过一半的一半。一半的一半的一半……是无限的,既然是无限的,那么飞矢也就永远不动。博尔赫斯从"飞矢不动"推演出"时间不动"的悖论并在小说中发扬光大。明证之一是《秘密武器》。从行刑者的子弹出膛到目标饮弹倒下,时间停滞了整整一年。人物从从容容地完成了写作计划(在故事中敷衍出别的故事)，然后以超休谟的极端感觉主义拂去静止：他饮弹倒下。这时，读者大可想象，终结的只是他敷衍的故事。类似情形还发生在始与终、有与无等相对关系上：有始必先有终，有有必先有无……反之亦然。这样一来，始与终、有与无也就成了“鸡与蛋”的悖论。这种悖论几可延伸到任何领域、任何关系。

梦自古被用来表现人生无常，象征世事莫测，但博尔赫斯之梦不是。对博尔赫斯而言，梦不仅仅是手段和表征，甚至不仅仅是对象和主题，而且(本末倒置地)是存在的本质和本原：所谓人生、世界无非是它的表象、它的形式。书、迷宫、镜子和一切似是而非都是它的比喻，就像一个传说的不同表述、一个动词的不同变位。例如《圆形废墟》中，他要梦一个人，包括其全部细节和现实。但是，为了永远不让被梦者知道自己只是别人的一个梦，他殚精竭虑，最后却绝望地发现，他(造梦者)其实也是一个梦，一个别人千方百计做出来的梦，就像上帝对莎士比亚所说的那样，“我不是我，我可能是一个梦，但我也做梦，一如你梦你的作品”。由于从休谟和康德那里接受了不可知论，又由于一味地探讨唯心主义哲学的文学性，博尔赫斯最终把形象设计的赌注下在了或然上：可能的不一定性，或者不一定的可能性。例如《小径分岔的花园》中，效命纳粹的中国谍报员为获取情报(敌方轰炸目标的暗号)，杀死了居住在迷宫花园里的一个叫阿尔贝特的人，殊不知此人的名字就是他要寻找的暗号。与此同时(或者在此之前)，阿尔贝特成了汉学家，破译了中国谍报员的祖先崔明的一部遗作。那位祖先写作这部书的唯一目的就是通过证明时间的分蘖、交叉和平行达到因果关系的错位和颠倒：使杀人者变成被杀者。从“真实”中引出梦幻，再用梦幻去覆盖“真实”。这是博尔赫斯的一贯做法。一切都似是而非，模棱两可。把世界对立统一的基本模式形而上学地分解为两个独立存在、互不关联的本原，是笛卡尔哲学的要旨。博尔赫斯心领神会，因此他的许多作品变生命和死亡、现实和梦幻、物质和精神为二元并立，并由此衍生出许多神秘和虚妄。凡此种种，当然是极端的虚无观和不可知论的反映，是同一个博尔赫斯的不同形态。它们的出发点和指向始终是观念而非形象，从而改变了文学的形态以及人们对文学的认知，模糊了文学与哲学的界限。

第九章

东方文学

概述

1928年至1932年，日本无产阶级文学进入全盛时期，产生了许多著名作家及代表作品，如小林多喜二的《在外地主》和《工厂支部》，德永直的《没有太阳的街》和《劳动的一家》，宫本百合子的《小祝一家》和《彬垣人》等。20世纪30年代，日本卷入了世界资本主义经济危机，为了转移国内日益激化的阶级矛盾，开始侵略中国东北的战争。同时在国内实行法西斯，疯狂镇压工农运动和日益发展的无产阶级文学运动。许多作家被捕，小林多喜二遭到杀害。无产阶级文学本身也走进政治误区，在经历全盛时期后走向低潮。与无产阶级文学对立的新感觉派和其后兴起的新兴艺术派也趋于解体。私小说由于自身陷入卑小的自我意识和自我陶醉，加之社会政治的重压，也自然衰微。但文坛老一辈作家重新活跃起来，如岛崎藤村、德田秋声、志贺直哉、川端康成等有大批作品问世，带来了1933年下半年“文艺复兴”的机运。然而同年，政府对左翼文学进一步镇压，整个文坛面临严重危机。30年代至40年代初，日本文学在战争体制下进入了最黑暗时期。

20世纪30年代，朝鲜人民抗日民族解放运动进入了武装斗争阶段。

1931 年和 1934 年，日本法西斯统治者对“卡普”（朝鲜无产阶级文学同盟）作家进行两次大逮捕，“卡普”于 1935 年被迫解散。作家李箕永（1895—1984）两次被捕入狱，在狱中和出狱后坚持创作，写出了许多反映朝鲜人民现实生活和革命斗争的重要作品，如短篇小说《朴永镐》（1933）、《寂寞》（1936），中篇小说《鼠火》（1933），长篇小说《故乡》（1933）、《人间课堂》（1936）、《春》（1940）等。《故乡》反映了朝鲜 20 年代农村的急剧变化，斥责了日本殖民统治的罪恶，揭露了地主阶级的丑恶面貌。小说结构严谨，人物形象鲜明，具有浓郁的乡土气息和民族特色，是一部朝鲜现代文学史上的重要作品。“卡普”的另一位重要作家韩雪野也被捕入狱。他在 30 年代创作出多部作品，如短篇小说《摔跤》（1931）、《过渡期》（1932）、《洪水》（1936）和《劳役》（1936），中篇小说《归乡》，长篇小说《黄昏》（1936）、《青春期》（1937）和《草香》（1938）等。《黄昏》以一个纺织厂为背景，表现工人阶级反对资本家剥削，为争取实现社会主义理想而斗争，塑造了许多个性鲜明的人物，艺术地再现了 30 年代朝鲜工人阶级的生活和斗争，是朝鲜现代文学中的佳作。

30 年代的印度尼西亚产生了“西方派”和“东方派”的大论战，如何处理好本民族文化和西方文化的关系，建设符合现代发展需要的民族新文化，成为那时民族解放运动的一个重大课题。作家纷纷在《新作家》杂志上发表文章。该刊旨在建设民族的新文化和新文学，为一切作家提供讨论和争鸣的园地，这些作家被统称为“新作家派”。新作家文学的深入发展反映了民族运动的全面开展。这时个人的反封建已不再是文学的主要内容，更多的是探索个人、家庭以至社会生活中新的意识和价值。代表作家是巴厘出身的班基·迪斯纳（1908—?），其小说《人贩子尼·拉威特·泽地》（1935）和《巴厘少女苏克蕾尼》（1936）是最早反映巴厘社会现实的现代小说。小说《伊·斯哇斯达在伯达胡鲁的一年》（1938），以巴厘历史为背景，描写印度教文化的深远影响，极富地方特色。另一位代表作家是伊斯兰作家哈姆卡（1908—1981），他的两部代表作是《在天房的庇护下》（1938）和《范德威克号的沉没》（1939），受埃及近代作家曼法鲁蒂的影响，多反映社会下层的苦难，尤其是青年男女在封建习俗和门户偏见下婚姻的不幸，带有伤感情调和浓郁宗教气氛。“新作家派”中号称“三杰”的作家是达梯尔·阿里夏班纳,发表过长篇小说《命运多舛》(1929)、《长明灯》(1932)、《匪穴少女》(1934)和《扬帆》(1936),后者主要表现他的西方化倾向,是一部理念小说;尔敏·巴奈(1908—1970)的代表作是《枷锁》(1940);阿米尔·哈姆扎(1911—1946)是30年代印尼最著名的诗人,被称为"新作家派诗歌之王",诗集有《寂寞之歌》(1937)和《相思集》(1941)等。

30年年代,越南的宜静苏维埃运动归于失败,革命处于低潮。这时诗歌成为知识分子表达惆怅、痛苦心理,追求理想,憧憬美好未来的工具,加上受到西方浪漫主义、象征主义等诗歌的影响,越南新诗应运而生,出现了新诗派与旧诗派的论争。新诗派代表诗人有范辉通(1916—1988)、刘重庐(1911—1991)、春妙(1917—1985)等。最重要的是诗人世旅(1907—1989)及其诗集《几行诗》(上卷1935、下卷1941),集中反映了新诗的特性和倾向,表达了诗人在革命低潮的艰难人生道路上惆怅、不安、痛苦、探索的心境和情怀。他还写有小说《金与血》(1934)、《天堂》(1936)、《梅香和黎风》(1937)等。与新诗派崛起的同时,越南文坛上出现了一个以小说创作为主体的文学团体"自力文团",成立于1932年,由一批具有浪漫主义倾向的青年作家和诗人组成。代表作家有阮祥三,笔名一零(1905—1963),代表作有小说《卖花担子》(1934)和《冷漠》(1936);概兴,笔名二零(1896—1947),代表作有小说《风雨飘摇的生活》(1935);兰开(?—1946),代表作有《苦难》(1938)。"自力文团"小说家及其小说的出现,标志着越南文学进入了现代。同时,作家们受到苏联、中国、日本的革命现实主义文学影响,现实主义逐渐代替浪漫主义,并日趋发展和成熟,终于成为1930年至1945年间越南文学的主流。其代表作家有阮公欢(1903—1977),代表作有短篇小说集《男角四卞》(1935),长篇小说《教师阿明》(1936),中篇小说《最后的道路》(1938)等,均以讽刺见长。现实主义流派小说家还有吴必素、南高等及诗人秀莫。

印度现实主义文学的兴盛深受甘地主义影响,30年代的现实主义文学也可称为甘地主义文学,著名作家有普列姆昌德、马尼克等。印地语作家普列姆昌德于20世纪初开始小说创作,先后写过《仁爱道院》、《戈丹》(1936)等十余部中长篇小说。孟加拉语现代派诗人杰帕纳南达·达斯是泰戈尔之后最著名的诗人,一生出版过五部诗集,如《剥落的藤蔓》、《灰色手稿》(1936)、《伟大的世界》等,其意义在于使泰戈尔代表的诗歌传统走向现代化。马尼克是孟加拉语著名现代派小说家,从20年代末期开始创作,30年代先后发表《母亲》、《白天与晚间的歌谣》、《木偶戏的传说》、《帕德玛河上的船夫》等长篇小说,以及《远古》、《蛇》等短篇小说集。其他语种的著名作家还有:泰卢古语的维什瓦纳德·沙迪亚那罗衍,其代表作是长篇小说《千头蛇》。旁遮普语的纳那克·辛赫,一生共发表36部长篇小说,如《白血》、《婚姻》等。毗湿奴·坎德尔戈尔的代表作有长篇小说《金鹿》等。阿萨姆语作家达鲁克达尔的代表作是长篇小说《未完成的》;迦里特的代表作是长篇小说《发现》。奥里萨语作家帕尼格拉喜的代表作是长篇小说《泥土人家》。古吉拉特语作家拉罗拉尔·代赛的代表作是长篇小说《爱与崇拜》和《束缚与自由》等。

二三十年代的伊朗受到西方现代思潮和文学的影响,这首先表现在诗歌上。一些诗人冲破古典诗歌的束缚,由立宪运动时期表现激烈的外部斗争转向揭示人的内心世界,诗风从激越趋于平和,代表诗人是尼玛·尤什吉,他的一系列诗歌于1939年结集出版,包含《士兵之家》、《火凤凰》等许多表现美丽山川、张扬内在精神的诗歌。在文化专制下,小说在表现社会问题方面总是显得拘谨,未能完全脱离礼萨王朝意图改良的轨道;但也有作家对社会黑暗进行大胆揭露,赫达亚特便是其中最杰出的代表。他于1936年出版的长篇小说《瞎猫头鹰》,以现代派手法表现了希望与现实间的矛盾和冲突,内涵丰富,蕴藉深沉。他还写有《哈吉老爷》等多部长篇小说和短篇小说。

30年代,土耳其知识分子、作家及文学受到苏联的重大影响,社会主义现实主义文学得到大力宣扬。现实主义小说的代表作家是沙德里·埃尔泰姆(1900—1943),其代表作为长篇小说《纺车停转时》(1931)。另一重要作家是萨巴哈丁·阿里(1907—1948),早期受德国浪漫主义文学影响,后受苏联文学影响,旋即转向现实主义文学创作,发表了多部短篇小说集,如《磨坊》(1935)、《呼声》(1937)等以及长篇小说《孤儿优素福》(1937),40年代中期仍继续创作。土耳其30年代最著名的诗人是纳齐姆·希克梅特,他深受苏联文学影响,早期诗歌大多抒发个人感情,后期以自由体诗表现社会现实生活，塑造了农民、工人、地主、资本家、政客和文人等众多形象，从形式到内容都发生了革命性变化，高亢激扬，富于鼓动性。其诗集有《八百三十五行》(1929)、《1+1=1》(1930)、《来的是三个人》(1930)、《半夜来的电报》(1930)、《暗哑了的城市》(1931)等。

30年代，在埃及文学中占主导地位的是现代文学流派，产生了一批有影响的作家。作家马兹尼于1931年发表长篇小说《作家伊卜拉辛》，在典型环境和人物性格塑造、语言运用方面均取得一定成功。作家阿卡德于1937年发表长篇小说《萨拉》，成熟的表现手法和优雅的文字使其成为埃及文学中的一部杰作。代表作家陶菲格·哈基姆于1933年发表长篇小说《灵魂归来》，通过一个家庭成员间的相互关系呼唤埃及灵魂的归来，成为埃及文学史上一部划时代作品。另一位代表作家马哈姆德·台木尔是阿拉伯短篇小说的奠基人，主要短篇作品有《小法老》、《印在额间》、《粗嘴唇》、《行行善吧》和《恭贺新禧》等，题材广泛，描绘出埃及社会生活的一幅幅色彩斑斓的图画，情节生动，文字典雅。

第一节　普列姆昌德

普列姆昌德(1880—1936)一生共创作有十余部中长篇小说及近三百篇短篇小说。1916年之前，他主要用乌尔都语写作。由于短篇小说集《祖国的痛楚》(1908)中充满爱国主义激情的短篇激恼了英殖民统治者，很快被查封。之后，他开始使用笔名普列姆昌德创作，创作语言为印地语和乌尔都语，代表作有《服务院》(1918)、《仁爱道院》(1922)、《舞台》(1925)、《妮摩拉》(1925)、《戈丹》(1936)等长篇和《伯勒玛》(1906)、《恩赐》(1912)、《誓言》(1927)等中篇以及《沙伦塔夫人》、《棋友》、《咒语》、《地主的水井》、《裹尸布》等短篇名作。普列姆昌德一生在穷困中生活，并在贫病交加的痛苦中离开人世，他为穷苦大众而创作，并对“富人文明”深恶痛绝。他认为文学要为现实和大众服务，但它不应是社会的镜子，而应是社会的灯塔。

《服务院》是普列姆昌德的成名作，也是印地语现实主义文学的开山之作。苏曼在父亲遭遇不幸后，由于没有嫁妆，只好嫁给一个中年丧偶、穷酸而粗鲁的男人,但她怀念父亲在世时的富裕生活,难免有虚荣心和优越感,而且她发现社会实际上是在崇拜它在理论上憎恶的东西,一个有罪妇人不仅可以富足,而且可以在宗教方面获得美德的赞誉。她丈夫怀疑她有道德问题,某天晚上将她赶出家门,她无处可去,只好到妹妹家避难。妹夫帕德姆曾经是苏曼的恋人,现在苏曼在妹妹这里避难,招致谣言四起,帕德姆也对苏曼说三道四,结果苏曼又被赶出妹夫家。无处容身的苏曼被迫成为歌妓。小说最后,苏曼被一些有公众精神的人救出,栖身于一个具有修道院色彩的服务院里。作者对苏曼这一不幸的女子予以深切同情,认为她的堕落是社会环境所迫;同时作者也将这一形象美化,认为苏曼本人一直在追求自身价值的实现,这反映出妇女意识的觉醒。作者以感伤笔调写出了苏曼一类女性的自身缺憾:虚荣心与不切实际的幻想。从艺术上看,服务院在最后出现可理解为一种象征,因为服务院是甘地主义的充分体现,是仁爱精神的最终实现,作家坚信一个甘地主义式的社会终将出现。与理想社会适成对比的是残酷的社会现实,普列姆昌德以阴郁的笔调告知读者,对于"罪人"苏曼之所以如此不公,是因为人们内心世界里热爱罪恶,但却缺乏勇气去放纵或毁坏道德。在这种意义上,苏曼是个先锋式的人物,向读者展示伪善与堕落之间的本质联系,表面与内在的必然统一:残酷的惩治缘起于对于罪恶被发现的恐惧。

纯朴的乡村及村民曾给早年的普列姆昌德留下深刻记忆,他以饱含感情的笔触,在《舞台》中描写了充满奇趣的旧时生活及其逐渐消失。小说的中心情节是苏尔达斯面对城市文明的侵入而在进行着一场命定要失败的战役。苏尔达斯拥有一片祖传土地,资本家约翰·什瓦克看中了他的地产,要买下来修建卷烟厂,对此他拼死抗争,最后死于村民与警察的冲突之中。苏尔达斯是一个圣人般的英雄,是印度传统道德思想的化身。印度评论界认为,苏尔达斯是作家笔下最为典型的甘地式的人物,而小说则是甘地主义文学化的典型。从艺术上看,小说对乡村生活及村民的描写都很成功,但对城市及社会上层人物的描写则有点苍白无力,这是普列姆昌德创作中的共性;再者,他强烈的同情心与理想主义的激情使苏尔达斯形象有点失真,变成作家理想化的完人,成为作家笔下一个木偶似的人物;第三,作家向善的激情使小说结构,尤其是结尾的处理,缺乏内在逻辑,小说中有不少人物在最后均因偶然因素而突然死亡或变成苦行僧式的人物,这是他创作中常见的现象;第四,从作品标题可以看出普列姆昌德对于理想或观念的兴趣胜于人物和情节的兴趣,标题“舞台”(或译“战场”)只是来源于小说中村民与警察的冲突场面,在整个作品中只能算一个插曲似的场景,并不占据主导地位。

将城乡对立起来,可以说是普列姆昌德全部创作的典型倾向。早在1912年的小说《恩赐》中,他就通过两个女性的对比来否认西方文化,赞美印度传统文化,但这部小说并没有丑化贝拿勒斯城。《服务院》的主要背景是贝拿勒斯城。城市成为喧闹、拥挤、污染的地方,斯瓦密·甘吉密达在城中从来住不到两天就要回乡。他以后的小说背景均为乡村,城市只是偶尔作为背景设置的需要而出现。普列姆昌德创作上的这种特征,确实反映出他对传统农业文明理想化的倾向,这显然是甘地主义的影响所致。

《戈丹》反映出普列姆昌德在思想上的进一步发展,尽管他不是马克思主义者,但认识到了马克思主义的基本原理:社会关系建立在经济基础之上,经济不平等导致社会不平等;社会关系不是由宗教决定的,宗教只是贴在人身上的一块死皮。祭师、地主与高利贷者从心灵到肉体无时不在压榨着农民。这些思想超越了甘地主义。小说人物丹妮娅说,坐牢是坐不出好政府来的。这反映出作者对甘地主义的怀疑和失望。从艺术上看,《戈丹》是普列姆昌德小说中成就最高的,不仅乡村生活描写逼真,而且人物形象塑造及情节安排均比他的其他小说成功。同时,他克服了以前创作中的通病:以不切实际的伦理方式对待现实问题。总体上看,普列姆昌德受甘地主义影响较大,但并不限于此,马克思主义在当时虽未得到广泛传播,但在他的小说中已有所表现,因为他走在时代前列,认识到印度不和谐的根子不在印度文化本身,而在于殖民主义者的文化策略,所以,他创作中真正的困惑在于他既不接受又不否定当前发生的一切,这使他的主人公成不了现代思想家,而是传统的改革者。

第二节　赫达亚特

萨迪克·赫达亚特（1903—1951）使伊朗的小说创作达到了一个高峰，被誉为20世纪伊朗最杰出的小说家。他是一位丰产的作家，也是翻译家，还是研究伊朗古代语言帕赫拉维语的学者，出版了《活埋》（1930）、《三滴血》（1932）、《阿拉维叶夫人》（1933）、《海亚姆的诗歌》（1934）、《瞎猫头鹰》（1936）、《哈吉老爷》（1945）、《来自卡夫卡的信息》（1948）等二十余部小说、小说集、论著和译著。

赫达亚特出生在德黑兰一个书香世家，祖父、父亲都是文人，从小受到过良好的家庭熏陶。良好的教育既培养了他优秀的文学才能，也养成了他纤细敏感的脆弱性格。中学毕业后，赫达亚特去法国、比利时继续深造。当时的欧洲，正是现代主义文学思潮席卷文坛之时。这种非理性的文学思潮带给刚刚步入文坛且性格脆弱的赫达亚特很多负面影响，内心悲观苦闷的情绪曾使他欲投塞纳河自尽。悲观厌世的思想始终时隐时现地纠缠着他，最终也没放过他，1930 年回到伊朗，1950 年又移居巴黎，1951 年 4 月，在无法排除的悲观绝望中，在自己的寓所里打开煤气自杀。

赫达亚特的创作可分为两个时期：1941 年以前以现代派作品为主，其中以小说《瞎猫头鹰》（又译《盲枭》）为代表。1941 年以后，他的创作基本上摆脱了现代派文学的影响，以现实主义作品为主，小说《哈吉老爷》为其代表。纵观赫达亚特整个创作和生活历程，可以看出他的创作是个矛盾的集合体：一方面，消极悲观的世界观使他认为现实是痛苦的，唯有死亡才能解脱，这在他的作品中反映十分明显；另一方面，作家有着一颗积极进步的心，虽没参加过任何党派和政治团体，但总是支持和帮助进步民主革命者，同情革命，对现实社会的黑暗腐朽进行无情揭露。他爱古老文明的祖国，爱他的同胞，对他们的苦难寄予了深深的同情，这也充分地反映在作品中。在赫达亚特身上有一种深入骨髓的不平常的爱国情结，以伊朗民族具有前伊斯兰时期的辉煌历史而自豪。然而，当他面对西方近现代工业文明和伊朗这个文明古国的没落时，便产生了一种难以言状的强烈失落感，形成了难以排解的情结。作为一个受过良好教育的知识分子，他的思想认识超越于当时的伊朗社会，曲高和寡，知音难觅，一生落落寡欢。他留学欧洲，希望从西方的现代文明中学到什么，然而第一次世界大战后的欧洲已是卡夫卡笔下的欧洲——物欲横流，人性异化，整个现代人已陷入一种难以自拔的精神困境。

《瞎猫头鹰》正诞生于现实与历史的夹缝中，格调低沉忧郁，愤懑悲观，笼罩在荒诞、怪异、梦幻般的迷雾中。该小说当时在伊朗被禁止出版，他便去印度暂居了一年左右。这份手稿在孟买油印出版，并很快传到欧洲，在欧洲文坛产生了一定影响，被相继译为法文和英文，直至 1941 年，才在伊朗国内出版，以后又多次再版。《瞎猫头鹰》分为前后两部分，既独立成篇，又紧密相连。上部描写了一个看似荒诞的故事：主人公“我”每天的工作就是在笔筒上画同一幅画，画中一位美丽的少女手执牵牛花，少女对面的柏树下盘坐着一个驼背老头。有一天，窗外的荒野上忽然出现了画中的情景，转眼又消失。“我”失魂落魄地在荒野中寻找那位美丽的少女，但未果。某夜那少女忽然降临“我”家，又转眼死去，“我”把她肢解后埋在一个人迹罕至的地方。埋她时，“我”捡到一个陶罐，拿回家擦去尘土，却赫然发现陶罐上画着一个少女，与那死去的少女一模一样。小说下部描写“我”对荡妇妻子又恨又爱的感情，在无比压抑的精神环境和社会环境中，“我”终于异化成与妻子通奸的那个驼背老头。这个部分都是“我”在病榻上的呓语和内心独白。小说内涵十分深厚，主题是多层次的，主要写作者心中一种“既希望又失望”的情绪。从一个层次上说，作品反映出作者希望现代伊朗能走出贫穷、落后、愚昧的泥坑，重新强大起来，然而，这种梦想在黑暗腐朽的现实社会面前彻底失落；从另一个层次上说，小说反映了现代社会中人的异化，更反映了作者在以西方物欲主义为代表的现实社会中，对人的精神依托的寻求。在这种寻求中作者希望用东方的传统精神重建人的精神价值，然而对这一希望又是十分绝望的。作者用象征主义的表现手法和意识流式的内心独白，把萦绕心中的绝望情绪表现得淋漓尽致。小说把西方现代派的表现手法和东方伊斯兰世界的传统哲学思想——苏非思想较完美地结合在一起，摆脱了简单地就事论事地反映现实的短处，表现了人物深刻的心理活动，将读者引入到一个更高层次去思考，使作品内涵由此变得更加丰富和深沉。同时，小说也给作者带来了世界声誉，使他跻身于世界现代派小说家之列。

《哈吉老爷》是一部现代主义作品，以第二次世界大战时盟军出兵伊朗，迫使奉行亲德政策的礼萨王退位为背景，逼真地揭露了巴列维政府的黑暗和腐朽。小说以一个富商政客哈吉老爷为中心，连接了十几个形形色色的上层人物：封建大地主、政府首脑、军人、政客、文人、阿訇、奸商，等等，这一伙人在礼萨王退位前后，频繁地来往于哈吉家中，进行肮脏的罪恶活动，组成了一幅20世纪三四十年代礼萨王统治时期官商勾结、钱权交易的群丑图。小说不仅反映了社会政治的黑暗，更为深刻的是揭示了金钱对人性的扭曲，一个个高官政要和实权人物在金钱面前丧失人性，沦为金钱的奴隶，说明了物质欲望使人性趋向于贪婪丑恶。在《哈吉老爷》之前，伊朗小说大多以下层百姓为主人公，反映他们的悲惨境遇，以此揭露社会的黑暗和不公，或对小人物愚昧委琐的思想和行为进行嘲讽，这部小说却直接描写一个上层官商及社会各方面的上层人物，以揭露伊朗整个上层社会的政治黑暗和腐败，深深地触及了巴列维王朝的痛处。小说遭到了与《瞎猫头鹰》同样的命运，在伊朗国内被禁止出版，直到1979年伊斯兰革命后才得以解禁。

第二节 哈基姆

陶菲格·哈基姆(1898—1988)是一位多产作家。他在小说和戏剧创作方面都取得了很高的成就。1933年的长篇小说《灵魂归来》，是埃及文学史上划时代的作品。主要作品还有长篇小说《乡村检察官手记》(1937)、《东方来的小鸟》(1941)、《着魔的宫殿》(与塔哈·侯赛因合写)及短篇小说集《神殿舞姬》等，戏剧《洞中人》、《山鲁佐德》(1934)、《契约》、《皮格马里翁》(1942)、《喂，爬树的人》(1962)等，以及大量评论、随笔、小品等。

哈基姆生于埃及亚历山大城郊区，父亲是当地一个富裕的农民，母亲是个土耳其族军官的女儿。在家庭中，母亲总想让父亲脱离农民生活，靠近土耳其生活方式，这引起父亲不满，导致家庭生活的不和谐。母亲也不让年幼的哈基姆与农民子弟接触。哈基姆对贵族式的土耳其生活，对保守的土耳其式教育颇为反感，这对他内向、好思性格的形成产生了影响。他经常参加乡村举办的婚宴喜庆，好听音乐弹唱，这对他日后的戏剧创作起了很大的作用。哈基姆从小喜欢文学、艺术，特别对戏剧有浓厚兴趣。1925 年法律学校毕业后，他到巴黎继续学法律，原打算取得法学博士，却转向戏剧和小说，在法国阅读大量欧洲文学，接触到欧洲音乐和戏剧。第一次世界大战结束后，欧洲人对精神生活的需求和渴望十分强烈，在一些人走向虚无的同时，一些人转向东方，寻求东方精神以拯救西方文明。哈基姆深受这一思想影响，从此对东方精神的信仰越发坚定，并在欧洲文明面前竭力维护它。他认为现实生活已经容纳不了他，他的未来是在象牙塔中，在他的精神世界里。离群索居是他的乐土，艺术是他的寄托。

长篇小说《灵魂归来》是 20 世纪初至第二次世界大战前埃及和阿拉伯文学中最重要的小说，描写了开罗老区一户普通人家的生活，其家庭成员有教师哈纳菲(一家之长)、弟弟阿卜德、妹妹宰乃布、堂兄弟萨利姆、侄子穆赫辛、用人马布鲁克等。穆赫辛为到开罗求学，住在叔叔家中。他父亲是北方农村一个显赫乡绅，家境比他叔叔富裕，因此他在开罗能过着无忧无虑的自由生活。这一家人平时都挤住在一间大房里，邻居是一位退休军医，他女儿赛尼娅是个漂亮姑娘。穆赫辛认识了她并爱上她。阿卜德和萨利姆也爱上赛尼娅。这样，堂兄弟之间、叔侄之间便产生了矛盾和摩擦，关系搞得很僵，过去的那种融洽和谐的气氛荡然无存。穆赫辛假期回到家乡农村，看到农民们辛勤劳动，用自己双手和智慧在建设着国家，看到农舍里人和牲畜和谐地生活在一起，与大自然浑然一体。他在父亲家里听到一位法国考古学家和一位英国水利专家对埃及古老文明的推崇，使他感到无比振奋，并期待着有人能把这一文明和精神发扬光大。他怀着兴奋的心情回到开罗。这时，赛尼娅爱上了一个富商的儿子穆斯塔法，宰乃布曾经暗恋穆斯塔法。而赛尼娅夺走了她的意中人，便对赛尼娅满怀嫉愤。穆赫辛没能挽回他与赛尼娅的关系。为了争夺赛尼娅，一家人过去四分五裂，如今没有赛尼娅，又重新团聚，和睦如初。1919 年大革命爆发。兄弟子侄们全都积极投入，或散发传单，或在秘密集会上发表演说。结果除宰乃布外，全都被捕入狱，后在穆赫辛父亲的周旋下才被释放。这时的境况与小说开头十分相似，全都一个接一个地躺着，像一个人一样。这部小说在当时有着重要的意义。它首次以文学形式表现了埃及民族精神,揭示了在埃及人民中蕴藏着巨大的凝聚力和创造性。小说既以现实生活为素材,又具有强烈的象征性,并以农村和农民为主要表现对象。农民是这个国家的主要成分,在作者看来,他们是埃及文明最集中最完美的化身,不仅创造了辉煌的古代文明,而且一定能创造出现代文明,重要的是克服掉自身的分裂主义、个人主义,将所蕴含的潜力凝聚在一起。赛尼娅这一形象取材于古埃及神话伊西丝女神的传说,作者用她来象征埃及。当人们出于私利对待埃及时,必然产生分歧,甚至分裂。正是他们四分五裂的时候赛尼娅离开了他们。赛尼娅引导丈夫从事创造性的工作,这代表了一种正确的方向。很明显,小说有着作者本人生活经历的成分,但这是一部真正的艺术小说,表现了作者强烈的民族情绪和爱国精神,对处于西方殖民占领下的埃及来说,其意义不言而喻。这是作者维护和宣扬东方精神和价值的艺术化表现。他呼唤的是真正的灵魂归来。

《乡村检察官手记》是作者根据做乡村检察官助理时的一段经历,以日记形式写成的小说,揭露了农村司法制度的丑恶和腐败。故事从一起枪杀案开始。检察官带领一干人前去调查,发现一个四十多岁的村民欧老万被人枪击,奄奄一息,被送往医院抢救。在提审有关证人时。证人中有欧老万的一个16岁的小姨子丽玛。欧老万说是丽玛向他开的枪,之后便死去了。而丽玛忽然失踪。检察官接到匿名举报,称欧老万两年前死去的妻子是被人掐死的。检察官开棺验尸,确系被人掐死。不久在河中发现丽玛尸体。这使案件无法进行,不了了之。检察官只好向上备案:"因作案人不明,作悬案处理。"还加上"警察局必须继续侦察"等字样。小说中这个案子只是一条串线,围绕它穿插着许多大大小小的案件。在处理这些案件中,作者表现了乡村司法制度的腐败和丑恶。司法腐败还表现在法庭辨认凶手时经常出错,将无辜的人逮捕判刑;宗教法官则借当公家开办的药房经理之机大肆贪污,侵吞公款;警察局长、村长、办事员尔虞我诈,钩心斗角,只关心私利;乡村医院和医生,对死了人根本不问原因,只知收钱开掩埋证,等等。全书的日记不过短短十几天,但所披露的司法不公和腐败,乡村生活的落后和愚昧,各级官员的冷漠和麻木不仁,农民被压迫受欺凌的情景,则十分触目惊心。作者的讽刺手法有时十分尖锐辛辣,有时似乎过于夸张,但这种漫画式的描写在总体上是成功的,使人物和事件得以形象化和典型化。尽管有评论家认为作品中主人公的态度不够积极,但这并不影响作品的价值,它通过文学形式批评、讽刺、揭露了社会弊端。小说语言幽默典雅,风格轻快活泼,是埃及近现代文学中的一部重要作品,也是哈基姆最杰出的作品之一。

在戏剧创作上哈基姆也取得很高成就,是埃及戏剧文学的奠基者。他创作了多部哲理剧(或称思维剧),还写了系列社会剧。1950 年出版的《社会戏剧集》收入他创作的 21 部戏剧。哲理剧《洞中人》(1933)的故事取材于《古兰经》。在罗马帝国国王达格亚努斯时期,两位信奉基督教的大臣米西尼亚和马尔奴什为逃避不信教国王的迫害,逃到山洞躲起来,随同他俩的还有牧羊人叶姆利赫和一条狗。他们在洞中沉睡了 300 年。醒来后,以为只是次日的清晨。牧羊人出去买食品,发现了异样。米西尼亚爱着公主贝丽斯卡。他赶往王宫与她幽会。看见塔尔苏斯国王的女儿贝丽斯卡,以为她就是达格亚努斯国王的女儿贝丽斯卡,因为她俩长得一模一样。米西尼亚要拥抱贝丽斯卡,使她惊惶不知所措。公主老师明白事情原委,知道 300 年前曾有三位圣徒逃入山洞,而公主对圣徒充满崇敬之情。米西尼亚明白眼前的一切已不属于他,便悻悻返回山洞。这时马尔奴什失望归来,他去寻找妻儿,却了解到他们在 300 年前就亡故了。三人在洞中又相继死去。公主贝丽斯卡决心效法她 300 年前为米西尼亚殉情而死的老祖母,也走进了山洞。哈基姆所表现的是人与时间的统一和矛盾。人与时间的联系并非是抽象空洞的概念,而是由各种关系、价值所联系的。正是由于这种关系和价值,时间对人才有意义,否则时间对人就不存在。人要控制和战胜时间是不可能的。人如果在属于他的时间之后仍然存在,那时间已不属于他,那不是真正的存在,因为那种关系和价值已不复存在。戏剧的文笔细腻,对话生动。其中对公主的塑造尤为成功。

第四卷

1946 年至 1969 年的外国文学

概论

第二次世界大战结束并不意味着世界太平。和平初至，以美国为首的西方资本主义国家和以苏联为首的社会主义阵营由于政治立场、经济利益和意识形态的巨大差异，迅速进入冷战状态。与此同时，世界进入高速发展时期，科学技术日新月异，航空、电讯的商业开发和电影的普及更为人类提供了前所未有的生活空间。文学作为一种特殊的意识形态，在这个急剧变化而又相对稳定的时期，迎来了新的繁荣。

首先，社会主义阵营各国文学的形成和亚非拉文学的迅速崛起，导致文学领域西方中心主义的瓦解。世界文学开始出现多元化倾向。苏联作为世界社会主义国家的一面旗帜，在世界政治、经济和文化生活中举足轻重。苏联文学因而成为各国社会主义文学的榜样和全世界无产阶级的精神食粮。但这一形势由于苏联政治生活和意识形态领域的斗争，尤其是斯大林的逝世和中苏分歧等一系列变故而急转直下。位于中欧、东南欧地区的波、捷、匈、罗、保、阿等国，因为属于社会主义阵营而深受苏联影响，社会主义现实主义被确定为唯一的创作方法，致使一部分作家被迫转入地下或者保持缄默；另一些作家背井离乡流亡国外。即便如此，这个时期的中欧、东南欧国家文学依旧成绩斐然。现实主义、象征主义、印象主义、表现主义、意识流、超现实主义等艺术流派、艺术风格都得到了相应发展。在民主德国，由于贝歇尔、布莱希特、安娜·西格斯、布雷德尔、雷恩、博多·乌泽和阿诺尔德·茨威格等作家流亡归来，无产阶级文学传统得到了继承和发展，从战后至50年代中期除描写反法西斯斗争和揭露纳粹罪行以外，基本上都是对社会主义建设业绩和新人的正面歌颂。到了60年代，新一代作家开始注意反映生活的矛盾与阴暗面。其中比较成功有克丽斯塔·沃尔夫、埃尔温·施特里马特、赫尔曼·康特和君特·德·布勒因等作家的作品。

这一时期的另一重要现象是亚非文学的崛起。二战结束后，亚非国家相继取得独立，各国文学分别受到苏联文学和西方文学思潮的影响，导致了亚非国家文学总体上的丰富与多彩。拿印度和埃及为例，这一时期的文学可谓空前繁荣。印度文学受马克思主义和弗洛伊德主义的影响，出现了两大倾向的并存与互惠。受马克思主义影响的进步主义文学形成于20世纪30年代，一开始就吸引大批作家。40年代虽然出现了分化，但客观上促进了这类文学的繁荣和成熟。心理分析小说从四五十年代流行起来。这类作品不仅将弗洛伊德学说与甘地主义和印度宗教相结合，而且明显地带有自然主义色彩。埃及经济五六十年代出现了畸形发展的态势，致使民族矛盾和阶级矛盾空前激化。这客观上为文学提供了十分丰富的素材。同时，苏联社会主义现实主义理论和西方文学思潮无不对埃及文学产生重要影响，使埃及文学无论内容上还是形式上都显得相当丰富多彩。阿拉伯世界第一位诺贝尔文学奖获得者马哈福兹便是这一时期脱颖而出的重要作家。

50年代的日本文学发生了重大变革，传统作家重登文坛，战后派和第三代新人崭露头角，使这一时期的日本文学呈现出一派繁荣景象。民主主义、现实主义、中间小说、存在主义、先锋派并驾齐驱，互相影响。日本文学最终孕育了川端康成、大江健三郎等一批闻名世界的重要作家。拉丁美洲国家往往对欧美国家的各种思潮采取兼收并蓄的态度，导致了20世纪中叶拉丁美洲特有的人文景观，文化的繁荣导致文学的“爆炸”，轰动一时的魔幻现实主义、结构现实主义、心理现实主义、社会现实主义等等，都生成甚至繁盛于这一时期。60年代，拉美文坛最活跃、最有生气的作家如加西亚·马尔克斯、巴尔加斯·略萨、科塔萨尔、富恩特斯、贝内特蒂、萨瓦托等，在古巴周围结成了广泛的统一战线。拉丁美洲文坛流派纷呈，佳作迭出。

其次，在社会主义阵营和亚非拉文学与西方文学分庭抗礼的同时，西方文学发生了重大变化。一方面，现代主义不再一枝独秀，形式主义盛极而衰，一些水火不相容的流派和方法走向了并存和融合。另一方面，传统文学与时俱进，获得了新的生机。世界文学因此出现了多重风格、多种流派并存、整合的崭新局面。

在法国，传统小说已经成为读者最多、影响最大的一个品种。女作家萨冈的通俗小说获得了巨大成功。亨利·特罗亚的传记小说，埃尔韦·巴赞、于连·格林、波伏瓦、萨特等人的自传体小说和马尔罗、莫里亚克等人的回忆录都拥有大量的读者。历史小说仍具有强大的生命力。阿拉贡的《受难周》、亨利·特罗亚的《义人之光》等一些作品，显示了历史小说的活力。侦探小说家乔治·西默农和圣安东尼奥的系列作品，以及战后出版的侦探小说丛书"黑色系列"也曾风靡一时。现代主义经过半个多世纪的发展，到五六十年代达到顶峰，但已不再一统天下。存在主义小说作为其中的一个支流，五六十年代进入了全盛期。意识流小说方兴未艾。作为一种创作方法，意识流受到普遍的重视并被愈来愈多的小说家所采用。新小说在继承意识流小说和荒诞小说的基础上，对传统小说进行了更为彻底的革新。此外，50年代出现了贝克特和尤内斯库的荒诞派戏剧，从而将荒诞性推演到了极致。

在英国，这一时期的文学创作同样是一派多彩的景象。小说方面，不少战前成名的作家笔耕不辍，伊夫林·沃、普里斯特里、格雷厄姆·格林、奥威尔等均有新作问世。新一代作家中，戈尔丁于1954年因小说《蝇王》而一举成名。艾米斯、韦恩等"愤怒的青年"因抒发愤怒和不满而备受关注。60年代后期，作家的聚焦点从内容转到形式，开始对小说形式进行更为大胆的实验。此外，女性作家莱辛、斯帕克、默多克等开始登上文坛，展示风采。50年代中叶，英国剧坛涌现了一批颇具特色的优秀作家，形成了一场新戏剧运动。贝克特和奥斯本分别代表了这一运动的两个主要方向，即荒诞派戏剧和写实主义戏剧。诗坛也没有因为一些大家的退出而凋零。康奎斯特、金斯利·艾米斯、詹宁斯、拉金和韦恩等"运动派"诗人在继承和发展中为战后英国诗坛注入了新的生机。在文学批评方面，随着西方兴起新左派思潮,文化研究和批评实践构成了文学理论的重要组成部分。

美国作为第二次世界大战的最大既得利益者,政治上趋向保守,50年代风行一时的麦卡锡主义便是证明之一。40年代末至50年代的美国文学并非这一历史的机械反映,但或多或少体现了美国社会的相对平静与保守。先是战争题材的盛行,随之而来的则是对中产阶级价值观及生活方式的批判。与此同时,年轻一代开始以消极形式反对美国社会,形成了以金斯伯格、凯鲁亚克等人为代表的“垮掉的一代”。60年代,反战运动、黑人运动、女权运动和年轻一代的反文化运动此起彼伏。美国文坛因之而开始呈现出少有的喧哗与骚动。“垮掉的一代”由西而东,向全国推进。嬉皮士文学、荒诞派戏剧、黑色幽默、黑人文学和女权主义文学共同赋予美国文学以浓墨重彩。

德国东、西两部在政治、经济和意识形态方面走上了截然不同的发展道路。文学也是如此。西德文学选择了与东德文学截然不同的路数,不仅各种思潮、流派和创作方法得以并存,就连不乏污点的作家也有一席之地。托马斯·曼、德布林、黑塞、楚克迈耶、魏森博恩和雷马克等老作家,以及贝恩、伊丽莎白·朗盖瑟、贝根格林、容格尔等留守作家,都发挥了很大影响。格拉斯、伯尔和马丁·瓦尔泽等人的长篇小说创作取得了骄人成绩。年轻一代作家通过“废墟文学”和“返乡文学”反映了战后德国的真实景象。60年代中期以后,“福利社会”带来的弊端也成了年轻作家批判的对象。与此同时,海森比特、黑尔特林、阿尔诺·施密特和奥地利作家汉德克等热衷于语言实验和形式创新,从而最大限度地颠覆了传统的叙述形式。

二战后的西班牙社会依然处在佛朗哥的铁腕统治之下,隐晦曲折地表现现实,依然是多数作家选择的创作道路。从体裁看,小说是这一时期西班牙文学的主要表现形式,塞拉、何塞·玛利亚·希隆内拉、米格尔·德利维斯、拉法埃尔·桑切斯·费尔罗西奥和女作家卡门·拉福雷特、安娜·玛利亚·马图特等,则是代表作家。60年代,随着国际和周边环境的好转,西班牙小说从观念到形式都发生了深刻变化。其中一个显著的特点是作家个性的进一步张扬,形式创新成为西班牙小说的主要标志。相形之下,西班牙战后的诗歌和戏剧并不像小说那么繁荣。诗坛由于“二七年一代”的过早凋零而“青黄不接”;剧坛则受战后政治气氛和经济条件的制约,相当长的一段时间内无法恢复活力。

在葡萄牙,超现实主义给50年代的诗歌创作打上了深深烙印。到了60年代,随着实验主义诗歌开始兴起,诗坛出现了勃勃生机。超现实主义、意象主义、晦涩主义和具体派诗歌争奇斗艳。一时间,新名词、新概念、新形式层出不穷。小说和戏剧虽然不像诗歌那么热闹,却也得到了响应和发展:一边是新现实主义和存在主义;一边是以女作家贝萨·路易斯为代表的无主义作家。新现实主义和存在主义50年代就出现融合,而无主义作家则一步步走向个性化写作。

意大利文坛上出现了新现实主义等重要流派。新现实主义文学以鲜明的政治倾向、强烈的社会责任感和大众化的艺术风格区别于以往的现实主义创作。它在意大利文坛占据统治地位达十年之久,产生了大量优秀的纪实性作品,培养和造就了许多优秀作家。与此同时,工业化进程不可避免地催生了大量的工业题材文学。由此产生的“工业与文学”的讨论,影响了几代作家。此外,工业题材文学派生了两大支流:一是注重形式翻新的实验文学,是一种间接反映工业文明的文学派别,文史学家称之为“新先锋派”;二是直接描写工业社会的工业文学,多以工业生产和工人劳动为表现对象。虽然二者都以反映异化现象为己任,但“新先锋派”文学侧重于形式创新,而工业文学则更多地表现为内容的翻新。然而,“新先锋派”在60年代喧闹了一场之后,并没有留下多少成功的作品,倒是稳步遵循现实主义方法的工业文学取得了丰硕成果。

第一章
法国文学

概述

二战后，传统的现实主义小说发生了明显变化。两次大战的炮火与战后的冷战局面，沉重打击了作家的人道主义信仰，使他们无所适从，不再相信社会的稳定，因而失去了昔日用鸿篇巨制来反映历史演变的雄心，也无法使笔下的主人公适应战后的冷酷现实，再加上现代生活节奏的加快，终于导致“长河小说”的衰落。阿拉贡的《共产党人》写不下去，萨特的《自由之路》不了了之，马丁·杜加尔苦思多年仍未能完成他的小说《穆莫尔上校的回忆》，以革命小说家著称的马尔罗不再创作小说，到戴高乐政府里去当了部长。在这种情况下，德吕翁的《大家族》可以被看成是最后一部现实主义杰作，而传统文学的作家则转向通俗小说、历史小说、传记小说、侦探小说和回忆录等体裁。

传统小说一向有着野草般的生命力，在 18 世纪以前是不登大雅之堂的体裁，但是从拉伯雷的《巨人传》到伏尔泰的哲理小说，许多小说都成了传世之作，其影响已经超过中世纪的诗歌和 18 世纪的戏剧。在经历了 19 世纪的辉煌之后，传统小说已经成为读者最多、影响最大的体裁，虽然 20 世纪五六十年代处于难以写作“长河小说”的冷战环境，同时面临着“新小说”的挑战，但仍然获得了长足的发展。在通俗小说方面最为突出的是女作家萨冈的作品。在传记小说方面除了著名作家亨利·特罗亚外，还有埃尔韦·巴赞（1911—1996）、于连·格林（1900—1998）、波伏瓦和萨特等等。在作家们不敢触及重大现实题材的情况下，历史小说的繁荣势所必然。其中影响较大的是阿拉贡的《受难周》（1958），被认为是他摆脱社会主义现实主义的创作原则，重新接近超现实主义主导的标志。侦探小说方面最著名的作家是乔治·西默农（1903—1989），他是比利时籍的法语作家，从1929年开始创作以探长梅格雷为主人公的侦探小说。二战后出版的最著名的侦探小说是“黑色系列”丛书，其中收入奥古斯特·勒布勒东（1913—1999）的《男人的斗殴》（1954）、阿尔贝·西莫南（1905—1980）的《别碰金钱》（1953）等。

传统小说的形式丰富多彩，但共同的弱点是没有触及当代重大的现实问题，至多折射出现实的一些反光。此外在艺术手法方面，传统小说由于受到从普鲁斯特到新小说派的挑战，不得不寻求新的表现方式，以至出现了传统手法与现代主义手法交融的风格。现代主义文学经过半个多世纪的发展，到五六十年代达到了顶峰。如果说《巨人传》和《堂吉诃德》等经典名著，是借用荒诞形式来揭露社会黑暗和人间不平的话，那么从卡夫卡以来的现代主义小说，则是揭示世界和人生的荒诞，即人与环境的隔膜和人与人之间的无法交流，以及人在不同程度上对异化世界的反抗，它不仅仅涉及荒诞的现象，而且“描写的场景必须是一种能发人深省的象征，使人联想起抽象的荒诞”。

从法国现代主义文学的发展过程来看，可以把荒诞的表现形式分为三种类型，也就是荒诞文学发展的三个阶段。第一个阶段是达达主义和超现实主义，其特征是以荒诞的形式表现传统的主题，即用荒诞不经的作品来反抗异化的世界。达达主义否定一切，陷入了无政府主义和虚无主义。超现实主义虽然有所不同，但它们的目标一致，不惜一切代价来推翻异化世界。最能表达愤怒的形式是诗歌，因此现代主义文学的早期只有诗歌。达达主义诗歌不是宣言就是谩骂，超现实主义除用“自动写作法”写成的诗歌外，在小说和戏剧方面均无重要建树，其诗人安托南·阿尔托（1896—1948）的论文集《戏剧及它的有关物》（1938）虽然成了整整一代戏剧界的"圣经",然而他并未像荒诞派剧作家那样驰名于世,反而被送到精神病院里关了四年,原因就在于法国是第一次世界大战的战胜国,尽管战后满目疮痍,但人们仍然抱着希望,还没有普遍感受到世界的荒诞,因此无法理解这些青年诗人的好斗精神和怪异的风格,所以超现实主义只对少数青年有吸引力。实践证明,达达主义的大叫大嚷和超现实主义的"革命"都无济于事。存在主义作家认为首先必须使人们认识世界的异化和人生的荒诞,所以与达达主义和超现实主义相反,他们致力于用传统的形式来表现荒诞的主题,即用哲学家对异化世界的深刻思考,来取代年轻人对异化世界的绝对反抗。他们不是用诗歌去呐喊鼓动,而是通过传统的、人人都能看懂的小说和戏剧使人们联想起"抽象的荒诞"。存在主义文学使人们对世界的异化有了深刻认识,第二次世界大战及战后的冷战局面又使人们对荒诞有了深刻感受后,真正的荒诞文学就应运而生。这时候已经不需要再向人们揭示异化,更不需要大喊大叫地反抗世界,只要把世界的本来面目呈现在观众和读者面前就够了。于是荒诞文学进入了第三个也是最后一个阶段,即新小说和荒诞派戏剧。与前两个阶段不同,它们用荒诞的形式来表现荒诞的主题,因而形式与内容得到了统一,这就使荒诞文学达到了完美境界,现代主义文学也因此达到它的顶点,同时也是它的终点。现代主义文学的发展过程是一个逐渐得到公认和被纳入传统的过程。从超现实主义到荒诞派戏剧,它们与历史上任何一个文学流派一样,在刚刚出现的时候都会受到传统文学的排斥和抨击,但最终都被纳入了文学传统的洪流。

20 世纪也是新的文学批评方法得到充分发展的时期。传统批评是以圣伯夫(1804—1869)和居斯塔夫·朗松(1857—1934)为代表的文学批评,注重作品外部,特别是社会和作者的因素,直到 50 年代末都占据着统治地位,而注重作品内在因素的新批评,从 60 年代开始形成并得到迅速发展。1964 年,巴黎大学教授雷蒙·皮卡尔发表文章抨击新批评,引起了长达三四年的新批评与传统批评的论战,使新批评获得前所未有的重要地位。新批评当中影响最大的是限于分析文本的语言和结构本身的结构主义批评,它与着重分析作者的无意识的精神分析批评一样,与传统批评大相径庭,都处在继续发展的过程之中,并且产生了一些不同流派。相比之下，以吕西安·戈尔德曼为代表的社会学批评在60年代影响很大，随着他于1970年去世而有所衰落的新批评，与传统批评有着较多联系，在考虑社会环境等外部条件的同时，注重分析作品的内在结构，因此被称为“发生学结构主义”。实际上，在60年代引起东方和西方批评家的激烈论战的并不是新批评，而是加洛蒂的“无边的现实主义”理论。

第一节 罗伯格里耶

罗伯格里耶是法国新小说的代表作家之一。他在1963年出版的论文集《为了一种新小说》，其中收入了被称为新小说派理论宣言的《未来小说的道路》(1956)和《自然·人道主义·悲剧》(1958)，使其成为新小说派的领袖和理论家。新小说的出现是现代主义小说发展到顶点的标志，它不仅采用颠倒时空、内心与外界重叠、现实与回忆交叉、对细节的繁琐描绘和大量的内心独白等艺术手法，对传统小说的创作方法进行了彻底革新，而且远离社会问题，避免对社会问题展示自己的态度、观点和见解。新小说派理论的要点，是反对作家的主观介入。罗伯格里耶认为，传统的人道主义主张一切从人出发，使客观事物从属于人，这就混淆了人与物的界限。传统小说对物的形容和描写实际上反映的不是客观世界，而是人对客观世界的主观认识和评价。因此他们认为，像传统小说的作家们那样以造物主的姿态出现，按照自己的意志来构思情节、支配人物的思想和行动，从而反映现实的做法是不能接受的。所以新小说派提出要打破巴尔扎克以来欧洲现实主义小说的传统，随着时代的变化建立新的小说体系。

罗伯格里耶于1922年8月18日出生在法国布雷斯特，1945年毕业于国立农学院，任国立统计与经济学院特派员，1949年离开该院开始写作，1950年在“殖民地水果和柑橘类研究所”任农艺师，到过非洲的摩洛哥、几内亚等地区。1951年，他由于患病被迫从安的列斯群岛返回法国，归途中在船上构思了他的第一部小说《橡皮》，并在1953年由午夜出版社出版，由此与午夜出版社社长热罗姆·兰东结下了友谊。《橡皮》看起来像一部侦探小说，写的是一桩谋杀案。杜邦是某个城市里有重要影响的经济学家，一天晚上遭到恐怖分子暗杀，逃跑时受了轻伤。内政部长让他呆在医院里，故意散布他已经死去的消息，实际上派密探瓦拉斯去调查这桩案件。瓦拉斯白天在街上闲逛，几次到文具店里去买一块绘图用的橡皮，晚上他埋伏在杜邦家里等候凶手。杜邦不放心家里的文件，打算亲自回去取出文件后再到内政部长家里去避难，结果当他戴着墨镜、拿着手枪，走进漆黑房间的时候，却阴差阳错地被瓦拉斯当成凶手打死。小说有许多关于橡皮等物的描写，是一部为新小说开路的作品，虽然没有造成多大反响，但是毕竟引起了人们的注意。

罗伯格里耶从1955年1月1日起成为午夜出版社的审读员，同年出版《窥视者》。小说写推销员马蒂亚斯到故乡的小岛上去推销手表。他在奸杀了一个牧羊女之后，没有丝毫的恐惧或悔恨，并在第二天到出事地点取走了女孩被撕破的衣服和行凶的绳子，若无其事地走了。小说充斥着对小岛上十分相似的岩石、推销员的行踪和回忆等无数片断的描写，但看不出是谁在犯罪，因为牧羊女的情人看到马蒂亚斯犯罪竟无动于衷，周围的人也毫无反应。这部小说是新小说的代表作，起初也没有引起特别的注意，但获得当年的批评家奖。兰东又邀请他当了文学顾问，这对于罗伯格里耶本人和新小说派的发展都具有重要作用。他发表的论文《未来小说的道路》(1956)和《自然·人道主义·悲剧》(1958)，被称为新小说派的宣言。

《嫉妒》(1957)是一部运用意识流技巧的典型作品。人物是某殖民地国家的一个香蕉种植园主、他的妻子A和邻居弗兰克。一天A搭乘弗兰克的汽车到城里去，据说车出了故障，他们只好在旅馆里过了一夜，因此引起了丈夫的猜疑，于是他就躲在百叶窗后面窥视他们的行动。小说没有什么情节，只是不厌其烦地记录物与物之间的距离，阴影在不同时间的移动，反复地描写同样的姿态和语言，以及一条被弗兰克捺死的蜈蚣的痕迹等微不足道的细节，使小说看起来就像一个动作的万花筒。作家似乎是在用尺子测量这个丈夫在妻子和她的情人走了之后的嫉妒之情。《在迷宫里》(1959)写溃军中的一个逃兵，受托把一包书信物品等遗物交给死去同伴的父母，他在一座迷宫般的陌生城市里迷了路，到过咖啡馆、军营，最后只得把遗物扔在沟里，结果被人当成间谍，在一个街角上被追来的人开枪打中后死在医院里。小说大量描写了城市里非常相似的房屋、路灯、走廊、楼梯，陷脚的积雪和梦一般的夜，可是根本不叙述主人公有什么心理活动，是否心情焦虑，是否想逃出去。

罗伯格里耶的创作是一个逐渐发展和成熟的过程。在《嫉妒》里，没有主人公的姓名，只是用 A 来代替，甚至根本不出场，而且情节也完全解体了，新小说的特色至此已经成熟，所以作者不是先提出理论再创作小说，而是在作品成熟的前后才发表他关于新小说的论文，这不是一种偶然现象。由于他注重对物进行客观冷静的描写，而电影镜头无疑比语言更能消除人为的感情因素，他自然而然地对电影产生了兴趣。所以从 60 年代开始，他几乎同时在进行小说和影片的创作。小说方面除了他唯一的短篇小说集《快照集》(1962)之外，有《幽会的房子》(1965)、《纽约的革命计划》(1970)、《金三角的回忆》(1978)等。电影方面影响最大的是《去年在马里昂巴德》(1961)，曾在威尼斯电影节上获得金狮奖，内容是在某处休养地，一位少妇遇见了一个陌生的男子，男子坚持说他们早就相识，并且约好了今年在这里相会，最后说服了她，两个人一起出走了。其他的影片有《不朽的女人》(1963)、《横跨欧洲的快车》(1966)、《说谎的人》(1968)、《伊甸园及其后》(1971)、《欲念浮动》(1974)等。

罗伯格里耶讨厌学院式的影片，认为把情节的来龙去脉交代得一清二楚的影片已经"老掉牙"，影片的叙事单位应该是镜头，而不是由一组镜头组成的段落，也就是说不是由作者来安排一切，而是像思想活动那样是跳跃性的。例如《去年在马里昂巴德》里的三个人物都没有名字，只有代号：M 可能是丈夫，A 是女主角，X 则是陌生人。他们是什么人，作者没有交代，因为他也不知道。他所能做的就是表现他们现在的思想和活动：陌生人一再说他和女主角去年就已经相爱，今年是应约来把她带走的。她以为他是说着玩的，但是他非常严肃，一点一点地回忆往事，出示证据，使她逐渐产生了幻觉，终于让步。罗伯格里耶在摄制这类影片的时候，总是插入大量倒叙的闪回，也就是把新小说的颠倒时空的手法运用到影片之中，用看似杂乱无章的镜头粉碎了神圣不可侵犯的时空连续性。他认为摄像机的作用不是揭示现实，而是利用侦探、色情、冒险、革命等司空见惯的画面，通过匠心独运的剪辑来激发起内在的冲突，从中得出一种能引起观众想象的创造力。所以他在60年代以后写的小说,色情与暴力的场面大为增加。至于别人是否承认他是电影艺术家或者小说家,他都毫不在乎,他作自我介绍的时候向来只提最初的职业:农艺师。

1976年,罗伯格里耶出版小说《一座幽灵城的拓扑学》之后,就开始撰写他的回忆录《重现的镜子》(1984)。这部作品记叙了他童年的故事和家庭生活,时代的大事和内心的种种感觉,不再像新小说那样难以卒读,不过仍然是由一个个片断的画面组成的,显示了他自身存在的不确定性和现代文学的不确定性。

第二节　尤内斯库

欧仁·尤内斯库(1912—1994)是荒诞派戏剧的创始人,他是原籍罗马尼亚的法国剧作家,父亲是罗马尼亚人,母亲是法国人。他于1912年11月26日出生在罗马尼亚的斯拉蒂纳市,第二年随父母迁居法国。父母感情不和,父亲在1916年回到罗马尼亚,他和母亲留在法国,在法国度过童年,法语是他的母语。1925年父母离婚,他回到罗马尼亚去和父亲一起生活,在布加勒斯特大学毕业后当中学法语教师。1938年,他获得罗马尼亚政府的助学金,赴法国攻读博士学位,趁此机会离开法西斯主义猖獗的罗马尼亚,从此定居法国。尤内斯库从小热爱戏剧,13岁就写过一个爱国主义剧本。但是他认为表演本身是虚伪的,因此戏剧没有教育意义,并且在此基础上提出"反戏剧"的理论。他写的剧本通过分解和变形后的现实以及漫画般的人物和极端的语言,来表现超历史的精神状态和纯粹的思想危机,而不再像传统的戏剧那样表达事物的意义和提供出路。

尤内斯库的代表作是《秃头歌女》(1950),1950年5月11日晚在巴黎梦游人剧院上演。主人公史密斯夫妇属于英国中产阶级家庭,他们俩说起沃森先生死了四年,尸体还有热气,他的老婆爱上了小叔子,等等。他们为男人女人喜欢和讨厌什么而争吵,这种对话毫无意义,前言不搭后语,就连墙上的挂钟敲响的声音也乱七八糟,时断时续。这时候马丁夫妇应邀来吃晚饭,然而这两对夫妇见面后却无话可说,十分尴尬,并且都忘了吃晚饭的事情。马丁夫妇是分别乘车来的,竟互不相识。在回忆各自乘车的情景，以及家中的摆设和子女之后，才发现他们原来是夫妻，于是他们毫无表情地拥抱和亲吻。这时候来了一个消防队长，也参加闲谈，说什么有一头小公牛吃了碎玻璃之后生了一头母牛，小公牛又和一个人结婚了，等等。队长去灭一场不存在的火灾后，这两对夫妇又语无伦次地谈了起来，在黑暗中胡乱叫喊。后来灯亮了，房间里的一切恢复开场时的样子，只是这两对夫妇交换了位置，接着一句不差地开始重复他们说过的台词。尤内斯库在自学英语时产生了创作这出戏剧的灵感。英语课本的内容全是最单调不过的词句，例如“一个星期有七天”、“人用脚走路”、“地板在下面，天花板在上面”，等等，都是内容毫不连贯，但又是人所共知的事实。于是他借用这种单调机械的笔法，以及书中的史密斯夫妇和马丁夫妇等人物，写了一个名为《速成英语》的剧本来让朋友们开开心。在排练的时候，演员把“金发女教师”误念为“秃头歌女”，尤内斯库喜出望外，立即把这个与剧本毫无关系的词汇作为该剧的名称。《秃头歌女》里的一切都混乱无序，不可理解，人物都不饥不渴，没有什么意识，只是烦躁不安，说个没完，却不知道在说些什么。这种荒诞不经的闹剧形式，充分显示了资产阶级家庭生活的空虚和无聊，以及世界的荒诞和无意义。这出戏首场演出时只有三名观众，但这种反戏剧的形式却轰动了巴黎。它以木偶式的人物、不合逻辑的情节、枯燥乏味的语言乃至与剧情毫不相干的剧名，彻底打破了传统的戏剧模式。尤内斯库由此获得了揭示荒诞世界的经验，所以又接连写了约三十个剧本。

《椅子》(1952)是尤内斯库的另一部代表作。它的背景是一座与世隔绝的孤岛，岛上一间房子里生活着一对九十多岁的老夫妇。他们日复一日地所做的事情就是一起回忆过去的生活，讲些怪诞无聊的故事。老头觉得壮志未酬，突然哭着叫妈妈，老太太就把他搂在怀里安慰他，说他是天才，已经掌握了人生的秘密。于是老头就决定委托一位演说家来宣布这个消息，为此还邀请一批名流来参加演讲会。然后门铃响个不停，客人们陆续到来，然而舞台上看不见这些客人，只有老夫妇搬来的一把把椅子。最后椅子摆满了整个舞台，老夫妇被挤得没有立足之地，只得跳海自杀。演说家对着台上的椅子咿咿呀呀地嚷了一阵，原来他是个哑巴。这出戏固然反映老人孤独的悲剧，但更表明人已经消失在物之中，异化为物的奴隶。椅子挤垮了老夫妇，说明物在压迫人，人失去了存在意义。老夫妇的一生都虚度了，最后的“人生的秘密”只是一种用来安慰自己的虚荣，而他们的跳海自杀也是毫无意义的“壮举”，再加上闹剧般的场面，滑稽的动作和台词，使观众充分感受到人生的荒诞。

在1957年以前的剧作中，尤内斯库笔下的人物对荒诞的生活都是逆来顺受，没有任何反抗。除了《秃头歌女》里闲聊的夫妇和《椅子》里跳海的老夫妇之外，像《上课》(1951)里被家庭教师刺死的女学生，《阿麦迪或脱身术》(1954)里在一具死尸旁边生活了15年的阿麦迪夫妇，以及《新房客》(1957)里被铺天盖地的家具围困的房客等，都是如此。但在1957年之后，他剧中的人物有了变化，不再限于家庭和夫妇都麻木不仁的可怜虫，而是面向社会的反对专制和暴力的“英雄”。这方面剧本的主人公都叫贝朗瑞，其中最著名的代表作是《犀牛》。《犀牛》(1959)写贝朗瑞正与朋友喝咖啡时，看到街上出现了一头飞奔的犀牛。后来他的朋友、同事和周围的人都变成了犀牛，贝朗瑞只好逃回家中。但连他的女友也变成了犀牛，他自己也感受到了想成为犀牛的强烈诱惑，但他顽强地坚持着，决不投降，要独自来对付整个世界。与卡夫卡的《变形记》里一个人变成甲虫的情况不同，剧中人物普遍地变成犀牛是一种社会和集体的现象，人们从讨厌犀牛到随波逐流以至于争先恐后地变成犀牛，影射的是在罗马尼亚到处蔓延、猖獗一时的法西斯势力。正如尤内斯库明确表示的那样，他在剧中斥责的是法西斯主义。从这时开始，尤内斯库的荒诞剧不再仅仅使人感到人生的空虚和荒诞，而是有了现实的社会意义。这出戏在巴黎著名的奥代翁剧院演出，表明他的剧作得到了评论界的认可与肯定。

与《犀牛》的主人公类似的人物，还有《未被雇佣的杀人者》(1959)里企图让杀人者改邪归正的贝朗瑞，《国王正在死去》(1962)里至死都拒绝死亡的国王贝朗瑞一世等。尤内斯库直到70年代还写过一些剧本，其中主要有《饥与渴》(1965)、《屠杀游戏》(1970)、《麦克白》(1972)、《带行李的人》(1975)等。除剧作之外，他还发表过一些理论性文集，如《笔记和反笔记》(1966)、《零碎的日记》(1967)和《解毒剂》(1977)等。他在戏剧方面的巨大成就，不仅使他几乎从一开始就成了荒诞派戏剧的经典作家，而且在1969年获得法国国家戏剧大奖，1970年当选为法兰西学士院院士。

第三节 贝克特

萨缪尔·贝克特(1906—1989)是先用英语后用法语写作的爱尔兰作家,也是法国荒诞派剧作家的主要代表之一。贝克特的剧作是最典型的荒诞剧,他用完全荒诞的手法来表现世界和人生的荒诞,使荒诞派戏剧在形式和内容上达到了完美的统一。他的戏剧初看之下晦涩难懂,他坦率地承认不在乎别人懂不懂,甚至坚持要求演员的台词要说得极快,让观众无法听懂。这是因为他不相信语言,认为语言歪曲了深刻的存在,人与人之间无法沟通。贝克特用支离破碎的语言、莫名其妙的场面和残缺不全的人物来表现形式新奇的戏剧,终于引起了观众心灵的震撼,正如1969年授予他诺贝尔文学奖的授奖词中所说,他的剧作"使现代人从精神贫困中得到振奋",因而"具有希腊悲剧的净化作用"。

贝克特于1906年4月13日出生在爱尔兰都柏林一个新教家庭,1923年进入都柏林的三一学院学习法文和意大利文,1927年毕业。1928年到巴黎高等师范学校担任英语助教,结识意识流小说大师的同乡乔伊斯,并且成了他的秘书,把他的一些作品译成法文。任教两年后,贝克特为了谋生而在法国、爱尔兰、英国和德国之间奔波,过着艰难生活。据英国作家詹姆斯·诺尔森在为贝克特所写的传记《注定出名》中提供的材料,他于1936年至1937年在德国生活七个月,在受到纳粹主义威胁之后返回巴黎定居。第二次世界大战期间参加抵抗运动,替一个为英国收集情报的组织翻译资料和打字。组织被人出卖,他躲过盖世太保的追捕,与女友一起逃到普罗旺斯的一个村庄里,当雇工谋生。和平刚刚恢复,他又志愿到诺曼底一个红十字会医院去当翻译。诺尔森指出,正是大战期间的经历使贝克特改用法语写作,以摆脱过去用英语写作时别人无法理解的风格。

贝克特早在20年代就开始文学创作,用英语写出诗歌《婊子镜》(1930)、评论文章《普鲁斯特》(1931)和长篇小说《莫尔菲》(1938)等。1945年他改用法文写作,把《莫尔菲》译成法文,还写了《莫洛瓦》(1948)和《马洛纳正在死去》(1948)等小说。他笔下小说里的主人公都是孤独者或流浪汉,例如《莫尔菲》的主人公就是一个不愿活着,只希望死去的流浪汉。《莫洛瓦》包括两个看起来完全不同,其实有着深刻联系的部分。第一部分的主人公莫洛瓦是个半瘫痪的流浪汉,在叙述自己的故事。他拄着一副拐杖,在内心声音的指引下去寻找母亲,结果迷失在森林深处,还偶然用拐杖打死了一个老人,最后在到达森林边缘时由于精疲力竭而死在深沟里。第二部分的主人公是莫朗,他奉命去寻找莫洛瓦,结果他重复了莫洛瓦的经历,逐渐瘫痪,也打死了一个人,似乎莫洛瓦的灵魂附在了他的身上。《马洛纳正在死去》里的主人公马洛纳是一个孤独老人,除了一个女人定时给他送点食物外,完全封闭在一个监狱般的房间里。他眼看着自己的身体逐渐消瘦和麻痹,只能用仅有的力气在纸上涂抹一些与他本人同样可怕的画像。

贝克特的小说与传统小说的写法截然不同,没有什么故事情节,大多是人物的内心独白,有着现代主义特别是新小说的风格。这些作品虽然实际上可以被视为新小说的先驱之作,但在当时很难被人们理解,并未产生什么影响,倒是后来的荒诞派剧作为他带来了巨大声誉。他的荒诞剧《等待戈多》(1952)1953 年 1 月 5 日首次上演,历来被认为是荒诞派戏剧的经典。两幕剧《等待戈多》写的是发生在两个黄昏的事情,但没有什么情节。主人公是两个流浪汉,背景是一片荒野,只有路旁的一棵树,两个流浪汉就在树下等待着一个名叫戈多的人。他们一面做着闻臭靴子之类穷极无聊的动作,一面在语无伦次地梦呓。最后一个男孩来说,戈多今晚不来了,第一幕就算结束。第二幕把第一幕的情景重复一遍,只是当知道戈多又不来的时候,他们就想上吊,结果裤带一拉就断,只能毫无希望地等待下去。这是一出荒诞之极的戏剧,但是竟连演三百多场,被译成二十多种文字,原因就在于它极其深刻地体现了生活的荒诞和无意义。戈多是谁？谁也不知道。人类只是在等待,却不知道到底在等待什么。

《等待戈多》取得巨大成功后,贝克特接连创作了十多个剧本,其中比较重要的有《结局》(1957)、《最后一盘录音带》(1958)和《啊,美好的日子》(1961)。《结局》中的四个人物都残缺不全,主人公汉姆是个双目失明的瘫痪者,整天坐在轮椅里,由只能走动而不能坐的仆人克洛夫推着;汉姆的父母都没有双腿,各自待在一个垃圾桶里。全剧没有任何情节,只是汉姆由克洛夫推着到垃圾桶边去看看他的父母,或者父母从垃圾桶里伸出头来向他要东西吃。其余的时间就是主仆之间无聊透顶的对话。舞台上一无所有，显得凄凉可怕，充分显示了人类生活的痛苦和绝望。这出戏剧的结局与开始一样，在开演时就可以一目了然，它正是人类命运的象征。《最后一盘录音带》的主人公是一个名叫克拉普的老人，他常常放着一盘30年前的录音带，边听边回忆过去的时光。他发现自己与过去完全不同了，过去的他成了另一个人，因为他现在已经耳聋眼花、衰弱不堪，表明人类最终都逃脱不了悲惨的结局。《啊，美好的日子》是一出两幕剧。在第一幕里，年迈的女主人公维妮的半截身子已经埋入黄土，却还在梳洗打扮，赞美这是个"美好的日子"，想象着她不可能得到的幸福，向丈夫维利说些语无伦次的话。维利待在她后面的洞里，只露出脑袋，发出几声哼哼，连话都懒得说了。在第二幕里，维妮的全身都已入土，只有脑袋露在外面，还在用眼睛表达生活的乐趣，在回忆往事时唱起了一首轻佻的情歌。这对老夫妇在如此可悲的环境里，处于死亡的边缘，却还在浑浑噩噩、不知死活地赞美生活，可见已经麻木到了精神错乱的程度。

第二章

英国文学

概述

二战结束后,英国已无可挽回地走向衰落,整个社会结构、生活方式、时尚风气和精神面貌同战前相比已大不相同。然而,这一时期的文学创作相当繁荣,有不少战前成名的作家笔耕不辍,战后继续有作品问世,如沃的《旧地重游》(1945)、普里斯特利的《明媚的日子》(1946)、格雷厄姆·格林的《问题的核心》等。奥威尔的政治寓言小说《动物农场》(1945)和《一九八四》(1949)表达了对极权主义威胁的忧虑。戈尔丁于1954年发表他的第一部小说《蝇王》(1954),探讨人性问题,使他一举成名。50年代还涌现出一批具有现实主义倾向的新作家,他们的特点在于表现新的内容,而不是创造新的文学形式。“他们试验的是新的主题和题材,用以描述传统观念中发生的变化”。金斯利·艾米斯、韦恩等“愤怒的青年”在小说中抒发了对英国社会等级森严、贫富不均的愤怒和不满。60年代后期,作家的关注点从内容转到形式,开始对形式进行实验。福尔斯的《法国中尉的女人》(1969)革新了小说的传统观念和叙述技巧。与此同时,莱辛、斯帕克、默多克等女性作家发表了许多优秀的小说,展示了她们非凡的才华。

二战期间和战后初期，英国戏剧创作除艾略特、弗莱的诗剧以外，总体来说处于一种不景气状态。50 年代中叶，出现了一批颇具特色的优秀剧作家，形成一场新戏运动，给英国戏剧发展带来活力。1955 年 8 月 3 日，贝克特的《等待戈多》首次用英语在伦敦公演。1956 年 5 月 8 日奥斯本的《愤怒的回顾》在皇家宫廷剧院首场演出。这两位剧作家的创作分别代表五六十年代英国戏剧发展的两个主要方向，即荒诞派戏剧和写实主义戏剧。品特的“威胁喜剧”明显带有荒诞色彩，而韦斯克的剧作则以写实手法表现伦敦东区下层人民的生活，与奥斯本等的作品一起被冠以“厨房洗碗池戏”的称号。荒诞派戏剧和写实主义戏剧的表现内容、创作风格各不相同，但它们都打破了传统戏剧体裁的束缚，从而将英国戏剧推入一个新时期。

二战后的英国诗坛上，随着奥登移居美国和优秀战争诗人凯斯、刘易斯、道格拉斯的去世，诗歌传统受到了一定考验。在当时不少评论家看来，英国诗歌的辉煌业已结束。1956 年，康奎斯特任主编的《新诗行》问世，收录了康奎斯特、金斯利 · 艾米斯、詹宁斯、拉金和韦恩等九人的诗作。《新诗行》的诞生标志着“运动派”的形成。以拉金为代表的“运动派”诗人反对托马斯的浪漫主义风格，力图恢复 18 世纪以前英国诗歌传统，具有浓郁的英国本土风情和机智、冷峻的特色，为战后的英国诗坛吹来一股新风。50 年代后期，西方兴起新左派思潮。威廉斯的文化研究和批评实践成为左派文学理论的重要组成部分。威廉斯将文学批评扩展为文化批评，促使文学研究走向为文化研究，将经院式的探讨转化为以社会、历史为背景的探讨，从而为文学批评指出了一条自我更新、重新定位的新路。威廉斯、霍加特、汤普森和霍尔等为英国文化研究的确立作出了巨大贡献。

第一节 戈尔丁

威廉 · 戈尔丁（1911—1993）是英国战后文学史上最具国际声誉的作家之一。他于 1983 年获得诺贝尔奖，表彰其“以现实主义的直观手法，叙述了一个当代普遍存在的荒诞神话，以阐明人类生活的本质”。戈尔丁的小说探讨极其艰深的人性问题，但受到了普通读者的欢迎，原因在于这些书都写得非常有趣味并富有刺激性，引人入胜。他的小说语言没有打破常规，整体结构比较完整，人物刻画比较生动。另外，戈尔丁的小说一般不具有现代生活背景，常常将小说人物置身于一种特殊的境地，《蝇王》的故事发生在一个荒凉的小岛上，《继承者》将读者带到原始年代，《平切尔·马丁》中的主人公独自待在大西洋的一块石头上，正因为如此，他的小说常有一些惊险故事的味道，产生了类似"陌生化"的效果，给普通读者和批评家都带来了一种距离的美感。

戈尔丁生于英格兰康沃尔郡，1935 年毕业于牛津大学，1940 至 1945 年在英国皇家海军服役。戈尔丁是大器晚成的作家，在《蝇王》之前只在学生时代发表过一本未曾引起人们注意的薄薄《诗集》(1934)，但《蝇王》的发表让他一举成名。在这部小说里，他着重探讨了人性恶的问题。他的人性恶思想有一个长期的形成过程。他父亲是一个笃信科学和理性的中学校长。戈尔丁童年时代极其崇拜父亲，但不久就发现科学和理性解释不了全部人性现象。戈尔丁应征入伍后，参加过有关战斗，这种经历使他体会到非理性可能带来的最坏结果，并导致他最终形成人性恶的思想。戈尔丁的人性恶思想也受到西方一些哲学家、思想家的影响。二战结束后，戈尔丁曾在一个中学里任教十年，其间他悉心攻读文学、哲学、史学书籍，这对他人性观的确立起到了重要作用，在西方思想史上，从柏拉图、亚里士多德到霍布斯、康德等都对人性问题进行了探讨，这些探讨给戈尔丁提供了不少有益启示。

《蝇王》选定的时间是某次战争期间，地点是太平洋上的一座荒岛，人物是一群疏散中因飞机遭到袭击而不幸流落荒岛的孩子。这群孩子选出拉尔夫当头头，派杰克和"唱诗班"的孩子照管作为求救信号的篝火并负责狩猎，众人喜欢的螺号成了权力的象征。起初孩子们尚能团结合作，克服了不少困难，但不久后，杰克的权力欲开始膨胀，他带领"唱诗班"的孩子们去狩猎，置作为求救信号的篝火于不顾，终于导致篝火熄灭。自此孩子们分成了两派，拉尔夫、理性的猪仔、具有先知先觉特征的西蒙以及一些孩子是一派；杰克、"唱诗班"的孩子以及另外一些人是一派。两派冲突导致了猪仔和西蒙的先后身亡，拉尔夫也几无藏身之地。幸而最终一位英国海军军官像天神般降临，将孩子们救离了荒岛。这部小说在艺术上相当成熟，四个主要人物形象极其鲜明：拉尔夫是个“英俊少年”，他识大体、顾大局、勇于面对现实；猪仔富有理性，能清晰判断形势；西蒙具有先知先觉特征，好不容易发现了孩子们所惧怕的怪兽的真相，却惨遭杀身之祸；杰克是戈尔丁人性恶思想的主要承载者，他权力欲强、杀戮成性，是孩子们分裂成两派相互残杀的罪魁祸首。小说广泛使用了象征手法。除主要人物各具象征意义外，小说的一些情节和细节也具有象征意义。小说的思想内容极其深刻。戈尔丁在接受采访时指出：“该书旨在表明社会的弊病可以直接归因于人性的缺陷。”这一主题不仅在《蝇王》中得到了揭示，也在他以后的小说中不断地出现。

戈尔丁的第二部小说《继承者》(1955)以史前初民时代为背景。作为旧石器时代原始人种的尼安德特人天真、纯朴，缺乏思维和逻辑能力，过着最原始的生活，他们与大自然极其和睦，相互之间也保持着天然和谐。新人的到来彻底打破了尼安德特人平静安宁的生活。相对于尼安德特人，新人是比较高级的人种，有着更高的文明。但就是这样的新人，却干出了许多伤天害理的事情。他们杀死了很多尼安德特人，将俘虏过来的尼安德特人像动物一样看待；他们酗酒闹事，物欲横流，相互算计。在历史学家看来，新人代替尼安德特人是一种历史的进步，体现了历史从初级阶段向高级阶段发展的必然过程，但是作为文学家的戈尔丁给我们揭示了隐藏在历史进程背后的可怕现实：新人具有邪恶本质，战胜和消灭了善良、温和的尼安德特人。作者的人性恶思想在这里得到了充分表达。原来，作为现代人祖先的新人早就是堕落的，而其邪恶本质在他们的继承人——现代人身上继续存在着，这或许就是他这部小说的言外之意。戈尔丁在小说中强调“恶”在历史上的作用而未充分考虑历史的具体语境，这有一定的片面性，然而在历经两次世界大战之后，他对人性恶的描写又具有极其深刻的一面。

戈尔丁的小说《平切尔·马丁》(1956)继续探讨人性恶的问题。它的情节并不复杂：英国皇家海军军官克里斯托弗·哈德利·马丁在军舰被敌方鱼雷击中后，漂泊到大西洋的一块岩石上，为了继续生存而苦苦挣扎。阿诺德·琼斯顿曾指出：“尽管保持着生存的主题，《平切尔·马丁》

与其之前的小说不一样，尤其是在它对个体的关注方面。”事实上，从这部小说开始，戈尔丁的视线从人性与群体生存的关系转向了人性与个体生存的关系。马丁有一个别人给他取的名字“平切尔”，意思是“偷窃者”。之所以给予马丁这样一个名字，乃是因为他好事不做，坏事做绝。马丁是恶的化身，他的肉体早就死亡，在岩石上挣扎的只是他那贪婪无度、以自我为中心的灵魂。马丁最终走向了地狱，因为他的本性之恶注定他必须承担这样的后果。《教堂尖塔》(1964)的主人公是乔斯林教长，他在幻觉中感到主在召唤他为了主的荣光去建造一座400英尺高的教堂尖塔。他一直以为自己是在为实现上帝的意愿而建造尖塔，其实他的建塔目的并不纯洁。如果说指向天空的尖塔中饱含了一个人对上帝的信仰和崇高精神追求的话，那么深入地下的尖塔的部分则代表着一个人内心深处不为人知的黑暗、堕落的一面。

戈尔丁在七八十年代还发表过多部小说，长篇小说《看得见的黑暗》(又译《黑暗昭昭》，1979)的主人公麦第是孤儿，在第二次世界大战中历经战火，艰难地生存下来，长大后他笃信宗教，宣扬善、真理和光明，并且获得某种预知未来的能力。在担任一所学校的管理员期间，他挫败了邪恶至极的苏菲及其恐怖团伙的阴谋，为此付出了自己的生命。小说的背景不再是戈尔丁惯用的某种想象中的特殊境地，而是当代生活。书中涉及暴力行为、毒品交易、性滥交、恐怖活动等现象。作家以此表明，人性之恶不仅存在于人的灵魂深处，而且存在于任何看得见的地方。进入80年代，戈尔丁发表了航海三部曲：《航行仪式》(1980)、《近方位》(1987)和《船舱底下的火》(1989)。

与同时代的作家不一样，戈尔丁所着力描绘的不是社会、阶级、个人生活经验等具体问题，而是人的本质即人性。有评论家认为，“他所有的作品从根本上问了同一个问题，‘人是什么?’这些作品的神话般结构使戈尔丁能持续地将我们的注意力引导向人类，而不是‘一个人’或人们之间的关系。”由于戈尔丁用小说形式来探讨人类经验和人生根本问题，因而他的小说被评论家们称为“寓言”或“神话”，而他本人倾向于“神话”之说：“神话是比寓言更深刻更重要的东西……是某种来自事物根源的东西，按古老的意义来讲，是生存的关键问题，是生命的全部意义，是总体上的经验。”戈尔丁除长篇小说之外，还写过剧本、诗歌、散文等。他的作品也表现过科学与信仰之间的冲突、社会不公、生存困境等主题，但从未获得像表现人性恶主题那样的尖锐性、深刻性和全面性。黑格尔曾有名言：“人们以为，当他们说人本性是善的这句话时，他们就说出了一种很伟大的思想；但是他们忘记了，当人们说人本性是恶的这句话时，是说出了一种更伟大得多的思想。”戈尔丁正是说出人本性是恶这句话的许多人中最杰出的一个。

第二节　莱辛

多丽丝·莱辛（1919—　）是第二次世界大战后英国最杰出的妇女作家。《野草在歌唱》、《暴力的孩子们》和《金色笔记》奠定了她在当代英国文坛的稳固地位。这些作品带有强烈的现实主义倾向，具有鲜明的时代特色，她因此被誉为当代十几位最真诚、最敏锐、最关心社会问题的作家之一。莱辛作品丰富的主题和内容引起评论界众说纷纭，她被称为女权主义作家、政治小说家、心理小说家。对这些称号，莱辛均予以否认。她在评论文章和访谈中多次重申：“文学的支点是作家对人的认识”，而不能囿于某一个小圈子。莱辛立足于人和社会，从不同的角度反映人和社会的真实状况，并在一定程度上成为这个时代的代言人。

莱辛生于波斯（今伊朗），父母都是英国人，五岁时随父母迁居非洲的罗得西亚。她父亲经营农场，但很不成功，生活窘迫，家庭气氛阴郁。作为逃避，少年莱辛大量阅读欧洲现实主义作品，并很早就离家工作。1949年她来到英国，定居伦敦。1950年，以非洲为背景的小说《野草在歌唱》出版，莱辛一举成名，从此成为专业作家。一般认为，莱辛的创作可以分成两个截然不同的时期，前期作品多以非洲殖民地和伦敦为背景，描写女性和政治，关注五六十年代的重大历史事件，内容涉及种族歧视、阶级冲突以及男女情感纠葛。莱辛参加过英国共产党，积极投入左派政治活动。她个人在非洲和伦敦的经历，她对政治和现代文化思潮的思考统统融入了这一时期的作品中。

《野草在歌唱》以一则黑人男仆杀死白人女主人的新闻为引子，讲述女主人公玛丽·特纳短暂、迷茫而痛苦的一生。玛丽出生于南非一个穷苦白人家庭，生活的艰难、母亲的绝望令她窒息。玛丽到寄宿学校读书，16岁时在城里一家公司找到一份秘书工作，对经济独立、自由单身的生活一度感到满意。由于幼年时目睹家里的争吵打闹，使她对男性和婚姻有一种本能的抗拒。种族歧视问题是小说最引人注目的一个主题。但是，小说不只是表现种族歧视制度的不合理，更重要的是表现了个人在这种制度下人性的扭曲和自我的迷茫。玛丽童年时期看够了父亲的酗酒，听够了母亲的唠叨抱怨，在心理上留下阴影。她不能面对自己的问题，而是选择了逃避。为了得到社会认同，她可以牺牲自我的需求，扮演各种角色。她闪电般地嫁给农场主迪克，希望依靠男性走出自我的困境。但是，迪克懦弱无能，她的希望全部落空，贫困的现实和自我心理上的问题使她走向绝境。白人移民在非洲是孤立、狭隘的一个群体，苦苦支撑着一个错误的种族制度，而贫穷白人的处境更加艰难，生计难以维系。作为一个穷苦白人的妻子，玛丽的精神到了崩溃的边缘。每次对黑人滥施淫威后，她总是被歇斯底里的绝望所吞没。摩西曾无端地被玛丽抽过一鞭子，后来迪克安排他到家里做仆人，玛丽对他感到害怕。一天早上她无意中看到摩西在洗澡，感官受到刺激。摩西引发了她童年遗留下的心理创伤。玛丽极力要忘记过去，不想重演父母的不幸，但摩西令她想起了她父亲。摩西的强健和温存对缺乏父爱的玛丽有一种无可名状的吸引力，但白人社会和她受的教育不允许一个白种女主人对黑人奴仆有任何感情纠葛。排斥与渴望的力量在她内心剧烈地冲突着，对摩西的蔑视、着迷、恐惧、痛恨，让她精神恍惚，几近疯狂。玛丽的悲剧在某种程度上也揭示她与摩西的禁忌关系正是她摆脱绝望、获得新生的唯一希望所在。在她生命的最后一个黎明，她无限留恋地沉浸在大自然的美妙变幻中。但是就在离开农场的前天晚上她被摩西杀死了。莱辛以女作家的细腻进入玛丽这个人物的内心世界，描写她的心理变化，具有很强的震撼力和感染力。

非洲为莱辛提供了创作的灵感和题材。《暴力的孩子们》是一部“成长小说”，女主人公的姓奎斯特意即“探索”、“追求”，点出了作品的主题。这是一部探索个人与社会关系的五部曲，涉及妇女的出路、种族关系以及战后的政治生活，以非洲殖民地罗得西亚为背景，描写女主人公，白人农场主女儿玛莎·奎斯特的成长历程。第一部《玛莎·奎斯特》(1952)开始时,玛莎刚刚15岁,她聪明,有个性,有理想,渴望摆脱气氛紧张的家庭和家乡那个狭隘的白人移民圈子。她只身去了赞比亚,找到工作,参加了一个左翼政治团体。小说结束时,她与年轻的政府雇员道格拉斯·诺韦尔结婚。第二部《正当的婚姻》(1954)以第二次世界大战前后的南非为背景,此时的玛莎为婚姻生活的单调、无意义而烦恼。道格拉斯离开已有身孕的玛莎参战。玛莎生下女儿后又重返左翼团体,参与政治活动。道格拉斯返回后,两人的志趣已截然不同。玛莎决心摆脱婚姻的折磨,不顾众人的反对,离开道格拉斯,将女儿丢给了母亲。在第三部《暴风雨掀起的涟漪》(1958)里,玛莎参与欧洲战争难民署的工作,结识了流亡的德国共产党员、犹太人安东·赫斯并与之结婚。婚姻并不幸福,但在赫斯领导的共产主义小组里,他们观点一致。后来小组分裂成几派。第四部《被陆地围住》(1965)中,玛莎离开赫斯,成为激进政治家托马斯·斯特思的情人。斯特思先从非洲移居以色列,后在非洲丛林里与土著一起生活,死于热病。玛莎与青年一代左翼分子的隔阂越来越大,备感失落,于是移居伦敦。最后一部《四门城》(1969)带有启示录性质。玛莎来到战后的伦敦,成为作家马克·科尔德的秘书。在一个与自己的文化背景截然不同的城市里,她感到自我的失落,开始怀疑自己过去追求的意义,精神几乎崩溃。最后玛莎预见到一幅未来社会的生活图景:世界遭受了核打击,而幸存者是一代充满希望的新人。

《金色笔记》(1962)是莱辛最著名的小说,被誉为20世纪的经典之作。它以50年代的伦敦为背景,描述女作家安娜·伍尔夫离婚后,带着女儿独自生活,陷入了写作和感情的困境。为了从不同角度分析自己的问题,安娜分别在黑、红、黄、蓝四本笔记本上记录不同的内容:黑笔记本记录她对畅销书《战争前沿》的重新审视,回忆自己在非洲的经历以及写作该书的过程;红笔记本记录她的政治生活;黄笔记本则是她根据自身经历虚构的另一个自我艾拉的故事;蓝笔记本是她的日记。她同时还在写一本叫《自由女性》的小说,其章节穿插在四个笔记本之间,小说中还有一些剪报。最后,安娜找到了完整的自我,第五本笔记本是金色笔记本。安娜是生活在二战前后的一位新女性,有着与玛丽和玛莎相似的问题。尽管被称为“自由女性”,她仍是一个孩子的母亲,必须履行母亲的职责。作为作家,她的思想受到传统文化思想的束缚,“迷信知识和理性”,导致她陷于单一思维方式,不能全面看问题,反映真实。她写的《战争前沿》描述了二战时期的非洲殖民地,作品表达的虚无主义和悲观绝望的情绪在读者中引起共鸣,但这并不是安娜的真正意图,她原本希望她的小说能够“重建秩序,创造看待生活的新的方式”。她需要通过四本笔记本记录生活和思想,这也象征着她的自我分裂。她无法解决自我矛盾,也就无法解决生活矛盾。在感情问题上,安娜渴望的两性关系简直是遥不可及,她发现女人的固定角色似乎不是照料男人的母亲形象就是嫉妒、狭隘的情人形象。她和迈克尔、雅各布、索尔的关系都跳不出这个框框。莱辛早期作品塑造的女性形象中,安娜是唯一一个能勇敢地剖析内心,深入自我的人物。

对于人与社会之间的关系,莱辛认同荣格和兰恩心理学以及苏非派学说的观点。荣格认为个人必须深入自己的潜意识,找出深藏在潜意识中的问题,进行疏导化解,否则被压抑的潜意识中的问题一旦爆发,其破坏力不堪设想。安娜在四个笔记本里的自我分析就是荣格式的心理分析,但这并不能使分裂的自我恢复完整。安娜更进一步超越个人单一的思维方式,通过兰恩心理学提出的非理性思考,将自我的各个方面融为一体。安娜多次进入精神崩溃状态,她生活的各个侧面进入她的幻觉,各个矛盾互相冲击,互相化解,醒来时,她看清了真实的生活。她还重新从索尔的角度审视他们的关系,接受了双方的冲突,最后获得了和谐的关系。索尔成为一个独立、成熟的男人,而安娜也达到了她的理想状态:“安详、冷静、不妒不羡、无欲无求的女人,内心充满欢乐,在别人需要时,总能给予幸福。”在安娜探索自我的过程中,找到完整的自我并不意味着结束,更高的境界在于苏非派学说提出的超越自我。小说的结尾记录了安娜的一个梦境,在梦里一群人推着一块大石头上山,石头有时倒退下来,但从不掉到山下,相对来说,石头总是向上的。这个梦象征着人类具有超越自我的信心和能力,并能在完成这种超越后更好地为社会服务,促进社会不断进步。

第三节　拉金

菲利普·拉金(1922—1985)以其冷峻、理性、自嘲的诗作,打破20年代以来的诗歌定式,超越同辈,赢得了读者,开创了其个人诗风的时代。在他的影响下,“运动派”诗歌在整个50年代席卷英国诗坛,几乎将现代主义影响消弭。拉金诗作不多,50年代之后诗风也少有变化,但其传统的形式、新鲜的语言、诚实的描摹、个性的思辨、自嘲的态度却对诗坛影响深远。一种新的硬朗的英国诗以拉金的创作为基础逐渐成型,并与新人辈出的美国诗坛分庭抗争。他的诗作是现代主义诗歌的终结,从诗歌发展看,与他所推崇的哈代颇有相似之处。

拉金出生于考文垂,毕业于牛津大学圣约翰学院,先在施罗普郡惠灵顿市公共图书馆工作,然后转至莱切斯特大学学院、贝尔法斯特的女王学院和赫尔大学的图书馆工作。拉金的第一部诗集《北方之船》(1945,1966年修订)受叶芝影响较大,在清新浪漫之余也流露出他后来诗作中特有的理性与准确。在《北方之船》中,年轻的拉金所表现的是求学牛津与初入社会的敏锐感触。这些抒情诗一方面抒发年轻诗人梦想受挫的苦闷,具有较强烈的感情色彩;另一方面显露了拉金对于世态的深刻体察:生死无常、爱恨短暂。诗中隐含的观念预示了他今后创作中的理性层面。1946年,拉金阅读哈代的诗歌受到启发,成为哈代诗风的追随者,开始以普通事件为题材创作出一系列冷峻有力、流传甚广的佳作。1955年出版的诗集《受骗较少》,充分展现了拉金的个人风格,口语化,语言简练,观察社会细致入微,描写具体准确,韵律和谐但不绮丽,技巧娴熟而不炫目,整体蕴藉平和,是对现代主义诗歌和新浪漫派的反拨。50年代中期,拉金的作品出现在《新诗行》(1956)上,与他的第二部诗集一起确立了他在诗坛的地位,并由此成为“运动派”诗人的代表。其后出版的诗集《降灵节婚礼》(1964)和《高窗》(1974)延续他前期的风格,描绘城市与郊区现代生活,关注私人情感,言及生死大义,但并不感伤。此外,拉金还写有小说《吉尔》(1946)和《冬日女孩》(1947)以及散文集《爵士如是》(1970)和《承嘱之作:1955—1982杂写》(1983)。

拉金认为哈代是20世纪最杰出的诗人，是他写作的楷模，但拉金本人的创作具有鲜明的个人风格，作品题材多来源日常生活和个人经历，这与现代主义所倡导的“非个人化”背道而驰。在其全部二百首左右的诗作中，拉金所关注的主要是现代社会的男女之爱和人生感悟。比起好友金斯利·艾米斯，他对于社会现象的看法和感受表达得更为含蓄委婉。在著名的《上教堂》中，他描写当时年轻人偶然进入教堂的内心感受，从开始的好奇到后来的严肃思考，丝丝入扣，写得诚实可信。诗中的“我”清楚地知道教堂过去对于人们认识生命意义的重要地位，也意识到当下人们正需要教堂所给予的精神抚慰。然而，对拉金而言，那毕竟是“严肃的”人的事情，诗歌结尾对人生终极的现实思考诚实地表达出人们对形而上的渴求，也诚实地表现出诗人的内心情感，生动地反映了当时年轻知识分子的复杂情绪，并在客观上具有一定的道德教化效应。正是在这一点上，拉金的诗歌展现了开放的视角和独特的风格，与哈代诗歌的纯粹是截然不同的。如果说在《上教堂》中，拉金的语气还有些调侃，在《降灵节婚礼》中诗人则显得冷峻睿智。《降灵节婚礼》描写诗人乘火车旅行，适逢降灵节，许多新婚夫妇在车站候车，拉金冷眼旁观，婚礼并不让人兴奋，因为生命就是一次旅行，而他们所等候的列车恰如他们的人生，将飞逝而去。带着对生活的向往和希冀，新婚夫妻登上列车，只有一旁的诗人知道，他们共同的目的地是死亡，“那就是我们的目的地”。这一对比使诗的气氛更为低回。在诗歌韵律和形式方面，拉金的诗句明白如话，素朴易懂，颇为传统。其实，在语言方面他不仅受哈代的影响选用古词、僻词，使得诗歌效果出人意料，而且还将一些口语中的粗话入诗，用词极为大胆。

在拉金的诗作中，灰暗的色调笼罩了一切，无法找到出路，因为这出路原本就没有。这一点正是当时英国福利国家现状的折射。作于1974年的《树》具有较为典型的拉金风格。诗中所写的是对树木枯荣的观察与思考。第一节写树木长出新叶，欣欣向荣的景象在诗人看来却是伤感的表现。在诗的第二节，诗人问道，是不是树木生生不息，而我们却韶华已逝呢？回答是否定的，树木也有生死大限，虽然看起来岁岁常绿，但年轮记载着他们的岁月。年轮在树木被砍伐之后才能看到，这里在暗示，表面生命力很强的树木其实面对外界的打击如人类的砍伐，也很脆弱。前两节格调低回，韵律较沉稳。第三节的开头诗风一转，对树木繁茂葱郁的描写让人仿佛看到几许期望，韵律也显得轻快些，逝者如斯，来者可追，但拉金的笔法还是收敛的，结句的重复让诗在稳健中收束，技巧的圆熟可略见一斑。虽然生的苦痛与死的必然在诗中都表达得相当明晰，但诗歌的力量超越了生死大限，这正是文学作品的魅力所在，而拉金出色的诗艺，清新的用词和含蓄的情感力量都在这诗中得到了充分体现：

这些树正在长叶
就像说的那样差不多；
新的叶芽舒展绽开，
他们的绿色是一种悲伤。
是否他们重生
而我们衰老？不，他们也一样会死。
他们年年新外表的把戏
记录在年轮中。

但每个五月这不安分的城堡
枝繁叶茂仍在不停舞动。
去年已逝去，他们看起来是说，
开始重新来，重新来，重新来。

诗作不长，形式严谨，与英国诗歌描述事物、沉思冥想的传统相合，这是拉金诗歌的突出特点之一。

第三章
美国文学

概述

动荡不安的60年代文学自然跟平静保守的50年代文学有所不同。二战后，老一代作家如福克纳、海明威和斯坦贝克等仍在写作。尽管他们都先后获得诺贝尔文学奖，但功力已经不如以前。海明威的《过河入林》(1950)刚出版就受到评论家的严厉批评。福克纳的情况好一些，但他本人常常怀疑自己是否已经耗尽才华。大战结束后，战争小说很自然地流行起来。年轻一代中参加过战争的作家开始在40年代末发表关于第二次世界大战的作品，如诺曼·梅勒的《死者与裸者》(1948)、欧文·肖的《幼狮》(1948)、詹姆斯·琼斯的《从这里到永恒》(1951)、威廉·斯泰隆《漫长的行军》(1952)等。虽然当时的政治形势要求作家反映民主的胜利和法西斯的失败，但他们往往受30年代和第一次世界大战后战争文学的影响，更多的是质疑军事组织的权力和军官阶层的残酷与没有人性。约瑟夫·海勒的《第22条军规》(1961)不仅跟其他战争小说一样，揭露战争的恐怖，军队的官僚主义以及军事与工业组织如何左右人们的生活，摧残人的精神，小说技巧也有所发展，大量采用象征和超现实主义手法，使整个故事荒诞不经却又寓意深刻，开了"黑色幽默"的先河。

随着冷战与麦卡锡主义的加剧，美国作家开始反思美国价值的真实内涵，考虑个人是否应该顺应时势和社会的规范。50年代作家普遍批评郊区中产阶级对物质生活的追求，以及企业、公司对人的个性的压抑，影响最大的作品可能是塞林格的《麦田里的守望者》(1951)和金斯堡的长诗《嚎叫》(1956)。前者对读者起了振聋发聩的“神化”作用，小说刚一出版就成为畅销书，其魅力经久不衰，多年来一直是大中学生心爱的读物。小说通过中学生霍尔登在纽约的几天经历，他的苦闷、寂寞和最终的精神崩溃，反映了50年代青少年的心态与精神世界，“通过把天真理想和罪恶现实的冲突具体化和戏剧化，使人们重新评价美国梦”。为此，塞林格被誉为“50年代少年的目标与价值观念的代言人”，小说所抨击的种种丑恶现象至今仍然存在，因而在当前仍列于美国中学生的阅读书目之中。

金斯堡和凯鲁亚克、巴勒斯、劳伦斯·佛林盖逖等人形成了声势浩大的反文化的“垮掉的一代”。他们抽大麻，放荡不羁，以持不同政见的文化战士自居。通过诗歌和小说来揭露中产阶级的美国和官方政治，冲击传统观念、习俗，甚至生活方式。他们的出现既受到欢迎也引起恐惧和攻击。“垮掉的一代”的诗人和作家在嬉笑怒骂的后面是对生存危机严肃的关注，企图通过嘲弄调侃来颠覆已有的秩序，惊醒读者，解放那些受到各种压抑包括性压抑的年轻人，使他们考虑重建一个新的美国。“垮掉的一代”作家更大的贡献在于对文体的试验和改革。金斯堡直抒胸臆而又激情澎湃的长句一反艾略特的非个性诗歌理论，冲破新批评派为诗歌规定的种种束缚，掀起一场新诗歌革命。当时已经成名的老诗人威廉斯把金斯堡给他的信件收入长诗《佩特森》。金斯堡1955年在旧金山朗诵他的代表作《嚎叫》，震撼了罗伯特·洛威尔——一位紧跟新批评规范的诗人，迫使他改变诗风，采用个人化的话语，反映个人的情感与心态——从而在年轻人中间造就了一批诸如西尔维·普拉斯(1932—1963)和安·塞克斯顿(1928—1974)等自由派诗人。凯鲁亚克一气呵成的小说《在路上》综合多种文学的类别和手法，既是游记小说又是一个少年成长的故事；既刻画人物流动的意识又描述具体的游历过程，通过主人公一路追寻而又始终未能实现梦想的经历，嘲弄了美国梦和西部是理想天堂等美国神话。他的“自发散文”把写作过程和游历过程高度统一，强使读者分享他的经验和感受。这种试验文体虽然模仿者不多,却启发作家在手法和技巧方面进行多种探索和实验。

50 年代作家不但重新审视美国社会,也不断反省自我,探讨人的本质、人与社会、人与人、人的内心矛盾和冲突,并以不同的方式进行探索和表现。索尔·贝娄的《奥吉·玛琪历险记》(1953)、《雨王汉德森》(1959)和《只争朝夕》(1956),以及马拉默德的《天生的垒球运动员》(1952)、《店员》(1957)等,以犹太人的心路历程为主题,使犹太文学成为美国文学中比较独立的一支力量。南方作家奥康诺的《慧血》(1952)与短篇小说集《好人难寻》(1955),甚至海明威的《老人与海》(1952),关注的都是人性这个大主题。但最出色的恐怕是黑人作家拉尔夫·埃里森的《看不见的人》(1952)。虽然小说描写了一个黑人少年的成长过程,反映了黑人与白人之间的种族矛盾,但更关心的是西方现代人具有共性的命运问题。《看不见的人》使埃里森成为第一个获得国家图书奖的黑人作家(1953)。1965 年,200 位作家、评论家和编辑一致推荐该书为"最近 20 年出版的最为出色的一本书",主要原因不在于小说把现实主义和超现实主义巧妙地结合起来,也不在于作者充分运用黑人语言、民间传说或音乐舞蹈和宗教仪式等手法,而是小说引起了读者的强烈共鸣。无论白人还是黑人,都从主人公的经历中发现他们共同面临的社会压力和对生存意义的困惑。

第二次世界大战后,美国戏剧家跟小说家一样表现战争及其后果,影响深远的要属 1956 年上演,根据《安妮·弗兰克日记》改编的戏剧,反映法西斯对犹太人的迫害。虽然当时社会日趋保守,但剧作家还是用戏剧表现政治权力的腐败。这时期奥尼尔虽已去世,但 1956 年上演的《漫长的一天到黑夜》使他重新获得人们的关注,证明他不愧为一位出色的戏剧家。阿瑟·米勒、田纳西·威廉斯和黑人女剧作家洛兰·汉斯伯里等都有新的建树。米勒的《推销员之死》(1949)再一次刻画了以金钱和成功为内容的美国梦的幻灭。这首失败者的挽歌迫使千百万普通美国人从主人公的悲剧联想到自己的命运,并对美国文化作了深刻的批评。总之,50 年代的美国社会虽然在很多方面强求一律,没有给人们多少自由的余地,却在文学方面造成一个相当繁荣的局面。

随着动荡不安的 60 年代的到来,作家们积极投身政治,反对越南战争、支持民权运动等，并在文学作品中加以反映。例如，梅勒的《夜幕中的大军》（1968）描写1967年向华盛顿五角大楼进军的示威活动。哈伯·李（1926— ）的小说《杀死一只知更鸟》（1960）描写南方一个小镇的种族矛盾，出版后引起空前轰动，一年之内发行250万册，第二年获普利策奖并被改编成电影。同时，贝蒂·弗里丹的《女性的奥秘》（1963）、蒂莉·奥尔逊（1914— ）探讨为什么文学中女作家为数极少的讲话和文集《沉默》拉开了妇女解放运动的序幕。肯·凯西（1935—2001）在小说《飞越疯人院》（1962）里揭露冷酷无情的社会对自由的束缚和对个性的压抑，而且身体力行地推动反对社会体制的反文化运动。1964年6月他和一群志同道合的朋友自称为"快乐的捣蛋鬼"，驾驶一辆油漆得五颜六色的公共汽车，一边抽大麻，吸麻醉药品，一边发表演说，进行演唱，从西向东漫游全国，到纽约跟"垮掉的一代"作家金斯堡与凯鲁亚克会晤，又继续东去联系其他的嬉皮士，从而把反文化运动推向整个美国。

50年代妇女和少数族裔作家除个别人如埃里森外，影响都不大。但在60年代，随着民权运动和女权运动的兴起，他们开始有自己的呼声。黑人作家詹姆斯·鲍德温（1924—1987）从多年居住的法国回到美国参加民权运动，并在60年代发表了批评美国种族歧视的散文集《没有人知道我的名字》《1961》和《下一次将是烈火》（1963）。他的小说《告诉我火车开走多久了》（1968）战斗性很强，他甚至还撰写戏剧，但成就不如小说与散文。另一方面，无论白人还是黑人，女作家开始在文坛上占有一席之地。例如，普拉斯的小说《钟形罩》（1963）和诗歌《爹爹》（1962）、《拉扎罗斯夫人》（1962）等，以及女诗人阿德里安·里奇（1929— ）的诗集《一个儿媳妇的快照》（1963），都有明显的女性意识。所有这一切，预示着在70年代将会出现一个新的文学繁荣时期。

第一节　贝娄

索尔·贝娄（1915—2005）是犹太裔美国作家之中成就最大、影响最大的一位。他的创作生涯处于第二次世界大战后美国乃至西方文学的转型时期，因此兼有传统与现代的主要特征，而尤以后者见长。作为大学教授，他更加关注当代知识阶层的生存状态，作品中刻画的主人公大都是知识分子，他们往往具有自觉的社会责任感，面对社会方方面面的流变感到难以理解，内心充满烦恼和困惑，但又总是试图探索人的本性，解决人的内心世界与外在世界中出现的问题，希望人类的生活空间和谐安宁。贝娄相信，小说作为当代主要艺术形式，能够提供社会所普遍需求的信仰、价值和正义，也能够重构一个和谐的政治、经济与文化生态，这一创作理想贯穿了他的所有重要作品，在文学艺术界内外产生了重要反响。他的成功带动了一批犹太作家迅速成长，包括马拉默德、辛格、罗斯等。贝娄大概是20世纪美国文学中获得奖项最多的作家，除了三次获得全国图书奖之外，还于1965年获得国际文学奖，成为获得这一殊荣的第一位美国人。1968年，他获得法国政府给外国公民的最高奖——法国文学艺术骑士十字奖。1976年，他的小说《洪堡的礼物》获普利策奖。同年，他获诺贝尔文学奖。

贝娄生于加拿大魁北克省，父母为俄国移民，经商为业，贝娄得益于这一人文环境，自幼受多元文化的熏陶。九岁时他随全家迁居芝加哥，曾在芝加哥大学和西北大学攻读人类学和社会学，1937年获学士学位，1941年发表第一部短篇小说《两个早晨的独白》。贝娄作为学者型的作家，自第二次世界大战后便以教书为业，先后执教于普林斯顿大学、芝加哥大学等名校，同时进行文学创作。贝娄的第一部长篇小说《晃来晃去的人》（1944），以日记体讲述主人公犹太青年约瑟夫无所事事的苦闷生活，敏锐地表现生存于主流文化边缘地带的失败者，并率先在美国文学史上塑造了“反英雄”的形象。约瑟夫有一个收入颇丰的妻子，他因此厌恶任何工作，蔑视各种形态的社会权力和组织，一心想成为作家，但终因才疏学浅，不能得志。无论是在内心还是在社会上，他都找不到满意的位置，晃来晃去，久而久之便开始厌倦生活，难以解脱，最后决定投笔从戎，以便摆脱生活的苦闷和盲目。

长篇小说《奥吉·玛琪历险记》（1948）开启了贝娄的新的创作时期。小说1953年出版后受到普遍好评，并于1954年获得美国全国图书奖。小说以战后经济繁荣发达的芝加哥为背景，从青少年的视角观察美国社会。主人公玛琪是当地贫民窟的一个犹太孤儿，繁荣的社会景象与主人公低微的人物身份之间呈现出意味深长的反差，凸现了关注社会边缘少数族裔失败者的特色。玛琪在社会的底层挣扎谋生，对诸如偷窃、贩毒、诈骗、卖淫以及抢劫等社会痼疾司空见惯。尽管生活在充满罪恶的社会环境之中，玛琪自觉秉承了犹太文化传统中信善、求真、克己等主要价值观，对社会现实有自己的认知与判断，坚信人类生存的本能与各种各样的违法犯罪行为没有必然联系。小说仍旧采用他擅长的第一人称叙述，通过青少年的视角，融童稚、感伤、幽默、调侃和凝重的思考为一体，叙事别具一格。小说语言风格灵活多变，以鲜活的口语词汇和句法为主导，亲切感人，引人入胜。

贝娄在50年代的作品还包括中篇小说《只争朝夕》(1956)和《雨王汉德森》(1959)。前者犹如乔伊斯的《尤利西斯》，讲述主人公一天内的生活经历和复杂的内心矛盾。进入不惑之年的犹太人威尔海姆一事无成，与妻反目，终日争吵，但他无时无刻不梦想成为电影明星。威尔海姆试图说服父亲同情他的境遇并给予资助，但遭到拒绝。为人诡诈刁钻的精神病医生谭姆金骗取了威尔海姆的信任，让后者一时心动，将仅有的700美元交给谭姆金投资股票。次日，威尔海姆却发现谭姆金已经悄然离去，远遁他乡。《雨王汉德森》标志着贝娄开始走向成熟。小说描写百万富翁汉德森远游非洲原始部落，寻找失落的自我，这一番经历使得他从堕落而荒唐的生活中醒悟过来，并依靠在部落里的功绩被拥戴为“雨王”。回到美国后，他立志学医，希望未来能够实实在在地服务于社会。两部小说的基本特征在于关注战后美国人的异化，作品主人公或一贫如洗，或腰缠万贯，背景可以由芝加哥漂移到非洲，但寻求解脱孤独以及精神归宿的主题则贯串始终。

最能够典型地展现贝娄文学成就的作品是《洪堡的礼物》(1975)。小说深刻地展示了20世纪中叶美国知识阶层的精神危机以及内心的焦虑和探求。小说的背景是60年代的芝加哥与纽约，它们是美国繁荣和强盛的经济与文化中心。贝娄由此入手剖析了繁荣景象之中复杂的人际关系以及潜伏的精神危机。主人公是历经磨难而走红的犹太裔作家西特林，他自述一生的经历，主要讲述了两个对他影响大的人物，一个是他的财务顾问坎特拜尔，另一位是已故的犹太裔著名诗人洪堡。前者精明干练，深谙商品社会中艺术与经济的关系，为西特林出谋划策，千方百计增加版税收入，使其艺术价值体现为货币；而作为西特林发展的恩师，大名鼎鼎的诗人洪堡则一心从事创作，而且教导西特林相信艺术可以改变世界和人心，作家必须忠实于自己高尚的创作精神，经过洪堡与坎特拜尔协助，西特林成为大有建树的传记作家，但他却与洪堡分道扬镳。洪堡试图以柏拉图的理念解决美国的社会问题，失败后悲惨地结束了自己的生命。短命的洪堡馈赠给西特林两件礼物，一件是作为艺术象征的一部电影脚本，另一件是一笔数目巨大的存款，使作家可以有所作为。西特林成功后却忘乎所以，寻欢作乐，于是妻子与其离婚，并索求高额赔偿金。此外，出版经纪人骗取了他的大笔款项，使得他骤然穷困潦倒。此时，他终于领悟到洪堡的"礼物"的价值和意义。在叙事技巧方面，贝娄借鉴电影中的蒙太奇手法，不断切换背景，自由组合叙事过程中的时间顺序，大量穿插人物的自白，以显示社会混乱状态和人际矛盾的复杂性，同时深化了故事与人物个性的内涵。与20世纪后半叶崛起的其他犹太裔美国知名作家一样，贝娄在创作中尤重犹太人，认为犹太文化和犹太人本性中具有其他文化与其他民族的一切优秀品质，而犹太人遇到的个人问题与社会问题也都是人类社会普遍存在的问题。因此，在塑造犹太人形象的过程中，他认为捕捉到的问题都具有普遍性。

贝娄长于观察和表现人的内心冲突。面对国家、民族、阶级以及意识形态等多方面的矛盾与冲突，他认为问题的关键在于人自身心灵的内在调节，因此他的作品往往以细腻而深邃地分析内心的活动见长，想象力丰富，情节不怪诞，始终在情理之中而又在意料之外，时常以幽默而不乏嘲讽的笔触塑造主人公，因此他们时常被称为"反英雄"。就叙事特征而言，他青睐第一人称的叙事程式，擅长以自传的视角叙述故事，惯于用日记和书信等手段叙述内心的感受与思想；语言侧重于口语化，借鉴犹太人意第绪语的口语风格。他的作品所体现的犹太文化视角，对于世态炎凉的观察和描摹，以及对于人类本性的认识，尤其是对于那些社会边缘地带的失败者的生存状态与内心世界的探究，具有独特的价值和艺术魅力。他其他代表作还有《受害者》（1947）、《赫尔索格》（1964）、《赛姆勒先生的行星》（1970）和《贝拉罗莎关系》（1989）等。

第二节　凯鲁亚克

杰克·凯鲁亚克（1922—1969）在第二次世界大战后的美国文坛首先提出“垮掉的一代”这个说法，并用它概括当时不满传统价值观与审美成规、追求个性的一批青年作家。他的小说《在路上》（1951）被公认为“垮掉的一代”的代表作，不仅影响了一批作家，更重要的是影响了一代人的精神面貌。一时间青年们纷纷模仿小说主人公的做法，走出城市，携带很少的钱和简单的行李，搭车到各地漫游，追求某种捉摸不定的梦想，形成了一种特殊的“路上”文化。

凯鲁亚克出生于马萨诸塞州，父母都是加拿大法语区魁北克省来的贫苦移民，父亲开小印刷作坊，母亲在鞋厂做工。家中对孩子们的期望就是读大学，然后进入稍高的社会阶层。邻居多半是加拿大法语移民，虔诚的天主教徒。凯鲁亚克从小对他们深感同情，但更希望能脱离他们所处的困境。1944 年他结识了“垮掉的一代”的主要诗人金斯堡和一批文学青年，1946 年开始按心目中“伟大的美国小说家”托马斯·沃尔夫的路子创作第一部小说《小镇与城市》，并认识了后来成为《在路上》主人公原型的卡萨迪。他们年轻，热情狂放，生活放荡，几乎个个吸毒，凯鲁亚克还染上了酒瘾，但也由此冲破常规的束缚，使创造力与生命力一起喷涌。卡萨迪多次驱车带凯鲁亚克横穿美国大陆，往返于纽约和旧金山之间，体验急速奔驰的刺激。这为他的创作提供了素材和灵感。《在路上》问世后，凯鲁亚克找到了自己的创作路子，并终生保持以每年两本书的速度写作。但劳累过度和生活不正常严重损害了他的健康，导致他于 1969 年因饮酒过度、内脏出血而逝世。

《在路上》成书的过程颇具传奇色彩。凯鲁亚克从 40 年代末就计划把横穿美国大陆的经历写成小说。开始他想模仿托马斯·沃尔夫的路子，写了几稿都不满意。1950 年《小镇与城市》出版后，他对沃尔夫的传统叙述法失去了兴趣，开始寻求自己独有的声音。最后他从一封“垮友”来信中得到启发，找到了一种自认为全新的叙述法。1951 年 4 月初，他把五张各长 20 英尺的日本纸卷粘连在一起卷进打字机，然后坐下连轴写了三星期，文不加点地完成了这部影响很大的长篇小说。即便在后来漫长的等待、修改期间，也只增删而不润色。小说一气呵成，保持了原汁原味，效果强烈，迫使读者身临其境地参与书中人物对生活的感受。后来他把这次写作经验加以总结和理论化，发明了他所谓的“自发散文体”，排斥对词句的精雕细刻，相信写作时的直觉冲动，提倡忠于瞬间的主观意识，张扬个性和生活与创作的统一，并自信这一写作方法代表了文学创作的未来。虽然50年来小说的读者经久不衰，他的这套方法却很少有人问津。尽管作者和他的同伴们竭力标新立异，但细读该书却不难发现它的继承性：如其标题所示，它在形式上继承了游记小说的传统。从西班牙的《堂吉诃德》、英国的《汤姆·琼斯》到美国的《白鲸》和《哈克贝利·费恩历险记》，游记形式总是通过主要人物的空间运动来展现动态的典型环境和典型人物。语言和叙述逻辑则继承了斯泰因和乔伊斯等人注重流动的心理意识，发掘人物内在的感受和惶惑。他把这两种传统有机结合起来，用湍急的意识流回溯人物亲身游历，为以后的托马斯·品钦拓开了一条新路。

同时，凯鲁亚克还采用美国文学中两个传统主题。首先是“美国梦”，这起源于移民，特别是贫苦移民的一种传奇叙述。凯鲁亚克少年时想离开家乡就是这个梦的开始。他一生放浪形骸，拼命工作，是为了实现这个梦。生活虽一次次使梦想幻灭，但作者和书中人物总觉得光明的生活就在路的尽头。所以他们不停地“在路上”奔波，寻找比现实更美好、更富有朝气的生活。第二个主题是“西部神话”。在美国，“西部”从来都不是一个地理概念，而是早期移民的土地资源，19世纪淘金者的梦中天堂，是企业家通过商业手段获得亚洲财富的陆上通道，是牛仔英雄除暴安良的用武之地，是普通人回归自然、获得新生的理想国，是被神化了的山高原广、草丰林茂的人间伊甸园。小说主人公不断西行，重复美国历史上几代人的寻梦轨迹，这是该书能引起广大读者共鸣的深层原因。不过，小说无论从形式、场景、人物或情节上讲，都是对这两个传统主题的极大反讽。小说里西部是尘沙漫天、干涸荒芜的野地；人物并不是“英雄”，而是吸毒、酗酒、违章行车、偷窃食品和香烟的颓废青年。他们确实有把生活变得更好的梦想，但那梦想被生活打得支离破碎，还不如吸毒酗酒而产生的幻觉。而且无论他们怎么追逐，那理想总在路的尽头不断后退，永远也收不进视野之中。"美国梦"就像《了不起的盖茨比》一书结尾的绿灯,永远在召唤,又永远在后退,空使一代代青年在追逐它的路上耗竭了生命。

在增删《在路上》和等待其发表的六年间,凯鲁亚克确立了对自己的创作方法的信心,焕发了极大的创作热情。小说出版后,他文思泉涌,写出了《地下人》(1958)、《达摩流浪汉》(1958)、《萨克斯医生》(1959)、《梅姬·凯西迪》(1959)、《孤独的天使》(1965)等十余种小说、自传以及大量的诗歌、散文。他把其中的《地下人》和《达摩流浪汉》看作《在路上》的续集,合成自传体小说三部曲。他勤奋的创作和认真的态度从一个侧面说明他和同代作家并没有"垮掉",在他们心中垮掉的只不过是传统价值观中经不住生活检验的那部分,为了获得生活真谛和文学创意,他不分昼夜地"在路上"求索,直到他倒在打字机与酒瓶之间。

第三节 埃里森

拉尔夫·埃里森(1914—1994)一生只完成了一本小说《看不见的人》(又译《无形人》,1952),却由此确立了他在美国黑人文学界和美国文学界的地位。小说主人公是一个黑人,在美国社会的生活经历使他感到,在白人主宰的社会中,作为黑人他被忽视,没有任何地位,对于他的遭遇,白人社会视而不见,仿佛看不见他作为一个人的存在,他感到自己是个看不见的人。主人公在讲述自己故事的过程中把过去和现在、现实和荒诞、黑人民间传说和现代音乐、梦境、幻觉、半意识状态及意象等交糅在一起,形成了一个故事似乎清楚但含义却极难摸透、在更深的层次上揭示内心世界、可以从不同层次解读的作品。小说问世后获得极大成功,获1953年全国图书奖及全国报章出版者奖。1965年在《纽约先驱论坛报》的书刊评论所作的民意测验中,被公认为1945至1965年间的最佳小说。

埃里森出生在俄克拉何马城,三岁丧父,母亲靠做家庭女佣养育两个幼子。埃里森在学生时代即对音乐、文学、雕塑、戏剧等感兴趣,中学毕业后进入亚拉巴马州的塔斯基吉学院学习音乐并兼修雕塑,并没有学习文学,却迷恋上了艾略特的《荒原》。他在1986年的文集《走向领地》中谈到了艾略特和庞德等现代派诗人对他的影响:"在我无指导地阅读艾略特和庞德时，我看到了现代诗歌和爵士音乐之间的关系……确实，这种阅读和遐想不仅为我做好了和赖特相逢，而且主动去寻找他的准备。”1936年暑期他到纽约打工，遇见了著名黑人作家邦当和修斯，并通过他们认识了赖特，开始在赖特主编的杂志上发表文章。大萧条时期埃里森在联邦作家项目中工作，在黑人社区收集记录黑人民间传说，这段经历对他的小说创作有极大影响。

除序曲和尾声外，小说《看不见的人》从内容上可分为三个部分：主人公在南方的大学生活，在纽约自由油漆工厂的遭遇和在哈莱姆区的经历。在序曲和尾声中，主人公都蛰居在纽约黑人和白人区交界处一所白人居住的大楼地下室中，象征他边缘的、地下的生存状态。他在这里回顾了自己近二十年的生活，第一句话就是称自己是个看不见的人。这位自始至终没有姓名的主人公时而幽默，时而嘲讽，时而天真，时而世故地为读者讲述他从南方到北方、从无知到觉醒的过程。故事开始于南方，他正在一步步遵照他所信赖的黑人教育家的教导，按白人的价值观塑造自己，并以优异成绩进入了黑人大学。正在他春风得意之时，却犯下了一个改变他人生的大错误。大学的白人理事诺顿来校观察，主人公被黑人校长布莱索派去陪同他参观校园。他们在途中先来到特鲁布拉德这个穷苦黑人家庭，而特鲁布拉德和女儿的乱伦关系尽人皆知。随后又到下层黑人和附近精神病院黑人病人常去喝酒的酒吧。布莱索因为他带尊贵的白人理事去看黑人社区不光彩的一面而指责他，最后将他开除出学校，让他到北方去打工挣够下一学年学费再回校，还给他几封写给纽约白人的“推荐信”。到纽约后，主人公开始谋职尝试，最后一封信交给了一个白人资本家的儿子，这时才知道布莱索在“推荐信”上写的竟是他已被学校开除的情况。他终于认识了他一贯尊敬的这个自命为黑人教育家的人的真正嘴脸。后来他在油漆厂找到了一份工作，开始了他第二阶段的生活。当他正庆幸自己有了工作时，却发现加入工会的工人怀疑他是工贼，黑人老锅炉工又怀疑他是被厂方雇来顶替自己的，故意给他以错误指导，造成锅炉爆炸，使他受伤进了医院。医生给他做了不开颅的前额脑叶切除，他记不起自己也记不起母亲的名字，表明他失去了种族的根和自己的存在。但他仍依稀记得黑人民间传说中大胆兔子大哥，并在半意识状态下听到白人医生的谈话,从此对白人的认识有了巨变,知道从他们那儿不可能指望得到任何东西。离开医院后,他来到哈莱姆,黑人女子玛丽收留了他。她虽身在纽约,却保留了黑人淳朴的天性。生活于普通黑人之中,这对他来说是种族文化传统的象征性回归,使之走上了找回自我的路。在此期间,主人公在哈莱姆街头目睹一对老年黑人夫妻因交不起房租而被逐出家门,他冲动地站出来讲话,他的演讲受到革命组织兄弟会的注意,把他招募为兄弟会哈莱姆区的宣传鼓动员。就这样,他开始了第三阶段的生活。主人公很快在哈莱姆扩展了兄弟会的组织和影响,提高了兄弟会在黑人中的威信,也引起了和主张黑人民族主义的黑人领袖拉斯及他的信徒间的冲突。拉斯力图开导看不见的人和克里夫顿,希望他们和他一起为黑人创造一个美好的哈莱姆。不久,他受到领导无端指责,被停止在哈莱姆区的工作。兄弟会派他到纽约市中心区就妇女问题发表讲话。后来主人公重回哈莱姆,在街头见到朋友克里夫顿卖起黑木偶娃娃,这是自嘲,也为了警醒别人。后来主人公目睹克里夫顿被一个白人警察在街头开枪打死,组织了一场盛大的葬礼游行,一则抗议警察对黑人施暴,二来是为了挽回兄弟会在哈莱姆的威信。但是兄弟会的领导却对此大为不满,认为他为叛徒送葬是个大错误。大混乱中主人公在哈莱姆区穿街走巷,企图躲避拉斯的追随者,成为一个无所不在、无所适从的人。在这荒诞情景中,主人公失足落入开着盖的人孔中,跌进了序曲中看到他的那间地下室。他在这里回忆和反思自己的生活,烧掉了白人赋予他的各种身份材料,痛定思痛,作出了脱离冬眠状态、离开地下室的决定。

“看不见的人”这个名字一语道破美国黑人的生存境遇,埃里森小说所表现的是一个古老而永恒的主题:人从混沌状态到自我意识的觉醒;在确立自我的过程中探索个人与历史、个人与社会的关系、个人的责任、外因对于自我形成之作用等一系列不可回避的问题。然而,小说的出版也在美国文坛引起了一场激烈论争,赞扬者从作品的主题、写作技巧、对西方文艺思想的继承和发扬等方面分析,称它标志着黑人作家以成熟的姿态走上了美国文坛。批评者则主要对其内容不满,左翼知识分子对作品中对美国共产党(兄弟会)的隐射讽刺反感,黑人民族主义者则批评作者对毁灭者拉斯的描写以及从中暴露出来的作者反对暴力反抗种族压迫的态度。还有一些黑人知识分子认为小说没有对种族歧视与压迫的激烈抗议,缺乏黑人作家应有的种族使命感。黑人作家的使命是否只能局限在种族抗议上?从30年代后期佐拉·尼尔·赫斯顿发表《他们眼望上苍》引起跟理查得·赖特就这一问题的争论,到80年代爱丽斯·沃克《紫颜色》发表再度引起争论,半个多世纪以来这个问题始终困扰着黑人文学界。在几十年的论争中人们逐渐认识到,一个作家有权利就自己感兴趣的题材创作,不能因为是黑人就只能局限在写种族问题上,正如白人作家不必一提笔就非反映白人对黑人的歧视不可。何况《看不见的人》以其特有的艺术魅力,不是按模式化的眼光反映种族关系的现实,而是从一个黑人青年的感受出发反映真正的现实。这个黑人青年对生活于其中的现实有自己的看法,有自己的幻想,因而当他一旦感觉到社会的冷酷时,即幻想破灭,陷入了迷惘和痛苦之中。小说是坚实地植根于美国种族社会的现实之中,这个无名无姓的黑人青年在现实中逐渐抛弃对白人社会的幻想,认识到自己作为一个人在白人眼中是不存在的,是个看不见的人。从对自我的无知到觉醒,正是他从无形到有形,而在这个转变过程中,处处表现了对种族歧视的社会的揭露和控诉。小说的力量在于埃里森向读者提出了一个超越种族的、具有普遍意义的问题:一个非人道到了使其黑皮肤的公民成为看不见的人的社会,究竟是否能真正意识到任何一个男人或女人的存在。

第四节　阿瑟·米勒

阿瑟·米勒(1915—2005)是一位美国犹太裔戏剧家,与尤金·奥尼尔和田纳西·威廉斯并称20世纪美国三大戏剧家。他对社会问题非常关心,常常被与易卜生、萧伯纳及布莱希特相提并论。他也是位严肃认真的剧作家,作品言之有物,都对社会进行探索和分析。他关心的问题是“人”,为争取个人在社会和家庭中的公平地位而斗争。其主要人物都是些普通人、小人物,他们狂热的对自我的追求往往被引入与社会的剧烈冲突之中,从而酿成一幕幕人生悲剧。米勒认为人与人之间的交流十分重要,剧作家的职责便是将这一点说明白。人应该关心社会,然而人又很难理解社会,社会变化无常,捉摸不定,无法理解透彻,因此有限的舞台首先应该揭示代表社会的家庭。米勒在美国戏剧舞台活跃了近六十年,他认为最有价值的文学作品讲述的都是形形色色的失败,而这些失败又都跟美国梦有关。因此,美国梦是他作品的中心主题。尽管他明白这个神话可能令人失望沮丧,但还是抱有希望,相信人是能被拯救的。

米勒出生在纽约市一位时装商人家庭。他成长的年代正值美国萧条时期,这对他后来的戏剧创作有着重大而深远的影响。由于交不起学费,米勒中学毕业后便参加了工作。他利用空余时间阅读了大量书籍,对文学产生了浓厚兴趣。在攒够了大学一年的学费后,他在 1934 年考入密歇根大学,靠奖学金及做《密歇根日报》晚班编辑的工资上完大学。大学期间他写过几个剧本,并两次获戏剧创作奖。1941 年到 1944 年米勒当过卡车司机、侍者和工人,但戏剧创作从未停止过,不过创作的几个剧本都不大成功,后来被他称作"抽屉里的剧本"。他写过两部小说《情况正常》(1944)和《焦点》(1945)。1944 年他的剧作《鸿运高照的人》在纽约上演,却并不成功。他决定再写一个剧本,如果仍然不成功就搁笔。1947 年他发表新作《全是我的儿子》取得成功,获纽约戏剧评论家奖。1949 年,《推销员之死》取得了巨大成功,在纽约连续上演 742 场,使他得到又一个纽约戏剧评论家奖,还为他争得第一个普利策奖。该剧轰动全美,他一夜间成了美国戏剧巨星,而那年他才 35 岁。1950 年他改编易卜生的《人民公敌》,得到好评。1953 年他的《炼狱》又一次轰动百老汇,获东尼奖。1955 年他发表自传体性质的独幕剧《两个星期一的回忆》,以及反映意大利籍工人在美国不幸遭遇的《桥头眺望》。米勒同好莱坞大明星玛丽莲·梦露有过一段不长的婚姻,并为她创作了电影剧本《不合时宜的人》。1965 年米勒被选为国际笔会主席。1983 年,米勒到中国执导《推销员之死》,由于中国的演出成功,为此他写了一本回忆录《推销员在北京》。这一年他获得肯尼迪中心荣誉奖。《推销员之死》于 1988 年搬上银幕。

《推销员之死》是他众多作品中最成功的一部,不仅有着深刻的社会意义,而且有着高超的艺术技巧,是戏剧史上难得的佳作。该剧用两种不同的手法揭示人物:一方面对生活及人物的描写近乎新闻报导;另一方面又充分使用象征和比喻,烘托出作品的主题思想。中心人物是推销员威利·罗曼，一个失败者，一个在丛林般的现代大都市中失去自我的人。他找不到出路，只好到自己纷乱如麻的大脑深处去搜寻答案。最后找到的是自我毁灭。这是一出探讨、挖掘人物心灵的剧作，其副标题将此点明："两幕加挽歌的自我对话。"作者试图把观众带进威利的大脑中去，让大家观察和体验他的思想、忧愁、苦恼、矛盾、希望和梦想。用米勒自己的话来说，这是"一个定时炸弹……放在他妈的资本主义下面，这虚假的生活，站在冰箱的上面就以为够到了天上的云彩，对着月亮挥舞一张付完了的房屋抵押款的清单，终于胜利了。"该剧1949年上演之后，评论界看法不一，有人攻击它语言粗俗，也有人认为威利是一个无足轻重的小人物，因而很难称作悲剧。然而该剧轰动百老汇，甚至整个美国，被广大观众公认为是一部悲剧。其社会意义在于把美国人的某些具有深远影响的、最致命的矛盾和冲突以隆重的方式公布在大众面前。它涉及的是美国社会中被扭曲了的"人"的问题，引起了观众的强烈呼应，使他们了解了那个以虚幻梦想欺骗自己而至死都不醒悟的威利。

在《推销员之死》里，米勒把小人物灵魂深处的一切揭示得淋漓尽致。这是一首失败者的挽歌，以威利·罗曼之死作为结束。它之所以是一出悲剧却并不是因为威利的死，而是因为他活得太累，太沉重。威利成了美国戏剧舞台上一位家喻户晓的人物，是千百万普通美国人中的一员，在很多美国人身上或多或少能找到他的影子。当观众看到威利像一枝蜡烛一样点完的时候，他们会联想到自己的命运，会产生一种恐惧感。推销员威利无时无刻不在吹嘘他兜售的商品，努力讨别人欢喜，甚至千方百计让自己相信自己的话全是真的，然而严酷的现实使他困惑，周围的一切都是他失败的见证。他已经六十多岁，连房租都交不起，两个儿子没有出息，他"播种"并没有结出果实。这一点在剧中有一些鲜明的象征性布景设计，四周高楼把威利的小院子包围起来，没有阳光，院子里什么都长不出来。同很多美国人一样，威利一生都在寻找美国梦，认为不管自己是多么普通，只要努力便会成功、发财。他的一生是美国梦幻灭的过程，至死没能从梦中清醒，虽然他知道美国梦的虚幻性，但他不肯面对现实。更加可悲的是他把这个梦传给了儿子。在美国人人都做着美国梦，然而能够实现的却寥寥无几，可以说人人都或多或少有过威利的经历。虽然威利不承认自己在人生道路上是一个双重失败者——一个糟糕的推销员和一个糟透了的父亲——然而在内心深处他知道这是事实。当他连自己都无法欺骗时,便无法继续活下去。他的死并不完全是因为贫穷,而是因为他的精神崩溃了,已经找不到活下去的理由。从某个角度看,是威利对比弗的爱导致他自杀,因为除了自己的生命,他再没有什么可以留给儿子。他的死有更深层的原因,他寻找自我,寻找自己不朽的灵魂。对他的这种执着追求,不理解的人说他是一个古怪的人,但是很多人,特别是推销员是理解的。他有自己的理想和价值观,有远大的抱负。正是他想得太多,期望太高,才使他陷入困境。如果他安于平庸的一生,可以安心地活到儿孙满堂,白发苍苍,然而在工业化时代的迷宫里他却找不到出路,只能用死亡来完成自我追求,来升华自己的灵魂。

米勒1953年创作的《炼狱》是一出具有特殊意义的作品。他曾经交过一些思想激进的朋友,50年代是美国麦卡锡主义兴起时期,“非美活动委员会”指责米勒是共产主义的同情者。《炼狱》一剧是对麦卡锡主义的辛辣讽刺,米勒利用该剧挖苦那些“蓄意而自觉地制造恐怖气氛的人”,借用北美殖民主义时期那些坑害了很多无辜人的“逐巫案”抨击麦卡锡主义。该剧取材于历史的真实故事,主要人物都确有其人。一位名叫阿比盖尔的17岁女孩,爱上了农夫约翰·普罗克特,便诬告其妻伊丽莎白通巫,她虽然没有告发约翰,但约翰还是受到诛连。普罗克特夫妇为人正派、诚实,经过激烈的思想斗争,约翰为了做人的尊严,为了自己的良心,为了给儿女一个正派清白的父亲形象,为了不伤害朋友,选择了被处死。这是一出力度很大的悲剧。从某种意义看约翰的死比威利的死有着强烈的悲剧色彩,因为他的死是一种精神胜利。如果死者是像推销员威利那样的失败者,他只会引起人们的理解和同情;而约翰的死给人们以震撼,使人们思考,使人们觉醒,他的死是胜利者的死,是一位维护真理者的死。米勒说过,《炼狱》“真正和内在的主题”是“认识到如果良心没有了,那个人不朽的灵魂和名字也就没有了”。

米勒是一个注意创新的作家,尤其是在戏剧语言方面。评论家注意到他的戏剧对话,一方面非常现实,人们在日常生活中经常能听见;一方面这些对话又不像现实,有些类似诗歌,有一定的象征作用,是用来说明主题,推动故事发展的。米勒一生笔耕不辍,由于他对美国戏剧的重大贡献,1995 年米勒荣获威廉・英格戏剧节奖,同年美国和英国戏剧界为他八十寿辰举行庆祝活动,1996 年又获爱德华・阿尔比新领域戏剧家奖,1999 年百老汇重演《推销员之死》以纪念该剧在纽约上演 50 周年。著名戏剧评论家比格斯比在《阿瑟・米勒及其伙伴们》中说:“他一生都在上演跟社会的争论,他的人物接受社会的价值观念并把它们跟自己个人的需要联系在一起……他的戏剧里充满了因生活不能满足他们实现个人价值而对生活感到困惑的人。但在他的剧院里,投降是不可能的……”

第四章

德语文学

概述

二战后的德国一分为二。战后初期,德国作家曾为建立一个统一的、进步的德国文学进行过努力。但是,政治形势的发展使作家们的愿望成了泡影。德国东西两部在政治、经济和意识形态方面走上了截然不同的发展道路,形成了两种迥乎不同的文化和文学。在东部以及后来的民主德国,1945 年以后文学的主体是贝歇尔、布莱希特、西格斯、布莱德尔、雷恩、博多·乌泽和阿诺尔德·茨威格等返回的流亡作家,他们继承无产阶级革命文学传统。东部德国文学是按照苏联文学的模式发展的,从一开始就置于统一社会党的领导下,提倡社会主义现实主义创作方法,提倡文学从属于政治,要求文学与政府的方针政策保持一致,为社会主义建设服务。因而,德国东部从战后至 50 年代中期的作品,除了描写反法西斯斗争和揭露纳粹罪行,基本上都是对社会主义建设的业绩和新人的歌颂。到 60 年代,新一代作家开始在自己的作品里反映生活中的矛盾和斗争,揭露社会阴暗面,出现一批知名作家和比较成功的作品,如克丽斯塔·沃尔夫的《分裂的天空》(1963)、埃尔温·施特里马特的《蜜蜂脑袋奥勒》(1964)、赫尔曼·康特的《大礼堂》(1965)、君特·德·布勒因的《布立丹的驴子》(1968)等。

在西部以及后来的联邦德国,文学是作家个人的精神活动,官方对文学不设置框框,不划定范围:文学被纳入了西方轨道,张扬的是思想自由,个性自由,持不同政见的作家和反主流政治的作品屡见不鲜。文学中不同思潮、流派和创作方法同时并存。战后,人们如饥似渴地阅读并接受像海明威的新现实主义及加缪和萨特的存在主义作品;随着托马斯·曼、德布林、黑塞、楚克迈耶、魏森博恩和雷马克等流亡作家和贝恩、伊丽莎白·朗盖瑟、贝根格林、容格尔等未流亡的作家作品的出版,老一代作家在战后西部德国的文学生活中具有很大影响。但是,从战场上和战俘营里归来的年轻一代作家,决心对法西斯意识形态和语言来个"砍光伐尽",从"零点"开始。"废墟文学"或"返乡文学"真实反映了战后德国满目疮痍的惨象和归家者无家可归的真实情景,博尔歇特、艾希、伯尔和施努雷等是"废墟文学"的著名代表。以"四七社"为代表的这批年轻作家的共同特点是强烈的政治责任感。

50年代,联邦德国在马歇尔计划的支持下经济迅速发展,出现"经济奇迹",建成了"福利社会"。50年代中期到60年代,作家们拓展创作题材,除了继续批判法西斯主义及其战争罪行外,还对"福利社会"带来的诸如物质主义和利己主义等社会阴暗面以及德国的重新武装进行批判。50年代末格拉斯、伯尔和马丁·瓦尔泽等的长篇小说创作取得了骄人成果,许多作家积极介入政治。与此同时,海森比特尔、黑尔特林、阿尔诺·施密特和奥地利的汉德克等一批作家热衷于语言实验,专注于文学形式的革新,把语言本身当作文学真正的对象和主题,彻底颠覆了传统的叙述形式。60年代国际上发生的一系列大事引起联邦德国青年的极大关注。作家们普遍关心政治,把文学作为一种干预政治、改造社会的武器,导致了文学政治化。1967年至1968年的学生运动对于文学政治化的进程更是起了推波助澜的作用,作家们企图通过文学开出医治社会的良方。在文学政治化的进程中,工人文学异军突起,文献剧和纪实文学蓬勃兴起。但是随着学生运动的退潮,在喧嚣和冲动之后作家们深深感到,想通过文学来改造社会只是一种天真的乌托邦理想,于是文学又重新走向自我,走向内心。

由于奥地利遭受过被纳粹德国并吞的民族耻辱，所以战后奥地利文学的主调一方面是弘扬民族传统和精神，呼唤独立民主意识，批判纳粹罪行，保尔·策兰的《死亡赋格曲》就是揭露纳粹杀害犹太人罪行的名诗；另一方面积极致力于与奥地利文学传统的衔接。50年代以后，奥地利文学的发展与联邦德国文学大致相仿。50年代中期成立的“维也纳文学社”，把诗歌作为语言革命的实验场，创作具体诗，60年代在“城市公园论坛”(成立于1958年)的基础上发展起来的以汉德克为代表的“格拉茨派”，把具体诗的原则和表现手法运用于戏剧和小说，彻底否定传统文学手法，进行“反戏剧”和“反小说”实验，并由语言批判进到社会批判，正好与60年代联邦德国的文学实验、文学政治化以及学生运动的反叛倾向合拍。

瑞士是中立国，没有遭受战火破坏。1945年以后弗里施和迪伦马特的创作为瑞士德语文学赢得了国际声誉。50年代瑞士的德语诗人就开始了对语言和文学形式的探索，进行具体诗的实验。60年代中期以后，欧洲反对美国的侵越战争以及随后爆发的学生运动，促使瑞士作家对政治和社会改革关心，但文学政治化的倾向远不及联邦德国和奥地利。虽然奥地利和瑞士的情况与联邦德国不同，但这两国的文学艺术都受到联邦德国文学艺术变革的吸引和影响。尤其因为这三个国家的文化市场并无国界限制，作家间的来往和文学交流都很密切，所以把奥地利文学、瑞士和其他国家的德语文学糅合在联邦德国文学中加以叙述，只是在必要时指明作家的国籍。

第一节　伯尔

海因里希·伯尔(1917—1985)是50年代以来联邦德国最负盛名的作家，他1951年获“四七社”奖，1967年获毕希纳奖，1972年获诺贝尔文学奖。伯尔的作品在全世界受到广泛欢迎，发行量已在3000万册以上，并被译成四五十种文字。他曾任联邦德国笔会主席，一度任国际笔会主席。他是虔诚的天主教徒，但反对当今天主教的统治形式和教会对政治的过多干预。为了表示不满，1976年他退出天主教会。他在政治上是反战和平战士和人权卫士；在意识形态上，他是无政府主义者。他密切关心国内外的政治,70 年代以来他普遍被看作一位政治作家,70 年代中叶他甚至被视为联邦德国的恐怖集团红军旅的同情分子,因此有些政治家把他获诺贝尔文学奖看作是瑞典皇家学院对联邦德国内部政治事务的干涉。伯尔去世后,连他的反对者也承认他是一个高尚的人道主义卫士。

伯尔生于科隆的一个雕刻师之家,中学毕业后在书店当学徒,1939 年应征入伍,后为美军所俘。他母亲在轰炸中丧生,这一经历使他的反战意识和反法西斯意识大为增强。他说,世上再没有比战争更荒唐的了。他对战争中小人物所受的苦难非常同情。战后伯尔回到故乡科隆,在大学攻读日尔曼学。1947 年他开始创作,最初主要写广播剧和中、短篇小说。他的早期创作围绕第二次世界大战给德国人民带来的痛苦和灾难,写战争这个人间怪物。他早期的短篇小说集《列车正点到达》(1949)和《流浪人,你若到斯巴……》(1950)以及长篇小说《亚当,你当时在哪里?》(1951)是"废墟文学"的代表作。

伯尔有"小人物"作家之称,他的小说多半表达对小人物命运的同情,而这种同情的出发点又常常是宗教人道主义。在文学上他受陀思妥耶夫斯基笔下被侮辱与被损害者形象的影响。伯尔 40 年代的短篇小说已显示出他的创作才能,他善于用平淡无奇的小事来揭示现象后面的本质。他的不少作品取材于战争经历,但这并非作者的最终目的,而是通过这些素材来表现一个更深层次的哲理或现象后面的本质。他的第一部长篇小说《亚当,你当时在哪里?》写第二次世界大战结束前一个德国士兵的经历。这个士兵及其他士兵的所有行为都是被迫"执行命令"。伯尔通过人的这种被逼迫来反对社会、环境、政府对人的强制,以说明人经常在做着他不愿做,甚至反对做的事情。与联邦德国的现实紧密结合,是伯尔全部创作的特点,这充分显示出作家对社会的责任感。

50 年代开始,伯尔的作品已完全介入联邦德国的政治、经济及社会生活的各个方面。小说的主人公几乎都是小人物,作家怀着深深的同情描写他们在富裕国家的遭遇和命运,以揭露社会的不公正。他对社会的批评和揭露使他成为"一个令人不舒服的作家",但正像联邦德国前总统魏茨泽克在 1985 年伯尔去世时致伯尔夫人的唁电中所言:"无论思想在哪儿受到威胁,他总是奋起维护。他好争吵,令人不快,他既叫人反感,又赢得别人的尊敬。我们将因为再也听不到他那充满无畏精神、社会责任感和警觉性的时时告诫我们的声音而惆怅。”50年代,伯尔的小说开始直接揭露繁荣富裕背后的种种阴暗面。这方面的代表作有长篇小说《一声不吭》(1953)、《无主之屋》(1954)、《台球在九点半开始》(1959)及《小丑之见》(1963)等。

到70年代甚至80年代,他仍然如此写作,从来没有给联邦德国这个外国人眼中富裕的高福利国家唱过一句赞歌。伯尔说过爱情和宗教是他最感兴趣的题材,他通过小人物的爱情写人间的不幸和悲剧。作为虔诚的天主教徒,他认为能拯救人间不幸和摆脱辛酸悲剧的只有宗教,只有上帝。《一声不吭》选择50年代初联邦德国住房困难这一社会题材,以主人公电话接线员夫妇两人交替的第一人称叙述角度描写。主人公一家四口挤在一间斗室,社会、教会都不关心这些“小人物”,他们只能“一声不吭”地承受苦难。《台球在九点半开始》技巧上有了变化。小说叙述科隆建筑师一家三代建造——炸毁——重建一座修道院的故事,通过展示祖孙三代的家史,反映世纪之交到1958年的德国历史,从而揭示50年代联邦德国继承了过去的罪恶。小说结尾是这一家的祖母(她一直在精神病院疗养,其实她精神完全正常)举枪打死一名联邦德国部长,因为她所仇恨的过去的法西斯分子如今竟身居要职,装扮成“民主分子”。全书情节发生于一天之内,即1958年9月6日家族成员纷纷来科隆庆祝祖父80寿辰的那一天,然后通过各个人物的倒叙、谈话、回忆等交代情节的来龙去脉,因此叙述结构已颇具现代派风格。小说还运用宗教象征,把人分为羔羊和刽子手(水牛)两类,在领受不同的“圣餐”。伯尔认为,德国依然是羔羊受罪、刽子手(水牛)逞强的世界。

长篇小说《莱妮和他们》(1971,又译《女士和众生相》)是伯尔的代表作。小说以采访者(作者)访问女主人公莱妮的二十多个朋友的形式,描写48岁的莱尼从30年代到1970年的生活经历。莱妮是一个小人物,虽系营造业老板之女,但她要自力更生,她的处世原则是按自己的本性生活,不顾忌环境和他人的看法。她的本性促使她在纳粹时期帮助犹太人逃生,战时与苏联战俘同居,战俘死于矿井后她又与客籍工人共同生活……总之,她是一个反对功利、偏见、有人道精神和正义感的善良女性。

她有很高的文化修养，会弹琴唱歌、会背诵名诗名篇，能理解卡夫卡……她漂亮动人，可是她一生坎坷，原因是她不去适应传统的社会价值尺度。通过莱妮，伯尔写了人的天性、本性和社会的对立。小说用传统现实主义方法，但在结构上没有采用“线性”、“整块”，而是用“镶拼成块”的组装法，不用第三人称全知全能的叙述角，而是多种人物的多种叙述，以“采访者”把各“小块”（采访对象）镶拼起来。

《丧失名誉的卡塔琳娜·勃鲁姆》（1974）是一部中篇小说，副标题为“暴力是怎样产生的，它又将引向何方”。女主人公是小人物，这个年轻无辜的女职员只因为在一个舞会上和一个警方追踪的政治嫌疑犯偶然相会，一见倾心，因此就受到警方的追踪审查。一家小报记者（暗示在德国发行量最大的《图片报》）又对此歪曲报道，她母亲被记者逼问得惊吓而死。卡塔琳娜被小报记者毁了名誉又无人保护，母亲为她而死，凡此种种促使她对记者采用暴力，最后用枪把他击毙。小说揭露联邦德国警方对平民百姓所采用的特务手段及新闻界的丑恶行径。全书采用倒叙、多个人物的陈述、报纸摘引、审讯记录、录音等交代情节，具有侦探小说的悬念，但不落俗套。小说成功地塑造了一个被迫用暴力进行抵抗的小人物形象。伯尔本人像小说女主人公一样，也经历过《图片报》的攻击和警方的无端搜查。伯尔晚年依旧关注联邦德国社会现实，长篇小说《保护网下》（1979）提出了如何对待恐怖分子谋杀社会要人的问题，并涉及其他广泛的社会问题。《面对河流美景的妇女们》（1985）是作家在健康状况很差的情况下艰苦创作的。

第二节　格拉斯

君特·格拉斯（1927—　）是在世的当代最杰出的德国作家，1999 年获诺贝尔文学奖。他迄今为止最出色的作品依然是四十多年前发表的长篇小说《铁皮鼓》（1959）。格拉斯 1979 年曾访问过中国，并在上海、北京的高校举行他的作品朗诵会。他以小说著称于世，叙述具传统的线性结构，有时也夹以传统的全知全能第三人称或第一人称的叙述角，但故事的基本框架或结构却常常是非传统的。他的小说充满幻想、虚构、怪异和荒诞。虽然用了这些技巧和手法,但其作品却仍是反映和揭露现实的,这就丰富了现实主义的内涵和方法,扩大了现实主义概念。这正是他不同凡响的地方。1965年获毕希纳奖。格拉斯虽然声名卓著,但评论界和部分读者认为他的小说有关两性的描写有过分之处。

格拉斯生于原属德国的但泽市(二战后划归波兰,更名为革但斯克)。他是半个日耳曼人,父亲是开小铺子的德国人,母亲是波兰人。他从小生活在小资产阶级之中,很早就认识到小资产阶级的很多劣根性,而这正是希特勒上台的社会基础。1944年,17岁的他被迫参加希特勒国防军,第二年受伤,同年为美军所俘,1946年5月被释放。这时但泽已划归波兰,作为德国人,他只能流浪到西德。他在西德做过农业工人,钾盐矿的矿工,后来到杜塞尔多夫城,进艺术学院学习雕塑。1953年他到西柏林的造型艺术学院继续学习美术和雕塑,并开始文学创作。1958年他带着《铁皮鼓》开头两章去参加"四七社"新作朗诵会,经过投票,他获得当年的"四七社"奖。翌年全书出版,大获成功,不仅使格拉斯一举成名,同时也成为联邦德国第一部具有世界影响的长篇小说。

《铁皮鼓》发表于人们认为长篇小说已经没有生命力,甚至说它已经死亡的时候。50年代末欧洲人热衷于写短篇小说和戏剧,文学理论界甚至认为应该摒弃传统的叙事,小说写作已难以刻画主人公及其命运。当时很有影响的法国"新小说派"就是不写情节,无主人公。为了反驳50年代对长篇小说这一形式的否定,格拉斯借主人公之口,指出当代小说用时空颠倒来标榜自己"现代"和时髦是一种假现代主义,认为简单地把时空颠倒一下并未解决当代小说的叙述问题。他很清楚,宣布长篇小说已经死亡的人首先要证明长篇小说有个性的主人公在当今时代已经不存在。对这种似是而非的流行观点,格拉斯反其道而行之,用基本上是传统的叙述方法刻画了一个有尖锐目光,又富有个性,并同时展示小资产阶级共性的主人公形象。作家通过他的长篇小说在欧洲拯救了长篇小说这一文学样式,并且用他的独特的《铁皮鼓》树立了一个塑造新主人公的现代小说的典型。他用幻想、奇特的虚构、怪异、荒诞、想象等手法丰富了现实主义的内涵。《铁皮鼓》的某些情节虽系虚构,但并不妨碍人们对它整体结构的信服,想象和虚构反而引起读者对其寓意的深思。格拉斯还说过,只要人间存在文学，那么每部作品的叙述方式都不应雷同，作者应各显身手使其千变万化才对，而这就是文学的本性。要把故事编织得令人置信是作家的职业本领。

《铁皮鼓》是一部第一人称叙述体小说，采用倒叙形式，侏儒奥斯卡·马策拉特通过自己的经历及对家史的回忆，展现了1899年至1954年以但泽为背景的德国社会、历史的变化和发展的广阔画面，对纳粹德国所犯罪行作了冷静反思。小说重点是写纳粹的崛起，分析它崛起的原因和它的覆灭。全书三篇，第一篇写1933年纳粹上台前后，第二篇从第二次世界大战爆发写到战争结束，第三篇写战后的德国西部（从1945年到1954年）。小说既解剖了时代又解剖了人，因此它既刻画了时代又塑造了众多的人物形象。从形式上来说，小说既继承了16世纪西班牙流浪汉小说，也模仿了17世纪德国发展小说和17世纪德国格里美尔豪森的《痴儿西木传》。但《铁皮鼓》既不是20世纪的流浪汉小说，也不是德国式的“发展小说”。它运用了种种“荒诞”手法，但并不妨碍其反映现实的可信度，反倒使它既传统又现代，把“荒诞”、“想象”、“虚构”等当作一种反映现实的技巧，使之成为现实主义的表达方法。格拉斯在小说中讽刺了那些在纳粹时代出力效劳、战后却标榜自己当时是“内心流亡”的人。作者认为正是每个人的错误导致了纳粹上台，可是这些人却想逃避责任。主人公看见了人们这一切丑态，他的全部生活表明，作者对这个世界、社会、人生的批判和失望、拒绝和厌恶。

主人公奥斯卡的母亲婚前与表哥有性关系，并怀了孕，因此主人公实际上有两个父亲，一个名义父亲，一个亲生父亲。奥斯卡原先想躲在娘胎里，不愿出世到人间，但医生却剪断了脐带，他被迫降临人世。他在娘胎里就能思维，一生下来就能听懂别人讲的话。他三岁生日那天母亲送他一个铁皮鼓，他时刻挂在胸前，并用打鼓的各种轻重节奏来表达自己不同的感情。三岁时，他决定不再长个儿，不让自己发育，以便和儿童为伍，同充满欺骗和虚伪的成人世界保持距离。为了达到不再“长个儿”的目的，他就自己从楼梯上摔下来，从此成了一个侏儒。可是奥斯卡这一摔意外地获得一种“特异功能”：嗓门发出尖叫声，可以震碎一切玻璃及玻璃制品（如灯泡、碗盘、窗门等）。日后每逢遭到无法忍受的暴力或压制时，他就用尖叫来进行自卫和抵御强暴。从此,他就成为成人世界——市侩世界的局外人和观察者,他的名义父亲就是他嘲讽、观察的重要对象。此人没有任何道德,个人利益便是一切,是典型的德国市侩,后来加入纳粹党并当了冲锋队小队长。作家在字里行间表明:正是这些数量众多的市侩成了纳粹的阶级基础。奥斯卡的母亲死后,"父亲"请17岁的邻居姑娘玛丽亚来照料店铺和奥斯卡。玛丽亚和奥斯卡发生了性关系,并且怀了孩子,但她还是嫁给了奥斯卡的"父亲",并生下一个儿子,取名库尔特,奥斯卡名义上的弟弟。1945年苏联红军攻进但泽,他"父亲"被红军打死。大战结束后,奥斯卡决心重新发育成长,但他长成了一个鸡胸驼背的畸形儿,身高不足130厘米(象征法西斯统治已使他先天不足,并寓意战后西德的畸形发展)。这时但泽已划归波兰,不久玛丽亚带着奥斯卡和库尔特离开但泽,到西德的杜塞尔多夫,奥斯卡在那儿当了石匠,又曾去艺术学院当模特儿,组织过爵士乐队……他的生活渐渐富裕,但精神空虚,对世界感到厌恶,决心再一次离开成人世界去独善其身。这样,他就制造了一个谋杀他人的假象,被送入精神病院。他把精神病院当作与世隔离的隐居地。后来真正的凶手被抓获,奥斯卡在30岁生日那天被宣布无罪释放,不得不离开这个"世外桃源",重返成人世界,心里反而感到茫然和哀伤。那么何处才是他的归宿呢?小说呈现出开放性的结局。

《铁皮鼓》之后,格拉斯发表了小说《猫与鼠》(1961)和《狗的岁月》(1963)。它们的故事都发生在但泽,故名"但泽三部曲"。这三部小说独立成篇,但在思想内涵上可视为一个整体。格拉斯一直在分析纳粹上台的原因,因为他认为纳粹阴魂至今未散。《猫与鼠》写德国青年人对英雄及名誉的崇拜,而这种虚荣同样是纳粹统治的有用工具。格拉斯创作长篇幻想性小说《鲽鱼》(1977)的灵感得自童话"渔夫和金鱼的故事"。小说从人类的传说时代一直叙述到当代,把神话与现实、幻想与真实、传统与历史等结合在一起,因此比《铁皮鼓》更富幻想,更为荒诞。小说的主人公是母系氏族社会的渔夫艾特克,他不赞成母系社会。一天,他捕到一条会说话的鲽鱼,它求渔夫放了它,日后会给他出主意废除母系社会。这条鱼返回水中后并不食言。渔夫和鲽鱼永远不会死,一直活到了现代,渔夫成了男性的化身,渔夫向他现在的妻子讲述他自远古至今的经历和婚姻史:他先后有过九个妻子,她们分别生活在石器时代、铁器时代、宗教改革时代、30 年战争时代、18 世纪普鲁士时代、拿破仑时代、19 世纪下半叶社会民主党时代以及 20 世纪 70 年代波兰工人造反时代。小说把渔夫的九个妻子放在故事中心,每日叙述一个前妻的故事。这九个妻子都是厨师,作者通过人类烹调的进步和饮食文化的变迁来反映时代的进步和变化,主宰饮食文化的正是女性。可是,人类自进入男性社会后,从铁器时代开始就战争不断,而其间维系社会进步的却是女性。这条为男性社会献计献策的古老鲽鱼,终于在 20 世纪 70 年代被两个柏林同性恋女子捕获,并被送到女性法庭受审。鲽鱼作为男性社会权力的支持者,从人类历史发展中认识到男性社会的种种弊端,并由此证明男性社会业已破产。这时鲽鱼便号召女性掌权。格拉斯和母权社会的发现者巴霍芬一样,认为母系社会有更广泛的自由,会创造比男性社会更多的自由、平等、人道和博爱。作家的这种分析当然无法成为唯一的标准。

第三节　迪伦马特

弗里德里希·迪伦马特(1921—1990)是当代卓越的戏剧家,也是高品位的犯罪—侦探小说家。他的几部名剧都在我国演出过。他的作品和欧洲当代文学不同,十分强调情节,而不是迎合欧洲文坛而淡化情节。他善于把情节、情感(虽然在作品中不占主导地位)和思考三者结合在一起,非常适合中国读者的审美趣味。他的作品构思奇特,情节离奇,但又深刻反映了人间的真实;他善于从寓意式的夸张情节或奇想中来表现现实的本质,所以他的寓意剧具有喜剧风味。他曾强调怪诞和荒诞的区别,这说明他的怪诞剧不属于荒诞派戏剧。他的创作既继承传统又有自己的创新,作品中的许多奇想都发生在现实中,并非虚无缥缈的浪漫构思。他的风格不像任何作家,正如他自己所说,不属于任何流派。

迪伦马特出生在瑞士伯尔尼州一个牧师家庭,先后在伯尔尼和苏黎世读中学和大学,担任过杂志编辑、导演、剧院经理。二战后他步入文坛,五六十年代是他创作的丰收期。他的重要戏剧约二十部左右,中篇小说多系侦探—犯罪小说,他认为犯罪现象最能反映社会现状。他也写过一些短篇小说,主要采用象征手法来解剖社会及人在社会中的处境,颇含哲理。1986 年迪伦马特获毕希纳奖。以喜剧形式表现悲剧内容,这是迪伦马特戏剧的特点。他的戏剧属于悲喜剧。所谓悲喜剧,按他在《戏剧问题》(1955)中的说法,就是人类试图摆脱生存处境中悲剧性命运的一种喜剧性尝试。他受布莱希特的影响,常采用“间离手法”,让演员跳出角色充当叙事人。但是他和布莱希特对社会与文学功能的看法极为不同。布莱希特认为世界可以改造,文学是改造世界的工具;而他的看法正好相反。

迪伦马特的成名作是《罗慕洛斯大帝》(1948),副标题叫“四幕非历史的历史喜剧”。它之所以叫“历史喜剧”,是因为取材于西罗马帝国 476 年为日耳曼人首领鄂多阿克所灭亡的历史,但是作家对历史事实做了改动,所以又是“非历史的”。西罗马帝国被日耳曼人灭亡时,皇帝罗慕洛斯仅 17 岁。日耳曼人不但没杀他,还给以丰厚的年俸,而且在别墅中可以养鸡,悠闲度日。493 年另一支日耳曼人的首领特奥德里希杀死鄂多阿克,并于同年在原西罗马帝国称王。剧作只是用鄂多阿克灭亡西罗马帝国这一历史外壳,核心情节是日耳曼人兵临城下,西罗马帝国最高层分成两派,以王后、大臣等为首的是“爱国派”或称“抵抗派”,“不抵抗派”(这是非历史的)只有罗慕洛斯大帝一人。他不理朝政,成天养鸡取乐,听任帝国被占,他还要求鄂多阿克将他杀掉,而那位日耳曼蛮族首领竟不愿做皇帝,依然拥戴罗慕洛斯,并甘愿称臣(这些情节都是虚构的),最后鄂多阿克让罗慕洛斯体面退位。作者用互让皇位的两个国王刻画他心中的两个“好国王”。罗慕洛斯是一位有哲学头脑的皇帝、一个养鸡取乐的国王,在历史上虽无能、渺小,却充满人性,这体现出迪伦马特非传统的历史观和评价历史人物的标准。在作者看来,所谓历史即暴力的历史,征服的历史(包括征服本国人),“伟大的”君主即残忍的暴君。作家在剧中对独自一人的罗慕洛斯派和宫中人数众多的“爱国派”作了对比,尽情嘲笑历史上和当代的许多“爱国”现象。罗慕洛斯是荒唐外衣下的真正贤者和智者。他虽是传统历史观支配下的失败者,但在个人道德上却是胜利者,因为他既不用暴力对付外国人民,也不用专制统治对付本国人民。剧本体现了反暴政、反专制的人道思想,以及反对压迫别国的崇高观念,批判了爱国激情的虚伪性和狭隘性。

《老妇还乡》(1956)是迪伦马特的经典之作,也是20世纪戏剧史上最杰出的戏剧之一。剧情发生在一个小镇,小镇居民代表了世界五大洲的居民。作者说他就是小镇的居民,也就是说,小镇居民的毛病他照样有,即既爱金钱、物质,又要把自己打扮成正人君子。本镇的一个少妇流落国外为妓,后来嫁给美国石油大王。丈夫命归黄泉后,她继承了大笔遗产,终成巨富。"老妇"决心荣归故里,用她的财富来振兴故乡经济,但其真正目的却是为了向她原先的恋人——对她始乱终弃的伊尔复仇。她给故乡五亿美元,每个居民都可从中分得一份,条件是他们要同意处死伊尔。她要让世界上每个人都为金钱而出卖自己。果然,在金钱诱惑面前,小镇居民的道德土崩瓦解,镇长、律师、教会……无不认为伊尔对她犯了罪,一致以道德、正义、人性的名义要求处死伊尔,但是世界上没有一个国家有这样严厉的法律,于是聪明的小镇居民就让医生来宣布说,伊尔因心脏病猝死。迪伦马特以喜剧的形式揭示这个世界的悲剧本质:人们为了金钱置一切于不顾。剧情是虚构的,但揭露了普遍存在的社会本质。作家表面上写"老妇"的复仇,实际上是写小镇居民的道德瓦解,他们出卖道德而向金钱投降。"老妇"复仇是"借刀杀人",而伊尔的生死掌握在小镇居民手里。"老妇"的总管(资本代理人)曾经是"法院院长"(代表法律和执行法律),可是宣布"老妇"赠款条件的正是这位"院长",这意味着"法律"不过是"资本"的代理人。可怕的是,最后连伊尔的全家都为了金钱同意处死伊尔——"金钱"竟扼杀了人间的亲情。

1961年迪伦马特完成了另一部伟大的戏剧《物理学家》。剧本涉及的是科学和政治的关系以及东西方两大政治集团。剧情虽然是作家杜撰,却深刻反映了社会和现实的本质。主人公默比乌斯这个国籍不明的物理学家发现了一个万能体系,据此可以制造出毁灭一切的武器以及各种发明物。默比乌斯不愿他的发明为东西方集团用于战争,只好抛妻别子,装疯躲进精神病院。但东西方军事集团仍然获知他的发明,各派一名物理学家作为特务住进精神病院,试图窃取默比乌斯的发明。这三名物理学家最后发现他们都被病院所监视,于是心照不宣地碰了头。默比乌斯拒绝一切诱惑,决不交出发明也拒不出院,因为任何科学家的思想成果在疯人院外都会被用于战争;其他两位物理学家竟为之说动,也决定不出疯人院。可是,疯人院长——一个驼背老处女,早已监控了这三个假疯子,并把默比乌斯的发明复印到手,转交给一个企图主宰世界的垄断集团。她还宣布逮捕这三个假疯子。其中一个物理学家绝望地惊呼:“世界落到了一个发了疯的精神病女医生的手里了!”这句台词表达出作者对世界前途的绝望。物理学家个人的失败表明,没有任何理性的人和正义的力量可以挽救这个世界。迪伦马特把科学的发展和世界的毁灭等同,为此他号召科学家放弃科学(进疯人院),要科学家“无为”,像罗慕洛斯皇帝不问政事、养鸡取乐一样。

迪伦马特戏剧的特点是擅长用“非现实性”(明显的杜撰情节)反映现实,剧情进展极富独特的想象力。在整体结构上,他的戏剧具有人民喜闻乐见的大众色彩,近似18世纪德国文学史上的“大众剧”。他的重要剧作还有《密西西比先生的婚事》(1952)、《天使来到巴比伦》(1954)、《流星》(1966)和《行星的踪迹》(1970)等。迪伦马特早年的小说具有同样的奇想特色,即出人意料的转折和结局。长篇小说《法官和他的刽子手》(1952)的情节引人入胜,充分揭露了社会的司法腐败。另一部侦探小说《嫌疑》(1952),情节同样曲折离奇,具有深刻的社会内容,其文学价值在于人物——不论正面或反面人物,都具有鲜明性格。

第五章
苏联文学

概述

50年代初至60年代中叶是苏联发生重大变化的转折时期，也是苏联文学充满紧张探索的新旧交替时期。50年代伊始，苏联文艺领域中“无冲突论”的危害日益显露出来，创作中只能去写那些甜甜蜜蜜、歌舞升平的东西：小说《金星英雄》和《光明普照大地》，戏剧《曙光照耀着莫斯科》和《莫斯科的女儿》，电影《幸福生活》等。这表明“无冲突论”已成为文艺发展的严重障碍。奥维奇金于1952年9月发表短篇小说《区里的日常生活》，第一个突破“无冲突论”的束缚，揭示农村的矛盾和冲突，抨击官僚主义领导不关心生产，只执行上级命令，以致形成“人人回避，缄口不言”的不正常局面。这篇小说曾被誉为苏联当代文学的“第一只春燕”，一部建立了文学功勋的作品。他接着又发表《艰难的春天》等数篇小说，从而开启了一个展示农村艰难现实的“奥维奇金派”。属于这个流派的作品有田德里亚科夫的《死结》、特罗耶波利斯基的《一个农艺师的札记》、多罗什的《农村日记》、沃罗宁的《不需要的荣誉》和卡里宁的《中等水平》等，它们一扫过去农村题材创作的那种花果飘香，歌舞升平的唯一景象。“无冲突论”始于农村题材，又由农村题材对它发难，这并非偶然，乃是生活和历史发展之必然。然而,突破“无冲突论”框框,真实描写生活冲突的作品并不限于农村题材,其中最值得一提的,是列昂诺夫的《俄罗斯森林》(1953)和爱伦堡的《解冻》(1953—1956)。《解冻》围绕着一个纺织厂的厂长展开,触及到官僚主义、不关心人和不信任人及肃反等敏感问题。厂长最终被撤职,这预示着社会正处于“解冻”的时节。按作者本人的话来说,《解冻》的“主人公就是解冻”。书名“解冻”常被用来形容当代苏联文学的变化,“解冻文学”一词即由此得名。

1954 年 12 月 15 日至 16 日,第二次全苏作家代表大会于莫斯科召开,这次大会继续批判“无冲突论”和粉饰现实倾向,号召作家“写真实”和“干预生活”。如何描写文学主人公成为它的焦点之一,并取得如下共识:第一,对“理想人物”的提法作了重点批评,认为它与苏联文学的以往经验不相符合,许多优秀作品的主人公的表现并不都很“理想”,但作家却展现了他们在艰苦生活中的全部复杂的辩证过程。“理想人物”这种提法有以捏造“思想传声筒”和训诫式的说教来代替认识生活真实的危险。第二,指出最近 20 年来各个艺术创作部门发展了对伟人的偏爱,许多历史小说,尤其是剧本和电影中,伟大活动家和杰出个人占了主要地位;相反,对人民群众在历史上的作用却揭示得很不够。第三,主张多方面地表现普通人。作为苏联文学的主人公应当是站在时代生活中心的人——从事创造性劳动的人,普通又具有英雄气概的人。苏联文学界通过对前一时期文学的反思,在主人公的塑造上,把目光从伟人、英雄和“理想人物”转向普通人及其生活,主张多方面表现人,揭示人的全部复杂性和丰富性,这是苏联社会民主化进程的呼唤,也是作家在人学观念和美学观念上的转折。

50 年代中期,文学批评和理论领域取得了重要突破,出现了积极探索的新局面。首先,对长期以来形成的教条主义、庸俗社会学和简单化的观点和做法提出了批评。其次,对世界文学中的现实主义、现代主义等问题作了广泛探讨,特别是对现代主义诸流派开始重新研究。第三,长期以来苏联文学界在独尊现实主义的情况下,文学界经常声称“假定性愈少,现实主义愈多”,现在则认为假定性是概括和认识现实的一种形式,是反教条主义后苏联取得的一项美学成就。第四,作家创作个性的提出并受到重视。无论哪种流派的创作都与作家创作个性分不开;作品中的生活真实不能脱离作家对世界的观察、理解和感受,不能脱离作家形象思维的特点和创作风格。一个优秀作家的创作总是对生活进行提炼或升华;生活现象在不同作家那里有不同的描绘,其创作个性越鲜明,文学贡献则越大。从此,作家创作个性已作为专门术语而进入苏联文艺学。第五,文艺的审美本质有两个方面:艺术反映客观存在的审美属性,艺术是艺术家创造活动的结果,作品的艺术性是衡量它的审美价值的尺度;不仅艺术形式是审美的,而且艺术本质也是审美的。第六,人道主义不仅成为苏联的社会思潮,也成为苏联的文艺思潮,关于"人道主义与现代文学"的研讨会在苏联第一次召开。

苏联文学创作自50年代中叶后,变化显著,倾向迥异,这是生活进程的生动反映。一大批关注普通人及其遭遇与命运、展示人性魅力、表现严酷真实并具有艺术新意和美学开拓的作品应运而生,如肖洛霍夫的《一个人的遭遇》、尼林的《冷酷》、艾特马托夫的《查密丽雅》、阿尔布卓夫的《伊尔库茨克的故事》等,这是苏联文学取得长足进展的重要里程碑。同时,出现了一批鞭挞官僚主义、揭露生活阴暗面、具有尖锐批判倾向的作品,如杜金采夫的《不单靠面包》、基尔萨诺夫的《一周七天》、格拉宁的《个人意见》及《杠杆》等。由于苏联反对个人迷信、全盘否定斯大林在国内外所造成的巨大震动和反响而面临的复杂形势,这些作品曾经被作为"不健康的倾向与情绪"受到批判,这就是1956年底至1959年初展开的文艺领域的"反对修正主义"运动。其间,柯切托夫的那两部论战性很强的小说《叶尔绍夫兄弟》(1958)和《州委书记》(1961),便成为这一反修思潮的著名代表作,并且在那时的国外备受注目。帕斯捷尔纳克的小说《日瓦戈医生》的命运也与这一复杂形势休戚相关。1956年,它被《新世界》杂志拒登后,于1957年在意大利出版,从而引发一场世界性的轩然大波。该书直至1988年才首次在苏联出版。

随着苏联短暂的"反修"运动过去,一批更具批判性和暴露性的作品接踵而至,其著名代表作有索尔仁尼琴的《伊凡·杰尼索维奇的一天》、特瓦尔多夫斯基的《焦尔金游地府》等。此外,在这新旧交替时期,一批初登文坛的青年作家创作出描写年轻一代思想迷惘、玩世不恭等"非英雄化"

作品,如《传说的继续》、《同窗》、《带星星的火车票》、《摩洛哥的橙子》、《你好,中学生》等。文学论争的激烈和持续不断是这一时期的重要特点。这主要表现在以特瓦尔多夫斯基任主编的《新世界》杂志和以柯切托夫任主编的《十月》杂志之间在一系列问题上的对峙:创作同"自我表现"和生活的关系、如何理解真实和写真实、谁是文学的主人公等等,双方观点大相径庭。这也从一个方面表明,这是苏联文学史上一个经历巨大变化和充满紧张探索的发展时期,一个不同思想倾向和艺术观点并存与对立的复杂时期。

第一节　肖洛霍夫

米哈依尔·亚历山大罗维奇·肖洛霍夫(1905—1985)于十月革命胜利初进入文坛,是继高尔基之后苏联影响最大最深远的社会主义现实主义小说家。他来自顿河流域哥萨克基层,一直生活在普通哥萨克人中间,他的创作以最严峻的真实和对美好未来的坚定信念,再现了哥萨克人为实现社会主义理想和抗击反法西斯侵略的艰难历程。

肖洛霍夫出生在俄国顿河岸边维申斯克镇附近一个哥萨克村庄,母亲来自乌克兰农村,父亲祖籍俄罗斯。家境虽不富裕,但父亲爱好读书,经常订购一些书刊,使他无意中培育了儿子对文艺的兴趣。1918 年,俄国爆发国内战争,肖洛霍夫不得不辍学回家。1920 年,顿河地区建立了苏维埃政权,15 岁的肖洛霍夫以年轻人特有的政治热情,积极投身家乡新生活的建设。1922 年国内战乱结束后,他只身来到莫斯科,举目无亲,暂时只好在建筑工地干杂活以维持生计。青少年时代的这些的社会经历,使肖洛霍夫积累了十分丰富的生活素材,为他以后的文学创作打下了扎实的生活基础。1923 年肖洛霍夫经友人介绍,参加莫斯科共青团文学组织"青年近卫军"活动,同年发表第一篇习作《考验》。年底,他返回家乡与久已相爱的玛丽娅·格罗斯拉夫斯卡娅结婚,此后基本定居顿河州潜心创作,不断在各种报刊发表小品文、特写和短篇小说。1924 年 12 月,他加入俄罗斯无产阶级作家联合会即"拉普"。

肖洛霍夫于 1924 年出版《顿河故事》和《浅蓝的草原》两部中短篇小

说集。所收的近二十篇作品均取材于作者十分熟悉的国内战争时期的顿河哥萨克生活，它们从各个不同的角度反映了当时特定的历史条件下哥萨克内部阶级冲突的复杂性，以及这种冲突带来的家庭亲人之间关系的深刻变化。例如在《看瓜田的人》里，当了白军警卫队长的哥萨克主人公发现妻子站到了红军一边，便把她活活打死；而在《死敌》里，作为主人公的贫农积极分子叶菲姆，虽遭反动富农的残酷折磨却始终坚定如初，牺牲时仍牢记战友的话"你被打死了，就会有 20 个新的叶菲姆出现"，表现出觉悟了的哥萨克对革命充满必胜的信心。老一辈无产阶级作家绥拉菲莫维奇在为《顿河故事》写的序言中，盛赞肖洛霍夫的早期短篇小说"像草原上的鲜花，生气勃勃，色彩鲜艳，朴素鲜明，所讲的故事使人感同身受，仿佛就在眼前"。可见，肖洛霍夫作为"拉普"的一名无产阶级作家步入文坛，同时从一开始就显示出自己鲜明独特的个性和出众的才华。

1926 年，肖洛霍夫着手写一部关于顿河哥萨克命运的长篇小说《静静的顿河》。1928 至 1929 年，作品的第一、二部发表后曾受到围攻，评论界指责作者"思想立场暧昧"、"算不得无产阶级作家"，所幸得到了绥拉菲莫维奇和高尔基以及斯大林的支持。肖洛霍夫 30 年代文学创作的主要成就，除最终完成了《静静的顿河》外，还发表了农业集体化题材的长篇小说《被开垦的处女地》的第一部，并写了第二部初稿。《静静的顿河》是作家花 14 年时间和主要精力写成的史诗型巨著。全书分四部八卷，获 1941 年苏联政府首次颁发的斯大林奖金一等奖。小说以 1914 年第一次世界大战爆发前夕到 1922 年俄罗斯国内战争结束的历史大转折为背景，以 1917 年俄国十月革命引起顿河地区哥萨克社会的变迁、苏维埃政权建立后哥萨克发动叛乱及其被平定为题材。它在扼要叙述一个接一个重大历史事件的基础上，通过庞大复杂而又严谨有序、头绪纷繁而又线条分明、跌宕起伏而又发展自然和扣人心弦的情节结构，为读者提供了一幅关于那个特殊年代顿河哥萨克人"在风尚、生活以及心理状态所发生的巨大变动"的历史画卷。

小说主人公葛里高利·麦列霍夫是个小康的哥萨克农民，热爱劳动、真诚勇敢、忠于爱情，第一次世界大战爆发后，他应征上前线，为沙皇政府立过功，俄国发生革命时他又拥护布尔什维克，参加红军，国内战争期间又对苏维埃政权的一些过激行为十分反感而参加白军叛乱，但白军看不起他，却又得不到红军的信任。他在战争和革命的严峻岁月里就这样从一个营垒到另一个营垒，在艰难的人生探索中几次迷途，乃至沦为流寇，最后回到已经建立苏维埃政权的家乡。叙述从介绍麦列霍夫的家史开始，随着作为主要情节的主人公的爱情、婚姻和社会政治斗争两条线索的交织展开，人物越来越多，包括各个阶级阶层，而他们的活动却在俄罗斯广阔的大地上展开，故事本身也从普通的三角恋爱和几个家庭的日常生活扩展成纵横全国城乡具有深远历史意义的战争和革命场面的庞大社会图景。就这部作品主人公的遭遇来说，它是悲剧性的，同时又成功地表现了人民的力量、革命的正义性和历史的前进步伐。整个小说既气势磅礴又委婉细腻，重大的社会政治事件的简明交代和日常生活的精致场景互相转换，千姿百态的大自然风光与人物心理的复杂变化彼此衬托，众多人物中既有列宁、柯尔尼洛夫这样重要的历史人物，但更多的是包括地主、商贾、工农兵和各界的老妪、少妇等数以百计的虚构形象，他们的不同面貌、性格、命运在错综的历史变革中得到了深刻揭示。就其主题的重要性、囊括现实的广度和表现生活过程的深度以及多方面综合运用语言的卓越技巧而言，《静静的顿河》都是一部难得的杰作。

1941 年 6 月反法西斯卫国战争爆发后不久，肖洛霍夫应征入伍，以上校军衔赴前线任军事记者，直到 1945 年复员。战争期间，除不断发表通讯报道、特写和政论外，他还创作了控诉侵略者野蛮暴行和讴歌苏联军民勇敢精神的短篇小说《学会仇恨》(1942)，并着手创作一部新的长篇小说《他们为祖国而战》(1943 年起，其章节陆续发表)。二次战结束后，肖洛霍夫除履行公务外，其余时间一如既往定居顿河边上的维申斯克镇，生活在乡亲们中间，继续潜心创作，先后发表短篇小说《一个人的遭遇》、长篇小说《被开垦的处女地》第二部以及《他们为祖国而战》的新章节。《一个人的遭遇》取材于卫国战争及战后初年的苏联现实，虽然是短篇小说，但意义重大。主人公索科洛夫是个以司机为职业的共产党员，苏联千百万劳动大军的一分子。这位严格意义上的小人物，同时是个顶天立地的英雄。在战争中经受了妻离子散、家破人亡及法西斯集中营一系列非人的折磨后，不但精神上始终没有被摧垮，而且在战后收养了一个五六岁的孤儿，用自己的全部心血和爱去保护他、培育他，使这个幼小的生命健康成长。作品全文不足两万字，思想内容却十分丰富深刻。它写的虽是一个人的遭遇，但成功地运用电影中蒙太奇的技巧，揭示了战争的残酷和悲剧性，生动地表现了苏联人民深厚的爱国主义和道德上的坚定性，因此有“微型史诗”之誉。整个叙述基调沉郁哀伤，但饱含着相信人和人的未来的人道主义激情，正是这种深沉的人道主义对苏联文学发展产生了重要影响，开了战争题材“新浪潮”之先河。

《被开垦的处女地》是一部再现苏联哥萨克农村经历全盘集体化运动复杂考验的长篇小说，全书共两部，故事从工人出身的共产党员达维多夫1930年被派到顿河岸边的格内米亚村搞集体化，而流窜的残余白党军官波洛夫采夫同时潜入该村进行破坏活动开始，以前者领导的贫雇农为一方，以后者及与之勾结的反动富农为另一方，围绕着实现农业集体化开展了一场惊心动魄的斗争，以村上终于建立并巩固了集体农庄制度结束。小说从当时的实际情况出发，既揭示了政策上“左”的错误和一些党员干部的过火行为给集体化运动造成的危害，也表现了白党军官和富农分子阴险狡诈的反人民本质及其最后的失败，较真实地反映了在布尔什维克党领导下哥萨克个体农民走上社会主义集体化的曲折历程。第二部较多描写农庄领导对普通庄员日常生活的关怀，增强了关心人爱护人的人道主义内涵。这部长篇小说和《一个人的遭遇》一起，被认为是作家继《静静的顿河》之后对苏联社会主义现实主义文学的新贡献，因而获得1960年列宁文学奖。

肖洛霍夫是位勤奋的对自己要求十分严格的语言艺术家。1964年获诺贝尔文学奖后虽誉满全球，仍积极从事创作，但因年事渐高，还由于战争年代负伤留下了后遗症，写作速度显然放慢，以致他早已开始的《他们为祖国而战》直到逝世都未能完成。根据已发表的一些章节，长篇小说的开头部分主要叙述战争前夕个人迷信对社会造成的危害，以及法西斯突然入侵后苏军某团连续四昼夜边应战边退却的情景：军官们全部牺牲，但这个团幸存的27名战士仍保存了沾满硝烟、尘土和草原气息的光荣军旗。这一充满悲壮的叙述，处处洋溢着苏联士兵宁死不屈的大无畏英雄气概。鲁迅早在30年代就注意到肖洛霍夫的才华，曾为《静静的顿河》第一部的第一个中译本撰写后记。1936 年鲁迅逝世时，肖洛霍夫曾和法捷耶夫等一批苏联作家到中国作家在莫斯科的寓所悼念。后来，肖洛霍夫一直是不少中国作家和广大读者敬仰和喜爱的苏联作家之一，现在他几乎所有的代表作都有了中译本。

第二节　阿赫玛托娃

安娜·安德列耶夫娜·阿赫玛托娃（1889—1966）原姓戈连科，出生在俄国南部重镇敖德萨，父亲是个退役的海军机械工程师，母亲出身贵族世家，熟悉俄国古典诗歌。她两岁时随父母迁居彼得堡郊区的皇村，在那里她五岁时学会用法语讲话，11 岁开始写诗并上中学，其间每年都到塞瓦斯托波尔的海边度夏。1905 年她 16 岁时，因父母分居而随母来到南方的叶甫巴托里住了一年，又到基辅进高等女子学校法律系学习，但因对法律科目不感兴趣而退学。1910 年春与著名诗人尼古拉·古米廖夫结婚，同年赴巴黎度蜜月，回国后定居彼得堡，曾入拉耶夫高等文学讲习所学习。在 1965 年写的《自我简述》中，阿赫玛托娃这样写道："1910 年象征主义明显陷入困境，新起的诗人不再追随这一流派，有人走向未来派，有人——阿克梅派，我和一位诗人会的盟友……一起，成了阿克梅主义者"。从 1912 年出版第一本诗集到十月革命后 20 年代初，她曾出版多部诗集，是当时俄国阿克梅派诗歌的主要代表之一。

从十月革命胜利到 20 年代前半期，阿赫玛托娃带着和前夫古米廖夫生的儿子一度在一所大学图书馆工作，同时继续写诗。她的诗大多停留在狭小的个人感情圈子里，有的甚至流露出对革命和苏维埃现实的敌对情绪。后来随着岁月的流逝，她的这种没落和怨恨之情逐渐有所改变。大约从 20 年代中期开始到 30 年代，阿赫玛托娃对苏维埃政权采取若即若离和冷静旁观的态度，把兴趣和精力主要集中到对彼得堡古老建筑及普希金的生平和创作的潜心研究上。30 年代后半期，女诗人一家连遭厄运。唯一的儿子列夫·古米廖夫以莫须有罪名被捕入狱，第三任丈夫尼古拉·蒲宁被捕后死于集中营。根据这种切身的感受，她在 30 年代末的几年里连续写下了系列诗篇，有的有题，有的无题，内容和情绪却是一致的，成了后来著名的组诗《安魂曲》的主要部分。1941年卫国战争爆发后，阿赫玛托娃表现出自己是个坚定的爱国者。列宁格勒被围困时，她勇敢地投身于城市保卫者的行列，热情撰写政论文章，到电台发表广播演说，鼓舞人民和法西斯侵略者斗争。稍后受苏联政府关怀，她和许多文化名人一起疏散到塔什干。阿赫玛托娃这段时间的诗歌创作因一改多年来主要表现个人小圈子感情的主题而面目一新。她发表的新作如《起誓》(1941)、《勇敢》(1942)、《胜利》(1942—1945)、《在飞机上》(1944)等，都是热情洋溢，充满爱国主义和英雄主义的名篇。

1944年夏天，入侵德军终于被逐出国境，阿赫玛托娃回到列宁格勒。战后初年她一边致力于古代东方诗歌的翻译，其中包括中国屈原的《离骚》和李商隐的无题诗，同时继续从事散文和诗歌创作。这几年写的诗歌，也许因为和平生活的重新到来，无论主题和形式都又回到自己早年的创作那样，借日常生活的小事抒发个人的感情和联想，虽不乏情真意切、技巧讲究之作，但在当时情况下连连在列宁格勒的《星》和《列宁格勒》及莫斯科的《旗》和《星火》杂志上刊出后，引起了高层领导的不满。1946年8月党中央作出《关于〈星〉和〈列宁格勒〉两杂志的决议》，其中严厉批判了左琴科和阿赫玛托娃，说后者是“无思想的诗歌的典型代表者。她的诗歌渗透着悲观和失望的情绪，表现着那停滞在资产阶级贵族的唯美主义和颓废主义——‘为艺术而艺术’的立场上而不愿同祖国人民一起前进的旧的沙龙诗歌的风格，因而在苏联文学中是决不能容忍的”。阿赫玛托娃从此被开除出苏联作家协会。女诗人虽然不同意这种粗暴做法，但经过一段时间的沉默，曾试图加以改正。

50年代初写过一些歌颂苏联青年一代成长和关于和平生活的诗歌，如《在少先队夏令营里》、《五年过去了……》、《和平之歌》、《无题》等，但她的主要精力已转到外国和苏联非俄罗斯民族诗歌的翻译上。50年代中期以后，随着苏联政局的变化和文艺政策的松动，阿赫玛托娃被捕多年的儿子经法捷耶夫的奔走重新获得了自由，她本人也恢复了名誉。在此期间，她为30年代末写成的组诗《安魂曲》最终定稿，还最后完成了长诗《没有主人公的叙事诗》，西方评论界有人称这两部诗歌“达到了美学上的完美和感情力量的顶峰”，是“苏联诗坛最伟大的杰作”。这种评价也许失之溢美，但它们无疑是女诗人脱离阿克梅派美学主张后最重要的大型诗歌作品。

《安魂曲》由互相联系在一起的十首记事—抒情诗组成。第一首作于1935年秋的莫斯科，以诗人“我”表示要到克里姆林宫的城墙下去哭泣结束。第二首写一个“孤苦伶仃”“正患着病”的女人，她的“丈夫在坟墓，儿子在监狱”，处境与诗人相符，她最后呼吁“请大家为我祷告上帝”。接下来，描写的范围渐渐扩大，内容也由叙说个人的不幸转到表现人民和国家的不幸以及女诗人作为那个法纪遭破坏的年代受害者的代言人，发出愤怒的控诉和抗议。第四首写了用热泪滴穿坚冰的“第三百位探监人”。第五首写“跪在刽子手脚下”为儿子求情的母亲。在最后四首里，诗人笔下的母亲因为那过度的哀伤反而昂起了头，变得更坚强了。她说：“没有什么，我早有准备，我有方法战胜这些”，“要彻底抹去我的记忆，让心变成石头，要重新学会活下去”。在第十首《被钉十字架》里，写最庄严的受难：“天使们的崇高合唱在为此刻颂扬，苍穹在烈火中融化倾塌。”这便是女诗人到1940年为止的组诗的基本内容，感情诚挚，格调悲戚哀伤，具有令人震颤的感染力。1961年她又为组诗加上了这样一段题诗：

不，既不是在异邦的天空下，
也不是顶披着他人的羽翼，
当时我和我的人民在一起，
我的人民，不幸也在那里。

女诗人已认识到，她遭受的不幸不只是她个人的，而是那个年代人民的不幸，这使作品有了更深刻广泛的社会意义，组诗也同时成了她为自己人民的不幸献上的《安魂曲》。

长诗《没有主人公的叙事诗》完成于1940年至1962年，内容和形式都要比《安魂曲》复杂些，也更丰富多样些。作品采用广场朗诵剧的形式，副标题为《三折画》，其中的《1913年》、《背面》和《尾声》三大部分实际包含了内容的三个层面。第一部分写1913年除夕夜人们戴着各种面具在寻欢作乐，却没有想到他们纵欲的欢乐和腐朽的世界即将崩溃，新的1914

年正用它的铁拳敲着旧世界的大门，随后带来的是战争和革命，于是狂欢会上的面具变得狰狞可怕，恐惧之中夹杂着怀旧的思念，并提出一个可怕的问题："我们为什么如此轻率地听信骗子预言家和信口开河者的胡话，却没有感觉到周围大地正在上演最后的一幕。"这无疑是第一次世界大战前夕俄国社会上层文化界的真实写照，但因为作品用各种面具隐喻现实中的人物及有关事实，因此令非同时代人十分难懂。第二部分写 1941 年新年伊始的情景，采用内心独白形式，一方面把革命的俄国和文学与希腊罗马及欧洲文明联系起来，同时讲到"为每一次欢庆或葬礼所惊醒的巨大沉默"，其中有"火把的烟雾"、"地上的鲜花"……通过烟囱刮进来的风中"蕴含着安魂曲"，"对镜子里反射出的情况，最好不去想"。这里隐隐约约反映出此前不久苏联现实中悲剧性的一面。第三部分即《尾声》也是最明白好懂的部分，它写苏联 1942 年的庄严形象，虽然有过哀伤、不幸和悲剧，但面对法西斯侵略，女诗人则歌颂全民的团结一致和坚强不屈。这样，三部分合在一起，为人们勾画出俄罗斯从第一次世界大战前夕到反法西斯卫国战争期间，充满复杂变化和悲哀壮丽的历史面貌，较好地传达出那个时代的历史氛围。

进入 60 年代以后，阿赫玛托娃的成就和独特才华得到了广泛承认。1964 年和 1965 年，她先后获得意大利埃特奈·多尔明诺国际诗歌奖和英国牛津大学名誉博士学位，并应邀先后访问罗马、伦敦和巴黎等地。她的作品也被编成单卷、两卷和多卷集出版。中国早在 1929 年就曾翻译介绍过阿赫玛托娃的两首诗，译者李一氓和校订者郭沫若称"她的著作表现着这有天才的抒情诗人之古典的清彻意味与其沉着的用词。她的疏淡的韵文很喜欢用颠倒的简语。革命并没有威骇了她，依然在苏维埃共和国度她的生活"。

第三节　帕斯捷尔纳克

鲍里斯·列昂尼多维奇·帕斯捷尔纳克(1890—1960)生于莫斯科一个艺术家家庭。父亲是著名画家、莫斯科美术和雕塑建筑学院教授和院士，母亲擅弹钢琴。作家列夫·托尔斯泰、音乐家斯克里亚宾等都是他们家的座上客,奥地利诗人里尔克也是他父亲的好友。受家庭的熏陶,他从小酷爱艺术和文学,1909年进莫斯科大学哲学系学习,期间一度赴德国马尔堡大学进修新康德主义,1913年莫斯科大学毕业时,已发表诗歌多篇。他的头两本诗集《云雾中的双子星座》(1914)和《在街垒上》(1916),主要抒发对人的命运、对大自然和爱情的独特感受,表达自己对诗歌和艺术的追求,文字艰涩,句法多变,主题接近里尔克和丘特切夫等的哲理诗,风格明显受象征主义和未来派的影响。第一次世界大战期间,帕斯捷尔纳克因少年时代骑马跌伤留下后遗症免服兵役。他一边给人家当家庭教师,一边开始文学翻译,译作曾被收入高尔基主编的《同时代人》丛刊。1917年二月革命后和十月革命前完成的第三本诗集《生活,我的姐妹》(1922)表明作者赞赏未来派对新生活的向往和诗艺的刻意创新,同时反对未来派完全否定传统艺术的偏激态度。而这些诗,总的说仍比较凌乱,形象和印象之间的关系令人不易捉摸。

十月革命之后,帕斯捷尔纳克坚持留在国内,在政府人民教育委员部图书馆任职,业余积极从事文学创作。20年代,他既写诗也写小说。中篇小说《柳威尔斯克的童年》(1922)塑造了一个心灵完美、思想非凡的俄罗斯少女形象;短篇小说《空中路》(1924)描写列宁、李卜克内西等无产阶级领袖形象,突出表现革命斗争的残酷性。1923年出版的诗集《主题和变奏》仍以晦涩难懂的隐语表现对生活和艺术的主观感受。但是,此后完成的三首长诗《崇高的病》(1924—1928)、《一九〇五年》(1926)和《施密特中尉》(1927),表明诗人一定程度上克服了对现实的"旁观"态度,逐渐靠拢革命,技巧和形式也比较明白好懂。其中《柳威尔斯克的童年》和《一九〇五年》曾受到高尔基的称赞。当年托洛茨基和斯大林都曾接见过帕斯捷尔纳克,斯大林曾提出希望他成为"时代的歌手",但他没有那样做。

帕斯捷尔纳克30年代初的文学创作,有三部作品引起评论界的广泛注意。一部是《旅行护照》(1931),属自传体小说,断断续续叙述自己在德国的大学生活,与里尔克的亲切相逢,游览意大利的威尼斯和佛罗伦萨,十月革命前后的俄国诗坛,音乐家斯克里亚宾对自己的影响以及与马雅可夫斯基的友谊等。另一部诗体长篇小说《斯彼克托尔斯基》(1931)

主要叙述普通人在十月革命和国内战争期间的遭遇，对大自然和爱情的描写充满诗情画意。《重生》(1932)是他应格鲁吉亚一诗人朋友之邀到高加索访问后写下的多篇抒情诗的结集，有的再现当地绚丽多姿的自然风光，有的表现那里山民们的勤劳智慧和美好心灵，而贯穿诗集的中心主题是反对用暴力实现革命目标，并希望“不受蒙蔽地”观察国家生活和认识其未来。技巧上，它们大多构思新颖，善用奇特的比喻和联想，却充斥着生冷费解的词语。

卫国战争期间，帕斯捷尔纳克和许多作家一样到过前线，发表记述苏联军民抗击侵略者的通讯特写。在四年多的战争岁月里，他重新焕发诗歌创作热情，出版了《在早班列车上》(1943)和《冬天的原野》(1945)两部诗集。他明确表示“创作的日子，既非招摇过市，也不是为了名利，而是奉献自己”。其中不少诗篇取材于战争现实，着力展示普通苏维埃人在前线和后方紧张炽热的战斗和劳动生活，表现他对祖国、对人民的一片挚爱之情，语言风格不像以前那么雕琢和古怪离奇，而变得更简洁明畅，其中的《在早班列车上》便是一个很好例证：

在闷热的列车车厢里，
我全身沉浸到柔情中，
这是一种天生的感情，
随着母亲的奶汁产生。

通过以往岁月的变迁，
通过贫穷困苦和战争，
我默默地认识了俄罗斯——
她身上那独一无二的特征。

这些诗篇受到广大读者和评论界的一致欢迎。

战争结束不久，诗人已经有了足够的艺术积累和对现实的明确看法，决定写一部梦寐已久的长篇小说，以反映自己所经历的时代及观点。经过一段时间的构思、准备，同年7月开始写作，书名最后定为《日瓦戈医生》，并于1955年基本完成，但结果却成了50年代后半期轰动苏联乃至全世界的国际性事件。长篇小说《日瓦戈医生》以同名主人公在1917年十月革命前后四十多年的人生经历为基本情节。爱好诗歌的外科医生尤里·日瓦戈原是个心地纯洁、憧憬革命的“高尚”青年，到了苏维埃年代为形势所迫带着家属离开“饥饿和黑暗的莫斯科”来到乌拉尔，不久遭红军游击队“绑架”，在偏僻的西伯利亚辗转漂泊，弄得妻离子散，无奈只身逃回莫斯科，以写些科普小册子为生，到30年代因心脏病突发倒毙街头，身后留下了他的一些业余创作的诗稿。出殡前曾有一陌生女人前来哭灵，她是死者在西伯利亚失散的情侣，结果她被安全部门带走。他们的女儿在卫国战争中表现很出色。围绕着主人公的一生，小说共写了近百个男女老少形象。通过主人公的一生及与之有关的人物的描述，小说赞赏十月革命是“一举铲除……旧的溃疡”的“空前壮举”，同时又渲染革命及革命后二三十年代的种种失误和过激行为，特别谴责偏激的革命暴力和阶级狂热造成人间的不信任所产生的悲剧。整个叙述基调低沉、忧郁而哀伤，对事件和人物的描写充满主观抒情色彩。

帕斯捷尔纳克称《日瓦戈医生》是“非常严肃的作品”和他的“第一部真正的作品”，并说：“我想通过这部小说描绘俄罗斯近四十五年的历史面貌，同时通过沉重的、悲伤的主题的方方面面……使这部作品成为我表达自己对艺术，对福音书，对人在历史中的生存及其他等等的看法的书。”作家有意把俄罗斯近四十五年历史中“沉重的、悲伤的主题的方方面面”写出来，显然带有警世性质。鉴于小说中涉及的“沉重”而“悲伤”的“方方面面”，有的是作者的亲身经历，有的是他耳闻目睹的事实，有的在他构思和创作时仍在发生，因此其真实性不容置疑，而且显示出他作为一个艺术家的责任感。但是，从这45年俄罗斯和苏联的历史进程看，他这样描写的片面性也十分明显，一味地谴责革命暴力，也暴露出作者误把抽象人道主义的说教当作济世良方的严重局限。冷静、客观、实事求是地评价和处理这样一部“严肃”而矛盾的作品，本该对作者、读者反思苏联模式的社会主义革命和建设中的问题，对苏联社会主义文艺的进一步发展都是大有裨益的。

然而，小说完成时出现的情况给作者带来了莫大麻烦。《新世界》杂志编辑部以主编西蒙诺夫等四名编委的名义给作家写了一封长达三万字的退稿信,从根本上否定了小说,指责它“实质是仇视社会主义”,因此拒绝发表。不料第二年即1957年11月,小说首先被译成意大利文在米兰出版,接着又用俄文及英、法、德、西班牙等多种文字出版,西方媒体趁机炒作,一些评论家甚至称作品是堪与托尔斯泰的《战争与和平》媲美的“不朽史诗”。1958年10月8日,苏联作家协会作出开除帕斯捷尔纳克的决定,而瑞典皇家学院则于半个月之后,即同年10月23日宣布授予作家诺贝尔文学奖,以表彰他“在现代诗和俄罗斯伟大叙事诗传统方面取得的重大成就”。这激怒了赫鲁晓夫等最高领导,11月4日苏联塔斯社受权声明:如果帕斯捷尔纳克到瑞典领奖后不再回国,苏联政府决不挽留。事件以帕斯捷尔纳克因受国内舆论和政治压力拒绝受奖而告一段落,作家成了国际冷战政策的牺牲品。直到1982年,作家在身后被恢复名誉,小说于1988年在苏联首次公开发表,此时苏联评论界对长篇小说较普遍的评价是:“含金量很高”,“也存在明显的错误”。

50年代末的《日瓦戈医生》事件对帕斯捷尔纳克是一个沉重打击。他从此郁郁寡欢,在莫斯科市郊的彼列杰尔金诺别墅度过晚年。最后一部诗集《待到天晴时》(1956—1959)流露出苦闷、悲凉的情调,但对“天晴”仍抱有希望,这是他那时心境的真实写照。1960年去世后留下的遗作《人与事》属自传性随笔,分《少年》、《斯克里亚宾》、《1900年》、《第一次世界大战前夕》、《三个影子(茨维塔耶娃、亚什维里、塔比泽)》等章,回忆自己一生中有较大影响的人和事,是他30年代初发表的《旅行护照》的补充和扩展。帕斯捷尔纳克掌握多种语言,对格鲁吉亚文、英文和德文尤为精通。他翻译出版的莎士比亚的四大悲剧和十四行诗、歌德的《浮士德》和席勒的《玛丽雅·斯图亚特》等古典名著,均以优美的文笔和对原文的独到见解而在文学翻译界享有盛誉。

第六章

加拿大、澳大利亚、新西兰文学

概述

澳大利亚文学

二战结束后，澳大利亚经济的繁荣推动了文学的发展。这一时期现实主义文学一统天下的局面被打破，形形色色的文学流派活跃在文坛上，一批批引人注目的新人新作脱颖而出。小说是战后澳大利亚文学中发展最快、最为繁荣的艺术形式。自从亨利·劳森在19世纪奠定现实主义文学的基石以来，澳洲文坛一直被以小说艺术“澳大利亚化”为宗旨的现实主义文学所统治，其间虽然出现过现代主义和自然主义的作品，但都昙花一现，终究未成气候。战后，现实主义文学却受到以怀特为代表的现代主义文学的挑战。现实主义小说以继承传统、刻画人物性格为其主要任务，强调细节真实，通过有头有尾、精心设计的情节来塑造人物形象，把描写思想健全的普通人作为自己的创作目标，表达作者对人生和社会的看法。这一流派的代表人物主要有马丁·博伊德和艾伦·马歇尔、朱达·沃顿、戴尔·斯蒂芬斯、弗兰克·哈代和约翰·莫里森等。

这一时期的小说流派虽然各有主张，但不论是现实主义文学还是怀特派小说，仍然有着一些共同特点。第一，无论在内容上还是创作方法上都倾向于“国际化”。虽然一大部分传统派小说家至今仍坚持现实主义方法，着力刻画人物性格，塑造普通人的艺术形象，但“国际化”倾向已经成为当代澳大利亚小说的主流。这些具有“国际化”特征的小说不再强调表现澳大利亚的地域特色、风土人情和民族气质等，而倾向于反映西方世界所共同关心的问题：心理上的孤独和压抑感、难以摆脱的生存危机感，以及迷茫之中寻找自我归属的失败感等。第二，小说的视点发生了变化，形式有所增加，题材已不再囿于传统的丛林生活和牧场风光，不再吟颂创业的艰难，而是全面再现牧场生活、郊区生活、移民遭遇和生存挣扎等。小说的形式较过去大为丰富，出现了颇有成就的家世小说和自传体小说等。第三，当代小说的可读性减弱。传统现实主义小说的情节渐趋淡化，向散文化方向发展，增加了小说的诗意，降低了小说的可读性。怀特派小说强调透过事物的表面挖掘生活的内在意义，增加小说反映现实的深度，但在调动各种艺术手段来表达这种深度时，却使小说涵义变得朦胧、晦涩，读者难以理解；同时在刻画人物内心世界的时候，很少注意环境和事件的具体描写以及情节的完整性和趣味性，给人一种抽象凌乱的感觉。

战后相当长的时间里，澳大利亚诗坛处于沉闷封闭的状态。老一代诗人如 A. D. 霍普、朱迪思·赖特、詹姆斯·麦考利、戴维·坎贝尔和罗斯玛丽·多布森，大都比较守旧，反对盛行于欧美的现代主义诗歌，抨击艾略特和庞德等现代主义代表人物，坚持采用传统诗的音部和韵脚，崇尚古典派诗歌的创作技巧，鄙弃现代主义诗人在技巧上的革新。A. D. 霍普（1907—2000）在当代澳大利亚诗坛上的地位堪与怀特在小说界的地位相提并论。英美评论家认为霍普是 20 世纪用英语写作的最优秀的诗人之一。他的诗作曾多次获得国内外文学奖。霍普自诩古典派，崇尚英国古典传统，反对现代主义，毫不留情地抨击艾略特和庞德。他反对自由诗，严格按照传统诗歌的格律和句式创作，采用诸如书信体、颂诗体、散漫体和民谣体等多种诗体。但一般论者认为其诗歌颇多浪漫主义气质，没有具体描绘和精确细节，而是以大构架和概括性的结论见长，呈现出的是用圆熟的语言和渊博的典故所构成的平静有序的表面，语调不温不火，让人感到作者所持虽是一种不介入的态度，但在表层的平静之下，却激荡着尖锐激烈的冲突，肉欲和爱情、无望的忧虑和充满希望的等待、美的理想和丑的现实、作为掠夺者的人和沦为牺牲品的人等扭合在一起，形成了他诗歌的内在张力。

新西兰文学

30年代新西兰民族文学的高潮推出了萨吉森和约翰·马尔根等著名作家，为战后的文学作了重要的铺垫。然而，大战又标志着文学的转向，从创作主题到表达模式，新西兰文学进入了一个更加广阔的空间，更高的层面。战后25年的文学界，是新西兰作家和诗人充分施展才华的竞技舞台。优秀的作家诗人既对未来充满期望，但又不陶醉于战后的太平盛世。他们冷静地观察社会，探寻深层的症结。虽然新西兰远离欧、亚战场，但第二次世界大战这场人类历史上的大浩劫培养了一种难以抹除的忧患意识，给作家和诗人带来的心理阴影，将长时间笼罩在战后的很多文学作品中。

由于战争，前十年关于大萧条和表达各种政治理想主义的主题遭到冷落，萨吉森的观点和叙事手法难以继续维持其统治地位。长篇小说压倒了在新西兰历来占主导地位的短篇小说和诗歌，成为最主要的文学形式。从40年代末开始，美国文学的影响逐渐变得明显。战后的新西兰文学始终如一地保持着30年代建立的社会批判传统，物质追求和享乐主义成为作家们群起而攻之的目标。但最优秀的作家和诗人往往并不直接反映现实世界，而是企图探赜索隐，寻找难以捉摸，然而又左右人们思想和命运的东西。诗人常常带几分象征色彩，几分神秘倾向，形成了诗歌的新浪漫主义。作家突破了传统的叙事模式，小说呈现出多样化，现代主义、心理现实主义等各种表现手法竞相争辉。

二战结束的那年，阿伦·柯诺编辑出版了一部重要文集《新西兰诗典：1923—1945》，对前二十余年发表的众多诗作进行精心筛选，集粹成册，系统地整理了这一重要转折时期的诗作，并在序言中对新西兰诗歌的历史、现状、主题、形式等多方面作了中肯评析和十分有见地的总结。柯诺的诗集不仅被认作权威性的质量标尺，而且他的前言也成了新时期的宣言。他部分地接受了现代派的观点，对前期注重传统、缺乏创新、过分感伤的浪漫主义发起了挑战。1947 年，人们翘首以待的大型文学期刊《陆地》宣告诞生，由著名诗人查尔斯・布拉希出任主编。《陆地》的创刊是新西兰文学史上具有重要意义的事件，为作家和诗人提供了展示成果的橱窗，成为文学讨论的讲坛。50 年代初，又一种重要文学刊物《新西兰诗歌年鉴》由路易斯・约翰逊主编出版，主旨是扶植青年诗人，为培养和造就文学新人作出了可贵的贡献。战后的经济复苏，推动了文化振兴。在卡克斯顿出版公司的激励下，新西兰的出版业蓬勃发展。尤其在奥克兰，多家出版公司相继成立。公民的文化水平提高，对文学的需求随之增长。而且，他们的视线逐渐从英美经典转向本国作家。所有这些因素共同促成了文学发展的大好气候。

加拿大文学

二战后的二十多年中，加拿大文学得到了迅速发展，并日趋成熟。老一辈作家如卡拉汉、麦克兰南等仍在写作；诺斯洛普・弗莱等作家开始到世界各地讲学，赢得了国际声誉；同时涌现出一大批中青年作家，如玛格丽特・劳伦斯、莫德塞・里奇勒、加布里埃尔・鲁瓦等小说家，阿尔弗雷德・珀迪、玛格丽特・阿维森等诗人，罗伯逊・戴维斯等剧作家。反映加拿大人和事的作品越来越多，诗歌、小说、文学评论、戏剧、广播电视中的文学节目，如雨后春笋，体现出很强的加拿大意识和特色。60 年代甚至被称为“加拿大的文艺复兴时期”。高等院校纷纷开设独立的加拿大文学课程，一些优秀作品陆续被介绍到国外，引起国际文学界对加拿大文学的关注。总之，加拿大文学已自成一体，不再是英国文学的一个分支，更不是美国文学的翻版。战后二十多年的加拿大文学在量和质两个方面都可用“飞跃”来形容。作品不仅内容丰富多彩，意义深刻，再现了加拿大的社会环境和自然环境，同时也开始冷静地观察人生、命运，对加拿大的历史、文化和文学以及加拿大人的民族身份等问题反思。在创作手法与风格上，作家们不仅善于继承传统，也善于吸取、借鉴欧美先锋派的创新，同时又发展出各自独特的风格，呈现出手法、风格的多样性。

第一节 怀特

帕特里克·怀特(1912—1990)是澳大利亚当代最杰出的小说家，被英美评论界誉为“少有的天才”，1973年获诺贝尔文学奖。怀特是一位对澳大利亚文学有着特殊贡献的作家。首先，他在澳大利亚小说界掀起了一场力求小说表现深化的革命，使澳大利亚小说创作发生了重大转折，刻画的重点开始由人与外部世界的矛盾转向了人自身内心的冲突；人的精神世界，尤其是心理世界成了小说的重要表现对象；小说创作的“国际化”代替了往昔的“澳大利亚化”；久久无法在澳大利亚土地上生根的现代主义代替了主宰文坛达半个多世纪的现实主义。从此，小说表现手法比以往更丰富多彩，澳大利亚小说开始走向世界。其次，怀特的戏剧开创了澳大利亚戏剧历史的新局面。“怀特早期的四个戏剧从此打破了澳大利亚现实主义戏剧一统天下的局面……他那富有挑战性的非现实主义已为不少观众所熟知，从而使他的戏剧成了澳大利亚戏剧未来时代的里程碑。”

怀特生于伦敦，半年后回到澳大利亚，在父亲的牧场上度过了无忧无虑的童年，13岁时被送往英国接受英式教育。但他痛恨在那里度过的四年，称那是“把自己熨得平平整整”的监狱生活。学习结束后，他重返澳大利亚。为了改变自己，他开始过起一种截然不同的生活——在养羊场做帮手。粗犷的乡土生活不仅锻造出了他那坚忍不拔的性格，而且为他日后的创作提供了丰富素材。在此期间，怀特萌生了创作小说的念头，但没有成功。1932年，他再度赴英，进剑桥大学攻读现代语言，因而接触了大量英国文学作品，深受乔伊斯、劳伦斯和亨利·詹姆斯的影响。大学毕业后，他留在伦敦，并开始写作生涯。1939年，怀特出版了第一部长篇小说《幸福谷》。同年，他游历了欧美很多国家，开阔了眼界。第二次世界大战期间，他曾在英国皇家空军任情报官，到过非洲、中东和希腊等地，目睹了战争的残酷。这些丰富的经历成了他后来小说的素材。此外，他还爱好戏剧和绘画。1948年，他回澳大利亚定居，直至去世。

怀特以创作长篇小说为主，兼涉剧本和短篇小说。长篇小说有12

部,剧本有八部,短篇小说集有三部:《烧伤者》(1964)、《白鹦鹉》(1974)和《三则令人不安的故事》(1987)。此外,他还创作了一部自传《镜中疵》(1981)以及若干诗集。怀特的早期作品在国内反响不大,在国外却受到评论家的高度赞扬。《幸福谷》是他发表的第一部小说,描绘新南威尔士州一个名叫"幸福谷"的小镇中沉闷、乏味和孤寂的生活,刻画了那里的居民难以找到自己的归属,即无法在澳洲土地上扎根的痛苦经历,旨在表达作者在本书题记中所表述的经受大苦大难以达到新境界的思想。小说采用象征主义、意识流等艺术手法,充分显示了作者在掌握细节、讲述故事和挖掘人物内心世界方面的能力。

1957年,小说《沃斯》问世。这是一部全新的小说,无论在立意还是在表现手法上,都是作者创作上的一个转折,也是对澳大利亚传统文学的一个突破。它虽然描述的是一次众所周知的历史事件——德裔澳大利亚探险家莱卡特的探险经历,但并没有满足于客观地再现历史,而是把史实作为载体,表达深刻的人生哲理,从而使一向注重写实的澳大利亚小说变得空灵而富含诗的意蕴。小说描写了原德国医科学生沃斯率领一支探险队深入澳大利亚中部地区探险的经过,沃斯一行在途中遭遇了种种困难,最后全部葬身沙漠,一次轰轰烈烈的探险活动终告失败。沃斯的探险活动具有双重含义,其表层意义为一次人与自然的壮烈搏斗,反映出早期创业者不畏艰辛、勇往直前的开拓精神;但是作者调动了一切艺术手段,包括语言和非语言的技巧,赋予作品以一种耐人寻味的深层意义,使一次试图征服自然的探险活动转变成了一次对自身心灵的探索。小说所具有的表层和深层意义把人类物质上的探索和精神上的追求融为一体,大大提高了作品的容量,丰富了作品的思想,打破了澳大利亚小说刻意追求表面真实的旧传统,使小说的手法呈现多元化趋势。

长篇小说《人类之树》(1955)是怀特获得国际声誉的一部小说,也是他创作道路上的一座里程碑。它显示了作者背离他所视为"平庸"的传统、反映平凡现实背后诗意的决心,以及通过他的努力所结出的硕果。小说刻画了在悉尼远郊落户的一对农民夫妇的生活经历。斯坦·派克和艾米·派克婚后彼此亲密无间,垦荒种地,生儿育女。但随着时光流逝,他们各自对待生活的态度发生了变化,双方有了明显的分歧,生活中矛盾迭起。城市工商业的勃兴不断向郊外扩展，最后吞噬了斯坦苦心经营的农场，商业化的生活不断渗透进农村，一切观念都被冲击得支离破碎。斯坦在去世前的片刻坐在自家花园中间，忽然若有所悟地指了指地上，吐出一口痰，说："这就是上帝。"他的见解在他的孙子雷——他的长子和一歌女的私生子——的头脑中扎下了根。这位小孙子希望有朝一日能写一首"生活的诗，一切生活的诗"。一棵象征着整个人类延续的小树又长出了新绿——生活在继续。怀特在这部小说中就是要通过斯坦夫妇的平凡生活表现人类生活的共同本质：人由诞生到死亡的过程是对生活不断探索和不断认识的过程，这个过程随着人类的繁衍不息而代代延续，永无终结。

怀特的第一个上演的剧本是在伦敦演出的《回到阿比西尼亚》(1947)，但反应平平。从60年代初起，他一连有四个剧本被搬上澳洲舞台，即《火腿葬礼》(1961)、《沙萨帕里拉的季节》(1962)、《一个快乐的人》(1963)和《秃山之夜》(1968)，它们犹如一串集束手榴弹，在澳大利亚戏剧界引起强烈震荡。但是，对他作品中所采用的现代主义技巧，拍手叫好者有之，摇头叹息者有之，而公开表示厌恶者也不乏其人。澳大利亚现代主义戏剧的诞生同样经历了现代主义小说所经历的阵痛。正是基于这种分娩的痛苦，连勇于探索的怀特也畏缩一时，在十多年内没有新作问世，直到1978年才出版了《大玩具》和《夜潜者》。后来他又陆续创作了《地下森林》(1983)和《信号工》(1983)。此时，由于日益繁杂的社会活动，加上江河日下的健康状况，他的戏剧生涯慢慢地画上了句号。

怀特的所有作品中，受苦和赎罪是它们共同的主题。怀特把目光从传统文学所着力刻画的人与外部世界的矛盾转向了人的内心冲突，把笔触探向了现代人的灵魂，指出"受苦和赎罪"可以达到心灵的净化。怀特描写的虽然是澳大利亚社会，但其表现的主题却有着普遍的现实意义。他笔下人物的内心矛盾正是现代人普遍的心理症结，是现代社会物质文明高度发展、而精神世界却极度空虚的必然产物。他力图找寻一条现代人自我救赎的出路：即受苦和赎罪，但这毕竟是一条虚假无望的出路。尽管如此，怀特为澳大利亚文学开创了新的局面。怀特作品的主题及塑造人物的手段不同于以往的作家。在他之前，作家们多为直接描摹现实，而他则强调通过表现人物的内心生活来间接反映客观现实,即现实世界通过人物的意识过滤,以新的面貌被反映出来,现实的图像被打碎、剪辑后,通过人物跳跃式的联想、幻觉和印象,重新组合,形成一种心理现实。这种着重表现人物的内心生活,并通过人的心理活动来反映客观现实的手法,使作品的结构发生了变革,并改变了情节的地位:多层次、立体蛛网式的结构代替了传统单线条或多线条的结构;零碎的、不连贯的画面取代了一般小说中有头有尾的情节。同时,怀特常采用象征手法使其作品内涵更丰富,更有诗意,并创造了独特的语言风格,以适应其作品的主题和人物的塑造。

第二节 弗雷姆

珍妮特·弗雷姆(1924—2004)被澳大利亚著名作家帕特里克·怀特认为是新西兰最了不起的小说家。弗雷姆确实是战后最有天赋、最有特点的作家,她以前所未有的新颖、怪诞的现代派风格,突破了传统的现实主义,领导了小说创作的新潮流。她的小说以主题深刻和风格独特为显著标志,有时晦涩难懂、怪诞离奇,但具有独到的品质和不可否认的价值。她常常从个人直觉感受出发,揭示人的无知,分析人类的磨难。滚滚而来的意识流,常常将心理常态和变态的界线完全淹没,常常使读者坐立不安。她的主要成就是《猫头鹰在哀叫》三部曲。

弗雷姆出生在达尼丁郊区一个酷爱艺术的贫苦家庭,她因此一直强烈感到社会是有产者的社会,他们按自己的规则游戏,不接受“非正统”的思想和行为,也不接受艺术。这一看法几乎反映在弗雷姆的所有作品中。她的小说描写的大多是被社会排斥的怪僻人物。弗雷姆高中毕业后,在奥塔戈大学接受了一段时间的教师资格培训,然后找到了教师职业,后来当过护士。50 年代末一场重病后,她被送进精神病医院住了几年。这是一段非常重要的历史,因为她的几部最主要的作品都与精神病人和精神病院有关。她坚持认为自己从未丧失过理智。这是个疯狂的世界,评判理智的健全与否,通行的标准是否合理值得怀疑。

50 年代出版了短篇小说集《礁湖》之后,弗雷姆于 1956 年离开新西兰，此后一直居住在伦敦。离开家乡之前，她留下的第一部长篇小说书稿于次年出版，这便是在新西兰文学史上产生巨大影响的《猫头鹰在哀叫》(1957)。小说描写乡村小镇一个家庭的悲剧故事，自传色彩很浓。弗雷姆在短篇小说中已尝试过类似的主题，《礁湖》中有好几篇是童年回忆，其中的女主人公像作者本人一样，没有天真烂漫的童年生活，却经历了贫困、疾病、家庭成员死亡等一系列的不幸。弗雷姆年幼时，两个姐姐先后落河溺死，自己也遭受了巨大的痛苦。这个家庭悲剧被移植到了《猫头鹰在哀叫》中的威瑟斯一家。这家的大女儿弗朗丝在垃圾场附近看焚烧化学品时，失足滑入火坑。她的弟弟妹妹在场，眼睁睁地看着姐姐被活活烧死，精神上受到刺激。家庭和个人的悲剧，象征了童年幻想的终结。

《猫头鹰在哀叫》是关于威瑟斯一家三部曲的第一部，另两部是《水中面影》(1961)和《字母的利刃》(1962)。三本书主要讲的是四个孩子的故事。在第一部中，由于威瑟斯家境困难，债台高筑，大女儿被迫辍学谋生，在一个富太太家当女佣，挣了工资，学会了喝酒，有了男友，自以为长大成人，在憧憬着未来生活时，却死于非命。小说一大步跨过了20年。威瑟斯先生已退休，二女儿达夫妮性情怪僻，被送进精神病院。她渴望自由，终日闷闷不乐，越来越神志失常，行为越轨。性格内向的儿子托比在一家冷冻厂工作，赡养年迈的父母。他仍是个单身汉，患有癫痫病，经常发作，却时时梦想发财，最终被判入狱。唯有小女儿奇克丝似乎吉星高照，嫁给了富商，出入于社会名流中间，但她时时提心吊胆，生怕别人知道她的家庭底细，因此想方设法躲避一贫如洗的父母和患癫痫病和精神病的哥哥姐姐，最终她被丈夫谋杀。

《猫头鹰在哀叫》是一部心理小说，作者的主旨不在于讲述一家几个孩子的不幸故事，而是力图再现那些受创伤人物的内心世界，以及他们眼里看到的外部世界。作品使人感到晦涩难懂，作家不用清清楚楚的语言讲述一个明明白白的故事，事件交代常常不着边际，人物行为常常难以捉摸。小说像印象派的构图，语言更像朦胧诗而不像散文。弗雷姆并非故弄玄虚，她的人物在精神上深受刺激，她描述的人生经历是特殊的、复杂的、扭曲的。她希望显示这些悲剧人物如何思维，如何体验世上的一切。她想表达的是传统小说手段难以胜任的东西。她大胆地将读者带进人物畸形的内心世界。关于正常和失常，弗雷姆有她自己的看法。达夫妮精神失常，托比时常病发而不能自制，但他们都有感觉敏锐的一面。奇克丝自我感觉良好，其实比较麻木。她写给姐姐的信，被达夫妮原封不动寄回；写给哥哥的信，被托比烧掉。她觉得他们不正常，不可理解，而他们觉得她同样不可理解。因母亲亡故托比要来访，奇克丝急得不知如何是好。她这个戴着社会面具的体面人家的主妇感到娘家人有失体面，羞与为伍，甚至拒绝参加母亲的葬礼。她希望改名为特丽萨，将过去抹掉。这位威瑟斯家的幸运儿，是否理智健全，作者留下了一个大问号。

《猫头鹰在哀叫》典型地代表了弗雷姆小说的所有特征。作者通过一个小镇家庭的故事，细致入微地反映了异化、孤独、思想变态、感情刺激等精神问题。弗雷姆的人物思想怪异，行为出格，小说中的不少含混和凌乱，有时也难以找出合理的解释。但作者通过图解式的细节，丰富的象征，诗歌的联想，内心独白和内在的比喻等艺术手段，使小说超越故事的层面。读者可以沿着小说提供的路径，走进一些古怪人的头脑，去体验他们反常怪异的内心世界，并通过他们内心的折射，去了解给普通人带来精神压迫的外部世界。这是一部使人耳目一新的独特作品。作者以乔伊斯式的手法烘托卡夫卡式的主题，展现了一部撼动人心的生活悲剧。威瑟斯一家的故事在三部曲的后两部中继续展开。

达夫妮仍是第二部小说《水中面影》的中心人物。经过长期苦闷和思想混乱后，她又被送进了精神病医院，先在轻病房，但一次次转入更重的病房，最后同一批狂癫的疯子关在一起。小说没有曲折的故事，弗雷姆描写精神病院令人不安的生活，像文献记录。同她的第一部小说一样，大量运用诗歌创作的手法，如跳跃、联想、顿悟等，生动地再现了阴森森的医院气氛，创造了一个介于疯癫与清醒之间的小世界。三部曲的最后一部《字母的利刃》描写另一种体力和智力上不健全的人。此时故事中威瑟斯家第二代只剩下儿子托比一人。他从来是个被社会排斥的小人物，一直愁苦不快。他努力迎合社会的主流，但改变不了自己，也不被社会所接受。迟钝的托比远渡重洋，来到英国寻根，也想找机会发表小说以图出人头地，但最终毫无结果，表明小人物无法以微不足道的努力改变自己的命运。

三部曲之后，弗雷姆多部长篇小说和短篇小说集接连出版。1963 年一年内，她推出了两本短篇集《水库》和《雪人，雪人》，一部长篇小说《盲人的芳香园》。弗雷姆短篇小说的主题与她的长篇相似，她善于将小说的中心人物置于一个显赫的位置，配以一系列互相关联的形象化比喻，小说因此具有美感，也具有象征的深度。在集中传递某种印象，表达某种观点方面，弗雷姆短篇小说的艺术效果更胜于她的长篇小说。弗雷姆 60 年代还出版了另外三部长篇小说。《可塑人》(1965)首次将故事背景完全移到了英国。作者从历史的角度出发，探讨人的“可塑性”，寻找能够医治人类社会疾病的共同语言和生活方式，以终止画地为牢、互不关心的社会生存状态。《围困》(1966)又回到了她熟悉的新西兰生活，描写一位独身退休女教师。她多年来一心侍奉年迈的母亲，母亲死后，希望开始自己的新生活。她到一个小岛上租屋隐居，开始梦想中的世外桃源生活，但孤独感、幻觉和记忆中的过去不断袭扰她，将她围困，最终将她消灭。

弗雷姆主要描写心理畸形的人物，希望揭示终极的本质的东西，如生命与死亡，正常与异化，现实与幻觉，物质与心理等。她的作品是异想天开的滑稽剧，也是严肃深刻的社会评论。对于弗雷姆来说，个人主要是被自己的人性所摧毁的。所谓正常的——行为准则、日常惯例、社会公德等——在她的小说中往往是不正常的，而心理畸形或疯癫的人物常常道出真谛。弗雷姆感到，官僚化、工业化的现代社会使每个人失去根基。他们不得不改变自己去迎合社会，因此成了现代文明的阶下囚。她的小说常常表达的正是新西兰社会生活中的异化现象，采用的是表达人心变异最有效的印象派技法。弗雷姆的后期小说具有实验的明显特征，有意强调作家的媒介作用和写作技巧，强调思维的主观性和随意性，而对传统现实主义所关注的真实性不以为然。

第三节　劳伦斯

玛格丽特·劳伦斯(1926—1987)曾被誉为“加拿大最成功的小说家”，她最著名的作品是“马纳瓦卡系列小说”，并凭借其中的两部——《上帝的玩笑》和《占卜者》两次获得加拿大总督奖。此外，她还获得 14 所加拿大高等院校的荣誉博士学位，被授予加拿大一级勋章和其他荣誉。

劳伦斯用一系列马纳瓦卡女主人公讲述了各不相同的女性生存状态，引起了女性主义文学批评界的极大兴趣，这些女主人公加上作者本人的榜样，激励了一批又一批后来的加拿大女作家，如玛格丽特·阿特伍德、艾丽丝·蒙罗、卡罗·希尔兹等，为加拿大文学，特别是加拿大妇女文学的发展，作出了各自独特的贡献。可以说，劳伦斯为加拿大女性主义文学的进一步兴起打下了坚实的基础。

玛格丽特·劳伦斯原名吉恩·玛格丽特·威姆斯，出生在曼尼托巴省的草原小镇尼帕瓦，即她为自己的一系列长篇小说所虚构的背景“马纳瓦卡镇”的原型。她的父母很早便先后去世，她住在外祖父家，由姨妈兼继母抚育成人。童年起她便决心要成为作家，很快就开始在学校的杂志上发表作品。1947 年她以优异的英语成绩毕业于温尼伯的联合大学，后为《温尼伯公民》杂志当过一年记者。此间，她关注温尼伯的政治纷争，深受流行的左翼观点影响。1948 年她嫁给土木工程师杰克·劳伦斯，并陪伴他前往英国。1950 年到 1957 年间劳伦斯夫妇居住在非洲，前两年在英属索马里，后五年在黄金海岸(现称加纳)。当时这两处都还是殖民地，都正在酝酿民族独立。

劳伦斯最早的作品是在非洲生活经历的产物，包括索马里诗歌、传说的翻译和重新创作——《贫穷树》(1954)、非洲背景的小说《约旦这一边》(1960)和索马里经历的回忆录《先知的驼铃》(1963)。1957 年劳伦斯夫妇携儿女回加拿大，定居温哥华。她在加拿大杂志上陆续发表非洲题材的短篇小说，后收入小说集《驯服明天的人》(1963)。正是这一时期在非洲的经历促使劳伦斯反对帝国主义、反对殖民主义、反对独裁的意识发展与成熟，并反映在后来的创作中。1962 年，劳伦斯与丈夫分居(1969 年正式离婚)，带着孩子们回英国，并在伦敦近郊住下，那儿的小屋后来成了旅居海外加拿大作家的聚会之处。在英国，她隔着浩瀚的大西洋开始从自己的祖国加拿大生活体验中发掘创作素材并开始撰写“马纳瓦卡系列小说”:《石头天使》(1964)、《上帝的玩笑》(1966)及《住在火里的人》(1969)和短篇小说集《房中鸟》(1970)。这一时期她还发表了评论尼日利亚英语文学创作的《长鼓与大炮》(1968)以及几篇后收入《陌生人之心》(1976)中的杂文。1974 年起，她回加拿大，在安大略省湖畔地区定居，并在那里完成第四部“马纳瓦卡系列小说”《占卜者》(1974)的大部分和儿童文学作品《六头该死的母牛》(1979)、《昔日的外套》(1979)以及《圣诞生日的故事》(1980)。劳伦斯去世后，女儿替她最后完成了回忆录《在地球上跳舞》(1989)。

《石头天使》是劳伦斯的成名作。小说通过90岁的哈格·史伯丽太太临终前两三个星期对自己一生往事的回忆，成功地塑造了一个坚强、自信、不屈不挠地与命运和环境抗争的妇女形象。小说以第一人称叙述为主，故事发生在曼尼托巴省一个虚构的玛那瓦卡镇，哈格·史伯丽在小镇墓地中的天使石头塑像前回忆自己的童年、婚姻生活、已故的丈夫、安分守己的大儿子和因她的过失而死的二儿子、她中年的寡居生活直到她老年。她一面为自己过去的经历和感情辩护，一面又对自己的所作所为产生疑问，重新审视。她的思绪在回忆与现实之间来回跳跃，过去与现在交织在一起。她与大儿子、儿媳同住在以她一生积蓄所购的房子里，每件家具都会使她想起代表她一生的种种往事。如今，病中的她肋下不时作痛，有时多嘴饶舌，人胖得难看，走路踉跄，无法照料自己。但她生性争强好胜、高傲、独立，因此不愿接受儿子媳妇的照顾，也执意不去养老院，竟逃到一座废弃的鱼罐头厂，但她最终还是被送进了医院。哈格自信好强，感情不外露的个性是受父辈的自豪感和不妥协的生活态度的影响，这使她和小镇上的人格格不入。看不起丈夫，无视儿子们的需求，也导致了婚后生活的不幸。对死去的二儿子的回忆是故事的高潮，也流露出她心中深藏的痛苦和忏悔。通过对往事的回忆，她意识到了自己的过错，开始面对生活。小说结尾时她已不再是“石头天使”，而成了富于情感的女性。她的转变不但使儿子欣慰，也使她自己得到了精神解脱。劳伦斯在小说发表后曾解释说，小说的主题是生存，不仅是物质意义上的生存，而且是精神上的生存，即要保留人类的尊严，保留人类走出自我、接触外部世界的热情和能力。作者运用现代主义文学的一些写作手法，如现在与过去时序交错、叙述与思绪虚实相间，并以此成功发掘了人物丰富的内心世界，展示了人物多方面的性格，增强了作品的层次感与真实感。

《上帝的玩笑》是劳伦斯的第二部“马纳瓦卡小说”。故事通过女主人公即34岁的未婚女教师雷切尔第一人称的内心独白展开。雷切尔已故的父亲曾是殡仪馆老板，现在她和母亲仍住在已卖给别人的殡仪馆楼上。病残的母亲自私、专断、浅薄，对女儿百般苛求、限制，只允许她按镇上世代流传的习俗过活，致使原本就懦弱、寡断的雷切尔变得愈发多疑、自卑、狭隘和虚荣。直到和那个回小镇度假的老同学尼克短暂相爱并发生关系后，生活才发生了根本变化。她开始意识到自己对性爱的渴求，并希望能生孩子、做母亲。后来她自以为怀孕了，但检查结果却显示只是个“上帝的玩笑”——所谓的胎儿只是个良性肿瘤。手术时，她恍然省悟“如今我已是母亲了”，年迈的母亲就是自己的“孩子”，她必须勇敢地承担起做母亲的责任，于是她毅然带着母亲离开了小镇，到温哥华去开辟新的生活。雷切尔，这位普通、文弱的女子，为了生存和自由，敢于冲破压抑自己的感情罗网，一直在与自我、环境、命运和“上帝的玩笑”抗争。她虽不是传统的悲剧英雄，但她最终迈出了胜利的一步——小说结尾处旅途的开始，标志着雷切尔的成熟。《上帝的玩笑》获 1967 年加拿大总督奖。不久它被改编成电影《雷切尔，雷切尔》问世，好评如潮。

劳伦斯的第三部“马纳瓦卡小说”是《住在火里的人》。小说通过一位普通中产阶级中年妇女的眼睛探讨 20 世纪中叶的人生问题。雷切尔的 39 岁的姐姐斯苔茜・卡梅伦・麦克安德拉已婚 16 年，有四个孩子。雷切尔在《上帝的玩笑》中曾非常羡慕姐姐有个幸福安定的家庭。然而，《住在火里的人》中的斯苔茜生活并不那么美满，她实际上面临许多烦恼和痛苦：她正在变老、变丑，精神上倍感孤独和恐惧，时时感到死亡将临；在感情上难与做推销员的丈夫和孩子们交流、沟通，这更令她痛苦。过去、现在和将来对于她似乎都是一团糟。她认为自己不幸生活在火里，在地狱中，她想方设法要摆脱自己的幽闭、恐惧和末日感。这种孤独感和恐惧感在周围的人身上也各不相同地表现出来，从而形象地从众多侧面表现了当代加拿大社会的心态。斯蒂茜终于认识到自己并不是唯一遭受痛苦折磨的人，周围所有的人都“住在火里”，时时感到危机；同时她也意识到，自己不仅是妻子和母亲，也是她自己，必须首先有自己的位置和价值。这部小说的写作技巧比以前更复杂，既有第三人称叙述，也有主人公第一人称的回忆、评论和梦幻。不足之处在于“大团圆”的简单结局。

第七章

西班牙语、葡萄牙语文学

概述

西班牙文学

二战后,西班牙社会长期处在佛朗哥的铁腕统治之下,隐晦曲折地表现现实,依然是多数作家选择的创作路数。从体裁角度看,小说是这一时期西班牙文学的主要形式。1942年,欧洲大陆战事正酣,因与德、意法西斯沆瀣一气而得以保持"中立"的西班牙却是一派死气。就在这时,卡米洛·何塞·塞拉的中篇小说《帕斯瓜尔·杜阿尔特一家》像一枚重磅炸弹打破了沉寂。但是,由于其掩饰不住的"露丑主义"倾向激怒了西班牙当局,小说很快便遭到封杀。塞拉并未因此而气馁,他笔耕不辍,接连推出《小癞子新传》(1944)、《蜂房》(1951)等作品,被文学史家公认为战后西班牙小说的杰出代表。紧接着,女作家卡门·拉福雷特(1921—)的长篇小说《无》(1944,又译《一无所获》)夺得了西班牙纳达尔奖,再接着获奖的是何塞·马里亚·希隆内拉(1917—)的长篇小说《人》(1947)、米格尔·德利维斯(1920—)的《柏影长长》(1947)和安娜·玛利亚·马图特

（1926— ）的《初忆》（1959）。

60 年代，随着国际和周边环境的好转，其他欧美国家文学开始涌入西班牙。这时，西班牙小说从观念到形式都发生了深刻变化，其中一个显著的特点是作家个性的进一步张扬。所有作家都充分发挥各自的探索、创新本领，有时甚至把形式上升到了至高无上的地位。首先令人耳目一新的是路易斯·马丁·桑托斯（1924—1964）的《沉默的年代》（1962）。小说从人物佩德罗对白鼠的一系列医学实验切入，给读者以强烈的感官刺激。稍后，对象由白鼠转向人类，于是“实验”变得更加惨不忍睹。小说以“怪”取胜，写得相当晦涩而灰暗，它将西班牙社会描绘成实验场。和桑托斯几乎同时成名的胡安·戈伊蒂索洛（1931— ）的《天堂决斗》（1955）、《未来三部曲》（1956—1958）、《岛屿》（1961）和《个性标记》（1966）等，具有同样的反叛精神。与此同时，西班牙开始大量出版拉美作家的小说。其中巴塞罗那的塞伊克斯巴拉尔出版社相继推出了秘鲁作家巴尔加斯·略萨的成名作《城市与狗》（1963）和代表作《绿房子》（1966），古巴作家卡彭铁尔的《启蒙世纪》（1964）等。博尔赫斯、加西亚·马尔克斯等人的作品也被大量引进。

相形之下，战后的西班牙诗歌和戏剧并不像小说那么繁荣，与同时代的小说家相比，这一时期的诗人普遍缺乏应有的激情。但是逐渐地，主流诗歌开始了悄无声息的转向。原因有多方面的，其中最主要的，一是欧美新诗潮、新批评的影响；二是西班牙社会生活趋于平稳，新一代诗人已经厌倦社会意识形态及父辈们的恩恩怨怨。卡洛斯·巴拉尔、弗朗西斯科·布林内斯、何塞·马努埃尔·卡瓦耶罗、埃拉迪奥·卡瓦涅罗、格罗里亚·富埃尔特斯、海梅·希尔·德·比埃德马等人开始登上文坛。

戏剧受战后政治气氛和经济条件的制约，相当长的一段时间内无法恢复活力。战后西班牙戏剧的第一缕曙光几乎要到 1949 年才得以降临。它是安东尼奥·布埃罗·巴列霍（1916— ）的《阶梯的故事》（1949）。此剧公演后引起轰动并受到好评。此后，布埃罗接连写出了二十多个剧本，可以说是写一部演一部，而且部部好评如潮。50 年代，随着“社会骚动剧”的出现，西班牙戏剧终于像小说、诗歌一样，表现出了比较鲜明的社会批判倾向。到 60 年代，由于“现实主义戏剧团体”的出现，西班牙戏剧的社会批判精神得到进一步发扬。同时，受外来文化思潮的影响，形式和表演方法也逐渐得到提升。总之，战后西班牙文学的一个显著特点是剧作家步履维艰和诗坛青黄不接。

葡萄牙文学

二战后，超现实主义诗歌被引入葡萄牙，影响了一批诗人，并给50年代以后的诗歌创作打上了烙印。安东尼奥·佩德罗（1909—1966）是葡萄牙第一批超现实主义作家的引路人。他于1942年问世的长篇小说《仅仅一个故事而已》和1949年出版的诗集《达尔加山脉的第一首诗》，均被认为是超现实主义的典型作品。超现实主义流派另一位主要倡导者马里奥·塞萨里尼·德瓦斯孔塞洛斯（1923— ）是葡萄牙一位重要诗人，他用无意识的语言追索自发的意象，通过讥讽的口吻，力图表现人的内心与社会的相互隔绝，但由于违背理性和逻辑，虽然神思驰骋，万象纷呈，却显得晦涩难解，无法被普通读者所接受。

步入60年代，在流派林立的葡萄牙诗坛，实验主义诗歌开始兴起。一批年轻诗人企图在吸收新的理论营养的基础上，重新认识以往的流派，以期找到描绘和反映客观世界和人的内心世界的新方法。于是超现实主义的自动写作法、庞德的意象主义、燕卜荪的晦涩说，尤其是巴西50年代兴起的具体派诗歌，都被拿来"实验"。实验主义诗人尽量使用名词，追求诗歌的空间、视觉和听觉效果，力图开拓诗歌的表现形式，代表诗人有埃内斯托·曼努埃尔·德·梅洛·伊·卡斯特罗（1932— ）、埃尔贝托·埃尔德尔（1930— ）等。

这一时期的葡萄牙诗坛，其特点之一是流派林立，各类文学主张的诗歌杂志不断涌现，不同流派的诗歌作品不断问世，形成了百花争艳的局面，但有三位诗人占有重要地位，却又很难把他们归入某个流派。若热·德·塞纳（1919—1978）善于从各种流派中汲取营养，在诗歌形式上继承了古典诗歌的严谨和谐，在意识上却用现代主义观念去感受世界，总结和印证个人和历史的经验。他的诗歌创作经历了几个阶段。开始时受超现实主义影响，，后又转向新现实主义，对社会干预，描写社会的贫困和人民的悲惨境遇，后期的诗作则比较隐晦，寓意深邃，蕴含着理性的思考，体现了诗人的独立意识。若热·德·塞纳的诗作在形式上不断变化，古典主义、象征主义、新现实主义、超现实主义都程度不同地留下了印记。埃乌热内奥·德·安德拉德（1923— ）既继承了葡萄牙抒情诗的某些传统，也从现代主义诗歌中吸取养料。他从不属于任何一种流派，但又不漠视各流派的存在，并与之有相通之处，尤其与新现实主义更为合拍。人与自然的关系始终是其创作主题，诗人执着地呼唤人们用心灵与大自然沟通，土地、阳光、大海和爱情构成他反复吟诵的四大题材。索菲娅·德·梅洛·布雷内尔·安德雷森（1919— ）有“葡萄牙诗歌女皇”之称，以独具特色的抒情诗在诗坛占有重要地位。她的诗作文笔清新隽丽，感情细腻精微，触角多深入敏感的内心世界，被评论界称为“表现感觉的一面魔镜”。作为天主教徒，诗人把对人间的爱理解为向缥缈的上帝表现虔诚的一种方式。她的作品充满着爱的沉醉，而这种沉醉源于人自身生活的缤纷摇曳，而这种缤纷摇曳正是现实的一种标志。

在小说创作方面，步入50年代之后，新现实主义与存在主义有所汇合，其代表人物首推尔吉利奥·费雷拉（1916—1996）。他初期的作品属新现实主义小说，50年代后的创作受到萨特存在主义的影响。其后发表的作品又具有一定神秘色彩，但作品语言精当而流畅，内容深刻，哲理性强。若泽·卡尔多佐·皮雷斯（1925—1998）被视为葡萄牙当代最杰出的小说家之一，他的初期创作受新现实主义影响，以对社会问题密切关注为特色。他善于挖掘人类本性，作品常具有某种讽刺色彩，抨击不公正的社会现象却少有蛊惑宣传之嫌，笔下人物往往介于现实人物和传统流浪汉小说的人物之间，长篇小说《若布的客人》被授予卡米洛·卡斯特洛·布兰科奖。奥乌古斯托·阿贝莱拉（1926— ）的创作反映了新现实主义的演变，题材上添加了年轻一代的自我批评意识，语言上使用对白与独白的蒙太奇技巧，手法与法国新小说有相通之处。其他重要作家还有乌尔巴诺·塔瓦雷斯·罗德里格斯（1923— ）和阿古斯蒂娜·贝萨·路易斯等。

西班牙语美洲文学

60年代的西班牙语美洲小说佳作纷呈,气象万千。拉美文坛最活跃、最有生气的作家如加西亚·马尔克斯、巴尔加斯·略萨、科塔萨尔、富恩特斯、贝内特蒂、萨瓦托等在古巴周围结成了广泛的统一战线,西班牙语美洲文学轰然“爆炸”,小说不仅迅速崛起,而且以巨大的活力和创新精神推动了20世纪世界文学的澎湃潮流。通过印第安人或黑人或混血农民的集体无意识,表现社会落后与神奇的一类作品大量涌现,这些作品后来被统称为魔幻现实主义,并且在50年代取代风俗主义的土著主义小说,成为西班牙语美洲小说走向世界的第一个独创性流派。这些作品主要包括古巴作家阿莱霍·卡彭铁尔的《这个世界的王国》(1949)和《消逝的脚步》(1953)、危地马拉作家米格尔·安赫尔·阿斯图里亚斯的《玉米人》(1949)、墨西哥作家卡洛斯·富恩特斯的《戴假面具的日子》(1954)和胡安·鲁尔福的《佩得罗·巴拉莫》(1955)、秘鲁作家何塞·马里亚·阿格达斯的《深沉的河流》(1958)以及巴拉圭作家罗阿·巴斯托斯的《人子》(1959)等。与此同时,文学形式创新蔚然成风。在日后被称为结构现实主义小说的作品中,有米格尔·安赫尔·阿斯图里亚斯的《总统先生》(1946)、阿莱霍·卡彭铁尔的《追击》(1956)、卡洛斯·富恩特斯的《最明净的地区》(1958)和阿根廷作家曼努埃尔·姆希卡·拉伊内斯的《家》(1954)及莱奥波尔多·马雷查尔的《亚当·布宜诺斯艾利斯》(1948)等。

然而,西班牙语美洲小说的写实传统并没有消失。它拓宽了题材,文学形式也由平铺直叙趋于变幻曲折。在这些作品中,种族、民族和阶级矛盾,社会、家庭和个人生活的内容,都有精彩表现。其中影响较大的有反帝、反殖主题的作品如阿斯图里亚斯的《香蕉三部曲》(1950—1960),有反映印第安土著生活的作品如墨西哥作家罗萨里奥·卡斯特亚诺斯的《土著巴龙·伽南》(1957),有表现劳资矛盾的作品如何塞·雷布埃尔塔斯的《人祭》(1943),有描写妇女问题的作品如阿根廷作家贝阿特丽斯·吉多的《天使之家》(1954),有叙述青少年问题的作品如阿根廷作家罗杰尔·普拉的《鲁宾逊们》(1946)、曼努埃尔·加尔维斯的《贼子》(1951),

有揭示工人生活的作品如墨西哥作家奥古斯托·塞斯佩德斯的《魔鬼的金属》(1946)、哥伦比亚作家奥索里奥·利萨拉索的《地下的人们》(1944),有再现农村生活的作品如智利作家埃德华·巴里奥斯的《魔鬼先生》(1948)和墨西哥作家马多里西奥·马格达莱诺的《大地》(1949)等,以及表现现代人自我失落、人性异化、道德沦丧的作品如卡洛斯·奥内蒂的《短暂的生命》(1950)、阿根廷作家戴维·维尼亚斯的《无情岁月》(1956)、墨西哥作家塞尔西奥·费尔南德斯的《失去的标记》(1958)等。

60年代,西班牙语美洲小说全面"爆炸":创作题材进一步拓宽,形式创新进一步深化。老博尔赫斯不遗余力,以他拿手的幻想和哲理编织新的人生—艺术迷宫;"魔术师"比奥伊·卡萨雷斯推出了《猪战》(1969)等作品;阿斯图里亚斯的《混血女人》(1963)和《马拉德龙》(1969)具有强烈反帝倾向;卡彭铁尔出版了历史小说《启蒙世纪》(1962);埃内斯托·萨瓦托继续向内心世界掘进,写出了长篇巨著《英雄和坟墓》(1962);科塔萨尔以《跳房子》(1963)开创了崭新的结构形象化小说形态;富恩特斯以《阿尔特米奥·克鲁斯之死》(1962)展示了他非凡的现实穿透力和圆熟的心理描写技艺;哥伦比亚作家加夫列尔·加西亚·马尔克斯以登峰造极的魔幻现实主义手法创作了惊世骇俗的《百年孤独》(1967);秘鲁作家马里奥·巴尔加斯·略萨以结构现实主义形式再现了南美热带丛林神奇的《城市与狗》(1960)和《绿房子》(1965);擅长思索的奥内蒂以《造船厂》(1961)和《收尸人》(1964)洞察南美社会,表现出无与伦比的深沉与含混;乌拉圭作家马里奥·贝内特蒂的《情断》(1960)和《感谢火》(1964)揭去了"南美巴黎"蒙得维的亚的面纱,对之进行了多角度的观照;阿根廷作家曼努埃尔·普伊格在《红红的小嘴巴》(1969)中现身说法,大胆涉足同性恋问题;阿根廷作家罗多尔福·沃尔什的《谁杀死了罗森多》(1969)和墨西哥作家拉法埃尔·贝内特的《蒙古阴谋》(1969)开创了西班牙语美洲的现代侦探小说。

巴西文学

1945年以后,早已出名的一些作家如若热·亚马多(1912—2001)和埃里科·维里西莫(1905—1975),依然创作出许多优秀作品,在巴西文坛继续占据重要位置。1958年,若热·亚马多的长篇小说《加布里埃拉》一书问世,好评如潮。小说以巴西东北部盛产可可的地区为背景,通过主张革新的进步势力与反对革新的保守势力之间的一系列斗争,再现了社会发展的过程和随之而来的社会风俗方面的变化,反映了阻挡社会前进的人必遭失败这一客观规律。作者是位编织故事的大师,小说情节波澜起伏,引人入胜,悬念的设置既巧妙又扣人心弦,这是小说的艺术魅力所在。作家在创作上的独到之处还在于深刻而细腻地刻画人物,随着故事情节的展开,一幅幅栩栩如生、形象饱满的群像跃然纸上。作家很注意赋予自己笔下的人物以鲜明的个性,决不使之雷同。《加布里埃拉》出版当年即获巴西五种全国性文学奖,被公认是若热·亚马多写得最成功的一部作品,是他的代表作。若热·亚马多是当代巴西拥有读者最多、影响最大的作家。他的作品风行巴西全国,印数高达数百万册,因此被称为"百万书翁"。迄今为止,其作品已被译成四十余种文字,在五十多个国家发行,在世界文坛享有相当高的声誉。

30年代以城市小说驰名的埃里科·维里西莫(1905—1975)也是一位多产作家,其作品发行量达数百万册之多,是巴西的又一位"百万书翁"。从1949年起,他转向历史题材,费时12年之久完成了由《大陆》(1949)、《肖像》(1951)和《群岛》(1961)组成的《时间与风》三部曲,描写南里约格朗德州从建立到1945年共200年的历史进程。这三部曲是他的代表作,其中尤以《大陆》写得最为成功。这部鸿篇巨制以巴西南里约格朗德州一个名叫圣菲的小城为背景,以联邦派和共和派进行的一场为期四天的攻防战斗为线索,描写了特拉和阿玛拉尔两个家族五代人在150年间的斗争和兴衰浮沉,再现了从第一批殖民者征服这片土地到南里约格朗德共和国成立的历史。在谋篇布局方面,作家采用了时间和空间大幅度跳跃的手法,通过穿插倒叙、立体交叉、内心独白,把发生在两个家族之间的恩恩怨怨有机地编织在一起。克拉丽塞·莉斯佩克托尔(1924—1977)的小说创作深受詹姆斯·乔伊斯和弗吉尼亚·吴尔夫等作家的影响,即不强调人的行为和故事情节的连贯性与完整性,而是集中笔墨探索人物的心理活动,通过独白、内省、暗示、隐喻、象征等手法揭示人物的内心世界。她于1944年出版的第一部小说《濒于冷酷的心》,受到巴西文坛好评。克拉丽塞·莉斯佩克托尔后来又受到萨特的存在主义的影响,刻意描写人的自我危机,着力表现世界的荒谬和人生的痛苦与绝望,作品具有浓厚的悲观主义色彩。她擅长捕捉稍纵即逝的素材,从中提取具有普遍意义的主题,客观现实与主观梦幻交织,在人物的内心独白和隐喻中不乏令人费解的哲理。她的作品还常留有空白,给读者以想象的余地。

在诗歌创作方面,“四五年代派”力图为巴西诗歌开辟出一条新路,但未能如愿以偿,成就远不及30年代诗人。“四五年代派”中最有成就的诗人当属若昂·卡布拉尔·德·梅洛·内托(1920—1999),他是第二次世界大战之后登上巴西诗坛的声望最高的一位诗人。他的第一部诗集《困倦的石头》(1942)有着明显的超现实主义色彩。“四五年代派”出现之后,他加入该派,并逐渐成为该派主将。他反对感伤主义,也不赞同非理性诗歌,认为诗应该具有激情,但又要有所节制,不应像洪水一般泛滥,而应力求使用“金属语言”,保持一种岩石般冷峻的抒情色彩。在题材方面,他主张回到事物本身进行客观描写;强调诗歌的无人称性,反对过多地掺杂诗人的个人感情色彩。在描写具体事物时,他认为应该制造一种视觉形象,使诗歌产生立体感。

50年代至60年代,作为先锋派的具体派诗歌形成了自己的理论,并出现了一个鼎盛时期。具体派诗人把诗歌与雕塑、音乐等联系在一起,认为诗歌是由语言构成的物体,竭力追求诗歌空间、视觉和听觉效果。为此,具体派诗人打乱句子的正常词序,随意进行排列组合,不按一般诗歌分行,不使用标点符号,追求音节的抑扬顿挫以造成音乐效果,利用空间结构造成视觉效果。还有些具体派诗歌只是把一个单词的字母拆来拆去,组成各种图案。具体派诗人反对诗歌表现任何题材,一味追求空间、视觉和听觉的新奇效果,他们的创作与本来意义上的诗歌几乎无共同之处。正是基于这一原因,他们的作品未能引起读者兴趣,没有产生什么影响,也不可能具有什么生命力。到了70年代,具体派诗歌已走向衰落与消亡。

第一节　加西亚·马尔克斯

哥伦比亚作家加夫列尔·加西亚·马尔克斯(1927—)生于马格达莱纳省的阿拉卡塔卡镇,少年时期在巴兰基利亚和波哥大等地受教育,1947年迫于家庭的压力考入波哥大大学法学系,翌年辍学,从事新闻工作,先后为《观察家报》、《宇宙报》和《先驱报》撰稿,同时开始文学创作。他的早期作品多为短篇小说,并受卡夫卡、海明威、福克纳等人影响,有明显的模仿痕迹。1955年出版中篇小说《枯枝败叶》,因其内容与此前发表的短篇小说《伊萨贝尔在马孔多观雨时的独白》(1955)有重复,而且描写沉重、冗长,几乎没有引起反响。同年7月,长篇报告文学《水兵贝拉斯科历险记》在《观察家报》连载,揭露哥伦比亚海军利用军舰走私家电而导致舰毁人亡的惨剧,使得舆论大哗,朝野震惊。为逃避军政当局的迫害,他以《观察家报》驻外记者的身份飞抵日内瓦,后辗转至罗马,并在意大利电影艺术学院进修。不久,《观察家报》被查封,他刚到巴黎便开始了流亡生涯,但仍顽强地坚持写作,先后完成中篇小说《恶时辰》(1962)和《没有人给他写信的上校》(1961)。

1957年6月至9月,马尔克斯随哥伦比亚民间艺术团访问苏联及东欧诸国,嗣后经伦敦返回拉丁美洲,就职于加拉加斯《瞬间》杂志社。1959年,应古巴革命政府之邀,加西亚·马尔克斯随拉丁美洲新闻工作者代表团出席哈瓦那公审独裁者大会,会后以古巴"拉丁通讯社"记者的身份回哥伦比亚筹建"波哥大分社",1961年携家眷移居墨西哥,《没有人给他写信的上校》出版并获得好评。他的《恶时辰》虽然夺得埃索小说奖,但因"淫词秽语"而遭出版社拒印。1965年开始创作长篇小说《百年孤独》,1967年小说在阿根廷南美出版社出版并大获成功,一月之内重印四次,很快被译成各种文字并风靡全球。这部作品不但奠定了他在世界文坛的地位,而且给他带来了各种荣誉和巨额收入。

《百年孤独》被认为是加西亚·马尔克斯的代表作,也是拉丁美洲魔幻现实主义文学的集大成者。它写布恩蒂亚一家六代的奇特经历,同时表现热带小镇马孔多的兴衰。小说从马孔多的诞生、发展到盛极而衰,形象地描绘了哥伦比亚乃至整个拉丁美洲的百年沧桑,并明显含有重构人类社会从原始时期到现代文明等各个重要历史阶段的意图。此外,作品不断徘徊于历史与神话、现实与梦幻之间,自始至终契合着希伯来神话、希腊罗马神话、阿拉伯神话和美洲印第安神话有关创世、命运和世界末日的表征。作品关于马孔多和布恩蒂亚家族的众多神奇的原型性描写,既反映了拉丁美洲的文化混杂,也暴露了拉丁美洲的愚昧和落后,具有神话的象征性和洞识力。马孔多是神奇的化身。其所以神奇,是因为它太孤独、太落后。孤独使落后更落后,落后使孤独更孤独,这是一种恶性循环。由于马孔多的孤独与落后,马孔多人对现实的感知产生了奇异的效果:现实发生突变。普鲁登希奥阴魂不散,梅尔加德斯几度复活,阿玛兰塔独赴鬼域……人们通鬼神、知天命,相信一切寓言和神话、奇迹及传说。基督教和佛教,西方的幻想和东方的神秘,吉卜赛人的魔术和印第安人的迷信,阿拉伯巫师和黑人宗教等等,在这里被兼收并蓄。与此同时,马孔多人孤陋寡闻,少见多怪。吉卜赛人的照相机使他们望而生畏,生怕人像移到金属板上,人就会逐渐消瘦。美国人的火车被誉为旷世怪物,他们怎么也不能理解这个"安着轮子的厨房会拖着整整一座镇子到处流浪"。他们被可怕的汽笛声和喷气声吓得不知所措。后来,随着香蕉热的蔓延,马孔多人被愈来愈多的奇异的发明弄得眼花缭乱。奥雷良诺上校身经百战,可到头来不知道为了什么。眼看一切依旧,暴君走了一个又来一个,他绝望地把自己关在作坊里制作小金鱼,不再关心国内局势。其实,奥雷良诺上校感兴趣的不是生意,而是工作。把鳞片连接起来,一对小红宝石嵌入眼眶,精雕细刻地制作鱼脊,一丝不苟地安装鱼尾,这些事情需要全神贯注,他便没有一点空闲去回想战争及战争后的空虚了。首饰技术的精细程度要求他聚精会神,致使他在短时间内比整个战争年代还衰老得快。他明白,安度晚年的秘诀不是别的,而是跟孤独签订体面的协议。自从他决定不再去卖金鱼,就每天只做两条,达到 25 条时,再拿它们在坩锅里熔化,然而又重新开始,最后像小鸡儿似的无声无息地在院子的犄角旮旯里死去。阿玛兰塔同奥雷良诺上校心有灵犀一点通,她懂得哥哥制作小金鱼的意义并且学着他的样子跟死神签订了契约,跟"有点儿像帮助乌苏拉干厨房杂活时的皮拉·苔列娜"的死神一起缝殓衣,她日缝夜拆,就像荷马诗史中的帕涅罗佩。同样，雷贝卡也不可避免地染上了马孔多人的孤独症。阿卡蒂奥死后，她反锁了房子，在完全与世隔绝的情况下度过了后半生。后来，奥雷良诺第二不断拆修门窗，他妻子忧心如焚，因为她知道丈夫准是遗传了上校那反复营造的恶习。一切都在周而复始、循环不已，以致最不经意世事变幻的乌苏拉也常常发出这样的慨叹：时间像是在画圈圈，又回到了开始的时候。无论是马孔多还是布恩蒂亚家族的历史，都像是部兜圈的玩具车，只要机器不遭毁坏，就将永远循环转圈。

孤独和落后还使马孔多人丧失正常的情感交流，生活在赤裸裸而非隐而不彰的本能之中。早在马孔多诞生之前，何·阿·布恩蒂亚和乌苏拉就不是一对因为爱情而结婚的恩爱夫妻。由于马孔多的孤独和落后，爱情与马孔多人无缘。何·阿卡蒂奥一生有过不少女人却从未对谁产生爱情；奥雷良诺也是如此，他想娶流浪小妓女是出于怜悯，同雷麦黛丝结婚是因为她还是个尿床的孩子，和许许多多连姓甚名谁都不清楚的姑娘同床共枕是为了替她们改良品种。同样，当雷贝卡抛弃即将和她结婚的意大利商人皮埃特罗时，阿玛兰塔因为心存忌恨投入了他的怀抱并在他正式向她求婚时断然拒绝了他。皮埃特罗不堪连续打击，愤而自杀。阿玛兰塔丝毫没有感到内疚和不安，她转眼成了格林列尔的未婚妻。然而就在他准备同她结婚的时候，她却冷若冰霜地对他说："我永远也不会嫁给你。"她俨然成了一个残忍的迫害狂。相反，俏姑娘雷麦黛丝是"爱情的天使"，她的美貌和纯洁拥有置人于死地的魔力。其实，要博得她的欢心又不致被伤害，只要有一种朴素的感情——爱情就够了。"然而这一点正是谁也没有想到的。"在马孔多这个孤独、落后的世界里，到处滋长着变态的情欲和动物的原始本能。通奸、强暴、妻不忠夫、夫不忠妻司空见惯，几近公开；乱伦也屡有发生。最后，预言应验，"猪尾儿"诞生。然而，这个畸形儿、乱伦的产物居然是"百年间诞生的所有布恩蒂亚当中唯一由于爱情而受胎的婴儿"，他注定要使马孔多遭到毁灭。最后，持续了四年十一月零二天的暴风骤雨，化作神话中的洪水，将马孔多夷为平地。小说不分章节，依次排列的20部在无数个轮回和循环中创造了周而复始的天启式结构。它的开头"多年以后，奥雷良诺·布恩蒂亚上校面对行刑队，准会想起父亲带他去见识冰块的那个遥远的下午"一句，被后来的许多作家视作范例。

《百年孤独》的第一个中译本于1984年出版,此后又有不同的中译本面世,从而在中国文坛刮起一股魔幻现实主义旋风,影响了一代年轻作家。此后,加西亚·马尔克斯又相继创作了长篇小说《家长的没落》(1975)、《霍乱时期的爱情》(1985)、《迷宫中的将军》(1989)和《绑架逸闻》(1996),中篇小说《一件事先张扬的凶杀案》(1981)、《爱情和其他魔鬼》(1993),以及短篇小说集《纯真的埃伦蒂拉与残忍的祖母》(1972)、《十二篇异国旅行的故事》(1992)等。1982年,因"其小说以丰富的想象编织了一个现实与幻想交相辉映的世界,反映了一个大陆的生命与矛盾",加西亚·马尔克斯获得诺贝尔文学奖,并被认为是该奖有史以来唯一没有争议的获奖者。

第二节 巴尔加斯·略萨

马里奥·巴尔加斯·略萨(1936—)生于秘鲁阿雷基帕市,父亲是报务员,出身贫寒,母亲却是世家小姐。巴尔加斯·略萨是在外祖父家长大的,十岁时随父母迁至首都利马,不久升入莱昂西奥·普拉多军事学校。在校期间他大量阅读文学作品并开始与舅母的妹妹胡利娅姨妈相爱。这被校方视为大逆不道,同时遭到家人的极力反对。1953年,巴尔加斯·略萨再次违背父母的意愿,考入圣马科斯大学语言文学系。毕业后,他的短篇小说《挑战》获法国文学刊物的征文奖并得以赴法旅行,此后到西班牙,在马德里大学攻读文学博士学位,1959年重游法国,在巴黎结识了胡利奥·科塔萨尔等流亡作家。同年,他完成了短篇小说集《首领们》,获西班牙阿拉斯奖,翌年开始写作长篇小说《城市与狗》,发表于1962年,获西班牙简明图书奖和西班牙文学评论奖。四年后,他的第二部长篇小说《绿房子》(1966)发表,获洛慕罗·加列戈斯拉丁美洲小说奖,从此作品累累,好评如潮。

《城市与狗》(1963)是略萨的成名作,写莱昂西奥·普拉多军事学校。小说把学校还有所在的城市描写成一座巨大的训犬场,学生则是一群被悉心教养的警犬。他们在极其严明的、非人道的纪律的摧残下逐渐长大。这是一个暴力充斥的过程,弱肉强食、适者生存的法则像巫师的魔咒笼罩在每个人的头上,稍有不慎,就会招致灭顶之灾。小说出版后立即遭到官方舆论的贬毁。莱昂西奥·普拉多军事学校举行声势浩大的集会,并当众将一千册《城市与狗》付之一炬。小说开门见山,把一群少不更事的同龄人置于军人专制的铁腕之下。在一次化学测验中,"豹子"率领一帮同学夜盗考卷作弊,被渴望请假进城的"奴隶"告发。"豹子"等受到了处罚,而"奴隶"则在一次军事演习中神秘地死去。"诗人"出于个人目的,告发"豹子"是杀人凶手。由此引发的是学员如何被逐渐洗脑的过程,以至于"诗人"最终得出结论:"在这里,你就是军人,无论你愿意与否。而军人的天职就是当一名好汉,有铁一般坚硬的睾丸。"

《绿房子》是巴尔加斯·略萨的代表作,通过平行展开的几条线索叙述内地的落后和野蛮。在印第安人聚居的大森林附近,有一个小镇叫圣塔玛利亚·德·聂瓦。镇上有座修道院。修女们开办了一所感化学校,从事对土著居民的"开化"工作。每隔一段时间,她们就要在军队的帮助下,四处搜捕未成年女孩入学。这些女孩在学校里重新接受命名和教育。由于学校实行全封闭的准军事化管理,孩子们根本无法与家人取得联系。几年下来,她们被培养成了"文明人",有偿或无偿地送给上等人家做女佣。在因此例行的搜捕行动中,女主人公鲍妮法西娅被抓住并送进了这所感化学校。她在嬷嬷们的严厉管教下,学会了西班牙语和许多闻所未闻的"文明习俗"。一天,她出于同情放跑了不堪虐待的小伙伴,结果遭到处罚,被逐出修道院。就在她走投无路之际,一个叫聂威斯的人收留了她。聂威斯曾经是个军人,后来误入歧途,在各色社会渣滓云集的亚马孙河流域附近干起了走私勾当。当时,那一带有个名叫伏屋的巴西籍日本人,是个逃犯,正与当地官商堂列阿德基合伙做橡胶生意。他们频繁往来于印第安部落,低收高售,大发横财。印第安人不堪重利盘剥,终于在胡姆酋长的领导下建立了直销渠道。伏屋和堂列阿德基于是勾结军队对印第安人采取暴力行动。流血事件引起社会各界的关注,政府决定阻止橡胶走私活动并张贴告示捉拿非法商人。伏屋却逃之夭夭,带着情妇拉丽达来到一个小岛并在那里建立起自己的独立王国。他变本加厉,勾结潘达恰和阿基里诺控制了一方水土。一天,他和情妇搭救了一名落难军人,他就是聂威斯。聂威斯很快爱上了拉丽达，并一同私奔。他们来到圣塔玛利亚镇，为了巴结警长并让鲍妮法西娅此生有靠，他们有意安排她与警长利杜马相识。不久，警长奉命追捕聂威斯，聂威斯接到警长故意透露的消息后准备逃跑，但最终还是因动作太慢而遭到逮捕，拉丽达转眼跟了别人。此后，警长带着鲍妮法西娅回到自己的故乡皮乌拉。曾几何时，皮乌拉还是个世外桃源，自从来了堂安塞尔莫，一切都改变了。他在城郊盖起一大幢绿色楼房，这就是皮乌拉的第一座妓院。从此以后，皮乌拉失去了安宁，成了冒险家的乐园。堂安塞尔莫和受骗的盲女生下一个女孩，取名琼加。女孩长大后继承父亲衣钵；而父亲已身败名裂，沦为一名乐手。利杜马回到皮乌拉后继续当他的警察。一天，他应朋友何塞费诺之邀到妓院鬼混，结果酒后失言，被逼赌命。对方毙命后，利杜马锒铛入狱。何塞费诺趁机霸占了鲍妮法西娅，待玩腻后，又一脚把她踢进了绿房子。鲍妮法西娅从此易名“森林娘子”。

《绿房子》被认为是秘鲁有史以来最重要的长篇小说之一。作品涵盖了近半个世纪的广阔的生活画面，对秘鲁社会资本主义发展的病态和畸形进行了鞭辟入里的描写。同时，由于小说采用了几条平行的叙事线索，故事情节被有意割裂、分化，从而对社会生活形成了多层次的梳理、多角度的观照。不同的线索由一条主线贯穿起来，它便是鲍妮法西娅的人生轨迹：从修道院到绿房子。绿房子是秘鲁社会的象征。主人公鲍妮法西娅则是无数个坠入这座人间地狱的不幸女子之一。她出生在秘鲁内地的一个印第安部落，跟许多印第安少女一样，被军队抓到修道院接受“教化”，尔后遭逃犯、恶霸、警察、流氓等几经蹂躏，最后沦落风尘。几条线索（伏屋、老鸨、逃犯、警察等）像一张巨大的蜘蛛网，在她身边平行展开。小说由一系列平行句、平行段和平行章组成，令人叹为观止。巴尔加斯·略萨因此而成为与科塔萨尔、富恩特斯齐名的结构现实主义大师。

《酒吧长谈》（1969）是巴尔加斯·略萨迄今为止最长的一部小说，写1948年至1956年曼努埃尔·阿波利纳里奥·奥德利亚军事独裁统治期间的秘鲁社会现实。作品人物众多，结构复杂，但中心突出。它鲜明的反独裁主题使作者沉积多年的怨愤得到了宣泄。奥德利亚上台后，秘鲁恢复了野蛮的传统。他腐化堕落，使得所有政府官员都中饱私囊。为此，他们贪赃枉法,镇压异己,弄得整个社会乌烟瘴气。巴尔加斯·略萨青年时期走出的关键一步就是不顾家长的反对进入富有自由传统的圣马科斯大学。在此之前,独裁者几乎捣毁了这所大学,在一次大搜捕中,军警逮捕了几十名学生,许多教授被迫流亡国外。大学勉强复课后,军警在学校掺沙子,弄得人人自危。巴尔加斯·略萨经历了这一幕,也正是在这个时候,他接受了马克思主义,继而又转向萨特的存在主义。小说中的小萨多少带有作者的影子(作者大学时代有个绰号叫"小萨特")。小萨是作品的主人公,他的内心独白以及他和别人的对话是作品的基础。小说以他和曾经是家庭司机的安布罗修的相遇为契机,"记录"了他们在一家叫作"大教堂"的酒吧里的促膝长谈。小说就在他们的长谈中渐次展开。小萨的许多生活细节和经历都使人联想起巴尔加斯·略萨。因此,认为小说具有自传色彩并无不可。小说完全把秘鲁社会描写成了现代斗兽场,其中的许多细节都能使有过类似噩梦的人感同身受。但总体上讲,由于几乎完全用对话敷衍开来,《酒吧长谈》多少显得有些冗长和散漫,并未达到《绿房子》和《城市与狗》的高度。

巴尔加斯·略萨的其他长篇小说有《潘达莱昂上尉与劳军女郎》(1973)、《胡利娅姨妈与作家》(1977)、《世界末日之战》(1982)、《狂人玛伊塔》(1984)、《继母颂》(1988)、《情爱笔记》(1997)和《元首的幽会》(2000)等;剧本有《塔克纳小姐》(1981)、《凯蒂与河马》(1983)和《阳台狂人》(1993)等;文学评论有《加夫列尔·加西亚·马尔克斯:弑神者的历史》(博士论文,1971)、《永远的纵欲:福楼拜和〈包法利夫人〉》(1975)、《谎言中的真实》(1990)等。

第三节　帕斯

奥克塔维奥·帕斯(1914—1998)出生在墨西哥城一个书香门第,从小接受的是正规的法式和英式教育,14 岁以优异的成绩考入墨西哥国立自治大学文哲系,但读的却是父母认为"最有前途"的法律。但他钟情于文学,同时开始写作,以致后来同文学结下不解之缘,19 岁发表了第一本诗集《野生月亮》。在一首题为《夜半独白》(1944)的诗中,帕斯描述了自己的童年:“我的童年,我那被埋葬了的童年,／被文字驯服的野蛮天真……”

帕斯的创作大致可分三个阶段:学艺、成熟和全盛时期。帕斯出生在一个暴力肆虐的年代,人类的前途显得格外暗淡无光。文坛上虽然流派庞杂、主义泛滥,但大行其道的仍是悲观主义和颓废主义。初涉文坛的帕斯深受其害,一度走上探索“自我”、“唯我”的迷途。他困惑,他彷徨,他孤独。西班牙内战爆发后,帕斯开始与欧美进步作家接触,并受到墨西哥共产党,尤其是托洛茨基派和第四国际的影响,阅读了大量马克思主义著述。1937 年,应智利诗人聂鲁达和西班牙诗人阿尔维蒂之邀,他迈出了人生之旅的关键一步:赴西班牙参加反法西斯作家代表大会。那期间,他结识了当时西班牙语世界最杰出的作家、诗人:秘鲁的塞萨尔·巴列霍和智利的维多夫罗,以及西班牙的米格尔·埃尔南德斯和路易斯·塞尔努达等。会后,他又义无反顾地与国际纵队的将士们开赴前线,经受了血与火的洗礼。他在自己的诗篇里描写战火纷飞的生活和记述英勇牺牲的战友。在往后的岁月里,他先后出任墨西哥驻法国、印度、日本、瑞士等国的外交使节,还在美国和欧洲的研究机构工作过,与卡彭铁尔、加缪、萨特、海明威、博尔赫斯、聂鲁达、赫胥黎、希梅内斯等世界一流作家、诗人过从甚密,还与不少政界要人和社会名流建立了联系。

帕斯经常出没于社会政治思潮和文化文学运动的风口浪尖,和不同思想倾向及社会阶层的人们切磋诗艺,探讨人类命运,考察政治与文学、诗人与社会的关系。在此基础上,他确立了自己的诗歌创作原则:将“纯诗歌”和“社会诗歌”结合起来,将诗人的艺术个性和社会责任结合起来,将美洲的美与欧洲的美结合起来,将东方的神秘和深邃与西方的理性与开放结合起来。从此,他的艺术由自我向无我升华。他说:“真正的诗人是无我的。用老子的话说是无为:无所为而为之。”走出先锋派自我主义的泥淖,拂去了西班牙内战的烟尘,帕斯由学艺阶段进入成熟期,并逐步形成了自己独特的创作、思维空间。他的作品由自我探索过渡到对广泛的存在问题的思考。于是生死、贫富、暂时和永恒、过去和未来、战争与和平、地狱与天堂等,在他的作品中反复出现。尤其是时间,成了这一时期诗人难以解脱的情结,在《爱之外》这首诗中他写道:

时间，像一把
永不怠倦的锯子
将过去和未来
活生生地分开。

在一首题曰《城市黄昏》(1942)的小诗中，他对这个"时间的永恒尽头"作了如是描述：

寂寞黄昏的荒野，
冷峭严冬的莽原，
空洞的苍穹像一口井，
深不可测。
静止、永恒、不可移易，
似一堵高墙，
无门。
在天堂与渴望之间，
有一片无边的空白。

这是他40年代初期的作品，大都短小精悍，充满真诚与无奈。然而，天意是天意，人情是人情。面对无情的时间和虚妄的天堂，帕斯呼唤真善美，呼吁公正、和平与友爱。这些思想在帕斯的一首得意之作《废墟间的颂歌》(1948)中，几乎一览无余。诗人痛感贫富不均和东西对峙，渴望"智慧复苏"、全人类共享"圆圆的日子／二十四瓣同样甜蜜的灿烂橘子"。这是一首不同凡响的作品，充满了善意与博爱。当然现实并不以人们的美好愿望为转移。也许是因为对现实愈来愈感到失望的缘故，此后，帕斯的作品趋于朦胧，形式创新的力度有增无减。

《太阳石》(1957)是帕斯的第一首长诗，标志着诗人鼎盛时期的来临。《太阳石》从阿兹台克太阳历石碑切入，凡584行(与阿兹台克太阳历的纪年年份相同),具有首尾呼应的环形外部结构和开放而丰富的内涵。它假借颂扬阿兹台克太阳历石碑,赞美了辉煌的美洲古代文明,描绘了世界万物的特点、人类命运的变幻,抒发了诗人对祖国河山的眷恋和对美好生活的热爱。作品一问世,便轰动国际诗坛,被认为是不可多得的“当代史诗”。诗人打破时空界限,用蒙太奇、联想波、套盒术等手法,将现实、历史、神话、梦幻、回忆和憧憬融会贯通,充分显示了诗人的博学多才,诗情的激越奔放。作品是这样开头和结尾的:

一枝晶莹莹的垂柳,一株水灵灵的白杨,
一眼随风飘荡的高高喷泉,
一棵舞姿翩翩的巍巍大树,
一条千古流淌的弯弯河流
前进、逆转、迂回却总是到达:

到达哪里?到达什么?诗人没有答案。隐约呈现在人们面前的是一个“光的胴体”。它具有“岁月的色彩”和“时间的节奏”。由于它的存在,“世界才清晰可见”。它像太阳,像大海,像女人,同时也像是一首大写的诗或者一个大写的诗人。然而,它更像变幻莫测的现实世界,有城市、教堂和金木水火土万物。突然它消失得无影无踪,“我”像孤独的弃儿,只能在记忆中将它寻觅。这时,一个姑娘出现在“我”的面前,“穿着我渴望的颜色”。姑娘是她,但也是她们,是非她。她是卡桑德拉、中世纪神话、美女蛇,或者“下午五点钟的中学女生”。一切都在变幻之中,一个瞬间使另一个瞬间化为乌有,唯独爱(和诗一样)能抓住游动的瞬间:

使世界变得真实,
酒成其为酒,
面包成其为面包,
水成其为水……

那么历史又怎样呢?阿伽门农以至托洛茨基又怎样呢?还有芸芸众

生?《太阳石》又回到了开始的那个地方,就像那阿兹台克太阳历——太阳石上永远兜着圈子的年月日。它没有句号,没有定论,只有那用以等待下文的永恒冒号。诗人的孜孜探索虽然并没有得出结果,然而,读完全诗细细品味,仍可以体会到诗人(从诗人的角度)对什么是存在价值这个普遍问题的回答:诗和爱。

进入60年代后,帕斯的诗歌更注重诗的外部形态与内在意蕴的有机构成。他对“存在与时间”的思索也日益同“存在与空间”的思索相结合,这使他的诗愈来愈空灵,愈来愈含混,愈来愈多义,从而加快了内部空间的拓展。《白》(1967)是帕斯全盛时期的另一首长诗,被西方评论界称为“后现代主义杰作”。此作结构奇谲,形态怪异。每行分左、中、右三部分,彼此独立,却又相互关联。作品至少有六种读法,即:“全读法”,这种读法视全诗为整体,“白”即行与行、部分与部分之间的空白,需要用读者的演绎、释读和假设去补充,否则诗就不成其为诗。“中读法”,这种读法将诗分解为左、中、右三部分,然后择中读之,这样,诗歌就不再是令人费解的迷宫,而是由“白”、“黄”、“红”、绿”、“蓝”五部分组成的五彩世界,“白”只是其中的一种颜色。“左读法”,左侧诗句便独立生成为一首爱情诗,诗歌分四部分、四阶段,分别表现爱的感觉、爱的经验、爱的想象和爱的了悟。“右读法”,右侧诗句的排列组合恰好与左侧诗句相对应,表现了四类不同的爱的过程,因而可以说是爱情主题的不同变奏。“左右读法”,去掉中间部分,将左右两部分合二为一,这样,作品不但不再是简单的左右相加,而且具有鲜明的戏谑色彩,两种颜色相加所产生的第三种完全不同但又明显带着二者的“遗传因素”的新的颜色。“散读法”,这种读法将全诗分为14首各不相同的短诗,即中间六段六首,左右各四段四首。

进入70年代以后,帕斯仍笔耕不辍,发表了大量诗作和散文。1990年,因其作品以“洋溢的激情、宽广的视野表现了完全的人道主义精神并将拉美大陆的史前文化、西班牙文化和现代西方文化融为一体”而获得诺贝尔文学奖。

第八章

东方文学

概述

战后至20世纪六七十年代，是亚洲、非洲国家文学，亦即东方文学蓬勃发展的时期。一些具有悠久文化、文学传统的国家产生了许多优秀作家、诗人和戏剧家，而过去被忽视的广大地区如非洲法语区、非洲英语区也都涌现出许多优秀作家、诗人和戏剧家，其中不少还具有世界声誉。随着战后世界形势的风云变幻，跌宕起伏，亚非国家经历了极为复杂的发展历程。国家情势和社会生活的变化不仅给文学创作提供了丰富的素材，也直接影响着文学的发展。20世纪50年代，一些亚非国家作家受苏联社会主义现实主义创作方法影响较大，并创作出许多作品。虽然有的作家以后改变了创作方法，但其作品在国家的文学发展史上仍具有重大意义，是它们现实主义文学的奠基之作。60年代以后，亚非国家的文学受到存在主义、现代派等西方文学流派的影响，许多作家借鉴西方文学的意识流、内心独白、超越时空、无情节等手法，创作出既具有时代感又不脱离本国现实的作品。

无论是用传统方法、社会主义现实主义方法，还是借鉴西方文学流派的方法，20世纪50年代东方文学（日本文学除外）中表现反帝反殖、民族解放的爱国主义题材的作品占有很大比重，有不少作品表现了农村的阶级斗争、农民和土地的关系。60年代以后，文学领域扩大，题材多样化，内容更为丰富，如表现与本国封建主义的斗争、社会不公、人压迫人的现象、封建礼教对妇女的束缚、婚姻爱情的不幸、人的内心痛苦和追求等。也有不少作家用审视的眼光，透过历史的积淀，重新表现古代题材、反帝爱国题材，借古喻今，古为今用。

在亚洲国家中，日本与其他国家的情况不同。它作为第二次世界大战的战败国，在美国的卵翼下经过经济的复苏和发展，其社会结构发生变化，推动着日本战后历史前进的步伐。日本社会的改革，必然促进文学发生变革。1945年至60年代末这一时期，日本老作家重登文坛、战后派和第三代新人的诞生，从民主主义文学到现实主义的深化、中间小说的新开展、存在主义的再传播、先锋派诗歌和戏剧的出现，使多种文学力量共存、结合，影响了战后日本文学的进程和变革，恢复了日本文学的生机，产生了许多重要作家。1969年和1994年，川端康成和大江健三郎分别获得诺贝尔文学奖。

印度在1947年独立后，政党林立，教派纷争，暴力以新的形式蔓延，导致人们价值观的迅速变化。20世纪40年代之后，印度文学主要受马克思主义和弗洛伊德精神分析学说的影响。前者表现为进步主义文学，后者表现为心理分析流派，两者互相影响。进步主义文学在20世纪30年代中期脱颖而出，吸引了大批作家加入其中，40年代又产生分化，50年代臻于成熟。七八十年代进步主义文学的概念变得相当广泛。这派作家的创作在五六十年代达到高峰，代表人物有安纳德、耶谢巴尔、泰克兹等。20世纪四五十年代，心理分析小说创作颇为流行，作品多将弗洛伊德理论与甘地主义、印度宗教相结合，从人的心理和生理角度分析社会问题，带有自然主义色彩。代表作家有介南德尔、乔希等。

从战后至六七十年代，埃及社会动荡，复杂多变，给不同时期的文学创作提供了大量素材。战后埃及文学受社会主义现实主义文学和欧洲不同文学流派的影响，内容和风格呈现多种色调，但现实主义始终是创作主流。20世纪50年代，一些作家着力表现农村阶级矛盾、农民与土地的关系，如谢尔卡维的《土地》、伊德里斯的《罪孽》等。反帝爱国斗争也是作家们表现的重要主题，如库杜斯的《我家有个男子汉》等。1967年“六·五”中东战争中，埃及失败的惨痛现实，促使一批青年作家反思并创作出揭露社会深层矛盾的作品，他们被称为“60年代作家群”，并成为埃及当代文学的主力。20世纪末，随着教育的发展和知识女性地位的提高，埃及女性文学处于发展和繁荣的态势，代表作家有萨尔达薇、赛勒娃等。埃及文学中还产生了马哈福兹这样的重要作家，他的代表作《宫间街》三部曲、《我们街区的孩子们》等是埃及和阿拉伯现当代文学中的划时代之作。

第一节　川端康成

川端康成（1899—1972）对日本文学的发展和东西方文学的交流作出了巨大的贡献，1968年诺贝尔基金会为了表彰他“以敏锐的感受性、高超的小说技巧表现了日本人的精神实质”而授予他诺贝尔文学奖。川端的文学特色主要有三个方面：一是传统文化精神与现代意识的融合，表现了人文理想主义精神、现代人的理智和感觉，同时导入深层心理的分析，融会贯通日本式的写实主义和东方式的精神主义；二是传统的自然描写与现代的心理刻画的融合，运用弗洛伊德的精神分析法和乔伊斯的意识流，深入挖掘人物的内心世界，又把自身与自然合一，把自然引入人物的意识流中，起到了“融合物我”的作用，从而表现了假托在自然之上人物的感情世界；三是传统的工整性与意识流的飞跃性的融合，根据现代的深层心理学原理，扩大联想与回忆的范围，同时用传统的坚实、严谨和工整的结构加以制约，使两者保持和谐。这三者的融合使传统更加深化，从而形成其文学的基本特征。

川端康成生于大阪府三岛郡丰川村大字宿久庄，靠近京都。他“把京都王朝文学作为‘摇篮’的同时，也把京都自然的绿韵当作哺育自己的‘摇篮’”。在他一两岁时，父母因患肺结核病去世，祖父母带康成回到阔别15年的故里。康成由于先天不足，体质十分孱弱，受到两位老人过分溺爱，整天被闭居在阴湿的农舍里，与外界几乎没有任何接触。康成上小学不到三年，祖母和姐姐又相继而逝，从此他与年迈的祖父相依为命。他的孤独由于失去祖父而达到了极点，渗入了深刻的无法克服的忧郁，内心不断涌现对人生的虚幻感和对死亡的恐惧感。这种畸形的家境、寂寞的生活，是形成川端康成比较孤僻、内向的性格和气质的重要原因，并促使他早早闯入书海，开始对文学的憧憬。

他上中学后，开始接触到一些名家名作。他不间断地作笔记，把书中的精彩描写都详尽地记录下来。他的作文在班上首屈一指。1914 年 5 月，祖父病重后，他守候在祖父病榻旁，诵读《源氏物语》中的那些感时伤世、带着哀调的词句，以此排遣自己，并且决心把祖父弥留之际的情景记录下来，于是写了《十六岁的日记》。这既是康成痛苦的现实写生，又洋溢着冷酷现实的诗情，也是他创作才华的初露端倪。1916 年，他在大阪《团栾》杂志上发表《肩扛老师的灵柩》，并经常给《文章世界》写小品。翌年 3 月他考取第一高等学校，到了东京，开始接触日本文坛的现状和“白桦派”、“新思潮派”的作品，以及正在流行的俄罗斯文学，使他顿开眼界。他在中学《校友会杂志》1919 年 6 月号上，发表第一篇习作《千代》，以淡淡的笔触，描写他同三个同名的千代姑娘的爱恋故事。事实上，川端成人之后，一连接触过四个名叫千代的女性，对她们都在不同程度上产生过感情。其中对伊豆的舞女千代和岐阜的千代，激起过巨大的感情波澜。1920 年 7 月至 1924 年 3 月的大学时代，川端康成与爱好文学的同学复刊《新思潮》，并分别在创刊号和第二期上发表了描写同岐阜的伊藤初代（千代）订婚和失意经过的习作《一次婚约》，以及短篇处女作《招魂节一景》（1921）。文坛前辈菊池宽读了该作后，称赞它“具有光彩夺目的吸引力”。这使他叩开了文学的大门，在文坛上崭露头角。1923 年 1 月《文艺春秋》杂志创刊后，川端康成为了诉说和发泄自己心头的积郁，为它写出了短篇小说《林金花的忧郁》和《参加葬礼的名人》。与此同时，他在爱与怨的交织中，以他的恋爱生活体验创作了《非常》、《南方的火》、《处女作作祟》等小说，有的是以其恋爱事件为素材直接写就，有的则加以虚构。川端这一阶段的创作主要是描写孤儿的生活，表现对已故亲人的深切怀念与哀思，以及描写自己的爱情波折，叙述自己失意的烦恼和哀怨。这些小说构成川端康成早期作品的一个鲜明特征。小说所表现的感伤与悲哀的调子，以及难以排解的寂寞和忧郁的心绪，贯穿着他的整个创作生涯，成为他作品的主要基调。

川端的成名作《伊豆的舞女》(1926)试图在艺术上开辟一条新路,在吸收西方文学新感受性的基础上,为力求保持日本文学传统色彩做了新的尝试。《伊豆的舞女》的主人公"我"怀着自身的悲哀来注视女主人公舞女阿薰的命运,而舞女也对"我"体贴入微,把"我"看作是个"好人",这种"不寻常的好意"使"我"感到自己的确实存在,"我们"才得以进行纯粹的心灵交流。"我"对舞女,或舞女对"我"所流露的悲哀、寂寞感是直率的,没有一点虚假和伪善,像水晶般纯洁。作家企图用这种真诚袒露自己的直率,来愈合自己悲哀的创伤,达到心灵的净化,并通过这种完全纯化了的感情来恢复人的自然性。然而,川端并没有将笔端停留在男女之间的这种自然、纯朴、高洁的感情叙说上,而是怀着更为深沉的感情,描写舞女一行人凄楚的生活及备受歧视的遭遇。"我"和舞女虽然身份不同,但彼此有着类似的命运。"我"寄人篱下生活,依靠别人的怜悯和施舍过日子,产生了一种自怜自厌的心理;而舞女没有社会地位,受人欺凌,含着眼泪过着低人一等的生活。他们彼此了解后,自然而然地找到了共同的心声,这更激起了"我"强烈的爱憎感情。川端在小说中非常明显地承继着平安王朝文学幽雅而纤细、颇具女性美感的传统,并透过它们反映内在的悲伤和哀愁,同时也蕴藏着深远而郁结的情感,这是一种日本式的感情。《伊豆的舞女》的创作手法有了新的突破,它既不同于作家初期的写实文学,也有别于新感觉派时期追求华丽文体的小说;它重新开拓和发展了一条新的创作道路,运用日本古典文学的传统美和表现技巧,从精神与技法两方面来显现日本文学的特质,从而在形成和发挥自己艺术个性上取得了成功。这对于川端后来的创作影响很大。

川端康成成为一个充分体现日本文学特质的作家,是从《伊豆的舞女》迈出第一步的。但是,川端突破新感觉主义的表现模式,摆脱纯粹的形式论,在创作了《伊豆的舞女》后,很快又转向新心理主义,从意识流手法上寻找自己创作的新路。他首先试写了《针・玻璃和雾》(1930)和《水晶幻想》(1931),企图摆脱新感觉派手法,引进乔伊斯的意识流和弗洛伊德的精神分析论,从而成为日本文坛最早出现的新心理主义作品。不久,川端康成又转向另一极端,无批判地运用东方佛教思想,写了《抒情歌》(1932)和《慰灵歌》(1932),以轮回转世说为中心,宣扬一个失去爱的女人的“自我救济”和“自我解脱”及“普渡众生”等消极因素。川端在这些实验失败后,便开始新的探索,对那种生硬模仿西方现代文学倾向批评的同时,在不同层次上思考传统与现代的关系,并对本国文化传统加以自省,对于如何吸收西方文学经验有了新的自觉认识。川端康成的这段创作表明,他深入探索了日本传统的底蕴,以及西方文学的人文理想的内涵,并摸索着实现两者内在的协调,最后以传统为根基,吸收西方文学的技巧和方法。即使吸收西方文学思想和理念,他也开始注意日本化。《雪国》(1935—1937,定稿于1948)就是在这种对东、西方文学比较和交流的反复思考过程中诞生的。

《雪国》主人公驹子在屈辱的环境下经历了人间沧桑。但她没有湮没在纸醉金迷的世界中,而是承受着生活的不幸和压力,勤学苦练技艺,对生活、对未来抱有希望与憧憬,具有坚强意志,在挣扎中生活下来。驹子对生活的热爱和追求,还表现在她对纯真爱情的热切渴望上。她虽沦落风尘,但仍然要追求新的生活,渴望得到普通女人应该得到的真爱。作家对她与同行男的关系写得比较含糊,他们之间也的确没有真正的爱。因此,在作家笔下,驹子同岛村邂逅之后,便把全部爱情倾注在岛村身上,这不是出卖肉体,而是爱的奉献,不掺有任何杂念。这种爱恋实际上是对朴素生活的依恋,也是辛酸生活的一种病态反映。岛村把她认真的生活态度和真挚的爱恋,看作是“一种美的徒劳”。从某种意义上说,这是相当准确的概括。驹子的不幸遭遇,扭曲了她的灵魂,也形成了她复杂矛盾而畸形的性格:倔强、热情、纯真而又粗野、妖媚、邪俗。一方面,她认真地对待生活和感情,依然保持着乡村少女那种朴素、单纯的气质,内心里虽然隐忍着不幸的折磨,却抱有一种天真的意愿,企图摆脱这种可诅咒的生活;另一方面,她毕竟是个艺妓,被迫充当有闲阶级的玩物,受人无情玩弄和践踏,弄得身心交瘁、疾病缠身乃至近乎发疯的程度,心理畸形变态,常常表露出烟花女子那种轻浮放荡的性格。她有时比较清醒,感到在人前卖笑的卑贱,力图摆脱这种不正常的生活状态,决心“正正经经地过日子”;有时又自我麻醉,明知同岛村的关系“不能持久”,却又想入非非地迷恋于他,过着放荡不羁的生活。这种矛盾、变态的心理特征,增强了驹子的形象内涵的深度和艺术感染的力量。《雪国》的问世,标志着川端在创作上已经成熟，达到了他的艺术高峰。

战争期间，川端康成除埋头创作《雪国》之外，还写了《花的圆舞曲》（1936）、《母亲的初恋》（1940）及自传体小说、新闻小说、少男少女小说等。他受到战时的影响，背负着战争的苦痛，一味地沉浸在日本古典文学中，徘徊在《源氏物语》的物哀精神世界里，在艺术与战时生活的矛盾中，抱着一种悠然忘我的态度，企图忘却战争和外界的一切。他根据战争体验，结合自己对日本古典文学的认识，加深了对民族文化的自觉认识，对继承传统的理解也更加深刻，进一步通过古典文学把目光朝向“民族的故乡”。战后，川端康成对战争的反思，进一步扩展为对民族历史文化的重新认识，对审美意识中潜在传统的追求。他对日本民族生活方式的依恋和对日本传统文化的追求都更加炽烈。他在更高的理论层次上思考传统与现代、本土与外来的问题。他总结了1000年前吸收和消化中国唐代文化而创造了平安王朝的美，以及明治百年以来吸收西方文化而未能完全消化的历史经验和教训，并且结合自己的创作实践，提出了应该“从一开始就采取日本式的吸收法，即按照日本式的爱好来学，然后全部日本化”。他在实践上将西方文学溶化在日本古典传统精神与形式之中，更自觉地思考东西方文化的融合。川端康成在理论探索的基础上，充分发挥了作家的主动精神和创造力量，培育了东西方文化融合的气质，并且使之贯穿于他的创作实践中，使其文学完全臻于日本化。同时他的作品呈现出多样化的倾向。他在文学上获得最大成就的，要算是《千只鹤》（1949—1951）、《名人》（1951—1954）、《古都》（1961—1962）、《睡美人》（1960—1961）等作品。

川端出于对传统的切实追求而写了《古都》，在京都的风俗画面上，展开千重子和苗子这对孪生姐妹悲欢离合的故事。为了贯穿创作《古都》的主导思想，作家借助了生活片断的景象，去表现古都的自然美、传统美，即追求一种日本美。所以全篇写风物，既是为情节的发展提供契机，又为人物的塑造和感情的抒发创造了条件。它成功地塑造了千重子和苗子这两个人物形象，描写了男女爱情关系，但其主旨并不在铺展男女间的爱情波折，所以没有让他们发展成喜剧性的结合，也没有将他们推向悲剧性的分离，而是将人物的纯洁感情和微妙心理交织在京都的风物之中，淡化了男女的爱情而突出其宣扬传统美、自然美和人情美的题旨。这正是《古都》魅力之所在。

川端康成的《千只鹤》、《睡美人》、《山音》(1949—1954)等作品,在孤独、哀伤和虚无的基调上,又增加了些许颓唐色彩,然后有意识地从理智上加以制约。他在文学上探索性与爱,不单纯靠性结合来完成,而是有着多层的结构和多种的完成方式,而且非常注意精神上、肉体上与美的契合,非常注意性爱与人性精神的关系,从性的侧面肯定人的自然欲求,展现隐秘的人间的爱与性的悲哀、风雅,甚至风流的美。当然,有时候川端写性苦闷的感情同丑陋、邪念和非道德合一,升华到作家理念中的所谓"美的存在"时,就带了几分"病态美"的颓唐色彩,而且其虚无和颓废的倾向,带有一定的自觉性。

回顾川端康成创作的全过程可以发现,他从追求西方新潮开始到回归传统终结,在东西方文化结合的坐标轴上找到了自己的位置,运用民族的审美习惯,挖掘日本文化最深层的东西和西方文化最广泛的东西,并使之会合,形成了川端康成的文学之美。也就是说,他适时地把握了西方文学的现代意识和技巧,又重估了日本传统的价值和现代意义,调整传统与现代的纷繁复杂的关系,使之从对立走向调和与融合,从而使川端文学既具有特殊性、民族性,又具有普遍性和世界性的意义。用川端本人的话来说:"既是日本的,也是东方的,同时又是西方的。"川端康成的这种创造性超出了日本范围,也不仅限于艺术性方面,这一点对促进人们重新审视东方文化具有重要的意义和启示性。

第二节　马哈福兹

纳吉布·马哈福兹(1911—)是首位荣获诺贝尔文学奖的阿拉伯作家,在半个多世纪的文学生涯中,他共创作长、中篇小说和短篇小说集约五十余部,还有为数众多的文学评论和其他作品。他始终处于埃及和阿拉伯长篇小说创作的顶峰,被称为"阿拉伯长篇小说之柱"。马哈福兹出生在开罗古老的贾马利叶区一个中产阶级家庭,父母性格谦和,家庭生活安定,给他以良好影响。他是在埃及1919年反英大革命影响下成长起来的一代。1934 年他毕业于开罗大学文学院哲学系。曾先后在宗教基金部、文化部任职,1971 年起在《金字塔》报社工作,任专栏作家,退休前曾任文化部管理委员会主席,是埃及艺术、文学和社会科学最高理事会理事。1970 年获埃及国家文学荣誉奖,1988 年获诺贝尔文学奖。他从大学时代起即开始文学创作。早期写诗和短篇小说,1938 年曾写出短篇小说集《眼睑的悄语》。但他真正的文学创作是从写作历史小说开始。

20 世纪初,埃及文物考古有许多新发现,使人们对古老光荣的古埃及文明充满自豪和向往。马哈福兹的三部历史小说则全部取材于古埃及。《命运的嘲弄》(1939)以埃及古王国时期第四王朝第二代法老胡夫的统治时期为背景。胡夫是雄伟的胡夫金字塔的建造者。一位年长的占卜家对胡夫预言:在他之后继承王位的并非他的子嗣,而是一个现在还是儿童的人。于是胡夫千方百计要捕杀这个儿童。达达夫是个勇敢青年,被选为近卫队长。他统率大军征讨西奈的游牧部落获得全胜。在王储弑君篡位之时,达达夫杀死王储,拯救国王。胡夫将王位让给达达夫。原来达达夫就是胡夫要追杀的那个儿童。小说情节属于虚构,主旨在于:究竟谁应该成为国王?是为了自己的荣耀搜刮民脂民膏、不惜动用上百万人修建大金字塔的法老,还是为人民、为民族利益而奋斗的人?他的其他历史小说还有《拉杜比丝》(1943)、《底比斯之战》(1944)。

二战期间,马哈福兹放弃了历史小说的写作,面向现实生活,写出四部反映开罗街区生活的长篇小说。战争中,埃及是英国在中东的重要战略基地,埃及经济被纳入战时轨道,严重畸形发展,由此带来了种种社会问题。其中《梅达格胡同》(1947)以开罗一条胡同为背景,通过人物之间错综复杂的关系以及他们与外界的联系展开情节。这条胡同住着各色各样的居民:理发匠、咖啡馆老板父子、面包铺夫妇、媒婆母女、牙医博士、女房东、小贩、虔诚的宗教徒、终日流浪的失意文人、给乞丐制造假残者,还有在胡同里开店的富商……这是一个典型的底层社会。故事叙述媒婆女儿哈米黛不甘在胡同过单调的生活,一心向往外面的繁华世界。理发匠阿巴斯爱上了哈米黛。他决心从军,以便攒一笔钱回来。哈米黛不慎被妓院老板欺骗,当了妓女。几年后阿巴斯回来,得知哈米黛失踪,伤心不已。一次,他路过一个娱乐厅,发现哈米黛在里面陪美国士兵饮酒作乐,便跑进去想把她拉出来,与美国士兵发生冲突,并被殴打致死。作者通过对哈米黛的堕落,阿巴斯的惨死,以及其他形形色色人物的行为、心理、道德和被扭曲的灵魂的描写,真实地反映了埃及人民的苦难,揭露了种种丑恶的社会现象,对西方殖民者进行了控诉。寓政治社会问题于风俗民情之中,是这部小说艺术上的独特之处。小说结构紧凑,布局严谨,尤其对人物的刻画,更是神形毕肖,各具特色,表现出作者巨大的艺术和语言功力。

1952 年,以纳赛尔为首的"自由军官组织"推翻法鲁克国王,建立共和国,埃及腐朽的封建王朝统治从此结束。革命成功给饱受封建压迫和外国殖民统治的埃及人民带来希望。但革命后,马哈福兹竟有整整五年停笔。马哈福兹于 1956 年至 1957 年间发表了革命前已经完成的三部曲:《宫间街》、《思宫街》和《甘露街》。三部曲的发表奠定了他在埃及和阿拉伯文学界"长篇小说之柱"的地位。第一部《宫间街》描写开罗侯赛尼亚区的宫间街上一户人家的遭遇。主人阿卜杜·贾瓦德是个百货商店老板,妻子艾明娜端庄虔诚,是个好主妇。前妻之子亚辛酷肖其父。艾明娜生下二子二女:长女海迪泽,长子法赫米,次女阿以萨,次子卡玛尔。父亲对卡玛尔经常打骂管教,使卡玛尔感到十分压抑、拘束。阿卜杜·贾瓦德在家中是个道貌岸然的正人君子,但每晚他都要到夜总会寻花问柳。亚辛自幼失去母爱,淡漠人生,放纵自己。法赫米在大学念书。两个女儿已经长大成人。一名青年军官爱上了阿以萨,但父亲以大女儿尚未出嫁为由,禁止阿以萨与青年军官来往,阿以萨感到痛苦,但不得不屈从。埃及 1919 年大革命爆发,人们反英情绪高涨。阿卜杜·贾瓦德虽然旧习不改,但支持民族领袖柴鲁尔的爱国活动,参加签名运动,捐款,挂柴鲁尔画像等。19 岁的法赫米在游行中中弹牺牲,一家人陷入悲痛中。

第二部《思宫街》的情节距前一部五年。卡玛尔中学毕业后进入师范学校,受科学文化影响,爱上朋友的妹妹阿以黛,但阿以黛最终被富家子弟哈桑娶去。卡玛尔认识到阶级的鸿沟无法逾越。阿卜杜·贾瓦德与亚辛均与舞女扎奴芭保持暧昧关系,阿卜杜·贾瓦德在与扎奴芭的关系中遭受挫折,身心健康大不如前。卡玛尔因爱情失败,出入酒吧与妓女厮混,但他同时感到忧伤,为自己和他人的堕落而悔恨。第三部《甘露街》描写一代新人的成长。亚辛的儿子当了部长秘书。海迪泽的长子阿卜杜·穆阿姆在教育部任职，加入穆斯林兄弟会，次子艾哈迈德在《新人》杂志社当编辑，成为共产党人。兄弟俩思想分歧越来越大，时常发生争执。第二次世界大战爆发，开罗经常发生警报，人民生活在贫困之中。阿卜杜·贾瓦德心力衰竭而死，卡玛尔因政治变幻和情场失意，一度沉浸在叔本华、柏格森等的书籍中，对一切持消极、怀疑态度。第二次世界大战结束，埃及各种政治力量、各种思想十分活跃。阿卜杜·穆阿姆和艾哈迈德因各自在家中举行政治活动，双双被警察逮捕。卡玛尔也从消沉中清醒，积极行动，为争取祖国的独立解放而斗争。

三部曲以一个中产阶级家庭三代人的经历，描绘了埃及自20世纪初至40年代末近半个世纪的社会生活画卷，场景广阔，人物众多。阿卜杜·贾瓦德是个典型的中产阶级商人。在他身上表现出中产阶级的两面性：专制、自私、放纵，但却爱国，具有民族主义感情。因为他的利益与祖国、民族的命运联系在一起。马哈福兹十分成功地塑造了这一典型人物。此外，他还成功地塑造了这个家庭的人物群像：善良、温驯的妻子艾明娜，酷肖其父的亚辛，热血青年法赫米，感情受到压抑的大女儿海迪泽、二女儿阿以萨，以及在犹豫、怀疑、不安、探索中成长的卡玛尔。这个家庭不是孤立于社会之外，成员的生活、行为，甚至感情，都与社会紧密联系。马哈福兹正是在广阔的埃及社会发展、变动的背景和历史过程中来表现这个家庭及其成员的活动。尤其在三部曲的末尾，阿卜杜·穆阿姆和艾哈迈德兄弟俩因思想不同而双双被捕，反映了第二次世界大战后埃及社会生活和思想动荡，而卡玛尔由消极变为积极为祖国独立解放而斗争，则预示了埃及民族的希望和未来。

1957年至1965年间，马哈福兹先后写出《我们街区的孩子们》、《小偷与狗》、《候鸟和秋天》、《道路》、《乞丐》等五部小说。如果说革命之初，作家在写什么和怎么写上还把握不定，经历了一个观望、等待、探索的过程的话，那么，从1957年他重新握笔时，便开始了他写作生涯的一个新时期，无论在内容和形式上，均构成他创作中一个重要阶段。这些作品被评论家们称为象征主义小说。《我们街区的孩子们》(1959年在《金字塔报》连载)共分五个部分，描写人类经历的善与恶、光明与黑暗、智慧与愚昧的斗争及其对大同理想的追求。在开罗近郊的一片荒漠中,杰巴拉维凭借个人力量建造起一座大房子,他让善良的次子艾德海姆掌管家产,却引起长子伊德里斯不满,他唆使艾德海姆的妻子偷看父亲文档中是否取消了他的继承权。杰巴拉维发现后,一怒之下将艾德海姆夫妇逐出家园。杰巴拉维的子孙后代情况不一,他本人则隐居不出。家族间进行着无休止的争斗。杰伯勒是哈姆丹家族的弃儿,被财产经管人的太太收养20年,后为救人失手打死对方而逃亡。祖父杰巴拉维鼓励他回到家乡,领导族人为争夺继承权而斗争,并终于取得胜利。这是小说前两部分"艾德海姆"和"杰伯勒"的主要情节。第三部分"里法阿"中木匠出身的里法阿继承了杰伯勒的事业。他为人治病,普行善德,让人们"摆脱仇恨、贪婪、邪恶之心"。他的行为引起头人不满,又被一个"他爱着、保护着的人出卖"。他死后,四个弟子坚持他的信仰,带领群众与头人斗争,终于取得与其他家族同等的权利。第四部分"高西姆"中,在一个流浪汉居住的地区里,孤儿高西姆成长起来。他决心效仿艾德海姆、杰伯勒、里法阿,以放牧为生,与一个富孀结婚。从此高西姆以俱乐部的形式发展力量,与头人、财产经管人进行多次武装较量后,终于使这个地区的人们过上有吃有穿、安定和平的生活,第一次享受到主人的地位。小说出版以来,由于其象征和寓意,引起各方关注,而且长期争论不休。迄今为止,少有人真正点破书中人物象征着什么,作者对此也讳莫如深。倒是诺贝尔文学奖评审委员会来得干脆,在颁奖词中称:"《我们街区的孩子们》则令人感到惊讶。它就像人类的一部精神史……犹太教、基督教和伊斯兰教的伟大人物——尽管呼之欲出,却把自己伪装起来应付各种紧张的新情况。"在颁奖的两个多月前,即1988年10月,在授予马哈福兹该奖的决定中,曾明确指出书中人物所象征的先知名字:艾德海姆——亚当,杰伯勒——摩西,里法阿——耶稣,高西姆——穆罕默德。第五部分"阿拉法特"写阿拉法特(象征科学)与杰巴拉维(神)的关系。阿拉法特系女巫之子,自幼学会巫术,一次他潜入大房子偷看杰巴拉维的动静,在与女仆厮打中,杰巴拉维惊吓而死。阿拉法特被人们活埋,临终前他将写有各种秘密的本子传给汉什。汉什决心继承阿拉法特遗志。人们都希望通过魔法使杰巴拉维重新复活。

马哈福兹年轻时深受社会主义思想影响。20世纪50年代中期，他对社会问题、人类命运的思考显然超越了本地区、本民族的范围。他写的是一部包括他自己在内的正在经历并苦苦求索的人类发展史，一部人类精神史，一部人类苦难史，一部人类奋斗史。他笔下的先知人物，都是历代伟人或贤人的化身，都是他心中所呼唤的率领群众争取自身解放、消灭人压迫人现象的理想人物。而杰巴拉维的复活，标志着人们期待已久的精神力量的再创。那时，他——杰巴拉维，或精神，或信仰，或神，将会以一种崭新的面貌出现在千千万万子孙后代面前。《我们街区的孩子们》连载后引起很大争论，并未在埃及出单行本。作者获得诺贝尔文学奖后，关于本书的争论又重新燃起。他和他的小说均遭到宗教界人士的激烈批评，并要求他收回小说。但作家坚持自己的立场，表示“人不可能从他所写的东西后退”。许多作家、评论家纷纷发表文章和声明，维护马哈福兹，要求为小说开禁。1994年10月14日，作家竟遭到一名恐怖分子行刺，幸未有生命危险。

马哈福兹是一位有政治责任感的作家，在不同的社会环境创作的不同作品，其手法也随之变换。后来他又回到现实主义方法。他的其他重要作品有表现知识分子苦闷求索的《尼罗河上的絮语》(1966)，表现战争题材的《在伞下》(1969)以及《米拉马拉公寓》(1967)、《平民史诗》(1978)等。他的短篇小说创作同样引人注目，如短篇小说集《安拉的世界》(1963)、《名声不好的家庭》(1965)、《黑猫酒店》(1969)等。晚年，他还写有充满哲理的自传体作品《自传的回声》。

第五卷

1970 年至 2000 年的外国文学

概论

70 年代以后各国文学的丰富多彩，总起来说，恰恰在于它的多元化状态，在于一批极有天赋，然而有着不同年龄和学识，不同文化背景、思想内涵和表现形式以及不同成就和影响的文人的集合，使一切思想、主义、流派都要在这个时代展现，所有卓尔不群的大家都要分享这方文学胜地的一角秀色。首先是在欧洲，因为它拥有众多的文学大国和优秀作家。这 30 年间，获诺贝尔文学奖的 31 名作家中，欧洲便有 19 位，占了近三分之二，可谓人才辈出。虽然欧洲各国的情况不同，文学面貌各异，甚或大相径庭，但它们在新时期、新形势下表现出的活力、创新和多元化倾向却十分相似。

七八十年代，苏联的社会主义文学取得了新进展，具有一股鲜活的生命力，各种题材、风格的作品大量涌现。同时，也涌现出众多驰名国内外的作家、诗人和戏剧家。苏联解体后，俄罗斯作家由于多年来的积怨和不同政见被分成对垒的两军，俄罗斯文学迎来了寒冷的冬天。几年后，文学界的这场恶战始趋平息，各种作品百无禁忌、良莠不齐，纷纷破土而出。这些年，老作家们接连谢世，尚存者已显得有些力不从心，而那些 40 年代前后出生的作家逐渐成为文学中坚，一批五六十年代出生的中青年作家则脱颖而出，给俄罗斯文学平添一抹春色。但是，俄罗斯文学欲现昔日的辉煌，恐怕还得“蓄芳待来年”。

诗歌在波兰文学中占有特殊地位，尤其是诗人米沃什和女诗人希姆博尔斯卡获诺贝尔文学奖，更增添了波兰当代抒情诗的分量。除了这两位，享有盛誉的老一代诗人还有赫伯特和鲁热维奇，以及40年代出生的巴兰恰克和李普斯卡，青年一代则有奥哈拉派的希维特利茨基和波德夏德沃，古典化派的迪斯基和凯拉尔，先锋派的索斯诺夫斯基。几代诗人的诗歌特色、艺术形式和美学追求不尽相同，显示出波兰诗歌多元化的发展倾向。

在法国，因受语言学、符号学和心理分析学影响，彻底抛弃现实主义而盛极一时的新新小说派开始衰退，主将索莱尔斯于1980年与《如实》杂志彻底分道扬镳，法国文学进入一个没有中心、没有旗帜、没有流派的多元化时代，文学的通俗化趋向不可阻挡。原为新小说派元老的西蒙，在法国文坛占有举足轻重的地位，并于1985年获诺贝尔文学奖。1996年去世的杜拉斯，擅写日常生活，但她摈弃原先以情节取胜的传统方法，把故事写得扑朔迷离，人物的内心世界刻画得细腻感人。一部以少年时代初恋为背景的小说《情人》，缠绵悱恻，充满异国情调。同样拒绝传统的勒克莱齐奥，他的作品中无论是荒漠大海的神秘冒险，还是节奏疯狂的都市生活，细腻无序的描写总是与荒诞、寓意性的概括相依相融，传达出作者强烈的主观感受和对社会现实的批判。图尼埃大器晚成，43岁时才发表处女作，但即获大奖，第二部作品《桤木王》又获龚古尔奖，确立了在法国文坛的地位。

战后英国，其殖民帝国土崩瓦解，殖民地纷纷独立，但“英语世界”的出现，使英语文学在世界范围内形成一个强大的话语体系。许多用英语写作的英联邦作家移民英国，亦给英国文学增添了绚丽的篇章。这30年，英国文学前有卡内蒂(用德语写作)和戈尔丁获诺贝尔文学奖，后有出生于特立尼达与多巴哥的“后殖民”作家奈保尔再摘桂冠。这30年，英国文学既有老作家莱辛、戈尔丁、斯帕克、福尔斯宝刀不老、笔耕不辍，又有马丁·艾米斯、麦克尤恩、巴恩斯等中青年作家脱颖而出，日臻成熟；也有布鲁克纳、拜厄特、德拉布尔等女作家巾帼不让须眉，还有号称“移民三雄”的奈保尔、拉什迪、石黑一雄之崛起，蜚声国际文坛。这30年，英国诗坛异彩纷呈，新人辈出，多元化的开放格局造就了又一位诺贝尔文学奖得主——爱尔兰的西默斯·希尼。希尼的诗具有鲜明的民族背景和地方特色。品特的戏剧也成就斐然,1996年被授予终身成就奖,其戏剧作品语言幽默洗练,善用荒诞和比喻,富有象征意义。

1990年两德统一,长达40年的分裂历史终结。民主德国曾拥有三位一流作家,一位是女作家克丽斯塔·沃尔夫,她的《卡珊德拉》和《美狄亚》成功地运用丰富的艺术手段,集神话、象征、荒诞、梦幻于一体,将真实材料与文学虚构及主观评述有机结合,表达她对人类命运的忧虑;一位是剧作家海纳·米勒,他借助历史、神话和传说,并对戏剧表现形式创新,怪诞奇崛中显露出本人的悲剧史观和对历史与现实的批判;另一位是诗人布劳恩,他的创作简洁、冷静、客观,富于哲理,表现出对变革的渴望和对美好社会的追求。联邦德国有两位作家海因利希·伯尔和君特·格拉斯获诺贝尔文学奖。伯尔"凭借他对时代的广阔视野,结合典型化的灵敏技巧,对复兴德国文学作出了贡献";格拉斯"以他嬉戏般的黑色寓言描绘了被遗忘的历史面貌"。而以心理分析和细节描写著称的马丁·瓦尔泽,模糊了高雅文学和通俗文学界线的居斯金德,专写家庭生活、表现人的生存状态的女作家沃曼,通过荒诞手法表现现代人失落感的剧作家博托·施特劳斯等,都是当今德国文学的佼佼者。

文学上,奥地利属德语文学,约翰内斯·马梅尔与德国的海因茨·康萨利克同为当代德语文学中最负盛名的大众文学作家。托马斯·伯恩哈德和彼得·汉德克则是战后奥地利最重要的作家。前者主要写小说,主题常为疾病、灾难、死亡、绝望和沉沦;后者主要写剧本,创作完全违背传统戏剧,是一种没有情节、对白、场景、道具的"说话剧"。瑞士文学创作分德语地区和法语地区,而用德语写作的作家更为著名,其中迪伦马特和弗里施成就最大,均为戏剧家和小说家。前者的戏剧立意鲜明,荒诞离奇而富哲理,情节完整而语言幽默;后者的剧作大多表现他对世界的悲观看法,并有极强的喻意性;小说多表现现代社会中人的异化和个性自我认同的困难。

70年代的意大利文学逐渐恢复了元气,被先锋派否定的现实主义有所振兴,实验主义继续发展,风格独具的作品时时出现,诺贝尔文学奖的桂冠两次被意大利作家——蒙塔莱和达里奥·福摘取。前者的诗歌表达人的内心世界之细微感情，现代人那孤凄、哀婉、怨怼的情感隐逸于诗的艺术意象之中；后者集编剧、导演、演员、舞美设计于一身，发挥假面喜剧即兴表演的特长，兼收欧美现代派戏剧的各种表现手法，创造出独特的现代讽刺喜剧。埃科是位文艺批评家，也是位文学家，将自己对中世纪文化的研究成果融于结构繁复、情节曲折离奇的小说中。卡尔维诺在其寓言式小说中融现实、幻想、哲理为一体，凝重荒诞的哲理性内容和观念糅合在寓言故事所特有的神秘朦胧的美感之中。莫拉维亚遵循写实主义传统，以他那敏锐的观察力和精细入微的心理描写，力图揭示异化社会不同时期的特点和人们精神上的危机。

自80年代起，西班牙经济高速增长，文学也蓬勃发展。阿莱克桑德雷和塞拉都获得诺贝尔文学奖，前者继承西班牙抒情诗传统和现代派手法，对人生、爱情和当今社会的境况作了深刻探求和描述；后者的小说多围绕死亡主题展开，“以富有节制的同情”和充满悲剧色彩的叙事“勾画了孤独无助者令人心颤的形象”。同样，葡萄牙也有了第一位诺贝尔文学奖得主萨拉马戈，他是位关心世界命运的作家，作品新颖独特，充满隐喻和暗示，“通过由想象、同情和讽刺所维系的寓言故事，不断使我们对虚幻的现实有所了解”。

70年代后，亚洲各国的文学也有新的发展，新的成就。日本文学在七八十年代错综复杂的社会思潮和文学思潮影响下，出现了许多文学派别，如“透明族”、“作为人派”和“内向派”等。这些文学派别的出现，一方面打破了日本文学的旧传统；另一方面由于作家的反常心理和对现实的不满，他们的作品中弥漫着种种迷惘、失落、空虚和颓废情绪。到90年代，这些风行一时的派别渐渐风流云散，呈现出多样化和多元化的态势。诺贝尔文学奖得主大江健三郎，在接受萨特存在主义哲学和运用弗洛伊德精神分析学的同时，将自己的美学观和政治观融入日本传统美学中，“在荒诞的故事叙述里蕴藏诗意的抒情，对人类危机进行深刻的思考”，开创了另一番天地。

印度文学自50年代起盛行的区域文学流派长盛不衰，一直延续至七八十年代。作家们以边缘小村落为依托，以现实主义手法描写那里的政治、社会、经济、文化，具有浓郁的乡土气息和地方色彩。90年代后，一批用英语写作的中青年作家,如阿鲁·乔希、维克拉姆·赛德、乌帕马尼亚·查特吉和女作家阿妮塔·德赛、帕拉蒂·穆克吉等脱颖而出,他们的作品集荒诞与现实于一身,将富有特色的印度文化传播至世界。

以色列自1948年建国后,大批犹太作家从世界各地聚集到此,共同创造了以色列文学的繁荣。五六十年代以色列文学的领军人物是获诺贝尔文学奖的阿格农,他"从犹太人民的生活汲取主题",创造出"深刻而具特色的叙事艺术"。60年代至90年代"大屠杀文学"的代表人物为阿佩费尔德,他的《为每桩罪恶》和《不朽的巴特法斯》为这一流派的代表作;而奥兹则是"新浪潮文学"的代表人物,主张以色列与巴基斯坦和平共处,共同发展。

埃及是文明古国,1988年,小说家马哈福兹因"开创了全人类都能欣赏的阿拉伯语言叙述艺术"而获诺贝尔文学奖。他的作品继承阿拉伯文学传统,又吸收和运用象征、隐喻、荒诞、非理性等现代手法,丰富小说的表现力。在尼日利亚,剧作家兼诗人、小说家的索因卡,因"以广阔的文化视野和诗情横溢的联想影响当代戏剧"而获诺贝尔文学奖。他将西方现代戏剧艺术与约鲁巴传统艺术相结合,对发展非洲民族戏剧作出了重大贡献。南非是非洲经济发展水平最高的国家。但南非当局长期以来推行种族歧视和种族隔离政策,黑人领袖曼德拉被判终身监禁,直至国大党在大选中获胜。1991年,白人女作家戈迪默获诺贝尔文学奖。

澳大利亚在战后鼓励英国和欧洲人移民,1966年对移民政策进行修改,允许亚洲人移民定居,至80年代后移民人数激增,使澳经济繁荣,社会稳定,同时亦滋生丰富的物质生活和人的意识危机的矛盾。1973年小说家怀特因"以史诗般的气概和刻画人物心理的叙述艺术,把一个新的大陆介绍到文学领域中来"而获诺贝尔文学奖。一部《风暴眼》集中体现了他的创作思想和现实主义的叙事手法,写出了当代澳大利亚人的自私、冷漠、苦闷和迷茫。彼得·凯里是"新小说派"的代表人物,他的长篇小说《奥斯卡和露辛达》是受到赞誉最多的作品,而伊丽莎白·乔利是女作家中的佼佼者,她发表的许多表现女性问题的作品具有独特而强烈的艺术效果。

加拿大民族文学在欧洲文学和美国文学的影响下逐渐走向成熟。加拿大英语文学的代表人物是女作家阿特伍德，其长篇小说《使女的故事》描写一个令人不寒而栗的荒诞世界，被认为是女权主义的代表作。她的诗歌一反传统诗的形式，以出人意料的意象，不带感情色彩的风格，表达对妇女生存状况的关注。迈克尔·翁达杰的作品带有鲜明的多元化特色，一部《英国病人》轰动国际文坛，被认为是“反殖民小说的经典之作”。法语文学作家安娜·埃贝尔以《卡穆拉斯卡》被称为“当代最优秀的魁北克小说家”。

这30年中，美国文学如同它的政治经济一样变化很大。索尔·贝娄和辛格获诺贝尔文学奖，加上马拉默德和菲利普·罗斯，使美国文学拥有四位犹太裔现实主义大作家。他们的构思、笔法、风格、哲理思辨各不相同，但都将细致描写与象征、荒诞、寓意性的概括相交融，创造出新的语境，来表现美国的社会现实和犹太人的生存与命运，传达出作者强烈的主观感受和对现实的悲剧性理解。同样，厄普代克也以描写细腻和现象主义方法见长，在他创作中占主要地位的“兔子系列”，花费40年时间描写了不同时期的中产阶级人物兔子哈利·安斯特朗姆的经历和命运，反映出近半个世纪来美国社会的变迁。常以暴力和爱情为创作主题的女作家欧茨，在传统的现实主义基础上兼容意识流、魔幻现实主义、象征主义、神秘主义等手法，表现了美国现代社会的复杂生活。卡佛和贝迪描写平凡生活的细节，塑造各具特色的小人物形象，揭示世界和人生的荒诞，成为“简约派”的代表人物。变化迅速的美国生活，促使一些作家用更新颖的手法来反映现实。巴思的作品充分体现了他丰富的想象力和实验精神；冯内古特发展了60年代海勒式的“黑色幽默”，融科学幻想为一体，对美国社会进行漫画式的嘲讽和揭露；多克托罗对历史和历史人物虚构和编织，用匪夷所思的情节来怀疑美国社会繁荣安定的真实性。品钦在“黑色幽默”的基础上，以各种艰深的现代科学、杂乱无章的内容和晦涩难懂的语言来营造当代社会令人窒息的梦魇般气氛。这30年，美国文学亮点中的亮点，是黑人文学的崛起并融入美国的主体文学。哈里的《根》、艾丽斯·沃克的《紫颜色》、伊什梅尔·里德的《物神》、怀特曼的《隐匿地》以及桂冠诗人丽塔·多弗，剧作家奥古斯特·威尔逊等，都以他们出色的作品和非凡的才能让人刮目相看。黑人女作家托妮·莫里森1993年获诺贝尔文学奖,更为美国文学增添了一抹亮色,而 1987 年俄罗斯侨民诗人布罗茨基获诺贝尔文学奖,则多多少少让俄罗斯感到几分沮丧和无奈。

60 年代西班牙语美洲文学曾发生震惊世界的"文学爆炸",造就了一批蜚声世界的作家,魔幻现实主义、心理现实主义、结构现实主义、社会现实主义等流派纷呈。70 年代以后文坛继续火爆,但进入 80 年代后,随着聂鲁达、阿斯图里亚斯、卡彭铁尔、科塔萨尔、博尔赫斯、鲁尔福、纪廉等一批文学大家凋谢,文坛显得静寂许多,到了 90 年代才又奇迹般复苏,新老作家开始新一轮冲刺。智利的巴勃罗·聂鲁达、哥伦比亚的加西亚·马尔克斯和墨西哥的奥克塔维奥·帕斯分别获诺贝尔文学奖,他们的获奖既是西班牙语美洲文学的骄傲,亦给诺贝尔文学奖本身增添了荣光。而阿根廷的博尔赫斯虽未获此奖,但其声名并不在他们之下。他的散文和短篇小说清冽、明丽、灵动、精致,令人神醉情驰。在富恩特斯笔下,现实主义又重放异彩,历史和幻想在作品中交融、升华,组成一首深沉悠远的命运交响曲。擅长结构现实主义的巴尔加斯·略萨,个人情爱和社会重大政治问题在他的作品中交相辉映。卡夫雷拉·因方特注重文学语言的探索与革新,浪漫主义的爱情悲剧被他注入了独特的古巴音乐舞蹈成分。

文学爆炸后,拉美一些青年作家脱颖而出。智利的伊莎贝尔·阿连德以一部充满魔幻的《幽灵之家》演绎了一个国家风云变幻的历史;她的同胞埃德华兹 1999 年获塞万提斯奖,成为该奖有史以来最年轻的得主;墨西哥的劳拉·埃斯基韦尔的《沸腾》让读者再次领略魔幻现实主义的魔力;阿根廷的普伊格的《蜘蛛女之吻》重新回到情节,并在小说的叙事结构中融入影视手段;多产的波塞在《天堂之狗》中用艰深而高品位的文字展示落后的文明与文明的落后。在巴西,特雷维桑是最著名的短篇小说家,其作品短小凝练,意韵深刻。特莱斯为巴西最负盛名的女作家,文笔细腻流畅,揭露社会风气的败坏和道德的沦丧。卡布拉尔是战后巴西诗坛声望最高的诗人,具岩石般冷峻的抒情色彩。而维里西莫则是当今巴西最知名的专栏作家。20 世纪末的世界文学乃至文化已显现出多元化和通俗化走向,这种走向也许还将对 21 世纪的世界文学产生不可低估的影响。

第一章

美国文学

概述

70年代以来的美国文学的一大特点，是很多过去壁垒分明的界限变得模糊起来，主流文学与边缘文学的区别渐渐不明，一些过去处于边缘的少数族裔的文学如黑人文学、亚裔文学和妇女文学开始进入主流文学。其中，黑人文学的成就最大。七八十年代，黑人文学作品，如阿历克斯·哈里的《根》(1976)、艾丽斯·沃克的《紫颜色》(1982)、托妮·莫里森的《宝贝儿》(1987)等，不仅登上畅销书名单而且被改编成电影。1993年托妮·莫里森获得诺贝尔文学奖，进一步提高了黑人文学在美国文坛的地位。更值得注意的是，现在的黑人文学不再以抗议为主题，以现实主义为主要手法，而是以白人读者为主要受众，并在语言、技巧、主题方面都有了新的突破，如莫里森对意识流、多视角、象征等手法的运用，对黑人文化、民族神话和传说的借鉴，使她继承并超越了黑人文学和白人文学的传统。沃克的成就也许不如莫里森，但她的诗歌和小说在打破黑人文学禁区、探索黑人男女之间的关系、提倡妇女主义和肯定女人的才能和出路方面，却为黑人文学和妇女解放运动及女性主义文学作出了新的贡献。其他出色的黑人作家还有1993年至1995年美国桂冠诗人丽塔·多弗(1952—)、曾在克林顿就职仪式上朗诵诗歌的玛雅·安吉洛、得过两次普利策奖的剧作家奥古斯特·威尔逊(1945—)以及小说家伊什梅尔·里德(1938—)、约翰·埃德加·瓦德门(1941—)和格罗莉亚·内勒(1950—)等。有意思的是,他们中间很多人都是大学英语系教授。这说明黑人文学在美国的影响,并预示着黑人文学更加光明的未来。

在美国,亚裔人口占总人口的2.9%,其中大部分是华裔。但长期以来,他们没有形成自己的文学,即使有也不受重视。这种情形一直到80年代后期才有所改变。1974年赵健秀与人合作编纂包括华裔、日裔和菲裔的美国作家文选《哎——咿!》出版,被称作"亚裔美国文艺复兴的宣言",是亚裔美国人"思想和语言的独立宣言"。1976年汤亭亭发表《女勇士》,引起轰动。1982年金依兰出版第一本关于亚裔美国文学的专著《亚裔美国文学:有关作品和社会背景的介绍》。从此,亚裔(主要是华裔)美国文学作品走进美国大学课堂,成为大学教材,例如强调多元文化的《希思美国文学选读》(1989)就收有十位亚裔美国作家的作品。这些作家基本上是在美国出生,他们写作目的明确,回忆过去,诉说长期被忽略的人民的历史和心声,更要纠正主流社会对他们的误解和陈腐的看法,肯定他们是合法美国社会的一部分。他们的作品表现自己族裔特殊的种族、文化、性别、阶级等问题,也反映如越南战争、民权运动和妇女解放运动以及环保等美国作家所共同关心的问题。现在美国文坛上比较著名的亚裔作家有华裔小说家汤亭亭、谭恩美、任碧莲和诗人、剧作家、小说家赵健秀、剧作家黄哲伦等,以及兼有韩裔和华裔血统的诗人宋凯蒂(1955—)和日裔女作家内山若子(1924—)等。他们采用如超现实主义的时空换位、现代拼贴、多视角、多叙述者,以及模棱两可的开放性结局等手法,这说明他们在艺术技巧方面已经相当成熟。

印第安人早在美国立国以前就是美洲大陆的土著居民,但他们的早期文学,主要是部落口头文学,长期以来一直被忽视。然而,1968年印第安诗人、小说家斯科特·莫马迪的小说《黎明之屋》的出版及获奖,改变了印第安文学默默无闻的状况,预示它进入主流文坛的可能性。

以白人作家为主的主流文学,在这几十年内也发生了很大变化。在小说方面,约翰·厄普代克、乔伊斯·卡罗尔·欧茨以及贝娄、马拉默德等老作家继续用现实主义方法探索美国社会和美国价值观念，表现那些失去精神支柱、对现代社会并不满足的人的痛苦与困惑，但也有相当一部分作家认为面对光怪陆离、充满暴力、犹如梦魇的现实生活，传统的方法已不能发挥作用。于是他们下功夫在语言文字和手法技巧等方面进行实验。小库尔特·冯内古特延续并发展了60年代海勒式的黑色幽默，菲利普·罗斯、埃·劳·多克托罗和罗伯特·库弗等，利用历史“事实”来创造新的小说形式，把真人真事和虚构的人物与匪夷所思的情节巧妙地糅合在一起，在嬉笑之余无情地揭露美国政治的虚伪性，使读者怀疑美国的“光辉”历史的真实性，明白过去的不光彩的历史在今天也还是有可能重复的。在语言与形式的实验方面最为成功的作家是托马斯·品钦（1937— ）。他运用混乱而不相关的事物、不知所终的故事情节以及语言上的重复、不关联等手法，说明科技进步造成的信息过剩正在对现代生活形成威胁。

在品钦等作家倾心于构建寓言式的规模庞杂的超小说的时候，另外一些作家却实验完全不同的小说形式。80年代出现了“简约派”小说，其代表作家为诗人、小说家雷蒙德·卡佛。他们常常描写普通人日常生活中的小事情及其失意与绝望。他们对文字很吝啬，绝对不使用多余的话或可能影响读者的文字，只用最简单的语言把生活中特定的时刻或事件告诉读者。作品中不存在一个全能的、无所不知的、起主宰作用的叙述话语，一切均由读者自己来分析。由于实验小说的文体、结构比故事更重要，由于作家们力图扩大读者与情节或人物之间的距离，他们的作品常常给读者造成阅读上的困难，因此就常常失去读者。80年代以后，随着整个社会渐趋保守，作家们逐渐放弃实验，回归现实主义，当然并非传统的现实主义，而是有所变革的现实主义。尽管冯内古特在《囚鸟》（1979）和《神枪手迪克》（1982）中并没有放弃黑色幽默，但不再使用实验手法，也不如过去尖刻激烈。曾经极力主张革新的约翰·巴思在《学术休假》（1982）中，也采用比较传统的手法。

在戏剧方面，由于电视、电影和录像机的发展，也由于剧院票价的不断上涨，去剧院的人少了，戏剧演出越来越失去它的观众，但剧本作为叙述的一种方式，仍然被人们阅读；另一方面，自60年代开始，演员扮演角色而观众被动观看的传统戏剧方式受到质疑，一些打破生活与艺术、演员与剧作家、演员与观众界限的实验剧场，如外百老汇、外外百老汇剧场和一些地方小剧场迅速兴起并发展得很快。这些剧场往往上演电视、电影为了票房价值而不愿意触及的颠覆性很强的实验题材，因此它们是表现美国社会现实问题的先锋和主力军。20世纪最后几十年涌现出一大批出色的戏剧家，如引起人们注意的华裔作家赵健秀和黄哲伦，以《晚安，母亲》(1982)而一举成名、连连获奖的女作家玛莎·诺曼(1947—)，连续获得两个普利策戏剧奖的黑人作家奥古斯特·威尔逊，以及戏剧家和导演、在舞台和银幕上获得成功、由于专写男人世界而不断引起争议的大卫·迈米特(1947—)等。

诗歌跟戏剧、小说一样，在70年代，一方面继续60年代的反叛与节奏、用词及句法方面的实验与革新；另一方面由于大学写作课程和各种诗歌朗诵活动的兴起而变得大众化。诗人们根据对诗歌的看法而分成了各种派别：金斯堡与里奇相信诗歌可以改变现实；约翰·阿什贝里则认为人们生活在一个荒诞世界里，其思想和感情跟外部现实只有一种任意的、非逻辑性的联系；奥尔森宣称诗歌是认识和感觉的过程；勃莱却相信诗歌表现诗人刚开始想的，甚至还没有开始想的思想。但无论见解如何不同，他们都企图寻找能够更直接表现个人经历的最佳方式。80年代，自白派诗歌和超现实主义的“深层意象”派诗歌开始受到读者和诗人的质疑，其影响有所减弱。与此同时，新现实主义诗歌开始兴起，并渐渐成为主流。诗人们从自身经历出发，既反映个人与社会问题，也探讨历史、思想观念、个人与社会责任等哲理问题。60年代一些激进的左派诗人，尤其是“深层意象”派诗人在突破诗歌传统中起了很大作用。今天他们继续对诗歌形式进行各种实验，一心解构和颠覆“官方诗歌文化”，但可惜他们把实验、语言、理论看得比生活和诗歌本身更重要，结果他们的诗歌不免曲高和寡。在诗歌走向大众化时，有些比较保守的诗人却努力在恢复过去那种高雅的、为少数人掌握或欣赏的文化。他们模仿四五十年代后期现代主义诗歌，强调严谨的格律和反讽象征等技巧，追求完美的形式，因而他们的作品被称为新形式主义诗歌。进入90年代以后，诗歌仍然向多元化方向发展。正是各种不同的流派和各种不同族裔的诗人，使20世纪后期的诗歌变得丰富多彩。1985 年美国国会通过一个法案,把国会图书馆“诗歌顾问”正式改名为“桂冠诗人”,这充分说明国家对诗歌的重视。

20 世纪最后几十年中,有一个值得注意的现象是文学批评理论的兴起。由于几乎主宰60 年代整个社会的反传统反主流的思想、行为,使文学批评方面曾经占主导地位的新批评开始衰落。70 年代以后欧洲大陆尤其法国的各种新思潮、新观念大量拥入美国,美国学者在接受这些理论之余,还努力用它们来审视自己的文学,构建可以应用于美国文学的批评理论。跟其他文学现象一样,这时期的批评理论也呈现出多元化的特点。

第一节 冯内古特

小库尔特·冯内古特(1923—)被认为是一位想象力丰富的科幻小说家,他的黑色幽默很刻薄,同时又很有人情味和教育意义。他认为,作家应向人类发出危险警告,就像煤矿矿工带下井的金丝雀能预警矿坑里的毒气。冯内古特的作品特点是把真人和虚构人物放在一起来写,也喜欢让不同小说中的人物在新作品中互相认识,例如在《五号屠场》里比利与《上帝保佑你,罗斯瓦特先生》(1965)中的特劳特见面交谈;《黑夜妈妈》里的坎贝尔还到比利的战俘营替法西斯做宣传;在精神病院里比利与罗丝沃特住同一病房。这就打破了不同世界的界限,突破了传统小说的条条框框。他编造各种语言是他迷恋于文字的表现,他的黑色幽默和戏仿比比皆是。

冯内古特出生于印第安那州,祖先是德国人,父亲是建筑设计师,自1929 年严重经济危机后,整整失业十年。小库尔特在康奈尔大学上了三年后到田纳西大学读机械工程。后来他在第二次世界大战中当兵被俘,关在德累斯顿战俘营,经历了盟军对该城市的轰炸,从此反对一切战争。战后他在芝加哥大学研究生院读人类学,但没有获得文凭和学位。他在纽约州为通用电器公司工作了一段时间,后靠写作养活一家。他爱写大众化的科幻小说,带有讥讽和黑色幽默、语言口语化的特点,而且越来越简单,由 320 页的《自动钢琴》到 174 页的《黑夜妈妈》,至《时震》(1997)和《上帝保佑你,科沃其安大夫》(2000)已不到 100 页。他从不用词典里的“大词”。

冯内古特一生中印象最深的是以下几件事:30 年代的经济危机、第二次世界大战当俘虏的经历,特别是盟军对德累斯顿的轰炸和发展的高新技术取代人的现象。他的第一部小说《自动钢琴》(1952),是一部探讨未来的科幻小说。书名有象征意义:由人弹的钢琴到会弹曲子的自动钢琴的问世,这是机器代替人劳动的表现。小说描写的未来时间里,机器不仅代替人的体力劳动,而且还代替人的一般脑力劳动,所以纽约州伊里姆市已分为两大区:有钱的管理人员与机器是一区,被机器取代的是穷人区。保罗是个大经理,年轻时曾有许多机器发明。当被机器代替的人起来革命要砸烂机器,重新使机器受人控制时,保罗被领导阶层利用打进穷人区收集情报。可是对方也利用他装门面,当他们的领导。保罗不想被任何一边利用,但被迫在大会上宣读破坏机器的动员令。最后,机器都给砸了,管理人员赢了。具有讥讽意义的是,在机器的废墟中,到处有人为了生活方便,在修复机器。小说提出一个重要问题:人应如何使用机器? 同时也提出了人在世界上的困境:不是利用就是被利用。

小说《黑夜妈妈》(1961)既不是科幻小说,也不是实验小说,被认为是冯内古特的最佳作品之一。主人公霍华德·坎贝尔是个美国剧作家,娶了德国柏林警察头子的女儿为妻。第二次世界大战前他在德国很受欢迎,经常在德国无线电做广播,讲述德国怎么好,犹太人怎么坏,影响很大。于是美国情报局要他在广播期间为美方送情报。他曾经传过情报,说他的妻子已经死了,他都不知道。他只要按规定通过语调、停顿等方式就可以发出情报。他就这样假装投降德国而替德国说话,同时偷偷替美国人传情报。他被两边利用还沾沾自喜。战后他通过美国情报局的关系回到美国。但他归国的消息透露了,他的罪行与住址均已公开,他的房间马上被爱国公民砸烂,而且到处有人想杀他。可是他并不欢迎新法西斯分子来保护他,但他们很佩服他,认为他们观点那样坚定全是坎贝尔宣传的结果。俄国也派人来想把他骗到莫斯科审判,以色列想把他引渡到他们国家,审判他对犹太人犯的罪。坎贝尔痛苦地意识到:“我们假装是谁就是谁,所以假装当谁要谨慎。”他当初还能原谅自己,觉得自己只是装作叛徒,实为美国间谍,但他后来认识到不能用主观动机衡量自己,应当看客观效果。装得越好越说明自己已变成那样的人。最后他要求到以色列接受审判。他知道不这样做,他就没有安宁日子。小说是他在监狱里写的自白。这时美国情报局已替他证明他是给美国送情报,但坎贝尔不想活了,他想如果放他,人家也不会改变对他在德国所做宣传的看法,于是他在审判的头一天晚上上吊身亡。

《猫的摇篮》(1963)是冯内古特最优秀的科幻小说,文字紧凑、想象力丰富、充满嘲讽和黑色幽默,但仍有作者独具的人情味。《五号屠场》(1969)是冯内古特的代表作。这是他唯一的一部写第二次世界大战的小说,具有一些自传成分,是自然主义小说与科幻小说的结合。主人公比利·皮尔格里姆同作者一样,1944 年 12 月被德国俘虏,后来押送到德累斯顿市给孕妇制造补品。1945 年 2 月 13 日至 14 日,1250 架英、美轰炸机在城市上空丢了数十万枚炸弹与燃烧弹,把美丽的古城炸得像月球表面,并炸死 135000 居民。比利和别的战俘因躲在屠宰场的肉库里才得以活下来。小说具有科幻成分:比利当战俘时经常出现时间错乱,他经历这次轰炸后,脑子更不行了。他 5 月回美国,虽然住了一段时间的疗养院,但 1967 年女儿结婚那天,他自称被外星机器人绑架,并带到一个动物园里和被绑架的一位女明星一起展出。1969 年他妻子在意外事故中丧生后,他开始给报纸投稿并在电台介绍自己在特拉法马多的经历。冯内古特用外星人来评论人类的所作所为,显得客观、有趣。但小说主要是以此反映作者的人生哲理,避免人家责怪他伤感或悲观。这不仅是一部反战小说,也流露了作家对人类前途的悲观情绪:只要人类存在,总要设法互相残杀,战争是不可避免的。所以比利的座右铭是:"上帝让我平静地接受那些我改不了的事,给我勇气去改变我能改的事,并且给我智慧区分哪些是我能改的。"但紧接着冯内古特又说:"比利改不了的东西中包括过去、现在和将来。"这等于说一切都由命运决定,所以建议说,最好"不要理那些不愉快的时刻,集中考虑那些美好的时刻"。这种消极观点贯穿他的小说,而且同《猫的摇篮》中的"伯克宁主义"相似。因为相信这种观点的人不敢面对真理,所以才编造了许多谎言掩盖事实以欺骗自己。

在冯内古特的小说中,人类总是要毁灭世界。1987 年出版的《加拉帕戈斯》是以达尔文进化论为主题,但是以嘲讽口气写的。小说记载 100

万年前发生的事。那时，游客正赶到加拉帕戈斯群岛乘“达尔文湾号”游艇进行一次关于进化论教育的旅游，没想到当晚发生了一场世界规模的战争，除了游艇上不足十人外，世界上的人全死光了。后来生出的人全是游艇上人的后裔。自然总是选择对生存最有利的特征，所以100万年后的人脑子越来越小。此含义是，很少考虑战争的人就不至于互相残杀。此外，冯内古特还发表了《冠军早餐》(1973)、《闹剧》(1976)、《囚犯》(1979)等长篇小说以及若干短篇小说集。

第二节 罗斯

菲利普·罗斯(1933—)是继马拉默德、艾·巴·辛格和索尔·贝娄之后的又一位美国犹太作家巨擘，从1978年起就是美国文学艺术科学院院士，“是最有才气的，最有争议的，对同化的复杂情形以及(犹太)特性最为敏感的作家”。他在26岁时发表小说集《再见吧，哥伦布》(1959)，一举成名，翌年获美国国家图书奖，接着便一发而不可收拾，笔耕不辍，获大奖八次，享誉世界文坛。罗斯是犹太移民的后裔，1933年出生在新泽西州的纽瓦克，出生地及其周围的犹太人环境成了他文学创作的源泉。同是纽瓦克人的著名文学批评家莱斯利·菲德勒曾说过，在罗斯身上，“纽瓦克终于找到了自己的桂冠诗人——一个粗鄙、滑稽、敏锐、悲惨而又肮脏的作家，一如这座城市本身”。尽管他对别人加封给他的犹太作家头衔不太满意，可他毕竟承认是个犹太人，只是不写犹太书罢了。

罗斯引起公众注意的是他发表在《纽约人》杂志上的短篇小说《信仰的卫士》。这篇小说对犹太宗教和信仰进行了“大逆不道”的揶揄和讽刺，在他的笔下，打着信教幌子的犹太人成了道德败坏的无耻之徒，而维护宗教信仰的人却成了滑稽可笑的人物。小说遭到犹太文化人和百姓的猛烈抨击，因此被认为是个“自我仇视者”，同时被戴上了反犹主义者的帽子。接着，《再见吧，哥伦布》里的另一个短篇小说《犹太人的改宗》，以更为滑稽、夸张的笔调、俏皮的口吻揭示了犹太教与基督教的深刻分歧。小说中的奥斯卡·菲德曼是个在希伯来学校念书的孩子，他想知道何为“上帝特选的子民”这个与《独立宣言》直接冲突的概念？如果上帝无所不能，那么耶稣为什么不可以无须交合而生呢？拉比宾德自然无法回答。最后，小说竟以闹剧的形式完成了犹太人的“改宗”，即承认基督教的合理性。小说集不仅获得美国国家图书奖，而且还获得犹太图书协会的达洛夫奖。这表明罗斯是个高明的艺术家，他从不把什么犹太主义、犹太复国主义以及反犹主义等挂在嘴边，也不像其他犹太作家那样标明自己的犹太人身份，只是通过小说人物在日常生活中的言行和感受来发表见解。小说集里的其他几篇小说都非常成功地对第二次世界大战之后犹太中产阶级那种空虚无聊、墨守成规和褊狭的价值观进行了讽刺，并且向宗教信仰方面的蒙昧主义发起了挑战。可以说，这些题材都真实地反映了20世纪60年代犹太青年的反现实倾向，而小说对犹太中产阶级所持的批判态度也十分明显。

《波特诺的怨诉》(1969)是一部带有自传性的长篇，小说中作者带有供认性质的自白达到了极致。他的喜剧才能，他的第一人称酣畅淋漓的自然表述，他的讽刺笔调，他对性的痴迷，他对犹太精神模棱两可的态度等，都得到了充分体现。小说尝试用精神分析理论讲述波特诺对犹太女人的性无能：由于他的犹太母亲的爱，他对性所具有的犯罪意识，他对非犹太姑娘的性追逐，所有这些因素造成的“阉割”效果，扼杀了一个犹太儿子追寻美国化的梦想。小说对犹太人社会带来的震惊几乎是空前的，因为它不光有悖于犹太人的宗教信条，而且在性描写方面达到了毫无节制的地步。由于性描写的直白，以及一个犹太母亲扼杀儿子性爱的故事，这部小说成了当时犹太社会普遍关注的一个重要话题，一部畅销书。

这是一个反叛传统的犹太儿子与犹太母亲发生冲突的故事。波特诺具有特殊的犹太特征：犹太家庭的种种禁忌带来的压抑，其犹太母亲是犹太传统的象征，而反叛犹太传统的儿子已经趋于美国化，是年轻一代犹太人渴慕“美国现代文明”的代表。两者之间的冲突实际上是文化与理念的冲突。波特诺在两种文化的冲突中陷入了精神困境。美国化的同化是物质的、表面的、形式的，而在同化掩盖下的异化却是内在的和实质的。这正是犹太民族颠沛流离数千年的痛苦根源。罗斯以其犀利的笔触刻画出犹太人没有家园，追求同化，最终忍受异化之苦的心灵怨诉。当贝娄和马拉默德在小说里用实例来探究犹太人与一种合乎道德准则的生活关系，以及他们如何超越饱受苦难的经验时，罗斯在犹太性里找到了调节不善和心理失常的根源。波特诺在两种文化中犹豫徘徊，最终失却了精神上的归属，成了一个没有心灵家园的人。小说通过性问题展示了一个犹太儿子要想成为真正意义上的男人的艰难。

《乳房》(1972)是罗斯阐释异化的极端之作：凯佩什教授是波特诺的继续与发展，是一位比较文学教授，在大学里讲授卡夫卡，最终变成了一个大乳房。这种极端异化现象揭示了包括犹太人在内的所有现代人丧失自我和寻找自我的困境。而在《情欲教授》(1985)里，罗斯除了继续通过凯佩什对异性的追逐来展示性的异化之外，还进一步揭示出犹太人即现代人不断追寻的悖谬："在所有这种幸福的后面，你察觉到了死的恐惧；在死的恐惧后面是满不在乎；在不在乎的后面是爱的不安全感；在它的后面又是怜悯；在怜悯的后面是滑稽好笑，如此等等。"《我的男人生涯》(1974)和《情欲教授》一样，都是通过"性"的异化来解释作者对文化冲突的看法，同时也对美国社会将弗洛伊德学说庸俗化所造成的性泛滥提出了尖锐的批评和讽刺。

罗斯经常把题为"自传"的东西当小说来写，而把小说写成自传。例如在《真相：一位小说家的自传》(1988)中，他让虚构人物朱克曼登场，作为他内心的另一个声音对自己进行审视和批判；而在《夏洛克行动计划：一个表白》(1993)里，他不仅把自己写了进去，书中还出现了两个菲利普·罗斯。由此可见，罗斯以自己为原型，创作了一系列犹太知识分子形象，他们都以不同的形式反映了作者的成长过程和犹太文化背景。从这个意义上说，他的许多作品都可以称作"青少年成长小说"。"朱克曼三部曲"是罗斯这类作品的典型，三部小说从朱克曼成名一直写到他中年以后，用巨大篇幅描述了朱克曼历经精神和肉体的"病痛"，并且由此产生了种种的思考，他从自身的际遇出发探索了整个人类所面临的痛苦的意义，他想通过艺术来表达救赎和认识真理的目的，通过"性"来证实他作为美国人的意义。然而朱克曼的烦恼和困惑不是通过艺术和"性"能够解决的，作为一个现代犹太人，他的叛逆与放任揭露了犹太人身受精神和肉体双重压迫的人格扭曲和无奈。

罗斯笔下的人物遭受着恶行与德行的双重折磨，都具有强烈的愿望，要想有个“家”，这既表明了他们数千年的心理疾病的症结之所在，又表明了他们真实生存的实在追寻。不难发现，罗斯笔下的人物“越是被同化，越是在他周围环境当中急切地想要找到家，就越是感到没有家”。其实罗斯一直都在关注犹太人的生存处境，边缘人的命题成了他最为突出的话语。“在我成长的时期，最大的威胁来自国外，来自我们的敌人，德国人和日本人，因为我们是美国人……在国内，最大的威胁来自那些反对或抵制我们的美国人——要么对我们以恩人自居，要么严厉地排斥我们——因为我们是犹太人。”犹太民族长期生活在异族文化的夹缝中间，犹太人的普遍困惑往往首先体现在对自我身份的困惑上，于是就有了许多寻找家园与精神家园的故事。罗斯的另外两部小说《对立的生活》(1987)和《夏洛克行动计划：一个表白》将大部分的场景移到了以色列，这暗含着继续在寻找家园。

《美国牧歌》(1997)、《我嫁给了共产党员》(1998)和《人性的污秽》(2000)，是罗斯在20世纪结束时的又一个三部曲。这三部小说在继续关注人类命运的同时，对美国社会现实和政治状况提出了质疑。《我嫁给了共产党员》反映了美国第二次世界大战后掀起的反共热潮——臭名昭著的麦卡锡时代的残酷、背叛和报复，它不仅侵扰了国家政治，而且极大地伤害了人与人之间的感情。而作为世纪末最抢眼的《人性的污秽》被评为当年的十大好书，却与它直接控诉种族主义偏见有关：一个研究古典文学的著名犹太老教授，在事业达到顶峰的时候，因一次演讲时的疏漏而遭到校方的驱逐，家庭也因婚变而破裂。作者将它视为一个政治寓言：污点不仅仅在莱温斯基的蓝裙子上，更在所有人的内心。为此菲利普·罗斯被称作是“美国20世纪的编年史大师”。

第三节　莫里森

托妮·莫里森(1931—)是当代最著名的黑人女作家，1993年获诺贝尔文学奖。作为第一位获得此奖的美国黑人和第八位获得此奖的女作家，她克服了性别和种族的双重障碍，成就来之不易。她出生于大萧条下的1931年，为了在经济上帮助家庭，12岁就开始打工挣钱，同时坚持学习,1953 年获霍华德大学英美文学学士学位,1955 年获康乃尔大学文学硕士学位,毕业后先在大学任教,并开始试笔写作,1964 年到兰登书屋做编辑,并开始创作活动。从 1970 年至今,她共发表了七部小说:《最蓝的眼睛》(1970)、《苏拉》(1974)、《所罗门之歌》(1977)、《沥青娃娃》(1981)、《宝贝儿》(1987)、《爵士乐》(1992)和《天堂》(1998),另外还有一个剧本和一部文论集。

《最蓝的眼睛》描写一个黑人小姑娘毕可拉的不幸命运。她一心希望家人及同学能给她爱和温暖,但得到的只有蔑视。看到肤色白皙的同学受到宠爱,她便认为自己的一切不幸都是因为皮肤太黑,没有一双人见人爱的秀兰·邓波儿娃娃那样的蓝眼睛。因此她渴望自己有一双最蓝最蓝的眼睛。她经受不住自惭形秽所造成的心理重压,逐渐精神失常,生活在一个虚幻的世界中,在那儿她有一双最蓝的蓝眼睛,成了最可爱的姑娘。表面上看来,这是一个黑人小姑娘天真无知的愿望,但实际上反映的是两种不同文化传统的不同审美观与价值观对生活于其中的人们的心理结构的影响。莫里森捕捉住了美国白人和黑人文化之间在审美与社会价值观上的冲突,而这一冲突又因美国社会中白人文化对黑人文化在心理及政治上的统治而变得更为复杂和尖锐。这是一部反映种族仇恨的小说,也是一部反映黑人社会内部男女间矛盾与冲突的小说,更是一部反映白人文化传统对黑人传统价值观念肢解的小说。

莫里森认为,美国黑人只有保持自己的传统才能有真正属于自己的生活。这种在黑人社会群体中继承保留下来的传统对于生活在其中的黑人有着潜移默化的影响,反映在他们的希望、梦想甚至潜意识之中。这是黑人在一个敌视他们的社会中能够生存下来的精神支柱。但莫里森在强调这一文化传统的丰富的同时,也看到了它贫乏的一面,看到传统意识在个人自我发展过程中的积极影响和消极作用,特别是对女性自我意识发展上的消极作用。这一点在《苏拉》中得到了突出反映。《苏拉》描写两个黑人姑娘苏拉和内尔的友谊和成长。在这部时间跨度为 46 年的小说中,莫里森探索了社会群体对个人追求自我实现的影响,表现了黑人妇女在种族及性别双重歧视下的生活现实。作者通过两个主要人物交织的命运,反映出黑人妇女中两种不同的生活观:是因袭还是突破,是单纯的生存还是去创造不同的生活。

莫里森的第三部小说《所罗门之歌》,在内容和所反映的现实方面比前两部作品都更为深广,人物也更为复杂。小说描写麦肯·戴德第三自我认识发展的过程。他离家去找寻父亲和姑姑早年发现后来不知去向的黄金,结果寻到了自己的根,了解到有关自己祖先的传奇般的历史。麦肯的经历象征了黑人从自己的历史文化传统中汲取精神力量、充分肯定自己存在的价值。小说在几个不同的叙述层面上交叉展开,表现出影响麦肯成长的多种社会因素,其中主要的也是作者着力表现的是麦肯所生活的黑人区的历史、特性及该区在所在城市中的地位、麦肯的家庭背景;他的好友吉它的家庭背景和秘密黑人组织七月社的情况,以及有关麦肯的曾祖父的传奇般的历史。莫里森利用了从黑奴时代起就在美国黑人中广为流传的关于不甘心做奴隶的黑人独力飞回非洲去的神话,作为贯穿小说始终的、主人公挣脱束缚得到精神上解放的象征。小说开始的第一个场面就是一个保险公司的小职员黑人史密斯宣告将从医院楼顶用翅膀飞到湖的对岸,结果摔死。小说结束时,麦肯回到南方故乡,听到了曾祖父所罗门飞回非洲的传说。小说就在黑人成功或失败地飞向理想世界的斗争的气氛中,在一心聚敛物质财富的麦肯的父亲和不受物质社会腐蚀、注重人本身价值的姑姑派莱特所代表的两种不同的价值观在麦肯身上的影响与冲突中发展到高潮。

《沥青娃娃》以70年代加勒比海一个小岛和纽约市为背景,展示了白人与黑人之间、不同阶级的黑人之间、按传统方式思维与生活的黑人和受过现代化高等教育的黑人之间的纷繁交错的关系,而处在旋涡中心的是一对不同经历的年轻黑人恋人森和杰汀。莫里森描写了这对年轻人之间火一样的恋情。但是,爱并没有能够使他们超越不同的人生价值观,他们彼此都为爱情做出了让步。杰汀姑娘跟随森回到他朝思暮想的故乡,那儿的妇女仍是守在家中,生儿育女,厨房就是她们的天地。黑人小村中封闭窒息的气氛使杰汀无法忍受。在纽约和巴黎受过高等教育的杰汀和南方小村中的普通黑人妇女之间几乎没有任何的共同语言,相互之间难以沟通理解。与杰汀相反,森却乐不思返。两人间的矛盾爆发了。杰汀要他考虑前途。她认为他需要一个工作,一个学位,好使自己生活过得有意义；森则认为学校教白人的一套东西毫无价值。在《沥青娃娃》中森和杰汀的分歧体现了美国黑人中对于应该争取什么样的未来的两种思潮的斗争。杰汀要利用白人世界的条件，努力争取成为美国社会中的成功者，从而改善黑人的状况；而森则不同，他对白人社会及一切制度极端反感，感到一切都是“他们”的。他在美国是个局外人，没有归属感，受不到保护，只能自己保护自己。思想意识上的分歧使二人最终分道扬镳。

《爵士乐》的中心情节是一桩杀人事件。1926 年，居住在纽约市哈莱姆黑人区的一个五十多岁的美容化妆品推销员、黑人乔·特雷斯枪杀了情人、18 岁的多卡斯。他的做理发师的妻子维奥利特在葬礼上愤怒地企图用刀毁坏死者的面容。小说通过人物的回忆，追述了这对夫妻如何在 19 世纪末黑人大规模从乡村移居城市的潮流中来到纽约寻求新生活，如何在冷峻的现实面前幻灭了早年的梦，陷入枯燥麻木的生活，从而导致悲剧的发生。从表面看来，是乔开枪击中了多卡斯，导致她第二天死去，然而在乔的悲痛的自我探索和维奥利特企图弄明白自己何时失去了乔的过程中，莫里森展现了人物受过重创的心灵。多卡斯的死亡使乔和维奥利特重新认识自己，使得他们能够合力将破碎的生活重新拼织起来。

《天堂》以九个居住在俄克拉何马州一个只有 360 个居民的黑人小城鲁比中的男子，在 1976 年某天清晨袭击 17 英里外的一个修女院中的四个女子的事件为主线，追述了从 1890 年开始，鲁比黑人的祖先为了逃避种族歧视和罪恶的白人世界，最终落脚在一片荒野，在这个离最近的城市都有 90 英里的地方建立了这个小城的历史。废弃的修女院在老修女去世后，只有她的养女康妮继续在里面生活。从 60 年代开始，几个在个人生活中遭受巨大不幸的女子玛维斯、格雷斯、塞尼卡、派莱斯先后来到修女院住下。年轻的黑人不愿生活在封闭的鲁比，反对建城元老和他们的后代的保守态度，元老们则认为是修女院中“行为不轨”的女人使年轻人不守本分，必欲除之而后快。小说通过几个不同种族的女子在家庭和性方面所受的精神和肉体的摧残，反映了美国社会中女人的处境，而她们在修女院中得到的平静和休养生息的机会又不为黑人小城中的男性卫道士所容。这是莫里森小说中女性主义色彩最浓的一部，和当代许多黑人女作家一样，她认为反对种族歧视的斗争并不能代替反对性别歧视的斗争，她构筑了一个只有黑人构成的社会,但对妇女的迫害依然令人发指。

莫里森是位极其认真严肃的作家。她重视小说的社会政治作用,也重视艺术技巧,使小说能够发挥这个作用。她认为小说是继承传播黑人民间文化传统的有力工具,黑人文学不只是黑人写的作品,或有关黑人的作品,或使用了黑人喜用的词语的作品,它还应该是同时包含了黑人民族与文化传统中特有成分的文学。瑞典文学院在诺贝尔文学奖授奖词中称赞莫里森"在她的以具有丰富想象力和充满诗意为特征的小说中生动地再现了美国现实的一个极为重要的方面"。这"极为重要的方面",指的就是美国黑人的生存境遇,以及在逆境中生存而仍不屈不挠地维护自己文化传统的尊严和独立存在的自我。她的作品反映了黑人在美国社会中对自己生存价值及意义的探索,植根于黑人文化传统,同时在创作技巧上又广泛运用现代手法,十分讲究叙述角度的运用。她把黑人特有的传统表达方式和精湛的叙述技巧相结合,使紧扣美国黑人历史和现实的作品具有强烈的感染力。

第四节　厄普代克

约翰·厄普代克(1932—2009)是20世纪后半叶美国最多产和获奖最多的作家之一,自50年代以来,至今已出版小说、诗歌、评论集和短篇小说集数十部,仅长篇小说就达19部。他的各种作品曾多次获得国内外各类奖项,囊括了几乎美国国内授予文学创作的所有重要奖项。从60年代至今,厄普代克几乎每隔一段时间总有一部小说问世,而且几乎每次都会引起文坛反响。厄普代克的小说以描写普通中产阶级的生活为主,尤其是写他们的日常生活,但由此而展示的画卷却丰富多彩,涉及从社会政治到伦理道德,从个人行为到文化传统等各个方面。由家庭风波而产生的道德观念的冲突,对性爱的迷恋及其产生的问题,以及一些终极关怀意识如宗教意识对人生的影响等,构成了厄普代克许多小说人物行动的主要内容。另一方面,他叙述的虽然是普通人的故事,但反映的却是整个时代的社会特征。在许多故事情节和人物的身上隐含了某些时代特定的文化和社会现象,准确而细腻地反映了近半个世纪美国社会的价值观念的变迁发展。在他的小说中，最能说明这一点的是“兔子四部曲”。他笔下的人物兔子哈里已成为当代美国文学中的经典人物。

厄普代克1932年出生于宾夕法尼亚州小城里丁，父亲是中学数学教员，母亲颇有艺术才华，倾心写作。这给幼年的厄普代克很多熏陶。他从小就对绘画和写作感兴趣，中学时就时常给当地报刊写故事，1950年入哈佛大学，在校期间主持学校的一本幽默杂志。他1954年作为优等生毕业，同年在《纽约人》上发表第一篇小说，次年到英国牛津大学拉斯金学院学习绘画。厄普代克携家回到美国后，落户纽约曼哈顿，在《纽约人》杂志担任专职作家，两年后离职迁移到马萨诸塞州的依普斯维奇居住，专心从事写作。在《纽约人》杂志工作时间虽然不长，但对他一生的创作有很大影响，他的小说内容、语言风格、叙述格调都与这本杂志有一定关系。

1959年，厄普代克发表第一部小说《老人院义卖》，叙述老人院的管理者和老人们之间的冲突故事，表现了以院长考纳为代表的空虚的“人本主义”与以霍克为代表的老人们所崇尚的“精神主义”的对立和冲突，反映了随着工业化的进展，美国社会产生的忽视人的精神需求以及传统观念和现代行为之间的矛盾等问题。这个主题成为他后来作品的一个重要内容。第二部小说《兔子跑吧》(1960)是作家“兔子四部曲”的第一部。小说发表后引起读者和评论界的热烈反响，奠定了他作为一个当代美国重要小说家的地位。第三部小说《人马》(1963)从一个身为中学生的儿子的角度讲述他父亲——一个中学教师三天内所经历的生活、工作、情感方面的种种磨难和挫折。小说写得异常感人，父亲的形象生动逼真。厄普代克自己说过，这部小说浓缩进了他父亲的形象。1965年他被选为美国国家文学艺术院委员，成为有史以来最年轻的委员。

《兔子跑吧》的主人公是一位26岁的名叫哈里·安斯特朗的年轻人，绰号“兔子”。故事开始时，他是一家公司的推销员，专门推销一种厨用削刀。他曾是中学篮球队的明星，可眼下生活却并不美妙。妻子詹尼斯是个家庭妇女，可不善理家务事，整天盯着电视看些无聊的或儿童看的节目，而且还酗酒，把家里弄得乱糟糟。有一天，哈里回家发现已经怀上第二个孩子的詹妮斯一副邋遢臃肿的样子，只顾自己看电视，不把两岁半的儿子从他父母家接回来。哈里只得自己去接儿子，但心中郁闷的他并没有去接孩子,而是在黑夜里向南驶去,开始他“逃跑”的历程。不过他并没有逃走,而是去找他当初的篮球教练托塞罗,从而结识了妓女露丝,并在那里居住下来。两个月后詹妮斯分娩,哈里又回到她身边,但不久又跑了。第二天,詹妮斯不慎把出生不久的女儿淹死在浴盆里。哈里在葬礼上因不承认自己的过错,引起众怒,再次跑掉。他回到露丝那里,得知她已怀孕,兔子又一次跑掉。50 年代的美国开始进入富裕社会,但社会气氛相对保守、沉闷,是一个思想趋同的时代。兔子哈里离家逃跑在一定程度上表现了对社会的反抗。曾经是篮球明星的哈里,显然是对平庸无聊的生活非常不满和厌烦,但厄普代克并没有把哈里塑造成一个有着明确目标和理想的反抗英雄。相反,一方面表现哈里对现实生活不满,另一方面表现他不知道要寻找什么,只是一味地逃跑。这里,厄普代克引进了神学家卡尔·巴特的思想:这个世界是上帝启示的世界,人们不应该只是忍受生活的平庸,同时也应看到世界的美好,唯有这样才能表明对上帝的信仰。厄普代克通过小说中一位年老牧师与年轻牧师之间的冲突表现了巴特的这个思想。哈里尽管有所追求,但不能真正体会到上帝在世界的存在,虚无的感觉多于信仰。这是他一方面反抗,另一方面又不愿承担责任,只有毫无目的地在路上跑的原因。

十年后四部曲的第二部《兔子归来》(1971)问世。此时的哈里已是 36 岁,面临的是一个动荡不安的社会:越南战争,校园革命,黑人民权运动,科技突飞猛进,阿波罗号飞船登上月球。与此相反,哈里的家庭生活又一次陷入困境。这次是詹妮斯离家与同事斯达福罗司同居。一天,经黑人同事的介绍,哈里把 18 岁的富家女、嬉皮士吉尔带回家同居,吉尔继而引来黑人青年斯基特,两人发生性关系,被白人邻居发现,招致愤怒。结果,哈里的房子被人纵火烧毁。斯基特逃脱,吉尔被烧死。哈里的妹妹米姆从外地回来,调解了哈里和詹妮斯的关系,使他们重归于好。这是厄普代克最具政治意味的小说。与十年前不同,此时的哈里没有了反叛精神,反而加入保守派的行列,支持美国到越南打仗,认为这是爱国主义行为。但对社会的各种动荡混乱的现象,他又十分迷惑。三个不同背景的人:一个思想保守的白人,一个原是富家子女的嬉皮士和一个有着激进思想的黑人青年混住在一起,这本身就表现了 60 年代美国特殊的社会和文化现象,即现存秩序的崩陷。小说发表后引起争议。有评论者认为小说议论多于描写,造成了小说的缺陷。

1981年厄普代克发表《兔子富了》,次年荣获普利策奖、全国图书奖和全国书评家协会奖三项大奖。70年代末的美国正处于经济萧条、能源恐慌时期,但人到中年的哈里却交了好运。他在岳父死后当上丰田汽车销售代理人,因销售省油的丰田车而生意红火,发了财。但哈里生活中也有不如意的地方,那就是儿子纳尔逊在外地上大学,与家里不太联系。父子不和是哈里的心病。一天纳尔逊突然回家,原来是他未婚妻普鲁已经怀孕。他决定停学以接替斯达福罗司在车行的工作。婚后不久的纳尔逊就像他父亲当年那样离家出走。最后,纳尔逊的女儿出世,兔子哈里当上了爷爷。在这部小说中,厄普代克又回到以描写家庭风波和日常生活为主的故事,但同样扣住了时代的特征。富起来的哈里俨然成为中产阶级的一员,高尔夫、游泳俱乐部、家庭聚会、度假等已成为主要的生活方式。但哈里的心态是矛盾的,一方面他感到满足,他与詹妮斯的关系也日渐融洽;可是另一方面,富裕的生活并不能抹去平庸的感觉,内心并不感到充实。他又想到了自由,坚持要搬出岳母的房子,购置一所自己的住处。他还想寻回自己与露丝的女儿,甚至还时时感到了死亡的阴影。所有这一切说明他心中仍有追求的冲动,但这些冲动被日常生活的平庸、琐碎和无休无止的风波和冲突一一消解了。而这正是厄普代克要在小说中表现的那个时代的主题。

1990年出版的《兔子安息》成为这部跨越了几个时代的系列小说的最后一部。此书又获普利策奖,使厄普代克成为美国文学史中为数不多的能两次获得该奖的作家之一。56岁的哈里此时已经退休,和詹妮斯搬到了佛罗里达,过起了中产阶级的悠闲生活。但生活并没有从此太平。纳尔逊染上毒瘾,几乎偷光了公司的钱。哈里发现后十分恼火,但也止不住事态的发展,以致到了面临被起诉的地步。纳尔逊与普鲁的关系恶化。更糟糕的是,普鲁来看望因心脏病发作而卧床休息的哈里时,两人发生了一夜风流。此事被詹妮斯发觉后,兔子哈里再次跑掉,这是他一生中最后一次逃跑。他来到佛罗里达,因心肌梗死倒在曾经使他辉煌过的篮球场上。这本书也围绕着家庭风波展开,与前书不同的是,作者在描写日常生活场面的同时，融入了人物的政治特征。80年代末，冷战结束后的美国社会的意识形态如民族主义、种族主义和性别主义（性别歧视）等在哈里身上得到了印证。同许多美国人一样，哈里也感到冷战的结束使美国失去了一种方向感。在家庭内部哈里也感到了来自詹妮斯的威胁。她生平第一次要出去工作，当一个职业妇女，这不得不让哈里皱起了眉头。当然，最大的问题还是儿子纳尔逊的极端个人主义和吸毒几乎使哈里彻底破产。小说从一个家庭的侧面，表现了美国社会在一个特定的历史时期面临的种种问题和一些普通人的心理和思想状态，为了解冷战后的美国社会提供了一个很好的文学文本。

在当代作家中，厄普代克以描写与性有关的场面著名，并因此引起很多争议甚至批评。对此，他有自己的解释。在提到《兔子跑吧》中的性描写时，他说："那时我认为，现在我依然这么认为，如果你要在书中写性，那你就得真正地去表达它。你得深入进去，把发生的事表达出来，使它表现为人与人之间的一种关系。"从这个意义上说，厄普代克的创作态度是严肃的，而且笔下的性描写也确实成为人物整体性格的一个不可或缺的部分。"兔子四部曲"就是一个例子。《兔子跑吧》中哈里与露丝的关系不仅仅是一种肉体关系，更多表现为他对宗教意义上的终极目标的追求。在《兔子归来》中，哈里与吉尔的性关系则表明了兔子性格中的非理性因素，这是造成他一生中性伴侣混乱的一个重要原因。在《兔子富了》里，哈里与詹妮斯玩性游戏，哈里对性的渴望和想象以及几对夫妇间的"换妻"等描写，与富裕中产阶级中的一些人追求自由和刺激的生活方式是一致的，当然也表明了精神的空虚和道德意识的退隐。这一点在《兔子安息》中则表现得尤其突出。哈里与儿媳妇发生关系，表明在处理性关系上他已经丧失了起码的社会道德观念，这成为他最后一次逃跑并走向死亡的一个直接原因。从兔子哈里的性经历中不难看出他性格发展的轨迹。

性关系问题（许多评论者以"通奸"概括之）不仅是"兔子四部曲"的一条重要线索，而且也是厄普代克其他小说中的重要主题。60年代的《夫妇们》(1968)和70年代的《嫁给我吧》(1976)是这方面的代表作。前者讲述美国东部一个小镇上几对夫妇之间互相勾引和互换丈夫、妻子的故事。小说以其大胆直露的关于性和通奸的描写，在文坛和读者中引起广泛争议,当年4月的《时代》杂志以"通奸社会"为题把这部小说搬上了封面。后者写的是发生在两对夫妇间的情爱与通奸的故事。厄普代克在为《夫妇们》辩解时说:"此书写的并非真正是性,而是把性作为新出现的宗教,作为唯一留下的东西。我没有把书中的人物作为一群坏蛋来描述,而是把他们看成是一个历史时期的产物……这些人生活在社会中,但不想重新建构社会,而是想在社会的空隙中,通过互相寻找身体,寻找对方的声音来安慰他们自己。"这个历史时期正是肯尼迪当政的60年代的美国,一个社会价值和个人行为经历急剧变化的时期,而性解放则是社会价值观念变化的一个突出表现。在提到小说的主题时,他又说:"我要问的问题是,基督教之后,(还有)什么?性,以其诸多变化的形式,当然地成为一种形影不离的东西,一种氛围,以及新的人本主义的动力。"当然,他并不是说性成了人们主要的生活内容,而是指价值和宗教观念的改变给传统理念和生活方式带来的变化,这突出地表现在家庭的崩溃上。另一方面,这两部作品也深入探讨了追求自由、爱情和情欲、游戏的生活方式之间,以及理想、浪漫和现实、责任之间的错综复杂的矛盾和冲突。

厄普代克以描写细腻和遵循现实主义的创作原则见长,但有时也采用诸多实验手法,如第一部小说《老人院义卖》的叙述时间是在未来,早期作品《人马》把希腊神话和现实故事放在一起讲述。几十年后,类似的手法出现在《福特时代的回忆》(1992)中,叙述者同时讲了两个发生在不同时空的故事,而1994年出版的《巴西》则将现实主义、浪漫主义、超现实主义和通俗写法融为一体。这在其后出版的两本小说《在美丽的百合花里》(1996)和《走向时间的结束》(1997)中,也有不同程度的表现,前者重新回到家庭题材,不过这次作者把视野扩大到了一个家庭几代人的生活变化中,在一定程度上勾勒出了美国社会近一个世纪的变化发展。小说挪用了一些现实中几乎是有据可查的"事实"作为故事情节,极大地增强了作品的现实性。后者如同他的第一部小说,叙述时间放在21世纪的20年代,故事仍是围绕家庭展开,但增加了更多的超现实描写以及对死亡和宗教的思考。进入21世纪,厄普代克的创作热情并没有因他进入老年而衰减,2000年他又有一部新的长篇小说《葛特露和克劳迪斯》问世,并受到评论界的好评。

第二章

英国文学

概述

70 年代后的英国，沮丧与自信共生，迷茫与希望并存。在保守主义的高压政治下，在后工业的社会环境中，在后殖民的历史条件下，英国文学终于走完了 20 世纪的漫长历程。60 年代，英国和欧美其他一些发达国家一样，面临着社会的转型，从现代的工业社会渐渐转向以信息科技为特点的后工业、后现代社会。人们的价值观也因社会的开放而有所改变。继之而来的便是具体而深刻的社会变革。劳伦斯的《查泰莱夫人的情人》被禁达 30 年之久后，于 1960 年被法庭裁定并非淫秽作品。这一事件为重新审视一些既定的陈规旧律开辟了道路。1967 年，同性恋和人工流产在英国合法化；1968 年，取消了设立于 1737 年的戏剧表演审查制度；1969 年，取消死刑。这一系列重要变革，进一步深化了在英国业已存在的自由、多元、开放的文化格局，为推动文学创作的多样化起到了积极作用。70 年代后，女性作家群的壮大和以女性问题为内容的文学作品的繁荣，与这些社会文化条件密不可分。

然而，这段时期中对英国文学影响最大的乃是沉重的历史记忆，是挥之不去的殖民意识，是流溢在英语中如丝如缕的帝国余绪。殖民统治历史的结束,并不意味着霸权的彻底消亡。历史上几百年帝国主义和殖民主义的实践却在20世纪最后的几十年中给英语文学创作带来了意想不到的结果。“英语世界”的形成使得英国从过去的帝国霸主转化为一个以其语言为象征的文化中心地域,其影响辐射到世界许多角落。以英语为写作语言的文学创作在世界范围内形成了一个空前强大的话语体系,那些有英属殖民地背景的作家可以在作品中不断批判英国的殖民统治,却无法摆脱语言的桎梏,不得不在英语的体系中,继续以不同的形式书写着英国的过去。英语成为英国不可估量的文化资源,在一定意义上说,是英国殖民主义留下的巨大遗产,英国的殖民意识因此在后殖民的历史条件下得以延伸。这实在是一种历史的反讽。英语实际上已经成为国际性语言。这不仅为英国本土的文学创作开辟了新的视野,也为英国带来了新的文学生力军。

英国在第二次世界大战后为了满足社会发展的需要,鼓励其前殖民地的人民在英国工作和定居,以填补劳动力市场的不足,从事英国人自己不愿意干的工资低、工作强度大的职业,主要集中在纺织业和交通运输业。这批人的子女在英国长大,到了七八十年代在文坛上开始发出自己的声音。或许是企图对一些独立后的前殖民地施加永久性的影响,或是出于某种道义上的承担,又或许是出于良知的醒悟,英国在战后也以灵活的移民政策,接纳了不少梦想到英国求学的前殖民地的优秀青年。这些人中的相当一部分学成后留在英国从事文化学术工作,经过许多年在英国社会中的融合,已成为英国整体文化中一个重要组成部分。他们或他们的子女不断寻求自己的社会地位,确立自身的文化身份,试图在自己的文化民族根源和自己的所在国之间找到适合的位置,个中的酸甜苦辣,实难为外人所知,而文学创作正是最佳的宣泄。20世纪的最后30年里,少数族裔作家群体的崛起和英国帝国主义及殖民主义的实践有着内在的、错综复杂的历史因缘关系。而作为一种集体的文学想象活动,少数族裔作家的创作在这一时期取得了辉煌的成果,成为英国文学中最为独特、绚烂的篇章之一。

第一节　奈保尔

V. S. 奈保尔(1932—　)是当代英国最有成就的移民作家之一,2001年瑞典文学院授予他诺贝尔文学奖。奈保尔出生于特立尼达一个印度裔家庭,1950年获政府奖学金进入英国牛津大学,攻读英国文学,1954年获学士学位后,在英国定居,曾担任英国广播公司"加勒比海之声"编辑、《新政治家》杂志小说评论员。奈保尔早在50年代就登上文坛,迄今已发表35部作品,其中15部为虚构作品,其余20部为政论性、自传性或游记性作品。这些作品题材广泛,主要是关于前殖民地国家社会的,表现了殖民统治对这些国家语言、政治、文化价值观等的持久影响。奈保尔是一位充满同情心的作家,他的笔触深入"灵魂、心灵、记忆的最深处"。他在作品中将虚构的故事、真实的叙述、自传性文字相融合,出色地表现了现代人缺乏归属感的生存状态。

奈保尔在开始文学创作之初,对童年时代的记忆是他主要的创作源泉,他凭着自己丰富的文学想象表现特立尼达印度移民边缘化的生活。处女作《神秘的按摩师》(1957)以特立尼达的印度人生活为素材,带有喜剧色彩。主人公加内什酷爱读书,因一双手有神奇的功能,做起按摩师,治愈了不少人的怪病,一时名声大振,被奉为神明。他经营有方,成功开创了自己的事业,又著书立说,后来从政,当上议员,荣获英帝国勋章。小说人物极富个性,使人想起19世纪英国小说家狄更斯的风格。《米格尔街》(1959)书名中的米格尔街位于特立尼达和多巴哥的首都西班牙港,小说采用第一人称叙述,以一位少年的口吻,讲述该街形形色色普通居民的生活遭遇,展现一幅幅人物素描,最后以叙述者获得政府奖学金到国外留学收尾。《米格尔街》具有鲜明的特立尼达岛国特色,同时表现了普遍的人性,获毛姆奖。

《毕司沃斯先生的房子》(1961)是奈保尔的一部力作,故事也发生在特立尼达。小说开始时,主人公毕司沃斯先生46岁,生病住院,在逝世前十个星期被《特立尼达哨兵报》解雇。作者随后追述毕司沃斯先生一生的经历。他出身于一个破落印度移民家庭,生下来一只手有六个手指,又在午夜降生，按照印度民间传统的说法，这是不祥之兆。他的多余手指被割掉，则成了福星。长大后，他以替别人刷商店招牌为生，在给阿瓦卡斯的富人图尔西家开的商店刷招牌时结识了图尔西太太的千金莎玛。身无分文但种姓高贵的毕司沃斯先生被招赘成了住家女婿。他与莎玛的兄弟姐妹发生龃龉，被赶出图尔西家，夫妻俩搬到郊外甘蔗田区的土屋居住，开一爿小店。六年以后，他们又搬回到图尔西家。随着几个孩子的长大，毕司沃斯先生渴望拥有一所自己的体面房子。他省吃俭用攒下自己当司机的工资，找人盖房子，不幸的是房子没等竣工就在一个雷电之夜被烧毁。31岁时，毕司沃斯先生离开阿瓦卡斯，一人前往西班牙港，凭着自己的才能，在《特立尼达哨兵报》当上了记者，并很快小有名气。不久，莎玛带着四个孩子来到首都，与丈夫团聚。由于职业的关系，毕司沃斯先生广泛接触社会，与各种各样的人打交道。他一度离开报社到政府福利部门工作。长期以来，他一直住莎玛娘家的房子，为了摆脱寄人篱下的处境，他借钱从投机分子手里买了幢劣质楼房，虽然发现上当受骗，但毕竟是住到了自己的屋子。毕司沃斯先生后来得了心脏病，躺在病床上思念在国外读书的儿子，撒手人寰时，买房子欠的一大笔债还没有还清。奈保尔成功塑造了毕司沃斯先生这一人物形象，他心地善良，饱经生活磨难，极富个性。小说通过他以及图尔西家族成员的平凡故事，生动描绘了特立尼达的印度裔居民的生活方式和风俗习惯。小说文笔流畅朴实，故事生动幽默，有一股浓浓的人情味。

《在一个自由国度里》(1971)是一个中短篇故事集，"引子"和"尾声"取自叙述者中东之行的日记，使夹在中间的三个中短篇故事成为一个有机整体。第一个故事《许多人中的一个》的主人公桑托什是来自印度孟买的厨师，他的主人到美国工作，把他带到了华盛顿。桑托什后来离开主人，在一家印度餐馆打工，与一个美国女子结婚，成为美国合法居民。奈保尔将身无分文的印度穷人在美国这个自由国度的落魄状况和复杂心理作了惟妙惟肖的描绘。《在一个自由国度里》的地点转到一个正在打内战的非洲国家，博比和琳达两个白人驾车长途跋涉，返回自己的政府公署大院。博比最后虽然安全回家，面对充满敌意的当地黑人，他下了决心："我得离开这儿。"小说中的自由具有反讽意味：主人公与他们所处的环境格格不入。该书荣获布克奖，为作者带来声誉。奈保尔作为来自前殖民地国家的作家，关注发展中国家的社会政治问题，并表现出右翼政治倾向。在他看来，西方殖民主义统治的终结并没有如人们期望的那样给前殖民地带来主权、安全和进步，新成立的民族国家的统治者也没有肩负起他们应该肩负的重任。

奈保尔在《河湾》(1979)中对第三世界国家的社会政治进行了尖刻的批评。故事发生在一个刚获独立的非洲国家，它与蒙博托领导下的扎伊尔极为相似。主人公萨利姆的祖先是来自印度西北地区的穆斯林，在非洲大陆东海岸定居经商。故事发生在1963年，年轻的萨利姆驾车前往非洲中部，在那里的河湾小镇买下一个店铺，准备独闯生活。小镇是当地的贸易中心，萨利姆抓住战后恢复的时机，经营有方，后来改做批发，生意不错。但是，他发现自己生活在"不友好的世界"：他是一个"外来者，既不是定居者，也不是游客，而是没有更好去处的人"，心头挥之不去的是孤独感。小说采用第一人称叙述，展示出现在萨利姆生活中的各种人物画像，包括从英国留学回来的同乡、给新总统当顾问的白人等，他们的共同之处是流落他乡，失去了精神家园。萨利姆的生意受到国内动荡不安的局势影响，多年之后，他的商店被国有化。为逃避警察的勒索和迫害，萨利姆最后在朋友的帮助下乘坐轮船逃离河湾。《河湾》涉及非洲国家的种族、教育、传统文化、现代性等问题，思想内涵丰富，早期作品中的幽默风趣被严肃的社会批评所取代。奈保尔无情揭露了非洲国家独裁统治的暴政和腐败，在后殖民语境中深化漂泊无根的主题，赋予作品社会政治意义。

《河湾》之后时隔八年，奈保尔才推出其下一部小说《到达之谜》(1987)，该作品作为奈保尔的代表作，为他赢得诺贝尔文学奖。《到达之谜》几乎以全新的面貌呈现在读者面前，《河湾》中那种冷峻的批评没有了，取而代之的是一种近乎沉思的口吻，娓娓述说着作者的发现以及他不断变化的人生观。这本奈保尔最雄心勃勃的小说刻画了一位来自加勒比地区的作家，在经历多年漂泊无定的生活之后，终于在英格兰找到了归家的快乐。纪实与虚构交错，依然是《到达之谜》的特色，小说中那没有姓名的叙述者显然暗示作者本人。《到达之谜》由五个部分组成。在第一部分

《杰克的花园》中，故事的叙述者讲述自己在英格兰威尔特郡的乡间生活，已经成为名作家的他在那里租了一所房子居住，有生以来第一次能够直面人生。第二部分《旅行》叙述了他从特立尼达来到英国求学，经过奋斗终于成为作家的过程，那是一段压抑、盲目、愚昧的经历，缺少的是自我发现和真知灼见。第三四两部分分别题为《常春藤》和《白嘴鸦》，都是以英格兰乡村为背景，讲述他在那里的生活经历以及对他人的认识。最后一个部分《告别仪式》很短，回忆他在离开多年后返回特立尼达参加为妹妹举行印度教葬礼的情景。小说构思精巧，叙述者一次又一次回到中心意象，不过他对这些意象的看法却不断改变。

正如标题暗示的那样，《到达之谜》的主题是“到达”的本质以及旅行与到达之间的关系。小说记叙了奈保尔所谓“观察与学习的第二个童年时代”和他的“第二次生命”，试图表明他“生平第一次发现的与自然的和谐”。奈保尔所发现的杰克与杰克的花园之间的和谐，使他获得了一种对有序生活的认知范式。在某种意义上，英国乡村的自然风光为奈保尔提供了一个可靠的避难所，其意义远远超出“我故乡那些有着热带风情的街道”，具有后者无法比拟的优越性。《到达之谜》为叙述者提供了一种评判其过去与现在的道德尺度。整个叙述不是呈线性发展，而是围绕着一系列同心圆进行的，圆心就是富有象征意义的英国巨石阵遗址，叙述者在威尔特郡的家就坐落在附近。在小说的文本中，英格兰的自然风物负载着作者对于征服、错位以及移民等问题的历史探索与内心反思。初到伦敦时，叙述者本以为到了一个自己早已从文学作品中熟知的城市，结果却“出乎意料地”发现这是一个“陌生、未知的城市”。十年后，当他已经功成名就，有资格租住一座乡间别墅时，英格兰的乡村风光就代表着他心目中莎士比亚、格雷、华兹华斯、哈代等人笔下的英国，人文景物无不笼罩在浪漫主义的光环之中。他不再寻求用巨石阵的古老历史来平衡他所缺乏的历史根源，平生第一次感到自己已经与英国自然风物融为一体。小说中的英格兰指称一种真实，不过这种真实却被一个童话般的世界所覆盖。在这个被历史与文化装扮的世界，他所发现的一切都那么完美。虽然这种完美会因为时常记起特立尼达而受到损害，但是它还会回来，带给他新的信心与希望，支撑着他毕生的“写作之旅”。努力忘却挥之不去的边缘人的卑微，争取在西方文明世界的中心确立新的身份，这应该是所有后殖民知识分子不得不面临的一个问题。《到达之谜》表达了这种身份的转换，这是奈保尔早在《斯通先生与骑士伙伴》中就已经开始的探索。

第二节　希尼

西默斯·希尼（1939—2013）的诗歌具有鲜明的民族色彩和纯美的语言风格，他于 1995 年获诺贝尔文学奖，被认为是“叶芝以来最伟大的爱尔兰诗人”。希尼的早期诗作取材于他童年时代的乡村生活，景物描写简洁凝练。70 年代以后的作品依然保持洗练的特色，但风格要比前期诗作浑厚浓烈，对文化、社会和历史层面的表现更为深刻锐利。希尼的成功主要得益于几个方面：首先，七八十年代愈演愈烈的北爱尔兰问题受到各个阶层的关注，而希尼的本土性使他赢得读者的尊敬，而在这场历史根源复杂，延续时间长久的冲突中，他所表达出的理性思考又博得了知识界的认同。其次，希尼善于将历史事件与社会现实联系起来，令人深思；另一方面，与叶芝一样，希尼的写作并不是为了个人，而是为了民族和爱尔兰性的探求，因此他是为读者写作，以读者可以共鸣的情感诉求为主体；对语言的准确把握和比喻的生动运用，也是希尼的过人之处。正是由于他对于爱尔兰的历史与现实的关注和诗意表达，使他成为一代大家。希尼的诗名虽盛，但并未掩盖其他爱尔兰诗人的光辉。

希尼出生于北爱尔兰贝尔法斯特西北的德里县，是家中的长子，1957 年入贝尔法斯特女王大学，毕业后先后在中学和大学任教，1963 年开始写作，并与马洪、朗利等一起参加由“诗歌组”诗人菲利浦·霍布斯保组织的诗歌工作室。1965 年希尼出版《十一首诗》，同年和玛丽·黛芙琳结婚。次年，他开始在女王学院讲授现代英国文学，并同时出版诗集《自然主义者之死》，以清新的笔调描绘了爱尔兰的田野风光和淳朴民风。之后，希尼陆续发表诗集《通向黑暗之门》（1969）、《冬游》（1972）、《北方》（1975）、《田间劳作》（1979）、《迷路的斯维尼》（1983）、《不变岛》（1984）、《山楂灯笼》（1987）、《看世界》（1991）、《水平仪》（1996）和《开放之地：1966—1996 诗选》（1998），以及《当务之急：1968—1978 文选》（1980）、

《矫正诗歌:牛津讲演录》(1995)等。1971年希尼访问加州大学后,回到女王学院,但于次年放弃教职,专心创作。1975年起,他开始陆续在都柏林的加里斯福特学院、哈佛大学和牛津大学任教。近年来希尼依然笔耕不辍,翻译的现代英语版《贝奥武甫》(1999)获得一致好评,2001年出版新诗集《电灯》。

不少评论家认为《自然主义者之死》受到休斯风格的影响,但他的成功在于他对语言和所刻画的事物的精确把握,以及具有个人风格的独到视角和用词。诗集中不少作品在描写家乡德里县乡村生活风物的同时,探索物质与精神的交流和融会,也透露出对爱尔兰独特性的追求。收录的第一首诗《挖掘》就颇为典型,诗人的父亲和祖父用铲锹挖掘爱尔兰肥沃的泥炭地,而诗人则以自己的笔来开掘。诗作风格平和淡泊,其中一句"粗大之笔躺着;自在犹如一枪",则从平静的生活中流露出不安与动荡。

1969年希尼读了丹麦考古学家格罗布的著作《沼泽地人》,书中叙述在沼泽地的地层中保存完好的尸体,这是远古时代人们为保丰收而进行活祭所留下的。这本书为希尼的创作提供了新的主题,《通向黑暗之门》中的《沼泽地》一诗,就表现出他以更为宏大的视角来审视自己的民族。他在诗中将沼泽地看作是爱尔兰的象征,bog也是少数几个进入英语词汇的爱尔兰词语。在诗歌中,诗人通过对鹿骨、地底油脂等的描写,开掘历史遗存,追溯过往文明,以构筑爱尔兰的民族意识。

希尼早期对诗歌主题和个人风格的探索在第四部诗集《北方》中趋向成熟,诗集不仅为他赢得了多项诗歌奖,确立了他在当代英国诗坛的主流地位,同时也赢得读者的一致赞誉,第一个月就售出六千本,超过了拉金的《降临节婚礼》和休斯的《乌鸦》。希尼第一次以诗歌形式让人们正视愈演愈烈的北爱尔兰问题。在《北方》中,他所探讨的北方具有多重意义,既指北爱尔兰,也包括影响爱尔兰的其他北方文明,如来自斯堪的纳维亚的海盗文明。诗人的主要目的在于通过对语言、仪式和考古的体察,来追寻历史与现实的联系纽带,勾勒宗派冲突的历史文化根源。诗集中最令人动容的是《惩罚》一诗,他将黑铁时代因为婚外情而被处死的女性与北爱尔兰因与英国士兵恋爱而蒙受打击的女性联系起来,诗人情绪复杂,孤立无援:

我无声地伫立着
当你那些叛变的姐妹，
抹着柏油，
扶着栏杆哭泣，

我也参与着
文明的暴行
但心里明白这正是
部落式的隐秘报复。

诗人的矛盾透露出叶芝以来爱尔兰知识阶层对于国家民族的复杂情绪。《田间劳作》进一步探讨理解与和解的问题，但总体格调较为哀婉，诗集的题目喻示着希尼的发展之路：一方面他立足于自己的土地，真实的田地；另一方面他又以宏大的眼光探索田地的意义。《不变岛》在语言和比喻的运用上更加丰富深邃，而《迷路的斯维尼》则透过17世纪爱尔兰国王斯维尼的形象，表现了诗人对于自己身份的迷惘。在《山楂灯笼》中，他进一步以“比喻岛”、“泥泞的景象”表达出对爱尔兰性的结构与重构，指出没有所谓绝对的起源，也没有清晰的结束，“除了/你能说我们都活下来了”。不过，在《看世界》中，他却以自己一直钟情的土地神话，重新勾勒出一个“明净之地”，而《水平仪》这首抒情诗却在希尼的创作中独树一帜。

第三节　品特

1969年，《风景》、《沉默》和《夜晚》三部短剧先后上演，标志着品特以表现回忆、时间等题材为主的第三阶段创作开始。与前期相比，他的作品有了一些明显变化：人物多是中产阶级，常用独白，舞台布景趋于抽象，前期作品中直接的冲突和肉体的侵犯为思维与智力的较量所代替，舞台动作少而又少，而智力的较量主要体现在如何思索、理解过去上。关于过去,品特在1971年接受采访时有个令人深思的说法:“我当然越来越多地感觉到,过去并未过去,它从未过去,它还在继续……将来完全一模一样,它永不会结束。在我们身上,各种状态都保持着,直到我们死去。”往日虽逝,旧事犹存——或在潜意识中活动,或被有意识地作为材料甚至工具来使用以达到某种目的,过去与现在互涉成为这一时期作品的中心主题。在《风景》、《沉默》、《夜晚》、《往昔时光》、《虚无乡》、《背叛》和《像阿拉斯加的地方》等作品中,他力图从“过去—现在—将来”的关系中寻找契合点,给回忆这一与过去密切相关的思维活动赋予了新的意义。

《风景》是戏剧审查制度临终前的几个牺牲品之一,首先于1968年在英国广播公司以广播剧播出。它用品特最常用的静态人物造型手法开场,男女主角达夫和他的妻子贝思分坐在长条厨桌两边的椅子上,沉浸在各自的回忆中,不停地自言自语。虽然达夫有时也对贝思说上几句,可贝思总不搭理。两人的独白也几乎毫不相干:贝思讲的是过去——她年轻时在海滩与一个男人的短暂经历;达夫讲的则是现在——主要是前一天他在路上发生的事。贝思对海滩上的经历念念不忘,沉溺于过去也许是因为腻烦于感情、婚姻现状;达夫在前一天发生的事上嗦嗦也许是因为他的猥琐。贝思可能与她的雇主(已经去世的赛克斯)有染,而达夫有一次同赛克斯出行时也有过不忠之举。过去似乎可以解释现在:达夫与贝思空间上的分离状态——分坐于桌子两侧,反映了他们想法的差异,也许还反映他们难以合辙的夫妻关系。《沉默》中有一女两男三个人物:年过二十的姑娘埃伦、四十多岁的拉姆齐和三十多岁的贝茨。涉及三段时间:埃伦的童年、她长大后及现在三人都过着独居生活。戏剧围绕拉姆齐和贝茨与埃伦的感情关系,揭示时间的同一性及过去与现在殊难分辨的主题。

同《风景》和《沉默》一样,长剧《往昔时光》(1971)也围绕着人物三角关系而展开。昏暗的灯光(剧中时间是夜晚)和对称式布景暗示了迪利、凯特和安娜之间三角关系既复杂又难分上下。回忆有着强烈的主观性,它不是停滞的,既可以影响现在,而且可以按照主观的需要进行组织。恰如剧中人安娜说的:“有些事情即使根本就没发生过,人们却记得。有些事情我记得可能根本就没发生过,但因为我的回忆,它们发生了。”观众期待确定的信息和连贯的动作,可剧中提供的仅是三个人物在谈论过去,几乎就没有什么动作可言。剧作自始至终以呈现细节为主,要让观众像侦探一样去比较不同版本的回忆并建立联系,从而寻求答案。它没有丝毫说教的地方,形式已经取代内容而成为首要的东西。

品特第三阶段中最耐人寻味的作品或许要算《背叛》(1978),而且它与作者本人的婚姻似乎不无关系。品特运用电影中的倒叙手法,通过大量重复的意象,将罗伯特、他的妻子埃玛和他的同事杰里之间错综复杂的背叛主题巧妙地表现出来。剧作利用全方位的视角,将过去的一幕幕客观而完整地拉回到观众眼前。全剧共分九场,每一场都有背叛的成分。此时埃玛与杰里七年的私通已经过去两年,埃玛不许杰里喊她“亲爱的”。很明显,他们曾经背叛了罗伯特——前者的丈夫、后者的朋友。罗伯特也曾与其他女人有染,这是对埃玛的不忠。杰里与埃玛的关系无疑也是对其妻朱迪丝的不忠,但朱迪思可能与她工作的那家医院的一个同事也有不清白之处。一旦背叛各自的婚姻,这些成年人也就背叛了自己孩子的爱与信任。从另一方面看,埃玛与杰里的关系一定程度上维系了她与罗伯特的婚姻关系,而随着前者的结束,后者亦告终结——正如埃玛所说:“一切的一切,都结束了。”观众在逆向时间安排中体会背叛的诸细节:从1977年春罗伯特他们在伦敦一个酒吧相遇,然后回到1968年冬在罗伯特家举行的聚会上,杰里醉眼蒙眬地走向艾玛。品特在《事故》、《媒人》等电影剧本中曾多次运用同样的手法,现在又把它用到舞台剧中,制造出一种纪实效果。像其他作品一样,本剧中的诸多细节找不到任何解释,但其时间安排方式、服装(如埃玛的超短裙)和道具(如埃玛从意大利带回的台布)、各种手势、沉默和停顿等发挥着重要作用,观众需要集中全部注意力去作判断。艾玛与杰里的桃色关系始于冬天而终于春天,以及相对应的两人之间关系的发展由起初的兴奋和浪漫到最终的幻灭,全剧具有一种强烈的反讽意味。《背叛》成为当时最受欢迎的作品之一。

从80年代初起,品特的创作路子发生了明显变化,开始在戏剧中大量表现暴力、压迫和迫害等社会与政治的黑暗与不公。就在1980年左右,英国政治戏剧退出舞台时,品特却转向政治戏剧,个中意味值得推敲。其实,早期的《送菜升降机》和《生日晚会》已露端倪,而他在70年代开始积极地参与诸如支持核裁军、反对种族歧视和宗教压迫等一系列政治活动，更体现了他的人道主义关怀。在《送行酒》(1984)、《山区语言》(1988)、《聚会时光》(1991)、《新的世界秩序》(1991)等剧作中，他对社会黑暗与不公的愤怒，对受歧视、受侵害者的悲悯之心溢于言表。1980年《温室》上演，可以说是为他的政治戏剧开启了序幕。实际上，该剧创作于1958年，由于品特考虑到其中的党派立场过于明显而一直束之高阁。本剧的背景是一家精神病院，而这里实际上是监禁持不同政见者的地方。病人身份都以号码代替，这意味着他们已经开始被"格式化"了。院长是位退役的陆军上校鲁特，他满脑子装满了组织秩序，其实根本就不管理，总是对外敷衍了事。这期间，有一女病人被强暴并怀孕了(也许作恶者就是鲁特本人)，但调查的结果，一个叫兰姆的人成了替罪羊。剧中由鲁特代表的权力似乎是罪恶与黑暗的根源。处于底层的人更不安全，随时可能成为牺牲品。《温室》中的囚禁和暴力主题在此后的剧作中多次出现，成为作者的一个重要主题。

1984年上演的《送行酒》中，品特运用人物造型手法让观众想象出残忍、暴力行为的过程，也显示出普通人在权力和暴政之下的无畏精神。品特匠心独运，通过表现政府暴力的表现之一——语言霸权，揭示专制政治的黑暗。1991年上演的《聚会时光》与《温室》、《送行酒》一样，也涉及暴力问题。剧中的布景是在加文家举行的一次聚会。主人加文有着相当的政治地位，显得彬彬有礼，用客人的话说"好像是从另一个世界来的，一个富有礼节、充满爱心的世界"。许多客人都是一个健身俱乐部的会员——与其说是个健身俱乐部，不如说是个右翼政治俱乐部。这个俱乐部有一个"使命"：肃清社会。通过他们的谈话可以听出，他们是种种家庭暴力和国家暴力行为的祸首。与加文家的聚会相对应的是马路上的集会示威活动；示威群众阻碍交通看似暴力行为，实际是不得已而为之。剧终时，示威者之一的吉米独自一人站在加文家门口，孤零零的身影与屋内聚会的热闹场面形成大反差，暗示他将是政治暴力的牺牲品。《聚会时光》差不多为品特的政治剧画上了句号。

在20世纪的最后几年里，品特创作了《月光》(1993)、《归于尘土》(1996)和《庆典》(1999)，不过这些作品没有多少新的突破。在长达四五十年的创作生涯中，品特广泛撷取素材，吸收借鉴其他戏剧家如贝克特、尤内斯库和小说家如卡夫卡、乔伊斯的手法,执着地寻求洗练、明了而有力的语言、动作和视觉形象,同时思想和主题也在不断发展和深化。1993年大英图书馆将获赠的品特手稿(包括舞台剧、电视和电影剧本及其他作品)整理后,建立了一个专门的品特档案室。1995年他被授予大卫·科恩文学奖;1996年被授予"戏剧界终身成就奖"。这些殊荣为他终生的成就作了一个很好的注解。

第三章

德语文学

概述

在这一时期的德语文学领域,由于联邦德国学生运动60年代末开始退潮,前一段的激动和喧嚣冷却之后,作家对社会问题漠然处之,其兴趣又转向自我,纷纷致力于文学自身价值的追求,强调作家个人的感受和体验,从而平淡无奇的自我经验和日常生活成了文学的题材。60年代末转向以后的文学,被称为"新主体"文学或"新感受"文学。这一时期,博托·施特劳斯的作品成为新主体文学的代表。但是,任何一个文学时期的一种主要倾向或潮流并不可能涵盖这一时期的所有文学现象。就像文学政治化时期也有远离政治,甚至是反对政治的作家和文学(如实验文学)的存在一样,新主体文学也不可能概括七八十年代联邦德国的所有文学,更何况还有奥地利文学和瑞士德语文学等其他德语国家的文学。

60年代兴起的大众文学和纪实文学于七八十年代仍在继续发展;伯尔抨击社会不公,揭露社会对小人物尤其是对妇女的种种迫害的代表作《莱妮和他们》(1971)和《丧失名誉的卡塔琳娜·勃鲁姆》(1974);格拉斯以幻想和荒诞的形式,通过分析人类社会发展、表达妇女解放思想的长篇小说《鲽鱼》(1977);西格弗里德·伦茨关于当代生活的小说《楷模》

（1973）和将反法西斯与现实联系在一起的《故乡博物馆》（1978）；乌韦·约翰逊在广阔的历史背景上表现主人公对生活的探索和追求的鸿篇巨制《周年纪念日》（1970—1983）；瑞典作家魏斯探讨文艺家与革命作用的小说《抵抗美学》（1975—1981）；奥地利作家汉德克的小说《罚点球时守门员的恐惧》（1970）和托马斯·伯恩哈德的《石灰厂》（1970）；德国作家马丁·瓦尔泽的《坠落》（1973）和《逃逸的马》（1978）等，都是七八十年代取得的成果。

70 年代以后，民主德国的文化政策有所松动，文学主体意识逐渐加强。作家不仅从传统文学也从西方当代文学中汲取营养，以丰富自己的创作。在“美学解放”的口号下，民主德国出现了克丽斯塔·沃尔夫的《童年楷模》（1976）和《卡珊德拉》（1983）、海纳·米勒的《宰杀》（1975）、普伦茨多夫的《青年 W. 的新烦恼》（1972）等作品。但是，民主德国在政治、思想和文学上的“松绑”是有限度的，越过雷池的作家便要遭殃。70 年代中期先是诗人赖纳·孔策因散文集《奇妙的年代》（1976）的“反社会主义倾向”而受到批判，紧接着又因歌手、诗人比尔曼被取消国籍而引发的“比尔曼事件”，导致作家、艺术家与当局发生激烈冲突，大批作家纷纷离开民主德国而投奔联邦德国。

1990 年 10 月 3 日，两德最终完成统一，民主德国并入联邦德国，而这一天则被定为德国新的国庆日。德国统一不但是政治、社会和经济的大转折，也是文学的大转折。从各个角度反映这一历史转折，已成为了 90 年代文学创作的新题材。德国统一后，其文学走出七八十年代以“自我”为中心的狭小天地，再次转向社会现实，并增强了对普通人生存状态的关注。伯尔、彼得·魏斯、乌韦·约翰逊、迪伦马特、安娜·西格斯等重要德语作家虽然在 80 年代相继去世，但是格拉斯、克丽斯塔·沃尔夫、瓦尔泽、恩岑斯贝格尔等老作家在 90 年代依然笔耕不息，而且每每有引起很大反响的新作问世，如瓦尔泽的长篇小说《保卫童年》（1991）和《喷泉》（1998）、格拉斯的《说来话长》（1995）和《我的世纪》（1999），以及沃尔夫的《美狄亚》（1996），都是 20 世纪最后十年中最重要的作品。此外，像英戈·舒尔茨、尤蒂特·赫尔曼、托马斯·布鲁齐希、吉拉·卢斯蒂格等一批文学新秀纷纷登上文坛，其作品不再沉溺于自我反省，而是直面现实，产生了一批魅力四射的新作，给统一后的德国文学注入了新的活力。许多作家都聚焦广大德国人，尤其是前东德人在融入德国大家庭过程中所遭遇的经济、社会地位、思想感情、价值观念等方面的问题，但是在反映现实问题的同时，他们也没有忘却纳粹对人类进行大屠杀的那段黑暗历史，并以新的视角对它进行反思。移居德国的作家将他们不同文化融进了德国文学，从而拓展了文学的新天地，大大丰富了德国文学，如赫塔·米勒、莉布西·莫妮科娃、埃米娜·塞夫吉·厄茨达马等，就是移民作家中的佼佼者。他们的许多作品都揭示人们日常生活中感到的空虚、迷惘和恐惧，而当今社会中人际关系淡漠、犯罪、吸毒、艾滋病、失业、恐怖活动、环境污染、生态失衡等现象，正是滋长人们焦虑和恐惧情绪的温床。统一后的德国文学主题、形式和风格呈现出多元化的趋势，形成了一种异彩纷呈的文学景观。

第一节　瓦尔泽

马丁·瓦尔泽(1927—　)出生在博登湖畔一个小城的旅店老板之家，第二次世界大战后在大学攻读哲学和历史，1951 年以论卡夫卡作品的艺术形式的论文获博士学位，后一度在斯图加特当电台和电视台的导演，也曾到美、英、俄、日等国访问和讲学。瓦尔泽是“四七社”成员。两德统一前，他的作品以比较激进的立场批判联邦德国社会而闻名。两德统一后，多数联邦德国作家对统一持尖锐批判态度，唯瓦尔泽对统一表示热烈欢呼，并公开声称他现在“向右转”了。他主要写小说，也写剧本和杂文。过去他称自己的作品是有社会主义倾向的现实主义，并认为其作品对社会的批判有助于改变社会。1955 年获“四七社”奖，1981 年获毕希纳奖。瓦尔泽认为文学是改变世界的手段，两德统一前在意识形态上他倾向于社会民主党。

瓦尔泽第一部重要作品是长篇小说《菲利普斯堡的婚事》(1957)。这部作品采用比较传统的现实主义方法，即直接反映现实，不使用间接的暗示和象征。小说所反映的“具体现实”即 20 世纪 50 年代联邦德国的“经济奇迹”。瓦尔泽作品的主人公大多是中上层人士，往往有一种社会扭曲意识,作家通过人性的扭曲来揭露社会现实。这部小说由四个松散故事组成,通过一个穷大学生与富商女儿的婚姻揭示人性的变异。

在长篇小说《间歇》(1960)、《独角兽》(1966)及《坠落》(1973)中,瓦尔泽改变了写作手法。1981 年他把这三部作品视为统一体,以《克里斯特莱因三部曲》之名出版。知识分子克里斯特莱因是三部曲的主人公,小说围绕他的观察、评述、议论、感慨和联想展开。全书用第一人称,通过一个人的主观世界来反映客观世界。克里斯特莱因是大学语言系毕业生,现在是商业代理人、推销员和股东。小说开头叙述他开刀出院的那一天,就几乎占了第一部小说近一半篇幅。主人公入股的那家公司经营失利,他被迫到另一家公司做产品推销员。第一部结束时,他有了钱,有了地位,但胃病复发又需住院。小说还叙述主人公的多次婚外恋,他对待女性像对待他推销的商品一样。作者以此说明,联邦德国的生产不是为了真正的消费,而是为了推销;人必须适应社会,顺从社会,这样他才能生存发展,为此必须抹杀自己的个性,成为一个"没有个性的人"。有的评论家指出,作者让主人公开头与结束都进医院治病,暗示这个社会是病态的。当 20 世纪 50 年代西德群众陶醉在"经济奇迹"及福利生活中的时候,作者能如此清醒地看到社会的畸形生产和消费以及由此产生的个性丧失,这是十分难能可贵的。第二部《独角兽》的主人公已成为作家,他根据自己的爱情婚姻经历正在写一部纪实性小说时,却经历了一段极其浪漫的爱情。这次经历以主人公所爱的东方女子不知去向而结束,因此主人公的纪实小说也无法完成。他决心与妻子相伴终身,不再"浪漫"。小说标题"独角兽"富于象征意义。其实,世上并无"独角兽",它是一种幻想和无法实现的希望。第三部《坠落》中主人公已 52 岁,写作失败后任某疗养所财务管理及从事地产买卖。他在竞争与角逐中遭到失败后,走向坠落。三部曲写了一个想往上爬的人在追逐金钱、权力、情欲过程中所遭到的挫折。一般评论家认为小说的语言精彩,但结构与人物剖析并不出色。

瓦尔泽一个篇幅不大的长篇小说《加里斯特尔的疾病》(1972)颇具象征色彩。主人公加里斯特尔工作过度,生活劳累,自感得了一种不知名的病,无法工作,恰巧他的朋友、同事也得了类似的病。主人公和朋友、同事相互嫉妒、仇恨、竞争,因此人人都感到孤独,个个内心苦恼。主人公不愿这样生活下去,渴望另一种生活。最后他终于找到新朋友,他们是无产阶级,于是走上了改革社会的道路。小说中的“疾病”即“异化”,其结局暗示:只有无产阶级才能医治社会顽疾。此书是瓦尔泽思想最政治化时期的产物,充满天真的理想主义。瓦尔泽的中篇小说《逃逸的马》(1978),刻画知识分子在竞争中未能往上爬的失落心情,入木三分,称得上是他的最佳中篇。1985年瓦尔泽出版了长篇小说《激浪》,此后常有新作问世,如长篇小说《保卫童年》(1991)和《喷泉》(1998)。

第二节　伯恩哈德

托马斯·伯恩哈德(1931—1989)是当代奥地利最著名、最有影响的作家之一。五六十年代他以诗歌开始文学生涯,接着以戏剧,尤以小说闻名文坛。他的作品不容易理解,其主题非常富有哲理性,写人的死亡、惘然、沉沦、疾病、绝望和毁灭。他的世界观植根于“一切都是没有意义的”这一消极悲观的见解上。从他的五部自传作品中,人们也许可以理解他的内心世界。伯恩哈德是私生子,生身父亲是木匠,但他从未与父亲有过往来。他在维也纳的外祖父母家长大,受到作家外祖父的文学、音乐和哲学知识的熏陶。与别的奥地利作家不同,伯恩哈德一个人在寂寞的农村过着与世隔绝的生活,尽量不与外界交往,潜心写作。他认为他生活在这个世界上的唯一欢乐便是写作,因此即使病魔缠身,也没有停止过写作,这正是他创作如此勤奋,作品如此众多的原因。他一生获过许多荣誉和奖项,包括1970年的毕希纳奖。

伯恩哈德经常写的是疾病、灾难和恐惧等“心灵的病态”,如1978年的自传《呼吸》,描写自己18岁生胸膜炎住院时,目睹许多垂死病人最后一口气的“呼吸”。疾病自小就给伯恩哈德带来痛苦,这促使他去写“眼前的死神”,因此作品里往往充满悲观色彩。为了生计,1951年他去照料一个70岁的疯女人,直到她死去。这类经历使他看到人在世上只有苦难,没有欢乐。有的评论家甚至说,他的作品有时给人一种印象:他要用各种不同的角度向人们证明,我们生活的这个世界是可能有的世界中最坏的世界。

伯恩哈德的创作可分为三个时期:50 年代的诗歌创作,60 年代的小说创作,70 年代的戏剧和自传创作。他的长篇小说有《严寒》(1963)、《心烦意乱》(1967)、《石灰厂》(1970)及《校勘》(1975)等。《心烦意乱》写人的病态和寂寞。情节发生在奥地利阿尔卑斯山区一个偏僻小镇,这给那些自感孤寂的人提供了适合居住的环境。阿尔卑斯山孤寂的山景成为资本主义社会人的孤寂的象征。全书展示的是人的灵魂和肉体的双重崩溃。小说虽以 21 岁的大学冶金系学生的叙述为线索,但所叙述的每个人的死亡、疾病、疯狂和自杀等均可独立成篇。作者以此反映当代人的各种心理病态,从而反映这个病态社会的各个侧面,医生对人的这种"疾病"也无能为力。

《石灰厂》也是一部心理小说,故事发生在多山的上奥地利。小说以法庭证人的证词记录形式,描写学者康拉德的经历。康拉德正在进行人的听觉实验,实验对象是他瘫痪多年但很漂亮的妻子。康拉德以高价从他侄子手里买下石灰厂,把它改造成为实验用房,四周是与房子齐高的树林。这位神经敏感的学者经常在梦中见到他妻子一再破坏他的实验,他把梦境当现实,竟将妻子杀死。警察在一个几乎是干枯的粪坑里发现了冻得半僵的康拉德,于是将他押走。小说中人的疾病、孤寂、疯狂、残忍、失败、死亡既反映了人生的痛苦,也象征病态世界的危机。伯恩哈德常写人的心烦意乱,写人的内心和外在世界的鄙陋,而他正想通过写作来战胜人的"心烦意乱"和"鄙陋"。正因为他的小说人物不少都有敏感的天性和创造才能,所以常为自己的所见所闻所感而痛苦。《石灰厂》完全写幻想,很难理解,而这正是作者的风格,这也使他成为奥地利当代作家中最有争议的人物。评论家有的对他着迷,有的对他厌恶,但奥地利著名女作家巴赫曼说,对伯恩哈德的评论将来也许会像评论卡夫卡一样热烈。

70 年代德语文学广泛流行写主体与自我,写自传体。伯恩哈德的自传体小说共有五部:《原因》(1975)、《地窖》(1976)、《呼吸》(1978)、《寒冷》(1981)及《孩子》(1982)。像他的其他小说一样,这五部自传无一不贯穿着对人生的疲惫、绝望和死亡情绪。这五部自传叙述了作家童年和青年时代的生活,从中可以理解作者对人生所抱的悲观态度。但人们对他的自传的真实性抱有怀疑,因为这些自传均是作者 50 岁以后的作品,不无一些过激的描述，人们可从这五部自传中获得许多影响作者个人精神发展的信息。《孩子》写作者在家庭、学校的“权威”气氛下的痛苦经验，只有外祖父是他感到唯一可亲的人。《原因》描写作家在迁往萨尔茨堡前后，在住宿生时代所经受的纳粹占领及后来天主教会的残酷教育这两方面的精神压力。《地窖》叙述作者的学徒生活。《呼吸》和《寒冷》描写他没有社会地位的学徒生涯，在他得了致命的疾病后，却被社会撇在一边，孤立无助。

伯恩哈德的剧作有《为博里斯召开的庆祝会》(1970)、《愚蠢者和疯狂者》(1972)、《狩猎协会》(1974)、《习惯的力量》(1974)、《总统》(1975)、《米内梯》(1977)和《康德》(1978)等。《为博里斯召开的庆祝会》写一个“好人”车祸后必须靠轮椅生活，其主题像作者的其他作品一样，写“生存是通向死亡的疾病”，人生存在这世上非常艰难，以此来揭示病态社会的病态人的感觉和心理。《狩猎协会》同样以死亡为主题，全剧分三场：将军狩猎之前、将军去狩猎、将军狩猎之后。第一场叙述将军准备同客人去狩猎，以及作家和将军夫人的谈话。夫人述及将军的森林已经被虫蛀了，因此必须将树砍尽。将军第二次世界大战时在斯大林格勒丢了一只手，眼下正患不治之症，日子屈指可数，但将军不知是绝症。第二场客人与将军去打猎，作家和将军夫人在一面打牌一面谈论死亡。第三场是将军打猎回来后的独白，其中心思想是世界已经荒芜。作家对将军说，他的森林已经蛀空，他已病入膏肓。当作家阅读莱蒙托夫的《当代英雄》时，将军在隔壁房间开枪自杀了，而伐木工人砍伐树木的声音在将军的猎舍里清晰可闻。全剧描写死亡是世上一切的必然归宿，只有作家最明白这一点，而别人，例如将军，在行动上却不明白。作家要让将军明白这一点，这便导致将军的自杀。喜剧《习惯的力量》的情节发生在一辆旅行住房汽车中。这是一部寓意剧，仍由愚蠢者和疯狂者组成两组对立人物。主人公是马戏团的经理，他要把自己的意志强加于人。22年来，他不断强使马戏团的人练习舒伯特的《鳟鱼五重奏》，但大家对此既无才能又无兴趣，因此演奏始终没有成功。在这里，作者又一次指出人们熟视无睹的社会的又一病态，表现了对社会及家长制的反感，强迫的结果使本来令人快乐的东西也变成了令人厌恶的东西。

伯恩哈德50年代以诗歌创作登上文坛，但与他的小说相比，诗歌成就较为逊色。也有评论家认为他诗歌的价值还有待于新的发现。他的诗歌主要写人的内心世界，像他的小说一样，表现“在世界上”就是意味着表现“在地狱里”的厌世情绪。1957年他的一部诗集就叫《在世界上和在地狱里》。伯恩哈德甚至把大自然也写成一种可怕的、崩溃的信号。“心中的地狱”使他每到一地都感到，是走向看得见的地狱的一个站点。他曾说：“当人们想到死时，一切就非常可笑了。”

第三节　魏斯

瑞典德语作家彼得·魏斯（1916—1982）是作家、画家兼电影导演。他生于柏林近郊，父亲是犹太人，经营纺织厂，希特勒执政后即于1934年流亡国外，经英国去捷克。魏斯在布拉格学习绘画。1939年希特勒占领捷克后，他从捷克经瑞士流亡到瑞典，1945年加入瑞典国籍并参加了瑞典共产党。他一直用德语创作，因此文学史把他归入德语作家，并列入联邦德国文学之列。他是“四七社”成员，1982年被授予毕希纳奖。从1933年至1960年，他主要从事绘画，1960年后弃画从文，一度还从事电影导演。他的文学成就突出表现在戏剧创作方面，但其小说风格独特，作品甚多。

1964年发表的文献剧《马拉—萨德》使魏斯一举成名，并被誉为布莱希特之后第一部最重要的德国戏剧，开创了一代新的戏剧风格。此剧全名叫《迫害与谋杀让·保尔·马拉，德·萨德先生导演，并由夏朗东精神病院剧团演出》，简称《马拉—萨德》。马拉与萨德均系法国大革命时期的历史人物。马拉被刺后，萨德为他在葬礼上致过悼词。萨德是性虐待狂，大革命后他被关在夏朗东精神病院，在院中写作剧本，组织剧团并导演。《马拉—萨德》是一出“戏中戏”，即萨德导演精神病疗养院的剧团演出马拉被刺的事件，当时马拉刚被刺不久，因此这出戏中戏又是一部时事剧。全剧采用无韵诗体，在体裁上既是历史剧又是文献剧，因为剧中有些地方引用了历史文献，如马拉的遗嘱等，凡要交代历史背景材料的地方都由合唱队的唱词表述。台上的演出包括两部分：一部分是病人剧团在萨德导演下排练;另一部分是排练剧本的具体剧情:马拉如何被刺。全剧核心是马拉和萨德之间的对话,他们的对话代表了两种世界观,对革命及其前途的两种认识。马拉追求社会理想并提出个人自由应在社会共同理想中实现。萨德则代表极端的自我中心,只求个人意志自由,感官欲望满足,因此马拉称萨德麻木、颓废。魏斯把马拉刻画成理想形象,并以此反驳一些历史学家对马拉的评价。剧本通过"戏中戏"及排戏、演戏等内容,熔歌剧、舞剧、哑剧、音乐、朗诵,以及古希腊戏剧、荒诞派戏剧、超现实主义戏剧等形式于一炉,构成了"总体戏剧"。它包括了尽可能多的娱乐形式:有歌有舞,有唱有做,加上五彩缤纷的灯光,18 世纪的道具与服装,"疯人"排戏时的笑料,剧本的舞台演出效果极佳。剧本的最后附了作者"对剧本历史背景的说明",叙述萨德的生平事迹、创作以及他关押的精神病院的性质,以说明剧本的真实性。魏斯在这篇"说明"中为马拉辩护,认为马拉和马克思主义相通。剧中还让马拉复活,向观众直接说出他的理想。

魏斯的另一出诗体剧《调查》(1965),是根据作者参加的 1963 年 12 月至 1965 年 8 月在法兰克福对当年奥斯威辛集中营任职的 18 个医生、党卫队、看守等审讯的记录而创作,是一部真正的文献剧。除此以外,作者还利用了 1947 年被波兰判处绞刑的奥斯威辛集中营头子纳粹分子希斯的回忆录。全剧是一部清唱剧,由 11 首歌组成,每"歌"含三个部分,像但丁的《神曲》一样,共 33 个部分。这 11"歌"叙述犹太人抵达火车站、押送集中营、在集中营服苦役、对他们注毒针,直到把他们送进焚尸炉,以及对犹太人肉体与心灵的折磨。为了避免叙述单一,作者选择了一个被囚的犹太姑娘和一个集中营的法西斯分子做典型,揭示人性与兽性的不同内心世界。全剧不以揭露法西斯的过去为唯一目的,而是从德国的过去联系到今天,不仅控诉了纳粹在奥斯威辛集中营消灭犹太人的血腥罪行,而且进一步说明德国法西斯分子或法西斯意识形态并未完全绝迹。剧中一个从集中营死里逃生的证人说:"当我们今天和没有进过集中营的人谈起我们当年的经历时,他们总难以置信。可是这些人是和集中营里的囚徒和看守一样的人。"《调查》在提醒人们:勿忘历史,切记教训。

魏斯的剧本还有《越南解放战争讨论会》(1968)、《流亡中的托洛茨基》(1970)及《荷尔德林》(1971)等。在《越南解放战争讨论会》中对美国在东南亚发动的战争进行了批判;在《流亡中的托洛茨基》中,作者让托洛茨基长篇大论地大讲他的"不断革命",因此该剧在苏联不许上演。至于《荷尔德林》则是想象多于真实,刻画了18世纪末19世纪初许多德国知识分子的形象,如黑格尔、费希特、青年马克思等。全剧从荷尔德林与黑格尔、谢林同上一校、同住一室讲起,叙述他们如何为法国大革命所鼓舞,但黑格尔和谢林后来因拥护封建秩序而获高职,荷尔德林却因对社会不顺从和不妥协而失业,最后贫病交迫。作者又让青年马克思来看望荷尔德林,并发表自己的见解。此剧探讨的也是知识分子的创作和革命的关系。这一探讨同样贯穿在作家的长篇巨制《抵抗美学》之中。

魏斯的三卷本小说《抵抗美学》(1975—1981),是第二次世界大战后德语文学的重要成就。它的写法和结构很独特,不是一般意义上的小说,有很多篇幅探讨美学和绘画等,带有自传性,更多的是写作者追求人生价值的心路历程。文学艺术家对革命的作用。全书采用第一人称,叙述1917年出生的一个工人的经历和追求。希特勒执政后,共产党转入地下,他成为支部委员,组织反法西斯地下抵抗运动,曾去参加西班牙人民反对佛朗哥的内战,失败后经巴黎去瑞典,在那里与第三国际取得联系。第二次世界大战爆发,他的双亲从捷克逃亡到瑞典。父亲是老社会民主党人,父子重逢后便探讨希特勒在德国掌权的原因。小说的结局是,这位工人历经多年的斗争,最终成为无产阶级作家,一个成熟的革命战士。全书内容至少包括三个层面。一是历史层面,记述三四十年代德共在最艰苦的历史条件下的英勇斗争,以及德共党员的失望、矛盾、怀疑、行动、希望和信念,为德共这一时期的斗争树立了一座纪念碑,并对希特勒12年的统治做了历史反思;二是美学层面,全书探讨艺术在革命中的作用,讨论但丁、卡夫卡、布莱希特等的创作及毕加索、丢勒等的绘画,并论及人类优秀文化对无产阶级文化及革命的意义和价值;三是哲学层面,小说探讨人生价值和人类前途,主人公追求知识和艺术是为了成为一个有高尚境界的自觉战士。这不是一部传统小说,更多的是对艺术理论、政治、社会学等方面的思考,因此它更像有关艺术理论、政治与社会等方面的论文集,着重探讨美学和反抗、艺术和政治的关系。

第四章

苏联文学和俄罗斯文学

概述

勃列日涅夫任苏共中央总书记期间，“持不同政见者”在苏联已无存身之地，索尔仁尼琴、布罗茨基等一批作家被驱逐出境，流亡国外，形成20世纪的新侨民文学。赫鲁晓夫时代写英雄主义是“粉饰现实”，后来写真实又变成“非英雄化”和“抹黑”。勃列日涅夫上台则提出“既反对抹黑，也反对粉饰”的口号。批评家和作家们无所适从，争论不休。文学创作经过一段时间的沉寂之后，鲍里斯·瓦西里耶夫（1924— ）的中篇小说《这里的黎明静悄悄》和邦达列夫（1924— ）的长篇小说《热的雪》在1969年问世，拉开了苏联战争文学再造辉煌的帷幕。以这两部作品为契机，苏联的战争文学驶出狭隘的航道，以更广阔的艺术视野、更新的艺术表现手段、更精深的艺术意境、更丰富的思想内涵来表现战争的本质，揭示战争中人的丰富复杂的精神世界和人类正义力量的伟大与坚韧。自此，战争题材创作的蓬勃发展成了七八十年代苏联文学最引人注目的特点。原因是多方面的，有政策上的倾斜和勃列日涅夫出于冷战需要对“军事爱国主义”的提倡，也有人们审美意识、阅读趣味的变化和时代变迁，但是最主要的是作家自身的变化。不少作家开始从重事件、重情节转向更重视对人的精神力量和内心世界的挖掘，更重视对战争现象所包含的道德内涵和人道主义力量的探索。

自1980年苏联文学出现几部“路标”作品之后，文坛似乎出现某种沉寂。1986年起文学创作开始式微，但仍有几部新作引起轰动和激烈争议。1987年创作滑坡，无论数量和质量上都无法与以前同日而语，但它却以另一种方式复苏，一篇篇令满城争睹的作品“回归”，汇成苏联文学发展进程中一股新的浪潮。得以面世的一些被搁置多年的作品表明，苏联作家早已在许多年前，凭着自己默默的劳动大胆填补了苏联文学的许多空白点。1991年，苏联政局动荡，风云突变，党政高层领导斗争加剧，各种矛盾和积怨公开化，各种政治力量分化组合，最终导致1917年十月革命后形成的社会主义苏联于年底解体。苏联文学虽然打上了句号，但决不是消亡，不是毁灭，用不着为它送葬，与它诀别。是历史，就定然会留下不灭的痕迹。光辉也好，悲剧也罢，最终都得还历史以真实。

苏联解体后，俄罗斯文学开始艰难而痛苦的探索和跋涉。俄罗斯作家们在既无“社会主义”又无“党的领导”的状态下，一时间竟处于一种既“百无禁忌”又“无所适从”的境地，加之作家内部分裂、争斗，出版社、杂志社步履维艰，文学创作一度处于低潮。抛弃了“社会主义现实主义”创作方法的俄罗斯作家经过一年多的沉默，开始选择他们从未尝试过的后现代主义进行文学创作，许多作品用杂乱无序的叙述、毫不连贯的情节、匪夷所思的比喻和象征，表现和嘲讽苏联时代严峻的生存状态和社会的种种荒诞。到了90年代中后期，后现代作品似乎成了强弩之末，而传统的现实主义在俄罗斯文坛却再露峥嵘，显示出一股强劲的势头和顽强的生命力。作品的内容也开始从回顾和反思过去中摆脱出来，注重对俄罗斯现实生活及矛盾的揭示和剖析。

七八十年代苏联战争文学的一大特点是对历史、战争、战争事件和战争历程的描写，做到最大限度的准确和尽可能的真实，“写真实”成了许多作家的共识和美学追求。这一追求首先体现在纪实文学的异军突起上，它以真人真事为基础，以各种真实可信的材料：日记、书信、电报、档案、文件、作战计划、审俘记录、被访者的谈话、回忆录摘引，等等，加上作者的加工创造，构成朴实无华、真实感人的作品。如白俄罗斯作家阿达莫维奇

(1927—1994)揭露德国法西斯在白俄罗斯犯下灭绝人性的暴行的《哈登的故事》(1972)、《我来自烈火熊熊的农村》(1977)和《讨伐者》(1980),格拉宁(1918—)表现红军女指导员被捕后忠贞不屈的《克拉夫季娅·维洛尔》(1976)和记录列宁格勒人民在被围困期间所受苦难及纯洁心灵的《围困纪事》(两卷,1977—1981,与阿达莫维奇合著)等。

从1987年开始,苏联文学的创作实际上已经开始式微,原因是多方面的。首先是大量"回归文学"和非文学类作品充斥各种文学刊物,作家们发表新作的机会已大大减少;二是在"新思维"和"公开性"的影响下,读者的阅读趣味发生极大变化;三是由于各种思潮泛起,作家思想混乱、浮躁,无法静下心来创作有分量的作品,精雕细刻的文学精品已难再现;四是作家队伍老化,有的去世,后继却又乏人。但是,回归浪潮的势头却越发强劲,文学报刊开始大量抢登以前遭禁的文学作品。如杜金采夫(1918—)的《穿白衣的人们》,创作于60年代,描写50年代李森科学派迫害生物遗传科学家、阻碍社会进步的行径和忠于科学、正直不阿的知识分子的思虑、痛苦、追求和斗争。雷巴科夫(1911—1998)的《阿尔巴特街的儿女们》(1966—1983作),描写30年代的政治气氛和居住在阿尔巴特街上一群青年男女的命运及不同的人生道路。还有阿赫马托娃的长诗《安魂曲》(1935—1940作),特瓦尔多夫斯基的长诗《有权回忆》(1963—1966作)等作品。1988年,反思和回归的热潮势头不减,首先是帕斯捷尔纳克的长篇小说《日瓦戈医生》,接着是布尔加科夫的十卷本《布尔加科夫全集》在苏联出版。同年,《新世界》杂志连载流亡国外多年的索尔仁尼琴的《古拉格群岛》(选登),引得各大杂志于1990年纷纷抢登他的作品,形成一股"索尔仁尼琴热"。1990年,被称为"索尔仁尼琴年",他的被禁作品《第一圈》、《癌症楼》和《红色车轮》系列巨著《一九一四年八月》、《一九一六年十月》和《一九一七年三月》纷纷被《新世界》等文学杂志抢登。1991年,苏联解体。一个伟大的多民族的苏联社会主义文学结束了它的历程,但它对世界文学的巨大影响是有目共睹的。

第一节　邦达列夫

尤里·瓦西里耶维奇·邦达列夫(1924—),曾为苏联作协理事,作协书记处书记,作协书记处常委,俄罗斯作家协会主席,曾两次获列宁勋章,并多次获列宁奖金、苏联国家奖金和俄联邦国家奖金。他出生在奥伦堡州奥尔斯克市一个职员家庭,1931 年全家迁居莫斯科,18 岁时应征入伍,参加卫国战争,曾两次负伤,于 1944 年入党,1946 年复员,入高尔基文学院学习,1951 年毕业,同年为苏联作家协会会员。他于 1949 年发表第一部作品短篇小说《在途中》,1953 年出版第一部短篇小说集《在大河上》。他的中篇小说《指挥员的青春》(1956)和《两个营请求火力支援》(1957)开始其显露才气,1959 年发表的中篇小说《最后的炮轰》引起巨大反响和激烈争议,与巴克拉诺夫的《一寸土》和贝科夫的《第三颗信号弹》同被称为“战壕真实派”作家的代表作。

战后初期的战争文学凭惊天动地的英雄事迹,满足浴血奋战、获得解放和沉浸在胜利欢乐中的大众需要,如今的读者开始对战争反思,他们要求作家描写真实,战争的真实,人民所受苦难的真实,人们心灵所受创伤的真实。“战壕真实派”作家的初期作品,对严酷的战壕真实的描写流露出自然主义的痕迹,并具有“非英雄化”的倾向,但这些作家日后摆脱了“非英雄化”的影响,以“战壕真实”为切入点,通过不大的篇幅、简练的手法、单一的情节、严峻的环境和往往是悲剧的结局,着意揭示一些普通士兵、游击队员等平凡小人物在战争中的遭遇和命运,以及他们的精神世界和道德面貌,为战争文学开拓了一个新的领域。

1963 年至 1968 年这几年间,苏联的战争文学处于相对的沉寂状态。这期间,邦达列夫作有长篇小说《寂静》(1962—1964),描写复员军官战后的遭遇和父亲被捕、儿子被学校开除的痛苦。经过一段时间的沉寂之后,1969 年邦达列夫的长篇小说《热的雪》和瓦西里耶夫的《这里的黎明静悄悄》同时问世,引起轰动。1975 年,邦达列夫推出他的长篇力作《岸》,并被改编成电影放映。此后,他又推出了长篇小说《选择》(1980)和《演戏》(1985)。三部作品的情节和人物各不相同,但内容都包含对战时的回忆和对现实生活的描绘,在把过去的战争与当今的现实汇于一体的同时,又将人物的行为与心理、人类的命运与责任、作家对历史与现实的反映与理解熔为一炉,从新的、大跨度的时空高度俯视世界与人生、历史与现实,以探索的目光投向人和人类的灵魂世界,进行哲理概括和思考。

《岸》是邦达列夫的又一代表作。它描写1945年5月,尼基京中尉在柏林近郊他们炮连驻守的小镇,救出了一个德国少女爱玛,并对她产生了爱情。这使他陷入惊惶不安之中。他知道,她在崩裂的万丈深渊的彼岸,而他却处在洒满鲜血的此岸,他没有任何权利抵达那危险的对岸。队伍离开小镇,连长给了他三分钟时间与少女惜别。从此他们被东西方无形对立的岸分割开,音讯全无。26年过去了,时代也变了,尼基京成了作家,并应汉堡书商赫伯特太太之邀访德,出人意料的是赫伯特太太便是当年的爱玛。临别时,两人在汉堡的酒吧里情意绵绵,互相用当年学会的几句德语和俄语喃喃低语,反复说着:我爱你,不要忘记我。飞机上,人生中一幕幕悲欢离合的画面在他脑海中浮现,尼基京心脏病发作,觉得自己的灵魂飘浮着,飞向阳光灿烂、充满希望的彼岸。作家通过一对异国情侣的爱情检视,来揭示造成他们爱情悲剧和威胁人类和平生活的可怖阴影:东西方那无形的对立的岸。这种对立不但有社会制度的、政治的、种族的障碍,更有道德的、精神的、思想的、意识的障碍。要消除这些障碍,人类必须首先学会相互信任,和平共处。

《选择》着重表述两个主人公瓦西里耶夫和拉姆津对人生道路的不同选择、定向和思考。两人同住一个院子,同上一所学校,当德国法西斯逼近莫斯科时,又同时参军,同在一个营战斗。在一次残酷的战斗中他们失散,人们都以为拉姆津已经牺牲。其实他被俘了,历尽艰辛,最后在国外结婚,长期过着富裕但精神空虚的生活。而瓦西里耶夫战后成了一位名画家。最后拉姆津选择回国,但在老友面前他无地自容,更无颜去见白发苍苍的老母,觉得在俄罗斯他成了个"外人",于是导致他自杀。小说意在表明,拉姆津的人生悲剧是他道德选择的结果。但小说并不仅仅局限于对拉姆津生活轨迹的批判或是同情,也不只是对他的好友瓦西里耶夫精神品质的肯定或歌颂。书中的一切要复杂和深刻得多。作家试图在战时和战后的生活中建立起一条象征性的通道，来沟通与读者的联系。这种联系既是确定的，又是模糊的。确定的是作者对人生道德探索和道德选择的指向；模糊的是作品的内涵，是需要读者自己去体察和省悟的一种弦外之音。即使是瓦西里耶夫，他事业上的成功和家庭生活的不幸同样给人们增添许多对人生的哲理思索。

《演戏》中的男主人公克雷莫夫中尉，为人正直善良，战后成了著名导演。在一部即将开拍的影片中，他选中青年芭蕾舞演员伊琳娜担当女主角，不料却遭到嫉妒和诬陷，其中包括战时的懦夫、现时的小人，制片主任莫洛奇科夫，说他两人有不正当关系。伊琳娜经不住打击投河自尽，克雷莫夫苦苦思索这复杂的人际关系，不得其解，心力交瘁而死。人生如戏，战时人与人的关系泾渭分明，对敌人誓不两立，对战友生死与共，人类灵魂中如虚伪、贪婪、自私、嫉妒那些卑鄙龌龊的东西暴露得还不明显。经过战后长时间的和平环境，沉渣泛起，腐蚀人的灵魂，人们一个个尔虞我诈，冷漠无情，落井下石，虚情假义，上演一幕幕闹剧。如果说，邦达列夫上两部作品的特点，是将人生的足迹转化为对人生的哲理思索，那么这一特点在《演戏》中更加深化。造成男女主人公人生悲剧的已不是东、西方对立的岸和错误的道德选择，而是人类自身所固有的弱点与本性。在作家看来，威胁人类生存的最大危机，既不是破坏力极大的核战争，也非人类赖以生存的地球生态平衡的被破坏，而是人类自身灵魂中的扭曲与丑恶本性。在这三部作品中，作家主要是体现加强道德探索和哲理概括的艺术品格，按他自己的话说，是“用从世界现状出发的思想去说明已成为历史的和不会再重演的40年代”，“这里起主要作用的，与其说是对发生过的事件的叙述，不如说是对这些事件如何发生的描写，是对各种详情细节和社会现实的浓缩和强调”。这使他的作品具有了更深的思想内涵，更大的艺术容量，更强的哲理性和更高的审美价值。现实主义的细致描写总是和道德探索、哲理概括相依相融，传达出作者强烈的主观感受和对现实的深刻理解，使他的作品达到新的境界。

90年代，邦达列夫有三部作品问世：《诱惑》(1991)、《不抵抗》(1994—1995)和《百慕大三角》(1999)。《诱惑》描写没参加过战争的年轻科研人员受名利诱惑，追求物质享受，道德低下，缺乏远大的抱负和理想;《不抵抗》写一个经历过战争考验的主人公战后的悲惨命运。应该说,近作《百慕大三角》是他最重要、最有分量的作品。面对剧烈的历史变迁和政权更迭,俄罗斯的一些文化精英变得迷惘、痛苦和忧虑。他们中的许多人,包括邦达列夫,对解体后的俄罗斯种种现实问题强烈不满,又不会以轻慢浮滑的态度来面对这场风暴,于是以对自身职责、理想、才赋、智慧的悲剧性执迷,通过年轻记者安德烈和他的恋人在1993年"十月事件"至1996年10月这三年间的痛苦遭遇和不幸,描述苏联解体后所发生的政治事件和社会生活,揭露俄罗斯犹如一艘驶入百慕大三角的巨轮失去了控制,表达出他对解体后的俄罗斯所发生的"历史倒退"的极端反感和不安,表达出他对祖国命运和前途的关心和忧虑。

第二节　索尔仁尼琴

亚历山大·伊萨耶维奇·索尔仁尼琴(1918—2008),生于北高加索基茨洛沃斯克一个哥萨克知识分子家庭。他父亲是沙俄军队的一名炮兵军官,1918年初死于狩猎中的一次偶然事故,母亲是个中学教员。他与年轻守寡的母亲相依为命,在外省小城孤寂地度过了艰苦的童年。1941年他毕业于罗斯托夫大学数学物理系,大学期间还曾在莫斯科文史哲学院函授班学习过文学。大学毕业,新婚燕尔,却遇战争爆发,索尔仁尼琴先入炮兵学校,翌年开赴战场,曾任炮兵连长。谁料战争临近结束,两获军功章的他却在东普鲁士前线被捕,为的是在一封写给友人的信中说了对斯大林不恭的话。索尔仁尼琴因"进行反苏宣传和阴谋建立反苏组织"被判徒刑八年,刑满后流放哈萨克斯坦三年,1956年获释,定居梁赞市任中学数学教员。

据索尔仁尼琴后来在《古拉格群岛》中说,这些年他一直在写作,只想"从骨头和肉里,并且还是从活生生的肉里,从今天还活着的蝾螈的肉里,拣出一点东西来"。苏共二十二大之后,他敏锐地感觉到浮出水面的时候到了,于是将自己的第一部书稿《伊万·杰尼索维奇的一天》寄给《新世界》杂志主编特瓦尔多夫斯基。经赫鲁晓夫批准,《伊万·杰尼索维奇的一天》在1962年发表,特瓦尔多夫斯基为小说写了《代序》,声称"一个新的、独特的并且是完全成熟的巨匠进入了我们的文坛”。应该说，在他的所有作品中，称得上真正高水平的文学作品就是《伊万·杰尼索维奇的一天》。因为从此他的作品就与政治联系在一起，这是他的最大特点，其实也是他创作上的明显不足。他的作品后来一部又一部在苏联被封杀而在西方被接受，首先是因为它的政治性，而不是它的艺术性。

这部小说在作者头脑里酝酿了十余年，最后将自己八年劳改营的经历浓缩在一个俄罗斯最普通最平凡的农夫伊万身上，浓缩在这个纯朴、善良、热心肠又有点狡黠的主人公在劳改营度过的一天中。小说里没有他后来的作品中普遍存在的咄咄逼人的霸气和意识形态上的强词，有的是洗刷了积郁后的冷静和停止偏激后的从容；在苦涩郁伤中带些许幽默，毫不声张中显出厚重。一个农夫走进了小说，他保家卫国去打仗，却稀里糊涂当了俘虏；突出重围，却成了“间谍”，稀里糊涂给判了十年徒刑，送进了劳改营。但主人公偏偏还是个乐天派，与作者进劳改营后的紧张、痛苦和孤寂，是完全不同的人生感悟和追求。作者隐去自己，而有意塑造了一个农夫伊万，是他的高明之处。果然，他成功了。翌年3月，赫鲁晓夫把他请进克里姆林宫，热烈赞扬这是“一部从党的立场真实阐明那些年苏联实际情况的作品”。同年，他成了苏联作家协会会员。《新世界》1963年又刊登了他的三篇短篇小说：《克雷切托夫卡车站纪事》、《玛特辽娜的家》和《为了事业的利益》。1964年10月赫鲁晓夫下台，翌年他在流放地偷偷写成的书稿《第一圈》被国家安全机关没收。急剧变化的政治形势和不断升级的批评言词，是雄心勃勃的索尔仁尼琴所始料不及的，但并没有使他改弦更张。他把被没收的长篇小说《第一圈》的微缩胶卷偷运出境，翌年在西欧出版。这是一部描写莫斯科近郊特殊监狱玛甫里诺内幕的作品。为此，鉴于他“行为的反社会主义性质”，他被开除出作协。

1970年，索尔仁尼琴写于1963年至1969年的长篇小说《癌症楼》由法国基督教青年会出版社在巴黎出版。作品以作者在流放地患癌症至塔什干住院治疗为素材，描写了“癌症楼”的惨状和“黑暗”，提出他的复兴宗教，以宗教医治现代文明痼疾的主张。灵魂的孤独和内心的矛盾，使他回到宗法制的俄国，回到宗教中去寻找灵丹妙药。他认为整个世界犹如一座癌症楼，充满暴力、战争、革命和罪恶，而医治世界这颗毒瘤的有效方子，并非西方的技术革命，也非苏联的社会主义革命，而是宗教。1970 年 10 月 18 日，瑞典文学院宣布授予索尔仁尼琴诺贝尔文学奖，表彰他“在追求俄罗斯文学不可或缺的传统时所具有的道义力量”。苏联当即作出强烈反应，《真理报》、《文学报》等报刊均发表措词强硬的文章，指责此举是对苏联公然的政治挑衅。但他未能到斯德哥尔摩领奖。翌年 6 月，他写于 1969 年至 1970 年的长篇小说《一九一四年八月》在巴黎出版，并立即被译成各种西方文字出版，引起轰动，认为作品是对十月革命的否定。1972 年 1 月开始，《文学报》发表大量文章对该长篇小说激烈批判。同年，他创作于 1958 年至 1967 年的三卷《古拉格群岛》的手稿被查抄。

1973 年年底，《古拉格群岛》第一卷在巴黎由基督教青年会出版社出版，作者在卷首写道：“几年来，我怀着压抑的心情没有把这本早已写好的书付印：对生者应负的责任超过了对死者应尽的人事。但是现在，当国家安全机关反正已经抄走了这本书稿的时候，我除了立即加以公布外，就别无他法了。”这部作品立刻遭到苏联报刊的强烈批判，认为他完全充当了内奸的角色，为西方反苏分子提供炮弹。1974 年 2 月 12 日索尔仁尼琴以叛国罪被捕，翌日被剥夺公民权，押上飞机驱逐出境。同年，《古拉格群岛》的第二卷出版，1975 年全书出齐，共三卷，七部，一百五十多万字。第一卷包括第一部《监狱工业》和第二部《永恒的运动》，列述苏联法律的形成过程及介绍从逮捕到进入劳改营的各种方式。第二卷包括第三部《劳动消灭营》和第四部《灵魂与铁丝网》，专述劳改营的由来及发展，劳改营里的情况和囚犯的精神状态及一些人的命运。第三卷分第五部《苦役刑》、第六部《流放》和后来在国外写成的第七部《斯大林死了》，着重描写劳改营中的反抗、暴动和逃亡事件，苏联流放地和流刑犯的情况，以及赫鲁晓夫时期苏联社会的法制情况。每一部都有历史概述、今昔对比、作者自述和各种议论。

1975 年，索尔仁尼琴定居美国佛蒙达，并开始构思和创作他的一套卷帙浩繁的历史巨著《红色车轮》，以重现“整个 20 世纪俄国和苏联的历史”。他预定创作 20 卷，全套分为五“幕”，每一“幕”又分为四“节”，每一“节”由某一具体历史时期和事件构成，这个“节”将把久远的历史浓缩在十至二十余天的时间内加以描述。《红色车轮》的第一“幕”题名为“革命”,叙述俄国革命的历史,共四部作品:《一九一四年八月》、《一九一六年十月》、《一九一七年三月》和《一九一七年四月》。1989 年 6 月,苏联作家协会作出撤销开除索尔仁尼琴的决定,认为这一决定是“不公正的,与社会主义民主原则相抵触的”。同年,他的作品开始在苏联回归。1990 年,《我们同时代人》杂志在连载《一九一六年十月》的同时,还刊登一些作家撰写的文章,称作者是“俄罗斯文化之子”、“最伟大、最令人惊叹的奇迹”。苏联解体后,当年褒扬他和贬损他的人又都是兴高采烈,称他为“先知”、“预言家”,这时他却在异国他乡的小屋里独自叹息。几年后,他又对俄罗斯的现状大失所望,甚至写文章骂叶利钦,说他搞“伪民主”,同时他又猛烈抨击西方针对俄罗斯的政治、经济和文化扩张。他又成了一位新的持不同政见者。1994 年,他以一个流亡者的身份,拖着 76 岁老人疲惫的身躯,怀着复杂而又矛盾的心情,回到他离别整整 20 年的故土,孤居在远离尘嚣的莫斯科郊外的住所里,除了陪伴他的妻儿,他没有亲人,没有朋友,在打得头破血流、四分五裂的俄罗斯知识界、文化界,甚至没有他的一席之地。他依然特立独行,不属于任何派别。

1998 年岁末,索尔仁尼琴度过了他的八十岁生日。很长时间没有出书的他,这一年竟然有两部新著问世,一部是揭露和分析当今俄罗斯现实和问题的《崩塌中的俄罗斯》;一部是记述他 20 年流亡生涯的回忆录《落在两扇磨石中的一粒谷子》。从书名即可看出他的惆怅和苦楚。叶利钦总统倒是不计前嫌,亲自签署命令,授予他安德烈勋章,以表彰他“对祖国所作的杰出服务和对世界文学的伟大贡献”,给八旬老人的生日增光添彩,谁料索尔仁尼琴并不买账,竟然直言拒绝。据说拒绝的理由是俄罗斯还有许多人在挨饿和领不到工资。

第三节 格罗斯曼

瓦西里·谢苗诺维奇·格罗斯曼(1905—1964)生于受犹太文化影响极深的乌克兰别尔季切夫,父亲为化学家,母亲是犹太人。他 1929 年毕业于莫斯科大学数学物理系,后到顿巴斯矿区任工程师。1932 年,他将自己的第一部作品《格柳卡乌夫》寄给高尔基征求意见,很快便收到回信。

高尔基指出，他必须克服描写顿巴斯矿工日常生活和工作上的自然主义，删除多余的话，更合理地组织素材。格罗斯曼似乎茅塞顿开，花费一年工夫修改，1934 年这部中篇小说在《文学顿巴斯》上发表。同年，他的第一个短篇小说《在别尔季切夫城》在《文学报》上刊登，高尔基读到后，邀他见面。格罗斯曼回忆道，这次会面在很大程度上影响了他今后的生活道路。此后，格罗斯曼一连发表了短篇小说集《幸福》(1935)、《四天》(1936)、《短篇集》(1937)和中篇小说《厨娘》(1937)，可依然是名文坛小卒。四卷本长篇小说《斯捷潘·科尔丘金》(1937—1940)才使他一举成名，跻身文坛。作品描述青年工人斯捷潘走上革命道路的成长过程，但这种题材和手法一般的作品，当时在苏联多如牛毛，算不得上品。卫国战争期间，格罗斯曼作为《红星报》军事记者一直活跃在前线，写作了《主突方向》、《特雷布林的地狱》等名篇。中篇小说《人民是不朽的》1942 年发表在《红星报》上，成为苏联战争文学的经典作品之一。

格罗斯曼 1943 年开始构思并创作描写斯大林格勒战役的长篇两部曲，第一部《为了正义的事业》于 1952 年问世，历时九年。这时世事发生了很大变化，战争文学也不例外。此时的读者开始了对战争的反思，他们要求作家写真实，写战争的真实，写人民所受的苦难。格罗斯曼在小说中展示了惊心动魄的斯大林格勒车站防御战，一个营的战士血战到最后一个人，无人动摇、退却和生还。作品一经发表，褒贬不一，格罗斯曼不得不作了大量修改，但依旧难逃厄运。1956 年以后，他的作品不准出版和再版。

四年的残酷战争，母亲和亲属在战争中的悲惨命运，战后辛勤笔耕却遭封杀，格罗斯曼陷入深深的孤独无助之中。苏共二十大的召开和对个人迷信的揭露，使苏联开始“解冻”，亦使格罗斯曼那颗冰冷孤寂的心充满希望和新的活力，并产生再次通过文学作品来表达他重新形成的历史哲学观点的决心。因此，他着手创作的《生存与命运》，虽然是两部曲的第二部，虽然作品的情节线索依然以斯大林格勒保卫战为主线，但无论从构思、观念、手法到整体的思想艺术水平，都发生了极大变化，完成了一次质的飞跃。1961 年，格罗斯曼终于完成了这部七十余万字的巨著。他投稿到《旗》杂志编辑部，但等来的却是克格勃官员的搜查。所有与书稿有关的东西，甚至包括打字机和打字色带均被收缴，他的书也再次被禁。格罗斯曼一病不起，于1964年在莫斯科溘然长逝，留下了遭禁的作品和永久的遗憾。1988年，《生存与命运》终于同苏联读者见面。作品刚在《十月》杂志上刊出便引起读者的强烈兴趣，纷纷给报刊写信，赞誉这部令人“潸然泪下”又“激动万分”的巨著，称它是这些年来读到的“最为出色的作品”。文学界和评论界对《生存与命运》的评价之高，也令人刮目。

《生存与命运》结构庞大，线索繁多，人物无数，气势恢宏。它的基本情节框架是震惊世界的斯大林格勒大血战。一场90天的保卫战和100小时大反攻，悲惨壮烈，艰苦卓绝，成为卫国战争和第二次世界大战具有决定性意义的转折点。在托尔斯泰看来，拿破仑就是战争，而俄国士兵则是和平。在格罗斯曼看来，希特勒是战争，千百万普通苏军战士是和平，只有他们才是拯救俄罗斯的中流砥柱。而构成他们精神支柱的，不是道德规范、行为准则、战斗条令、行政命令，恰恰是最不显眼、最平凡不过的人的感情与品德，是亲情，是纯真的友谊与爱情，是正义感和爱国心，是善良，是乐于助人和勇于献身。而且，他还相信，这一切似乎不是任何经济体制、政治理论、社会变革、宗教信仰所能替代的。

除了描写斯大林格勒战场全景的和局部的惨烈的战争，格罗斯曼的笔触还深入到后方，从已成瓦砾的斯大林格勒发电厂的地下室到莫斯科的居民楼，从乌克兰农舍到核物理学家们的疏散地喀山，从希特勒的集中营、毒气室到卢布扬卡监狱和劳改营，格罗斯曼以颤抖的手，写下了法西斯灭绝人性、令人发指的种种暴行和各式各样人物悲惨的生存和痛苦的命运，并提出了他那异乎寻常的对善与恶的深刻理解：“人的历史不是一场善极力战胜恶的大战。人的历史是一场强大的恶极力把人性的种子碾成齑粉的大战。但如果今天人性没有被扼杀，那么恶已经不能取胜。”作品结尾，一对不知名的夫妇携手来到林中，格罗斯曼写道：在凉爽的半昏暗中，在雪地下，躺着逝去的生活，躺着强壮的和瘦弱的、勇敢的和胆怯的、幸福的和不幸的人们。但是，在林中的严寒中，比在被太阳照耀的平原上更强烈地感到了春意。在无言的寂静中，听到了对死者的哀号和对生活的猛烈的喜悦……这是一个在对未来的生活和命运、对自由和幸福充满憧憬和向往的结尾。多少人物，伟大的和平凡的，幸福的与不幸的都已逝去,但人们对自由的渴望和争取自由幸福的精神是不朽的。需要指出的是,格罗斯曼在这部作品中把希特勒及其所代表的法西斯和斯大林及其领导的苏联社会主义制度(不管有多大多严重的失误)都同样作为极端主义加以谴责,显然有失公允、客观,因而也是错误的。

第五章

法国文学

概述

法国是20世纪现代主义文学一个最重要的发源地,它所产生的各个现代主义文学流派,对欧洲和世界文学都产生了深远的影响。但是到60年代末,新小说作为一个流派已经盛极而衰。法国后来又产生了所谓的新新小说派(菲力普·索莱尔斯)、新寓言派等,实际都算不上真正的流派,就连索莱尔斯自己都否认是新新小说派作家,甚至声明“与新小说派没有联系”。新小说派的领袖罗伯格里耶也认为,法国在新小说派之后就没有文学流派了。克洛德·西蒙在1985年获得诺贝尔文学奖的时候,根本不提自己是新小说派作家。著名作家多米尼克·费尔南代兹于2001年3月2日在北京所作的讲演中,同样断定现在已经不存在任何流派。从20世纪80年代开始,这些流派的领袖人物相继去世,其中最著名的有存在主义文学的代表作家萨特(逝于1980)、波伏瓦(逝于1986),荒诞派戏剧的代表作家热内(逝于1986)、贝克特(逝于1989)和尤内斯库(逝于1994),新小说派的元老娜塔丽·萨洛特(逝于1999),以及超现实主义早期的主将阿拉贡(逝于1982)和最后的代表作家之一芒迪亚格(逝于1991)等。他们的去世标志着这些曾经主宰法国文坛的流派最终的消失。

去世的还有一些享誉世界的大作家，例如法兰西学士院的第一位女院士尤瑟纳尔（逝于1987）、连任23年龚古尔文学奖评委会主席的巴赞（逝于1996）、法国当代读者最多的女作家杜拉斯（逝于1996）等。随着他们的去世，可以说20世纪法国文学已经走向终点。

由于文坛上不再有起导向作用的旗帜或流派，文学的通俗化就成了必然的趋势。通俗文学自古以来始终拥有最大量的读者，具有野草般的生命力。即使在数百年前古典主义的鼎盛时期，观看悲剧和喜剧的也主要是贵族和资产者，民间流行的却是滑稽表演。从文学的历史发展过程来看，一切高雅文学都来自于通俗文学，都是作家和艺术家对通俗文学进行加工的结果。19世纪中叶，大仲马等通俗小说家们的作品家喻户晓；而在20世纪末，当高雅文学或文学流派盛极而衰之后，通俗文学几乎占领了法国文坛。通俗文学一般不直接触及历史或社会的重大题材，但是在形式上却千姿百态。在大众传播媒介的作用下，有些形式更为新颖的通俗小说便变成畅销书，其作者可能在一夜之间从无名之辈成为文坛新星。这一时期的通俗小说不仅具有写实、科幻、侦探等种种传统形式，而且大量吸收了从意识流到新小说的各种现代派的手法，显得更加丰富多彩。

法国当代文学出现的通俗化倾向并非偶然，外在原因是当代社会的发展使生活节奏日益紧张，同时随着大众传播媒介的普及，人们日益注重文艺的娱乐性，从而促使文学与戏剧、电影和电视的关系越来越密切。文学批评领域的变化又使文学批评越来越脱离文学创作和作品本身，成为一门为批评而批评的独立学科，把结合作品的传统批评变成了研究符号和话语的玄奥理论，结果是使人们失去了对时髦术语的兴趣和对建立系统化的文学批评的信心，从而导致文学和文学批评都进入了一个没有旗帜、没有流派、没有中心、各行其是的多元时代。从文学内在的原因看，当代文学的通俗化是对新小说乃至整个现代主义文学的反拨。新小说对传统小说的方法革新，对于小说的发展无疑具有重要意义，但是它的读者有限，存在时间也很短，虽然具有一些引人注目的艺术特色，但毕竟未能导致法国文学的繁荣，这就表明它的革新并未成功。现代主义文学在总体上对物质世界作了繁琐和客观的描绘，塑造了一些冷漠而畸形的人物，在表现世界和人生的荒诞及革新文学手法方面做出了不可磨灭的贡献，但同时也使大众本来喜欢阅读的小说变得荒诞不经、无法卒读。归根结底，世界是否荒诞是哲学家们思考的事情，大众需要的不是荒诞感而是阅读的乐趣，所以文学的通俗化只是适应了大众需要，恢复了小说讲故事的功能。科学技术的发展也是文学通俗化的原因之一。大众传播媒介大为普及，音像作品日益增多，而电脑的出现更使生活进入了信息和网络时代，改变了人们的写作习惯和思维方式，极大地提高了工作效率，实际上是写作领域里的一场革命。一方面，网络时代的文学很少涉及政治和重大的题材，因而被文学理论家安托万·孔巴尼翁称为“消遣文化”、“消费文学”；但另一方面，这场革命所提供的种种手段，又将为文学创作开辟一个全新的天地，扩大它的表现领域，使它的前景更加丰富多彩。没有流派并不意味着没有不同的类型和风格。

20世纪下半叶的法国小说除新小说之外，大致可以分为三类。第一类以杜拉斯为代表，主要描写日常生活题材，作品涉及的是平民百姓日常的感情、欢乐和痛苦，在世纪末属于这一类的作家有勒克莱齐奥、佩纳克、乌勒贝克、达里厄塞克和德莱尔姆等。当然他们都有各自的风格，例如勒克莱齐奥的异国情调，佩纳克的传奇色彩，乌勒贝克的对比笔法，达里厄塞克的奇思异想，德莱尔姆的琐事题材等。第二类以尤瑟纳尔为代表，主要描写重大事件或者非凡的人物和业绩，在世纪末属于这一类的作家有图尼埃、莫迪亚诺、费尔南代兹等。他们也有各自的特色：图尼埃的作品以富于哲理著称，莫迪亚诺的小说大都是对第二次世界大战等往事的回忆，费尔南代兹的小说则充满了巴洛克风格。第三类以佩雷克为代表，作品主要是对文体的探索，在世纪末属于这一类的作家有索莱尔斯、图森、埃什诺兹和安戈等。文学在发展，历史在前进，传统并不是一个静止的概念，它是由各种新的文学流派不断地汇聚而成，每个流派初次登台时都会被视为怪物，引起一场古今之争，但最终都被纳入传统。以反传统著称的现代主义文学的许多代表作，已经成为法国文学的经典作品。当然，新的文学、新的流派必须要有创新才能存在下去，而世纪末的乌勒贝克和安戈等人的小说，既包含着以往文学的各种特点，又有所创新，似乎已显露出新文学的萌芽。从这个意义上说，在20世纪现实主义和现代主义文学相结合、世纪末文学通俗化的基础上，将会在新世纪形成一种新文学。

第一节　杜拉斯

玛格丽特·杜拉斯(1914—1996)是法国女小说家、剧作家和电影家，原姓多纳基欧。她出生在当时为法属殖民地的越南嘉定，毕业于西贡远东中学，父母都是小学教师。她四岁丧父，为了养活三个孩子，她母亲玛丽拿出20年的积蓄，在柬埔寨贡布省买了一块地，结果上了土地部门的当，因为这块地每年要被海水淹没六个月。玛丽虽然顽强奋斗，但终告破产。童年的苦难和母亲的悲惨命运影响了她的一生。杜拉斯18岁时返法并定居巴黎，曾获巴黎大学法学和政治学学士学位。从1935年到1941年，她在法国移民部担任秘书，当过"殖民地情报资料处"管理员，并与罗贝尔·安泰尔姆结婚。在第二次世界大战期间，由于参加法国抵抗运动，安泰尔姆被关进集中营。杜拉斯在1942年认识了狄奥尼斯·马斯科罗，两人保持了15年的关系，生有一个儿子。安泰尔姆获释后，杜拉斯与这两个丈夫在1945年一起加入法国共产党，但在1950年被开除。在生命的最后15年里，比她小39岁的雅恩·安德雷亚和她共同生活。

杜拉斯以小说《厚颜无耻之辈》(1943)开始她的文学生涯，在将近二十年里，她每天写作四五个小时，既写小说，也写剧本和电影剧本，其作品不仅内容丰富、体裁多样，而且尤其注重文体，具有新颖独特的风格。她早期的小说《抵挡太平洋的堤坝》(1950)反映了童年时代的贫困生活，写一位小学女教师为了保住自己的土地，坚持修一条堤坝来挡住太平洋的海水，结果是徒劳无功。此外还有不少作品也以印度支那的社会现实为题材。《直布罗陀海峡的水手》(1952)写一个女人远渡重洋寻找情人的故事，说明幸福和爱情就在寻找的过程之中。她后来的小说如《塔吉尼亚的小马》(1953)，写两对结婚多年、热情不再的夫妇在一个荒僻小村里度假的感受，淡化情节，以对话为主，兼有戏剧和电影的特色，与传统小说已经有了一定距离。

杜拉斯创作的电影剧本《广岛之恋》(1955)，写一个法国女人和日本男人的恋爱故事，曾获戛纳电影节评论奖，并成为法国新浪潮电影的代表作之一。她的电影剧本《长别离》(1961)描写一个无望的爱情故事，获戛纳电影节金棕榈奖，由此奠定了她在法国电影界的地位。1965年后，她还导演过许多电影和戏剧。《街心花园》(1955)是杜拉斯创作道路上的一个转折点。它完全是一部戏剧式的小说，没有情节，没有环境描写，从头至尾都是一个青年男商贩和一个年轻女佣关于各自生活的对话，其中隐含着对生活的忧愁和爱情的绝望，以及对不平等的社会现实的不满。这个特点在《如歌的中板》(1958)里得到了进一步体现：女主人公，工厂主之妻安娜与她丈夫手下的一名工人在评论一起谋杀事件的同时，杜拉斯运用潜对话的技巧，让他们下意识地流露出各自的欲望和追求，展示了一个不可能的爱情故事。由于小说打破了传统的叙事模式，把虚构与现实融为一体，杜拉斯一度被认为是新小说派作家。其实她的小说只是在手法上与新小说类似，重视文体的诗意和音乐性，但在构思方面却大不相同，她在作品中描绘贫富对立和人的欲望，并以独特的方式揭露社会现实。

《洛尔·V.斯坦茵的迷狂》(1964)的女主人公是S海市的洛尔，她19岁时与来自T滨城的麦克·理查逊订婚以后，与女友塔加娜一起来到T滨城度假，并且参加了该城每年一度的舞会。麦克首先邀请美丽动人的安娜跳舞，直到舞会结束都与她在一起。洛尔注视着他们在她面前走过，不禁昏了过去，从此洛尔闭门不出，一度精神失常。后来到S海市度假的德福先生娶了她，带她到外地去平静地生活了十年后，又因工作需要回到了S海市。一天洛尔看到一对男女在亲吻，竟是女友塔加娜及其情人雅克。于是她从婚姻生活中醒了过来，设法俘获了雅克，并且在她与雅克和塔加娜之间保持着一种三角关系。她自己不与雅克幽会的时候，就在旅馆房间外面的麦田里注视着雅克和塔加娜的幽会，以至于越来越疯狂。小说用更换叙述者的手法，描绘洛尔从未婚夫被人夺走、自己度过十年婚姻生活之后，又夺走女友未婚夫的过程。洛尔在强烈欲望的驱使下俘获了雅克，但她无法以此治愈从前的创伤，反而造成了自己的精神分裂。这部小说引起了精神分析学家雅克·拉康的注意，专门写了一篇短文《向玛格丽特·杜拉斯致敬——关于〈洛尔·V.斯坦茵的迷狂〉》，对"洛尔·V.斯坦茵"这个名字以及"迷狂"等词语进行分析。小说《副领事》(1965)里没有提到洛尔，但有她的未婚夫麦克及其情人安娜。《爱情》(1971)的背景是S海市和T滨城的舞厅。一个疯女人跟在一个囚犯后面,她后面还有一个旅行者,但女人是否就是洛尔,男人是否就是雅克和麦克,则没有说明,因为他们都没有姓名。在自编自导的影片《印度之歌》(1973)中,从话外音里听得出来有洛尔,这是一部关于舞会故事的影片,被认为是法国电影史上的里程碑。在《物质生活》(1987)里洛尔已经衰老,被人从滨城的舞厅抬了出来。洛尔如此贯穿于杜拉斯的许多作品,使人感到她的命运与杜拉斯本人的经历有着密切关系。

杜拉斯最著名的小说是70岁时发表的小说《情人》(1984)。在这部语言通俗、富有异国情调的作品里,她以惊人的坦率回忆了自己16岁时在印度支那与一个中国情人的初恋。书中虽然没有透露主人公的名字,但实际上写的就是杜拉斯的自传。青年是一位华人富商的儿子,比在上学的少女大12岁,但狂热地爱着她,他们几乎每天幽会,由于夜不归宿,使她名声不佳。少女一家虽然经济拮据,却看不起黄种人,她的两个哥哥不和这个青年说话,她自己也不是真的要嫁给他,而是出于生理和物质的需要才和他来往,最后向他要了回法国的路费就分手了。后来青年结了婚,但事隔多年后,他得知她成了作家,便带着妻子来到巴黎,还给她打了一个电话,表示对她的爱将至死不渝。小说出版后,获得当年的龚古尔文学奖,并且被译成四十多种文字,使杜拉斯成为当代最负盛名的法语女作家。后来在得知初恋情人死去的消息之后,她又把《情人》改写成《华北情人》(1991)。尽管小说中与她有关的人都已去世,她的回忆已无所顾忌,笔触也更为大胆,但她始终没有说出她初恋情人的名字,只是用"她"来代表少女,用"中国人"来指她的情人,看起来她似乎要把这段属于她的爱情永远珍藏在心中。但也有学者指出,"母亲"是为了让吸毒的大儿子有钱买毒品,才让"她"卖身的。在杜拉斯的许多作品的字里行间,特别是在晚年发表的《夏雨》(1990)等小说里,还流露出她家里的乱伦等复杂关系的蛛丝马迹,这些经历在杜拉斯的创作中也必然会留下烙印。

《情人》实际上是一部通俗小说。它的流行一方面是由于杜拉斯的名声和笔调的坦率;另一方面也是在新小说衰落之后通俗文学在世纪末走向繁荣的标志。杜拉斯的小说由于充满了镜头般的画面和口语式的对话,因此大都被改编成影片,例如影片《恒河女人》(1973)来源于小说《爱情》(1971),她在80年代创作的短篇小说《八〇年的夏天》(1980)和《大西洋的男人》(1982),剧本《死亡的疾病》(1982)和《萨瓦纳湾》(1983)等,都更加集中地体现了这一特色。反过来,她也善于把影片改编成小说,例如《华北情人》就是根据影片《情人》的电影脚本改写而成,其实是《情人》的翻版。杜拉斯的另一个特色是善于改写旧作,或者把旧作中的片段扩充成新作,例如小说《毁灭,她说》(1968)源自她写于1964年的短篇小说《网球》,而《网球》的蓝本又是1945年出版的《工地》。杜拉斯在戏剧和电影方面同样成就卓著。现在她的许多作品已经被译成中文,《情人》更有多个版本。

第二节 勒克莱齐奥

勒克莱齐奥(1940—)至今共出版了三十多部小说,其中包括两部短篇小说集《发烧》(1965)和《蒙多和其他故事》(1978)。他的小说都是描写具体的感受和日常的行为,但始终贯穿着对现代社会的批判。他不务虚名,很少在巴黎露面,所以很少获奖。但与莫迪亚诺和佩雷克一样,他被公认为是法国70年代崛起的三位大作家之一,在1994年的一次读者调查中,他还被评为"当今最伟大的法语作家"。

勒克莱齐奥生于尼斯。两百年前,他的祖先离开了法国布列塔尼的乡村,前往非洲的毛里求斯岛。他祖父是岛上的法官,在寻找传说中的宝藏时失踪;他父亲是法裔英国人,被编入殖民军派到非洲,遇见并爱上他的来自巴黎的母亲,回到法国后在尼斯结婚。勒克莱齐奥不善言谈,但酷爱写作,也画过许多连环画,养成了在笔记本上随手画些小动物的习惯。他几乎是在封闭的环境里长大的,书本就是他的全部生活。他在这个海滨城市度过青少年时代,后到英国求学,在泰国服兵役后到美国新墨西哥州任教。由于祖先血统的影响,他经常到墨西哥和巴拿马印第安人部落去旅行,他的作品大多反映人们厌恶现代文明和对印第安人"没有艺术"生活的向往,主人公多为流浪汉,与现实生活格格不入。

勒克莱齐奥在23岁时以处女作《笔录》(1963)获勒诺多奖而一举成名。小说主人公亚当·波洛是个从精神病院里逃出来的病人,他把所在的城市视同荒漠，只凭自己的感觉行事，把街上的行人都当成兄弟，结果又被视为偏执狂而关进了精神病院。小说借用他的目光，抨击了超级市场、高速公路等一切现代文明，把城市描写得像精神病院一样荒诞，反映了人们厌恶都市喧哗、向往原始生活的精神状态。接着发表的小说《洪水》（1966），其主人公是一个脱离社会的流浪汉，他到处目睹死亡，对一切都感到厌倦，甚至弄瞎了自己的眼睛。《逃遁录》（1969）则描写主人公在世界上困难重重、无处容身的遭遇。小说《战争》（1970）以对灯光、汽笛、广告、汽车、噪音等的细致描绘来表现城市活动的疯狂节奏，把现代生活环境写得险象环生，如同战场，呈现出一幅世界末日的景象，以致女主人公在大商店的包围中惊恐不安，只想一死了之，说明只有乡村的田园生活才是幸福的。小说《巨人》（1973）运用寓意手法，反映当代消费社会的不合理，社会提供的不是人们所需要的东西，反而扼杀了生活的欢乐。

勒克莱齐奥最有影响的小说是《荒漠》（1980），主人公是一位名叫拉拉的少女，她是一个孤儿，祖先属于一个被法国殖民军征服的部落，所以她热爱沙漠和大海。她不愿意顺从姑妈嫁给有钱人，而是与和她相爱的年轻牧人一起出走。她在沙漠里垂死之际被人救起，来到法国，但是在大城市里的生活却使她感到冷漠、肮脏和罪恶。她终于回到了渴望的荒漠，在海边的树下生出了她和牧人的孩子。小说生动地表现了人们对大自然的憧憬，同时描绘了移民和妇女们的悲惨命运。

勒克莱齐奥在 90 年代接连发表了小说《奥尼察》（1991）、《漫游的星星》（1992）、《四十岁》（1996）、《金鱼》（1997）和《偶遇》（1999）等。《金鱼》比作者以往的任何作品都富于人道主义精神。女主人公莱拉出生于南方山区的一个村庄里，六岁时就被拐走卖给了一个老太婆。她是个半聋的、黑皮肤的野孩子，却仍然时时遭到男人们的骚扰。从摩洛哥、巴黎、尼斯到加利福尼亚，只有妓女、瓜德罗普岛的女人、印第安的女护士才能使她感到安慰。最终是音乐与吉卜赛语、克里奥尔语、阿拉伯语等处于社会边缘的语言给了她力量，使她重新找到了自己的根。《偶遇》讲的是一个混血女孩的故事。她父亲是白人，抛弃了她和母亲，所以她面前的道路只有两条：一条是过一辈子默默无闻的生活；另一条是漂洋过海，进入父亲的那个社会。一个偶然的机会使她爬上了一艘名为“阿扎尔”的大帆船。她被发现后受到船主莫凯的照顾,但是最后还是遇到了海盗,未能逃脱悲剧命运。小说充分表现出勒克莱齐奥对大海、波浪等自然景色和神秘冒险的热爱,同时也揭示了人的命运的偶然性。

第三节 昆德拉

米兰·昆德拉(1929—)是捷克作家,当过工人、爵士乐手,毕业于布拉格音乐学院,50年代初期曾担任文学教员并开始创作,但他真正成为作家却是在而立之年。他早期出版了怀疑现实的诗集《人,一座广阔的花园》(1953)和《独白》(1957),60年代起开始创作短篇小说,后来结集为《可笑的爱情》(1963)出版。昆德拉多次表明他的灵感来自文艺复兴时期和启蒙时代,来自薄伽丘、拉伯雷、狄德罗,但也来自卡夫卡和海德格尔。

昆德拉的第一部长篇小说《玩笑》(1967)写一个学生会干事在给一个女同学写的明信片中开了几句玩笑,结果被开除党籍和学籍,被当成人民敌人下放劳动,15年后他获得平反,却发现当年带头批判他的党小组长又变成了新时代的英雄。昆德拉没有想到小说主人公的命运会落到自己的头上,他在受到审查后于1968年被开除党籍和公职,七年之后才发表《生活在别处》(1973)和《告别圆舞曲》(1976)。《玩笑》于1968年在法国出版,受到阿拉贡的好评和推荐。1975年,昆德拉应邀担任雷恩大学客座教授,和妻子一起来到法国。1979年,他被剥夺捷克公民身份,于是在1981年加入法国国籍。法国人一开始把他看成是意识形态作家,所以他一再强调自己是“小说家,只是小说家”,并且从1985年6月开始,几乎拒绝了所有采访。与福克纳或贝克特等许多不愿出头露面的大作家一样,他认为重要的只有作品。小说家如果想成为公众人物的话,他的作品就会处于危险境地,会被人们视为是一种工具。后来昆德拉的作品又被人们看成是哲理小说,实际上他的小说要比哲理小说的内容更加广阔,手法也更加新颖。

昆德拉现在被公认为是当代的一位重要作家,在包括捷克在内的世界各国拥有许多忠实的读者。他的小说通常初版就超过15万册,袖珍版为20万至40万册。他的长篇小说《笑和忘却集》(1976)体现了“人与权力的斗争是记忆与忘却的斗争”的思想,认为忘却是道德堕落的表现。《存在中不能承受之轻》(1984)以1968年苏联对捷克斯洛伐克的入侵为背景,描写几个知识分子的人生选择和感情生活,发行量达到60万册。他的前期作品以捷克语写成,后译成法语,由此带来了一些麻烦和问题,例如《玩笑》的法译本的风格与原著相去甚远,所以他从此坚持要审读所有的译本,并且在每部译本后面都加上“译本已由作者审阅全文,因此与捷克文本具有同样可靠的价值”的说明。

昆德拉在90年代继续发表作品。《不朽》(1990)不再以捷克而是以法国为主要背景。以后他直接用法语写作,例如小说《缓慢》(1995),采用幽默的笔调,将18世纪一位贵夫人和一个骑士缓慢地谈情说爱的场面与现代人仓促的风流韵事对照。但与他的前几部作品相比,《缓慢》中不再有看似轻松,其实内心沉重的人物,成了一部近于庸俗的玩笑之作,因而受到了一些法国报刊的批评。他的新作《隔膜》(2000)写一对捷克男女20年后重返故乡,现实面前感到物是人非的故事。昆德拉特地把它放在西班牙首先出版,希望能得到更为宽容的评论。

第六章

澳大利亚、新西兰、加拿大文学

概述

澳大利亚文学

这一时期的澳大利亚文学反映的是享受着丰富物质生活的现代人的危机意识,写出了他们的苦闷、迷茫和追求,并揭开了澳大利亚文学辉煌的一页。1973 年,诺贝尔文学奖的桂冠落到作家怀特的头上。从此国外文学评论家开始对澳洲文学刮目相看。小说依然是这一时期最主要的艺术形式。现实主义文学虽然还有继续存在的空间,但怀特派文学仍然在文坛占有重要位置,70 年代以前在拉美魔幻现实主义影响下产生的"新小说派",以其新颖的形式和内容成为文学的一股洪流。新小说派作家提倡一种无论在内容还是在形式上都不受任何传统约束的新创作。在内容上他们和怀特派作家一样,不再去表现澳大利亚地域特点、乡土人情和民族气质,而是反映人类生存中的共同问题:心理上的孤独和压抑感、难以摆脱的危机意识、迷茫中寻找自我的失败,甚至突破了以往文学的禁区去大胆表现性和吸毒，反映新道德潮流冲击下的城市生活，尤其是知识分子的生活。在表现形式上，他们摒弃了刻画人物和编织情节的旧传统，而着眼于创造情景，刻意追求小说的叙述方式、叙述角度和语气的新颖；对传统技巧和语言革新，寻找更适合其内容的表达方式；结构为多层次和立体式，时空倒错或跳跃；人物性格多畸形，这些人为社会所不容，但又确是社会的产物；超现实的幻觉和现实的交替与混合成为一种常见的表现手法。这一派代表人物有70年代活跃在文坛的迈克尔·怀尔丁、弗兰克·穆尔豪斯、默里·贝尔、彼得·凯里和莫里斯·卢里等。

60年代末，澳大利亚诗坛出现了一个“新诗歌运动”。自此，一批年轻诗人脱颖而出，打破了多年来笼罩着这块领地的沉寂。他们反对老一辈诗人所奉行的古典主义和传统诗歌技巧，一些人认为诗歌是诗人个人感情的自由表达，主张“新浪漫主义”，并把法国象征主义和超现实主义作为楷模；另一部分人受到当代不同流派的欧美诗人的影响，并在现代印象主义那里找到了归宿。他们的代表人物有格温·哈伍德、文森特·巴克利、布鲁斯·比弗、布鲁斯·道、克里斯·华莱士-克雷布、莱斯·默里、杰弗里·莱曼和安德鲁·泰勒等。

澳大利亚戏剧起步较晚，发展也相当缓慢，第二次世界大战后的戏剧界一时很不景气。1955年，雷·劳勒(1921—)的剧作《第十七个玩偶的夏天》问世，才标志着澳大利亚戏剧开始走向成熟。十多年后，艾伦·摩西(1927—)创作了一部影响较大、反映两代人之间代沟的作品《一年中的这一天》(1960)。这两部作品都按照传统戏剧模式创作。60年代初，在文坛巨擘怀特的戏剧观念和创作实践的影响下，兴起了一个声势浩大的“新浪潮”戏剧运动。新戏剧在内容上带有荒诞色彩，以刻画多重性格的主人公内心冲突代替传统戏剧中借以推进剧情的人与外部世界的冲突、人与人之间的冲突，不再以情节取胜，而以零散的场景加以烘托，多用现代小说中的象征手法；粗俗、口语化的生活语言代替了典雅规范的书面化语言；抛弃了三幕正剧的传统构架，采用灵活的多幕或独幕的形式。新戏剧作家企图在多方面突破，剧本所反映的内容则是当代澳大利亚的社会风情，乡土味浓厚。这一派主要剧作家有多罗茜·休伊特、杰克·希伯德、约翰·罗默里尔、戴维·威廉森和亚历山大·布佐等。

新西兰文学

70 年代以来的新西兰文学,作品种类之繁多,题材之广泛,主题之深刻,手法之新颖,都是前所未有的。文学对生活的探讨从整体、抽象转向表现个别、具体、局部和区域的问题;作家不再限于白人,毛利人也纷纷登上文坛,从他们的角度反映社会。老一辈作家如珍妮特·弗雷姆等仍在不断写作,年轻作家不断涌现。不同主题、不同流派风格竞相争辉,传统、现代、严肃和荒诞的作品各有千秋,将它们笼统归类已不再可能。

近三十年的新西兰社会文化经历了巨大变化。狭隘单一的清教文化已成为历史,较长的和平时期为作家们提供了稳定的社会环境。随着人口的增长,读者队伍不断扩大,经济实力的提高又有力地促进了文化的发展。另一方面,消费主义、都市化、种族意识和文化意识的增强、青年亚文化的产生、家庭结构的变化、女权运动、性解放等方方面面的因素和现象,又为作家们提出了新问题和新思考,丰富了他们的创作题材。生活在当今的作家,已不必用地方色彩对作品刻意描绘以求得世界的关注与认同,他们直接步入生活内部,探讨此时此地的现实问题,从各自的视角进行观察,并对共同的社会经历作出不同的反映与阐释。他们的作品既不偏废社会功能,也不忽视艺术质量,在纽约、伦敦等大都市连获成功。海外所取得的成就提高了新西兰文学的国际声誉,也增强了本国作家的信心。近三十年出版的文学品种、数量和质量都说明,新西兰文学已成为国民文化的重要组成部分。

新西兰当代文学的主题仍然是社会批判,但社会批判文学已不再占据不可动摇的主导地位。作家的批判态度主要仍出自人道主义,但也受到存在主义、女权主义和毛利民族主义思潮的影响,尤其是存在主义形成了文学中一股强大的思潮。当代主要作家如莫里斯·吉和莫里斯·谢德博特塑造的新的"孤独的人",与弗兰克·萨吉森和约翰·马尔根笔下的失意者十分不同,现代"孤独的人"深陷泥潭,但多半是按照自己对世界和生活的理解选择了自己走的路。社会思潮的变化必将带来文学主题的变化,而新主题又常常需要通过新形式来表达。于是,后现代主义小说、印象派诗歌等新的表现手法在新西兰文坛应运而生。

70 年代是继 30 年代文学革命后又一个文学发展的重要时期。就文学揭示生活的深度而言,当代新西兰文学是在一个高起点上的再一次突进;就文学的风格和形式而言,它更加丰富多彩。以莫里斯·吉和莫里斯·谢德博特为代表的作家群迅速崛起,他们在作品中揭示细微的内心世界,从不同角度反映历史和社会的各个侧面,作品涉及面广,挖掘深刻,其中优秀者可以与任何文学巨著相媲美。

加拿大文学

自 20 世纪中期,特别是 1967 年加拿大独立百年纪念以来,加拿大人思想认识有了飞跃,对自己的国家和民族充满了信心,加拿大文学真正走向成熟,形成独立的民族文学,在世界文坛上的影响与日俱增,开始作为一支生力军跻身于世界文学之林。此时的加拿大文学作家队伍空前扩大,文学作品题材日趋多样化,文学评论家的队伍日渐成熟,更有新作家脱颖而出,如戴夫·戈弗雷、奥德莱·托马斯等。随着作家队伍的扩大,文学作品的题材日趋广泛,创作手法日趋多样化,由约翰·莫斯编著的《加拿大小说读者指南》(1987)就列举了道德教育、哲理、社会现象评论、女权主义、老年问题、移民生活、历史、战争、科幻、心理分析、讽刺与幽默、荒诞与恐怖、地域风情等十余类。从创作手法来看,短短 20 年中就涌现了实验小说及先锋派小说四十余部。以前,诺斯洛普·弗莱几乎是唯一有国际影响的加拿大文学评论家,但 60 年代末以来,许多较年轻的文学评论家相继登上文学舞台,文学评论刊物数量激增,新增了如《加拿大小说杂志》、《加拿大作品评论》、《加拿大文学研究》等,促进了作家间的交流切磋,也加快了加拿大文学的进一步发展。到了 90 年代,经过几代人的努力,加拿大文学已进入成熟时期,成为民族文化的一个重要方面,并得到国际上的承认。

加拿大是个提倡多元文化的移民国家,不仅有英裔、法裔居民,还有印第安人、因纽特人等土著居民和来自世界各地的移民。因此出现了一大批享有盛誉的少数族裔作家,如犹太裔作家伦纳德·科恩、捷克出生的作家约瑟夫·斯克沃雷克基、乌克兰裔女作家简妮丝·库利克、匈牙利裔作家乔治·乔纳斯、印度出生的洛辛顿·米斯特里、斯里兰卡出生的迈克尔·翁达杰、日裔女作家乔伊·小川等。加拿大文学以其多元化的特点,在世界文坛上镶嵌出一幅五彩缤纷的图案。当然,80 年代末 90 年代初影响加拿大的各种经济和社会危机在文学中也有所反映,混乱、焦虑、痛苦和不满是不少文学作品的主题。同时,由于加拿大的"边缘性"和"后殖民性",90 年代以来也涌现出一批可以归类为"后现代"、"后殖民"的作品。

第一节　彼得·凯里

彼得·凯里(1943—)是"新小说派"中最具独创性、最有才华的作家之一。他出生在墨尔本附近小镇一个汽车推销员家庭,曾就读于蒙纳希大学,未及毕业便去从事广告设计工作,一边以广告业为生,一面创作。1974 年,他出版了短篇小说集《历史上的胖子》,一举成名。1990 年应纽约大学之邀,成为驻校作家。凯里的主要作品还有短篇小说集《战争的罪恶》(1979),长篇小说《幸福》(1981)、《魔术师》(1985)、《奥斯卡和露辛达》(1988)、《税务检查官》(1991)、《纳德·凯里正传》(2000)和《悉尼三十天》(2001)等。

凯里的第二部短篇小说集《战争的罪恶》出版后,得到了广泛赞扬,被称为具有国际精神,"终于使澳大利亚脱离顽固的狭隘地方主义角落",走向"新的广泛性和复杂性"。凯里自己认为曾多少受到福克纳和索尔·贝娄等美国作家的影响,并喜爱和推崇黑色幽默小说《第二十二条军规》和魔幻现实主义小说《百年孤独》。他的作品熔黑色幽默、寓言式小说和科幻小说于一炉,其超越他人之处主要在于表现形式的新颖和多变,历史和幻想的奇妙糅合。小说《幸福》和《魔术师》都是如此,小说主题往往是表现极为孤立的个人在面对强大的社会压力时无能为力的感觉,以及在现代社会所处的艰难困境。他的作品风格淡雅,语言清丽,节奏舒缓,含义隽永。与某些新派作家不同的是,凯里有时还借用通俗小说手法,以生动的情节使作品颇具吸引力,所以他拥有并造就了一拨钟情于新派小说的读者。

凯里是一位短篇小说的高手,常常采用黑色幽默和魔幻现实主义技巧,曲折反映现实社会问题,富有新意。小说《螃蟹》写两个青年驱车远离城市去看露天电影。当时正值汽车零件昂贵、社会秩序混乱的年代,电影散场时,两人发现汽车轮胎被窃,无法返回。两人突发奇想,认为只有自己变成一辆车子才能离开露天影场,于是他们变成了一辆拖车。谁知他们变车出来时,发现街上空无一人,原来所有的人仍在露天影场。这是一个近似寓言的故事,影射现代人陷入危机而无法摆脱的窘境。《剥皮》写的是一个喜欢制作白色玩偶的神秘女人,后来一男子爱上了她,层层剥去她的衣服,到最后快见皮肉的时候,女人忽然成了碎片。原来她是一个白色玩偶,她的外在爱好居然和她的内在本质是一样的,结果秘密始终没有解开。这篇小说是凯里创作中糅合幻想和现实的典型。另外一个短篇小说《美国梦》是作者的得意之作,通过一件乡镇奇事,展示了战后澳大利亚人憧憬美国生活方式而又眷念朴实乡土生活的矛盾心理。这篇小说有精心构思的情节,有完整的故事和现实主义的描写,语言幽默,成功地完成了一个"美国梦"的现代寓言。

长篇小说《奥斯卡和露辛达》是迄今为止作者最富有力度和所受赞誉最多的作品。小说讲述了 19 世纪中叶一个离奇动人的爱情故事。男主人公奥斯卡·霍普金斯出生在一个狂热的教徒家里,从小被教育成信奉上帝的虔诚教徒,后去牛津大学攻读神学。在校期间,他潜心研究赌博,达到了出手必赢的地步。毕业后,按上帝的旨意回澳大利亚传教。在回国的轮船上,他与继承了巨额遗产的女主人公露辛达不期而遇,并向她大肆灌输赌博无害的道理,认为信仰上帝本身就是一场赌博,谁知道上帝是否真的存在呢?下船后不久两人又在赌场相遇。由于赌博和两人不正常的关系,奥斯卡被剥夺了神职。潦倒中的奥斯卡幸得露辛达的帮助,找到了一份职员的工作。奥斯卡又忽发奇想,建议露辛达建造一座玻璃教堂,赠送给深深爱着她的丹尼斯牧师,并自告奋勇护送教堂。露辛达表示同意,并与他打赌:如教堂顺利到达丹尼斯任职之所,她愿以全部财产奉送。其实露辛达因为深爱奥斯卡,有意要以财产相赠。露辛达特聘杰弗里斯组成一支庞大的远征队伍,以确保奥斯卡万无一失。可杰弗里斯冒险成性，另有他图，此行是为了绘制一张地图，以名垂青史。土著人对教堂迷惑不解，好奇地围观，杰弗里斯却滥杀无辜，奥斯卡上前劝阻，结果被他打昏，并强行灌进鸦片酊，使他完全落入杰弗里斯的掌中。后来奥斯卡终于摆脱控制，用木筏把教堂顺利地送达目的地。可是当晚，神思恍惚的奥斯卡受到一名叫朱丽安的寡妇的诱惑，第二天便同她登记结婚。后来，醒悟了的奥斯卡悔恨不已，怀着对露辛达的爱和内疚来到教堂祷告，不幸木筏松动而溺死在教堂。再次成为寡妇的朱丽安得到了露辛达先前给奥斯卡的文件，获得了露辛达的全部财产，并生下了奥斯卡的遗腹子。

正如评论家所说，《奥斯卡和露辛达》"不是发现新的文化倾向，而是邀请人们重新审视一下旧文化"。小说实际上把对19世纪的文化批判和对20世纪的人性危机的刻画自然地糅合在一起。小说的核心象征物玻璃教堂（英国文化的象征）及其建造和运送，表明英国基督教文化入侵澳大利亚，与本地朴实无华的土著文化发生了冲突，同时造成了自身的堕落（以赌博为象征），结果自己终于成为耽于杀戮和掠夺的堕落者。小说塑造了两个遭遇人性危机的现代人形象：奥斯卡和露辛达。他们如同怀特笔下踽踽独行的怪人一样，保持着别人所没有的纯真。就奥斯卡而言，他笃信上帝，为上帝的事业献身，虽然喜欢赌博，但并非以此作为敛财手段，而是认为这是上帝赐予他完成学业的成功途径。至于露辛达，她拥有大笔遗产，却时时感到内疚和不安，下意识地希望以赌博来输掉它。他们的许多想法显得幼稚可笑，尤其是玻璃教堂的构想：它虽然耀眼豪华，但并无实用价值，因为人们根本无法在炎炎烈日下的玻璃教堂中祷告。在纷繁复杂的现代社会，他们注定要碰壁，注定要失败。他们的结局和怀特笔下那些心地善良却和社会格格不入的小人物同样悲惨。只有像朱丽安那样讲求实际，顺乎时代浊流的物质主义者，才能快活舒适地生存下去。小说笔调轻松幽默，略带嘲弄，但作者态度公允，不加虚饰，把细节的真实和荒诞虚幻的行为结合起来描写，使现实主义和超现实主义相交融，构成了凯里小说的典型特点。

小说《幸福》也是一部荒诞和现实相融合的作品，主要刻画广告商哈里·乔伊三次死去三次复活的经历，对现代生活的荒唐进行了讽刺和鞭挞。《魔术师》写一位已有139岁的骗子，并以幽默的笔调展示了广阔的社会背景,结合家世小说和英国历史上的“路上小说”手法,揭示现代人对现代社会的陌生感,既有历史的纵深又有现实的广度。《税务检查官》以腐败多事的悉尼近郊为背景,通过税务官玛利亚·塔克斯卷入一场因通过税务检查而导致一家汽车公司破产的事件,表现了社会腐败和家庭暴力。凯里的创作态度极为谨慎,虽然速度不快,但他所写的每一部小说几乎都是上品,深得读者和批评家的赞赏。

第二节　谢德博特

莫里斯·谢德博特(1932—)出生在奥克兰,从奥克兰大学毕业后,为几家报刊当过记者,并从50年代末起成为当时新西兰为数不多的职业作家。他除了写长、短篇小说外,也从事戏剧创作和新闻写作,还写了多部传记和知识性读物。他的小说荣获过赫伯特·切奇纪念奖、凯塞琳·曼斯菲尔德奖、新西兰国家文学奖、罗伯特·彭斯奖和詹姆斯·威蒂奖等所有主要文学奖项。他的作品可读性很强,以事件烘托人物,以人物反映历史,善于老练地处理多层次多情节的复杂素材。他的文字风格虽不如同代几位作家那样简朴明快,但他笔力雄健,描述细微缜密,表达技巧具有很高的艺术性。也有不少批评家指出他的文体有时过分讲究,人物过分典型化,作品中有刻意雕凿的痕迹,但一旦他的想象力和艺术才能得到恰如其分的发挥,他就能创作出如《陌生人和旅行》和新西兰历史小说三部曲那样给人印象至深的佳作。

谢德博特的家族史可以追溯到最早到达新西兰拓荒的那一代人。他通过家族史了解了新西兰的整个发展过程。早期居民曾将新西兰理想化,称其为新发现的伊甸园,但他描绘的却是一个“破损的伊甸园”。多少年来,移民及其后代将欧洲人的梦想强加在这个太平洋岛国上。殖民开拓梦想的破灭在谢德博特早期长篇小说中都有所反映,如在《灰烬中》(1965)、《陌生人和旅行》(1972)和《一撮土》(1974)中,父辈的旧梦仍然困扰着今天的新西兰人。

谢德博特最初的作品是短篇小说,收集在《新西兰人:故事系列》(1959)和《夏日的火,冬日的乡村》(1963)两本集子中,接着出版了《灰烬中》以及中篇小说集《音乐声中》(1967)和长篇小说《今夏的海豚》(1969)。进入70年代以后,他创作的几乎全是长篇小说,第一部《龙耳》(1971)是战争小说,描写主人公皮埃多·弗拉塔在法西斯统治下的意大利的经历,次年出版的《陌生人和旅行》是他的代表作。《陌生人和旅行》中有些是已发表的长、短篇小说中的内容。作者称它为"综合小说",说他试图将所知的20世纪的新西兰和新西兰人都放进一本书的字里行间去。小说描写从1919年至1970年弗里曼和利文斯顿两家三代人经历的社会变迁。故事的主要部分发生在暴力抗议风潮中——民众为争取社会进步而团结起来,但抗议风潮最终瓦解,人们又成为陌路人,各自继续自己的旅行,演出各自的悲喜剧。小说前半部分重现了两次世界大战间的新西兰生活,批判了新西兰政府和新西兰人政治上的守旧与对变革所抱的无动于衷的态度;小说后半部则反映了由越南战争引发的六七十年代政治上的活跃气氛。

谢德博特推出的另一部"综合小说"是《拉夫洛克纪事》(1980),它反映了从1860年到1960年拉夫洛克一家百年的历史。接下来发表的是新西兰历史小说三部曲《犹太人的季节》(1986)、《星期一的斗士》(1990)和《抗争之地》(1993)。第一部通过一个当兵的作家乔治·费尔韦瑟之口,重述了19世纪60年代由特·库蒂领导的毛利大暴动,并以新的眼光对暴乱及其后果,对贪婪的白人殖民,对政府,对野心勃勃的毛利头领特·库蒂等作了重新评价。谢德博特以讽刺的口吻重叙旧事,描绘的图景要比历史记载阴暗得多。第二部描写同一时期发生在不同地方的毛利战争,而最后一部小说再现了更早一些时间由霍尼·亥卡领导的毛利起义。三部曲提供了后殖民时代对一个半世纪前殖民战争的反思,是迄今为止新西兰最杰出的历史小说系列。

第三节　阿特伍德

玛格丽特·阿特伍德(1939—)被人称为"加拿大文学女皇"。她出生于渥太华,由于父亲从事森林昆虫研究工作,她从小就对大自然有浓厚的兴趣,城市与荒野不同的生活方式给她留下了深刻印象,文明与蛮荒之间的张力成为她文学作品中最常见的主题之一。中学时她开始写些诗歌、短篇小说向学校的文学杂志投稿。1957年她进入多伦多大学维多利亚学院，师从知名女诗人杰伊·麦克弗森和文学理论家诺斯洛普·弗莱。1961年她赴哈佛大学拉德克利夫学院继续深造，1962年获文学硕士学位，并开始着手撰写题为《英国玄学罗曼司》的关于哥特式小说的博士论文，论文最终没有完成，但哥特式小说在她以后的小说中留下了印痕。在其后的十年中，她的学业时断时续，发表了许多诗作，开始在加拿大文坛崭露头角。此间，在她经历了一次失败的婚姻后，于1970年开始与加拿大小说家格雷姆·吉布森共同生活。70年代末，她开始专事写作。在长篇小说创作中，阿特伍德关心妇女问题，主张妇女为自己应有的平等权利而斗争。在文学创作中她善于捕捉女人的心理，真实地反映她们的生活、成长过程及不同的命运。她的小说中的主人公大多为现代消费社会的职业女性，其中不少人受女权主义观点的影响。

自60年代初以来，阿特伍德已有14部诗集、11部长篇小说、五部短篇小说集和三部文学评论出版，并主编了《牛津加拿大英语诗歌》、《牛津加拿大英语短篇小说》等文集，此外还撰写了不少广播、电视、戏剧、儿童文学作品等，曾两次获加拿大文学最高奖——总督奖（1966、1986），并获国内外多种奖项和荣誉，享有很高的国际声誉。她的作品已被译成三十多种文字。阿特伍德的影响跨越了文学领域。70年代以来，她十分关注美国文化对加拿大的强大影响和加拿大的日益美国化。为此，她大力支持以推进独立的加拿大民族文化为宗旨的阿南西出版社，曾任该出版社编辑，并帮助成立加拿大作家协会，于1981年至1982年任该作协主席。同时，她越来越多地介入国际政治，是80年代末反对美加自由贸易法案运动的重要成员之一，还利用自己的国际声誉为“国际大赦组织”在加拿大开辟了一块阵地。总之，在过去的近三十年中，阿特伍德以加拿大文学代言人的身份一直活跃在文坛。现在，阿特伍德依然笔耕不辍，不断有新作问世，而且几乎部部成为国际畅销书，好评如潮。

阿特伍德的第一部长篇小说《可食用的女人》（1969）写白领女主人公玛丽安在经历了一系列精神挣扎后，在自己婚礼的那一天烘制了一个女人形状的蛋糕献给未婚夫，以逃避这不平等的性别社会。小说批判以男子为中心的当代社会，辛辣地讽刺它对女性独立人格的压抑，如同把女人烤制成蛋糕供男人享用。作者大胆运用现代写作手法，特别是叙述人称的变化来烘托主题。小说第一部分由玛丽安自述，意味着女主人公尚能处理自己的工作和爱情，掌握自己的命运；第二部分则用第三人称讲述，表明她已经无法解释自己的行动，不知自己要干些什么，不能驾驭自己的命运；第三部分重新采用女主人公自述形式，暗示玛丽安已解决了种种思想矛盾，重新认识了自己，也重新恢复了支配自己命运的能力。她既没有去改变社会，也没有逃避现实，而是学会了如何面对现实，在社会中生存。该书出版后，西方评论界公认它是一部黑色幽默式的女权主义抗议书。

《使女的故事》(1985)以极其丰富的想象力描绘了一个令人毛骨悚然的未来世界。小说假想未来——20世纪末，由于节制生育、性病、艾滋病、日益严重的环境污染等长期原因，导致普遍的不孕和白种人口的锐减。一群基督教原教旨主义者突然发动政变，推翻美国民主制度，建立极端的“吉列共和国”，宣布一些婚姻或家庭关系如未婚同居、离婚后再婚等为非法，并把男的处死，把孩子夺走，把女的集中起来整训，再仿照《圣经》中的描述，强行将她们分配给没有子女的高级官员，成为专替统治者繁衍后代的生育工具——“使女”，每次期限为三个月，三个月后未孕者将被转移到另一个“岗位”。如果换了三个“岗位”仍不怀孕，便要被送到“殖民地”去清理核废料，结果是迅速死亡。小说不仅承袭了自赫胥黎的《美丽的新世界》、奥威尔的《一九八四》以来的反面乌托邦文学传统，描写阴森可怖的未来社会图景，给人们以警示，同时融入了作者特有的女性主题，因而被评论界称为“女性主义的《一九八四》”。这是一部女性主义后现代派的代表作，同时是一部政治幻想小说和政治寓言。虚构的故事虽以美国马萨诸塞州为背景，然而影射的却是整个西方的文化传统。小说一问世便在国际文坛引起轰动，连获加拿大总督奖、亚瑟·科拉克科幻小说奖、洛杉矶时报奖等，并拍成电影(1990)。

小说《猫眼》(1989)先后五次获奖。它描写中年女画家伊莱恩从温哥华回到多年前居住的多伦多举办个人回顾画展，童年和青年时代的往事涌上心头。通过回忆和思考，她终于得以对过往的恩恩怨怨释怀，以平静的心情接受生活。作者一反按时间顺序的传统叙述手法,将现在和过去有机地结合起来,突出了时间的延续性,并运用后现代手法,以充满同情又不失幽默的抒情诗语言,将伊莱恩童年时代小女孩之间的相互背叛与伤害同社会现实结合起来。批评家们认为这是阿特伍德最优秀的小说之一。阿特伍德的长篇小说还有《女预言家》(1976)、《人类前的生活》(1979)、《肉体的伤害》(1981)、《强盗新娘》(1993)和《盲刺客》(2000)。

阿特伍德以《双面普西芬尼》(1961)一诗在加拿大文坛崭露头角,不到30岁已成为著名的诗人。她共发表十多部诗集,如《圆圈游戏》(1965)、《该国动物》(1968)、《地下程序》(1970)、《苏珊娜·穆迪的日记》(1970)、《权力政治》(1971)、《你很幸福》(1974)、《双头诗集》(1978)、《真实的故事》(1981)、《新残月交替》(1984)、《焚毁之屋的早晨》(1995)等。她的诗作描述现代人在忧虑、恐慌、孤独、异化感等种种痛苦中寻找自我。诗中人物大都是拓荒者、探险家、移民和流亡者;也经常涉及处于大自然与文明社会夹缝中的女性"幸存"主题。在艺术上采用一种冷静,几乎不带任何激情的风格,诗行长短不齐,并以出人意料的意象、精练的语言和含蓄著称,带有超现实主义色彩。诗集《苏珊娜·穆迪的日记》的叙述者苏珊娜·穆迪,是19世纪移居加拿大的早期拓荒者。作者借用这位历史人物的一部虚构的日记,展现了一个很有代表性的内心分裂的加拿大移民:对新家园的爱与恨使她痛苦不堪;她对自然依依不舍,对城市文明深深眷恋,这两种相互对立的感情使她精神分裂。《日记》的最后部分,诗人让穆迪的生命超越了死亡而成为自然的一部分:被埋葬的穆迪转化成大地桀骜不驯的精灵,最终以一位老妇人的形象出现在多伦多的公共汽车上。这无疑在向人们宣示城市的野蛮。诗集《焚毁之屋的早晨》是阿特伍德又一力作,这些诗歌风格各异,题材丰富,有欢快的,有肃穆的;有取材于神话传说的,有取材于历史事件的,甚至出现许多脍炙人口的文学形象,如特洛伊战争中的海伦,莎士比亚剧中的李尔王等。其中女诗人关于父亲的挽歌系列尤其感人。

阿特伍德在短篇小说创作上也表现出很高的造诣,迄今已发表五部短篇小说集:《跳舞的女孩》(1977)、《黑暗中的谋杀》(1983)、《蓝胡子的蛋》(1984)、《荒园警示故事》(1991)和《好骨头》(1992)。《跳舞的女孩》

的主人公们往往是心理复杂、饱受多疑症或异化感折磨的女性，其中《两极之间》和《著名诗人的墓碑》最具代表性。前者探讨了“精神失常”：一位被诊断为精神失常的学生竟然比心智健全的主人公更能理解现代社会普遍存在的精神失常现象；后者则对失败的两性关系进行研究，以犀利嘲讽的语言揭示人们津津乐道的爱情实际上是一种惯性。《黑暗中的谋杀》则呈现了阿特伍德创作的新方向——关注小说创作过程和运用“元叙事”等后现代叙述手法，即戏仿（借用或暗指）某些童话、寓言、传说等文学经典，或讨论叙述过程和方法等叙述行为本身。阿特伍德甚至将作者、作品、读者和评论家的关系比喻成一场诡计多端的客厅游戏，作者永远是“必须说谎”的“杀人凶手”，而阅读过程则成了读者正在参与的心理游戏。与阿特伍德的其他文学形式的创作一样，她的短篇小说反映了作者对人类命运（特别是女性命运）、对人与自然的关系、对生命价值的独特思考，同时也体现了她在创作技巧上的创新以及驾驭文字和素材的能力。她的短篇小说不追求古怪离奇的情节，以平静、朴实的方式表现女性的日常生活，语言简洁但寓意深刻，发人深思。她将这种语言与独特的叙事艺术结合，巧妙地实验了多种叙事手法和后现代写作技巧，使作品达到内容与形式的完美统一。

第七章

意大利文学

概述

20 世纪 70 年代，意大利文学随着社会变迁，其整体概貌发生改观，失去了从世纪初至 60 年代的那种新潮迭涌、流派更替的发展动势，代之以各种艺术自由生长的散漫状态。在 60 年代，新先锋派的大量形式主义实验几乎统治着文坛，由于它否定一切过去和现存的文学形式，种种实验使许多有价值的东西遭受摧残，却并没有取得重大成果，致使 60 年代的文学园地显示出一派凋零衰败的惨状。1968 年的学生运动对文学艺术的发展起了积极影响，它所提出的政治与社会主张，给脱离现实的新先锋派以致命一击，使它从此一蹶不振，又同时起了振兴现实主义传统的作用。这对于 70 年代以后的文学发展是一个有利的势头。由于新先锋派对传统的破坏和它的被否定，作家得以摆脱传统程式的束缚又不受流行模式的制约，可以比较广泛地取舍，比较自由地创新。因此，各种不同水平、不同方向的作家相继奉献出自己的作品。这些作品既无共同来源也不代表共同的前景，只有值得重视的个别现象和个别重要作品，但没有形成明显的流派。文学从 70 年代初开始恢复元气，逐渐出现异彩纷呈的局面。具体地说，现实主义原则得到恢复和发展，实验主义继续进行，独辟蹊径的作品时时出现,商业化的消费文学仍在泛滥,全景图像斑斓驳杂。这种多元化的状态直至20世纪结束时尚未改变。这一时期也常有异军突起的现象:70年代政治题材作品曾风靡一时,反黑手党小说引人入胜,达里奥·福的政治讽刺剧更是好戏连台;世纪末乡土文学兴盛,各地乡土题材小说比肩而立,各种腔调的方言诗歌响彻整个意大利文坛,人们在故土的区域文化中寻求精神归宿。女性文学自成一道特别的风景线,创作踊跃,引起社会关注,著名作家法拉奇的小说《男子汉》印数超过百万册,初出茅庐的苏珊娜·达马洛的《随心所至》也荣登1994年的畅销书排行榜,女性视角获得社会理解。文学中突出的成就当推卡尔维诺的一系列寓言小说和埃科的仿历史小说。他们的作品使得后现代主义文学大放异彩,影响遍及全球。意大利文学在二十多年的时间里,有两次获得诺贝尔文学奖:1975年隐秘派老诗人蒙塔莱获此殊荣;1997年剧作家达里奥·福再度夺魁。意大利文学即使在平淡的季节里仍旧显得根深叶茂,风采不凡。

第一节　卡尔维诺

意大洛·卡尔维诺(1923—1985)是享有国际盛名的作家,在欧美的影响尤为广泛,被誉为最富魅力的后现代派大师,当今世界上屈指可数的几位伟大艺术家之一,意大利最独出心裁、最富有创作才能、最有趣的寓言式作家。卡尔维诺极具独创性,在经历最初的新现实主义创作之后,他开始不断地探索和创新,以各种不同形式描写现实生活和当代人的精神面貌,表达他的社会理想和人生信念。他的作品思想深刻,形式新颖独特,达到了内容和形式相契合的高超水准。他的多样化实验,不仅获得评论界的赞誉,而且深受读者欢迎,在世界各地也有着广泛影响。

卡尔维诺的父亲是农艺师,母亲是植物学家,他们在拉丁美洲从事热带植物研究多年,因而卡尔维诺诞生于古巴哈瓦那附近的圣地亚哥德拉斯维加斯镇。他两岁时随父母回国,居住在意大利北方的故乡圣雷莫城,他父亲领导该城一个花卉实验站。他在那里度过少年时代,在父亲指导下,仔细观察树木花草、昆虫鸟兽,掌握了丰富的自然科学知识,并且培养了热爱大自然的感情;同时他爱读吉卜林、涅沃、斯蒂文森特别是康拉德的小说。卡尔维诺于1941年入都灵大学农学系,本想继承从事科学研究的家庭传统,但1943年德国纳粹入侵意大利,他便中断学业,带着16岁的弟弟一起参加了“加里波第”游击支队。他的双亲因此被德寇当人质扣押数月。他在抵抗运动中加入意大利共产党,战后重入都灵大学,在文学系三年级学习,一年之内通过四年的全部科目考试,1947年9月以一篇关于英国作家约瑟夫·康拉德的论文毕业。1946年12月,卡尔维诺仅用20天时间,根据参加抵抗运动的经历写成一部长篇小说《通向蜘蛛巢的小路》,此书的出版使他一举成名。他在大学毕业后进入都灵著名的埃依纳乌迪出版社工作,有机会结识了一批进步作家、哲学家,在政治、思想和文学上迅速成熟起来。1957年至1965年,他与维托里尼合作主编大型文艺刊物《梅那波》,组织过关于“文学与工业”、“先锋派的文艺观点”等重要文学讨论。1985年9月他在锡耶纳度假时,因突发脑溢血猝然离世。

卡尔维诺是一个不断探索创新的作家,但从他风格多样的作品中仍然可以找到连贯性,其创作大致可以分为新现实主义、寓言小说和后现代主义三个时期。他是在第二次世界大战结束时开始创作的,受新现实主义文学运动的影响,描写的题材主要是反法西斯抵抗运动和战后普通劳动群众的生活这两大类型。成名作《通向蜘蛛巢的小路》、长篇小说《波河两岸的青年》(1951)、短篇小说集《最后飞来的乌鸦》(1949)、《进入战争》(1954)等属于前一类型题材;短篇小说集《马可瓦多,或者说城市四季》(1963)属于后一类型。

长篇小说《通向蜘蛛巢的小路》是卡尔维诺以抵抗运动为题材的代表性作品。小说主人公是一个名叫皮恩的少年,生活在德军占领下的一个小城,他偷了一个德国兵的手枪藏在蜘蛛用泥土筑成的巢穴里,后来去投奔山上的游击队。这部小说通过少年人的眼睛把游击队员的生活描写得像森林里的童话故事一般五彩缤纷,引人入胜。作品不同于新现实主义的同类题材小说,没有刻意塑造抵抗运动的英雄人物,而是着眼于描写人与战争的关系。短篇小说集《马可瓦多,或者说城市四季》是描写小人物境遇的代表作。以工业化大城市为背景展开的20则故事中主人公是同一个人物马可瓦多。他是一个当小工的穷人,有着沉重的家庭负担,在贫富悬殊的社会里显得异常可怜。在《逛超级市场》中,马可瓦多面对货架上琳琅满目的商品而无力购买，痛苦而怅惘，推着购物小车冲进电梯门。电梯正在安装，他跌落在施工的脚手架下。失业后的马可瓦多异想天开地用“黄蜂疗法”来治疗风湿病人。寒冬腊月他无钱买木柴，一家人围着行将熄灭的炉火发愁，而室外高速公路上密布的广告牌组成了“高速公路上的树林”，两处形成鲜明对照。卡尔维诺以夸张幽默的笔调描写马可瓦多的故事，使他的生存状态显得荒谬可笑，仿佛他是童话里的小丑。但是卡尔维诺同时又不断地提醒读者，这是发生在眼前的现实。卡尔维诺用马可瓦多的可悲处境对“福利社会”进行了强烈讽刺，小说具有超现实的寓言意味。

真正的寓言式小说是从《我们的祖先》(1960)三部曲开始，与其后的科学幻想性小说《宇宙奇趣》(1965)、《你和零》(1967)一起，成为卡尔维诺现代寓言和神话创作时期的主要作品。他于1956年发表《意大利童话》，其中搜集了200篇采自意大利各地区的民间故事和童话，花费两年的时间整理而成。编写传统的民间故事为他创作现代寓言做好了技术准备。其实，三部曲中的第一部《分成两半的子爵》(1952)在这之前已经完成，随后相继推出了第二部《树上的男爵》(1957)和第三部《不存在的骑士》(1959)。童话、寓言更能发挥他善于想象的特长，这是他对这种体裁情有独钟的根本原因。《我们的祖先》三部曲从不同角度集中描写人的异化问题。子爵被分成两半，并且相互为敌，正是现代资本主义社会人格分裂现象的写照；男爵生活在树上，表现了人与社会的疏离；骑士是一副中空铠甲，已被异化为非人，一个机器人。异化是西方现代派文学中老生常谈的问题，卡尔维诺没有重复前人的经验，没有把人在资本主义社会荒谬的现实处境夸大为普通的生存形式，从而诅咒人生、否定生存的价值，而是看成可以超越的暂时形式，因而他走出了现代派消极、悲观的死胡同。卡尔维诺在第一个故事中写了子爵重归完整的圆满结局，在第二个故事中构想了一个人生的理想境界，在第三个故事中寄希望于未来。他在《后记》中写道：“我要使它们成为描写人们怎样实现自我的三部曲：在《不存在的骑士》中争取生存，在《分成两半的子爵》中追求不受社会摧残的完整人性，在《树上的男爵》中有一条通向完整的道路，这是通过个人的自我抉择、矢志不渝的努力而达到的非个人主义的完整。这三个故事代表通向自由的三个阶段。”他不仅写了人的自我迷失，也写了人的觉醒和奋进。这是一部将幻想、现实与哲理和谐地结合在一起的小说，成功的奥秘在于哲理性的内容与寓言形式之间的有机契合。凝重而又荒诞的哲学观念弥散在寓言故事所特有的神秘、空灵、朦胧的美感之中，作品呈现一派明朗、乐观的色调，开拓出现代小说的新风貌。

卡尔维诺寓言式的小说风格在70年代的后期有进一步发展，除了小说的内容仍然是充满想象的超现实描写之外，小说的结构变得更为复杂奇特。作家有意对小说形式进行实验性探索，作品蒙上扑朔迷离的怪诞色彩。长篇小说《命运交叉的城堡》(1969)、《看不见的城市》(1972)、《寒冬夜行》(1979)就是卡尔维诺富有想象力的探索结果，被公认为属于后现代派风格。卡尔维诺在当时流行的符号学影响下，把文学看成是封闭的“符号系统”，认为文学只不过是一组数量有限的因素和功能的反复转换变化而已。他尝试把小说这架机器拆卸下来，尔后采用另外一种方式，予以重新组装。《命运交叉的城堡》的结构像是一副15世纪的塔罗纸牌。从四面八方而来的旅客相聚在古堡旁的一家小饭馆，他们利用纸牌的拼配勾画出各自所要讲的故事的视觉形象，依照玩牌的游戏规则顺序讲述自己的经历和见闻。这些旅客是古代的农民、水手和工匠，他们的故事大多是中世纪古堡里和文艺复兴时期宫廷里的奇闻轶事，展现一幅善恶并存的世态人情图画，寻求其存在的合理性。卡尔维诺以此引导人们探索自身存在的价值，而不以善恶二元论简单地加以判断。

《寒冬夜行》是卡尔维诺晚期的代表作。这部作品打破了小说的结构常规。首先主人公是两位读者，而所读的正是这部小说。小说以装订过程中页码装错为起因，将属于不同国家的不同类型和形式的十篇小说穿插起来，而且每个故事刚开头就煞了尾。“读者”在小说开篇登场，在结尾离去，又引出作者。“读者”的经历构成小说的内容，这是一部关于阅读小说的小说。这部小说力图在作者与读者之间沟通，不同作品内容的混杂打破了传统小说线型结构的情节模式，结构奇特，立意巧妙。卡尔维诺独创诡异的艺术形式是为了更恰当地反映迷乱的现实。他认为现实是一座座迷宫，作家不能沉浸于客观的记叙而迷失于迷宫之中，应当寻找出路，突破一座又一座迷宫。这是一部实验主义作品，引起了全世界的关注。

卡尔维诺最后一部长篇小说是《帕洛马尔》(1983),书名借用美国加利福尼亚州一座天文观测站的名称,也是书中主人公的名字。小说没有从头至尾的连贯性情节,只有帕洛马尔一个人物,以及对他的生活场景和沉思默想的片断记述。小说集中描写人物三种不同的经验,说明三种主题,并且在目录的标题前用数字加以表明。与"一"相对应的是用描写的文字表现帕洛马尔的视觉经验,观察对象是自然界万物;与"二"相对应的是人类学、广义的文化以及涉及视觉、语言、意义、符号等因素的经验,文字偏重叙述。第三类属思辨经验,涉及宇宙、时间、无限、自我与世界的关系及思维的性质等因素,文字转为理性论述,文体自由,既像文论,又像随笔。作品内容丰富,跨越文学的界限,走进文化、哲学、文艺学的空间,视野开阔。小说通过对一位现代知识分子的日常生活和奇思遐想的深层次描述,探讨人类与宇宙、人类与自然、单一的个体与多重的现实之间的关系,表达沉重的孤独感与失落感。1986 年 5 月出版了他的未竟之作《太阳之下的美洲豹》,收集了作家在最后几年拟以"五种感觉"为题而写的系列短篇小说中已完成的三篇。卡尔维诺的文艺理论著作有《美国文学及其他论文》(1951)、《向迷宫挑战》(1962)、《上面的石头》(1980)和《美国讲稿》(1985)。

第二节　埃科

翁贝尔托·埃科(1932—)是从理论研究转向创作的文学家,出生于意大利西北部的阿历德里亚城,1954 年获都灵大学哲学博士学位。他起初从事美学研究,曾深入探讨中世纪美学,著有《托马斯·阿奎那著作中的美学问题》(1956),接着参加新先锋派文学运动,是"六三社"的理论家,后来专攻符号学,在博洛尼亚大学任符号学教授,成为该学科的权威学者。他是一位文艺批评家,运用意识批评和结构主义批评方法,写出一系列理论著述。他的《开放性著作》(1962)一书是意大利新先锋派代表性论著之一。他在书中通过跨学科研究,加深对现代文学艺术的理解,认为真正的先锋派作品在意义上是没有结尾的,无止境的,其本身既可以容纳其他艺术家和读者对它的各种理解,又对其他的社会制度和文学艺术价值具有预见性，包含着对未来的进一步理解和启示。《内容的形式》（1971）、《符号学概论》（1975）等，从语义学角度考察大众媒介、叙事结构，甚至解释现实生活的各个方面。他的主要作品还有《最短的日记》（1963）、《启示录式的和完整的》（1964）、《空缺结构》（1968）和《符号学与语言学》（1983）。

70 年代末，埃科发现“心中有许多话无法用理论表述，必须求助于小说”，因而开始文学创作。他将自己对中世纪文化研究的成果倾注于长篇小说《玫瑰之名》（1980）的故事之中，同时也将对现代派文学研究的心得实验于小说的艺术构思上，完成了一部集知识性、趣味性于一体的作品。小说发表后，立刻引起轰动，成为畅销书，获得 1981 年度意大利斯特雷加小说奖，并被翻译成十几种文字，在世界各地发行量近千万册。美国斥巨资将其拍成电影后更是风靡全球。

小说故事发生在 1327 年 11 月的一个星期之内，地点是意大利北部山区一座富丽堂皇的修道院。方济各会的英国教士威廉奉奥匈帝国皇帝之命前往该修道院调查秽行异端，他的学生阿德索与他同行。院长阿博热告诉他们，年轻的修士阿德尔莫奇几天前奇怪地摔死在万丈悬崖之下。威廉答应协助破案，要求在修道院内有通行无阻的权利，院长说不同意进图书馆，因为那里是神界迷宫，走进去也许就出不来了。人命案接踵而至，精通希腊文和阿拉伯文的修士维南蒂乌斯西死在猪血桶内。威廉在检查死者书桌时发现了亚里士多德的世间孤本《诗学・卷二》。死者还留下一句暗语：“镜上有四，其一其七。”不一会儿书又不见了。当天晚上，图书馆馆长助理贝伦加死后被泡在浴缸里。经验尸，他们都是中毒身亡。威廉在调查中发现，这里的修士为非作歹，有的把农家女作为娼妓带进院内，有的搞同性恋，年轻的阿德尔莫奇就是被迫与贝伦加搞同性恋而悔恨自尽的。其余两个人之死则和那本书有关。书可能藏在密室里，但密室四面无门，只有一面大镜子嵌在墙上。第五天，一位药剂师告诉威廉在药房里发现了那本书，还没等他把话说完，年过八十的瞎子修士约尔格悄然出现在他们面前。约尔格是 40 年前的馆长。三小时后，药剂师在药房里被人用浑天仪砸死，那本书又不翼而飞。原来是新的馆长助理把它交给了馆长马拉奇。第六天凌晨马拉奇又死于非命。威廉意识到非揭开图书馆和怪书的奥秘不可。为此必须找到瞎子约尔格，但他已不知去向，几小时后，院长也失踪了。在阿德索的帮助下，威廉按动拉丁语“四”字的第一和第七个字母，密室的门就启开了。约尔格端坐其中，凶手正是他。他已把院长窒息在秘密通道里。原来院长知道书的内容。约尔格认为这是一本违反教义的书，因而它上面涂了剧毒药物，当修士用唾液润湿指头一页页揭开书页翻阅时便被毒死。约尔格惧怕亚里士多德的书，唯恐它教导人们重新认识真理而使基督教历经几百年的教义毁于一旦，决定与之同归于尽。他把书撕成碎片塞进口中，并想将威廉和阿德索囚禁在密室里。他们三人在密室里争斗起来，瞎子将蜡烛扔向书堆，一场大火随即而起。院长的尸体、约尔格的尸体、那本被吃掉一半的书，都随同巍峨壮丽的修道院宫殿一起化为灰烬。威廉和阿德索怅然离开修道院的断墙残壁。

《玫瑰之名》是一部不可多得的侦探—哲理—历史小说，故事情节扣人心弦，充满了各种有关神学、政治学、历史学、犯罪学的知识，描写了《圣经》中有关罪恶的预言，反映了教皇与国王之间的冲突，还涉及亚里士多德、阿奎那、培根等人的不同哲学思想。阅读全书，犹如重睹欧洲文艺复兴初期百家争鸣的局面。小说中有一个不热衷于读书的修士乌伯蒂诺，他同约尔格一样有着执着的信仰，不同的是他仅以对知识的斥拒来保持同理性的距离，得以保全自己的信仰。他从虔诚走向圣洁，成为约佩姆派的精神领袖。他主张耶稣贫穷论，反对教会的淫逸腐败，因而受到教皇的迫害。信仰与理性在互不干扰的情况下共存，也免不了遭受世俗权力的压制。威廉教士则是理性的化身。他是一个福尔摩斯式的侦查者，在侦探过程中表现出过人的才智与推理能力，但在涉及包含欲望、情感冲动和许多偶然性的人类行为时，却显得力不从心。一系列情节表明代表科学理性的威廉是一个失败者，理性在探索真理的过程中表现出无能。作品通过不同人物的塑造，解释理性与信仰之间的冲突以及各自的局限性，运用神学和哲学对几桩凶杀情景的不同解释，说明多种认识假象对真理的遮蔽。

《玫瑰之名》是在后现代语境下对中世纪修道院生活的描绘，试图在深度的历史背景上通过生动的故事描写，对后现代主义质疑的诸如道与言、理性与信仰、真理与权力等问题展开深入探讨。它的后现代特征十分明显，是对侦探文学的戏拟，描写了扑朔迷离的凶杀案和紧张的侦查活动，但结局却将悬而未决的问题化为一场大火，令侦查者无功而返。小说所描写的图书馆、大火、梦中宴会等都具有明显的象征意义。作品也是对历史小说的戏仿，作家无意再现历史，只是借中世纪人文荟萃的修道院，为作品提供深厚的文化背景。它其实是一部深刻的哲理小说，它的成功之处在于将故事的通俗性与哲理性糅合在一起，取得了雅俗共赏的效果。

埃科于1988年发表第二部长篇小说《福科摆》，其内容和结构都极其复杂。主要情节线索是20世纪70年代米兰一家出版社的三位编辑伪造了一份12世纪圣杯骑士团征服世界的计划书，流传开后，有些人信以为真，按计划书上所说，于1984年6月23日夜赴巴黎某博物馆，在馆内陈列的福科摆之下聚会。骑士会的历史以及他们延续数世纪的阴谋是核心内容，但是关于秘密宗教社团和爱情插曲等众多离题的描写，淹没了主题故事并混淆了哲理信息。书中将现代生活的复杂、古代黑社会的神秘、宇宙空间的奇妙混杂在一起，堪称一部奇书。由于时间与空间频繁变换，使人不易读懂。

1994年埃科出版他的第三部长篇小说《昨日之岛》，描写17世纪一个被围困的村庄以及想象中处于村庄相对处的一个岛屿，由于有24小时的时差，称之为“昨日之岛”。小说中有许多悲惨故事，讽刺意味明显，但由于内容庞杂，主次情节混淆，可读性较差。这后两部小说在结构上采取漫游方式，进行自由开放的叙述，多种情节任意交错，缺乏线索明晰而精彩的故事，不如《玫瑰之名》吸引读者，其影响不大。

第八章

西班牙语、葡萄牙语文学

概述

西班牙文学

进入80年代以后,西班牙在经济高速发展的同时,文化事业也蓬蓬勃勃发展,适值其他欧美国家的文学趋于疲软,拉美的"文学爆炸"也已尘埃落定。西班牙文学成了被关注的焦点。从断代的角度看,二十几年的西班牙文学可以粗分为两个时期。第一个时期为"解禁"时期,创作主体为70年代末至80年代末"复出的一代"和"崛起的一代"。所谓"复出的一代"是指成名于佛朗哥时代或前佛朗哥时代的作家、诗人,他们不同程度地受到独裁政权的迫害,因而作品带着"伤痕"。比较著名的有卡洛斯·阿尔瓦雷斯、何塞·耶罗、布里内斯、波纳尔德、希尔·德·比埃德马、贡萨莱斯、格兰德、萨阿贡、罗德里格斯和巴伦特等,大都出生于二三十年代,亲身经历了西班牙共和国时代及西班牙内战的峥嵘岁月。比他们出生更早、受害更深的"二七年一代",除洛尔卡等被佛朗哥分子杀害外,一些诗人逃到了国外,另一些如共产党人阿尔维蒂则转入了地下。这代诗人成就卓著,先后有五位获得了西班牙语文学的最高奖塞万提斯奖,有的还获得了诺贝尔文学奖,像阿莱克桑德雷。“崛起的一代”也称“年轻的一代”,大都出生在四五十年代。佛朗哥去世的时候,他们风华正茂,少有历史包袱,一开始便表现出了走向世界、与世界接轨的诉求。其中,“新诗群”是诗歌领域的年轻一代的杰出代表。他们的显著特点是兼容并包,视野开阔,其中不少人崇尚形而上学,从而与“复出的一代”形成了强烈的对比。像卡尔内罗的《关于一种视觉理论》(1983)、西莱斯的《水之乐》(1983)、维耶纳的《一本新作的六首诗》(1982)都有广泛影响,尤其深得年轻读者的喜爱。

小说家选择了与诗人不尽相同的创作路数,虽然他们也被划分为“复出的一代”和“年轻的一代”。前者的代表人物有塞拉、德利维斯和托伦特·巴耶斯特尔,并分别于1996年、1993年和1985年获塞万提斯奖。此外,流亡归来的圣德尔、阿拉亚、罗萨·恰塞尔、圣普隆和费尔南德斯·桑托斯等,迅速加入了他们的行列。这些作家的特点是生活积累丰厚,有很强的参与意识。与“复出的一代”诗人不同的是,他们很快把矛头对准了当代的社会现实。尤其是那些出生于四五十年代的年富力强的小说家,如戈伊蒂索洛、贝内特和马尔塞等,无论在创作手法还是在题材方面,都很有张力,从而起到了承上启下的作用。戈伊蒂索洛同时把笔触伸向了佛朗哥时代的两个禁区:性和同性恋问题。贝内特用侦探小说的形式及普鲁斯特式的长句子表现了西班牙社会的混乱与复杂。马尔塞几乎是前两位的有意无意的综合,即把性和敏感的政治问题捏在一起。在小说领域,“年轻的一代”人数众多,大都多产而富有个性。他们的作品几乎部部畅销,而且很快能有法、英、德、意、葡译本问世。作为一个群体,他们的创作题材广泛、风格各异,其中比较著名的有里奥斯、米利亚斯、盖尔本苏、梅里诺、蓬博、马里亚斯、门多萨、莫利纳·福伊克斯、巴斯克斯·蒙特阿尔班、费雷罗、莫伊克斯、阿桑科特、穆纽斯·莫利纳、马德里,等等。这一时期还涌现出了好几位颇具实力的女作家,如加伊特、图斯盖茨、费尔南德斯·古巴斯、加西亚·莫拉雷斯·蒙特罗等。

第二个时期是80年代末至90年代,西班牙文学继续高涨,诗坛出现了“后新诗群”,小说界更是数代同堂。文学的繁荣还促进了西班牙影视的发展。八九十年代西班牙电影之所以成功，首先是因为它拥有一片丰饶的文学土壤。像90年代在欧美获得盛誉的《神经濒临崩溃的女人》、《阿拉伯狂热》、《区区几天》等，都是根据同时期的小说改编。西班牙的开放几乎是在一夜之间完成的，期间伴随着社会形态、价值观念、生活方式的急剧变化和大破与大立、颠覆与重构。二十多年来，西班牙人的惊喜与惶恐、欢乐与痛苦、希望与绝望在几代作家的笔下淋漓尽致地展现出来。

葡萄牙文学

1974年，葡萄牙爆发“四·二五”革命运动，推翻长达近半个世纪的独裁统治，恢复了民主体制。这种开放与自由的环境使作家摆脱了种种束缚，葡萄牙文学由此有了新的发展。小说创作中出现了两个引人注目的现象，一是一批女作家的脱颖而出，二是殖民战争小说的问世。20世纪之前，葡萄牙文学史上根本见不到女作家的身影。20世纪初虽然开始有极少数女作家的作品问世，但直到50年代，阿古斯蒂娜·贝萨·路易斯的长篇小说《女先知》(1954)问世之后，女作家才得以在葡萄牙文坛占据一席之地。60年代，一些女作家在作品中对女权问题予以关注，并就女性价值进行探讨。1972年，玛丽娅·韦略·达·科斯塔(1938—)、玛丽娅·伊莎贝尔·巴雷诺(1939—)和玛丽娅·特雷莎·奥尔塔(1937—)三人合写的《葡萄牙新信函》一书问世，撕开了葡萄牙家族传统的伪装，展示了妇女所受的种种压迫。这是一部色彩鲜明的女权主义作品，引起世人注目。该书出版不久便被独裁统治当局查禁，其作者被送上法庭受审，直至1974年独裁政权被推翻后，审讯才告结束。之后，小说很快被译成多种文字出版，并在巴黎被搬上舞台。“四·二五”运动后，一批女作家脱颖而出，活跃在葡萄牙文坛。

葡萄牙在非洲长达13年的殖民战争，不仅给殖民地人民造成了巨大灾难，也给葡萄牙人民带来了深重创伤。在独裁政权的最后数年内，葡萄牙就已经出现反殖民战争的文学作品，由于当局实行书刊检查，那时的作家只能采取隐晦的手法曲折地反映这场战争。1974年独裁政权被推翻，殖民战争也随即宣告结束。这场战争也很自然地成为作家笔下的一个重要题材，在葡萄牙文学创作中占有重要地位。若奥·德·梅洛(1949—)的长篇小说《废墟之海解剖》(1984)和两部短篇小说集《飞鸟与天使之间》(1986)及《天福》(1992)，从葡萄牙人和非洲人两个角度描写那场战争。安东尼奥·洛博·安图内斯(1942—)反殖民战争的长篇小说《战舰》(1988)，反映了作家对葡萄牙过去与现在、现在与未来关系的思考。除《战舰》外，他还著有《大象的回忆》(1979)、《鸟儿解释》(1981)、《亚历山德里诺的悲歌》(1983)、《堕落的盛典》(1985)、《灵魂的热恋》(1990)和《卡洛斯·加尔德尔之死》(1994)等多部长篇小说，如今已成为葡萄牙文坛颇负盛誉的一位作家。若泽·马丁斯·加西亚(1941—)的长篇小说《屠杀场》描写在几内亚(比绍)进行的殖民战争。后来他又创作了《饥饿》(1978)、《死亡的模仿》(1982)、《恐惧》(1982)等长篇小说。

一些殖民战争小说的作者并不限于描写个人在非洲的冒险与经历，而且还着眼于探究葡萄牙人的命运，并对13年殖民战争给非洲人民造成的深重灾难充满歉疚感。若泽·萨拉马戈(1922—)从事诗歌与戏剧的创作，为报刊撰写过大量专栏文章，然而给他带来巨大声誉的是长篇小说《绘画与书法指南》(1977)，这是若泽·萨拉马戈转向长篇小说的再度尝试。三年之后问世的长篇小说《从地上站起来》获1980年度里斯本市奖和1992年度意大利埃尼奥·费拉亚诺国际奖。之后，他又著有《修道院纪事》、《里卡多·雷伊斯死亡之年》、《石筏》、《失明症漫记》和《所有的名字》等。1998年，瑞典皇家学院在授予他诺贝尔文学奖的颁奖辞中写道："他的寓言故事以丰富的想象力、同情心和反讽的譬喻，不断推促我们再次体会难以捉摸的现实。他的智慧和敏锐的洞察力相辅相成。他的独树一帜的小说风格引起读者共鸣，并给他很高的评价。"如今，他已成为葡萄牙文学史上一位经典作家。

70年代以来，葡萄牙诗坛涌现出一批诗人，其中较为突出的是安东尼奥·奥索里奥(1933—)。他的第一部诗集《深情的根》问世于1972年，由此崭露头角。他的诗作继承了葡萄牙诗歌的传统，又借鉴了现代主义诗歌的技巧，主要诗集有《爱情的位置》(1981)、《亚当、夏娃及其他人》(1983)、《魔幻格言》(1985)和《斗牛的职务》(1991)等。曼努埃尔·安东尼奥·皮纳(1943—)于1974年出版诗集《还不是世界之末日,也非世界之初始,沉静仅仅略微来迟》,自此登上诗坛,此后又有《那个不愿意死去的人》(1978)、《房间的灯? 孩童?》(1980)、《头鸟》(1983)、《集中的管理》(1994)等诗集问世。此外,代表诗人还有若昂·米格尔·费尔南德斯·若热(1943—)、努诺·茹迪塞(1949—)、阿尔·贝托尔(1948—)和路易斯·米格尔·纳瓦(1957—1995)等人。

西班牙语美洲文学

70年代,西班牙语美洲文坛继续兴旺,老作家笔耕不辍,年轻一代迅速成长,产生了震撼世界的"反独裁小说"和"社会批评诗"。但进入80年代以后,随着聂鲁达、鲁尔福、阿斯图里亚斯、卡彭铁尔、博尔赫斯、科塔萨尔等文豪相继去世,西班牙语美洲文坛开始出现疲软,其文学的光焰也随之逐渐暗淡。此间,硕果仅存者也是力不从心,虽不能说加西亚·马尔克斯、巴尔加斯·略萨、富恩特斯等江郎才尽,但他们的创作节奏已明显减缓,作品也远不如从前厚重。与此同时,经济危机、金融危机的狂潮纷至沓来,西班牙语美洲国家的发展滑入低谷。

到了90年代,西班牙语美洲又奇迹般地出现了复兴迹象,文坛也有了明显起色。尤其是小说创作开始复苏。老作家如富恩特斯、加西亚·马尔克斯、巴尔加斯·略萨等重整旗鼓,开始新的冲刺。富恩特斯接连发表三部作品,其中长篇小说《水晶疆界》(1997)和《与劳拉·迪亚斯共度的岁月》(1999)受到普遍好评,立即被译成多种西方文字。加西亚·马尔克斯相继推出了一部中篇、一部短篇小说集和一部长篇纪实小说《绑架逸闻》(1996)。这部长篇纪实小说一经推出便受到读书界的普遍关注,创下了近年西班牙语文学出版的新纪录,一年之内印行三百余万册,签订翻译合同近20个。这部作品之所以获得如此巨大的成功,除了作者声望和商业炒作等方面的原因,还由于其题材的普遍性和内容的深刻性。冷战结束以来,恐怖活动几乎成了全世界尤其是西方世界关注的主要焦点。近20年来,西班牙语美洲已经发生二十多起政治绑架,其中十余次影响重大。加西亚·马尔克斯并不拘泥于绑架事件及其前因后果,而是在有限的篇幅中回顾了近半个世纪的拉丁美洲历史,似乎还把一个巨大问题留给了读者:当今世界,哪里是革命行动和恐怖主义的界限?

和加西亚·马尔克斯一样,巴尔加斯·略萨近年也有力作,其长篇小说《情爱笔记》(1997)被认为是90年代最有影响的虚构类作品之一。小说主要分三个层次:人物堂里戈贝托的性爱笔记;他与妻子、情人的情爱、性爱关系;他的儿子与继母的关系以及他的充满矛盾的心理活动。由于在作家的前一部小说《继母颂》中,这些人物"已然出现"(孩子因敌视继母而用尽手段,最终导致继母与父亲分手),这部小说就又多了一些所指:孩子长大了,对漂亮的继母产生了好感。这样一来,事情顿时变得复杂起来。古巴流亡作家因方特近年来佳作迭出,1996年发表《我的极端音乐》,1997年出版《她曾是个民歌手》。乌拉圭老作家马里奥·贝内特蒂也是笔耕不辍,著述颇丰。与此同时,"爆炸"后崛起的作家正在取代前人的位置,像秘鲁作家埃切尼盖、智利女作家阿连德、墨西哥女作家埃斯基韦尔、阿根廷作家曼努埃尔·普伊格、古巴作家雷伊纳尔多·阿雷纳斯等,都颇受读者青睐。他们的作品往往一问世便被译成英、法、德等主要西方文字,有些还成为当地的畅销书。

除加西亚·马尔克斯等少数作家以外,西班牙语美洲作家的政治色彩明显淡化,社会参与意识和代言意识明显消减。受此影响,情爱、性爱作品大有发展趋势。阿古斯丁的《好人的爱情》、巴斯托斯的《苏夫人》、埃斯基韦尔的《爱情法则》、马斯特雷塔的《爱之恶》、略萨的《情爱笔记》、因方特的《她曾是个民歌手》,等等,都是近年在拉美和欧洲图书市场看好的爱情小说。

在诗歌和戏剧创作方面,90年代的西班牙语美洲文学显然并不出色。大诗人凋落殆尽,年轻一代崛起乏力,剧场纷纷倒闭。诗歌失去了应有的读者,影视和网络代替了戏剧活动,这似乎已经成为世界趋势。即便如此,西班牙语文坛依然活跃着许多诗人、剧作家。相当一部分年轻作家既是诗人,也是小说家和剧作家。

步入70年代之后，一批于50年代或60年代成名的巴西作家依然不断有新作问世，同时，又有一批新作家开始登上文坛。达尔通·特雷维桑(1925—)成名于五六十年代，但多数作品却写于七八十年代。他曾在一家报社当记者，专门报道犯罪新闻。这一段记者生涯对他以后的创作影响极大，不仅把他的文笔磨砺得言简意赅，形成了自己独特的风格，还为他提供了许许多多创作素材，并从中提炼出一个个奇妙的故事。他迄今已出版作品二十余部，其中多数为短篇小说集，被誉为巴西当今最优秀的短篇小说作家。他的作品多以库里蒂巴市为背景，长的不足万字，通常只有两至三页，有些甚至不足千字，主人公多为中下层人物，内容则以他们的日常生活为主。作家善于捕捉日常生活中瞬间发生的一事一景，刻意表现人的自我冲突，描写世人的野蛮、欺诈、自私、空虚、无聊等阴暗面，态度客观而又冷峻。这些小说犹如多棱镜一样，把现实社会形形色色的场景展现出来，无情地暴露了人与人之间的互不沟通和尔虞我诈的关系，反映了人们平庸而又充满苦难的生活。

莉吉娅·法贡德斯·特莱斯(1923—)是巴西当今最负盛名的女作家之一，现为圣保罗律师协会、圣保罗艺术家协会、圣保罗作家协会会员，曾获巴西文学院"阿方索·阿里诺斯奖"、全国图书协会"阿尔图尔·阿泽维多奖"等多项文学奖，她的作品主要反映资本主义社会伦理道德沦丧和社会风气的败坏，主人公多为女性，文笔细腻，语言流畅且富有诗意，文体结构和谐完整，过去与现在、叙述与对话都安排得十分得体，给人一种浑然天成的感觉。她的后期作品体现了对现实生活尤其是政治生活的关注，对独裁统治给予了讽刺与抨击，主要作品有《野园》(1965)和《回头浪子》(1978)等多部短篇小说集，以及《转圈游戏》(1954)、《姑娘们》(1973)、《爱的教育》(1980)等长篇小说。这一时期的代表作家还有费尔南多·萨比诺(1923—)、奥特兰·多拉多(1962—)和里卡尔多·拉莫斯(1929—)。

在70年代以后登上巴西文坛的作家中，最引人注目的是维里西莫和索扎。卢伊斯·费尔南达·维里西莫(1936—)是著名作家埃里科·维里西莫之子,是巴西当今最负盛名的幽默现实主义专栏作家。他的作品多以城市中产阶级为对象,题材广泛,涉及政治、文化、家庭、失业、犯罪、污染、习俗等社会生活的各方面问题,将现实与想象结合在一起,辛辣讽刺中充满幽默。他的作品中一种浓重的幽默感力透纸背,常让读者忍俊不禁,所描写的哪怕是一场悲剧,也能使人在深思中感到某种轻松,深受广大读者的欢迎。《按摩师杰尔达太太》和《抢劫》这两篇短篇,称得上是他的代表性作品,此外还有结集出版的作品《伟大的裸女》(1975)、《巴西爱情》(1977)和《塔乌巴特的老太婆》(1984)等。马尔西奥·索扎(1946—)的第一部长篇小说《加尔韦斯——阿克里州之王》(1976)以亚马孙州为背景,受到文学批评界和读者一致好评。1980年,第二部长篇小说《疯狂的玛丽娅》出版,仍以亚马孙州为背景,受到巴西文坛热烈赞扬,而且在国外引起了反响。迄今为止,《疯狂的玛丽娅》已在十余个国家出版,使作家成为巴西文坛一位后起之秀。

在维里西莫和索扎之后,保罗·科埃略(1947—)是拥有读者最多的一位作家。他于80年代后期登上巴西文坛,如今已步入世界畅销作家的行列。1988年,受《一千零一夜》中一个故事的启发,保罗·科埃略创作了寓言故事《炼金术士》,成为巴西有史以来销售量最多的一本书。《炼金术士》不仅风靡巴西,使作家在国内扬名,而且被译成多种文字在世界五大洲出版,并在美国、法国、德国等18个国家曾名列畅销书榜首,迄今为止在国外已售出950万册,堪称是一本世界畅销书,使作者成为继加西亚·马尔克斯之后拥有最多读者的一位拉丁美洲作家。与小说相比,70年代以来的巴西诗坛尚未出现特别引人注目的诗人。

第一节　富恩特斯

卡洛斯·富恩特斯巨大的文学成就,使他成为欧美多所著名学府的客座教授或名誉博士,并获得了西班牙语世界的几乎所有重要文学奖项,如1967年的西班牙简明图书馆奖、1977年的罗慕洛·加列戈斯奖、1979年的阿方索·雷耶斯奖、1984年的墨西哥国家文学奖、1987年的塞万提斯奖等。在富恩特斯看来，拉丁美洲文学具有正视历史的传统。无论是征服时期的纪事文学、独立战争以后的叙事体文学，还是反独裁小说和墨西哥革命小说，无不如此。富恩特斯继承了这一传统。

70 年代是一个"回归"的年代，也是一个综合整治的年代。在文学进程中，现实主义和历史题材重新焕发出新的生命力，而现代主义的狂飚在逐渐消退；整合代替了探索，大杂烩治愈了偏食症。富恩特斯的《我们的土地》（1975）和《水蛇头》（1978）、《疏远的一家》（1980）等，便是这一趋势的反映。在这些作品中，《我们的土地》无疑是有代表性的、至为重要的一部。它恢复了作者的"元气"——巴洛克风格，同时也给自己注入了新的活力——后现代主义的消解与模糊。如果说他的前期作品如《最明净的地区》、《好良心》和《阿尔特米奥·克鲁斯之死》等都是以墨西哥革命作背景，那么《我们的土地》如同投进了历史的海洋，正史与野史共存，历史与虚构并列，真真假假，虚虚实实。作品由三大部分组成：西班牙帝国与美洲、罗马与墨西哥、基督与盖查尔科阿特尔。沉重的历史包袱是通过三个私生子展开的，他们都是主的儿子，背上都有一个清晰可辨的十字标记，脚上又都比一般人多两个脚趾。这些无疑具有虚幻色彩，但又不乏历史依据。富恩特斯认为，历史本身就是一部人为的作品，充满了幻想。在这样的前提下，虚构历史势必要成为历史虚构的反动。一种可能是负负得正，另一种可能是负负得负。通过虚构，现在与过去可以切换，过去和将来也可以调个，而作品的戏剧性就在于游戏所消解或者拼凑的巧合与模糊、幽默与深邃。

在《我们的土地》中，幻想产生于历史而高于历史。小说之对待历史犹如雅各之对待上帝、俄狄浦斯之对待拉伊俄斯……历史和幻想在小说中交织、融合、转化、循环、上升，然后折回到拴系着过去和将来的第一个链节。他又说："与其寻觅西班牙的影子，不如探究墨西哥本身……只有了解自身，墨西哥才有可能找到真正的西班牙遗产并且像摆脱了父亲的误解与仇视的儿子那样去保护它、发扬它。"这就是以新的姿态对待西班牙历史，也意味着以新的标准继承西班牙文化遗产，使过去变成现实，尔后影响未来。今天是昨天的明天，而明天则是今天的谜底，这如《我们的土地》所昭示的那样，"未来是过去的答案"。然而，《我们的土地》并没有停留于它对历史的认知。历史总归是历史，而文学毕竟是文学。富恩特斯在《堂吉诃德或阅读的批评》中有一段绝妙的议论："西班牙历史乃是西班牙的创造，而西班牙艺术却是历史的西班牙……艺术拯救了真正的西班牙，并赋予她以生命；保存了真正的西班牙，并赋予她以声形。"作者依照这一思想对待西班牙历史，对待被独裁者扭曲的事物，对待西班牙艺术。他试图准确地表现西班牙的模糊性：是与非、善与恶、真与假、实与虚的并立共存，从而达到理解美洲这方"天生的超现实主义乐土"，这个梦幻般的巴洛克世界。西班牙历史不是费利佩在坟墓里撰写的，也不是历史学家翻云覆雨的挽词，而是卢多维科对费利佩所说的"代表所有过程的过程、所有时间的时间、所有方面的方面……万物造就了芸芸众生，芸芸众生造就了万物，同时地、永恒地"。对富恩特斯来说，这就是打开历史大门的唯一钥匙，也是唯一能够接近未来的现实，包含着"昨天的神话，今天的史诗，明天的自由"。

《我们的土地》是一部历史和幻想的交响曲，是作者的历史观和艺术观的综合，具有明显的片面性。用作者的话说，是尽可能地去发掘一切被埋没和可能被埋没了的历史："可能发生却没有发生的事件"——用假设，用幻想。也许，这就是富恩特斯创作该小说的真正动机，而作品的包罗万象的涵盖性也基于此。小说的最后一章是关于文学的文学(用前卫批评家的话说即元文学)。许多拉丁美洲作家笔下的人物在这里获得再生，作者对他们(同时也是对他们的原作者)进行了别具一格的讽刺性模拟。

富恩特斯这一时期的多数作品都趋于模糊并显示出较强的幻想色彩，这恰好与他的早期作品遥相呼应，尽管它们的出发点不尽相同。此外，整个70年代他都密切注视着影视艺术的发展并不时"触电"。这除了好奇，恐怕还有在影视的夹击中寻找文学生路的目的。富恩特斯创作的第三阶段更是一个纵横捭阖、得心应手的阶段，很难用一种说法加以框定。在他80年代及其后的作品中，首要的是由小说梗概改编而成的影视剧《月光下的兰花》。但它没有被搬上银幕，倒是被英国的一位戏剧导演看中并搬上了舞台，在剑桥连续演出六个星期，获得巨大成功。作品的首要特点在于它的"女权主义倾向"。就在它即将公演之际，作者接受了《纽约时报》的采访，明确表示他对世界女权运动的理解与支持。作品的主人公是两位著名墨西哥妇女:多洛雷斯·德尔里奥和玛丽亚·费利克斯。作者在谈到这两位三四十年代红极一时的电影明星时说:“我喜欢她们,因为她们是那样地坚强和爱慕独立。她们打破了一切关于拉丁美洲大男子主义的神话和人们对于拉丁美洲妇女的印象。她们粉碎了纨绔子弟的迷梦。玛丽亚·费利克斯是穿裙子的潘乔·维亚。”“她和多洛雷斯对拉丁美洲妇女解放运动的贡献就在于她们捍卫了女人的权利和尊严。”

和《月光下的兰花》一样,他发表于80年代的《老美国佬》(1985)和《克里斯托巴尔·诺纳托》(1989)等,也都是消解和化合现实—艺术两个不同层面的典范。前者是历史的虚构或假设的历史,写一真名实姓的美国作家在墨西哥革命时期的遭遇,给历史填入了种种假设;后者具有科幻色彩,写若干年后的墨西哥社会。除此之外,富恩特斯的近期作品还有《甜橙树》(1993)、《水晶疆界》(1997)、《和劳拉·迪亚斯共度的岁月》(1999)等长篇小说。其中《和劳拉·迪亚斯共度的岁月》是一部长篇历史小说,时间跨度从1905年至2000年,几乎涵盖了一整个世纪。它的出版,标志着富恩特斯的一个“时间纪”的结束,这个“时间纪”包括:“恶时辰”包括《奥拉》、《生日》等;“创始纪”包括《我们的土地》等;“浪漫纪”包括《钟》、《死去的未婚妻》等;“革命纪”包括《老美国佬》等;“教育纪”包括《好良心》等;“假面纪”包括《戴假面具的日子》、《盲人之歌》、《水晶疆界》等;“政治纪”包括《水蛇头》等;“现时纪”包括《迪娅娜或孤独的狩猎者》等。他的后期作品尚有中篇小说《康斯坦西娅及其他献给处女的故事》(1989)、长篇历史小说《运动》(1990)、文学论集《勇敢的新大陆》(1990)、剧本《黎明的仪式》(1991,根据1970年的小说《所有的猫都是黑色》改编)等。

第二节　阿连德

伊莎贝尔·阿连德(1942—)出生在智利一个外交官家庭。父亲因一起性丑闻而突然失踪时,伊莎贝尔仅三岁,她在母亲的照拂下长大成人。和加西亚·马尔克斯一样,她也有一个神秘的外祖母和一个倔强的外祖父。这为她日后成为“穿裙子的加西亚·马尔克斯”奠定了基础。她的阅读兴趣来自于母亲的故事和继父拉蒙赠送的一套《莎士比亚全集》。由于拉蒙也是位外交官，伊莎贝尔从小便跟随他和母亲游历了欧洲和美洲。为了减轻继父和母亲的经济压力，伊莎贝尔中学毕业后便走上社会，进入圣地亚哥新闻界。长期的记者生涯使她具有敏锐的目光和疾恶如仇的性格。无论政治斗争多么复杂，她始终不渝地站在伯父萨尔瓦多·阿连德一边。1970 年，伯父作为人民阵线的总统候选人在大选中获胜。1973 年 9 月 13 日，军方悍然发动军事政变，用炮火强迫阿连德交出政权。民选总统阿连德视死如归，直至以身殉职。这是伊莎贝尔创作《幽灵之家》(1982)的直接动因。

小说以埃斯特万·特鲁埃瓦家族的兴衰为中心，展示了拉丁美洲某国半个多世纪的风云变幻，表现了某些人物的孤独与魔幻。埃斯特万·特鲁埃瓦原是个聪明好学的青年，后因家道中落，不得不辍学谋生。他先在一家公证处当书记员，和姐姐菲鲁拉一起供养年迈多病的母亲。一天，他和出身名门的罗莎·瓦列小姐邂逅，被姑娘的美貌所深深吸引。为了能向瓦列家族的这位千金小姐体面地求婚，他狠心抛下母亲和姐姐，只身一人去荒无人烟的北方金矿冒险。经过两年多时间的艰苦奋斗，他攒了一大笔钱。然而就在这时，罗莎不慎误饮毒酒而死。噩耗传来，埃斯特万当即万念俱灰，专程赶回首都为罗莎送葬，并决定到父亲留下的庄园了却一生。那是个寂寞偏僻的古老农庄，已衰败不堪。埃斯特万为了打发日子，不知不觉地投入振兴庄园的工作。他在管家佩德罗·加西亚第二的帮助下，用了近十年时间，将惨淡经营的三星庄园变成了远近闻名的“模范庄园”。但埃斯特万也愈来愈专横、堕落。他强暴管家的妹妹，还与妓女勾勾搭搭。母亲死后，他遵照遗嘱，娶了瓦列夫妇的小女儿克拉腊为妻。克拉腊那年 19 岁，是个异乎寻常的女孩，具有特异功能，专与鬼魂交往，善卜吉凶祸福。他们婚后生下一个女儿，取名布兰卡。有一次，他一家三口到三星庄园度假。在那里，布兰卡和佩德罗·加西亚第三从相识到相爱，但遭到埃斯特万的粗暴干涉。不久，埃斯特万和克拉腊的一对孪生子海梅和尼古拉斯也渐渐长大。埃斯特万对他们动辄就打骂，克拉腊因为对丈夫不满而痛心疾首。此时发生强烈地震，埃斯特万被倒塌的房屋压了个半死。伤愈后，他涉足政治，顽固坚持保守立场。与此同时，被赶出家门的佩德罗·加西亚第三继续以“神父”的身份与布兰卡暗中来往，并煽动三星庄园雇工在选举中不投保守党的票。不料此事因人告发而败露，埃斯特万用斧头砍断了佩德罗·加西亚第三的三个指头，还将克拉腊母女痛打了一顿。克拉腊忍无可忍，带着怀孕的布兰卡离开庄园，回到首都。不久，埃斯特万又强迫女儿嫁给骗子“法国伯爵”。此人从事走私贩毒，而且是个性变态者。布兰卡终因无法忍受其变态行为，逃回母亲身边并很快生下了女儿阿尔芭。这时海梅和尼古拉斯已经长大成人，前者从医学院毕业后，从事救死扶伤工作；后者无所事事，成了浪子。阿尔芭七岁那年，克拉腊去世。布兰卡和佩德罗·加西亚第三仍旧情未断。随着大选临近，海梅参加了社会党。最后，社会党在大选中获胜，佩德罗·加西亚入阁当了部长。但是极右势力不甘心失败，拼命抵制新政府的土地改革政策。埃斯特万·加西亚因阻挠庄园变革，被雇工扣作人质。布兰卡请佩德罗·加西亚第三出面交涉，才救了埃斯特万一命。终于，极右势力策动军事政变，推翻了民主政府，枪杀了奋力抵抗的共和国总统。海梅在保卫共和国的战斗中英勇牺牲，年方十八的阿尔芭也被军政府投进秘密监狱。埃斯特万如梦初醒，四处打听外孙女的下落。阿尔芭在狱中受尽折磨，一个名叫埃斯特万·加西亚的上校对她尤其狠毒，原来此人正是她外公在三星庄园与女人乱搞的结果。他借政变之机，在阿尔芭身上公报私仇。最后，埃斯特万在名妓特兰希托·索托的帮助下救出了阿尔芭。祖孙相见，悲喜交集。阿尔芭找出外祖母的日记，结合埃斯特万的回忆，写下了这部《幽灵之家》。

小说具有魔幻现实主义特点，这集中表现在克拉腊和老佩德罗·加西亚二人身上。克拉腊从小就不同凡响，十岁时决定充哑巴，结果一连几年谁也无法叫她开口。她擅长圆梦，而且这种本领与生俱来。她背着家人给许多人圆梦，知道身上长出一对翅膀在塔顶上飞翔是什么意思，小船上的人听见美人鱼用寡妇的声音唱歌是什么意思……她不但能圆梦，而且有未卜先知的本领。她预报了教父的死期，还向警察预告了杀人凶手的行踪。不仅如此，她还能凭感觉遥控物体，使物体自动移位，而且这种本领随着她年龄的增长而增长。更为神奇的是她喜欢和鬼魂玩耍，整天整天地和他们闲聊。父亲不准她呼唤调皮的鬼魂，免得打扰家人，但越是限制她,她就越发疯癫。只有老奶奶懂得她的心思,给她讲古老的传说,把她当作宝贝。和克拉腊一样,老佩德罗·加西亚也是个十分神奇的人物。他用咒语和谆谆劝诱赶走了给三星庄园造成灾难的蚁群,用魔法和草药治愈了奄奄一息的主人……诚然,真正神奇的并非上述人物的"心灵感应",或"未卜先知",或"呼神唤鬼"的本领,而是人们信以为真的现实,是进步和守旧的反差,是文明与落后的较量,是迷信和希望的并存。作者说过,"有一个马孔多,也就会有第二个马孔多;有一个布恩蒂亚家族,也就会有第二个布恩蒂亚家族:我的家族"。

《幽灵之家》的成功使伊莎贝尔信心倍增。两年后,她发表第二部长篇小说《爱情与阴影》(1984),这是一部令人毛骨悚然的政治小说,取材于皮诺切特军事专制时代的一桩桩令人发指的真实事件。据作者称,小说的主要素材来自于1978年智利隆根地区的一起重要发现:有人在一座被军警关闭的废矿中发现了15具尸体,被查证是独裁政府秘密处死的民主斗士。消息传来,伊莎贝尔义愤填膺,1973年的惨剧在她眼前一幕幕地重现。经过周密调查,她终于发现,在独裁肆虐的拉丁美洲,这样的惨剧何止一桩两桩。她认为自己有责任将这一切公之于世。小说假托一个叫埃潘海利纳的姑娘,因为有特异功能而被军警逮捕并秘密处决。热爱并相信她为"圣女"的乡民四处寻找她的踪迹。在女记者伊内斯的帮助下,人们冲破禁令,进入矿山,但呈现在他们眼前的不是一具而是无数具失踪者的尸体。这一发现使举国震惊,舆论哗然。这时,穷凶极恶的军人政权对伊内斯下了毒手,她遇刺受伤。最后,初愈的伊内斯和未婚夫古斯塔沃双双逃出国境,开始流亡生涯。

进入90年代以后,伊莎贝尔明显转向,其中《无限计划》(1991)是一次新的尝试。一个苏格兰—犹太家族吉卜赛人似的开着大篷车在美国宣讲《圣经·旧约》中一个预言:"无限计划",但美国的文化以其巨大的生命力冲散并最终融化了这个家族。这部小说多少反映了伊莎贝尔在美国的遭遇。1994年,她的传记体小说《保拉》发表,记叙了伊莎贝尔的亲生女儿保拉的短暂的一生,是作者在女儿的病榻前完成的。作品哀婉凄恻,感人至深。近年来,她又相继发表短篇小说集《壮阳菜谱》(1999)和长篇小说《命运的女儿》(1999)。后者写一个智利姑娘在美国的遭遇,故事发生在19世纪。世界各地的淘金者受美国梦的迷惑,纷纷踏上星条旗覆盖的土地。女主人公是个弃婴,长大后爱上了一个不负责任的男人。男人不辞而别,她却痴心不改,终于踏上了从智利到美国的寻找情人的不归之路。先是在一船狂热的淘金者中颠簸,继而与小偷、妓女、醉鬼和流浪汉为伍,以至于梦醒梦灭,不得不开始新的生活。

第九章

东方文学

概述

在60年代经济高速增长的条件下，日本文学出现了许多新流派、新倾向，而七八十年代日本文学的潮流就是在它们的基础上发展起来的。“透明族”颓废文学是50年代中期“太阳族”文学的延伸，其代表作家是村上龙和他的小说《近乎无限透明的蓝色》。另一个主要潮流是“作为人派”的挫折文学思潮，其创作主题之一是群众运动和学生运动的暂时挫折给人们带来的精神创伤，反映了一部分知识分子对现存制度和社会秩序的不满，以及他们不信赖人民的力量，感到前途渺茫、苦闷彷徨，同时又要顽强地表现自我的倾向，其代表作家有柴田翔、高桥和巳等。“内向派”文学是70年代后形成的一个文学潮流，力图在资本主义社会分崩离析的状态下，去探索人与社会、人与人、人与自我之间的协调和矛盾，以此阐明人在社会中的意义和价值，其代表作家有古井由吉、阿部昭等。到了90年代，各个流派趋于解体，文学呈现多元化发展。随着边缘科学的出现，文学与医学、心理学和生物学的联系更加密切，文学的表现手段也更加多样化。此外，关于在富裕、宽松的社会状态下日本文学的走向日益成为日本文坛讨论的热点，作家和评论家也努力在文学上做出新的探索。日本现当代文学中一位重要作家是大江健三郎。他一贯描写人在闭塞的现实社会中寻找失落的自我状态，以及人被闭锁于“墙壁”里求生存的状态。在创作上接受西方存在主义的影响又继承日本文学的传统性，并使两者达到完美统一，这是大江的存在主义文学日本化的一个特征。

二战后，朝鲜分成南北两个国家。朝鲜战争结束后，朝鲜民主主义人民共和国作家从50年代到80年代，努力从理论到实践上解决继承和发扬革命传统问题，创作了大量反映爱国主义、英雄主义、“千里马运动”、歌颂主体思想的作品，产生了李箕永等著名作家。在韩国，50年代朝鲜战争后出现的战后文学，着重表现了对社会的不信任和对现实的否定。60年代因1960年“四·一九”革命的发生和失败，工业的发展、农村的分化与贫困，使这个时期的文学具有自己的特点，小说创作取得了重大成就。前期的小说，主题多为现实社会的参与、人与人之间的不信任、关于历史的虚无思想、对理念的憎恨和对人类自身存在的怀疑等；后期则主要表现人们从战争阴影中走出，冲破道德和社会的束缚，反映个人主义思想，注重挖掘影响个人正常生活的各种因素。70年代，社会产业化过程对文学产生了重大影响。以民族文学为中心，出现了多种文学样式：写实主义、产业主义、农民文学、民众文学等，同时对世界倾向日趋认同。80年代，韩国文学主要关注两个问题：社会体制和南北分裂。

越南现代文学中占主导地位的是现实主义文学和无产阶级文学。抗法战争和抗美战争对越南文学产生了重大影响。老一代作家和新涌现出的作家同仇敌忾、齐心协力谱写出反帝爱国斗争的壮丽篇章，诸如小说《南方来信》、《他永远活着》等。南北统一后，文学作品的内容有所扩展，著名诗人素友的诗集《越北》、《风暴》等，讴歌了越南人民的英勇斗争与和平建设的热情。

1945年日本投降后，印度尼西亚宣布独立，但荷兰同英国殖民者又卷土重来。印尼人民奋起与殖民者展开英勇斗争，这就是有名的“八月革命”。作家纷纷投入斗争，为民族独立而讴歌。著名诗人凯里尔·安哇尔写出了《蒂波尼哥罗》这样慷慨激昂的战歌。1965年之前，由于印尼社会动荡，经济困难，文学作品多为诗歌和短篇小说，几乎没有长篇小说产生。印尼人民文化协会提倡的“文艺为人民服务”与文化宣言派主张的“为艺术而艺术”的观点，展开了激烈争论。1965 年后，印尼进入“新秩序”时期，现代文学也随之进入成熟期，产生了大批成绩斐然的作家，创作了一批题材、风格、内容各不相同的作品，如蒂尼的长篇小说《平静的心》(1961)、《我叫广子》(1977) 和普图·维查亚的长篇小说《工厂》(1975) 等。普拉姆迪亚·阿南达是印尼现代文学中最负盛名的作家。他从“八月革命”开始创作，先后写出长篇小说《勿加西河畔》(1951)、长篇小说四部曲《人世间》(1980) 等，表现了印尼的民族觉醒、人民不屈不挠的斗争。

20 世纪 40 年代，印度的印地语文学中的实验主义诗歌脱颖而出。这派诗人反对印度传统诗歌，尤其反对浪漫主义，同时致力于诗歌新道路的探索，这被认为是五六十年代印地语新诗派的前身。但不少评论家认为，二者只是在不同时代的不同称谓而已，其内容是相似的。他们的代表诗人是阿格叶耶，一生创作有十余部诗集，前后期表现的内容和抒发的感情有所不同。他还写有十部短篇小说集和三部长篇小说，以及大量散文、文艺评论集。他的创作从 30 年代一直延续到 70 年代初。除新诗派外，60 年代印度文坛还盛行新小说派。同时边区文学也从 50 年代一直延续到八九十年代。它以印度落后的乡村为描写对象，具有浓厚的乡土色彩。60 年代之后，印度的进步主义文学与现实主义文学呈现出汇流的趋势，并产生了社会现实小说。过去现实主义文学中的理解主义传统，这时更多地转化为幽默、讽刺或诗意化。其中最主要的代表作家是克里山·钱德尔和拉金德尔·贝迪。90 年代，印度的英语小说有了进一步发展，代表作家有维克拉姆·赛德、乌帕马尼亚·查特吉、帕拉蒂·穆克吉等。

在苏联等国家影响下，战后伊朗民族民主运动蓬勃发展，出现了革命文学。20 世纪五六十年代，伊朗与西方文化接触频繁，政治上相对开放，思想统治相对放松，伊朗文学呈现出蓬勃发展的景象，不仅作品题材广泛，创作技巧也更加成熟。代表作家有西尔希里、秋巴克、阿福冈尼等。阿赫玛德·夏姆鲁是伊朗现代文学中最重要的诗人。他在第二次世界大战后开始创作，写有诗集《被遗忘的旋律》(1947)、《盘中匕首》(1977) 等，反映了他对社会问题的思索和感受，并具有象征主义的特点。

1950 年以后，土耳其文学趋向多元化，产生了一批从新的角度反映农村现实的作品。这表明“乡村文学”已进入成熟期，而且成为土耳其文学的主流。“乡村文学”形成于1955年前后，时至今日仍常盛不衰，其代表作家是雅夏尔·凯马尔。土耳其的讽刺文学在第二次世界大战后有很大发展，代表作家是阿齐兹·奈辛。他的创作领域宽广，除写小说外，还写诗歌、剧本、杂文、回忆录等，著作达七十余部。他的讽刺作品主要有短篇小说集《狗尾巴的故事》、《国家万岁》等，长篇小说主要有《现在的孩子真没说的》、《甜姐儿贝蒂茜》等。他以犀利的笔触，夸张的手法，无情地鞭笞了虚伪、奸诈、不公、投机钻营、趋炎附势等社会丑恶现象，把嘲讽和揭露的锋芒直指达官、富豪、俗吏、党棍，但对下层小人物和正直知识分子则给予深切的同情。60年代中期，著名诗人希克梅特从30年代以来所写的诗歌得到公开发表，这标志着社会主义现实主义文学登上土耳其文坛。70年代以后，土耳其文学中出现了“城市文学”热和“事件文学”热。

从20世纪五六十年代起，特别是70年代以后，阿拉伯国家的文学创作空前繁荣，产生了一些重要作家和很有影响的作品，如叙利亚的哈纳·米奈及他的长篇小说《蓝灯》、伊拉克诗人白亚帖和他的诗歌、巴勒斯坦作家格桑·卡纳法尼和他的《阳光下的人们》、苏丹作家塔依布·萨利哈和他的《移居北方的季节》、摩洛哥作家阿·卡·埃拉布和他的《我们埋葬过去》、阿尔及利亚作家塔·沃塔尔和他的《拉兹》、本·哈杜格和他的《南风》、阿联酋作家艾·哈米德和他的《打场工》、巴林作家阿卜杜拉·哈里法和他的《珍珠》、科威特王室女诗人苏·萨巴赫和她的诗歌、沙特阿拉伯作家阿·拉·穆尼福和他的《大众的土地》等。

第一节　大江健三郎

大江健三郎(1935—)创作的异彩，是在和洋文学的相互碰撞和融合中呈现出来。他的文学创作从日本走向西方，从东方走向世界。他取得了存在主义日本化的成功，于1994年获诺贝尔文学奖，使日本文学再一次走向世界。大江对萨特存在主义的吸收和对战后时期日本存在主义文学的传承，表现出他对社会的强烈参与意识，他积极把握日本转型期的重大事件并加以文学化。大江非常重视作家的历史使命和社会责任，并且把它们视为作家自我实现的一种方式，作家主体性实现的一种方式。因此，他的作品常常具有浓重的政治性，通过文学来发表自己对政治事件和社会问题的见解，比如将批判天皇制、反对核武器、反对日美安全条约等政治命题形象化。尽管如此，他又不是图解式地表现政治，更不是将文学化为政治的载体，而是与人的生存的基本条件联系在一起，并通过想象力而加以发挥。

大江生于爱媛县喜多郡坐落在森林峡谷间的大濑村。他童年时代是在那片大森林里度过的。大自然成为哺育他的摇篮。他当时最爱读马克·吐温的《赫克贝里·芬历险记》和拉格洛芙的《尼尔斯骑鹅旅行记》，从它们的主人公的历险故事中，感受到了两个预言：一个是将能听懂鸟类的语言；另一个是将会与野鹅结伴而行，于是便泛起一种官能性的愉悦，自己的感情仿佛也被净化了。所以他说，这两部作品"占据了我的内心世界"。大江的小学是在战争年代度过的。在县里念高中时，开始爱好文学，编辑学生文艺杂志《掌上》，大学时代迷恋上加缪、萨特、福克纳和日本作家安部公房等人的作品，在《文学界》上发表了处女作《死者的奢华》(1957)、《饲育》(1958)，并以后者获芥川奖而正式登上文坛。从此他怀着极大的热情更新文学的观念和构建特异的文体，以此来展现自己独特的文学世界。

大江结婚后，第一个孩子是脑功能障碍儿，取名光。光一出生就整天躺在玻璃箱里。他面对毫无生存希望的初生婴儿，曾经对光的生与死作过痛苦选择。光虽生存下来，但幼年的光听不懂人类的语言，光六岁那年，大江带他去森林小屋小住，他听见从林间传来鸟声，竟对鸟儿的歌声做出意想不到的反应，第一次用人类的语言说出："这是……水鸟。"这使大江看到了希望，全身心地培养他学习作曲，让他把小鸟的歌声与人类所创造的音乐结合，成长为一个作曲家。大江由此感受到儿子实现了自己幼时能够听懂鸟类语言的预言。这个"可悲的小生命"诞生的意外事件，以及从光的音乐中感受到"阴暗灵魂的哭喊声"，后来成为大江文学生涯的一个组成部分，从《个人的体验》(1964)到《燃烧的绿树》(1994—1995)都将焦点对准他与儿子之间共生的感情，并引发出他的随笔集《生的定义》。

从残疾儿子诞生那年起，大江多次赴广岛调查遭受原子弹爆炸的惨状,目睹了原子弹爆炸的受害者多年后仍然面临着死亡的威胁。他通过“广岛”这个透视镜,把即将宣告死亡的“悲惨与威严”的形象一个个地记录下来,并写了随笔集《广岛札记》(1964),向人们提出这样一个问题:人类应如何超越文化的差异而生存下去。在接触广岛人的生活方式和思想以后,反过来大江又品尝因为儿子的残疾而深藏在心底的精神恍惚的种子和颓废之根。他面对儿子和广岛原子弹受害者频繁的死与生,对残疾和核武器的悲惨后果进行“具有普遍意义的人生”的双重思考,并采取“战斗的人道主义的”行动,以最大的爱心和耐心将濒临死亡的幼小生命培养成一个很有造诣的作曲家,又以最大的热情和毅力投入全人类最关心的反战、反核实验运动。这一切已成为他探讨人类生存愿望的根源,也成为他取之不尽的创作源泉和永恒主题。

大江受萨特存在主义影响,是新生一代的存在主义作家。他的大学毕业论文就是《论萨特小说的形象》(1959)。存在主义的影响,主要表现在三个方面:一是人存在的本质观念;二是发挥文学想象力;三是追求“介入文学”。在创作上,他从心理、生理和社会三个方面捕捉人的存在意义和价值。但他是通过日本的状况、个人的体验来寻找日本社会的定势,从而形成大江式的存在主义文学。大江在接受存在主义影响的同时,也受到他的恩师、日本法国文学学者渡边一夫的影响。他说,从渡边那里以两种形式接受了决定性的影响,一是在渡边有关拉伯雷的译著中,他学习了巴赫金的“荒诞现实主义或大众笑文化的形象系统”——特质性和肉体性原理的重要程度。正是这些形象系统,使他得以植根于边缘的日本乃至更为边缘的土地,同时开拓出一条到达和表现普遍性的道路;二是渡边介绍了最具人生况味的人文主义,尤其是宽容的宝贵、人类的信仰以及人类易于成为自己制造的机械的奴隶等观念对他的影响,促使他通过自己的工作,让人们从时代的痛苦中恢复过来,并使他们心灵上的创伤得到医治。这对大江的人生和文学的形成起到了决定性的影响。

大江虽然受到萨特存在主义的影响,但他追求人文理想主义,致力于反映人类生存环境改善的题材,又扎根于日本的乡土、民族的思想感情和审美情趣;他强调在文学中表现民族性。他表示他先前对日本古典名著《源氏物语》不感兴趣,现在要“重新发现《源氏物语》”,并在实践中以这种思想为根基，尽力运用日本传统文学的丰富想象力、日本古老神话的象征性，以及日本式的语言和文体，以吸收存在主义文学理念和技巧并使之日本化。

首先，大江创作的一贯主题是描写人在闭塞的现实中寻找失落的自我状态，以及人在被闭锁于"墙壁"里求生存的状态。从他的《死者的奢华》、《他人的足》(1957)、《人羊》(1957)、《感化院的少年》(1958)等作品，可以感受到他的小说特质在于凸现生存的危机意识。作家在这方面的感觉是敏锐的，但他所探索的不是人的消极的、否定的一面，而是人在现代闭塞状态下求生存的积极的、肯定的一面。

继《洪水涌上我灵魂》(1973)之后，大江自认为最得意、最令他怀念的作品是《摆脱危机者的调查书》(1976)、《同时代的游戏》(1979)。作家设定的视点非常独特，一个是从宇宙派遣了"二人帮"来地球摆脱"地球危机"；一个是从"村庄=国家=小宇宙的历史"，创造了无限大的宇宙空间，让巨人创造者和破坏者在这宇宙空间展开格斗。实际上，作家是通过这一视点而导入自己独特的"眼"，以超越自己设定的虚幻世界，来完成一个新的真实的世界。这两者的连接点就是想象力，想象力使作家插上翅膀，遨游于现实世界。作家意识就是他的目的意识，它自然地流贯于小说世界和人的实在世界。大江吸收存在主义的文学技巧多于文学理念，而吸收文学理念也是按照自己的思考来取舍并加以日本化。上述两部长篇小说的创作技巧，形成了大江的存在主义文学日本化的特征之一。吸收西方存在主义想象力，传承日本式想象力和传统性，并使两者达到完美的统一，是大江存在主义文学日本化的另一个特征。他发挥想象力的时候，总是把它与记忆联系在一起，想象未来，回忆过去。大江最后强调想象力是抵抗"邪恶势力"的手段，也是一般民众和艺术家最低限度的共同义务，因而他提倡的想象力是"政治的想象力"。这是他思考想象力的出发点，也是他发挥想象力的立足点。然而，文学与政治既联系又不同，所以大江主张运用想象力的语言在两者之间架起一座桥，而这座桥的桥墩深埋在人的本质性的实存之中，它使小说世界走向政治世界。例如，从《我们的时代》(1959)、《性的人》(1963)到《号哭声》(1963，又译《呐喊》)、《个人的体验》，就是通过性的形象或想象力的语言对现实的再创造，显示了作家对于一系列社会和政治问题的思考,包括对战争问题、天皇制、日美安全条约体制问题的见解。

大江的存在主义文学日本化还有一个特征,他将日本本土的文学思想作为根干来培育其存在主义文学的枝叶。大江对作为日本人的自然信仰的树木森林,以及日本传统文学结构的家与村落情有独钟。这固然是由于大江出生在四国岛上一个覆盖着茂密森林的山谷村落里,与森林、村落有着浓密的血缘关系,但更重要的是他对传统文学思想和文学结构抱有一种深厚亲情。他在作品中常常将象征神的树木森林看作是"接近圣洁的地理学上的故乡媒介",并且作为跃入文学传统的想象力的媒介,以一种亲和的感情去捕捉它们。从早期的《感化院的少年》起,经过《万延元年的足球队》、《同时代的游戏》、《M/T 与森林里奇异的故事》(1986),直至三部曲《燃烧的绿树》等作品里,森林或山谷村落始终都是作为日本的风景在作家感觉世界中的展现。特别是将这些传统的东西扩展为文学的空间,拓展为更具文学内涵的社会空间乃至时代空间,并加入民族的神话,东方神秘的哲理——再生与救济,从而使创作既获得独自的、更为丰富的想象力,又紧紧地贴近时代与社会。因此大江的创作立足于现实,植根于传统,又超越传统,使传统与现代、日本与西方的文学理念和方法一体化,从而创造出大江文学的独特性。

在西方存在主义的影响下,20 世纪后半叶给文学冒险家留下的垦荒地只有一个性的领域,大江与诺曼·梅勒一样,在这一领域里开辟了一块"性+政治"的实验田,把性与政治作为表现人的存在状态的两个重要的表征。他的实验性作品《性的人》、《我们的时代》自不用说,他的《日常生活的冒险》、《号哭声》也都抱着对现实社会的逆反心理,以性为通路,通过反社会的性行为,向现实世界的日常生活挑战,向现今的权威主义者挑战,以寻求人世间的真实存在。正如《号哭声》的主人公最后在现实的压迫下,在孤独的焦灼中不得不呼喊出:"我是人!"在这些作品里,大江运用了弗洛伊德的一些有关精神病理学的用语,但其着重点是强调性与政治的表里关系。他没有在生理因素上多做文章,而是利用生理学与心理学、社会学的交叉系统,多角度地通过形象来叙述人性的本质和根源,以及人深深扎根于生的欢悦愿望,同时把"性"作为政治的暗喻,展示现代人的性世界,其最终目的是为了探索打破这个窒息的社会现状的可能性,给人们提供一个崭新窥视日本社会的视角。

当然,大江在这一领域的成功,很大程度上还在于他采用了独特的文体。他既反对规范主义的古典文体,也反对个性主义的特异文体,而主张“存在论”的文体,即感觉与知性结合的“比喻—引用文体”。也就是说,比喻是感觉性的,引用是知性的,这两者的结合形成了大江文体的特质。在大江的创作中,比喻文体扮演着重要的暗喻、讽刺和批判的角色,同时成为发挥文学想象力的一个重要翅膀。但比喻文体的表现只能在容许的范围内,并不能无限制地扩张,相反它受到引用文体的知性制约,使比喻文体的感觉纯化和洗练化,以保持想象力的向性作用。举例来说,《万延元年的足球队》开卷写道:“在黎明前的黑暗中醒来,寻求着一种热切的‘期待’的感觉,探索着噩梦残破的意识”,这就是大江文体的规范句。它既表现感觉的观念又表达知性的思考,为现实与虚构、现在与过去的故事交替展开,为在语言空间中充分发挥其具有导向性的想象力作了坚实的铺垫,使作者,也使读者进入一个确实存在的自己的世界。也就是说,确保在想象世界中维持一种实实在在的存在感。

第二节　戈迪默

纳丁·戈迪默(1923—)是南非最著名的小说家,是获诺贝尔文学奖的第一位非洲女作家。她是一位勤奋、多产的作家,用她自己的话说,她的人生有两个角色:“一个是作家的角色,另一个是为南非自由而奋斗的角色。”她的作品主题长期以来是以她确切地称作为“种族政治”所造成的人类关系扭曲为基础。她支持一些黑人作家的文学活动,而且一直为非洲人国民大会感到骄傲。1988 年在非洲人国民大会被政府当成头号敌人的时候,戈迪默临危不惧,挺身而出,为被判处“叛国罪”的非洲人国民大会成员辩护。反动当局在 1953 年、1966 年和 1978 年三次把她的作品列为禁书,但是她却受到南非广大人民的爱戴和各国文坛的注目。从 1961 年以来,她在英国、美国、意大利、德国、法国和南非多次获得文学奖。1991 年 10 月 3 日,曾经获得六次提名的戈迪默,终于摘取诺贝尔文学奖的桂冠,成为继索因卡(1986)和马哈福兹(1988)之后第三位获得诺贝尔文学奖的非洲作家。正像瑞典文学院所说的那样:“她的文学作品在以深刻的洞见透视历史进程的过程中,帮助实现这一进程”,“通过她恢宏的史诗般的作品对人类作出重大贡献”。

戈迪默出生在约翰内斯堡附近的斯普林斯镇。父亲是立陶宛的犹太移民,母亲是来自伦敦的犹太人。戈迪默先在特兰士瓦受教育,后来在约翰内斯堡的威特瓦特斯兰德大学就读。她未在南非外久居过,但在非洲、欧洲和北美作过广泛旅游,而且多次以演讲者的身份出现在国外,尤其是美国。戈迪默从小就同文学结下不解之缘。九岁开始写作,15 岁即在一家周刊发表短篇小说《昨天再来》。1948 年出版第一部短篇小说集《面对面》。50 年代她就在文艺界确立了自己的地位。先后出版短篇小说集《毒蛇的柔和声音》(1952)、《六英尺土地》(1956),长篇小说《说谎的日子》(1953)和《陌生人的世界》(1956)尤其受到称赞。

1948 年,南非国民党上台,从此种族隔离和压迫日益法律化和制度化,黑人和有色人更处于无权地位,不时地起来抗争。白人中的有识之士对社会状况也愤愤不平,或同情,或支持黑人的正义斗争。戈迪默则站在激进的人道主义立场,揭露南非社会的丑恶行为,表达南非人民要求自由与和平的愿望。《说谎的日子》写的就是被“种族政治”扭曲了的人际关系。一对不同肤色的青年谈恋爱,由于反动当局强化种族隔离制度而破裂。《陌生人的世界》写白人居住区的奢华、自私、与世隔绝和黑人棚户区的彻底贫困。小说充满许多插曲,塑造了几个令人难以忘怀的典型形象,而且语言简练,活泼生动。长篇小说《恋爱季节》(1963)则进一步说明人类关系的扭曲在于社会制度。这个畸形社会禁止不同肤色成员之间的恋爱和结婚,其中一对不同肤色青年的恋爱到头来成了一桩伤心事。如果说上述小说侧重于儿女情长和人伦道德,那么,《已故的资产阶级世界》(1966)开始关注重大的政治题材。1960 年,南非当局制造沙佩维尔惨案,警察向和平示威者开枪,打死 67 人,打伤 186 人,并且禁止泛非大会和非洲人国民大会活动。小说对此作出反应,揭示欧洲人同欧洲之间的鸿沟,指出白人要逐渐认识他们个人与历史之不同的现实,准备认同非洲。这是当时许多白人作家做不到的。

长篇小说《自然资源保护论者》(1974)的背景在南非,描写一个非英国裔、非荷兰裔的南非白人实业家梅林的垮台。作品更加充分地发挥了戈迪默的艺术功力,采用密集、错综复杂的象征体系和重叠、倒叙的叙事结构。1979 年出版的长篇小说《伯格的女儿》,是她对 1976 年索韦托流血事件做出的反应。主人公伯格博士是白人革命者、共产党人,因企图推翻资本主义制度而被捕,死在狱中。女儿罗莎本可以利用祖宗遗留的特权在欧洲享受欢乐和自由,但她还是回到南非,用她的理疗技术帮助索韦托事件中受伤的人,最后不经审讯而被关进监狱。伯格的女儿是属于非洲的,她宁可在非洲生活和斗争,甚至在非洲受苦和坐牢。作品反映了南非残酷而剧烈的种族斗争,有觉悟的白人已经和黑人团结起来,为铲除种族主义而斗争。作品在艺术上也有独到之处,主要情节几乎全部在女主人公的内心活动中展开,时而回忆,时而叙写现实,让读者看到她的成长。语言颇具特色:清新秀美中凝聚着淡泊隽永,而且充满浓厚的散文诗气息。作者匠心独运,不直接刻画人物的感情,但其心态反而跃然纸上,感人至深。

80 年代变革之风在世界激荡,南非种族政权受到许多国家的抵制和制裁,南非黑人的斗争也日甚一日。戈迪默作为一名杰出的政治性作家,意识到南非正处于大变动的前夜,便把长篇小说《朱利的人》(1981)置于想象中的南非全面内战的背景下,以审视长期实行种族隔离制度所造成的后果。小说中,白人斯迈尔斯一家在南非全面内战时,被黑人男仆朱利带回偏僻家乡躲藏起来。他们不得不像当地黑人村民一样生活。斯迈尔斯相信黑人应该统治国家,孩子适应了当地生活,但妻子就是不适应。戈迪默写得细致透彻,善于把人物的思想同人物的语言融为一体,把故事情节同意识流结合起来。诺贝尔文学奖颁奖辞中说:在几部强而有力的长篇小说中,“《朱利的人》尤其值得一提”。

1987 年,戈迪默出版长篇小说《大自然的运动》。它不再在南非社会框架内寻求自我,而是放眼整个非洲,另辟蹊径。作者设想一个白人女性从小离开南非,在非洲、西欧、东欧和北美旅游,后回到非洲,嫁给一个后来成为国家元首和非洲统一组织主席的黑人将军。在这位主席主持南非新秩序宣布仪式时,她就站在他身边,“她是白人妇女,但今天穿着非洲礼服”。书中刻意描述她的丈夫“是社会主义者”,他的国家“实行混合经济”,“他的人民相当富裕,没有严重的‘危机’威胁这个政权的稳定,油田、矿产和银行国有化,土地重新分配,有合作农庄……小店主碰也没碰,黎巴嫩人还是被看成信息灵通的金融老手,只要店铺后面的外币交易还在合理的范围内,最好别去管它”。当然,“还有监狱”。戈迪默旨在为种族隔离废除后的南非提供一个学习的榜样,换句话说,这是南非未来的发展蓝图。南非是非洲的南非,不是欧洲的南非;南非是全体非洲人的南非,不是少数白人专有的南非。就艺术而言,这是一部20世纪的流浪汉小说,主人公居无定所,到处插手政治,但她确实热爱南非。全书分20个部分,分别加上小标题,这是戈迪默以前作品未曾有过的现象。整个作品优美、深刻,把道德的政治的力量裹进巧妙编织的插曲和明白晓畅的散文之中,把政治事件渗透进个人的痛苦之中。这的确是一部引人入胜的长篇巨著。

1990年戈迪默出版的长篇小说《我儿子的故事》,是一部深刻探讨南非有色人革命者家庭的感情世界的作品,不仅表现了作者面对南非现实的新的思考,而且显示作者在创作题材上的新开拓。戈迪默是一位长篇小说大师,她熟练地掌握这种艺术形式,揭露南非政权的丑恶行径,表现南非人民的痛苦和希望,觉醒和忧虑,这些作品是史诗性的,发出了时代的声音,留下了社会发展的烙印。戈迪默不仅以长篇小说著称于世,而且是写作短篇小说的能手。除《毒蛇的柔和声音》和《六英尺土地》之外,她还发表了短篇小说集《弗拉迪的足迹》(1960)、《不是为了出版》(1965)、《利文斯通的伙伴》(1975)、《故事选集》(1975)、《肯定是某个星期一》(1976)、《战士的拥抱》(1980)、《那么有什么事》(1984)和《跳跃》(1991)。它们的基本主题和长篇小说的主题相近,结构紧凑,语言精练,表现客观,具有讽刺性。此外,戈迪默还出版文学评论集《黑人解释者》(1973)和《基本姿态》(1988)以及同他人合编的《今日南非创作》。

索引

B

D

G

L

Q

S

T